KONSALIK

Das geschenkte Gesicht

KONSALIK

Das geschenkte Gesicht

Roman

Lizenzausgabe für
Manfred Pawlak Verlagsgesellschaft mbH,
Herrsching

Umschlaggestaltung: Bine Cordes, Weyarn
Printed in Germany
ISBN: 3-88199-480-7

1

Über die Straße von Augustow nach Sejny keuchte eine kleine Kolonne Motorschlitten. Ein eisiger Nordwind trieb Schleier von Pulverschnee über das flache, baumlose Land, das einer riesigen, kaum gewölbten Scheibe gleich mit dem graumilchigen Himmel zusammenstieß und in ihn überfloß.

Auf den Ladeflächen festgeklammert an die hölzernen Holme, saßen dicht zusammengedrängt die Jungen und starrten aus den eisverklebten Gesichtern nach vorn. Vor sechs Stunden hatten sie in Suwalki vor einem Obersten gestanden und das Ritterkreuz bewundert, das ihm aus dem Kragen seines Lammfellmantels heraushing. Er hatte ein väterlich-strenges Gesicht aufgesetzt und gesagt: „Jungs! Nun kommt ihr an die Front! Was ihr in der Heimat auf dem Schießplatz gelernt habt, wird Ernst! Der Feind hat keine Platzpatronen, das dürfte sich im sechsten Kriegsjahr herumgesprochen haben." Sie hatten über diesen blutigen Sarkasmus gelacht, denn der Oberleutnant hatte ihnen vorher gesagt: „Wenn der Oberst einen Witz macht ... lacht, ihr lahmen Enten! Das hat er gern. Und vielleicht bekommt ihr eine Sonderzuteilung Schnaps für den Weg nach vorn!"

Tatsächlich, sie hatten den Schnaps bekommen, und dazu noch weißgestrichene Stahlhelme, weiße Tarnüberzüge, einige Maschinengewehre, einen Schlitten voll Munition und Handgranaten.

„Ihr seid Soldaten des Führers!" hatte der Oberst zur Verabschiedung gerufen. „Vorne warten sie auf euch. Macht's gut, Kameraden! Sieg Heil!"

Dann waren sie abmarschiert, zackig, mit einem Lied von der schwarzbraunen Haselnuß. Der Oberst sah ihnen nach, bis sie zwischen den Hütten am Rande Suwalkis verschwanden und nur noch ihre jugendlichen, fast kindlichen Stimmen zu ihm herüberwehten.

„Scheiße!" sagte der Oberst mit dem Ritterkreuz. Er griff sich an den Hals und umklammerte den Orden, als drücke er ihm die Luft ab. Dann ging er zurück in sein Zimmer und unterschrieb den Bericht, den die Divisionsschreibstube fein säuberlich in vier Exemplaren in einer Unterschriftsmappe vorgelegt hatte:

Verabschiedung von 57 Mann Ersatz für Kampfgruppe Bauer, 170.

Inf.-Div., 4.10.1944, 9.20 Uhr, durch Kommandeur.

Nun fuhren die 57 Jungen sechs Stunden lang durch die eisige Kälte, starrten über das flache Land und in den milchigen Himmel und lauschten angestrengt auf das ferne Rummern und dumpfe Grollen, das ab und zu durch den Motorenlärm drang. Dann starrten sie sich gegenseitig an, und in ihren Augen standen Angst und krampfhafte Tapferkeit.

Die Front. Man hört sie schon. Und dort warten sie auf uns. Auf 57 Jungen von 17 bis 19 Jahren, in sechs Wochen ausgebildet, mit vier Schlitten, neun Maschinengewehren und 300 Handgranaten. Der Ersatz.

Im ersten Schlitten saß am Lenkrad Erich Schwabe. Er war ein alter Hase, ein uraltes Frontschwein mit sieben Verwundungen, hatte einen „Klempnerladen" auf der Brust und wurde trotz seiner knappen 26 Jahre von den Jungen wie ein Vater angesehen. Als er den Ersatz übernahm, war er gerade aus einem Heimaturlaub zurückgekommen, er hatte im Keller seines Hauses gesessen, während über ihm die Stadt in Flammen aufging und auch sein Wohnhaus hinweggefegt wurde. Er hatte danach in einer übriggebliebenen Kellerecke auf einer alten, muffigen Matratze gelegen, seine zitternde Frau Ursula in den Armen. Zum erstenmal war ihm damals der Gedanke gekommen, ob der Krieg nicht sinnlos geworden war. Er sprach ihn nicht aus, aber er drückte Ursula an sich und ging nach diesen zehn Tagen Urlaub zurück nach Rußland mit dem Schrei seiner Frau im Herzen, der sich in ihm festgebrannt hatte: „Komm wieder, Erich. . .!"

„Wie lange dauert's noch, Herr Feldwebel?" rief jemand hinter Schwabe.

„Noch drei Stunden!" schrie Schwabe zurück.

„Dann sind wir Eisklötze . . ."

„Da vorn werdet ihr schon aufgetaut werden. Da ist's heiß genug!" brüllte Schwabe. Der Schlitten rumpelte über die Straße. Wie glattgefegt war sie vom Wind, eine Eisbahn, die in die Unendlichkeit führte.

Erich Schwabe sah auf seine Armbanduhr. Eine lederne Schutzhülle umschloß sie. Seit 1940 trug er sie am linken Handgelenk. Er hatte sie in Paris gekauft, in einem kleinen Laden unterhalb der Sacré-Cœur. Von Paris war sie mitgezogen nach Griechenland, von dort nach Rußland bis kurz vor Moskau und dann den ganzen langen Weg zurück bis hier nach Suwalki. Die Lederhülle hatte er gepflegt wie seine Schuhe, sieben Verwundungen hatte die Uhr überstanden, sie war nie stehengeblieben und nie in Reparatur gewesen. Einmal war sie ihm gestohlen worden, von einem Gefreiten, als er nach einer Operation in Narkose lag. Der Gefreite wurde später verlegt, mit einem gebrochenen Nasenbein. Aber Schwabe hatte seine Armbanduhr wieder.

Die vereisten Schlitten ratterten durch den bleiernen Tag. Der Weg senkte sich jetzt etwas, wurde abschüssig, und die Schlittenfahrer zogen die Bremsen, spitze Eisenhaken bohrten sich in das Eis und verringerten die Geschwindigkeit.

„Festhalten!" schrie Schwabe nach hinten zu seinen Jungen. „Wenn die Zinken brechen, geht's los wie auf einer Bobbahn!"

Die jungen Soldaten klammerten sich an die Holme und aneinander. Unter ihnen jaulten die Eisenspitzen, die Schlitten krachten in sich und schüttelten sich wie frierende Hunde.

Erich Schwabe preßte die Bremsen mit aller Kraft gegen die Straße. Mit beiden Händen umklammerte er das Steuerrad und sah die abschüssige Straße hinab, die einige hundert Meter weiter wieder sanft ausglitt in eine Ebene, glatt wie ein abgewischter, weißlackierter Tisch.

Auf diesem Stück Straße war die Fahrbahn ohne Erhebungen. Schwabe kannte diese Strecke. Im zweiten Teil geht's los, dachte er. Dann war der Drall so groß, daß es mit Heißa abwärtsgeht. Mit einem vollen Schlitten ist das Mist; man kommt unten an wie eine Granate.

Er beugte sich vor und starrte auf die glatte Eisfläche. In diesem Augenblick sah er es, und es war ihm, als schlage ihm eine Riesenfaust auf das Herz und nehme ihm die Luft.

Mitten auf der glatten Straße war ein kleiner Eishügel. Nicht groß, vielleicht wie der Durchmesser eines Suppentellers. Ganz flach hob er sich über die Fläche hinaus, wie ein einsamer Pickel auf einer sonst reinen, makellosen Haut.

Erich Schwabe preßte die Bremsen ins Eis. Unter ihm knirschte und polterte es, der Schlitten machte einige Sätze und sprang über die bremsenden Eisenspitzen hinaus. Mein Gott, dachte Schwabe, o mein Gott! 17 Jungen habe ich hinter mir, und sie wissen nicht, was da vorne auf der Straße ist. Dieser kleine Buckel aus Eis, diese flache Scheibe! Was wissen sie von der Kampfweise der Partisanen? Im Winter hacken sie die Straße auf, legen eine Mine in das Loch, schütten Wasser darüber und lassen das Loch zufrieren. Nur wenn ein Fahrzeug über diesen Eisbuckel rollt, reagiert der Zünder. Dann bricht die Erde auf, und das Denken hat aufgehört, das Leben, die Hoffnung, alles. Nur eine Wolke aus Erde, Eis und zerfetzten Leibern bleibt übrig, die nach Sekunden der Schwerelosigkeit zusammenfallen wird und die der nächste Schnee zudeckt wie ein Leichentuch.

Der Schlitten raste die Straße hinab, auf die Mine zu. Hinter ihm ratterten die drei anderen Schlitten in Abständen von fünfzig Metern. Der letzte war der Munitionsschlitten. Auf ihm saß der Transportkommandant, ein junger Leutnant, der den im Einsatz in vorderster Linie gefallenen Kompaniechef der 10. Kompanie ersetzen sollte.

Erich Schwabe umklammerte das Steuerrad, als könne er damit den Schlitten zurückreißen. Noch wenige Sekunden, dachte er. Wir können nicht mehr bremsen. Das Eigengewicht ist zu stark bei diesem Gefälle, die Eisenspitzen springen einfach aus dem Eis oder brechen ab. Selbst zur Seite lenken ist unmöglich – ehe der Schlitten reagiert, hat er die Mine im Eis längst erreicht.

Mein Gott, mein Gott, dachte Schwabe. „Komm zurück ...!" hat Ursula gesagt. Geschrien hat sie's, als sie neben dem Abteilfenster herlief, über den Bahnsteig hinaus, durch den Schotter neben den Schienen, der ihr die Strümpfe und Schuhe zerriß. „Komm zurück ...!" Und er hatte ihr zugewinkt und krampfhaft gelächelt. Und auf die Uhr hatte er gesehen. In einer Stunde spätestens wird es wieder Fliegeralarm geben. Dann wird Ursula wieder im Keller sitzen, an die feuchte Wand gepreßt, das weiße Gesicht nach oben, und sie wird die Bomben zählen und auf das Zischen lauschen ... Das ist weiter ... das war nah ... noch näher ... jetzt ... jetzt ...

Erich Schwabe stieß den Kopf vor. Fliegeralarm, dachte er. Das haben sie geübt, die Kinder hinter mir im Schlitten. Das kennen sie, damit sind sie groß geworden ... Früher spielte man im Garten Verstecken ... heute lernt man: Fliegeralarm. Er riß den Kopf herum. Er sah in vereiste Gesichter, in junge, müde Augen unter weißen Stahlhelmrändern, in Blicke, die ihn anstarrten wie erfrorene Klagen.

„Fliegeralarm!" schrie Schwabe in diese Kindergesichter hinein. Sein schreiender Atem wehte weiß über sie hinweg. „Fliegeralarm!"

Wie ein Schlag ging es durch die zusammengeduckten Gestalten. Ein Bruchteil der Sekunde zögerten sie, dann stürzten sie sich aus dem fahrenden Schlitten kopfüber seitlich in den Schnee, überschlugen sich, rollten den Hang hinab oder vergruben sich mit Beinen und Armen in den Verwehungen. Der nachfolgende zweite Schlitten bremste scharf, schleuderte zur Seite, drehte sich und brach von der Straße aus.

„Ist der Schwabe verrückt geworden?" schrie Unteroffizier Plotzke. Er versuchte, seinen Schlitten wieder auf die Straße zu bringen. Der dritte und vierte Schlitten, weit zurück, bremsten, schleuderten, kamen aber zum Halten. Der junge Leutnant stand aufrecht neben den Handgranatenkästen und fuchtelte mit den Armen in der Luft herum. Niemand verstand ihn, aber man sah, daß er Kommandos brüllte.

„Der macht 'ne Felddienstübung, der Vollidiot!" schrie Plotzke wieder. „Alle Mann in Deckung! Dem ist wohl das Gehirn vereist!"

Die Jungen des ersten Schlittens wälzten sich im Schnee. Erich Schwabe hockte allein hinter seinem Steuer und preßte es nach links. Nur fünf Zentimeter dran vorbei, das reicht, dachte er. Ich könnte abspringen wie die anderen ... aber wir brauchen den Schlitten! Jede Stunde kann der Mist da vorne wieder losgehen. Dann ist ein Schlitten vielleicht die letzte Rettung, die letzte Fahrkarte in die Heimat, in den Frieden, zu Ursula ...

Der Eispickel raste näher. Hüpfend jagte der Schlitten die Straße hinab. Schwabe bremste, aber nichts unter ihm griff mehr ins Eis. Die stählernen Zinken waren abgebrochen. Auch die Lenkung flatterte in Schwabes Händen, er drehte sie nach links, in wilder Verzweiflung und aus der Tiefe seiner Seele plötzlich aufschreiend. Aber der Schlitten raste geradeaus.

'raus! schrie sich Schwabe zu. Jetzt 'raus! Er ließ das Lenkrad los, warf sich zur Seite und schnellte sich vom Führersitz. Halb aus dem Schlitten hängend, spürte er einen Widerstand an seinen Füßen. Er sah zurück und merkte, daß sich die weißen Tarnhosen am Pedal der Fußbremse festgehakt hatten. Verzweifelt zerrte und riß er an dem Hosenbein, der Stoff zerfetzte, noch einmal stemmte er den Fuß auf, um sich weit weg aus dem Schlitten zu schnellen . . .

In dieser Sekunde, diesem letzten Wimpernzucken, sah er die kleine Eiserhebung vor sich, sein Blick wurde starr und gelähmt vor Entsetzen . . . weiter kam er nicht, zu keinem Gedanken, keinem Aufschrei, keiner Abwehr der Hände . . . um ihn brach die Erde auf, er roch noch das heiße, aufspritzende Benzin, es war ihm, als tauche man sein Gesicht in siedendes Öl, dann wußte er nichts mehr.

Mit offenen Mündern lagen die Jungen im Schnee und sahen den Schlitten hoch in die Luft fliegen. Unteroffizier Plotzke reagierte schnell . . . er ließ seinen Schlitten einfach umkippen, indem er ihn rechtwinklig herumriß. Der junge Leutnant im Munitionsschlitten stand noch immer hochaufgerichtet, mit erhobenen Armen. Wie ein Standbild, das die Gnade des Himmels herabbeschwört auf eine Welt, die in Rauch und Feuer aufgeht.

Dann sank die Explosionswolke zusammen. Nasser, klebriger Schnee, Erd- und Eisbrocken bedeckten in weitem Umkreis die Unglücksstelle. Dazwischen die Trümmer des Schlittens I, ein Haufen zerrissenes Metall und Holz.

„Der . . . der Feldwebel . . ." stotterte einer der Jungen. Er lag auf den Knien und hatte die Hände flach gegen die Brust gedrückt. „Schwabe war doch noch im Schlitten . . ."

Sie sprangen auf und rannten zu den Trümmern. Von Schlitten II stolperten Unteroffizier Plotzke und seine Mannschaft die Straße hinab.

„Der ist erledigt . . .“, stammelte Plotzke im Laufen. „Schwabe ist erledigt . . .“ In seinen Augenwinkeln brannte es. Er stieß die jungen Ersatzsoldaten zur Seite, die verängstigt und ratlos herumstanden.

„Dort ist er!“ schrie einer grell. „Dort, unter dem Motor!“

Plotzke warf sich in den Schnee. Er kroch an die blutige, mit Benzin und Öl übergossene Masse Mensch heran und schob seine Hand irgendwohin auf ein Stück nackte Haut.

„Er atmet noch!“ schrie er. „Hebt den Motor weg, ihr Flaschen! Alle Mann an den Motor . . .“

Als sie Schwabe frei hatten, stand auch der Leutnant blaß neben den Trümmern. Die 57 jungen Soldaten, das Grauen in den Augen, umringten ihn. Nur Plotzke kniete noch neben der blutigen Gestalt im Schnee.

Schwabe lag auf dem Rücken, den Kopf auf einem Brett, und alle sahen es: Er hatte kein Gesicht mehr. Dort, wo einmal Nase, Mund, Kinn und Ohren waren, hatte eine glühende, eiserne Faust mit einem Schlag alles zerstört. Eine formlose, breiige Masse war übriggeblieben, mit blonden Haaren darüber und einem Rumpf darunter in zerfetzter Uniform. Wie abgehobelt war das Gesicht, ein roter Teller mit einigen Löchern. Weiter nichts.

„Er lebt . . .“, sagte Plotzke leise. „Er lebt wirklich noch . . .“

„Es wäre besser, wenn . . .“ Der Leutnant sprach den Satz nicht zu Ende. Unteroffizier Plotzke tastete nach einer Pistole. Er war gelb im Gesicht, er würgte nach Luft und zitterte wie im Fieber.

„Lassen Sie das, Plotzke“, sagte der Leutnant leise. „Auch wenn es besser für ihn wäre . . .“

„Er . . . er ist doch kein Mensch mehr . . .“, stammelte Plotzke.

Der Leutnant deutete auf Schwabe:

„Seht ihn euch genau an! Das ist das Gesicht des Krieges . . . so sieht es aus, das Heldentum, dessen Lieder man uns in der Schule mit ergriffener, bebender Stimme lehrte! Seht es euch an!“

Dann wandte er sich ab und ging langsam zu seinem Schlitten zurück. Die jungen Soldaten hoben den Körper Schwabes auf und trugen ihn vorsichtig zum zweiten Schlitten. Dort legte ein

Sanitätsgefreiter einige Lagen Zellstoff auf die blutige Masse und wickelte vier Papierbinden um den Kopf.

Plotzke war zurückgeblieben. Er beugte sich über den zerfetzten Schlitten und würgte erneut. Endlich erbrach er sich, und gleichzeitig mit dem Kotzen spürte er die Erleichterung, weinen zu können.

„Wo bin ich?" fragte Erich Schwabe.

Wenigstens war es ihm, als ob er das fragte. Der Gedanke war da, und er hörte sogar seine Stimme. Aber der Sani, der neben seinem Bett saß, hörte nur ein Lallen, ein unartikuliertes Stöhnen, ein Zischen und Röcheln aus den Falten des Verbandes. An Form und Körperlage wußte man, daß es ein Kopf war. Ein dünnes Röhrchen, eine Sonde, stak mitten in den durchbluteten Mullbinden. Dort muß der Mund drunter sein, dachte der Sani. Eine große Höhle, in der verwunderlicherweise ein Stückchen bewegliches Fleisch liegt, die Zunge. Sie hat er behalten dürfen neben den Augen.

Schwabe öffnete die Lider. Die Verbände drückten auf die Augen, und die Dunkelheit um ihn blieb, auch als er wußte: Jetzt habe ich die Augen auf. Er hob die Hand und wollte nach seinem Kopf tasten, aber eine andere Hand hielt sie plötzlich fest und drückte sie zurück auf die Bettdecke.

„Was ist mit mir?" fragte Schwabe etwas lauter. „Bin ich blind? Jungs . . . sagt mir doch, was mit mir los ist . . ."

Der Sanitäter hörte wieder das Zischen und Röcheln durch die Verbände. Er beugte sich über den Kopf und sagte ganz langsam und klar:

„Du bist jetzt in Suwalki, Kamerad. Im Lazarett. In Sicherheit. Mit einer Mine bist du hochgegangen. Und Glück haste gehabt . . . brauchst dir keine Sorgen zu machen. Die Augen sind noch da, die Zunge und auch sonst noch manches. Nur 'n paar Schrammen über die ganze Fresse . . . das heilt bald. Allerdings mußte noch ein paar Tage im Dunkeln liegen. Und in die Heimat kommste auch. Wir warten nur auf den nächsten Lazarettzug! Wenn der Iwan wieder wild wird, biste längst bei Muttern . . ." Der Sanitäter schwieg und wartete auf ein neues Wimmern aus den Verbänden. Als nichts kam, faßte er den Puls Schwabes und beugte sich über den unförmigen Kopf.

„Haste mich verstanden, Kamerad?"

Schwabe nickte schwach. Er tastete mit der rechten Hand nach seinem linken Handgelenk. Seine Uhr war noch da. Dann wollte er wieder nach oben greifen an seinen Kopf, aber wieder wurde er festgehalten.

„Ruhig halten", sagte der Sani. „Du hast den ganzen Kopf verbunden, weiter nichts."

Schwabe nickte wieder. Er legte die Hände seitlich an den Körper und dachte nach. Wie war das . . . auf der Straße eine in das Eis eingegossene Partisanenmine, die Jungen springen ab, als er Fliegeralarm schreit, er bleibt hängen an dem verfluchten Bremspedal, und dann kracht es. Und nun lebt er noch, was wirklich wie ein Wunder ist.

Aber das Gesicht . . . sein Gesicht . . . Was ist mit seinem Gesicht . . .?

Er hörte, wie eine Tür klappte. Schritte kamen an sein Bett. Keine mit Nägeln beschlagenen Kommißstiefel, sondern ein knarrender, weicher Schritt. Offiziersstiefel, dachte Schwabe. Ein Stabsarzt oder sonst wer. Er lag ganz still, bewegungslos, mit schlaffen Händen. Sein Gesicht brannte plötzlich, als läge es in einer Pfanne.

„Wie geht's dem Mann?" Eine Dunkle Stimme fragte so.

„Gut, Herr Stabsarzt", sagte der Sanitäter. „Er hat vorhin das Bewußtsein wiedererlangt. Aber jetzt scheint er zu schlafen. Die Wirkung der letzten Injektion. . ."

Schwabe fühlte, wie man seine Hand betastete. Warme, weiche Finger nahmen sie hoch, ein paar Zentimeter, und ließen sie auf die Bettdecke zurückfallen.

„Er schläft." Die dunkle Stimme, der Stabsarzt. „Wenn er wieder aufwacht, rufen Sie mich sofort."

„Jawohl, Herr Stabsarzt."

„Hat er was gesagt?"

„Ja, aber ich konnte nichts verstehen, Herr Stabsarzt."

„Kein Wunder. Ohne Mund und Lippen . . ."

In Schwabe kroch es eiskalt hoch. Bis unter seine Hirnschale zog die Kälte und ließ den Körper erstarren. Das ist doch nicht wahr, schrie es in diese Kälte hinein. Er hörte in sich seine Stimme gellen, vielfach zurückgeworfen wie in einem riesigen, leeren Raum, als sei aus seinem Inneren alles herausgerissen und nur die Hülle sei geblieben, ein Hohlraumkörper, durch den die Stimme irrte.

„Passen Sie gut auf, wenn er wieder spricht", sagte der Stabsarzt. „Und sagen Sie ihm nicht, was los ist, verstanden? Er wird es früh genug merken. Morgen kommt er nach Frankfurt/Oder. Bereiten Sie ihn für den Transport vor. Wenn er Glück hat, geht es weiter nach Bernegg."

Wieder klappte eine Tür. Schwabe hörte einen neuen Schritt, wieder leise, ohne Nägeldonnern. Noch ein Arzt, dachte er.

„Na, wie geht's?" Eine hellere, forsche Stimme.

„Ganz gut, Herr Oberstabsarzt." Die dunkle Stimme wurde leiser. „Jetzt schläft er wieder, nachdem er kurz bei Besinnung war. Haben Sie etwas erreichen können für ihn?"

„Nicht viel, Herr Kollege." Die forsche Stimme gab sich Mühe zu flüstern. „Er wird nach Bernegg kommen. In Bernegg sollen Spezialisten sein, die so etwas hinbiegen. Aber ob der hier jemals wieder wie ein Mensch aussehen wird . . ."

„Ein Wunder, daß er noch lebt . . ." Die dunkle Stimme.

„Es gibt auch unnütze Wunder . . ." Die forsche Stimme.

Dann wieder knarrende Stiefel, ein Türenklappen, das Scharren des zurückgebliebenen Sanitäters, der eine Spritze aufzog, falls Schwabe beim Erwachen große Schmerzen haben sollte. Er legte sie auf einen Zellstofflappen und trank einen Schluck Milchkaffee, den er sich zur Wache mitgebracht hatte.

Erich Schwabe schloß unter den Verbänden wieder die Augen. Die Kälte war von ihm gewichen, aber es war ihm, als greife eine ganz langsame Lähmung an sein Herz und setze es still.

Er hat keinen Mund und keine Lippen mehr . . . ob Schwabe jemals wieder wie ein Mensch aussehen wird . . . es gibt auch unnütze Wunder . . . Was war mit seinem Gesicht . . .

Die Hände Schwabes zuckten hoch. Ehe der Sanitäter seine Tasse mit Milchkaffee absetzen und hinzuspringen konnte, hatte Schwabe seinen Kopf umfaßt und glitt mit den Fingern über die Verbände, unter denen sein Gesicht lag. Er stieß an die Sonde, er fühlte die Klebrigkeit der Mullbinden, und er spürte die Ebenheit seines Kopfes, die Konturlosigkeit seines Gesichtes: Seine Finger krallten sich in die blutigen Verbände, als wollten sie sie abreißen.

Kein Gesicht mehr, kein Gesicht mehr! schrie es in Schwabe. Ich habe kein Gesicht mehr! Herrgott, Herrgott, laß mich sterben ... was soll ich denn ohne Gesicht ...

„Himmel, Arsch und Zwirn!" schimpfte der Sanitäter. Er schlug auf die in die Verbände verkrallten Finger Schwabes und riß sie endlich zurück, als nach dem Krampf der Erregung die völlige Erschlaffung über den Verletzten kam.

„Bist du denn ganz verrückt geworden? Verbände abreißen! Wenn du das noch mal versuchst, binden wir dir die Hände am Bett fest, verstanden?"

Erich Schwabe lag ganz still. Die Worte des Sanis hörte er zwar als Laute, aber er verstand nicht den Sinn.

Ursula, dachte er. Arme, kleine, hübsche Ursula. Wie oft haben wir uns gesehen, seit wir verheiratet sind? Viermal ... genau viermal. Einmal vierzehn Tage, zweimal neun Tage und zuletzt zehn Tage. Das sind zusammen 42 Tage. Einen und einen halben Monat ... in fünf Jahren ... Und wie glücklich waren wir in diesen 42 Tagen und 42 Nächten. Glücklicher, als seien es die ganzen fünf Jahre gewesen.

Weißt du noch, Ursula ... bei meinem ersten Urlaub 1941? Es war im Sommer, und wir fuhren zu deiner Tante nach Heringsdorf an die Ostsee. Dort habe ich zum erstenmal gesegelt, mit dir allein in einem kleinen, schmalen Boot, und du hattest solche Angst, als uns der Wind immer weiter von der Küste trieb und schließlich nur noch ein dünner, heller Streifen am Horizont blieb. Du lagst damals vor mir im Boot, und der Schatten des Segels glitt über deinen Leib. „Noch vier Tage haben wir", sagtest du. „Du mußt mich lieben, daß es für zwölf Monate reicht." Bis zur Nacht blieben wir draußen im Boot, und von Heringsdorf schickten sie uns ein Motorboot entgegen, weil sie dachten, wir seien verunglückt.

Und später ... beim dritten Urlaub ... wir lagen im Keller aneinandergepreßt in dem hölzernen Luftschutzbett, und über uns warfen 1500 britische Bomber ihre Luftminen ab. Und der Wehrmachtsbericht schrieb: „Schwache britische Bomberverbände griffen in der Nacht die Stadt an. Es entstand leichter Sachschaden ..." Damals hast du dich an mich geklammert, wenn die Bomben ganz dicht neben unserem Keller die Häuser zerfetzten, und je näher das Dröhnen der Motoren kam, um so fester habe ich dich in den Arm genommen. Wenn wir sterben müssen, wollen wir miteinander sterben, hast du gesagt.

Und während der Boden zitterte, hast du mein Gesicht gestreichelt und gesagt: Du bist das Schönste für mich. Ich liebe dich. Ich liebe dein Gesicht. Deine Stirn. Deine Augen. Deinen Mund.

Und nun habe ich kein Gesicht mehr! Ursula ...

Er schreckte auf. Der Sanitäter hatte ihm die schmerzstillende Spritze gegeben. Schwabe spürte den Nadelstich und das Eindringen der Flüssigkeit in seinen Körper. Es war Eukodal. Er wußte es nicht, aber nach kurzer Zeit schwanden die brennenden Schmerzen im Gesicht, es war ihm, als würde er schwerelos oder der Sanitäter trage ihn umher wie eine Mutter, die ihr Kind schaukelt. Das Gehirn wurde zu müde, um weiter zu denken.

Dann schlief der Feldwebel Erich Schwabe, 26 Jahre alt, verheiratet mit Ursula Maria, geborene Villich, geboren in Köln am Rhein, Feldpost-Nr. 23786. Achte Verwundung: schwerste Gesichtsverletzungen durch Mineneinwirkung. Sofortige Spezialbehandlung notwendig. Hat 3000 Einheiten Tetanusserum vom Hammel bekommen. Puls sechzig, Temperatur sechsunddreißigdrei, gemessen in Achselhöhle.

„Die werden sich freuen in Bernegg", sagte der Stabsarzt, als man die Trage mit Erich Schwabe in den Lazarettzug geschoben hatte.

Es war ein früher Morgen, eisig kalt, und um Schwabe hatte man eine dicke Wolldecke geschlungen. Die Sankas waren nicht geheizt, und vom Lazarett bis zum Bahnhof Suwalki war es gut eine halbe Stunde Fahrt. Auch der Stabsarzt fror erbärmlich trotz seines Pelzmantels. Er hielt sich nur länger auf dem zugigen Bahnhof auf, weil mit dem Lazarettzug auch junge Schwestern gekommen waren. Fröhliche Mädchen aus der Heimat, die eine Nacht in Suwalki blieben und am nächsten Morgen wieder zurück nach Deutschland fuhren.

Erich Schwabe wurde in die unterste der drei Bettetagen geschoben. Über ihm lag ein Lungendurchschuß, im obersten Bett wimmerte ein Mann, der auf dem Bauch lag. Dann quietschte die Abteiltür zu, und nur das Wimmern aus dem obersten Bett füllte den kleinen Raum.

„Wie sieht er denn unter dem Verband aus?“ fragte eine der jungen Schwestern draußen auf dem Gang.

Der Stabsarzt tätschelte vertraulich die Hüfte des Mädchens. „Wie in einem alten Gruselfilm, mein Mädchen. Aber Sie werden's nicht sehen. Wir haben ihn neu verbunden, und der Verband kann draufbleiben, bis er in Bernegg ist. Ich glaube, daß ich Ihnen bis morgen früh Schöneres und Erlebnisreicheres zeigen kann, Schwesterchen.“ Er lachte sonor, kniff ein Auge zu und fand, daß zwar bisher Schwarz sein auserwählter Typ gewesen war, daß aber auch die Blonden ihre Reize hatten.

Erst als der Zug durch die Masurische Seenplatte fuhr und zwischen Lyck und Neuendorf halten mußte, weil ein Truppentransportzug das Gleis blockierte, erwachte Schwabe aus seinem Eukodalrausch. Er lauschte auf das Rattern der Räder, als der Zug wieder anfuhr.

So komme ich zurück in die Heimat, dachte er. Als ein Mensch ohne Gesicht . . . Er weinte, und während über seinen Augen der Verband feucht von Tränen wurde, wunderte er sich, daß ein zerstörtes Gesicht noch in der Lage ist, Tränen zu erzeugen.

Die Abteiltür knirschte. Er hörte Rascheln, eine weiche Hand glitt über seinen Hals, eine Frauenhand. Seine Finger umklammerten sie.

„Ich bin bei Ihnen“, hörte er eine helle Stimme sagen. „Ich bin Schwester Erna. Ich werde Sie betreuen, bis Sie in ein neues Lazarett kommen. Haben Sie Durst, soll ich Ihnen etwas zu trinken geben?“

Schwabe nickte. Kurz darauf spürte er, wie kalte Flüssigkeit durch die Kanüle in seinen Mund rann. Er schluckte, und es schmeckte widerlich nach Jod, Blut und Äther. Natürlich, dachte er, während er krampfhaft schluckte. Ich habe ja keinen Mund mehr, keine Lippen, nichts, nichts . . . nur eine Höhle, in die man jetzt die Flüssigkeit schüttet, ein saugendes Loch . . .

„Haben Sie sonst noch einen Wunsch?“ fragte die Stimme.

Schwabe schüttelte den Kopf.

„Soll ich Ihrer Frau schreiben? Ein paar Zeilen, daß es Ihnen gut geht . . . ich lese sie Ihnen vor . . .“

Schwabe schüttelte wieder den Kopf. Daß es mir gut geht, will sie schreiben, dachte er. Natürlich, was soll sie sonst an

Ursula schreiben? Soll sie schreiben: Ihr Mann kommt zurück, aber er hat kein Gesicht mehr ...? Seien Sie tapfer, kleine Frau ... auch Ihr Mann ist tapfer. Es wird alles wieder gut werden ...

Mein Gott ... Ursula ... Wer soll es ihr sagen? Wie kann man es ihr sagen ... Kann man es ihr überhaupt sagen?

„Was kann ich für Sie tun?" fragte Schwester Erna wieder.

„Nichts!" schrie Schwabe plötzlich in seinen dicken Verband. „Nichts! Nichts! Nur bleiben Sie bei mir ... bitte, bitte, Schwester ... bleiben Sie bei mir. Lassen Sie mich nicht allein ... bitte ... bitte ..."

Er krallte sich in ihre Hand fest, er hörte, wie sie leise aufschrie, als sich seine Nägel in ihre Haut bohrten.

„Nicht allein lassen", stammelte er. „Nicht allein lassen ... Schwester ... ich bitte Sie ... ich ... habe doch kein Gesicht mehr ..."

Und der Zug fuhr, vier Tage und vier Nächte – bis Bernegg.

Bernegg ist eine kleine fränkische Stadt mit 4000 Einwohnern. Zwei Sehenswürdigkeiten rissen sie bisher aus der Anonymität anderer Kleinstädte heraus: eine Kirche mit einer Pietà von Tilman Riemenschneider und ein Barockschloß, das früher dem Fürstbischof von Würzburg als Jagdresidenz gedient hatte. Beide historische Werke lockten in Friedenszeiten die Fremden nach Bernegg, einmal, weil man Riemenschneider für die Bildung brauchte, und zum anderen, weil auf dem Schloß, oder besser gesagt in der Schloßbrauerei, seit Jahrhunderten ein würziges Bier gebraut wurde.

Mit Beginn des Krieges verschoben sich die Sehenswürdigkeiten. Tilman Riemenschneiders Pietà blieb, aber aus dem Schloß Bernegg wurde ein Lazarett, aufgegliedert in Block A, Block B und Block C, in denen in stetigem Wechsel über 400 Verwundete versorgt wurden. Nur im Block B blieben die Patienten länger, oft ein, zwei Jahre. Er war ein langgestreckter, vier Stockwerke hoher Seitenflügel des Schlosses, der in die Hauskapelle mündete. Er hatte einen eigenen, von einer hohen Mauer umgebenen großen Park mit einem schönen Weiher, einen eigenen Eingang, eine besondere Wache und eine von den anderen Blocks getrennte Zufahrt.

Es war das Speziallazarett der Gesichtsverletzten, das Haus der verlorenen Gesichter.

Das große Einfahrtstor war durch ein riesiges Gitter gesichert. Gleich dahinter lag die Wache in einer ehemaligen Kutscherwohnung. Von dort führte der Zufahrtsweg in einem Bogen zur Schmalseite des Blocks B, wo, von anderen Blicken durch Buschgruppen abgeschirmt, die Verletzten ausgeladen wurden. Sie kamen sofort in einen Vorraum und von dort in einen kleinen OP, wo die erste Untersuchung stattfand und die Verteilung auf die Stationen. Gegenüber lag der Vorbereitungsraum I und dahinter der große OP, der auch von den anderen Abteilungen des Lazaretts nach einem genauen Plan benutzt wurde. Dienstag, Mittwoch und Freitag operierten die Gesichtschirurgen, Montag und Donnerstag bezogen aus Block A die „großen Metzger" den OP, um Arme und Beine zu amputieren. An OPs und Röntgenstation schlossen sich im Parterre drei-, vier-, sechs- und zehnbettige Zimmer, während in den oberen Etagen Krankensäle für bis zu zwanzig Verwundete waren. Die Keller waren zu Bunkern ausgebaut und ebenfalls mit Verwundeten belegt.

Es war später Abend, als der Lazarettzug etwas außerhalb des Bahnhofs Bernegg neben einer zu den Schienen parallellaufenden Straße hielt und auf die Sankas wartete, die von Schloß Bernegg zur Übernahme der Verwundeten herüberkommen sollten. Im Bahnhof selbst wurden keine Verwundeten mehr ausgeladen. Der Generalarzt hatte es verboten – im Auftrage des Befehlshabers des Heimatheeres, Heinrich Himmler. „Der Anblick dieser Verstümmelten kann im sechsten Kriegsjahr leicht zu defätistischen Stimmungen führen", hieß es in einem geheimen Tagesbefehl, der nur dem Chefarzt von Bernegg bekannt war. Seitdem hielten die Transporte immer außerhalb der Stadt an der Parallelstraße und luden die Verwundeten in die Sanitätskraftwagen um.

„Wir sind da", sagte die junge Schwester Erna zu Erich Schwabe, als der Zug hielt und der 2. Transportarzt durch die Gänge rannte und „Fertigmachen zum Ausladen!" brüllte. Der Zug-U.v.D. schnauzte die gehfähigen Verwundeten an, weil sie noch nicht angezogen waren oder die letzte Büchse Rindfleisch fraßen. Man wußte nie, wo man hinkam und wie das Essen im

Lazarett war. Was man in sich hat, ist gut verwertet. Alte Hasen, die schon mehrere Verwundungen hinter sich hatten und aus Erfahrungen schöpften, hatten aufklärend gewirkt und verbreitet, daß die beste Verpflegung anerkannterweise im Lazarettzug war.

„Nischt zurücklassen!" sagte ein dicker Stabsgefreiter und stopfte Brot, Wurst und Käse auf einmal in den Mund. „So gut kriegste's nie wieder . . ."

„Wir sind da", wiederholte Schwester Erna und streichelte Erich Schwabe die auf der Brust gefalteten Hände. „Hier sind die besten Chirurgen Deutschlands. Die bekommen Sie wieder hin . . . glauben Sie es mir . . ."

Auf der Straße brummten die Sankas heran. Der U.v.D. rannte von Wagen zu Wagen und kontrollierte die Klosetts. Zweimal war es vorgekommen, daß sich jemand dort versteckte und mit dem Lazarettzug zurückfuhr, nur des Essens wegen.

Erich Schwabe lauschte auf die Geräusche. Er hörte Stimmen vor dem Fenster, er hörte das Poltern und Knirschen der aus dem Zug geschobenen Tragen, Kommandos flatterten zu ihm hin, einige Flüche, ein plötzliches Lachen und die Stimme eines Bayern: „Mei Haxn is koa Glander, du Hirsch!"

Schwester Erna legte ihre Hand an den Hals Schwabes, dort, wo der Verband aufhörte. Sie spürte an dem Pulsieren der Halsschlagader, wie aufgeregt Schwabe war. Sein Herz flatterte.

„Kopf hoch", sagte sie fast zärtlich und zwang sich, nicht daran zu denken, wie dieser arme, hilflose Mensch unter dem Verband aussehen mochte. „Es dauert vielleicht gar nicht so lange. Was man heute alles kann in der Chirurgie . . . Sie werden staunen. Und die Hauptsache ist ja, daß Sie leben . . ."

Erich Schwabe nickte. Es war das Nicken eines großen, weißen Bindenkloßes auf zwei breiten Schultern und einem dünnen Hals.

Ich lebe, dachte er. Aber *wie* lebe ich! Keiner wird mich mehr ansehen können, ohne zu schaudern, ohne sich zwingen zu müssen, nicht entsetzt wegzulaufen. Und keine Frau wird es mehr geben, die mich lieben kann, die dieses Scheusal von Mensch in die Arme nimmt und streichelt. Auch Ursula nicht . . . nein, auch sie nicht . . .

„Ich danke Ihnen, Schwester", sagte er. Da sie ihn nicht verstand, nahm er ihre Hand und drückte sie und führte sie dahin, wo früher sein Mund gewesen war und jetzt eine Kanüle aus den Verbänden ragte.

An dem Zittern der Hand merkte er, wie mühsam Schwester Erna ihr Grauen bezwang. Da ließ er sie los und drehte den Kopf zur Seite.

So lud man ihn aus und fuhr ihn nach Schloß Bernegg, und keiner achtete darauf, wie heftig seine Brust zuckte.

Oberstabsarzt Professor Dr. Walter Rusch, der Chefarzt der Gesichtsversehrtenklinik Bernegg, wartete im kleinen OP, dem allgemeinen Verbandsraum, auf das Eintreffen der ersten Sankas. Er saß vor einem weißlackierten Tisch und sah hinüber zu den Waschbecken. Dort stand eine Frau in einem langen, weißen Arztkittel, hatte die Ärmel hochgerollt und seifte sich die Hände und die Unterarme gründlich ein. Ihr schwarzes lokkiges Haar hatte sie hochgesteckt und in ein halbsteriles Dreieckstuch eingebunden. Wenn es nötig war, nachher zu operieren, würde sie einfach die weiße OP-Mütze überstülpen. Nur an den Augen und dem schmalen südländischen Gesicht würde man dann sehen können, daß es eine Frau war, mit dem Profil einer florentinischen Renaissancefürstin.

Dr. Lisa Stephanie Mainetti hielt die Unterarme unter den warmen Wasserstrahl und ließ den Seifenschaum über ihre langen schmalen Hände in das Becken spülen. Dabei wandte sie den Kopf zu Professor Rusch um, und ihre Blicke trafen sich. Ein leichtes Lächeln glitt über das bräunliche Gesicht der Ärztin.

„Warum siehst du mich so an?" fragte sie und schüttelte den letzten Schaum von den Armen.

„Ich versuche zu ergründen, was du jetzt denkst." Die Stimme Ruschs war tief und melodisch. Wer sie zum erstenmal hörte, war fasziniert von dem Wohlklang. Später aber, wenn der erste Eindruck wich, hörte man einen Unterton heraus, einen Sarkasmus, eine Bitternis, die sich hinter Burschikosität und oft auch Kaltschnäuzigkeit versteckte.

„Ich denke, daß in wenigen Minuten wieder eine Fuhre Leid zu uns kommt." Lisa Mainetti tauchte die Hände in eine antiseptische Lösung und hielt sie dann von sich, um sie abtropfen zu lassen. Nebenan, im großen OP, sah sie zwei Sanitäter – Studenten im vorklinischen Semester – und einen Unterarzt bei den Vorbereitungen zu den Operationen. Man hatte Erfahrung bei diesen Neuzugängen. Meistens kamen sie ohne Aufenthalt von einem Frontlazarett oder gar einer Krankensammelstelle nach Bernegg und sahen erschreckend aus. Vor allem die Gesichtsverletzten. Außer einer groben Wundversorgung taten die Frontärzte nichts an ihnen. Was sollten sie auch tun! Wie in einem Schlachthaus standen sie vor Hunderten aufgerissenen Leibern, und die Sturmflut aus Blut spülte über sie hinweg.

Professor Dr. Rusch nickte mehrmals. „Eine Fuhre Leid, sagst du. Gewiß. Und diese Fuhren kommen jetzt von allen Seiten, die Transportwege werden immer kürzer. Wir schrumpfen zusammen, Lisa. Und deshalb denke ich, es müßte für dich ein Triumph sein, daß alles so gekommen ist. Daß wir Deutsche am Ende sind, daß wir einen Krieg verlieren, wie noch nie ein Volk einen Krieg verloren hat. Daß all das eingetroffen ist, was du einmal gesagt hast: Ihr seid wahnsinnig geworden in eurer Selbstüberschätzung."

Dr. Mainetti sah ihn nachdenklich an.

„Warum sollte ich mich freuen?"

„Weil du recht hattest."

„Recht? Was ist Recht, Walter? Mein Vater starb in Dachau, weil er glaubte, es sei sein Recht, gegen den deutschen Wahn zu sprechen. Mich wollten sie nach Flossenbürg als KZ-Ärztin bringen, um mich mitschuldig werden zu lassen an den Verbrechen. Damals hast du mich davor gerettet und hierher geholt ... und es ist manches seitdem geschehen ... auch zwischen uns, Walter. Nun habe ich recht behalten, und es kommt alles so, wie es kommen mußte ... aber dieses Recht wird eines Tages auch dich mitnehmen, und das wird ein Tag sein, wo ich mein Recht verfluchen werde!"

Sie hob den Kopf. Vor dem Tor rollten die ersten Sankas vor. Kommandos ertönten, aus dem großen OP rannten die beiden Sanitäter zum Eingang, um zu helfen. Am Ende des Ganges erschienen zwei Ordensschwestern mit wehenden weißen Hauben und bei jedem Schritt klappernden langen Rosenkränzen am Gürtel der Gewänder.

„An genau das habe ich gedacht, Lisa." Der Professor schloß seinen weißen Kittel. Er trug darunter nicht seine Uniform, sondern eine weiße Leinenhose und weiße Gummischuhe über nackten Füßen. Es war heiß unter den altmodischen Operationslampen, und wer eine halbe Stunde gebeugt über dem OP-Tisch stand, dem floß der Schweiß in Strömen vom Körper.

Über den Flur wurden die ersten Bahren getragen. Eine helle, scharfe Stimme tönte durch das Scharren der Füße und das leise Stöhnen der Verwundeten.

„Wer wird denn hier Arien singen, was?" schrie eine Stimme. „Ein deutscher Soldat bleibt stumm, und wenn ihm der halbe Kopf wegfliegt!"

Lisa Mainetti deutete zum Ausgang hin. „Sie waren euer Untergang, Walter. Diese NS-Schreier . . ."

„Wo gehst du hin, wenn alles vorbei ist . . .?"

„Noch ist es nicht vorbei. Noch sind wir mitten drin."

„Aber es wird nicht mehr lange dauern. Die Amerikaner stehen vor Aachen, die Russen marschieren an der Grenze im Osten. Es kann plötzlich kommen, Lisa. Wo wirst du hingehen, weißt du es schon?"

„Warum fragst du das jetzt, gerade jetzt? Draußen laden sie neue Menschen ohne Gesichter aus . . ."

„Sie sollten ein Anlaß sein, hart zu denken."

Über den Flur kam eine große Gestalt im weißen Arztkittel. Auch sie trug Leinenhosen und weiße Gummischuhe, aber sie wirkten wie Reithosen und Stiefel. Ein schmaler Kopf mit kurzgeschorenen, braunen Haaren und blauen, kalten Augen.

„Zweiundzwanzig Neuzugänge für uns!" meldete der Arzt ein wenig lässig und sah Professor Rusch an. „Zwei von ihnen sind ganz schön 'rangenommen! Die sparen für ein Jahr das Rasieren . . ." Er lachte, aber verstummte sofort, als er den abweisenden Blick Lisa Mainettis sah. „Humor kennt man hier wohl nicht", brummte er und steckte die Hände in die Taschen seines Kittels.

Oberarzt Dr. Fred Urban hatte eine gute und glatte Karriere hinter sich. Als HJ-Führer machte er sein Abitur, als Führer im NS-Studentenbund studierte er Medizin, und als SA-Sturmführer absolvierte er seine Pflichtassistenzzeit in der Klinik. Von da ab ging es schnell aufwärts, er wurde im Polenfeldzug und im Frankreichkrieg Unterarzt und Assistenzarzt, bekam das EK I, weil er einen eingeschlossenen Hauptverbandsplatz verteidigte, bis ein Gegenstoß ihn wieder befreite, und wurde später dann als Spezialist nach Bernegg kommandiert. Hier führte er sofort für alle Verwundeten wöchentliche politische Schulungen ein und entdeckte, daß der Chefarzt Professor Rusch nur ein „Neu-Nazi“ war und die Ärztin Dr. Mainetti ein schweres Kaliber von innerem Widerstand. Das alles festigte seine Position, und was ihm an ärztlicher Qualifikation fehlte, ersetzte er durch Forschheit und vaterländische Parolen.

„Warum brüllen Sie die Leute eigentlich so an?“ fragte der Professor. „Muß das sein?“

„Ich kann Schlappheit nicht vertragen, Herr Oberstabsarzt!“

„Immerhin sind dies Menschen, die kein Gesicht mehr haben!“

„Na und? Ist das ein Grund . . .“

Oberarzt Dr. Urban machte in diesem Augenblick einen Satz zur Seite und schrie „au!“ Dann starrte er entgeistert Dr. Lisa Mainetti an. Sie hatte eine lange Nadel in der Hand und lächelte ihm fast freundlich entgegen.

„Sehen Sie, lieber Kollege . . . Sie schreien ‚au!‘, wenn man Sie in den Hintern sticht. Den anderen da draußen aber hat man das Gesicht weggerissen. Es kann sein, daß sich bei Ihnen das Gefühl vom Gesicht in den Hintern verlagert hat . . .“

Dr. Urban verzichtete auf eine Antwort. Mit vorgestrecktem Kopf rannte er aus dem Verbandsraum und schnauzte einen Sanitäter an, der nicht zur Seite sprang und ihn auch nicht grüßte. Professor Rusch schüttelte den Kopf.

„Du provozierst seine Feindschaft, Lisa. Er kann gefährlich werden.“ Dann überzog ein Lächeln auch sein Gesicht. „Und eine Sprache hast du . . .“

„Ihr habt sie mich ja zwei Jahre lang gelehrt.“ Dr. Lisa Mainetti ging hinüber in den OP. Die erste Trage wurde im Vorraum abgesetzt. Es war Erich Schwabe, der regungslos dalag und alle Geräusche in sich aufnahm und sie zu Bildern ordnete. An der Tür blieb Lisa stehen. „Mir ist oft, als sei ich selbst ein Mann geworden . . .“

Rusch sah sie an, und sie spürte in seinem Blick Wärme und

Innigkeit. „Du brauchst nur einen Spiegel, um dir zu bestätigen, wie sehr du eine Frau bist . . .“

Die Sankas waren ausgeladen. Die Mehrzahl der Fahrzeuge fuhr zu Block A und C, der allgemeinen Chirurgie. Im großen OP lag ein Verwundeter auf dem Tisch. Oberarzt Dr. Urban wickelte die Verbände von seinem Kopf. Als die durchbluteten Zellstofflagen kamen, sagte er laut: „Hoppla, jetzt sei ein Mann, mein Junge!“ und riß die Lagen mit einem Ruck ab. Der Verwundete schrie gellend auf und hieb mit Armen und Beinen um sich. Sein halber Unterkiefer war weggeschossen, er hatte keine Nase mehr und kein linkes Ohr. Blut sickerte wieder aus den aufgerissenen Wunden, der Verletzte wimmerte und wand sich in den Lederriemen, die man ihm schnell überwarf. Sehen konnte er nichts, ein riesiges Hämatom schloß ihm beide Augen.

„Man kann's auch anders machen!“ sagte die Stimme Lisas hinter Dr. Urban. Der drehte sich nicht um, aber er schielte zu den beiden Sanitätern, die geflissentlich wegsahen. „Nun haben wir eine frische Blutung. Sollten Sie nicht wissen, daß Verbandmull an nässenden Stellen festklebt, weil das Wundsekret eintrocknet? Es wäre einfacher gewesen, mit einem Mullappen und einer wäßrigen Lösung mit H_2O_2 den Verband aufzuweichen und dann abzulösen.“

„Was man nicht alles verlernt hat“, sagte Dr. Urban spöttisch. „Wirklich . . . jetzt erinnere ich mich daran. Steht das nicht auch sogar im Handbuch für Erste Hilfe . . .?“

Dr. Mainetti wandte sich ab und ging zu der Trage, auf der Erich Schwabe lag. Dr. Urban fuhr herum, als er die Sanitäter grinsen sah.

„Mull, Tupfer und eine Schere, ihr traurigen Säcke!“ brüllte er. „Stehen hier herum wie Bettnässer, die auf eine trockene Matratze warten!“

Lisa Mainetti beugte sich über den klebrigen, verbundenen Kopf Schwabes. Sie tastete nach seiner Hand, fühlte den Puls und las den Laufzettel, der Schwabe auf der Brust lag.

„Können Sie mich verstehen?“ fragte sie. Schwabe nickte und drückte ihre Hand. Eine Frau, dachte er. Gott sei Dank, es ist nicht dieses Aas mit der kalten Stimme.

„Haben Sie Schmerzen?“

Schwabe nickte.

„Sie werden gleich eine Morphin-Injektion bekommen. Dann spüren Sie nichts mehr. Und haben Sie keine Angst. Es wird alles wieder gut werden. Ich werde mir jetzt Ihren Kopf ansehen.“

Schwabe fühlte, wie man etwas Nasses über sein Gesicht legte. Es durchdrang den Mull und kühlte wohlig seinen brennenden Kopf. Dann spürte er einen Einstich . . . die Injektion, dachte er . . . und dann glitt er weg in Schwerelosigkeit. So muß das Sterben sein, dachte er noch. Es ist gar nicht so schlimm . . .

Der Verband war durchweicht. Die Sanitäter hoben Schwabe auf den frei gewordenen OP-Tisch. Auch eine Ordensschwester war jetzt zugegen, in einem weißen Gewand und einer weißen Gummischürze. Dr. Urban hatte das Zimmer verlassen. Er kümmerte sich jetzt im Verbandsraum I um die weniger schweren Fälle und schnauzte sie an, wenn sie sagten: „Bitte Vorsicht, Herr Oberarzt . . . es klebt doch alles fest . . .“

Langsam wickelte Lisa Mainetti den Verband ab. Die Ordensschwester und ein Sanitäter hielten Schwabe an den Schultern in schwebender Lage und unterstützten seinen Kopf.

Gleich werde ich sehen können, dachte er. Gleich wird die Binde von den Augen kommen, und ich werde zum erstenmal wieder die Sonne sehen, ein menschliches Gesicht . . . ein Gesicht . . .

Als die durchbluteten Lagen kamen, weichte Lisa Mainetti sie noch einmal ein und kontrollierte vorsichtig, ob die Flüssigkeit durchgedrungen war.

Ich werde sehen können, dachte Schwabe. Ein Zittern durchlief seinen Körper. Ich werde feststellen, ob man mich belogen hat, ob ich meine Augen noch habe oder ob es nur leere Höhlen sind, aus denen die Tränen kommen. Wenn ich sehen kann, ist es ja gut. Mein Gott, dann ist ja alles nicht so schlimm. Wenn ich nur meine Augen habe . . . bitte, bitte . . . nur die Augen noch . . .

Lisa Mainetti nickte. Die blutigen Zellstofflagen waren aufgeweicht. Mit einem Ruck hob sie sie schnell ab . . .

2

Das Gesicht Schwabes lag frei vor Dr. Lisa Mainetti. Sie starrte auf das, was einmal ein Mensch gewesen war, und schluckte ein paarmal. Hinter ihr stand Professor Rusch, sie merkte es erst, als sie seinen Atem in ihrem Nacken spürte.

Sie wußte, daß er sie in diesem Augenblick ansah. Seit zwei Jahren behandelte sie in Bernegg die Gesichtsverletzten, seit zwei Jahren stand sie dreimal in der Woche im Operationssaal und flickte die zerstörten Gesichter zurecht, schuf neue Unterkiefer, neue Nasen, neue Wangen und Kinne, neue Lippen und Stirnpartien. Sie verpflanzte Rollappen und gestielte Lappen, sie setzte Knochenspäne ein und rang in millimetergroßen Stücken dem Körper neues Lippenrot ab, sie hatte Fettgewebe zur Polsterung von Kinn und Wangen transplantiert. Aber immer war es ein Schock für sie gewesen, wenn die „Neuen" kamen, und wenn sie blutige Höhlen sehen mußte, die einmal ein Gesicht waren, das lächeln konnte, das geliebt worden war, in dem sich die Seele spiegelte und Glück und Leid sich gleichermaßen eingezeichnet hatten.

So war es auch heute. Sie blickte in ein Gesicht, in dem nur noch die Augen standen, und etwas Dickes, violett Rotes schwamm in einer mit Blutklumpen angefüllten Höhle: die Zunge.

Lisa Mainetti biß die Zähne aufeinander. Dann hatte sie sich aber sofort wieder gefangen, sie legte beruhigend beide Hände auf die Brust Erich Schwabes.

„Sie bleiben auf meiner Station", sagte sie, und eine merkwürdige mütterliche Zärtlichkeit war in ihrer Stimme. „Es ist alles halb so schlimm. Sie können mich sehen?"

Erich Schwabe nickte. Undeutlich, wie durch einen Schleiervorhang, nahm er das schmale Gesicht der Ärztin wahr und dahinter den blonden Kopf des Chefarztes. Er sah den Zipfel einer Schwesternhaube, und ganz in der Ferne einen weißen Schrank mit blitzenden Instrumenten.

Ich kann sehen, dachte er unendlich glücklich. Sie haben mich nicht belogen! Meine Augen leben! Nun ist wirklich alles nicht so schlimm . . . ein paar Narben im Gesicht, wen wird das stören? Ursula bestimmt nicht. Es gibt so viele Männer mit

Narben . . . und bei den Akademikern heißt's sogar: Er ist interessant.

In seinem Kopf summte es. Die Schwerelosigkeit, die nach der Injektion seinen Körper wie auf einer Schaukel trug, flimmerte in seinen Augen und ließ die Konturen der Gestalten verschwimmen. Nicht ohnmächtig werden, dachte Schwabe. Nein, nicht weggehen aus diesem herrlichen Zustand, sehen zu können.

Dr. Mainetti nahm den Laufzettel, den der Sanitäter ihr hinreichte. Dann blickte sie wieder auf die blutverkrustete Fläche, in der einsam, als einziges Leben, die Augen standen, umgeben von dicken Säcken eines schon blaugelben Hämatoms.

„Sie sind verheiratet", sagte Lisa Mainetti und gab den Zettel an den Sanitäter zurück. „Übermorgen, wenn wir uns hier eingelebt haben, werden wir Ihrer Frau schreiben, nicht wahr?"

Schwabe winkte mit der Hand ab. „Zuerst meiner Mutter, Frau Doktor", sagte er.

Professor Rusch und Lisa sahen auf die dick geschwollene Zunge, die sich zuckend hin und her bewegte. Dort, wo einmal die Lippen gewesen waren, zuckte das zerfetzte Fleisch. Er spricht, dachte Lisa, und plötzlich schauderte es sie. Und seine nicht mehr vorhandenen Lippen formten die Worte, aber es war nur ein Röcheln und Zischen, das aus der Mundhöhle quoll, ein tierhaftes Lautgeben, zu dem die Zunge den Takt schlug.

Erich Schwabes Augen wurden weit. Jetzt, ohne Verband, hörte auch er die schrecklichen Töne. Er starrte den Chefarzt an, und plötzlich weinte er wieder hemmungslos wie ein Kind, bis ihn die Besinnung verließ.

Lisa Mainetti säuberte die Wunden und legte dann neue Lagen Mull auf das zerstörte Gesicht. Sie machte einen Verband, der die Augen freiließ. Es war nur ein kleiner Sehschlitz, denn auch die Stirnpartie war wegrasiert worden bis auf den blanken Knochen.

„Zimmer 3", sagte sie, als man Schwabe zurück auf die Trage hob. Während er hinausgeschafft wurde, schob man einen neuen Verwundeten auf den OP-Tisch. Einen Kieferschußbruch mit zerfetztem Gaumen und halb abgerissener Zunge.

„Da hast du aber noch einmal Glück gehabt, mein Junge", sagte Professor Rusch und kontrollierte die Zerstörung der

Knochen. „In ein paar Monaten kannst du wieder Eisbeine kauen . . ."

In der Nacht noch wurden die wichtigsten Fälle geröntgt, die Platten entwickelt und zum Professor gebracht. Die Sanitäter wußten das. Bei Neuzugängen gab es keine Nachtruhe. „Sie haben für uns die Köpfe hingehalten!" schrie Rusch einmal, als sich die Schwestern beschwerten. „Ich kann erwarten, daß ihr dafür einmal eine Nacht opfert!"

Der einzige, der sich störrisch zeigte, war Dr. Urban. Mißmutig saß er vor den Röntgenplatten, trank einen Cognac und hörte nur halb zu, was Rusch nach dem Studium der Aufnahmen anordnete.

„Als ob die nicht einen Tag Zeit hätten", brummte er und gähnte. „Nachher liegen sie doch jahrelang herum, bis ihre Visage gerichtet ist . . ."

„Bei manchen gelingt es nie", sagte Lisa Mainetti. „Es gibt Menschen, die haben von Geburt an kein Gesicht . . ."

Wortlos erhob sich Dr. Urban und verließ das Chefzimmer. Professor Rusch wartete, bis er die sich schnell entfernenden Schritte auf dem Gang hörte.

„Du machst so lange, bis er dich der Gestapo meldet", sagte er.

„Hast du Angst?" fragte Lisa zurück.

„Ja", sagte er ehrlich.

„Aber wir haben den Krieg doch bald verloren."

„Bald! Ja!" Rusch atmete schwer. „Aber bis dahin . . . Manchmal kann ich nicht mehr, Lisa . . . manchmal denke ich . . ."

Er verstummte, legte den Kopf zurück an die Sessellehne und bedeckte die Augen mit beiden Händen.

Ganz still war es im Raum, so still, daß man deutlich das saugende Geräusch hörte, als Lisa Mainetti an ihrer Zigarette zog.

Durch seine Sehschlitze erkannte Erich Schwabe, daß es Morgen war. Er lag in einem kleinen Zimmer, das Fenster war offen, und die Gardinen blähten sich im Luftzug, der in den Raum drang. Drei Blumentöpfe standen auf der hölzernen, weiß lackierten Fensterbank. Zwei Alpenveilchen und eine große Kaktee, die kleine Knospen angesetzt hatte.

Schwabe bewegte vorsichtig den Kopf zur Seite und richtete sich auf. Er war allein im Zimmer. Ganz dicht hob er den linken Arm an die Sehschlitze des Verbandes und sah auf seine Armbanduhr. Sie tickte noch und zeigte die neunte Morgenstunde.

Langsam hob er die Beine aus dem Bett, setzte sich auf. Sein Herz klopfte wie wahnsinnig. Als er glücklich stand, nach über einer Woche zum erstenmal wieder stand, zitterten ihm die Knie und knickten ein. Er mußte sich auf den Nachttisch stützen. Die ersten Schritte waren wie ein Taumeln, er ruderte mit den Armen, um das Gleichgewicht zu halten, und tastete sich dann an der Wand entlang.

Eine ungeheure Energie trieb ihn, ein Wille, der so übermächtig war, daß er die Schmerzen kaum merkte, die in seinem schwachen, pendelnden Kopf wieder aufstachen.

Ich will wissen, wie ich aussehe! Dieser eine Gedanke beherrschte Schwabe. Irgendwo mußte hier doch ein Spiegel sein oder etwas anderes Blankes, in dem ich mich spiegeln kann.

Als er an keiner der Wände einen Spiegel gefunden hatte, selbst nicht über dem Waschbecken, schwankte er zum Fenster. In einer Scheibe mußte er sich erkennen können . . .

Aber auch das Fenster spiegelte nicht. Die Scheiben waren aus Milchglas. „Sie denken an alles", sagte Schwabe und beugte sich aus dem Fenster. Auf den Wegen gingen einige Verwundete spazieren, ein Arbeitskommando kehrte mit Reisigbesen das Herbstlaub von den Wiesen und fuhr es mit Handwagen ab. Die Gesichter waren mit Leukoplaststreifen überklebt, sie sahen eher clownhaft als ekelerregend aus, eher wie eine Erinnerung an eine fröhliche Kirchweih.

Sie haben recht, es ist nicht so schlimm, dachte Schwabe und wandte sich ins Zimmer zurück. Eine freudige Hoffnung war in ihm. Er legte sich wieder ins Bett und nahm im Liegen Haltung an, als Dr. Lisa Mainetti zur Morgenvisite kam.

„Das lassen Sie mal sein", sagte sie und deutete auf die angelegten Arme Schwabes. „Für Sie ist der Krieg aus. Sie haben genug gegeben für Führer und Vaterland."

Sie setzte sich an sein Bett, kontrollierte den Verband und

sah Schwabe nachdenklich und fragend an. Dann nahm sie einen Block und Bleistift und schob beides Schwabe hin.

„Sie sind aufgestanden, nicht wahr?"

„Frau Doktor, ich ... ich wollte nur ...", kritzelte Schwabe auf das Papier. Seine Hand zitterte ...

„Sie wollten nur einen Spiegel suchen oder in die Fensterscheibe sehen."

„Ja", schrieb er.

„Aber warum denn? Haben Sie noch nie einen verbundenen Kopf gesehen?"

„Und was ist unter dem Verband, Frau Doktor?"

„Ihr Gesicht ..."

„Aber nicht mehr ganz, nicht wahr?"

„Natürlich nicht. Sonst trügen Sie ja keinen Verband."

„Und was ... was fehlt, Frau Doktor?"

„Fehlt? Wer spricht hier von fehlen! Ein bißchen ramponiert ist alles. Haben Sie schon einmal einen Boxer gesehen, der 15 Runden lang Dresche bekommen hat?"

„Ja, aber ..."

„Na also. Was heißt hier aber?"

„Eine Mine unter einem Schlitten ist kein Boxkampf, Frau Doktor ..."

„In sechs Wochen werden Sie in ein anderes Zimmer kommen, zusammen mit sechs Kameraden. Sie müssen nur Vertrauen haben und fest daran glauben, daß wir alles tun, um Sie für das spätere Leben wieder zurechtzuflicken. Alle anderen Gedanken sind Mist."

Schwabes Augen lächelten. „Sie reden wie ein Landser. Sicherlich können Sie auch fluchen."

„Und wie!" sagte Lisa Mainetti. „Daß die Wände wackeln, mein Lieber! Und nun setzen Sie sich hin und schreiben Ihrer Frau ein paar Zeilen, da es mit dem Schreiben so gut geht. Oder möchten Sie erst Ihrer Mutter schreiben?"

Schwabe schrieb.

„Aber niemand soll kommen!"

„Auch Ihre Mutter nicht?"

Erich Schwabe wehrte mit der Hand ab. Erst muß ich wissen, wie ich aussehe, dachte er. Sie sollen nicht erschrecken, wenn sie mich sehen. In zwei oder drei Monaten werden es vielleicht nur noch ein paar Narben sein, und Ursula wird mit den Fingerspitzen darüberstreicheln und sagen: Mein armer, armer Erich . . . hat es weh getan . . .? Und er würde lächeln und sagen: Nicht der Rede wert. Macht doch ein Gesicht interessant, was, die Narben?

Als er allein war, schrieb er an seine Mutter.

„Mein liebes Muttchen!

Ich bin wieder einmal verwundet. Nun ist's das achtemal. Aber Du siehst: Unkraut vergeht nicht. Ich bin in einem deutschen Lazarett, es geht mir gut, ich esse kräftig . . ."

Hier stockte er und dachte an die intravenösen Traubenzukkerinjektionen und Nährklistiere, die er täglich bekam.

„. . . und in zwei Monaten werde ich so weit hergestellt sein, daß ich zu Euch auf Urlaub komme oder Ihr zu mir kommen könnt. Macht Euch gar keine Sorgen um mich. An Ursel schreibe ich extra.

Ich küsse Dich, Muttchen, Dein Erich."

Als er den Brief geschrieben hatte, legte er sich zurück und starrte an die Decke. Ein Zwiespalt war in ihm. Wenn es nicht so schlimm war, warum haben sie dann alle Spiegel weggenommen, dachte er. Warum haben sie Milchglasscheiben? Wir haben im Krieg schon anderes gesehen als ein verschrammtes Gesicht. Irgend etwas stimmt doch hier nicht . . .

Sechs Zimmer weiter saß Dr. Lisa Mainetti mit ihrem ersten Untersuchungsprotokoll dem Chefarzt gegenüber. Professor Rusch hörte zu, wie sie mit knappen Worten berichtete.

„Wie lange, denkst du, wird es dauern, bis wir den Schwabe wieder menschlich machen?" fragte er, als sie schwieg.

„Das wird kaum möglich sein . . .", sagte sie leise.

„Ich meine, bis er so aussieht, daß kein Hund mehr vor ihm erschrickt . . ."

„Mit allen Deckungen und Plastiken, die nötig sind, mit allen Korrekturen und Ausscheidungen – mindestens vier Jahre." Sie nahm das Protokoll und legte es zurück in ihre Stationsmappe. „Und auch dann wird er noch immer aussehen wie eine Alraunwurzel."

„Du hast mit ihm gesprochen?"

„Ja. Aber er weiß es nicht . . . ich konnte es ihm nicht sagen. Nicht jetzt schon."

„Und seine Angehörigen? Willst du mit seiner Mutter reden? Mit seiner Frau?“

„Ich werde es einmal müssen. Vor allem mit ihm natürlich. Nur nicht sofort. Er ist einer von den Menschen, die in ihr Unglück hineinwachsen müssen, um es ertragen zu können. Ich weiß noch nicht, wie ich ihm die Wahrheit beibringen soll ...“

Professor Rusch ergriff beide Hände Lisas und zog sie näher zu sich heran.

„Wir kennen uns so gut“, sagte er stockend. „Und im Grunde kennen wir uns so wenig. Bitte, beantworte mir ehrlich eine Frage: Könntest du noch einen Mann lieben, der ... der so aussieht wie Schwabe ...?“

„Warum willst du darauf eine Antwort?“

„Sie ist wichtig, Lisa.“

„Gut. – Ja, ich könnte einen solchen Mann lieben ... wenn du es wärst ...“

„Danke.“ Professor Rusch erhob sich abrupt. Es war, als sei eine unruhige, treibende Kraft über ihn gekommen. „Setzen wir morgen schon Schwabe auf den OP-Plan! Es war gut, was du gesagt hast ... ich war einen Augenblick im Zweifel, ob man dem Mann noch helfen könnte ... Jetzt weiß ich, daß alles sinnvoll ist, wenn eine Frau wirklich lieben kann ...“

In der Stube B/14 hatte man endlich eine Sensation.

Der Gefreite Theodor Baum entwickelte sich unter den Augen seiner fünf Stubenkameraden zu einem medizinischen Phänomen.

Es hatte zunächst ganz harmlos angefangen. Theodor Baum kam auf Schloß Bernegg mit einem zerstörten Kinn. Ein Granatsplitter hatte ihm einen Teil glatt wegrasiert. Vor der Knochenspantransplantation überpflanzte Dr. Lisa Mainetti ihm zur Deckung des Knochens einige Weichteile. Sie nahm dazu einen schönen, kräftigen Brustlappen Baums.

Der eingepflanzte Lappen wuchs sehr gut an, aber dann zeigte sich etwas, was sowohl Lisa wie der Chefarzt mit Verwunderung beobachteten: Das transplantierte Stück schwoll dermaßen an, daß Theodor Baum nach sechs Wochen mit einem mächtigen fleischigen Kinn herumlief, das aussah wie eine verpflanzte Frauenbrust.

Die Stube B/14 verfolgte die Verwandlung mit Staunen und Entzücken.

„Dös is a Ding!“ sagte der Unteroffizier Wastl Feininger aus Berchtesgaden. „Dös könnt’ mei Resi direkt neidisch machen.“

Paul Zwerch aus Berlin stellte mit wissenschaftlichem Ernst Beobachtungen über das Wesen eines Zwitters an.

„Halt’s Maul!“ schrie Theodor Baum. Er wickelte einen Schal um seinen Kopf, aber die rapide Vergrößerung des Kinns ließ sich nicht eindämmen.

In der siebten Woche schlug die Stube B/14 aus diesem Phänomen reiches Kapital. Man hatte dafür gesorgt, daß die Verwandlung des Gefreiten Baum im ganzen Lazarett bekannt wurde. Von Block A und C kamen die Gehfähigen herüber und durften gegen einen Eintritt von zwei Zigaretten pro Mann einen Blick auf „Titten-Theo“ werfen.

Waren genug Zuschauer in der Stube, löste Theodor Baum seinen Schal und ließ sein Kinn frei in der Luft baumeln. Für fünf Zigaretten durfte man es anfassen und sich an zu Haus erinnern.

„Mensch, det is ne Wolke!“ rief einer, der auch durfte.

Die Stube B/14 schwamm in Zigaretten.

Da wurde Theo erneut von Dr. Lisa Mainetti in den OP befohlen.

„Nun werden wir das radikal angehen, lieber Baum!“ sagte die Ärztin vergnügt. „Ich nehme an, Sie haben jetzt mindestens für ein halbes Jahr zu rauchen.“

Bei dieser Operation wurden die wuchernden Fettzellen des Brustlappens gestutzt. Das Kinn wurde aufgeschnitten, das ödematöse Fettgewebe zum Teil mit der überschüssigen Epidermis entfernt. Dann wurde das Kinn wieder geformt und vernäht. Wie ein normaler Mensch kam Theodor Baum zurück in die Stube B/14.

„Ich hab’ immer so schön g’träumt, wenn ich den Theo kurz vorm Einschlafen g’sehn hab’“, sagte der Unteroffizier Feininger. „Nix gönnen s’ einem im Lazarett...“

Aber der Brustlappen Theos trotzte dem chirurgischen Messer. Das Fettgewebe schwoll erneut an, und in der vierten Woche hatte Theo Baum wieder sein hängendes, brustähnliches

Kinn, ein wenig kleiner und straffer, aber deshalb für die interessierten Betrachter um so attraktiver.

Der Berliner Paul Zwerch befühlte es und nickte zufrieden. „Jugendfrisch und kräftig!" stellte er fest. „Wir müssen den Eintritt erhöhen, Kameraden!"

Diesmal kam ihnen Lisa Mainetti zuvor. Sie holte sich Theo wieder und operierte ein drittes Mal, so radikal, daß Professor Rusch kopfschüttelnd daneben stand und bemerkte: „Jetzt hat er überhaupt kein Kinn mehr!"

Aber es gelang. Der eingewachsene Brustlappen verhielt sich fortan neutral. Das Kinn Theo Baums wurde schön und rund. Als er zur ambulanten Behandlung nach Hause entlassen wurde, kam sich die Stube B/14 verwaist vor.

„Immer reißt et uns de Besten von da Seite", sagte Paul Zwerch melancholisch. „Wer wird uns unseren Theo ersetzen . . .? Jetzt fehlt uns eener, dem se ne Hinterbacke als Wange verpflanzt haben. Kinder, der wär' 'n Geschäft. Einmal tätscheln – fünf lange Kippen!"

Sie wurden enttäuscht. Erich Schwabe kam auf die Stube.

Sechs Wochen hatte Schwabe auf den Augenblick gewartet, in dem er außer den Schwestern, Ärzten und Sanitätern anderen Menschen begegnen würde. An ihren Mienen würde er erkennen, wie er aussah, und sie würden ihm auch sagen, wenn er sie darum anbettelte: Das fehlt in deinem Gesicht, und da siehst du noch verbogen aus. Und er konnte sie fragen: Sagt, Kameraden – würdet ihr an meiner Stelle, so wie ich jetzt aussehe, jetzt schon meine Frau kommen lassen?

Nun war es endlich soweit. Nach fünf Operationen, in denen Professor Rusch und Dr. Lisa Mainetti ihm Weichteillappen in das Gesicht transplantiert hatten und Oberarzt Dr. Urban die Bemerkung fallenließ: „Rassisch gesehen, ist Ihre Physiognomie eine Novität in Günthers Rassenalbum . . .", was Schwabe nicht verstand, wurde er von der neuen Stationsschwester Dora Graff, einer blonden 23jährigen Rote-Kreuz-Schwester, aus seinem Einzelzimmer abgeholt und durch einen langen Flur in die Stube B/14 geführt.

Wie bei den anderen Gesichtsverletzten, die er schon vom Fenster aus hatte im Garten arbeiten sehen und deren Anblick ihn beruhigt hatte, war auch sein Gesicht jetzt mit Leukoplaststreifen überklebt. Nur über das linke Ohr hatte man noch Binden gewickelt, weil die Stelle, wo die Ohrmuschel abgerissen war, näßte.

Erich Schwabe stand in der Tür der Stube B/14 und sah zu seinen neuen Kameraden hinüber. Sie saßen an einem langen Tisch am Milchglasfenster, spielten Schach oder lasen und hoben nun die Köpfe, als die Tür aufging.

Wie sehen sie mich an, forschte Schwabe in den narbigen, beklebten Gesichtern. Sind sie entsetzt? Haben sie Mitleid? Empfinden sie Ekel? Dort, der Junge, dem von der Schläfe bis zum Kinn eine runde Fleischwurst über das ganze Gesicht hängt, sieht er schrecklicher aus als ich? Soviel weiß ich schon . . . ein Rollappen ist das. Wenn er angewachsen ist, wird er nachoperiert und geformt. Und dort, der Mann, der gerade die Skatkarten mischt . . . statt einer Nase klebt ihm ein dicker Fleischkloß im Gesicht. Rundstiellappen nennen sie das. Aus dem Halsbereich wird er genommen und dann weiter auf die Nase verpflanzt. Dr. Lisa Mainetti hatte ihm das alles erklärt, aber er hatte nur die Hälfte begriffen.

„Wie Sie's machen, Frau Doktor, ist gleich . . . nur wieder vernünftig aussehen will ich . . ."

„Komm 'rein!" sagte der Junge mit dem großen Rollappen. „Ich heiße Walter Hertz."

Unteroffizier Feininger musterte den Neuen und grinste Schwester Dora breit an. Seine rechte Stirnseite war eingedrückt und zertrümmert gewesen. Durch Knochenüberpflanzungen und Weichteildeckungen hatte man ihn so weit wiederhergestellt, daß er als einziger der Stube B/14 samstags nach Bernegg ins Kino gehen konnte, mit einem Kopfverband wie ein Turban. „Pascha Wastl" wurde daraufhin sein offizieller Name im Lazarett, zumal Feininger überall erzählte, die Mädchen seien verrückt auf ihn. „Wenn ich denen sage, daß ich türkische Liebe studiert hab', fall'n s' reihenweise um ...", berichtete er. Seinen Verband hatte er allerdings nie vor den Mädchen abgenommen... „von wegen der Ästhetik, ihr Hammel!"

„Kriegt der auch 'n neues Kinn?" fragte Feininger. „Sag's der Frau Doktor... nur aus der Brust..."

Erich Schwabe versuchte zu lächeln. Es ging nicht, denn er hatte einen Mundspanner im Gaumen, um ein Zusammenziehen der Weichteillappen, die man überpflanzt hatte, zu verhindern. Nach wie vor wurde er durch Sonden ernährt, aber es ging schon wesentlich besser, nachdem die inneren Wunden in der Mundhöhle verheilt waren. Sogar durchgedrehtes Fleisch, mit Bouillon verdünnt, konnte er essen. Und sich etwas verständlich machen.

Sie sind nicht entsetzt, dachte er zufrieden. Ich sehe also nicht so schrecklich aus. Er wußte nicht, daß Dr. Lisa Mainetti kurz vorher in der Stube B/14 gewesen war und gesagt hatte: „Gleich kommt ein neuer Patient. Reißt euch zusammen und zeigt ihm nicht, wie er aussieht. Tut so, als sei alles normal. Wer euch früher gesehen hat, hätte auch weglaufen können! Also, versaut mir den Mann nicht!"

„Wie'n Feldwebel aus Ostpreußen!" hatte der Berliner gesagt, als die Ärztin fort war. „Und aussehen tut se, als käme se von der Ufa! 'n Mordsweib, det steht fest!"

Ein anderer Stubengenosse mit einer rechten Gesichtshälfte, die wie ein zusammengeschrumpfter Bratapfel aussah – in einem brennenden Panzer hatte er mit der rechten Seite in kochendem Öl gelegen –, nahm Schwabe die wenigen Dinge ab, die er in einem Wehrmachtssack bei sich trug. Er ging zu einem Bett in der Ecke und legte den Sack darauf.

„Wir freuen uns, daß du da bist. Ich heiße Fritz Adam und bin der Stubenälteste."

„Erich Schwabe . . .", sagte Schwabe leise und folgte Adam zu seinem Bett. Dort setzte er sich und packte seine Sachen aus... ein zerknittertes Bild von Ursula, das er gegen einen Steingutbecher stellte, einen Schreibblock, zwei Bleistifte und einen Kalender. Adam half ihm beim Einräumen des Spinds.

„Na denn", sagte der Berliner, als sich der erste, gut beherrschte Schock über den Anblick Erich Schwabes gelegt hatte. „Weiter geht's! Ick hab' 'ne tolle Flöte in der Hand. Damit reiß' ick euch de Knöpfe von der Unterhose . . ."

Wie schön ist es hier, dachte Schwabe. Skat kann man spielen, Schach, Mensch ärgere dich nicht. Witze werden sie machen und vom Thema 1 erzählen.

Er hatte kaum eingeräumt, als die Tür aufgerissen wurde.

Der Stubenälteste schrie: „Achtung!" Vom Tisch spritzten die Männer hoch und legten die Hände an.

„Heil Hitler!" sagte eine helle, kalte Stimme von der Tür her.

„Heil Hitler!" brüllten die fünf zurück.

Dr. Fred Urban starrte auf Erich Schwabe, der sich auf sein Bett gesetzt hatte und das Bild Ursulas ansah. Er schien nicht wahrgenommen zu haben, daß jemand in die Stube gekommen war. Erst als Walter Hertz, der ihm am nächsten stand, zischte: „Mensch, erheb dich!" sah er auf und in die kalten Augen des Oberarztes.

„Was ist denn das?" brüllte Dr. Urban. „Ihnen fehlt ja allerlei in der Fresse, aber Ohren haben Sie noch! Und aus den Kniekehlen haben wir Ihnen auch keine Knorpel verpflanzt! Also?"

Erich Schwabe erhob sich. Seine Augen waren dunkel. Er legte die Hände an die Seite und starrte Dr. Urban aus seinem zerstörten Gesicht an.

„Heil Hitler!" schrie der Oberarzt. „Los . . . üben Sie . . . das ist die beste Gymnastik für neue Lippenteile! Bei Heil brauchen Sie nur die Zunge, und das Hitler kommt ganz von selbst! Wozu der Name unseres Führers alles gut ist, was? Los, Mensch, rufen Sie. Vom Stielaugenmachen hat noch keiner eine schöne Visage bekommen!"

Erich Schwabes Blick irrte zu den stramm stehenden Stubengenossen. Er sah, wie Feininger ihm zublinzelte und der Berliner ihm ein Zeichen mit dem Finger gab.

„Heil Hitler!" schrie er da, so grell aus seiner mit einer Klammer offengehaltenen Mundhöhle, daß sich die Stahlbügel der Klammer in das neue Fleisch bohrten und Dr. Urban einen Schritt zurücktrat. Eine Spur von Blässe zog über sein nordisches Gesicht.

„Aufhören", schrie er außer sich, als er bei Schwabe das Blut aus der Mundhöhle rinnen sah. „Ein Saustall ist das hier! Ein Geist herrscht hier, der schon Wehrkraftzersetzung ist! Aber ich weiß schon, woher ihr den Mut bekommt. Lange dauert's nicht mehr, darauf könnt ihr euch verlassen! Ihr seid Nationalsozialisten auch ohne Fresse . . ."

„Und dabei war det bisher imma die Hauptsache . . .", sagte

der Berliner. Die anderen standen wie Pfähle, nur ihre Augen lachten.

Dr. Urban ging auf den Berliner zu. „Bei der nächsten Entlassung, mein Freund . . .“, sagte er. „Um einen Panzer zu fahren, braucht man keine Nase!“ Dann wandte er sich ab, donnernd krachte die Tür hinter ihm zu.

Die Männer setzten sich.

„Det kann lustig werden“, sagte der Berliner und mischte die Skatkarten. „Wat haste dem denn jetan, Erich, det der uff eenmal so wütend is?“

Erich Schwabe sank auf das Bett und starrte auf Ursula. Vor drei Tagen hatte sie geschrieben. „Nun sind über acht Wochen herum, wo du in der Heimat bist. Ich habe solche Sehnsucht nach dir . . . warum kann ich denn nicht zu dir kommen? Andere Frauen besuchen ihre Männer in den Lazaretten. Nebenan, die Frau Schmidke, war viermal schon in Burgsteinfurt bei ihrem Mann. Warum kann denn ich nicht kommen? Du . . . laß mich doch kommen . . ., bitte, Erich . . .“

„Seid ihr verheiratet?“ fragte Schwabe. Die sechs gaben sich alle Mühe, ihn zu verstehen. Fritz Adam war der einzige, der ihn voll verstand. Er wiederholte für die anderen immer die Fragen und Antworten.

„Ob wir verheiratet sind? Nein! Doch . . . Der Wastl-Pascha.“

„Und wie!“ Feininger lachte.

„Soll ich meine Frau kommen lassen?“

Die Frage, die große, schicksalsschwere Frage. Schwabe musterte seine Kameraden. Der Berliner mischte die Karten, zwei spielten Schach, Feininger hatte plötzlich etwas an seinen Hosenträgern auszusetzen und fluchte, Walter Hertz zählte die Skatkasse. Nur Fritz Adam, der Stubenälteste, ging auf Schwabe zu und setzte sich neben ihn.

„Ich würde noch 'was warten, Erich. Noch ein paar Wochen. Nicht, daß du furchterregend aussiehst, aber du kennst doch die Frauen. Jede Schramme nehmen sie schlimm! Und wenn einer im Gesicht 'was hat, ist's besonders schlimm. Die Weiber gucken doch so auf Schönheit! In ein paar Wochen ist's auch bei dir anders, und deine – wie heißt sie denn?“

„Ursula“, sagte Schwabe dumpf.

„– deine Ursula wird nie wissen, wie du vorher ausgesehen hast, wie jetzt zum Beispiel. Braucht sie ja auch gar nicht zu wissen, was? Ist reine Männersache!"

Erich Schwabe nickte.

„Laß deine Mutter kommen." Fritz Adam legte den Arm um Schwabes Schulter. „Wir alle haben das so gemacht. Mütter sind da anders, Erich, weißt du. Die sehen nur, daß du noch lebst, ob ganz oder halb, das ist egal. Ihr Kind lebt, sie können es anfassen, streicheln, liebkosen, sprechen, sehen, hören ... da gibt es nichts anderes auf der Welt, was schöner wäre. Daß wir etwas anders aussehen ... mein Gott, das ist ein Jammer, gewiß ... aber wir leben ... ihr Kind lebt. Mehr wollen die Mütter nicht vom Krieg."

„Glaubst du?" fragte Schwabe leise.

„Bestimmt. Wir haben es doch alle erlebt. Sogar der Feininger hat seine Mutter kommen lassen und nicht seine Resi. Und was hat die alte Feiningerin gesagt: Der halbe Kopf ist weg? Ist nicht schade drum... war doch nie viel drin!"

Erich Schwabe lächelte. Man sah es nur an den blanken Augen und dem Flattern der Lider.

„Ich danke dir, Adam", sagte er. „Bist ein prima Kerl ..."

Am Abend schrieb er an seine Mutter. Sie solle kommen, aber ohne Ursula. Zuerst allein. „Ich bin am Gesicht verletzt", schrieb er. „Nicht schlimm, Muttchen, aber erst sollst Du es sehen und mir sagen, ob ich Ursel so empfangen kann. Ich möchte sie nicht erschrecken ..."

Bei der Visite sah Dr. Lisa Mainetti erstaunt in den Mund Schwabes. Neben der Klammer war ein Riß in dem Transplantat, aus dem frisches Blut gesickert war und sich an den Gaumenwänden verkrustet hatte.

„Was ist hier passiert?" rief sie und sah die anderen, die an ihren Betten standen, streng an. „Was ist mit Schwabe geschehen!"

„Die Folge eines Besuches von Herrn Oberarzt Dr. Urban, Frau Doktor." Fritz Adam meldete es mit dienstlich knapper Sprache.

„Danke!" Lisa Mainetti lächelte Schwabe zu. Es war ein mühsames, verkrampftes Lächeln.

Zwanzig Minuten später rannte Professor Rusch über den

Gang zum Zimmer Dr. Mainettis. Durch die Tür hörte er ihre Stimme. Sie schrie, daß man jedes Wort auf dem Flur verstand.

„Tragen Sie die Verantwortung für meine Patienten? Sie, der Sie nicht einmal einen Blinddarm herausnehmen können! Wenn Sie sich noch einmal um meine Station kümmern, werde ich den Herrn Generalarzt darüber aufklären, welch ein Stümper Sie sind und daß sich Ihre ärztliche Tätigkeit darin erschöpft, den jungen Schwestern in die Blusenausschnitte zu greifen!"

Bevor der Professor die Tür aufreißen konnte, wurde sie von innen aufgestoßen. Dr. Urban rannte mit verzerrtem Gesicht aus dem Zimmer.

Dr. Lisa Mainetti stand bebend und hochrot neben dem kargen Feldbett, das außer Schrank, Tisch, zwei Stühlen, einem rohen Bücherregal und einem Schaukelstuhl – welch ein Luxus! – zur primitiven Einrichtung des Arztzimmers gehörte.

„Bist du verrückt geworden?" fragte Professor Rusch laut, während er eintrat.

„Er hat dich und mich Saboteure des Endsieges genannt. Da konnte ich einfach nicht mehr! So ein Schwein, so ein erbärmliches Schwein . . ."

„Und wenn er uns tatsächlich hinhängt? Was haben wir davon? Lisa, denk an unsere Verwundeten. Sie brauchen uns als Ärzte, nicht als Gegner einer zusammenbrechenden Ideologie!"

„Er wird uns nicht melden", sagte Lisa Mainetti schwach.

„Bist du dessen so sicher?"

„Ganz sicher . . ."

„Wieso denn?"

„Er ist Morphinist . . ." sagte Lisa. „Er stiehlt es im OP. Ich habe ihn dabei überrascht . . ."

Frau Hedwig Schwabe wohnte im Keller des Hauses Horst-Wessel-Straße 4. Es war einmal ein schönes, stattliches Haus gewesen, mit einer verzierten Sandsteinfassade, hohen Fenstern und einem ausgebauten Schieferdach. Der Glasermeister Schwabe hatte es 1928 gebaut, zwei Stockwerke vermietet und selbst die untere Etage bewohnt. Ein gutbürgerliches, gepflegtes, solides Haus mit guten Kellern, die man damals baute, ohne zu ahnen, daß sie einmal das Leben retten könnten.

Im Sommer 1944 gab es dann von diesem Haus Horst-Wessel-Straße 4 nur noch eine halbe Fassade, hinter der ein riesiger Trümmerberg lag, der zwei Wochen lang noch brannte und schwelte. Die massiven Keller hatten standgehalten, und hier wohnte nun die Witwe Hedwig Schwabe in zwei wohnlich hergerichteten Räumen, bahnte sich jeden Morgen durch die Trümmer ihren Weg zu den Ausgabestellen für Brot, Milch und Margarine und besuchte ihre Schwiegertochter Ursula, die zwei Häuserblocks weiter ebenfalls in einem Kellerraum hauste und die wenigen Habseligkeiten Erich Schwabes bewachte, die man hatte retten können. Eine Briefmarkensammlung war darunter, ein Erbstück vom alten Glasermeister. Niemand wußte, was die bunten Papierchen wert waren. „Wenn's kracht, mußt du die Sammlung als erstes retten!" hatte Erich Schwabe gesagt, bevor er wieder nach Rußland fuhr. „Kann sein, daß wir sie noch einmal brauchen."

An diesem Vormittag war Frau Hedwig Schwabe in einen großen Zwiespalt geraten. Erich hatte geschrieben! Endlich wußte man genau, wie er verwundet war. Im Gesicht, schrieb er. Nur ein paar Schrammen. Frau Schwabe las diese Zeilen immer wieder durch, und sie war glücklich und fast atemlos vor Freude, daß es nur ein paar Schrammen waren. Die verheilen schnell, dachte sie, als sie den Brief wieder in den Umschlag steckte. Wie oft ist der Erich als Junge hingefallen, einmal – er war, sie dachte angestrengt nach, ja, er war neun Jahre alt – war er mit dem Roller gestürzt und hatte sich die Stirn und die Nase aufgeschabt. Schlimm sah es erst aus. Aber nach ein paar Wochen waren nur ein paar helle Hautflecken übriggeblieben, und auch diese verschwanden völlig mit den Monaten.

„Die Hauptsache, Erich lebt!" sagte Frau Schwabe zu ihrer Nachbarin im Nebenkeller. Man besuchte sich tagsüber durch die Kellerdurchbrüche und trank zusammen eine Tasse Mukkefuck, wie der Ersatzkaffee genannt wurde, und aß dazu ein glitschiges Gebäck, das aus Griesmehl, Ersatzmarmelade und Butterschmalz bestand. Immerhin war es ein Kaffeekränzchen, und Frau Schwabe las den Brief vor und freute sich, wie sich nur eine Mutter freuen kann, deren Sohn lebend zurückgekommen ist.

Nur eines bereitete Hedwig Schwabe Sorge: Warum sollte sie Ursula nichts sagen? Warum sollte sie allein nach Schloß Bernegg kommen? War etwas zwischen Erich und Ursula, was sie nicht wußte? Gewiß, Ursel war hübsch, und die Männer drehten sich nach ihr um, aber sie war dem Erich treu geblieben in all den einsamen Jahren. Frau Schwabe mußte es anerkennen, denn wer achtet mehr auf die Moral als die Mutter eines verheirateten Sohnes bei der Schwiegertochter?

Es war ein großer Konflikt in Frau Schwabe, als sie gegen Mittag zu Ursula ging, um nach ihr zu sehen.

Ursula Schwabe saß in ihrem Kellerraum und schälte Kartoffeln. Es hatte eine Sonderzuteilung gegeben, schrumpelige, fleckige Kartoffeln, aber sie schmeckten noch immer besser als die getrockneten Kartoffelscheiben, die man im Wasser aufquellen lassen mußte und die in der Suppe rochen wie gekochter Moder. Sie war ein nettes Mädchen mit langen blonden Haaren, einer Stupsnase, wasserblauen Augen, einem vollen Mund und der glatten, mit blondem Flaum überzogenen, rosigen Haut ihrer 24 Jahre. Als sie Erich Schwabe heiratete, war er ihr erster Mann. Das war etwas, was Erich unbändig stolz machte und was er bei seinen Kameraden auch erzählte. „Auf die Ursel kann ich mich verlassen!" sagte er immer. „Die sieht keinen anderen Mann! Ich war der erste, und ich bin der letzte!" Davon hielten ihn auch die Flachsereien seiner Kameraden nicht ab, die Ursula eine „verklemmte Natur" nannten. Schwabe lächelte nur und schnitt allen die Rede ab: „Ich weiß, was ich habe! Ihr könnt mich alle kreuzweise . . ."

„Guten Tag, Mutter!" sagte Ursula und rückte auf dem Luftschutzbett zur Seite. „Hast du Kartoffeln bekommen?"

„Nein. Wo gab's die denn?" Hedwig Schwabe setzte sich neben ihre Schwiegertochter.

„Ich koche eine Kartoffelsuppe. Ein paar Möhren hab' ich noch und eine Tüte getrockneten Weißkohl. Willst du hierbleiben, Mutter?" Ursula lachte und warf mit einer schnellen Kopfbewegung ein paar blonde Haare aus der Stirn. „Ich komme mir's wieder holen, wenn du eine Sonderzuteilung hast."

Soll ich's ihr sagen? dachte Frau Schwabe. Sie ist ein so nettes Mädel, und es ist unverständlich von dem Jungen, daß er sie so behandelt! Man müßte es ihm einmal ganz deutlich sagen: Man muß die Ursel bewundern, daß sie nicht so ist wie viele andere junge Frauen, die ihren Mann monatelang nicht gesehen haben ... und ...

„Ist etwas, Mutter?"

Frau Schwabe schreckte aus ihren Gedanken hoch. Sie sah den Blick Ursulas forschend auf sich ruhen.

„Hat Erich geschrieben?" fragte sie mit dem untrüglichen Gefühl einer wartenden Frau.

Frau Schwabe ordnete einige Strähnen des weißen Haares, obwohl es wie immer glatt um den Kopf lag. Soll ich es sagen, dachte sie unschlüssig. Sie ist Erichs Frau, und warum soll sie nicht wissen, daß er am Gesicht verletzt ist? Er lebt, und das ist doch die Hauptsache. Der Junge macht sich bestimmt zuviel Sorgen um Ursula.

„Ja ...", sagte Frau Schwabe tapfer. „Erich hat geschrieben ..."

„Nur an dich?" Ursula legte die Schüssel mit den Kartoffeln und das Küchenmesser weg. Ihre kleinen, wasserhellen Augen waren nun wirklich wie in Wasser getaucht.

„... was schreibt er denn ..."

„Ein dummer Junge ist er!" sagte Frau Schwabe laut. „Wenn er nicht 26 Jahre alt wäre, würde ich hinfahren und ihn übers Knie legen! So ein Blödsinn, wegen ein paar Kratzern im Gesicht ..." Sie holte den Brief aus der Handtasche. „Hier, lies ihn, Ursel ... Es ist alles Dummheit, was er schreibt!"

Langsam las Ursula die wenigen Zeilen Erichs. Als sie an die Sätze kam, daß Muttchen ihn allein besuchen solle, tropften ihr die Tränen auf das Papier. Frau Schwabe nickte mehrmals und räusperte sich, nahm dann die Schüssel und schälte die Kartoffeln zu Ende.

„Du ... du fährst natürlich hin, Mutter, nicht wahr?" fragte Ursula. Ihre Stimme klang kläglich, wie wenn ein bestraftes Kind versichert, es wolle wieder brav sein.

„Natürlich fahre ich hin! Nächste Woche noch! Und du kommst mit!"

„Aber er will es doch nicht ..."

„Ein dummer Junge ist er!“ Frau Schwabe stellte die Kartoffelschüssel hart auf die Bettkante. Es war die Bekräftigung eines Entschlusses. „Du bist einfach da! Vielleicht denkt er, daß du ihn nicht mehr magst, weil er ein paar Schrammen im Gesicht hat.“ Plötzlich lachte sie und legte die Hände in den Schoß, als sei eine schwere Arbeit endlich getan. „Er lebt, Ursel, unser Erich lebt... und wenn auch wir leben bleiben, sind wir alle wieder zusammen. Was wollen wir denn mehr vom Herrgott, was?“

Ursula nickte stumm. Sie las wieder den Brief und blickte dann in die Ecke des Kellers. Auf einem Nachttischchen stand in einem hellen Holzrahmen ein Bild. Ein junger Feldwebel in Ausgehuniform. Er lachte, sein Jungengesicht war eine einzige Freude. Es war ein ebenmäßiges, glattes, ansprechendes Gesicht, fast frech in seiner Offenheit.

„Ich fahre mit“, sagte sie und faltete den Brief zusammen. „Mir ist ganz gleich, wie er jetzt aussieht . . .“

Nach dem Mittagessen schickte Frau Schwabe ein Telegramm nach Schloß Bernegg. Der Postbeamte in dem zurechtgeflickten Schalterraum zählte die Worte auf dem Formular, indem er jedes Wort mit dem Bleistift unterstrich.

„Komme Dienstag. Gruß und Kuß, Mutter . . .“, las er.

„Meine Mutter kommt!“ sagte Erich Schwabe. Er saß auf seinem Bett und hielt das Telegramm in den Händen.

Am Tisch spielten sie wieder Skat. Mit Ausnahme des Berliners, der sich anderweitig beschäftigte.

Der Berliner hatte durch den Truppenbetreuungsoffizier einen Zeichenblock und ein Paket Farbstifte erhalten. Nun zeichnete er verlockende Frauen und verkaufte sie im Block C an die „normal Verwundeten“, die täglich von den Frontlazaretten nach Bernegg verlegt wurden und fast immer noch eiserne Rationen oder andere Freßdosen bei sich hatten.

„Ick wollte nie Dekorateur werden, nur meen Oller wollte det! Hat'n richtigen Riecher jehabt . . . jetzt merkt man's!“ sagte der Berliner. Er hatte für einige Wochen Vorbestellung auf seine Bilder, viele mit Sonderwünschen, die zusätzlich Zigaretten einbrachten.

Fritz Adam bastelte an einem Schiffsmodell. In wenigen

Wochen war Weihnachten. Das Schiff sollte ein Geschenk für eines der vielen Waisenkinder werden, die den Vater in Rußland und die Mutter im Flammenmeer der Städte verloren hatten.

„Was habe ick dir gesagt?“ Der Berliner nickte Schwabe zu. „Und du sollst sehen . . . et is alles halb so schlimm.“

„Ich habe Angst“, sagte Schwabe leise.

„Wovor Angst?“

„Daß mich Mutter nicht erkennt . . .“

„Quatsch! Sie wird ins Besuchszimmer geführt, und man sagt ihr: Gleich kommt Ihr Sohn. Daß man keinen Falschen bringt, ist doch klar.“ Er merkte, daß er zuviel gesagt hatte, und verbesserte sich schnell und verlegen grinsend: „Im übrigen – wieso, du Flasche? Nicht erkennt! Du tust ja so, als ob du nur noch den Hinterkopf behalten hättest! So schlimm ist's nun auch wieder nicht . . .“

Im Chefzimmer hatte Professor Rusch eine Aussprache mit Dr. Lisa Mainetti. Sie hatten das Telegramm gelesen, und es hatte sich eingebürgert, jeden Besuch im „Haus der verlorenen Gesichter“ gründlich durchzusprechen, bevor die Angehörigen vorgelassen wurden.

„Die Mutter kommt.“ Professor Rusch faltete die Hände. „Und wenn die Frau mitkommt?“

Lisa Mainetti zündete sich eine Zigarette an. Sie hatte den Arztkittel ausgezogen und die schwarzen Locken lose über den Schultern liegen. In ihrem engen, einfarbig blauen Kleid sah sie zerbrechlich und aufregend weiblich aus. Ich liebe sie, dachte Rusch. Es ist eine wahnsinnige, nur im Kriege mögliche Liebe, ein Zusammensein auf Zeit mit dem Wissen, daß alles einmal vorbei sein wird, unwiderruflich vorbei . . .

„Und wenn die junge Frau mitkommt, so werde ich sie nicht vorlassen, wenn es Schwabe nicht will.“ Lisa Mainetti streifte die Asche von ihrer Zigarette. „Ich glaube nicht, daß die kleine Frau stark genug sein wird, diesen Anblick zu ertragen. Und wir werden eine Hilfe in der Mutter haben, wenn sie ihren Sohn zunächst allein gesehen hat . . .“

„Was weiß Schwabe inzwischen selbst von seinem Zustand?“ fragte Rusch.

„Wenig. Er weiß, daß wir einige Plastiken machen müssen, und er sieht es ja bei seinen Stubengenossen, aber es ist immer vermieden worden, daß er einen Spiegel in die Finger bekommt oder sonstwie die Möglichkeit hat, sich zu spiegeln. Er glaubt so sehr an ein paar Narben, die zurückbleiben . . ."

„Mein Gott! Das war ein Fehler, Lisa!" Der Professor starrte die Ärztin entgeistert an. „Wie willst du ihm jemals beibringen, daß er ... Er wird doch nie wieder wie ein Mensch aussehen!"

„Willst du ihm das sagen, Walter?"

„Ich? Nein! Aber ich dachte, daß du . . . wie immer . . ."

„Ich kann nur hoffen, daß es uns vielleicht hilft, wenn die Mutter da war und er gesehen hat, daß die Menschen sich nicht abwenden von ihm. Wenn er sieht, daß er trotz seines verlorenen Gesichtes ein Mensch geblieben ist. Dann kann man ihn in einer guten Stunde beiseite nehmen und sagen: Mein lieber Schwabe, nun wollen wir einmal ganz ehrlich miteinander reden. Es wird lange dauern . . ."

„Lange dauern!" Professor Rusch stand auf und ging mit gesenktem Kopf hin und her. „Sein ganzes weiteres Leben wird es dauern . . ."

„Ich werde es ihm sagen ... später ... später ..." Lisa Mainetti sah auf ihre Armbanduhr. „Gleich wird er erst einmal von Schwester Dora im Park spazieren geführt. Und morgen werde ich den eingeheilten Rollappen an der linken Wange formen, damit er nächste Woche nicht ganz so wild aussieht . . ."

„Und wann willst du den linken Nasenflügel formen?"

„Frühestens in drei Wochen. Ich brauche ja einen Hautlappen aus der linken Wange. Ich bin froh, wenn ich bis dahin genug Wangenfleisch habe . . ."

Professor Rusch war ans Fenster getreten und blickte hinaus in den Schloßpark. Über die geharkten Wege zwischen den kahlen Bäumen gingen eine Schwester und ein Mann mit einem zerschlissenen Uniformmantel langsam spazieren.

„Sind sie das?" fragte Rusch. Lisa Mainetti kam an das Fenster.

„Ja. Schwester Dora und Erich Schwabe."

„Er ist doch ein kräftiger Kerl."

„Ich habe schon Riesen umfallen sehen."

Sie sahen aus dem Fenster und beobachteten die beiden einsamen Spaziergänger. Plötzlich umklammerte der Professor das Fensterbrett.

„Was macht er denn da?" schrie er. „Ist der total verrückt geworden? Lisa, sieh dir das an!" Er riß das Fenster auf und brüllte hinunter in den Park. „Bleiben Sie stehen, Sie Idiot! Stehenbleiben! Halten Sie ihn doch fest, Schwester . . ."

„Zu spät!" Lisa Mainetti lehnte den Kopf an den Fensterrahmen. Ihr schmales Gesicht war bleich. „Jetzt weiß er es . . ."

Unter den hohen Bäumen gingen sie spazieren und blieben ab und zu stehen, um die Vögel zu füttern. Dora Graff, die junge Stationsschwester, hatte altes Brot zerbröckelt und Erich Schwabe in einer Tüte gegeben, ehe sie hinausgingen in den Park.

Schweigend hatten sie kurz auf einer Bank gesessen, bis Schwabe sah, wie Dora Graff die Schultern einzog und zitterte. Da waren sie weitergewandert, und Schwabe hatte, so gut es ging, die kalte Dezemberluft in sich aufgesogen. Noch hatte es nicht geschneit, nicht einmal starker Frost war in den Nächten über das Land gefallen. In Rußland, dachte Schwabe, während er die Buchfinken fütterte, weht jetzt der Schneesturm über die Steppe. Dreimal habe ich es mitgemacht. Vierzig Grad Kälte, daß die Hände an den Gewehrläufen kleben bleiben. Wie haben wir über diese Winter geflucht . . . und später fehlten sie uns, später haben wir sie sehnsüchtig herbeigewünscht, wenn wir im Schlamm steckengeblieben waren oder in der glühenden Sonne brieten wie geplatzte Blutwürste.

Sie waren etwa eine halbe Stunde draußen, als Erich Schwabe zwischen den Bäumen etwas schimmern und blinken sah. Ein Teich, durchfuhr es ihn. Ein richtiger, kleiner Schloßteich.

Er blieb stehen, streute wieder Brotkrumen und schielte zu dem Wasserspiegel hinüber.

Wasserspiegel, dachte er. Spiegel . . . Spiegel . . . Natürlich, Spiegel. Eine ruhige Wasserfläche spiegelt . . .

Der Drang in ihm wurde übermächtig. Sieben Wochen haben sie mir keinen Spiegel gegeben . . . sieben Wochen lang hat mir keiner gesagt, wie mein Gesicht aussieht. Nur gefühlt habe ich einiges. Pflaster, Verbände, große Narben, Fleischrollen, Hautlappen, Grüfte in meinem Gesicht und Höhlen und Hügel.

Und nun ist ein Spiegel da ... ein silberner, riesengroßer Spiegel ... ein blanker Teller, auf dem ihm die Wahrheit serviert werden wird.

Er schielte wieder zu Schwester Dora. Sie stand etwas abgewandt und sah zurück zum Schloß. Da warf er die Tüte mit den letzten Brotkrumen hin und rannte dem Teich entgegen.

Er hörte Rufen, einen hellen Schrei, Befehle, schnelle Füße, die ihm nachliefen ... da warf er sich nach vorn und rannte mit ausgestreckten Armen wie um sein Leben. Seine Brust stach, in seinen Schläfen hämmerten hundert Hämmer gegen die Hirnwindungen ... er spürte, wie die Kraft aus seinen Beinen wich und sein Körper taumelnd schwankte.

Der Spiegel ... noch fünf Schritte, noch drei ... noch einen ...

Dann stand er keuchend am Wasser, beugte sich weit vornüber und starrte auf das Bild, das die blanke Fläche ihm zurückwarf.

Der Kopf eines Ungeheuers. Das Gesicht eines unmenschlichen Wesens. Keine Nase, kein Mund, kein linkes Ohr ... einige Fleischrollen auf einem verwitterten, alten Pergament, ein zerklüftetes Etwas mit einem Schlund.

„Nein!“ schrie er grell. Etwas Heißes durchraste seinen Körper, vom Hirn bis zu den Zehen, es durchglühte ihn und tauchte ihn gleich danach in das Eiswasser eines unerträglichen Entsetzens.

„Nein! Nein!“ brüllte er. Im Wasser sah er, wie die Höhle, die einmal ein Mund gewesen war, in seinem Schreien an beiden Seiten einriß, Blut floß über Kinn und Hals, und der Spiegel des Teichs warf alles zurück in seine Augen ... dieses entsetzliche Bild eines schreienden, heulenden, blutenden Ungeheuers.

„Nein!“ brüllte Schwabe noch einmal.

Dann breitete er die Arme weit aus und ließ sich ins Wasser fallen.

3

Im gleichen Augenblick hatte die kleine Schwester Dora Graff das Ufer erreicht. Sie weinte laut, während sie Erich Schwabe nachgelaufen war, und sie versuchte noch, mit beiden Händen zuzugreifen, um ihn zurückzureißen. Es war zu spät. Sie faßte ins Leere und sah vor sich den Verzweifelten ins Wasser stürzen, sah einen flatternden, alten Uniformmantel, der sich über der Oberfläche blähte.

Stimmen hinter ihr riefen: „Zurückholen! Packen Sie ihn doch! Schnell!"

Mit einem Ruck riß Schwester Dora ihren Mantel herunter und sprang Erich Schwabe nach. Als das eiskalte Wasser über ihr zusammenschlug, war es ihr, als erstarrte ihr Körper. Dann tauchte sie auf, sah am Ufer zwei Sanitäter mit langen Bohnenstangen und von Block B her Professor Rusch und Dr. Lisa Mainetti herbeieilen. Der aufgeblähte Mantel Schwabes war neben ihr, sie griff mit beiden Händen zu, riß und zerrte an ihm, spürte einen Arm, umklammerte ihn. Zwei Männer waren plötzlich an ihrer Seite und halfen ihr, Schwabe ans Ufer zu ziehen. Ein Sanitäter wickelte Dora Graff in eine Wolldecke und trug sie im Laufschritt in den Block B. Dort wartete die Oberschwester auf sie und zog ihr die nassen, eisigen Kleider aus.

„Lebt . . . lebt er noch?" fragte Dora Graff, als sie im warmen Bett lag. Sie war noch völlig erstarrt. Die Antwort der Oberschwester hörte sie schon nicht mehr. Sie schlief ein, erschöpft und von einer Injektion aus der Wirklichkeit weggenommen. Jetzt sterbe ich, war ihr letzter Gedanke. Jetzt bin ich erfroren . . .

Am Teich lag Erich Schwabe auf zwei dicken Wolldecken. Ein Assistenzarzt kniete neben ihm und pumpte das Wasser aus Lunge und Magen. Aus der Höhle, die einmal ein Mund gewesen war, floß es, zusammen mit Blut, wie ein kleiner Bach und befleckte die Decken.

„So ein dummer Junge", sagte Lisa Mainetti. „Als ob das eine Lösung aller Probleme wäre . . ."

„Das wird ihn teuer zu stehen kommen!" Eine kalte Stimme ließ Lisa herumfahren. Oberarzt Dr. Urban stand hinter Professor Rusch, die Hände in den Taschen seiner Offiziersuniform, eine Zigarette im Mundwinkel. Er sah auf den ohnmächtigen Schwabe herab, als betrachte er angewidert einen Abfallhaufen.

„Sie sollten helfen und nicht quatschen!" sagte Lisa Mainetti. Den warnenden Blick des Chefarztes beachtete sie nicht.

„Er gehört zu Ihrer Station, Frau Kollegin!" Dr. Urban warf die Zigarette weg. Sie fiel neben den Kopf Schwabes. Als er mit der Stiefelspitze die Glut austrat, spritzten ein paar Funken auf den frisch eingenähten Rollappen.

Lisa wickelte die nassen Decken um Schwabe und winkte zwei Sanitätern, ihn ins Haus zu tragen. Die Wiederbelebungsversuche waren erfolgreich. Schwabe atmete wieder, röchelnd, pfeifend, und mit seinem Atem verstärkte sich auch die Blutung aus der Mundhöhle.

Dr. Mainetti drängte Dr. Urban ein paar Schritte zur Seite.

Dr. Urban sah zu, wie die beiden Sanis den schlaffen Körper in den Decken zum Block B trugen. Der Assistenzarzt und Professor Rusch folgten. Urban hörte noch, wie der Chefarzt rief, „Gleich in den OP . . .", dann wandte er sich an Dr. Mainetti, die am Ufer des Teiches stehengeblieben war. Sie waren allein. Die anderen Verwundeten waren der kleinen Gruppe zum Block B nachgezogen.

Dr. Urban zündete sich eine neue Zigarette an. Er zögerte einen Augenblick, dann kam er zwei Schritte auf Lisa zu und hielt ihr sein Etui hin.

„Als ob ich von Ihnen eine Zigarette nähme", sagte sie kalt. „Eher rauche ich Heu!"

„Sie kommen sich wohl äußerst stark vor, was?" Dr. Urban klappte das Etui zu.

„Ich fühle mich immer stark."

„Aber jetzt besonders. Für Sie ist der Krieg bereits verloren, nicht wahr? Der Russe im Anmarsch auf Pommern, der Amerikaner in den Vogesen und vor Aachen. Eine Zange, in der wir zerquetscht werden sollen. Deutschland ist verloren, so glauben Sie, und nun kann man eine große Fresse riskieren."

Dr. Urban rauchte in hastigen, kleinen Zügen seine Zigarette. Er stand neben Dr. Mainetti, und sie sah, wie seine Finger zitterten, als vibrierten alle Nerven seines Körpers.

„Sie . . . Sie haben das Morphium weggeschlossen . . .“, sagte er stockend.

»Haben Sie's gesucht? Ich habe es mit in mein Zimmer genommen! Ich nehme an, daß Sie einen Nachschlüssel zum M-Schrank hatten. Es wurde weniger, obwohl ich ein neues Schloß anbringen ließ.“

„Frau Kollegin . . .“ Dr. Urban warf die Zigarette ins Wasser. Mit zitternden Händen fuhr er sich über das schmale Gesicht mit den kalten, glänzenden Augen. „Ich habe nur noch für einen Tag . . . ich . . . verstehen Sie mich . . . ich . . .“ Er schluckte und wurde kläglich wie ein hungernder Bettler. „Es gibt eine Katastrophe, wenn Sie das Morphium weiter so unter Verschluß halten. Ich habe es einmal erlebt . . . damals, in der Universitätsklinik . . . Ich hätte die Oberschwester erwürgen können, die den Schlüssel zum M-Schrank bei sich hatte. Damals ist es noch einmal gut gegangen, ein Kollege half mir . . . Aber hier . . .“ Dr. Urban trat nahe an Lisa heran. Sie spürte eine heiße Angst in sich aufsteigen, aber sie rührte sich nicht. Anscheinend ruhig und furchtlos sah sie ihm in die flatternden Augen. „Geben Sie mir etwas. Zwingen Sie mich nicht, etwas Schreckliches zu tun . . . Sie kennen mich noch nicht, Kollegin . . .“

„Das, was ich bereits von Ihnen kenne, reicht mir vollauf . . .“

Sie bemühte sich, das Zittern in ihrer Stimme zu unterdrükken. Dr. Urban hatte die Hände gefaltet; er preßte die Finger so hart aneinander, daß die Knöchel weiß wurden.

„Sie mögen recht haben, Kollega, wenn Sie mich verachten“, sagte er leise. „Ich bin sogar bereit, diese Verachtung von Ihnen unter uns zu schlucken . . . es hört uns niemand, und wer uns beobachtet, glaubt, daß wir uns über medizinische Themen unterhalten. Aber –“

Seine Stimme dehnte sich, und sein Kopf neigte sich vor. Er war jetzt ganz nahe vor ihr, und während er sprach, roch sie in seinem Atem einen leichten Alkoholdunst. Wenn er kein M hat, säuft er, dachte sie, und Ekel kam in ihr hoch. Und dann lutscht er Pfefferminztabletten, damit man es nicht riecht.

„Was aber?“ fragte sie und nahm ihren Kopf etwas zurück.

„Sie glauben, mich in der Hand zu haben, Lisa. Es ist mir jetzt auch erklärlich, warum Sie sich so gegen mich benehmen. Aber Sie täuschen sich. Ich habe helle Augen ... auch ohne Morphium. Ich sehe, was auf den Stationen vorgeht, wie dort ein defätistischer Geist geduldet, ja geradezu kultiviert wird. Ich weiß, daß Sie und Professor Rusch bei Inspektionen einige Fälle in den Luftschutzbunker stecken, damit sie nicht gesehen werden und länger im Lazarett bleiben. Vor allem aber kenne ich Ihre und des Chefs Einstellung zu all den brennenden Problemen unseres Reichs und ..."

„Welch ein Schwein sind Sie doch!" sagte Lisa laut. Es war ihr, als falle alle Angst von ihr ab, als könne sie plötzlich freier atmen und sich ungezwungener bewegen. Ihre Stimme hob sich, und es war ihr gar nicht bewußt, daß sie auf einmal schrie, frei von allen Hemmungen. „Haben Sie nicht genug Leid gesehen, Sie Durchhalte-Idiot?! Genügt es Ihnen nicht, daß auf allen Seiten Millionen gefallen, daß unsere Städte nur noch rauchende Trümmerhaufen sind, daß in Ostdeutschland der Russe und in Westdeutschland der Amerikaner steht? Ist es nicht genug, daß Millionen Krüppel herumlaufen als Erbe dieses politischen Wahnsinns? Wie können Sie es mit Ihrem Gewissen vereinbaren, hier von Defätismus zu sprechen? Wollen Sie nicht erkennen, wohin wir steuern?"

„Warten Sie die Wunderwaffen ab ...", sagte Urban kalt.

„Die Wunderwaffen der Nazis waren die großen Schnauzen! Und selbst die sind jetzt sprachlos ... mit einigen Ausnahmen, zu denen Sie gehören."

Dr. Urban steckte die Hände in die Hosentaschen. Er sah selbstzufrieden, ja fast satt aus.

„Das genügt, Kollega ..."

Lisa Mainetti warf den Kopf hoch. Nach dem Ausbruch kam die Ernüchterung. Mein Gott, dachte sie, was habe ich alles gesagt!

„Was heißt das?" fragte sie rauh.

„Ärzte sollten auch gute Rechner sein", sagte Dr. Urban sarkastisch. „Zählen wir also zusammen: Der Selbstmordversuch dieses Schwabe – dafür sind Sie verantwortlich. Er gehört zu Ihrer Station."

„Machen Sie sich nicht lächerlich!" Lisa winkte ab.

Urbans Stimme blieb sicher und forsch. „Zählen wir weiter: Also – erstens Schwabe. Zweitens Ihre wehrkraftzersetzenden Äußerungen. Drittens das Verstecken bestimmter Verletzter vor Kommissionen. Viertens Ihre und des Chefs provokatorische Art, grundsätzlich nur mit ‚Guten Morgen!' zu grüßen statt mit dem Deutschen Gruß. Und ferner ist mir eine Äußerung Professor Ruschs bekannt, die etwa so lautet: ‚Wer in meinem Lazarett kv. wird, bestimme ich! Die Jungs haben genug durchgemacht und sollen die paar Monate bis zum Zusammenbruch hier bleiben . . .!' – Merken Sie wohl: ‚Zusammenbruch', sagte er! Was, glauben Sie, passiert, wenn ich diesen einzigen Ausdruck der Gestapo melde . . ."

Lisa senkte den Kopf. Plötzlich legte sich wieder die kalte Angst über ihr Herz. Aber es war nicht die Angst um ihr eigenes Schicksal, sondern die schmerzhafte Furcht, Walter Rusch einem gnadenlosen politischen Irrsinn ausgeliefert zu sehen.

„Und was, glauben Sie, passiert, wenn ich Sie wegen Morphiumdiebstahls anzeige?" sagte Lisa kalt.

Auf Dr. Urbans Stirn erschienen kleine Schweißperlen. Die Auseinandersetzung war zu groß für ihn. Sein Körper schrie nach dem stimulierenden Gift.

„Es ist ein Kreis ohne Ausweg, Kollega. Sie haben mich in der Hand . . . ich habe Sie und Rusch in der Hand. Wir sind verkettet ineinander . . . und das Zerreißen dieser Kette trifft jeden von uns. Ich könnte Sie bei der Gestapo anzeigen, und keiner gäbe mehr einen Pfennig für Ihren Kopf. Das wissen Sie genauso wie ich. Und sie können mich in die Pfanne hauen . . . ich würde an die Front kommen und sicherlich fallen." Er wischte mit zitternden Händen den über seine Augen rinnenden Schweiß weg. „Was hätten wir davon . . .?"

„Auf was wollen Sie hinaus?"

„Ich . . . ich . . ." Er würgte an den Worten, als ringe er mit dem letzten Rest einer inneren Anständigkeit. „Ich möchte Ihnen einen Tausch vorschlagen: Mein Schweigen gegen Morphium . . ."

„Sie sind ein Sauhund, Urban . . ."

„Die Sicherheit Ruschs muß Ihnen doch einige Ampullen wert sein." Urbans Stimme wurde leise, fast kläglich. „Ich . . . ich lasse hier alles hochgehen, wenn ich kein Morphium bekomme! Und wenn Sie mich noch so sehr verachten ... ich kann nichts dafür ..."

Lisa Mainetti wandte sich brüsk ab. Es sah aus, als wolle sie ohne ein weiteres Wort gehen. In Wahrheit wog sie die Chancen ab. Sie kannte Dr. Urban gut genug, um zu wissen, daß er Professor Rusch und sie anzeigen würde. Keiner hätte eine Möglichkeit, ihn daran zu hindern. Es würde eine Kette von Untersuchungen, Verhaftungen, Klagen und Verhören geben, und sie wußte fast mit Sicherheit, daß Walter Rusch in dieser Maschinerie zermalmt werden würde. Dr. Mainetti sah Dr. Urban an. „Wieviel Ampullen wollen Sie?"

„Für einen Monat ..."

„Unmöglich. Sollen wir die Verwundeten schreien lassen, nur damit Sie im siebten Himmel schweben? Ich gebe Ihnen zehn Ampullen!"

„Ist Ihnen Professor Rusch nicht mehr wert, Kollegin?"

„Nennen Sie mich nicht immer Kollegin!" schrie Lisa wütend. „Zehn Ampullen – und keine einzige mehr!"

„Und was dann?" Dr. Urban wischte sich den Schweiß vom Gesicht.

„Wir haben 176 Gesichtsverletzte im Block ... beobachten Sie sie fleißig, ob einer von ihnen etwas ausfrißt. Sie werden schon etwas finden, um mich zu erpressen."

Dr. Urban senkte den Kopf. „Wann ... wann darf ich kommen? Kol ..." Er verschluckte den letzten Rest des Wortes.

„Von mir aus gleich. Nicht am Abend. Ich möchte wenigstens das Ende des Tages ohne Ihren Anblick genießen ..."

„Gut. In zehn Minuten?"

„Von mir aus."

„Vielleicht könnten Sie 15 Ampullen ..."

„Zehn!" sagte Lisa Mainetti. „Und spritzen Sie sie sich auf einmal ... Sie tun damit ein gutes Werk an uns allen."

Ohne Antwort, mit schnellen Schritten, als flüchte er vor seiner Niederlage, rannte Dr. Urban dem Schloß zu.

Lisa Mainetti saß neben ihm, als Erich Schwabe aus seiner Besinnungslosigkeit erwachte. Sie waren allein im Zimmer. Die Stube B/14 hatte geschlossen Ausgang bekommen. Unter Führung eines Sanitätsfeldwebels waren sie ins Kino geführt worden, wo sie sich einen lustigen Film mit Marika Rökk ansahen. Lisa hatte es trotz vieler Bedenken mit großer Überredungskunst bei Professor Rusch durchgesetzt.

„Schwabe muß allein sein, wenn er aufwacht, und die anderen Jungs freuen sich wie die Kinder über den Kinobesuch. Es ist alles bestens organisiert: Ein Sanka bringt sie hin, und sie kommen ins Kino, auf die hintere Reihe, wenn der Saal schon dunkel ist. Am Schluß wird das Licht nicht eher angemacht, bis sie wieder draußen im Sanka sind. Es wird sie also niemand im Hellen sehen."

„Auf deine Verantwortung." Professor Rusch seufzte und lächelte dann. „Was könnte man dir abschlagen, Lisa? Aber eines ist klar: Offiziell weiß ich von nichts."

Und so fuhr einer der Sanitätskraftwagen mit fünf leukoplastbepflasterten fröhlichen Soldaten in die nahe Stadt zum Kino. Dr. Lisa Mainetti aber setzte sich neben das Bett Schwabes, trug ihr Tagesjournal nach, schrieb einige OP-Berichte und wartete auf die kritische Sekunde, in der Schwabe die Augen aufschlug und merkte, daß er noch lebte.

„Warum habt ihr mich nicht sterben lassen ...", lallte Schwabe. Er lag mit gefalteten Händen und starrte in das schmale, braune Gesicht Lisas. „Es wäre doch alles so einfach gewesen ..."

„Man stiehlt sich nicht weg aus dem Leben, mein Freund." Dr. Mainetti träufelte Schwabe etwas Obstsaft in die Öffnung zwischen den breiten Leukoplaststreifen, die sein Gesicht nach der neuen Wundversorgung wieder bedeckten.

„Wenn ich gefallen wäre ..."

„Sie sind aber nicht gefallen! Und hier ist nicht Rußland, sondern tiefstes deutsches Vaterland ..."

„Daß gerade Sie das sagen, Frau Doktor ..."

„Ich liebe mein Vaterland. Und Sie sollten zuerst Ihr Leben lieben und glücklich sein, die Vögel vor dem Fenster zu hören und das Knacken der Äste und das Pfeifen des Windes."

„Ein Leben ohne Gesicht ..."

„Aber ein Leben! Wenn Sie damals bei Suwalki ..."

„Es wäre besser gewesen, Frau Doktor. Besser für uns alle." Schwabe wurde unruhig. Seine Hände fuhren über die Bettdecke, in seine Augen trat der Ausdruck neuen Entsetzens.

Meine Mutter wird kommen, dachte er. Mein Gott, sie wird mich nicht erkennen. Und meine Frau . . . „Frau Doktor, sie darf mich nie wiedersehen, hören Sie, nie wieder! Und auch meine Mutter will ich nicht mehr sehen . . . schreiben Sie ihr, telegrafieren Sie . . . sie soll zu Hause bleiben . . . Niemand will ich sehen, keinen . . . Und schreiben Sie meiner Frau, sie soll sich scheiden lassen . . . Sie . . . sie kann doch nicht . . . mit einem Mann . . . ohne Gesicht . . . mit . . ."

Er weinte haltlos, drehte den Kopf zur Seite und krallte die Finger in die Bettdecke.

Lisa Mainetti wußte nur zu genau, was in ihm vorging. Sie schwieg und ließ ihn sich ausweinen. Sie tupfte die Tränen von seinem verpflasterten Gesicht und von den Narben und angewachsenen Hautlappen, die eine neue Wange geben sollten.

„Keinen, keinen will ich sehen!" gurgelte Schwabe mit äußerster Anstrengung. „Ich sehe ja nicht mehr wie ein Mensch aus . . ."

„Noch nicht." Lisa faßte vorsichtig mit beiden Händen den zitternden Kopf und drehte ihn zu sich herum. „Aber in einigen Monaten wird alles anders sein. Und in zwei oder drei Jahren sind Sie zwar noch keine Schönheit, aber keiner wird sich mehr abwenden."

„Das sagen Sie nur, um mich zu trösten . . ." Die Augen Schwabes bettelten. „Belügen Sie mich nicht, Frau Doktor. Sagen Sie nur: Es wird nie wieder ein Gesicht. Sagen Sie mir alles . . . Einmal klappt es doch! Es gibt viele Möglichkeiten, sich umzubringen . . ."

„Dann werden wir Sie ab heute ans Bett fesseln, Schwabe! Seien Sie doch kein Schlappschwanz!" Der Militärton, den sich Lisa seit zwei Jahren angewöhnt hatte und der ihr den Ruf einer „männlichen Venus" eingebracht hatte, sprach Schwabe eher an als die tastende, milde weibliche Art. Sie sah es an seinen Augen. „Warum sollte ich Sie belügen? Natürlich wird es lang dauern! Und ein bißchen anders werden Sie immer aussehen als vorher. Es ist einfacher, einen Arm oder ein Bein zu amputieren und dann eine Prothese anzupassen, als eine Nase neu zu formen oder weggerissene Wangen zu ersetzen. Und wenn Sie wüßten, welche Arbeit es ist, Lippenrot neu zu erzeugen, würden Sie weniger dämlich daherreden. Aber das alles werden wir mit Ihnen machen, Professor Rusch und ich."

Erich Schwabe starrte an die Decke des Zimmers. „Ursula wird sich nie damit abfinden", sagte er kaum hörbar.

„Sie wird!"

„Ich könnte keinen Menschen lieben, der . . . der . . . so aussieht wie ich . . . wie ein Ungeheuer . . . wie ein . . . ein . . ."

„Sie sind keine Frau, Schwabe. Wie können Sie empfinden, was in einer Frau vorgeht?"

„Ursula liebt so sehr alles Schöne . . . und nun komme ich und . . ."

„Sie sind doch der geblieben, der Sie waren . . ."

„Nein!" schrie Schwabe. „Nein! Ich habe mich doch selbst gesehen. Ich habe mich doch vor mir selbst geekelt! Ich bin vor mir erschrocken! Vor Angst und Grauen vor meiner entsetzlichen Fratze habe ich geschrien . . ."

„Und in einem Jahr werden Sie vor einem großen Spiegel stehen, sich ansehen und sich selbst ohrfeigen können, wenn Sie an das denken, was Sie jetzt getan und gesagt haben."

„Das sind alles nur Worte, Frau Doktor!" Schwabe wandte seinen Kopf ab. „Ich werde Mutter sagen, daß ich nie wieder zurückkomme nach Köln. Ich bin doch gar nicht mehr der Erich Schwabe . . ."

„Auch darüber werden wir uns noch unterhalten." Lisa Mainetti zog eine 2-ccm-Spritze auf. Es war eine wasserhelle Flüssigkeit, die sie in den Glaskolben saugte. Scopolamin hydrochloric. „Wir werden jetzt erst einmal ganz ruhig sein und warten, bis die Sonne wieder scheint. Auch daran sollten Sie einmal denken, Schwabe: Es scheint immer wieder die Sonne . . . So, und jetzt zeigen Sie mir mal Ihre linke Hinterbacke . . ."

Später schlief Erich Schwabe wieder, mit gefalteten Händen, als läge er aufgebahrt. Er hörte nicht die Rückkehr seiner Stubenkameraden und die Kommentare zum Kinoausflug.

„Det war'n Ding", sagte der Berliner und setzte sich auf sein Bett. „Habt ihr die Kleene jesehn, auf der Hauptstraße? 'ne Wolke, wat?"

„Elemisch könnt' ma werdn!" schnaufte Wastl Feininger.

„Es heißt elegisch", verbesserte der Stubenälteste Adam.

„Scheiß drauf!" schrie Feininger und zog seine Hose aus. „Jetzt allein ins Bett . . . is a Straf' aus 'm Fegefeuer . . ."

„Halt 's Maul! Der Erich . . ."

Wie auf ein Kommando sahen sie zur Ecke zum Bett Schwabes. Dort rührte sich nichts. Adam ging zu ihm hin und zog die etwas verrutschte Decke hinauf bis zum Kinn.

„Einer von uns muß abwechselnd Wache halten", sagte er, als die anderen in den Betten lagen und Feininger dumpf brummte: „Ich verlang' morgen mehr Soda ins Fressen." Fritz Adam winkte energisch ab. „Der springt uns aus dem Fenster, wenn er wach wird . . ."

Sie waren gerade dabei, die Wachen auszulosen, als Schwester Dora Graff ins Zimmer kam. Sie hatte vier Stunden geschlafen und von dem dicken Verwaltungs-Oberstabsarzt eine Sonderzuteilung erhalten: Ein viertel Pfund Gehacktes, zwei Bouillonwürfel für eine Suppe und ein Klümpchen Butter. Das wichtigste aber waren Kaffeebohnen. Eine kleine Tasse voll. Sie rochen schon etwas muffig, aber sie gaben noch eine Kanne guten Kaffee ab, deren Duft sogar die Ordensschwestern anlockte.

„Ins Bett, marsch!" sagte Dora Graff und zog sich einen Stuhl neben das Bett Schwabes. „Und das Licht aus!"

„Jawoll, Püppchen!" sagte Feininger und schnaufte wieder. „Wenn i heut nacht seufz', denk' i an di."

Der Berliner knipste das Licht aus. Auf nackten Sohlen tappte er zurück zu seinem Bett.

„Wenn Se schlafen wollen, Schwester, ick hab' noch Platz im Bett."

Dora Graff lächelte vor sich hin. Sie legte eine Taschenlampe auf den Nachttisch und stellte den Strahl so, daß er von der Wand reflektiert wurde. In diesem schwachen Licht las sie einen Roman und warf ab und zu einen Blick auf Schwabe.

In der anderen Ecke begann Feininger laut zu schnarchen. Auch die ruhigen Atemzüge der anderen verrieten, daß sie schliefen. Nur Adam lag noch wach und sah aus seiner schützenden Dunkelheit hinüber zu Dora Graff. Ihr blondes Haar, das unter der kleinen, weißen Schwesternhaube hervorsah, leuchtete wie ein Goldreif im schwachen Schein der Taschenlampe. Das schöne, runde Gesicht hatte die junge Schwester im Widerschein der Lampe tief über die Buchseiten geneigt, um in der kargen Beleuchtung lesen zu können.

Wie das Gemälde eines alten Meisters, sinnierte Adam. Er nagte an der Unterlippe und dachte an eine Wohnung in Braunschweig. Ein großes Haus in einem Park. Ein schlankes, weißblondes Mädchen mit großen Augen und einem verführerischen Mund. Tochter des Fabrikanten Wollenz, dreiundzwanzig Jahre alt und verheiratet mit dem Medizinstudenten Fritz Adam aus Heidelberg. Vor einem Jahr war es gewesen. Ganz plötzlich, in einem Urlaub bei seinem Onkel. Eine Kriegstrauung, ein paar verliebte Nächte, ein seliger Traum vom Glück, und schon der Abschied. Und dann hinter Minsk eine Granate mitten in den Hauptverbandsplatz. Neununddreißig Tote und siebenundzwanzig Verletzte, darunter der Medizinstudent Fritz Adam, dem ein glühender Granatsplitter das Ohr, die Wange und die Nase wegrasiert hatte.

Seitdem hatte er Irene Adam, geborene Wollenz, nicht wiedergesehen. Sie wußte gar nicht, daß er auf Schloß Bernegg lag. Er hatte nicht mehr geschrieben. Ihre Briefe, die man ihm von der alten Feldpostnummerstelle nachschickte, zerriß er ungelesen und warf sie in das Klo. Er wollte nichts mehr wissen von dem Glück außerhalb der hohen Mauern Berneggs. Erst wollte er sein Gesicht wiederhaben. Welch ein Sinn lag darin, Irene nach Bernegg kommen zu lassen und ihr die Fratze des Krieges im zerstörten Gesicht ihres Mannes zu zeigen? Sie lebte in der elterlichen Villa und mußte glauben, er sei vermißt.

Fritz Adam sah hinüber auf den gesenkten Kopf Dora Graffs und die goldblonden Haare unter der weißen Haube. Wie nötig haben wir eine Frau, dachte er. Wie könnte sie uns hinweghelfen über die nach Antwort flehenden Fragen, über die seelischen Aufschreie, die uns innerlich zerreißen, über das Grauen der Unabwendbarkeit, in das man uns gestoßen hat. Wie herrlich wäre eine Frau . . .

Aber wir haben Angst.

Angst vor ihrem entsetzten Blick.

Angst vor ihrem Mitleid.

Angst vor ihrem versteckten Ekel.

Angst vor einer geheuchelten Liebe.

Fritz Adam drehte den Kopf zur Seite in das Kissen und

schloß die Augen. Er wollte seine Schwäche nicht sichtbar werden lassen.

Er biß sich in die geballten Fäuste, und so schlief auch er endlich ein . . .

Das Telefon schrillte.

Lisa Mainetti schreckte hoch. Sie hatte sich nach einer anstrengenden Operation gerade hingelegt und schwebte in einem Zwischenstadium von Wachen und Träumen. Vier Stunden hatte sie neben Professor Rusch und Dr. Urban am „Schragen" unter der heißen OP-Lampe gestanden. Professor Rusch hatte einen neuen Unterkiefer gebildet, und solange er operierte, kannte Lisa keine Müdigkeit, sondern nur die Faszination, die sie ergriff, wenn sie Ruschs Hände arbeiten und ein neues Gesicht formen sah. Erst nachher war es, als habe sie einen Keulenschlag gegen die Stirn erhalten. Sie war hinausgeschwankt, auf ihr Zimmer gegangen und hatte sich auf ihr Bett fallen lassen. Das Telefon schrillte wieder.

Sie hob den Hörer ab und meldete sich. Der Wachhabende an dem Hauptportal meldete sich. Es war ein Unteroffizier von der Ersatzkompanie.

„Hier sind zwei Frauen, die wollen ins Lazarett", sagte er. „Sie sagen, sie seien hier angemeldet, und Sie wüßten Bescheid, Frau Doktor."

„Ich habe keine zwei Frauen bestellt." Lisa Mainetti setzte sich ärgerlich auf und knöpfte den Büstenhalter zu, den sie beim Hinlegen geöffnet hatte. Dabei klemmte sie den Telefonhörer zwischen Kinn und Halsbeuge. „Zu wem wollen die denn?"

Sie hörte den Wachunteroffizier mit jemandem sprechen, dann sagte er laut:

„Sie sagen, sie heißen Schwabe. Ein Erich Schwabe liege bei Ihnen . . ."

„Ich komme gleich." Lisa sprang auf. Plötzlich war sie hellwach. Die bleierne Abgespanntheit wich von ihr. „Halten Sie die beiden Frauen auf der Wache fest, hören Sie, Unteroffizier? Lassen Sie sie nicht ins Lazarett! Und vor allem dürfen sie keinen Blick aus dem Fenster in den Garten werfen. Ich mache Ihnen die Hölle heiß, wenn irgend etwas falsch läuft!"

„Verstanden, jawoll!" rief der Unteroffizier zackig. Es war

seit zwei Jahren bekannt, daß der beste Kommandoton im Lazarett von Dr. Lisa Mainetti stammte. Der Chefarzt konnte brüllen – das kannte man vom Kasernenhof und schluckte es wie lauwarme Suppe. Aber wenn die Frau Doktor brüllte, wurden die Knie weich. Man schämte sich, von einer Frau „zur Sau gemacht" zu werden.

Schnell zog sich Lisa an, ordnete ihre langen, schwarzen Haare und legte sogar einen Schimmer Lippenrot auf. Wieso zwei Frauen? dachte sie. Ist die kleine Frau Ursula doch mitgekommen? Noch bevor Lisa sie gesehen hatte, empfand sie großes Mitleid mit ihr. Sie durfte ihren Mann nicht sehen. „Ich renne mit dem Kopf gegen die Wand, wenn Sie zulassen, daß meine Frau mich sieht!" hatte Schwabe noch gestern gesagt. „So schnell, wie ich an der Wand bin, können Sie gar nicht zufassen!"

Und Lisa Mainetti hatte ihm in die Hand versprochen, nur die Mutter zu ihm zu lassen, und auch erst, nachdem sie ihr alles erklärt hatte.

In der Hauptwache saßen Frau Hedwig Schwabe und ihre Schwiegertochter in einer Ecke, die von der fensterlosen Wand und zwei Spinden gebildet wurde. Davor stand, als bewachte er sie, der Unteroffizier und knallte die Hacken zusammen, als Dr. Mainetti in das Wachzimmer trat. Er hatte auf alle Fragen, die die beiden Frauen ihm gestellt hatten, keine Antwort gegeben, bis Frau Hedwig Schwabe sich resignierend hinsetzte und die Hand ihrer Schwiegertochter nahm.

„Nur ruhig, Ursel", sagte sie, aber so laut, daß es alle in der Wachstube hörten. „Die Ärzte werden höflicher sein als dieser grobe Bursche . . ."

Nun war der Arzt da, sogar eine Ärztin, und Frau Schwabe sprang auf und rannte Lisa entgegen.

„Kann ich meinen Sohn sehen?" rief sie. „Erwartet er mich? Ich habe seine Frau doch mitgebracht, auch wenn er schrieb . . . Ist ja Dummheit, so etwas zu schreiben, nicht wahr, Frau Doktor? Ich bin seine Mutter, und was ich sehen darf, kann auch seine Frau sehen. Ursula ist ein tapferes Frauchen, dreimal hat sie sich aus dem verschütteten Keller herausgewühlt wie ein Maulwurf."

Hier nützt kein Maulwurf etwas, dachte Lisa und sah hinüber zu Ursula Schwabe. Sie stand neben dem Spind, mit großen, fragenden, blauen Augen, in denen schon jetzt Angst und Entsetzen standen. Ihr voller Mund zuckte, und die blonden Haare waren zerwühlt, weil sie mit den Fingern nervös immer wieder durch die Strähnen fuhr.

„Wir haben ihm einen Kuchen mitgebracht. Aus der ganzen Nachbarschaft haben wir uns Brotmarken gebettelt und Mehl gekauft. Sogar Rosinen . . . die aß Erich so gerne. Und eine Wurst haben wir auch mitgebracht, eine Schmierwurst, die braucht er nicht zu kauen, wenn ihm das Kauen noch weh tut und . . . und . . ."

Der Redefluß Hedwig Schwabes versiegte. Fragend sah sie Lisa Mainetti an, deren Stummheit ihr plötzlich nicht geheuer vorkam.

„Ihr Sohn erwartet Sie, Frau Schwabe", sagte Lisa. „Aber nur Sie . . ."

Sie bemerkte, wie sich Ursulas Gesicht veränderte. Es wurde bleich, schmal und zuckte von der Stirn bis zum Kinn. „Nicht, daß er es nicht will, Frau Schwabe . . . Sie sind doch Frau Ursula Schwabe, nicht wahr . . ."

„Ja . . .", hauchte Ursula. Und dann weinte sie und schlug die Hände vor das Gesicht.

„Wir wollen ganz ehrlich sein", begann Lisa behutsam. „Ihr Mann schämt sich . . ."

„Schämt sich . . . vor mir?" Ursula senkte den Kopf. „Hat er denn kein Vertrauen mehr . . ."

Lisa sah auf die Uhr an der Längswand der Wachstube. Die Verwundeten hatten jetzt Stubendienst, weltanschaulich-politische Schulung durch einen NSFO oder Gymnastik. Es würde kein Gesichtsverletzter außerhalb des Hauses sein, mit Ausnahme der Gymnastikgruppe, die weit hinten im Park, hinter dem Block C, auf einem Fußballplatz Freiübungen machte.

„Sie bleiben länger hier?" fragte sie.

„Wir wollten morgen wieder fahren." Frau Hedwig Schwabe umklammerte ihre Einkaufstasche, in der der Rosinenkuchen und die Schmierwurst lagen. Und ein Paar selbstgestrickte Handschuhe, weil es doch jetzt so kalt wurde. „In Köln ist fast jede Nacht Fliegeralarm. Und wir wollen unsere Keller nicht so ohne Aufsicht lassen, wissen Sie, Frau Doktor. Wir haben ja nicht mehr viel gerettet, aber das Wenige soll uns jetzt nicht auch noch gestohlen werden ... Auch wenn's auf Plünderung die Todesstrafe gibt ... es kommt doch immer wieder vor, und die wenigsten erwischen sie dann ..."

„Ich würde Ihnen empfehlen, trotzdem noch einen Tag länger zu bleiben." Lisa Mainetti nahm die schlaffen Hände Ursulas. Sie waren kalt wie Totenfinger. „Ich glaube zu wissen, daß Sie ihn auch sehen können, wenn er erst einmal mit seiner Mutter gesprochen hat. Er hat eben Angst, Frau Schwabe. Sein Gesicht ist nicht mehr so wie früher ..."

„Ich werde ihm den Kopf zurechtsetzen! Wegen so ein paar Narben!"

Frau Hedwig Schwabe nickte ihrer Schwiegertochter ermunternd und beruhigend zu. „Natürlich bleiben wir noch einen Tag. Morgen wirst du mit Erich sprechen! Laß mich das nur machen. Ich habe ihm immer alles sagen können, mehr als sein Vater." Sie wandte sich wieder an Lisa Mainetti, ganz Mutter und sich dessen bewußt, daß nur sie imstande war, ihren Sohn ins Leben zurückzuführen. „Er wird doch Weihnachten nach Hause kommen können, nicht wahr, Frau Doktor? Er braucht doch nicht mehr im Bett zu liegen ..."

„Nein ... im Bett zu liegen braucht er nicht mehr."

„Siehst du, Ursel ... Weihnachten ist er bei uns. Mein Gott, dann müssen wir ja sehen, wo wir das Mehl und die Zutaten für einen Stollen herkriegen." Frau Schwabe hob den Zeigefinger wie auf dem Katheder der Lehrer. „Mein Stollen ist berühmt. Ein altes Dresdener Rezept."

„Gehen wir?" Lisa Mainetti drückte Ursula die Hände. „Nicht den Kopf hängen lassen, kleine Frau. Morgen ist alles anders. Haben Sie so lange gewartet, wird's auch noch einen Tag länger gehen. Ich verspreche Ihnen, daß alles gut wird. Glauben Sie mir ..."

Ursula sah zu Lisa auf. Ihr Gesicht war naß von Tränen.

„Ich glaube Ihnen, Frau Doktor", sagte sie kläglich. „Ich habe Vertrauen zu Ihnen ... bestimmt ... Und ... und ... grüßen Sie Erich von mir ..."

Sie warf sich herum, drückte das Gesicht gegen die Wand und weinte laut in die vor den Mund gepreßten Hände.

Wie vorausgesehen, war niemand von den Gesichtsverletzten vor dem Block B. Ohne Schwierigkeiten erreichten sie das Gebäude, kamen in das Zimmer Lisas, und Frau Schwabe stellte ihre Tasche mit dem Rosinenkuchen und der Schmierwurst auf das Bett. Lisa rief ihre Station an und ließ sich Schwester Dora Graff geben.

„Bitte, bringen Sie Erich Schwabe in mein Zimmer. Ja, seine Mutter ist da. Sagen wir . . . in zehn Minuten . . ."

„So lange noch?" sagte Frau Schwabe.

„Ich muß Ihnen erst etwas sagen, bevor Sie Ihren Sohn sehen."

Lisa setzte sich der alten Frau gegenüber auf einen der harten Stühle und atmete ein paarmal tief, ehe sie weitersprach. „Sie haben sich sicherlich Gedanken gemacht, warum Ihr Sohn nur Sie und nicht seine Frau sehen will. Das ist keine Laune oder Dummheit oder falsche Scham – ich sagte es vorhin nur, um die kleine Frau zu beruhigen –, sondern es ist verzweifelter Selbstschutz vor der Erkenntnis: Du bist kein Mensch mehr . . ."

„Er . . . er ist kein . . . Mensch mehr . . .?" Frau Schwabe faltete die Hände in ihrem Schoß. Ihr gütiges Gesicht wurde fahl, der sonst so redefreudige Mund klappte zu.

„Sie werden in wenigen Minuten Ihren Sohn Erich sehen. Bitte, glauben Sie mir . . ." Lisa schluckte krampfhaft, ehe sie weitersprach. „. . . es ist wirklich Ihr Sohn . . . auch wenn Sie ihn nicht erkennen sollten . . . Vielleicht an den Augen, an den Händen, am Gang . . . eine Mutter erkennt an winzigen Kleinigkeiten ihren Sohn . . . Bitte, seien Sie so tapfer wie nie in Ihrem ganzen Leben . . . erkennen Sie ihn ohne Zögern, gehen Sie auf ihn zu, umarmen Sie ihn, küssen Sie ihn . . . drücken Sie ihn an sich und sagen Sie ihm die größte Lüge Ihres Lebens: Du hast dich kaum verändert, mein Junge . . . Wenn Sie das können, Frau Schwabe, hilft es mehr als zwanzig Operationen . . ."

„Ist . . . ist es denn so schlimm . . . Frau Doktor . . .", stammelte Frau Schwabe. „Er schrieb doch, nur ein paar Narben . . ."

„Um Sie zu beruhigen, schrieb er das. Es sind nicht nur ein paar Narben."

„Hat... hat er keine Nase mehr..."
„Nein..."
„Und... und die Ohren..."
„Ein Ohr fehlt. Das linke."
„Und... was sonst..." Frau Schwabes Augen flimmerten. Lautlos rannen aus ihnen dicke Tränen und rollten über das bleiche, runzelige Gesicht. „Die Augen hat er noch... nicht wahr..."
„Ja..." Lisa Mainetti sah auf ihre Hände. Es mußte gesagt werden, es gab keine andere Wahl. „Sie sind das, was ihm geblieben ist. Alles andere ist... anders... wird neu... ist im neuen Werden... eine Wiedergeburt des Gesichts..."
„Er... er hat überhaupt kein Gesicht mehr..." stammelte Frau Schwabe.
Sie sprach aus, was sich Lisa scheute zu sagen. Stumm nickte sie und vermied es, die Mutter anzusehen. Hochaufgerichtet saß Frau Schwabe auf dem Bett. Sie hob den Arm und wischte sich mit dem Ärmel ihres Mantels über das Gesicht und die Augen. Nun, da sie wußte, was aus Erich geworden war, wurde sie merkwürdig ruhig und gefaßt.
„Ich möchte ihn sehen, so, wie er ist, Frau Doktor", sagte sie. „Und Sie brauchen mir nicht zu sagen, daß ich ihn in den Arm nehmen soll... Er ist doch immer noch mein Sohn, mein kleiner Erich ..."
Es klopfte an der Tür. Lisa fuhr auf, Frau Schwabe erhob sich langsam.
„Keine Angst", sagte sie, als sie sah, wie Lisa zögerte, „Herein!" zu rufen. „Ich bin stark genug. Ich habe schon verkohlte Leichen aus den Trümmern gezogen ..."
Lisa Mainetti ging an die Tür und öffnete sie einen Spalt. Draußen auf dem Gang standen Schwester Dora Graff und Erich Schwabe. Man hatte sein Gesicht, so gut es ging, „hergerichtet". Mullpäcken und Leukoplast bedeckten die Gesichtsteile, die noch erneuert werden mußten, der nachgewachsene Rollappen zog sich wie eine fleischige Gurke am linken Wangenteil entlang. Die Nase war abgedeckt. Nur die schreckliche Mundhöhle mußte frei bleiben, dieses Loch ohne Lippen und Form, in der wie eine rote Schlange sich die Zunge bewegte.

Die Augen Schwabes sahen Lisa Mainetti starr an. Panische Angst schrie aus ihnen. Sie nickte ihm aufmunternd zu und öffnete die Tür ganz. Hinter ihr stand hochaufgerichtet Frau Schwabe, mit vorgestreckten Händen, bereit, den Sohn zu umarmen.

„Kommen Sie", sagte Lisa mit bewußt harter Stimme.

Sie trat zur Seite, ließ Erich Schwabe in das Zimmer und schloß schnell hinter ihm die Tür.

„Bleiben Sie immer in der Nähe", wies sie draußen Dora Graff an. „Und wenn Frau Schwabe gehen will, rufen Sie mich. Ich bin beim Chef."

Sie lauschte zur Tür hin, aber im Zimmer war alles still, als sei niemand im Raum.

Erich Schwabe stand an der Tür und drückte die Handflächen hinter sich an das lackierte Holz.

Frau Schwabe starrte ihren Sohn an, und sie dachte an die Worte Lisa Mainettis: Nur an den Augen werden Sie ihn erkennen . . . aber bitte, bitte zeigen Sie es ihm nicht . . .

Als ihr Sohn hereingekommen war, hatte sein Anblick ihr Herz wie mit einem glühenden Messer durchschnitten. Es war ihr, als müsse sie umfallen und sterben vor Entsetzen. Wie ein rasender Film jagten die vergangenen Jahre an ihr vorbei . . . die Geburt, das kleine, schreiende Bündel im Körbchen, der tapsige, weißblonde Zwerg, der die ersten Schritte versucht, der goldgelockte, fröhliche Junge, der am Aachener Weiher im Sandkasten spielte, der Schulanfänger mit der großen Schultüte im Arm, der Kommunikant im blauen Anzug, der lustige Lehrling in der Glaserei, der verliebte, plötzlich in Geheimnissen lebende Jüngling, der glückliche, strahlende Bräutigam, der siebenmal verwundete Soldat . . . und immer war ein Lachen in seinem Gesicht, war Lebensfreude in seinen Augen gewesen, war er wie ein Spiegel der Jugend, bei dessen Anblick man selbst fröhlich sein mußte.

„Mein Junge . . ." sagte Frau Schwabe. Ihre Stimme war ein wenig zittrig, aber voll mütterlicher Wärme und tiefsten Glücks. „Mein lieber . . . lieber Junge . . ."

Sie breitete die Arme aus und rannte auf ihn zu. Auch Erich Schwabe warf die Arme nach vorn und stürzte auf sie zu.

„Mutter!" schrie er auf. „Mutter ... o Mutter ..."

Sie umklammerten sich, als wollten sie gemeinsam ertrinken, sie sahen sich an, und die gräßlichen Verstümmelungen schmolzen in den Augen der Mutter, und sie sah ihn so, wie er immer gewesen war ... ein großer, fröhlicher Junge ...

Mit beiden Händen umfaßte sie seinen Kopf und küßte ihn auf die schreckliche Mundhöhle, sie streichelte über die Mullplacken und Leukoplaststreifen, über den Rollappen und die abgerissene Nase, und sie küßte ihn wieder und immer wieder und herzte ihn wie damals, als er noch ein Kind war.

„Wie gut du aussiehst ..." sagte sie weinend vor Glück. Es war keine barmherzige Lüge, es war ihr die vollste Wahrheit. Er lebte ... er hatte seine Augen noch und seine Stimme, seine Arme und Beine. Mein Gott, ich danke dir, dachte sie ergriffen. Ihn wird der Krieg nicht mehr holen, nun bleibt er für immer bei mir. Wofür ich sechs Jahre lang täglich gebetet habe, nun ist es mir erfüllt worden. Ich habe ihn endlich wieder ... für immer ... für immer ...

„Du ... du erkennst mich noch, Mutter ...", stammelte Erich Schwabe. Er hatte die Hände seiner Mutter erfaßt und saß nun mit ihr auf dem Bett Lisas. Frau Schwabe bemühte sich, ihn zu verstehen. Seine Worte kamen zischend, lallend und krächzend aus der Mundhöhle.

„Du bist ein dummer Junge! Bist es immer gewesen. Man sollte dich jetzt noch übers Knie legen. Warum sollte ich dich nicht erkennen?"

„Mein Gesicht, Mutter ..."

„Na und? Es bleibt doch nicht so! Ich habe ausführlich mit der Frau Doktor gesprochen. Es wird alles wieder in schönste Ordnung kommen."

Erich Schwabe legte den Kopf an die Schulter seiner Mutter. Schluchzen schüttelte seinen Körper. Sie legte den Arm um ihn und drückte ihn an sich, wie sie ihn hundertmal getröstet hatte, wenn er als Kind ein für ihn unüberwindbares Leid nach Hause gebracht hatte.

„Sag es mir ehrlich, Mutter, ganz ehrlich, bitte, bitte ... glaubst auch du, daß alles wieder gut wird? Kann man ein solches Gesicht wieder herstellen? Gibt es wirklich einen Funken Hoffnung für mich ..."

„Wenn du nicht so groß wärst, bekämst du jetzt eine Ohrfeige!"

Frau Schwabe starrte gegen die Wand vor sich.

„Und ... und was wird Ursula sagen ..."

„Sie läßt dich grüßen ..."

Schwabe zuckte hoch. „Sie weiß, daß du bei mir bist?"

„Glaubst du, ich belüge deine Frau? Natürlich habe ich es ihr gesagt."

„Und ... wie hat sie es aufgenommen? Ich meine ... hat sie nicht ..."

„Sie hat geweint. Natürlich! Nicht, daß du verwundet bist, daran haben wir uns schon bei deinen sieben anderen Verwundungen gewöhnt. Aber daß du geschrieben hast, sie solle nicht mitkommen ... das war nicht schön von dir, Erich."

„Ich dachte, Mutter ... mein Gesicht ... wenn sie es sieht ... ich habe solche Angst, daß sie ..." Er senkte den Kopf und krampfte die Finger ineinander. „Warum hast du ihr den Brief gezeigt, Mutter?"

„Weil es sich so gehört, mein Junge." Frau Schwabe schob mit den Füßen die Tasche unter das Bett, ohne daß Erich es merkte. Ein Rosinenkuchen und eine Schmierwurst ... wie sinnlos waren sie jetzt. „Man kann nicht einfach alles aufstekken, nur weil man ein paar Narben im Gesicht hat."

„Ein paar Narben ...", sagte Schwabe bitter. „Ich weiß jetzt, wie ich aussehe. Ich habe mich vorige Woche im Wasser gespiegelt. Ihr braucht mir nichts zu erzählen ..."

„Welch ein dummer Junge!" Frau Schwabe schlug die Hände zusammen, wie sie es immer tat, wenn sie eine Situation zu klären begann. „Ein Haus kann noch so schön gebaut sein ... es sieht erst nach etwas aus, wenn die Fassade verputzt ist. Das müßtest du als Glaser eigentlich wissen, Erich!" Sie nahm alle Kraft zusammen, hob den Kopf ihres Sohnes hoch und sah ihm in das weggerissene Gesicht. „Wenn du's so besser verstehst, du eitler Fratz: Die Frau Doktor ist dabei, dir eine neue Fassade zu geben! Verstanden?"

Erich Schwabe lächelte mühsam. Frau Schwabe erkannte es nur daran, daß sich die Seiten der Mundhöhle wie gequält etwas verzerrten.

„Ja, Mutter. – Ich bin so froh, daß du gekommen bist. Aber

Ursula wird doch verstehen, daß ich sie noch nicht sehen will? Bitte, mach es ihr klar ... nur ein paar Wochen noch ..."

Frau Schwabe nickte. Die Stimme versagte ihr plötzlich. Es war das erste, was sie dachte, als sie Erich in der Tür stehen sah: Mein Gott, so darf ihn Ursel nie sehen! Nie! Sie kann ihn noch so sehr lieben ... diesen Anblick wird sie nie vergessen. Er brennt sich in das Herz ein für immer.

„Ich werde es ihr klarmachen, mein Junge ... auch wenn es nicht richtig ist", fügte sie schnell hinzu, um nicht den Verdacht aufkommen zu lassen, er sähe wirklich grauenhaft aus. „Vielleicht kannst du Weihnachten sogar nach Hause..."

Sie sagte es, obgleich sie sah, daß es unmöglich war. An seinem Blick erkannte sie, daß er es auch nicht glaubte, aber sich bemühte, sie in diesem Glauben zu lassen.

„Erzähl von zu Hause", sagte er und faßte wieder die Hände der Mutter. „Erzähl mir von Köln ... wie ihr lebt ... erzähl mir von Ursel ..."

Sie nickte. Er hat neuen Lebensmut, dachte sie glücklich. Ich habe ihn ihm gebracht. Und eigentlich ist alles so, wie es früher war in all den Jahren: Ein kleiner Junge liegt krank im Bett, und die Mutter hält seine Hände und erzählt ihm ein Märchen, bis er glücklich einschläft ...

„Es geht uns eigentlich gut", sagte Frau Schwabe und streichelte Erichs Hände. „Seitdem das Haus zerbombt ist und wir im Keller leben, fühlen wir uns sicher."

Und sie erzählte und erzählte und sah an den Augen ihres Sohnes, wie tief sein Glück war und wie stark das neue Leben in ihm emporwuchs.

Ursula Schwabe saß noch immer in der Wachstube. Ab und zu blickte sie auf die Uhr an der Wand und preßte die feuchten Hände zusammen. Der Unteroffizier bedauerte sie im stillen und musterte verstohlen ihre Beine in den hellen Seidenstrümpfen. Ein gutgewachsenes Püppchen, dachte er. Alles dran, wovon der Landser träumen kann. Aber nur träumen ... verdammt noch mal. Da sitzt sie nun, das Zuckerpersönchen, und weiß nicht, daß ihr Mann wie ein Wesen vom anderen Stern aussieht. 's schade um das Mädchen... und dabei ist's genau die Kragenweite, die man immerfort trösten könnte.

Nach einer Stunde stand Ursula Schwabe auf. „Muß ich hier immer sitzen bleiben?“ fragte sie.

„Natürlich nicht!“ Der Unteroffizier rückte seinen Uniformrock gerade. „Sie können es sich auch auf meinem Bett bequem machen.“

„Was Besseres fällt Ihnen nicht ein?“

„Das schon. Aber dazu kennen wir uns zu kurz . . .“ Der Unteroffizier grinste breit. Ursula schob die Unterlippe vor und zuckte mit den Schultern.

„Dumm reden könnt ihr alle! Darf ich spazierengehen?“

„Außerhalb des Lazarettes, natürlich! Aber warum wollen Sie denn gehen? Ich habe mich so an Ihren Anblick gewöhnt, daß ich sogar heute nacht davon träumen werde.“

„Eben darum.“ Ursula Schwabe knöpfte ihren Mantel zu und band ein Kopftuch um die langen, blonden Haare. „Wenn meine Schwiegermutter zurückkommt, ich bin gleich wieder da. Ich gehe nur etwas an die frische Luft.“

Der Wachunteroffizier sah ihr durch das Fenster nach, wie sie schlank und hochbeinig durch das große Tor hinüber zu dem Wäldchen trippelte.

„Jetzt dienstfrei haben“, sagte er und leckte sich über die Lippen. „Kreuzdonnerwetter – das wär' 'ne Nahkampfspange wert.“

Ursula folgte dem Pfad entlang der großen Mauer, die Schloß und Park umgab und an die das Wäldchen grenzte. Es war ein schmaler Weg, der durch einen lichten Wald führte, durch verfilztes Unterholz und mit Farnen bestandene Schneisen. Alles sah verlassen und wie vergessen aus, so, als sei Ursula Schwabe seit langem wieder der erste Mensch, der über diesen schmalen Pfad an der Schloßmauer entlang ging.

Der Pfad führte bergan zu einem Hügel hinauf, von dem aus man einen schönen Blick über das Städtchen und auf einige ferne Weinhänge hatte, auf einen schmalen Fluß, der sich durch die Niederungen und um die Fachwerkhäuser schlängelte, und auf einen hohen Schornstein, der wie ein großer, roter Pfahl in den Himmel stach.

Ursula blieb stehen und schaute über das Land. Sie kam sich einsam wie nie vor, ausgestoßen und vergessen, in eine Welt hineingesetzt, in der sie umherirren würde, weggerissen von aller Liebe und aller Hoffnung, für die sie bisher gelebt hatte. Jetzt sprach Erich schon über eine Stunde mit seiner Mutter, und sie saß draußen wie ein abgestellter Schirm, so, als gehöre sie nicht mehr zu ihm. Es war ein Gefühl, das ihr Herz wie in einer Presse zusammendrückte. Vielleicht will er mich doch noch sehen, sagte sie sich in solchem Augenblick der inneren Qual und bereute, daß sie fortgegangen war. Mutter hat ja gesagt, daß sie ihn dazu bringen will, mich zu rufen.

Hinter sich hörte sie plötzlich Marschschritte und ein paar Kommandos. „Links – rechts, links – rechts . . . Himmel noch mal, habt ihr denn alles verlernt? Ihr wackelt daher wie eierlegende Enten! Auf Vordermann achten.“

Sie drehte sich um. Von dem Hügel herunter konnte sie über die Schloßmauer in den Park sehen. Eine Gruppe Verwundeter kehrte vom Sportplatz zurück. Es war der Schlafsaal 1 von Block B, der zum Kaffeetrinken einrückte. Ein junger Leutnant marschierte vorweg. Es waren Gesichtsverletzte, die zehn und mehr Operationen hinter sich hatten und mit überpflanzten Hautlappen und Rundstiellappen aussahen wie eine buntgeflickte Schürze.

Ursula Schwabe kletterte vorsichtig den kleinen Hang hinab zur Mauer, bis sie hinter einem Busch stand, der sie vor den Blicken der Marschierenden verbarg. An einen dünnen Baumstamm geklammert, konnte sie eben noch über die Mauer schauen und den Weg sehen, über den die Kolonne der Gesichtsverletzten im Gleichschritt heranzog.

Der Marschtritt kam näher, sie hörte Lachen und merkwürdige, kehlige Laute.

Und dann sah Ursula sie . . . vierundzwanzig Gesichtsverletzte . . . ganz deutlich sah sie sie . . . auf sie zumarschieren, sie . . . eine geballte Masse gesichtsloser Wesen . . .

Ursula Schwabe riß den Mund auf und krallte die Nägel in den Stamm des Baumes. Mit beiden Armen umschlang sie ihn, und sie merkte nicht, wie die Haut über ihrer Stirn aufplatzte und das Blut über ihr Gesicht lief, als sie mit dem Kopf gegen die rauhe Rinde schlug.

4

„Nein!“ jammerte Ursula Schwabe. „Nein . . . nein . . .“ Der Wald, der Hügel, das Schloß, der Park drehten sich vor ihren Augen, lösten sich auf in schwarze und rote Punkte, die vor ihr tanzten, ineinanderflossen und dann zerplatzten. Sie umklammerte den rauhen Stamm und hielt sich an ihm fest und fühlte, wie sie nach unten sank, wie ihre Hände, ihr Gesicht an der Rinde entlangglitten und blutig aufrissen.

Erst als sie auf den Knien lag und die Kälte durch ihren Körper schnitt, wurde es klarer um sie. Mit einem Schrei sprang sie auf und rannte den schmalen Weg zurück zum Wachhaus, an der hier wieder hohen, unüberblickbaren Mauer entlang, hinter der sie noch immer, sich langsam entfernend, den kehligen Gesang der Verstümmelten hörte.

Der Wachunteroffizier hatte einen Augenblick den Drang, laut „Sanitäääter!“ zu brüllen, als Ursula Schwabe in den Raum stürzte. Dann erinnerte er sich, daß man ja hier in einem Lazarett und nicht an der Front war, und sprang herbei, riß sein Taschentuch aus dem Rock, drückte es auf das blutende Gesicht Ursulas und führte sie zu einem der Feldbetten.

„Was ist denn los?“ rief er und griff nach dem Telefon. Er drehte die Nummer Dr. Lisa Mainettis und starrte auf Ursula, während das Rufzeichen hinausging. „Wo kommen Sie denn her? Wer hat Sie denn so zugerichtet? Hat irgend so ein Sauhund Sie vielleicht . . .“ Der Unteroffizier schluckte. „Die haben monatelang keine Frau gesehen, außer den Haubengeschwadern. Die sind wie . . . wie . . .“ Ihm fiel kein Vergleich ein, und er war froh, als die Stimme Dr. Mainettis aus der Hörmuschel klang.

„Frau Doktor!“ sagte er stramm. „Frau Schwabe – sie ist eben zurückgekommen. Ich weiß nicht, was passiert ist. Sie blutet im Gesicht und an den Händen, und sie weint. Ich nehme an, daß jemand draußen versucht hat . . . Nein, gesehen hat es keiner . . . Gut, ich halte sie hier fest . . . Jawoll. Ende.“

Er legte den Hörer zurück und setzte sich unsicher auf die Tischkante. Eine Sauerei, dachte er ergrimmt. Will ihren Mann besuchen . . . und dann so was! Und man kann gar nichts sagen. Wie soll man da trösten? Soll man sagen: Frauchen, wer Hunger hat, der frißt sogar Gras . . . Zu dumm ist das! Und Hunger hat man selbst, wenn man sie so ansieht . . . blond, jung, schlank, mit langen Beinen und einer wohlgefüllten Bluse. Das erinnert einen an so manches, und dann ist's wie ein Fieber durch den Körper.

Er wurde aus seinen Gedanken gerissen. Dr. Mainetti stieß die Tür zur Wachstube auf und trat ein. Sie warf einen Blick auf die auf dem Feldbett liegende, blutbeschmierte und haltlos weinende Ursula und winkte dem Unteroffizier zu.

„'raus!" sagte sie laut. „Und erst wenn ich rufe, kommen Sie wieder!"

„Jawoll!" brüllte der Unteroffizier.

Er entfernte sich schnell und ziemlich ernüchtert. Auch so kann eine Frau sein. Schlimmer als ein ostpreußischer Feldwebel! Und dabei sieht die Mainetti aus wie eine Frau auf einem berühmten Gemälde. Der Name fiel ihm nicht mehr ein . . . er hatte eine Abbildung in einer Illustrierten gesehen und gleich gedacht: Wie unsere Frau Doktor.

Lisa Mainetti wartete, bis die Tür hinter dem Unteroffizier zufiel. Dann setzte sie sich neben Ursula Schwabe auf das Feldbett und drehte deren Gesicht vorsichtig nach oben. Mit einem großen Mullappen wischte sie das nachgesickerte Blut von der abgeschabten Haut und tupfte zugleich die Tränen weg.

„Was ist denn?" fragte sie leise. Nichts war mehr an ihr von dem lauten Kommandoton, mit dem sie durch das Lazarett ging und die Landser strammstehen ließ, auch wenn sie immer sagte: „Jungs – ihr sollt nicht Männchen bauen – ihr sollt nur Ordnung halten und vernünftig sein!" Jetzt war ihre Stimme so weich und fraulich wie ihr Äußeres. Sie legte beide Hände um Ursulas Kopf. Es waren kühle, weiche Hände, und Ursula schlug die Augen auf und umklammerte die Arme der Ärztin wie eine Ertrinkende.

„Wie . . . wie sieht Erich aus?" stammelte sie. Blankes Entsetzen stand in ihren Augen. „Ist er so wie . . . wie . . . Ich habe sie gesehen . . . sie haben ja gar keine Gesichter mehr." Sie warf den Kopf auf die Seite und schrie auf. Ihr Körper krampfte sich zusammen und zuckte zurück. Dann lag sie starr, wie versteinert, und starrte zur Decke mit unbeweglichen, aufgerissenen Augen.

Dr. Lisa Mainetti senkte den Kopf. Die drückende Sorge, daß das geschehen sei, was der Wachunteroffizier befürchtet hatte, war von ihr genommen. Aber eine neue Belastung war entstanden, und sie war noch weit schlimmer.

„Wo haben Sie die Verletzten gesehen?" fragte sie.

„Im Wald . . . über die Mauer . . . sie kamen über eine Wiese und sangen . . ." Wieder lief ein Zucken über Ursulas Gesicht. Die Erinnerung an das schreckliche Bild zerbrach die Starrheit des Entsetzens.

„Aber die Mauer ist doch so hoch."

„Von einem Hügel . . ."

„Eine Sauerei!" Dr. Mainetti verfiel wieder in den Lazarettton. Wir werden sofort einen dichten Stacheldrahtzaun ziehen, dachte sie. Da bemüht man sich, die Frauen schonend auf alles vorzubereiten, und dann können sie ein paar Schritte weiter über die Mauer sehen.

Ursula Schwabe faßte wieder nach den Händen der Ärztin. Ihre Stimme schwamm in Tränen.

„Sagen Sie es mir, Frau Doktor . . . bitte, bitte, sagen Sie es mir . . . Wie sieht Erich aus? Durfte ich darum Erich nicht sehen, weil er . . . weil er . . ."

Dr. Mainetti strich fast zärtlich über Ursulas blonde Locken. Wie jung sie ist, dachte sie dabei. Fast zu jung, um zu begreifen, was das Schicksal von ihr verlangt. Sie ist das wahre Opfer. Der Mann wird sich mit einem neuen Gesicht zurech finden. Aber ob sie es kann, diese kleine, gerade ins Leben getretene Frau mit der großen Hoffnung auf das Glück?

„Er sieht nicht schön aus", sagte sie vorsichtig. „Kein im Gesicht Verwundeter sieht gut aus. Aber das ist nur vorübergehend. Was wir Ärzte tun können, das tun wir. Alles, was in unseren Kräften steht, wird versucht werden, um auch Ihren Mann wiederherzustellen. Es werden Narben bleiben, das läßt sich nicht vermeiden. Und vielleicht wird er ein wenig anders aussehen als vorher . . . so ganz genau können auch wir nicht die Natur nachmachen. Aber er lebt! Und er wird leben bleiben, und wenn der Krieg noch zehn Jahre dauert. Für Ihren Mann gibt es keinen Krieg mehr, Sie werden ihn behalten können, ganz sicher. Das ist etwas, was heute Millionen anderer Frauen nicht sagen können. Ihnen, Frau Schwabe, hat der Krieg den Mann zurückgegeben ... was haben da schon die paar Narben zu sagen, die er im Gesicht tragen wird?“

„Aber ... aber wenn er kein Gesicht mehr hat?“ stammelte Ursula.

„Er *hat* eins!“ sagte Dr. Mainetti fest. „Ich verspreche es Ihnen: Wenn Sie ihn wiedersehen, wird er wieder ein Mensch sein.“

„Und wann ... wann ist das?“

Dr. Mainetti hob leicht die Schultern. Hunderte von Malen hatte sie diese Frage von Müttern und Frauen gehört, und selbst die Väter hatten bei dieser Frage Tränen in den Augen und einen Kloß im Hals gehabt. Und immer wieder hatte sie die Schultern gehoben und gesagt, was sie auch jetzt zu Ursula Schwabe sagen mußte:

„Wir werden uns alle Mühe geben. Es kann ein Jahr dauern, aber auch zwei oder drei ... oder mehr ... Die Natur läßt sich nicht zwingen. Viele Operationen sind nötig, und jede braucht ihre Zeit, um zu verheilen. Und jeder Körper reagiert anders auf Überpflanzungen.“

„Und so lange soll ich Erich nicht sehen?“

„Aber doch.“ Dr. Mainetti stützte Ursula, als sie sich aufrichtete. „Sobald es geht, werden Sie ihn sehen und sprechen und mit ihm ausgehen. Vor allem eins müssen Sie ihm sein: seine Frau! Das ist das wichtigste überhaupt. Sie brauchen viel, viel Liebe, diese Verletzten. Nichts heilt so gründlich wie das Bewußtsein: Ich habe eine Frau, die mich trotzdem liebt. Ich bin ein Mensch geblieben!“

„Und wann kann ich ihn sehen?“

„Ich werde es Ihnen schreiben.“ Dr. Mainetti half Ursula aufzustehn. „Und jetzt gehen wir erst einmal ins Haus, und ich schmiere Ihnen Salbe aufs Gesicht. Und dann müssen Sie Geduld haben. Viel, viel Geduld!“

Ursula Schwabe senkte den Kopf und nickte. „Aber warum darf *sie* ihn sehen, seine Mutter?“

„In einem solchen Unglück wird der stärkste Mann wieder zum Kind. Und nach wem ruft denn ein Kind, wenn es einmal in Not ist?“

Ursula Schwabe lehnte den Kopf an die Schulter Dr. Mainettis.

„Grüßen Sie Erich von mir", weinte sie und bedeckte mit beiden Händen das Gesicht. „Sagen Sie ihm, daß ich ihn liebe . . . ganz gleich, wie er aussieht . . . sagen Sie ihm, daß ich warten werde, und wenn es Jahre dauert . . . Sagen Sie ihm, daß ich . . . daß ich . . ." Die Worte erstickten in Schluchzen. Sie drückte den Kopf an die Ärztin und ließ sich aus dem Zimmer führen wie ein hilfloses Kind.

Draußen wartete der Unteroffizier und kaute an der Unterlippe. „Wer war der Lump?" fragte er wütend, als Dr. Mainetti mit Ursula an ihm vorbeiging. „Ich brech' dem Schwein alle Knochen. . ."

„Ihr Männer habt immer nur eins in eurem hohlen Kopf!" schnauzte Dr. Mainetti. „Gehn Sie in Ihren Wachraum und halten Sie den Mund! Verstanden?"

„Jawoll!" brüllte der Unteroffizier und rannte mit rotem Kopf zurück in die Wachstube.

„Ich muß leider stören", sagte Dr. Mainetti und zog die Tür hinter sich zu.

Auf dem Bett saßen Erich Schwabe und seine Mutter. Sie hielten sich an den Händen und waren glücklich. Eine riesige Mauer, die den Himmel vor Schwabe versperrt hatte, war eingerissen worden. Nun war es ihm, als säße er in der vollen Sonne. Es gibt eine Zukunft, dachte er immer wieder. Mutter hat es mir gesagt . . . es ist alles halb so schlimm. Sie war nicht entsetzt, sie hat sich nicht geekelt. Vielleicht war es ein falsches Bild, das ich im Spiegel des Wassers gesehen habe.

Ein verzerrtes Bild, so wie man es auf den Jahrmärkten in den Juxspiegeln der Lachkabinette sehen kann.

Es war eine Hoffnung und ein neuer Glaube, die ihn stark und mutig machten. „Das nächste Mal bringst du Ursula mit!" hatte er gerade gesagt, bevor Dr. Mainetti ins Zimmer trat. Und Frau Hedwig Schwabe hatte genickt, seine Hände gestreichelt und mit mühsam fester Stimme geantwortet: „Ganz bestimmt, mein Junge. Ursula wird sich wundern, warum du so ängstlich warst." Und sie wußte genau, daß sie log, und daß Ursula nicht die Stärke haben würde, dieses Gesicht anzusehen oder gar zu küssen.

„Sie haben meinen Jungen gut gepflegt, Frau Doktor!" sagte

Frau Schwabe und streichelte Erichs Hände. „Bestimmt hat er drei Pfund zugenommen. Ich bin froh, daß es ihm gut geht . . ."

Dr. Mainetti nickte. Sie blickte in die mit Leukoplast verpflasterte Fratze Schwabes und lächelte sogar.

„Und welche Angst er vor dem heutigen Tag gehabt hat!" sagte sie.

„Er ist eben doch immer noch ein dummer Junge." Frau Schwabe erhob sich. Sie sah in dem Blick Dr. Mainettis, daß die Besuchszeit vorbei war. Und sie las auch daraus, daß die Ärztin mit Ursula gesprochen hatte.

„Willst du schon gehen?" sagte Erich Schwabe. Es war ein kehliges, kaum verständliches Röhren, aber Frau Schwabe verstand es, als spräche er mit wunderbarer, klarer Stimme.

„Ich komme ja wieder, mein Junge." Sie strich mit den Fingern über sein blondes Haar und wuschelte es durcheinander. Die Haare sind ihm geblieben, dachte sie. Und wie widerborstig sie sind. Schon als kleiner Junge war es unmöglich, ihm einen vernünftigen Haarschnitt beizubringen. Wie ein Pinsel sah er immer aus. „Ich bleibe eine Woche in Bernegg, und jeden Tag komme ich dich eine Stunde besuchen . . . wenn es die Frau Doktor erlaubt . . ."

„Aber natürlich . . ."

Erich Schwabes Augen leuchteten. Es war für andere Menschen die einzige Möglichkeit, in diesem weggeschabten und verpflasterten Gesicht einen Ausdruck der Freude zu bemerken.

„Laß Ursula nachkommen. Bitte, Mutter . . ." sagte Erich Schwabe.

„Das nächstemal, mein Junge." Frau Hedwig Schwabe stieß hinter dem Rücken Erichs die Tasche mit dem Kuchen und der Schmierwurst tief unters Bett. „Jetzt bin erst einmal ich da . . . Und nun sei brav und tu alles, was man dir sagt . . ."

Erich Schwabes Augen lächelten. „Ja, Mutter", sagte er leise. „Es ist ja so schön, daß du da bist."

Dr. Mainetti sah aus dem Fenster, während Frau Schwabe noch einmal das zerstörte Gesicht des Sohnes küßte. Es kostete sie keine Überwindung mehr. Es ist mein Kind, dachte sie. Mein Fleisch und Blut. Was man ihm angetan hat, hat man auch mir angetan.

„Mein lieber, lieber Junge", sagte sie zärtlich und küßte Erichs Augen. „Bis morgen! Ich werde Ursula sofort schreiben, wie gut es dir geht."

Es klopfte. Schwester Dora Graff kam herein, um Erich Schwabe abzuholen.

„Ich werde ihr auch schreiben, Mutter." Schwabe lehnte den Kopf auf die Schulter der Mutter. „Und danke schön, Mutter ... für alles, für alles... alles ... bin jetzt so froh."

Er riß sich los, und ohne sich noch einmal umzublicken, verließ er mit Dora Graff das Zimmer.

Als die Tür hinter ihm zuklappte, vernahm Dr. Mainetti hinter sich einen tiefen Seufzer. Ehe sie zuspringen konnte, sank Frau Schwabe auf das Bett und drückte den weißhaarigen Kopf in die Kissen.

„Erich!" schrie sie in das Kissen. „Mein Junge! Mein Junge!"

Dann weinte sie, endlich befreit von allem Zwang, dem sie sich zwei Stunden gebeugt hatte. Nun fand das Grauen auch zu ihr, und ihr war, als zerreiße es ihr das Herz.

Dr. Mainetti ließ sie weinen. Sie setzte sich sacht neben sie auf das Bett und wartete, bis die alte Frau den Kopf hob.

„Sie waren unendlich tapfer", sagte sie.

Frau Schwabe schüttelte den Kopf. „Glauben Sie, daß er nichts gemerkt hat?" schluchzte sie.

„Bestimmt nicht. Sie haben mehr zu seiner Heilung beigetragen als hundert Medikamente."

„Wird er ... wird er jemals wieder ein Gesicht bekommen, Frau Doktor?"

„Ja. Wir werden alles versuchen. Haben Sie ein gutes Foto von Ihrem Sohn? Wir wollen uns bemühen, sein Gesicht so ähnlich wie möglich wiederherzustellen."

Frau Schwabe trocknete ihre Tränen ab. Ein Gedanke nahm jetzt von ihr Besitz, der ihre ganze mütterliche Kampfbereitschaft aufrief und keinen Platz für Trauer oder Entsetzen ließ.

„Was wird Ursula, seine Frau, sagen, wenn sie ihn so sieht?" fragte sie. „Was soll ich ihr sagen, Frau Doktor?"

„Die Wahrheit. Ich habe mit der kleinen Frau gesprochen. Während wir dachten, sie sitzt sicher in der Wachstube, ist sie spazierengegangen und hat einige der Gesichtsverletzten durch

Zufall gesehen. Sie hat sich besser benommen, als ich erwartet habe. Sie will ihren Mann sehen ..."

„So nicht!" Frau Schwabe hob beide Hände. „Ich lasse das nicht zu, Frau Doktor!"

„Sie will warten. Vielleicht in zwei oder drei Monaten wird es möglich sein." Dr. Mainetti legte die Hände zusammen. „Sie haben jetzt zwei große Aufgaben, Frau Schwabe. Sie müssen Ihrem Sohn die Zukunft schenken, indem Sie ihn belügen. Und Sie müssen auf Ihre Schwiegertochter achtgeben, daß sie an diese Zukunft ebenso fest glaubt wie Ihr Sohn. Es wird nicht leicht sein, ich kenne das aus vielen Fällen. Für Sie bleibt Erich immer Ihr Kind ... aber die kleine Frau wird sich nächtelang den Kopf zergrübeln, ob es möglich ist, mit einem Mann ohne Gesicht für immer zusammen zu leben. Sie ist noch jung, ihr Leben als Frau hat eben erst begonnen. Es wird für sie unendlich schwerer sein als für Sie als Mutter, sich an einen Anblick zu gewöhnen, der einem ständig einen Stich ins Herz gibt. Sie werden eine schwere Aufgabe haben ..."

„Ich weiß." Frau Schwabe holte die Tasche unter dem Bett hervor und packte sie aus. Den Kuchen, die Wurst, die Plätzchen. Abgehungert von den wenigen Lebensmittelmarken, erbettelt von den Nachbarn.

„Geben Sie es den Jungen, die wieder richtig kauen können", sagte sie stockend. „Darf ich morgen wiederkommen?"

„Aber natürlich."

„Ich brauche Ursula nichts zu sagen?"

„Nein. Sie weiß alles."

Sie gingen durch die langen Gänge bis zu dem kleinen Wartezimmer neben dem Verbandsraum. Dort wartete Ursula, auf einem Schemel hockend. Ihr Gesicht hatte man ganz mit Salbe beschmiert, und über ein paar der abgeschrammten Stellen klebte Leukoplastpflaster.

Frau Schwabe fragte nicht, was geschehen war. Sie faßte Ursula unter und zog sie mit sich fort. „Komm, Kindchen!" sagte sie nur. „Wir bleiben noch eine Woche in Bernegg."

„Was macht ... wie geht es Erich?" stammelte Ursula. Ihre Fingernägel gruben sich in Frau Schwabes Arm. „Wie sieht er aus?"

„Gut ..."

„Gut?“

„Er hat drei Pfund zugenommen.“

„Aber sein Gesicht, Mutter . . .“

„Ach was!“ Frau Schwabe schüttelte energisch den Kopf. „Es wird viel zuviel darüber geredet! Natürlich sieht es nicht schön aus, die Frau Doktor hat es dir ja gesagt. Aber in ein paar Monaten ist alles wieder gut!“

Ursula Schwabe schwieg. Sie dachte an die Männer, die sie über die Mauer hinweg gesehen hatte. Fratzen wie aus wilden Fieberträumen geboren. Sie wußte, daß die Schwiegermutter sie belog. Jetzt wußte sie es genau. Aber sie nahm es ihr nicht übel. Vielleicht würde ich sie auch belogen haben, wenn ich Erich zuerst gesehen hätte, dachte sie. Und sie schloß die Augen und sah Erichs Gesicht vor sich: ein fröhliches, lachendes Gesicht mit wirren blonden Haaren und einem männlichen, ein wenig sinnlichen Mund. Und dann zog eine Wolke über das lachende Gesicht, und als die Wolke sich verflüchtigte, war es ein Kopf ohne Konturen, der zurückblieb: Augen, nur die Augen inmitten einer narbigen, roten, zerrissenen Fläche. Und darüber die wirren blonden Haare –

Vor dem Schloß brach Ursula ohnmächtig zusammen und hing am Arm Frau Schwabes. Ein Kübelwagen der Wehrmacht brachte sie hinunter zum Ort Bernegg, wo man die Ohnmächtige in das Gasthofzimmer trug und der alte Landarzt ihr eine herzstärkende Injektion gab.

Erich Schwabe saß unterdessen glücklich auf seinem Zimmer und schrieb einen Brief an seine Frau.

„Liebste Uschi!“ schrieb er.

„Mutter war hier, und sie wird Dir erzählen, wie es mir geht. Ich hatte solche Angst, Dich zuerst zu sehen . . . bitte, verzeih mir. Aber jetzt, wo Mutter sagt, daß alles halb so schlimm ist, sollst Du kommen. Nun will ich Dich sehen und auch von Dir hören, daß Du mich immer lieben wirst . . .“

Dann sah er zufrieden aus dem Fenster. Unten, im Tal, unterbrochen durch die Baumkronen, sah er die Dächer von Bernegg. Auch das Dach des Gasthofs, in dem Ursula Schwabe gerade ihre herzstärkende Injektion erhielt.

Zwei Tage vor Weihnachten wurde ein neuer Patient eingeliefert. Dr. Mainetti, die an diesem Abend Arzt vom Dienst war, wurde aus ihrem Zimmer zur Aufnahme gerufen. Im Kleinen Verbandsraum saß ein junger Soldat auf einem Hocker. Neben ihm stand ein zweiter Soldat mit verkniffenem Gesicht, in der Faust ein Gewehr mit aufgepflanztem Bajonett.

Er sah verwundert auf die Ärztin, die in den Raum trat und ihn wie ein Feldwebel musterte. Dann wandte sich Dr. Mainetti dem Jungen zu. Er hatte eine Kieferklemme im Mund und sah mit einem fast hündisch flehenden Blick zu ihr auf, nackte Angst in den Augen.

Der Schreibstubensanitäter, der die Aufnahme eintragen mußte, saß an einem kleinen Tisch am Fenster. Er kannte Dr. Mainetti seit zwei Jahren. Er schwieg, während sich der Mann mit dem Bajonett räusperte und, den Blick zu ihm gewandt, mit einer Kopfbewegung auf die Ärztin wies.

„Sie brauchen gar nicht wie ein Asthmatiker zu röcheln!" sagte Dr. Mainetti laut. Sie begann das Kinn des jungen Soldaten abzutasten. Dabei bemerkte sie, daß der Junge eine Uniform ohne Schulterstücke trug. Sie war alt, zerschlissen und am Kragen durch Blutspritzer befleckt.

„Im übrigen – was machen Sie hier im Behandlungszimmer?" fragte Dr. Mainetti den Begleitsoldaten. „Sie haben vor der Tür zu warten!"

„Irrtum!" Der Mann mit dem Bajonett grinste breit. „Ich bleibe hier! Ich muß bei der Behandlung dabeisein."

„'raus!" schrie Dr. Mainetti. „Und zwar flott!"

„Ich habe den Befehl von meinem Kompaniechef!" Der Wachmann blieb stehen und senkte wie ein Stier den Kopf.

„Ihr Kompaniechef geht mich einen Dreck an! Hier bin ich der Chef! Wenn Sie nicht sofort gehen, lasse ich Sie hinauswerfen!"

„Na so was! Ein Weib, das wild wird!" Der Soldat wandte sich an den Sanitäter, der still an seinem Tisch saß. „Kumpel! Hol mir mal den wachhabenden Arzt! Dem werd' ich was flüstern!"

„Sofort!"

Mit einem Satz sprang der Sanitäter auf, stand vor Dr. Mainetti stramm und meldete: „Frau Doktor . . . da ist jemand, der möchte den diensthabenden Arzt sprechen! Er möchte sich bei ihm beschweren!"

„Himmel, Arsch und Zwirn!" machte der Mann mit dem Bajonett. Dann zog er das Gewehr an und stand ebenfalls stramm. „Melde Einlieferung eines Soldaten vom Strafbataillon zu fachärztlicher Behandlung. Ich habe den Befehl, den Mann . . ."

„Wer hier befiehlt, ist wohl klar, was?" Dr. Mainetti zeigte auf die Tür. Der Blick des Soldaten ging an dem ausgestreckten Arm entlang, in seinem Gesicht zuckte es. „'raus! Und zwar mit Hurra! Und was mit dem Mann geschieht, bestimme ich und nicht Ihr Kompaniechef, verstanden?"

„Ich . . ."

„'raus!" brüllte Lisa Mainetti. Der Wachsoldat zuckte zusammen, nahm sein Gewehr unter den Arm und verließ das Behandlungszimmer. Draußen auf dem Flur blieb er vor der Tür stehen, wie eine Schildwache.

Der junge Soldat mit dem schiefstehenden Kiefer sah Lisa dankbar an. In seine Augen traten plötzlich Tränen, er streckte die Hände aus, als suche er Hilfe. Dr. Mainetti tastete noch einmal vorsichtig den Kiefer ab. Sie stellte fest, daß hier kein totaler Bruch vorlag. Der Unterkiefer links war nur aus dem Gelenk gesprungen, und der äußere Prozessus war angebrochen. Ein Bluterguß war nicht mehr vorhanden, das Öffnen des Mundes war nur bis zu zwei Fingerbreiten möglich.

Dr. Mainetti richtete sich auf.

„Sie sind in einem Strafbataillon?" fragte sie und winkte dem Sanitäter. „Evipan und Gipsbinde", rief sie ihm zu.

Der Junge nickte.

„Und warum?"

„Ich habe den Urlaub überschritten. Nur drei Tage, nicht mehr." Er weinte jetzt und lehnte den Kopf zurück an die Wand. „Ich war in Urlaub, und meine Mutter hatte Grippe. Ganz fürchterlich hat sie gehustet. Und am letzten Tag war Fliegeralarm, wir mußten in den kalten Keller. Da ist es schlimmer geworden mit ihr, sie hat Fieber bekommen, 40,5, Frau Doktor. Da bin ich drei Tage länger geblieben, um sie zu pflegen. Kein Krankenhaus wollte sie aufnehmen, alles war voll von den Bombenverletzten. Dann bin ich zurück zur Truppe, als das Fieber vorbei war. Und dort haben sie mich verurteilt. Wegen unerlaubter Entfernung von der Truppe – zuerst zum

Tode – dann hat es mein Kommandeur umgewandelt, weil ich doch vorher noch nie etwas ... Strafbataillon." Das Gesicht des Jungen verzerrte sich vor nackter Angst. „Aber ich wollte doch nur meiner Mutter helfen. Niemand hat ihr doch beigestanden! Und nun ... nun ... keiner glaubt mir ... keiner ..."

Dr. Mainetti wusch sich die Hände. Das ist unmöglich, dachte sie. Diese Verletzung ist keine Kriegsverletzung. Zusammengeschlagen hat man den Jungen, einfach zusammengetrommelt mit den Fäusten. Sie unterbrach ihre Waschung und klinkte mit den nassen Händen die Tür auf. Der Wachmann stand vor dem Behandlungsraum. Als er Lisa sah, wurde er rot im Gesicht und kniff die Lippen zusammen.

„Warum ist der Mann im Strafbataillon?" rief Dr. Mainetti.

„Weiß ich nicht!" brummte der Wachsoldat.

„Und woher hat er den Kieferbruch?"

„Weiß ich nicht."

„Gehen Sie zurück zu Ihrem Kommandeur und sagen Sie ihm, daß der Mann hier bleibt! Ich muß den Bruch einrichten und schienen. Ein schriftlicher Bericht wird nachgereicht."

„Das geht nicht." Der Wachmann trat einen Schritt auf Dr. Mainetti zu. „Ich muß ihn wieder mit zurückbringen."

„Die Schnauze müssen Sie halten!" schrie Lisa. „Gehen Sie aufs Geschäftszimmer und warten Sie auf einen Aufnahmeschein! Und dann 'raus hier!"

Sie knallte die Tür zu und ging zurück zum Waschbecken. Im Flur stand der Wachsoldat unschlüssig herum.

So traf ihn Dr. Urban, der auf seinem Zimmer aus der Lektüre der neuen Nummer des „Reichs" durch Lisas Stimme aufgeschreckt worden war und nun zum Verbandszimmer kam.

„Was ist denn hier los?" fragte er. Er sah das aufgepflanzte Bajonett und stieß einen kurzen Pfiff aus. „Was machen Sie denn hier? Haben Sie einen gebracht? Kommen Sie mit auf mein Zimmer und berichten Sie mir."

Während Lisa Mainetti nach der Evipaninjektion den Kiefer des Jungen mit einem Gipsverband einrichtete und fixierte und ihn dann auf ihre Station bringen ließ, berichtete der Wachsoldat über seinen Auftritt mit ihr.

„Tun Sie alles, was sie Ihnen gesagt hat", sagte Dr. Urban zufrieden. „Und erzählen Sie Ihrem Kommandeur alles. Das saubere Früchtchen werde ich selbst im Auge behalten. Abhauen und dann hier auch noch große Bogen spucken. Ich werde das schon regeln."

Dr. Mainetti schrubbte sich noch den Gips von den Händen, als Dr. Urban lächelnd eintrat und sich neben das Waschbecken stellte.

„Ich nehme an, der junge Mann hat einen solch komplizierten Bruch, daß er einige Monate im Lazarett bleiben muß", sagte er gehässig. „Wie ich höre, ist er auch auf Ihrer Station. Wissen Sie eigentlich, was auf Wehrkraftzersetzung steht?"

Dr. Mainetti nickte. „Sicherlich weiß ich das. Ich weiß auch, was auf Diebstahl von Morphium aus der Lazarettapotheke steht."

„Damit schrecken Sie mich nicht mehr, Kollega. Ich weiß, warum Sie den Strafsoldaten behalten. Unter dem Mantel des ärztlichen Gewissens leisten Sie passiven Widerstand gegen den Führer und den Endsieg!"

Lisa Mainetti schwieg. Sie sah Dr. Urban mit einem raschen kalten Blick an und verließ, wobei sie einen Bogen um ihn machte, den Verbandsraum. Durch die offene Tür sah ihr der Oberarzt nach, wie sie mit tropfenden Händen über den langen Flur zum Zimmer des Chefarztes ging.

Natürlich, dachte er. Jetzt sucht sie sich Rückendeckung. Alles eine Bande! Hochnäsig und sicher, daß wir den Krieg verlieren. An die Wand sollte man sie stellen!

Er blieb mit gesenktem Kopf im Behandlungszimmer stehen, während hinter ihm der Sanitäter die flachen Gipsschalen auswusch. Man trifft sie am besten, dachte Dr. Urban, wenn man ihr ihre Lieblinge nimmt. In jedem Zimmer liegen welche herum, die man längst entlassen könnte und die sie festhält, um sie der Front zu entziehen. Nur eine Meldung brauchte man zu machen. Einen kleinen Schrieb: Seht euch mal das Lazarett Bernegg an. Dort liegen Kerle herum, die manche Frontlücke füllen könnten . . .

Ein schwerer Schlag würde es sein. Und dabei hätte man doch nichts getan als seine simple vaterländische Pflicht.

Die Stube B/14 hatte sich an den Anblick Erich Schwabes gewöhnt. So etwas geht schnell unter Männern, die alle das gleiche Leid tragen. Schon nach dem ersten Besuch seiner Mutter war Schwabe auch aufgeschlossener geworden; er saß jetzt öfter mit am Tisch und spielte Skat oder Schach oder mit dem „Wastl-Pascha" eine Partie Mensch-ärgere-dich-nicht, die er immer gewann.

Die nach dem Weggang ihrer einstigen Attraktion, des Mannes mit der „Frauenbrust" am Kinn, ihrer Berühmtheit beraubte Stube 14 hatte eine neue, wenn auch wesentlich stillere Sensation bekommen: Der Unteroffizier Kaspar Bloch war zu ihnen gekommen.

Bloch war ein hochaufgeschossener, schwarzhaariger Junge, dem ein Granatsplitter das rechte Jochbein zerschlagen und das Ohr abgesäbelt hatte. Seine rechte Gesichtshälfte sah aus, als sei sie unter einen Dampfhammer geraten. Seit über einem Jahr war er in Behandlung. Zuerst bei den Gesichtschirurgen, dann bei der Psychiatrie, zuletzt in der Abteilung für Hals-, Nasen- und Ohrenkranke. Von dort war er zurückgekommen zu Professor Dr. Rusch und Dr. Lisa Mainetti, die sein Gesicht so weit wiederhergestellt hatten, daß man es ansehen konnte.

Nur taub war er geblieben, völlig gehörlos. Das war das große Rätsel, das ihn von einer Spezialabteilung in die andere führte. Daß er rechts nichts mehr hören konnte, leuchtete allen Spezialisten ein . . . aber wieso er auf dem linken Ohr gehörlos geworden war, dort, wo keinerlei Verletzungen vorlagen, konnte sich keiner erklären.

Dr. Urban, der bei der Rückkehr Kaspar Blochs die Krankenblätter durchlas, sprach das aus, was Dr. Mainetti seit langem im stillen dachte:

„Der Fall ist doch klar!" rief er und warf die Krankengeschichte Blochs auf den Tisch zurück. „Der Lümmel simuliert! Der kann so gut hören wie wir alle. Aber ich garantiere dafür, daß ich ihn überführe! Das wollen wir doch mal sehen!"

So kam Kaspar Bloch auf das Zimmer 14. Der Ruf, ein unangreifbarer Simulant zu sein, lief ihm voraus. Mit Spannung wartete die Stube 14 darauf, wie er sich benehmen würde, wenn der Wastl Feininger einen seiner knalligen Witze losließ. Bei nur einem halbwegs intakten Gehör war es einem unmöglich, nicht die Miene zu verziehen.

Kaspar Bloch bestand die Prüfung. Er saß am Tisch und

spielte Schach, als der Wastl begann, ein Erlebnis aus der Sennhütte zu erzählen. Es wurde der deftigste Witz, den die Stube 14 je gehört hatte.

„So ein Saustück!" keuchte Paul Zwerch und hielt sich den Bauch. „Den muß ick vajessen, sonst träum' ick davon."

Ruhig lächelnd saß Kaspar Bloch vor seinem Schachbrett und wartete geduldig, bis sich das Lachen seiner Kameraden gelegt hatte. Kein Muskel seines Gesichtes hatte sich verzogen, Fritz Adam hatte es genau beobachtet.

„Der hört wirklich nichts!" sagte er, als es wieder still im Zimmer wurde. „So kann sich kein Mensch beherrschen. Von wegen Simulant . . . das ist wieder so eine Mistigkeit von dem Nazi-Urban!"

Am Abend, wenn die Lichter gelöscht waren und die anderen schliefen, lag Kaspar Bloch noch wach und starrte ins Dunkel.

Vierzehn Monate, dachte er, vierzehn Monate habe ich durchgehalten. Und ich werde weiter durchhalten, bis dieser Mist hier vorbei ist.

Manchmal war es fast unmöglich, zu tun, als hörte ich nichts.

Vor allem damals, als sein Vater zu Besuch kam, der Professor der Psychiatrie Dr. Thomas Bloch. Man hatte ihm nicht gesagt, daß sein Sohn das Gehör verloren hatte, und er kam mit ausgestreckten Armen auf seinen Sohn zu und sagte: „Ich soll dich herzlich von Mutter grüßen und dir von ihr diesen Kuß geben!" Und Kaspar Bloch mußte mit fragender Miene dastehen, als habe er nichts verstanden, während sein Herz schrie und die Rührung in ihm hochstieg. Aber er sah die scharf beobachtenden Augen der ihn umstehenden Ärzte, und er hob die Schultern, zeigte auf seine Ohren und hätte aufschreien können über den entsetzten Blick seines Vaters, den er betrügen mußte wie alle um sich herum.

Dreimal hatte Dr. Urban versucht, Kaspar Bloch zu überführen. Es war mißlungen. Sogar das letztemal: Dr. Urban hatte zu einem Sanitäter gesagt, als Bloch an ihnen vorbeiging:

„Ach, da ist ja der Bloch! Michel, überlegen Sie mal, wie man dem armen Jungen schonend beibringen kann, daß man seinen Vater wegen Wehrkraftzersetzung vorgestern oder vor drei Tagen verhaftet hat . . ."

Kaspar Bloch war nicht zusammengezuckt. Er war weitergegangen, ohne den Bruchteil einer Sekunde im Schritt zu zögern. Erst auf der Toilette hatte er sich gegen die kalten Kacheln gelehnt und sich die Lippen blutig gebissen. Drei Tage lang ging er durch die Hölle der Ungewißheit, drei Nächte lag er wach und grub die Fingernägel in die Handflächen. Dann kam ein Brief von seinem Vater, in dem er schrieb, daß es allen gut gehe. Da löste sich seine Spannung, und er weinte eine ganze Nacht, die Decke an sein Gesicht gedrückt, damit es niemand im Zimmer hörte.

„Der Kerl simuliert *doch*!" sagte Dr. Urban später am Tisch des Chefarztes. „Ich werde schon was finden, was ihn umhaut. Lassen Sie nur erst einmal Weihnachten kommen. Ich habe da so einen Plan . . ."

„Ob Sie mich hören können oder nicht", sagte Dr. Lisa Mainetti später zu Kaspar Bloch, „interessiert mich nicht. Nur passen Sie an Weihnachten auf. Verlieren Sie nicht Ihre Ruhe. Was man auch sagen wird . . . es ist nicht wahr!"

Kaspar Bloch stand im Vorzimmer zum OP und drehte Tupfer aus Mull. Man hatte ihn zu solchen kleinen Hilfeleistungen herangezogen. Während Lisa mit ihm sprach, sah er sie freundlich, aber bewegungslos an, als höre er wirklich nichts. Nur in seinen Augen glomm ein Funken auf, als Lisa zu Ende gesprochen hatte.

Dr. Mainetti atmete tief auf. „Bist ein tapferer Junge", sagte sie und klopfte Bloch auf die Wange. „Ich hätte diese Kraft nicht . . ."

Sie wandte sich ab und wusch sich die Hände und Arme. In wenigen Minuten würden neue Verwundete von der Front kommen. Ein Lazarettzug war wieder eingetroffen, die Sankas von Bernegg waren unterwegs.

Für Block B zwölf Neuzugänge, hatte die Verwaltung gemeldet. Zwölf zerstörte Gesichter. Zwölf zerstörte Schicksale. Zwölf Fratzen des Krieges. Zwölf junge Menschen, die in der Einsamkeit von Bernegg ein neues Leben beginnen mußten.

Zwölfmal die ungeheuerliche Konsequenz eines politischen Wahnsinns.

Und keiner lernte daraus.

Weihnachten war gekommen.

Ursula Schwabe war aus ihrem Keller umgezogen in den Keller der Horst-Wessel-Straße 4, zu ihrer Schwiegermutter. Eines Tages stand sie mit einem Pappkoffer und ihren Kleidern über dem Arm vor der Tür in dem zerstörten Haus und weinte.

„Ich kann nicht mehr", sagte sie. „Keine Nacht kann ich mehr schlafen. Immer sehe ich diese Gesichter vor mir, die keine mehr sind. Und Erich sehe ich immer . . . auch so, ohne alles . . . nur noch Augen . . . und diese Augen weinen, weinen . . . Es ist furchtbar, Mutter . . . Laß mich bei dir wohnen . . . ich halte es allein nicht mehr aus!"

Frau Schwabe verstand sie, nahm sie an der Hand und führte sie hinab in den Keller. Im Laufe des Tages, während der kurzen Entwarnungen, rannten sie zu Ursulas Keller und schleppten alles, was sie tragen konnten, zur Horst-Wessel-Straße. Das Luftschutzbett, die Matratzen, die Töpfe, die Decken, die Kissen, zwei Stühle, Geschirr und Gläser in Pappkartons. Und eine Schuhschachtel voll Fotos. Bilder von Erich Schwabe: vom Kind, das im Sandkasten spielte, bis zum Hochzeitsbild, das ihn stolz und selbstbewußt zeigt: Seht, solch eine hübsche Frau habe ich ab heute!

„Fährst du Weihnachten wieder hin?" fragte Ursula.

Sie hatte eine Sonderzuteilung Mehl bekommen. Nun saß sie vor der Tüte und wußte nicht, ob sie ein paar Weihnachtsplätzchen backen sollte oder nicht.

„Ja", sagte Frau Schwabe.

„Ob er schon Plätzchen essen kann?"

„Ich glaub' es nicht, Uschi."

Ursula trug die Tüte mit Mehl weg in eine Ecke und verschloß sie im Oberteil eines Küchenschranks, das auf dem Kellerboden stand. Das Unterteil war verbrannt.

„Er hat geschrieben, ich soll mitkommen", sagte sie, als sie zurückkam. Seit zwei Wochen sagte sie es, immer und immer wieder, und stets hatte Frau Schwabe die gleiche geduldige Antwort für sie.

„Im Februar wird es gehen, sagt die Frau Doktor."

„Aber ich liebe ihn doch! Ich werde bestimmt nicht entsetzt sein . . . Ich . . . ich . . ."

„Du mußt Geduld haben, Uschi. Sei tapfer um Erichs willen.

Es wird einmal eine Zeit kommen, wo er dich voll und ganz braucht. Dich allein . . . nicht mehr mich. Und es wird bald sein. Mit jeder Operation kommt er näher zu dir, kommt er zu dir zurück . . . Du kannst ihm jetzt nur helfen, indem du wartest."

Einen Tag vor Heiligabend fuhr Frau Schwabe wieder nach Schloß Bernegg. Sie hatte diesmal nichts zu essen bei sich, aber eine große Fotografie Ursulas in einem geschnitzten Holzrahmen. Beides zusammen hatte sie die Rauchermarken von sechs Wochen gekostet. Und Bücher hatte sie gekauft, von einem Mann, der durch den Verkauf seiner geretteten Bibliothek seinen Kochtopf füllte.

So kam sie, schwer bepackt, in Bernegg an.

Sie war nicht die einzige Mutter in dem großen, ausgeräumten Zimmer, in dem sie dann saß und wartete. Viele Frauen waren gekommen; sie saßen ein wenig bedrückt auf den Stühlen und warteten, was geschehen sollte. Es roch nach frischem Tannengrün und Gebäck, nach Äther und angebranntem Gulasch. Ein Soldat mit Rotkreuzbinde stand in der Tür und sah auf seine Armbanduhr.

„Der Chef kommt gleich", sagte er. „Er hat vorher noch etwas zu sagen."

5

In ihren Zimmern saßen die Verwundeten und warteten mit der gleichen schmerzhaften Ungeduld wie die Mütter und Frauen im Erdgeschoß des Blocks B. Eine ameisenemsige Tätigkeit war diesen Minuten der stummen Gespanntheit vorausgegangen. Es begann schon am frühen Morgen mit einer Dusche und mit der „Herrichtung" der Gesichter. Es wurde neu verbunden, neue Leukoplaststreifen wurden über die schlimmsten Narben und Entstellungen geklebt. Einige rasierten sich sogar. Millimeterweise schabten sie die wenigen Barthaare ab, die wieder hervorsprossen oder die auf den übriggebliebenen Hautpartien zwischen den Narben wucherten. Dr. Urbans Spezialität war es, gerade diesen Männern das Leben sauer zu machen, die sich noch rasieren mußten. „Ein bißchen näher ans

Messer 'ran!" schrie er, wenn er einen Verwundeten mit einigen übersehenen Stoppeln antraf. „Hat der Kerl das Glück, noch Haut auf dem Gesicht zu haben, und vernachlässigt sie! Kehrt marsch – und nochmals rasiert!"

Die Uniformen wurden geputzt und aufgebügelt. Die Hosen hatten einen scharfen Kniff. In alter Landsermanier waren sie am Abend vorher am Bruch naß gemacht und unter die Matratze gelegt worden. Das gab eine bessere Falte als das schwerste Bügeleisen eines Schneiders.

Auch Wastl Feininger hatte die Nachricht bekommen, daß seine Frau aus Berchtesgaden herüberkäme. Das hatte ihn in Not gebracht. „Dös Luada kimmt!" schimpfte er und hieb mit seinem Schiffchen auf den Tisch. „Jetzt kann i dös Madl drunten abbestell'n! Is dös no a Festtag, wenn mei Alte kimmt?"

Fritz Adam saß nachdenklich und still auf seinem Bett. Auch seine Frau hatte sich angesagt. Zum erstenmal kam sie nach Bernegg. Er hatte ihr geschrieben, daß er eine Verletzung im Gesicht habe und daß er – wenn die Operation gelänge – vielleicht etwas verändert aussehen würde. Irene Adam, das kapriziöse Frauchen, hatte darauf geantwortet: „Es wird sich alles finden. So schlimm wird's nicht sein . . ." Nun saß Fritz Adam ängstlich und mit wildem Herzklopfen auf seinem Bett. Unten, ein Stockwerk tiefer, wartete Irene. Er wußte es. Schwester Dora Graff hatte allen mitgeteilt, wer gekommen war. Er hatte sich sorgfältig rasiert und gekämmt, und der Sanitätsunteroffizier – ein Famulus, der Dr. Mainetti auf der Station half – hatte neue, breite Leukoplaststreifen über seine verbrannte und zerstörte Gesichtshälfte geklebt. Als er sich später im Spiegel anschaute, war es ein erträglicher Anblick. „Wie nach einer schweren Säbelpartie, Kommilitone!" sagte der Famulus zu dem Medizinstudenten Fritz Adam. „Deine Frau wird sich wundern, warum du überhaupt hier im Lazarett bist."

In einer Ecke des Zimmers standen die Weihnachtsgeschenke, die die Verwundeten in den langen Wochen zuvor gebastelt hatten. Am Nachmittag sollte die Bescherung von Waisenkindern stattfinden. Die Parteileitung hatte es sich als einen großen Propagandaeffekt ausgedacht: Die vom Krieg Gezeichneten beschenken die durch den Krieg Verwaisten – eine Front der Herzen, die unbesiegbar war!

Die Verwundeten wußten es nicht. Sie hatten die Spielsachen in echter Freude gebaut, sie hatten gesägt und geklebt, gehämmert und gebohrt, weil es ihnen Spaß machte. Kleine Kunstwerke waren dabei entstanden, automatische Mühlen, Drehkräne und Feuerwehren. Schiffe, die qualmten, und Autos, deren Motor richtig brummte. Nur militärisches Spielzeug war nicht darunter. Kein Säbel und kein Panzer, keine Kanone und kein Schützengraben. Und kein Flugzeug. Es war, als würden die gestaltenden Finger steif, wenn man nur an die Möglichkeit eines solchen Spielzeugs dachte. Eine Planzeichnung zum Modellbau eines Bunkers mit Kanonen und Flaktürmen, die die Parteileitung vor einigen Wochen ins Lazarett gebracht hatte, fand sich zerrissen auf dem Lokus wieder. Dr. Urban stellte zwar strenge Untersuchungen an, aber sie liefen sich tot. Es gab 200 Verwundete im Block B, jeder konnte es gewesen sein. Daß es der Chefarzt, Professor Dr. Rusch, selbst getan hatte, daran dachte niemand.

Auch Erich Schwabe hatte etwas gebastelt. Er war gelernter Glaser; er hatte sich Glasscherben geben lassen und sie mit Ölfarbe in vielen Farben angestrichen. Aus diesen bunten Scherben hatte er ein Mosaik gefertigt: die Silhouetten zweier Menschen, die Hand in Hand der Sonne entgegengingen. Darunter hatte er geschrieben: Nur mit dir gibt es ein Morgen. Es war Erichs Geschenk für Ursula, Frau Schwabe sollte es mitnehmen nach Köln. Ursula selbst konnte – wie die Mutter geschrieben hatte – nicht mit nach Bernegg kommen, weil sie sehr erkältet sei und über 40 Grad Fieber habe. „Aber Ostern wird sie bestimmt mitkommen", hatte Frau Schwabe noch geschrieben. „Täglich sind jetzt Luftangriffe, und es wird so viel geplündert, trotz der Todesstrafe. Da können wir den Keller nicht allein lassen. Nur einer von uns kann zu Dir kommen, mein Junge. Und Ostern wird es Uschi sein –."

Erich Schwabe sah es ein. Ostern werde ich wieder besser aussehen, dachte er. Mit jeder Woche geht es bergauf. Vielleicht ist es gut, daß Uschi mich jetzt nicht sieht, sondern erst zu Ostern, wenn ich wieder halbwegs hergestellt bin.

So hatte er sein Mosaik für seine Frau angefertigt, diesen rührenden Schrei nach Liebe. In Packpapier verpackt, lag es auf seinen Knien. Auch er wartete, bis er aufgerufen wurde.

Obwohl er wußte, daß seine Mutter kam und sie ihn schon gesehen hatte, füllte ihn die Erregung bis obenhin aus. Sein Atem ging pfeifend durch die Mundhöhle.

Die Tür öffnete sich. Ein Sanitäter sah kurz herein und winkte den Aufspringenden zu.

„In zehn Minuten ist's soweit, Kameraden. Der Chef spricht noch. Zeit genug, nochmal pinkeln zu gehen."

„Erzviech, saudummes!" schrie Wastl Feininger.

Fritz Adam legte sich zurück aufs Bett. Er verschränkte die Arme hinter dem Kopf und schloß die Augen.

„Dieses Warten", sagte er leise. „Dieses verdammte Warten. Ich wollte, es wäre schon Abend . . ."

Keiner antwortete ihm. Sie saßen auf den Betträndern und starrten vor sich auf den Boden.

Was wird sie sagen, dachte jeder, wird alles gut gehen? Oder wird sie mir nur ein Theater vorspielen und sich im Inneren ekeln? Vielleicht hat sie schon einen anderen Mann, einen schönen, gesunden Mann mit einem glatten, ebenmäßigen Gesicht? War es ihr zuzumuten, mit einer solchen Fratze zusammenzuleben? War es nicht besser, Schluß zu machen – jetzt, jetzt gleich?

Weihnachten – das Fest der Liebe . . .

„Auf mir wartet keener!" sagte der Berliner in die Stille des Zimmers hinein, „Kinder, wie ick mir darauf freue, alleene zu sein."

Und alle um ihn herum beneideten ihn in diesem Augenblick.

Die Frauen und Mütter sahen auf, als sich die Tür des Saals öffnete und Professor Dr. Rusch in Begleitung von Dr. Lisa Mainetti und Dr. Urban hereinkam. Sie hatten ihre weißen Kittel an. Dr. Urban allein trug unter dem Arztmantel seine Offiziersuniform und hohe, blankgeputzte Stiefel. Mit hocherhobenem, germanisch-schmalem Kopf überschaute er die Schar der Besucherinnen, und sein Blick blieb an einer jungen Frau haften, die in einem Pelzmantel nahe der Tür saß. Sie hatte zierliche, hochhackige Schuhe an, Seidenstrümpfe, und unter dem offenen Pelz ein Kostüm, dessen enger Rock jetzt hochgerutscht war und die schlanken, langen Beine freigab. Ihr weißblondes Haar war aufgesteckt, das Gesichtchen war geschminkt, die vollen Lippen glänzten unter der Zyklamenfarbe eines französischen Lippenstifts. Die dunklen, flinken Augen erfaßten alles, was um sie herum vorging, und erwiderten teils erstaunt, teils herausfordernd den Blick Dr. Urbans.

‚Sieh an, welch kleines Aas', dachte er, und im gleichen Augenblick bemerkte er den Trauring an ihrer Hand. ‚Also die Frau eines unserer Gesichtskrüppel', dachte er brutal weiter. Undenkbar, daß dieses Weibchen mit einem Menschen ohne Gesicht leben kann. Man möchte fast sagen: Sie ist zu schade dazu.

Dr. Urban rückte seinen weißen Arztkittel gerade und knöpfte den obersten Knopf auf, damit man die silbernen Offiziersspiegel seiner Uniform sehen konnte. Dann sah er die kleine, kapriziöse Frau wieder an. Sie wich seinem Blick aus, aber es entging ihm nicht, wie sie ihn aus den Augenwinkeln musterte und taxierte.

Chefarzt Professor Dr. Rusch ging zu einem Stuhl, der vor einem großen, geschmückten Tannenbaum stand. Zwei Schwestern waren noch dabei, mit auf Stöcken gesteckten Kerzen die Lichter anzuzünden. Der Duft angesengten Tannengrüns durchzog den Raum. Weihnachtliche Andacht senkte sich über die dicht gedrängt sitzenden Frauen und die wenigen Männer, die dazwischen saßen. Weißhaarige Väter, die auf ihren verstümmelten Sohn warteten.

Professor Dr. Rusch umfaßte die Lehne des leeren Stuhles und sah über die ihm zugewandten Gesichter hinweg. Jetzt muß ich etwas sagen, dachte er. Und ich möchte ihnen allen zurufen: Kommt, ihr Mütter und Väter. Nehmt euer Kind mit, stellt es auf die Straße, zeigt es jedem, fahrt mit ihm von Stadt zu Stadt, von Dorf zu Dorf, von Haus zu Haus und schreit: Seht – das ist der Krieg! Das ist seine unauslöschbare Fratze! Das ist von einem jungen, gesunden, schönen Menschen übriggeblieben, einem Menschen, der einmal an Glück und Liebe glaubte und den ich in die Welt gesetzt habe, damit er sich am Leben freuen kann! Und das hier ist aus ihm geworden! Wofür, so frage ich euch alle? Könnt ihr mir sagen, wie es möglich ist, daß eine Handvoll Menschen einen Krieg entfesselt, wo doch Millionen Menschen in Frieden leben möchten? Wo steckt die

Wurzel dieses Wahnsinns? Seht euch mein Kind an – *das* ist der Krieg! Soll euer Kind morgen oder übermorgen genauso aussehen?

Dr. Lisa Mainetti trat hinter Professor Rusch und beugte sich leicht vor. „Soll ich reden?" fragte sie leise. „Wenn du jetzt sagst, was du denkst, redest du dich um Kopf und Kragen."

Professor Rusch sah kurz zu seinem Oberarzt hinüber. Dr. Urban stand neben der kapriziösen jungen Frau und scharrte wie ein verliebter Hund mit den Füßen.

„Liebe Mütter und Frauen", sagte Professor Rusch. Seine Stimme war klar, sie weckte Vertrauen durch ihre menschliche Wärme. „Wenn gleich alle Lichter an dem großen Weihnachtsbaum brennen und sich die Türen des Lazaretts öffnen, dann ist das etwas anderes als das Sichöffnen irgendeines Weihnachtszimmers, hinter dessen Tür ein Baum brennt und gutgemeinte Geschenke warten. Auf Sie wartet wirklich ein Geschenk, ein wiedererstandener Mensch, der vielleicht anders aussehen mag als der Mensch, den Sie in Erinnerung haben – aber er ist da, und er ist es wirklich! Mit allen Fasern seines Herzens glaubt er wieder an die Zukunft! Er hat sich zu einem neuen Leben durchgerungen, von dem er lange dachte, daß es das für ihn nicht mehr geben würde. Nun ist er Ihnen zurückgegeben, und das einzige, was dieser Mensch von Ihnen erbittet, nein, ich möchte sagen, was er verlangt, was er fordern kann, ist nichts weiter als Liebe. Nur Liebe! Das ist das größte und das einzige Geschenk, das Sie ihm bringen können. Alles, was Sie sonst in Ihren Taschen mitgebracht haben, können Sie wegwerfen. Es ist nicht wichtig – aber Ihre Liebe ist für ihn das neue Leben, ist seine Stärke, seine Zukunft, sie ist einfach alles für ihn. Ein großer Teil von Ihnen sieht den Sohn oder den Ehemann zum erstenmal seit seiner Verwundung. Frau Dr. Mainetti hat mit jedem einzelnen von Ihnen gesprochen. Ich möchte Sie bitten, keinen Augenblick zu vergessen, was sie Ihnen gesagt hat: Seien Sie stark! Geben Sie alle Liebe her, auch wenn es Sie all Ihre Kraft kostet. Es ist Ihr Sohn, es ist Ihr Mann, der Ihnen gleich gegenüberstehen wird – und er ist hilfsbedürftiger als jedes Kind." Professor Dr. Rusch senkte den Kopf. Seine Stimme wurde leise, aber bis in die letzten Reihen verstand man ihn. „Ich lege das Schicksal meiner Kameraden in

Ihre mütterlichen Hände. Ich weiß, sie heilen mehr als mein chirurgisches Messer."

Fast brüsk wandte er sich ab und verließ mit gesenktem Kopf das Zimmer.

Ein Sanitätsfeldwebel erschien in der Tür. Er hielt eine lange Liste in der Hand und baute sich im Zimmer auf. Dr. Urban sah auf die kleine Frau neben sich. Die Ansprache des Chefarztes hatte sie nicht sonderlich ergriffen. Sie weinte nicht, wie viele Frauen und Mütter um sie herum es taten. Mit schneller Zunge leckte sie nur ein paarmal über die geschminkten Lippen. Eine süße Schlange, dachte Dr. Urban. Zu wem mag diese Puppe wohl gehören?

Die Stimme des Feldwebels riß ihn aus seiner Betrachtung. Sie rief die Namen auf, und nacheinander entfernten sich die aufgerufenen Frauen.

„Berger – Zimmer 10
Wüllner – Zimmer 15
Eisenbarth – Zimmer 4
Gerhardt – Zimmer 20
Pollisch – Zimmer 1
Feininger – Zimmer 14
Schwabe – Zimmer 14
Adam – Zimmer 14 . . ."

Die kleine, kapriziöse, weißblonde Frau zupfte den Rock über ihre Knie und erhob sich. Sie raffte den Pelzmantel zusammen und sah Dr. Urban mit großen Kinderaugen an.

„Adam – das bin ich!" sagte sie mit heller Stimme.

Das ist eine Beleidigung der Natur! Dr. Urban verbeugte sich galant. „Sie sind Eva, gnädige Frau. Darf ich Sie zu Zimmer 14 bringen?"

„Gern, Herr Stabsarzt."

Sie trippelte vor ihm her über den Flur bis zur Treppe. Adam, dachte Dr. Urban und musterte die schlanken Beine der Frau. Fritz Adam. Der Mann mit der zerstörten rechten Gesichtshälfte. Medizinstudent im 4. vorklinischen Semester. Ein netter Bursche an sich – aber was will eine so entzückende Frau mit einem Mann, der nur ein halbes Gesicht hat?

„Die Treppe hinauf!" sagte Dr. Urban und schaute den Beinen zu, die vor ihm die Stufen hinauftänzelten. Unter seiner

Schädeldecke wurde ihm heiß, und er mußte schlucken, weil sich eine fatale Trockenheit in seinem Mund ausbreitete.

„Sie haben Ihren Mann schon gesehen?“ fragte er und schob sich mit einem langen Schritt an ihre Seite.

„Nein. Es ist das erstemal.“ Irene Adam blieb stehen. Ihre Kinderaugen waren kullerrund und dunkel vor Angst. „Sieht er . . . sieht er schlimm aus?“

„Wie man's nimmt.“ Dr. Urban steckte die Hände in die Taschen seines weißen Arztmantels.

„Ich tue alles, was in meiner Kraft steht, um Ihren Mann wiederherzustellen. Vor allem jetzt, wo ich Sie kenne.“

„Sie operieren ihn?“ Irene Adam sah bewundernd zu Dr. Urban auf. In ihren Augen flimmerte es. „Sie haben einen wunderbaren Beruf, Herr Stabsarzt.“

Dr. Urban schwieg. Er schluckte das Lob der kleinen Frau wie sonst sein Pervitin. Daß er nicht eine einzige Naht am Gesicht Fritz Adams gelegt hatte, spielte keine Rolle. Man sollte ihr sagen, daß ihr Mann nie wieder wie früher aussehen wird, dachte er einen Augenblick. Aber dann erschrak er vor seinen eigenen Gedanken und ging Frau Adam voraus zum Zimmer 14. Er öffnete die Tür und ließ sie allein eintreten. Er sah noch, wie Fritz Adam aufsprang und die kleine Frau wie erstarrt stehenblieb. Da schloß er schnell die Tür, trat an das Flurfenster und blickte hinaus auf den verschneiten Schloßpark.

Er fühlte in sich den unheimlichen Wunsch, daß Irene Adam sich nicht an die Verstümmelung ihres Mannes gewöhnen möge.

Er schämte sich nicht einmal, das zu denken.

Ich bin groß, gesund und stark, dachte er. So etwas braucht sie. Und er spürte, wie die Leidenschaft in ihm aufglühte und wie er sich ärgerte, daß die Tür des Zimmers 14 nicht aufsprang und Irene Adam nicht herausgerannt kam und rief: Ich kann ihn nicht sehen . . . ich kann nicht! . . .

Mit nervösen Fingern zündete sich Dr. Urban eine Zigarette an und wartete im Flur. Über eine Stunde lang ging er hin und her, bis ein Zittern durch seinen Körper flog. Da rannte er hinunter in sein Zimmer, riß aus dem Nachtschränkchen einen kleinen Kasten mit einer in Mull liegenden Spritze, zog aus einer Ampulle eine glasklare Flüssigkeit auf und stach die Nadel tief in den linken Unterarm. Schwer atmend lehnte er sich dann zurück und wartete, bis das Morphium wirkte.

Er wurde ruhiger, sein Atem ging normal, und nur an den glänzenden Augen sah der Wissende, woher Dr. Urban seine Kraft genommen hatte.

Mit schnellen Schritten lief er zurück zum ersten Stockwerk und bezog wieder Posten vor Zimmer 14.

Kurz vor dem Mittagessen klopfte es an die Tür Dr. Lisa Mainettis.

Lisa hatte es sich bequem gemacht, nachdem sie von den einzelnen Stationsschwestern erfahren hatte, daß es in den Zimmern zu keinerlei Komplikationen gekommen war. Zwar hatte es Tränen gegeben, und die mühsame Überwindung des Entsetzens war oft deutlich spürbar gewesen, aber dann hatte die Liebe der Frauen und Mütter gesiegt, und das zerstörte Gesicht war in ihren Augen glatt und heil geworden. Dr. Rusch war nach Bernegg gefahren. Er mußte den Kreisleiter abholen, der am Nachmittag die Bescherung der Kriegswaisen vornehmen wollte. Der Gemeinschaftssaal wurde zu diesem Zweck umdekoriert. Vor dem Weihnachtsbaum wurde ein Podium aufgebaut, umhüllt mit der Hakenkreuzfahne. Zwischen Podium und Weihnachtsbaum stand auf einem hohen Sockel eine Büste Adolf Hitlers. Professor Rusch konnte sich gegen diese Ausgestaltung seines Freizeitraums nicht wehren. Er nahm sie hin mit dem gleichen passiven Widerstand, den er auch in seinem Lazarett zeigte und dessen unüberhörbarer Ausdruck die Begrüßung seiner Soldaten bei der Visite mit „Guten Morgen“ oder „Guten Tag“ war, während Dr. Urban jedesmal mit lauter Stimme „Heil Hitler“ rief.

Dr. Lisa Mainetti setzte sich, als sie das Klopfen an ihrer Tür hörte, strich sich die Haare glatt und sagte „Herein!“ Verwundert betrachtete sie die weißblonde, puppenhafte Frau, die in das Zimmer tänzelte. Auf dem Flur bemerkte sie, während die Tür zuklappte, noch das schnelle Vorbeiwehen eines weißen Kittels und darunter zwei schwarzglänzende, wegeilende hohe Offiziersstiefel.

„Mainetti!“ stellte sich Lisa vor. „Sie möchten mich sprechen?“

„Ich bin Frau Adam." Irene Adam sah die Ärztin mit großen, unschuldigen Augen an. Wenn man sie auf den Rücken legt, müßten die Augendeckel zuklappen, wie bei einer Schlafpuppe, dachte Lisa. „Herr Stabsarzt Dr. Urban verwies mich an Sie als die Stationsärztin meines Mannes . . ."

Also war es doch Urban, der eben vorbeigehuscht war, dachte Lisa Mainetti. Warum schickt er diese Frau ohne Anmeldung zu mir?

„Es stimmt, ich bin die Stationsärztin Ihres Mannes. Fritz Adam, nicht wahr?" Dr. Mainetti sprach langsam und vorsichtig. Ein merkwürdiges Gefühl hatte sie vom ersten Augenblick an ergriffen, als Irene Adam ins Zimmer trat. Verstärkt wurde es durch den weghuschenden, weißen Mantel auf dem Flur. „Wie finden Sie Ihren Mann? Sieht er nicht wieder prächtig aus? Und er hat einen so starken Willen, daß er auf andere Kameraden tröstend wirkt."

Irene Adam wölbte die Unterlippe vor. Sie setzte sich und stellte ihre große Lacktasche neben sich auf den Boden.

„Wir sind verheiratet", sagte sie wie ein schmollendes Kind. „Gewiß. Aber wir kannten uns nur ein paar Wochen, und gleich nach der Hochzeit mußte Fritz wieder an die Front. Eigentlich bin ich gar nicht verheiratet, nicht wahr? Oder kann man ein paar Tage Zusammenleben als Ehe bezeichnen? Wenn man es genau betrachtet . . ."

„Was wollen Sie von mir", unterbrach sie Lisa Mainetti grob. Ein Widerwille, klebrig wie Ekel, stieg in ihr auf.

Irene Adam sah sie erschrocken an. „Ich wollte mich mit Ihnen über Fritz unterhalten."

„Das tun Sie ja bereits in einer reichlich merkwürdigen Weise."

„Ich bin gekommen, um Sie um etwas zu bitten, Frau Doktor." Irene Adam holte aus der großen Lacktasche ein mit Spitzen umsäumtes Taschentuch und betupfte sich damit theatralisch die Augen. „Ich habe Fritz gesehen. Ich wußte, daß er im Gesicht verletzt war. Aber so . . . die ganze Seite . . . einfach alles weg . . . so habe ich mir das nicht gedacht."

„Auch Ihr Mann hat sich sein weiteres Leben anders gedacht. Aber es gibt schlimmere Verletzungen als seine. In zwei Jahren wird er wieder menschlich aussehen."

„In zwei Jahren!“ Irene Adam bekam große, fast unbewegliche Augen wie ein Stofftier. „Aber er wird nie wieder so aussehen wie vorher?“

„Nein.“

„Er wird nie mehr schön sein?“

„Nein.“

„Aber ich habe damals einen schönen Mann geheiratet. Nur darum habe ich ihn vor all den anderen genommen, weil er ein so schönes Gesicht hatte. Alle anderen Frauen sahen ihm nach, und ich – ich habe ihn heiraten können! Und nun ist alles das weg – und ich bin doch noch jung, Frau Doktor, ich bin erst 23 Jahre alt. Soll ich mein ganzes Leben neben einem solchen Gesicht leben? Neben einem Mann, von dem alle wegsehen? Das kann doch niemand von mir verlangen, nicht wahr?“

„Man sollte Ihnen jetzt eine kräftige Ohrfeige geben“, sagte Lisa Mainetti mit unheimlicher Ruhe. Irene Adam zuckte zusammen, als sei sie wirklich geschlagen worden, und sprang auf.

„Sie sind doch eine Frau wie ich!“ sagte sie weinerlich. „Sie waren doch auch einmal jung. Und eigentlich bin ich doch gar nicht verheiratet . . . nur ein paar Tage waren wir zusammen. Man kann mich doch jetzt für diese paar Tage nicht ein ganzes Leben lang bestrafen!“

Lisa Mainetti unterdrückte die Regung, wirklich aufzuspringen und in dieses geschminkte Puppengesicht hineinzuschlagen. Ein bitterer Geschmack lag in ihrem Mund, und ihr Gesicht spiegelte die Verachtung wider, die sie empfand.

„Haben Sie das alles Ihrem Mann gesagt?“ fragte sie mit mühsamer Beherrschung.

Irene Adam schüttelte den weißblonden Kopf. „Natürlich nicht. Er hat sich so gefreut, daß ich gekommen bin. Darum bin ich auch zu Ihnen geschickt worden, Frau Doktor. Bitte, sprechen Sie mit Fritz darüber. Er muß mich verstehen. Bringen Sie ihm das alles bei. Er kann nicht wollen, daß ich mein ganzes Leben lang . . . Ich will nach der Mittagspause auch nicht wiederkommen. Ich fahre gleich wieder zurück zu meinen Eltern. Sie müssen mit ihm sprechen, Frau Doktor!“

„Müssen?“ Dr. Mainetti senkte den Kopf. Warum ist man so gut erzogen, dachte sie bitter. Warum kann man nicht aufspringen und dieses Miststück von einem Weib durch das Zimmer prügeln, durch den Flur hinaus aus dem Lazarett, über die Straße, damit es alle sehen? Warum muß man jetzt noch höflich sein?

„Haben Sie nie daran gedacht, was Sie bei der Trauung versprochen haben?“ sagte sie mit vor Erregung heiserer Stimme. „Bis daß der Tod euch scheidet, hieß es. Und eine Ehe ist nicht nur in guten Tagen gültig, sondern auch in bösen. Erst da zeigt es sich, wie groß eine Liebe ist. Die Ehe ist eine Verbindung auf Gedeih und Verderb und kein gemeinsamer Ausflug in angenehme Zerstreuungen. Jetzt, in diesem Augenblick, können Sie beweisen, daß es Ihnen ernst war mit dem Schwur, ein ganzes Leben gemeinsam zu gehen.“

Irene Adam saß vor Lisa Mainetti, mit schief geneigtem Köpfchen und einem Schmollmund, mit ratlosen Kinderaugen und einer unwillig zusammengezogenen Stirn.

„Das ist ja alles ganz gut und schön“, sagte sie, als Lisa schwieg. „Damals war es auch anders. Damals hatte ich wirklich den Willen, immer mit Fritz . . .“ Sie schluckte und nestelte an ihrem Spitzentaschentuch herum. „Aber jetzt ist doch alles anders, Frau Doktor. Fritz ist ein anderer Mensch geworden. Nicht nur äußerlich. Er ist auch anders zu mir . . . wie soll ich sagen . . . er ist eben völlig umgedreht. Er ist nicht mehr der Fritz, den ich damals heiratete. Er ist mir völlig fremd.“ Sie putzte sich das Näschen und tupfte wieder über die bemalten Augen. „Und im übrigen“, sagte sie plötzlich wie ein trotziges Kind, „will ich nicht mehr! Ich bin jung und hübsch und ich habe Aussichten, noch einen Mann zu bekommen, der mein Typ ist.“

„Monatelang hat sich Ihr Mann auf diese Stunde des Wiedersehens gefreut!“ rief Dr. Mainetti. Ihr Gesicht wurde rot und hart. „Geduldig hat er sich den Operationen unterzogen, in der letzten Zeit nur mit örtlicher Betäubung, weil die vielen Vollnarkosen bei ihm Kreislaufstörungen verursachten. Immer hat er von seiner Irene gesprochen und war glücklich, wenn wieder ein Hautstückchen angewachsen und ein weiterer Schritt zu einem neuen Gesicht getan war. Und nun kommen Sie her und verlangen . . .“

Irene Adam erhob sich brüsk, Sie riß ihre Tasche an sich

und sah auf Lisa mit einer unheimlichen Kaltschnäuzigkeit herab.

„Das ist Schicksal!" sagte sie hochnäsig. „Da kann ich auch nichts dagegen machen."

In Lisa Mainetti brach die letzte Hemmung. Sie sprang auf, riß die Tür ihres Zimmers auf und faßte den Arm der weißblonden Puppe. Mit einem heftigen Ruck stieß sie die Gestalt zur Tür hinaus auf den Flur.

„'raus!" schrie Dr. Mainetti. „Sofort 'raus! Ihr Mann kann Gott danken, wenn er von Ihnen befreit ist!"

Sie warf die Tür wieder hinter sich zu und preßte beide Hände gegen das wild hämmernde Herz. Was habe ich getan, dachte sie. Ich habe die Gewalt über mich verloren. Ich habe mich als Ärztin unmöglich benommen. Aber ich konnte nicht anders. Bei Gott – ich wäre zerplatzt, wenn ich sie nicht hinausgeworfen hätte.

Am Ende des Flurs wartete Dr. Urban. Als er Irene Adam mit gesenktem Kopf herankommen sah, eilte er ihr entgegen. An ihrem Gesicht sah er, was geschehen war. Er hatte es nicht anders erwartet, ja, er hatte es sich sogar so gewünscht, als er Irene Adam zu Lisa Mainetti schickte.

„Kann ich etwas für Sie tun?" fragte er mit galant flötender Stimme. „Sie wohnen in Bernegg?"

„Nein. In Oberhalden. In Bernegg war alles schon besetzt. Oberhalden, Hotel ‚Goldener Engel'." Sie sah Dr. Urban hilfeflehend aus ihren unschuldigen Kinderaugen an. „Sie hat mich hinausgeworfen."

„Ich weiß. Sie ist eine böse Frau." Dr. Urban zog seinen Arztkittel aus und warf ihn auf einen Stuhl, der an der Wand des Flurs stand. Die Offiziersuniform kleidete ihn vorzüglich. Irene Adam stellte es sachkundig fest. „Wäre es Ihnen unangenehm, wenn ich Sie mit dem Wagen nach Oberhalden bringe, gnädige Frau?"

„Unangenehm? Wie können Sie so etwas fragen? Gerade jetzt brauche ich männlichen Schutz . . . Ich bin doch so allein."

„Na, dann wollen wir!" Dr. Urban ging ihr voraus und öffnete vor ihr die Tür des Seitenausgangs, der zu einem der Parkwege führte und von dort zur Hauptwache. „Wann fahren Sie zurück nach Hause, gnädige Frau?"

„Vielleicht in zwei Tagen", sagte Irene Adam und ordnete ihre weißblonden Locken. „Vielleicht – es vermißt mich ja niemand . . ."

Während sie hinunter zur Hauptwache gingen, stieß Dr. Mainetti die Fenster ihres Zimmers auf. Es war ihr unmöglich, den Geruch von Irene Adams Parfüm länger zu ertragen.

Nach dem Mittagessen wurde die Post verteilt. Sie war heute etwas später gekommen; zudem hatte die Verwaltung, die die Briefe auf die einzelnen Blocks verteilte, an diesem Weihnachtstag ein ruhigeres Tempo als sonst vorgelegt, was sich bei dem großen Weihnachtsposteingang in beträchtlichem Zeitverlust auswirkte.

Dr. Urban hatte es übernommen, die Post noch einmal durchzusehen, bevor sie an die Stationen weitergegeben wurde. Zwei Männer halfen ihm dabei – ein Sanitätsgefreiter aus Urbans Station und der taube Kaspar Bloch.

„Sieh an", sagte Dr. Urban plötzlich und drehte einen Brief in seinen Fingern. Kaspar Bloch schielte hinüber – er sah nur ein amtliches Kuvert mit einem großen Dienststempel. „Ein Brief für unseren tauben Kaspar Bloch." Dr. Urban steckte den kleinen Finger in den Schlitz der Briefklappe und riß das Kuvert auf. Gemeiner Hund, dachte Bloch. Aber da er nicht hören durfte, was Urban sagte, zeigte er nach außen hin keinerlei Bewegung und sortierte ruhig die anderen Briefe nach den Zimmernummern weiter.

Dr. Urban beobachtete Kaspar Bloch. Langsam faltete er den Briefbogen auseinander und las aufmerksam. Dann winkte er dem Sanitätsgefreiten und nickte zu Kaspar Bloch hinüber.

„Eine Sauerei ist das", sagte Dr. Urban laut. „Gerade zu Weihnachten muß das kommen. Wie bringt man das dem armen Bloch bloß bei? Es wird am besten sein, wenn wir ihm dieses Schreiben erst nach den Feiertagen aushändigen."

„Jawoll, Herr Oberarzt." Der Gefreite sah verblüfft zu Dr. Urban hinauf. „Um was handelt es sich denn?"

„Ein Brief der Kreisleitung. Beim letzten Luftangriff ist Blochs Mutter ums Leben gekommen."

Kaspar Bloch durchfuhr es wie ein feuriger Strahl, der sein Inneres im Bruchteil einer Sekunde verbrannte. Er schloß die

Augen und riß den Mund auf. Aber im gleichen Augenblick hämmerte es durch sein Gehirn: Er sieht dich an . . . Er beobachtet dich jetzt ... Du hast nichts gehört ... du hast nichts gehört . . . du bist ja taub . . . taub . . . taub . . . Mutter ist tot, dachte er. Das ist keine Falle mehr. Er hat das Schreiben ja in der Hand, ich habe das amtliche Kuvert gesehen, den Dienststempel, er hat es vor meinen Augen aufgerissen. Mutter ist tot . . . Mutter . . .

Dr. Urban faltete den Brief wieder zusammen und steckte ihn in die Uniformtasche. Er tat so, als sei es eine unwichtige Sache. Nachdenklich und fragend sah er auf den Rücken Kaspar Blochs, der scheinbar ruhig wie immer die Post sortierte. Kleine Häufchen, nach Zimmern geordnet.

Entweder ist er wirklich taub, dachte Urban unsicher, oder der Kerl hat eine Beherrschung, die einmalig ist. Das „Experiment", wie er seine unüberbietbare Gemeinheit nannte, war mißlungen. Mit schnellen Schritten verließ er das Zimmer. Auf dem Gang nahm er den Brief aus der Tasche, zerriß ihn in ganz kleine Fetzen und warf sie in einen Papierkorb. Es war wirklich ein unwichtiges Schreiben: ein alter Brief der Kreisleitung mit einer Einladung zur Feier des 9. November.

Kaspar Bloch wartete, bis einige Minuten verstrichen waren. Sein verzerrtes Gesicht war gelblichblaß und eingefallen. Mit zitternden Händen sortierte er die Briefe, aber er achtete gar nicht mehr darauf, wohin er die einzelnen Kuverts legte. Er starrte hinaus in den verschneiten Park und kämpfte mit dem Stöhnen, das ihm in der Kehle saß und nach außen drängte, wie eine Faust, die von innen gegen seinen Mund stieß.

Dann ging es einfach nicht mehr. Er ließ den Stapel Post, den er gerade genommen hatte, zurück auf den Tisch fallen und rannte aus dem Zimmer. Der Sanitätsgefreite beachtete ihn nicht. Er verschnürte gerade wieder ein beschädigt angekommenes Paket, aus dem selbstgebackene Plätzchen und ein Pullover hervorquollen. Kaspar Bloch blieb im großen Treppenhaus stehen und lehnte sich mit der Stirn an eine der kalten Säulen. Wohin, dachte er. Mein Gott, wohin soll ich gehen? Wem kann ich sagen, daß ich hören kann? Wen kann ich fragen, ob es wirklich wahr ist, daß Mutter . . .

Es blieb ihm keine andere Wahl, als sich zu verraten. Mit

großen Sprüngen raste er die Treppe hinunter zum Zimmer Lisa Mainettis und riß die Tür auf, ohne anzuklopfen.

Dr. Mainetti las einen langen Brief, der mit der Weihnachtspost gekommen war. Erschrocken sah sie hoch, als Kaspar Bloch in das Zimmer stürzte und die Tür hinter sich zuschlug.

„Frau Doktor . . .", stammelte er. „Bitte, bitte, Frau Doktor, verraten Sie mich nicht . . ."

Dr. Lisa Mainetti legte den Brief zur Seite und zeigte auf einen Stuhl. Sie war weder erstaunt noch verärgert.

„Setzen Sie sich, Bloch", sagte sie ruhig. „Ich wußte, daß Sie hören können. An Ihren Augen habe ich es gesehen."

Bloch nickte. Er sank auf den Stuhl und schlug beide Hände vor die Augen. Auf einmal weinte er, leise, wimmernd wie ein gefallenes Kind. Dr. Mainetti ging zur Tür und schloß sie ab.

„So. Jetzt sind wir ungestört. Und nun packen Sie aus. Sie haben geahnt, daß ich Ihr Geheimnis kenne?"

Kaspar Bloch nickte. „Ich kann nicht mehr", stammelte er. „Es ist zuviel. Ich halte es nicht mehr durch . . . Bitte, helfen Sie mir, Frau Doktor . . . bitte, bitte."

Eine Ahnung stieg in Lisa Mainetti auf. Sie schloß auch das Fenster zum Park und lehnte sich gegen die Fensterbank.

„Was hat Dr. Urban Ihnen gesagt, Bloch?"

„Nichts! Gar nichts!" Kaspar Bloch sah mit flackernden, fast irren Augen zu der Ärztin hinüber. „Er hat einen Brief bekommen. Von der Kreisleitung. Meine Mutter . . . beim letzten Angriff . . . Er will ihn mir erst nach den Feiertagen geben . . . Bitte, bitte, Frau Doktor . . ." Sein Kopf sank auf den Tisch, und er weinte haltlos.

In Lisa Mainetti breitete sich wieder die explosive Hitze aus, die sie beim Anblick Irene Adams gespürt hatte. Es kann möglich sein, dachte sie schnell. Jeden Tag werden jetzt die deutschen Städte vom Bombenflugzeug zerfetzt, täglich sterben Hunderte unter brennenden und berstenden Trümmern. Aber es kann auch eine Falle sein, eine der gemeinsten Fallen, die ein Mensch sich ausdenken kann.

„Wann ist der Brief gekommen, Bloch?"

„Vorhin mit der Post. Ich half bei der Sortierung."

„Warten Sie. Ich hole Ihnen den Brief."

Dr. Mainetti schloß die Tür auf, steckte den Schlüssel um

und schloß ihr Zimmer von draußen wieder ab. Mit schnellen Schritten ging sie zum Geschäftszimmer und klopfte vor dem eine Zahlenreihe addierenden Zahlmeister auf den Tisch.

„Ich möchte die Post meiner Station", sagte sie laut.

Der Zahlmeister sah verblüfft und etwas ratlos in das gerötete Gesicht der Ärztin.

Ein Soldat, der respektvoll neben dem Schreibtisch stand, kam ihm zu Hilfe. „Die hat Herr Dr. Urban schon abgeholt. Vor zwei Stunden."

„Was hat Dr. Urban mit meiner Post zu schaffen? Er hat seine eigene Station! Ich wünsche in Zukunft nicht, daß meine Post anderen ausgehändigt wird."

Ehe der Zahlmeister etwas antworten konnte, war sie schon hinaus und rannte zu dem Zimmer, in dem der Gefreite noch immer die beschädigten Pakete zusammenschnürte.

„Die Post von Station II!" rief Lisa Mainetti.

„Bitte!" In strammer Haltung zeigte der Gefreite auf die einzelnen Stapel. „Es ist alles schon sortiert, Frau Doktor."

„Das sehe ich! Wer hat das veranlaßt?"

„Herr Oberarzt Dr. Urban."

Lisa Mainetti blätterte den Stapel von Zimmer 14 durch. Ein dicker Weihnachtsbrief war für Kaspar Bloch darunter. Absender: Prof. Dr. Th. Bloch. Aber kein amtliches Schreiben.

„Ist das alles?" fragte Dr. Mainetti.

„Ja, Frau Doktor."

„Mensch – denken Sie nach! Ist das alle Post für meine Station?"

Der Gefreite drehte die Augen zur Decke. Es war offenkundig, daß er sich zu erinnern versuchte. Dann hellte sich seine Miene auf. Er stand stramm und hob dabei wie um Verzeihung bittend die Schultern.

„Der Herr Oberarzt hat einen Brief selbst eingesteckt. Für den Bloch war er. Seine Mutter ist bei einem Luftangriff umgekommen. Der Herr Oberarzt will aber . . ."

„Danke!" Lisa raffte die Stapel zusammen und verließ das Zimmer. Mit ein paar Schritten war sie an der Tür Dr. Urbans. Als sie eintrat, stand Dr. Urban gerade in Hose und Unterhemd vor einem Spiegel und rasierte sich. Er hatte für den Nachmittag eine Verabredung mit Frau Adam getroffen. Eine kleine

Fahrt in die verschneiten Hügel. Für dieses Vergnügen wollte er sogar freiwillig die rührende Bescherung der Waisenkinder durch den Kreisleiter versäumen.

„Nanu, liebe Kollegin!“ sagte er und stellte den Rasierpinsel auf die Glasablage. „So forsch in eine männliche Behausung? Sie haben doch wohl keine erotische Ader in sich entdeckt?“

Lisa Mainetti warf die Briefstapel auf den Tisch und trat nach hinten die Tür zu. Dr. Urban sah auf die Briefe und atmete tief auf.

„Hier fehlt ein Brief!“ sagte Lisa kalt. „Der Gefreite sagte mir, daß Sie ihn eingesteckt haben. Ich möchte ihn sehen.“

„Dieser Idiot sieht Gespenster!“ Dr. Urban kam mit seinem eingeseiften Gesicht näher. Er versuchte sogar zu lächeln. „Sie wollen mir doch wohl nicht unterstellen, Frau Kollega, daß ich Briefe unserer Patienten . . .“

„Es war ein Brief an Kaspar Bloch. Angeblich teilte die Kreisleitung mit, daß seine Mutter . . .“

„Ach das!“ Dr. Urban lachte laut. Er wandte sich ab und ging zurück zum Spiegel, nahm seinen Rasierpinsel und seifte sich weiter das Gesicht ein. „Das war ein kleiner Trick von mir. Leider vergeblich. Ich glaube jetzt fast selbst, daß der Kerl das Gehör verloren hat. Bei so einer massiven . . .“

Dr. Mainetti ließ ihn nicht aussprechen. Mit ein paar Schritten war sie bei Dr. Urban. Ganz dicht stand sie vor ihm. Seine kalten Augen sahen sie höhnisch und siegessicher an.

„Wenn ich keine Frau wäre“, sagte sie leise, „befänden Sie sich jetzt in akuter Lebensgefahr. So aber kann ich Ihnen nur sagen, daß ich Sie zutiefst verachte.“

„Es wird mir nicht weh tun.“ Dr. Urban wandte sich ab und schraubte seinen Rasierapparat zu. „Der Zweck heiligt die Mittel, das sagte schon Machiavelli. Oder wollen Sie einen Simulanten decken, Kollega? Nun, mir scheint, er ist wirklich gehörlos. Was macht da schon der kleine Trick aus, er hat's doch nicht gehört.“

Wortlos drehte sich Lisa Mainetti um und ging zurück auf ihr Zimmer. Kaspar Bloch sprang auf, als sie eintrat, sein Körper schüttelte sich wie in einem wilden Fieber.

„Ist es wahr?“ stammelte er. „Ist es wirklich wahr?“

Lisa schüttelte den Kopf. „Nein!" sagte sie fest. „Er wollte Sie nur überführen."

Ohnmächtig fiel Kaspar Bloch ihr vor die Füße.

Weihnachten.

Im Keller der Horst-Wessel-Straße in Köln saß Ursula Schwabe vor einem geschmückten, dicken Tannenzweig, den sie sich heimlich aus dem Kölner Grüngürtel geholt hatte. Mit in Streifen geschnittenem Silberpapier und Pappsternen hatte sie den Zweig festlich geputzt und Erich Schwabes Foto daruntergestellt. Es zeigte einen lachenden Feldwebel, ein offenes, fröhliches, lebenslustiges Gesicht.

Ein Gesicht, das es seit dem 4. Oktober 1944 nicht mehr gab.

Drei Kerzen hatte Ursula angezündet. Aus dem Volksempfänger tönten leise die alten deutschen Weihnachtslieder, der Gesang von der stillen, heiligen Nacht und der seligen, fröhlichen Weihnachtszeit. Mit gefalteten Händen saß Ursula vor den drei flackernden Kerzen, dem kärglichen Tannenzweig und dem Bild aus der Vergangenheit. Hinter ihr bullerte der Eisenofen und durchdrang die Muffigkeit des feuchten Kellers mit einer Illusion von Wärme.

Jetzt sitzen sie in Bernegg auch vor einem Weihnachtsbaum, dachte sie. Und Erich wird an mich denken, wie ich an ihn denke. Es war falsch, daß ich nicht mitgefahren bin. Warum soll ich nicht stark genug sein, ihn anzusehen, so wie er jetzt ist? Ich bin kein Kind mehr, ich bin doch seine Frau, und ich weiß, wie er ausgesehen hat, dort steht ja sein Bild. Und einmal wird er wieder aussehen wie die anderen Menschen auch.

Sie lauschte nach oben. Die Sirenen gellten. Es hatte nichts Erschreckendes mehr. Im Gegenteil, wenn sie einen Tag nicht heulten, war man verwundert. Oft überflogen die Geschwader die Stadt auch nur oder kamen von anderen Zielen zurück und warfen nur noch vereinzelt Bomben ab. Ballast, den sie nicht wieder mit nach England zurücknehmen wollten. Übriggebliebene Bomben, die die Trümmer noch einmal umpflügten wie ein Feld, auf dem der erste Pflug nicht alles Unkraut beseitigt hatte.

Von den Stadträndern her hörte sie das Aufbellen der Flak. Die Erde zitterte leicht. Das ist weit weg, dachte Ursula. Aber sie drehte das Radio ab, um besser hören zu können. „Vom Himmel hoch, da komm' ich her ...", sang gerade wie zum Hohn irgendein Chor.

Der Lärm der Flak kam näher. Helles Motorengebrumm mischte sich dazwischen. In diesem Augenblick hörte Ursula klappernde Schritte die Kellertreppe hinabkommen, die Tür wurde aufgestoßen und ein Mann in der Uniform eines Fliegerfeldwebels stolperte in den Kellerraum.

„Sie sind direkt über uns!" keuchte er und drückte die Tür hinter sich zu. Dann blickte er sich um und nahm die Mütze ab, wischte sich mit dem Ärmel den Schweiß von der Stirn und lächelte etwas verlegen zu Ursula hinüber.

„Sie sind allein hier, Fräulein?" Er horchte nach oben und nickte mehrmals. „Die ziehen vorbei. Gott sei Dank! Nicht mal Weihnachten hat man Ruhe. Ein Mistkrieg ist das!" Er kam schüchtern näher und sah den Tannenzweig, die drei Kerzen und das Bild Erich Schwabes. „Ihr Bräutigam, Fräulein?"

„Mein Mann."

„Oh, Verzeihung. So ohne weiteres kann man das ja nicht sehen."

Der Fliegerfeldwebel setzte sich auf eine Kiste neben Ursula und starrte auf Schwabes Bild.

„An der Front?" fragte er, als Ursula nichts sagte.

„Nein. Im Lazarett."

„Verwundet? In Rußland?"

„In Bernegg. Er hat eine Gesichtsverletzung. Seine Mutter ist jetzt bei ihm. Ich darf noch nicht zu ihm."

Der Feldwebel pfiff durch die Zähne. Er hatte ein sympathisches, ebenmäßiges Gesicht und schwarze Locken wie ein Südländer. Er war groß und breit und gesund wie ein Baum in gutem Boden.

„Tja, das ist schlimm", sagte er unbekümmert. „Wir hatten auch zwei bei uns. Aus einem brennenden Stuka haben wir die gezogen. Sie sahen aus wie Bratäpfel. Gott sei Dank sind sie beide gestorben."

Ursula überlief ein eiskalter Schauer. Sie senkte den Kopf und schielte zu dem Bild Erichs hinüber. Du lebst, dachte sie.

Und wer weiß, wie du aussiehst . . . Mein Gott, mein Gott, laß ihn wieder zu einem Menschen werden . . .

„Und nun feiern Sie hier allein Weihnachten?“ fragte der Fliegerfeldwebel. „Übrigens, ich heiße Karlheinz Petsch. Kein schöner Name, aber ich bin nicht schuld daran.“ Er lachte, kramte in seinen Taschen herum und holte eine angebrochene Blechschachtel mit Schoka-Cola hervor. Er hielt sie Ursula hin und nickte ihr zu. „Mein Beitrag zu Ihrem Weihnachtsfest. Das ist alles, was ich habe. Ja, und Urlaub habe ich. Sechs Tage noch.“ Er sah sich um und lehnte sich zurück gegen die Kellerwand. Eigentlich schön, daß ich gerade hier untergekrochen bin. Ich bin nämlich genauso einsam wie Sie. Meine Braut ist weg, keiner weiß, wohin. Und meine Eltern sind evakuiert. Ich hab's erst hier erfahren. Was halten Sie davon, wenn wir zwei Vergessenen gemeinsam Weihnachten und Neujahr feiern?“

Ursula Schwabe schüttelte den Kopf. „Ich möchte allein sein“, sagte sie leise.

„Aber warum denn? Jeder Tag ist wichtig. Heute oder morgen können wir eins aufs Dach bekommen, und dann ist's aus für immer! Ich werde uns zwei Flaschen organisieren, und dann sieht die Welt ganz anders aus!“

„Bitte, nein“, sagte Ursula. Sie beugte sich vor und richtete eine Kerze gerade, damit sie nicht so sehr tropfte und nicht zu schnell abbrannte.

Karlheinz Petsch sprang von der Kiste auf und klopfte Ursula auf den schmalen Rücken.

„Der Rummel ist vorbei! Ich komme heute abend wieder. Und im übrigen hat es wenig Sinn, immer das Bild anzusehen. So sieht er nicht mehr aus! Sie sollten sich lieber ein Bild kommen lassen, wie er jetzt aussieht.“ Er klopfte Ursula wieder auf die Schulter und drehte eine blonde Locke um seinen Zeigefinger. „Und nun laß den Kopf nicht hängen, Mädchen. Es ist doch alles Mist um uns herum. Wir ändern nichts mehr. Also bis heute abend!“

Er rannte die Treppen hinauf und ließ die Kellertüre offen. Ursula preßte beide Hände auf die Brust. Sie starrte das Bild Erichs an, und vor ihren Augen verschwamm sein lächelndes Gesicht, und eine Fratze schrie ihr entgegen.

Da sprang sie auf, rannte zur Treppe und schrie hinauf: „Ich will Sie nicht mehr sehen! Kommen Sie nicht! Bitte, kommen Sie nicht! Ich will es nicht!"

Sie warf die Kellertür zu, verriegelte sie und rückte die Kiste davor, auf der er gesessen hatte.

Aber noch während sie es tat, wußte sie, daß es sinnlos war. Er würde kommen – und sie würde ihn hereinlassen.

Auf dem Wege zu Fritz Adam – wie Blei war es in den Beinen Dr. Lisa Mainettis, als sie die Treppe hinaufstieg – hörte sie in ihrem Zimmer die Alarmglocke läuten. Sie machte kehrt und ging zurück zur Aufnahme, wo bereits der Assistenzarzt in seinen weißen Kittel schlüpfte.

„Ein Frontzugang!" rief der Unteroffizier vom Telefon. „Ist auf dem Wege zu uns und kommt gleich an. Wurde zu uns eingeflogen. Muß ein harter Brocken sein."

„Und das zu Weihnachten!" sagte der Assistenzarzt. „Wo das ganze Haus voll von Besuchern ist."

In aller Eile wurde der Eingang abgesperrt. Die Besucher wurden durch einen Seiteneingang geleitet, der Zugang zum OP wurde abgeriegelt.

Im Operationssaal bereiteten die Schwestern schon das Nötigste vor. Man kannte die Sofortmaßnahmen von Hunderten von Einlieferungen her. Meist wurde nur eine erste Wundversorgung vorgenommen.

Dr. Mainetti war noch beim Händewaschen, als der Sanka vorbeifuhr und zwei Sanitätei eine zugedeckte Trage in den Block B trugen. Der Assistenzarzt dirigierte sie sofort zum OP, wo sie die Trage abstellten. Ein langgestreckter Körper lag unter den Decken, unbeweglich, wie erstarrt.

Der Assistenzarzt hielt Dr. Lisa Mainetti den Laufzettel vor die Augen, während sie sich weiter wusch.

„Fischer, Rudolf. Leutnant, geb. am 24. 4. 1916 in Breslau. Verwundet am 23. 12. 1944. Eingeliefert in HVP 0 Uhr 10. Ausgeflogen 14 Uhr 17. Dreitausend Einheiten Tetanusserum vom Hammel. Puls 60, Temperatur 36,0, in der Achselhöhle gemessen. Verletzung durch Granatsplitter von Schädel und Gesicht."

Dr. Mainetti sah hinüber zu der zugedeckten Bahre.

„Decken Sie ihn auf", sagte sie zu dem jungen Arzt. „Wir sind so etwas ja gewöhnt."

Die Sanitäter zogen die Decke vom Kopf Rudolf Fischers. Einen Augenblick hielt selbst Dr. Mainetti mit dem Waschen inne. Es war kein Kopf mehr, kein Gesicht, keine menschliche Form. Es war ein Wunder, daß dieser Mensch lebte, daß er atmete, daß sein Herz weiter in der Brust zuckte.

Ein einziges Auge war ihm geblieben. Es lag inmitten eines Gewühls von zersplitterten Knochen und zerfetztem Fleisch. Die Kiefer waren abgerissen und die Schädeldecke zertrümmert. In der Luftröhre hatte der Verwundete einen Schnitt, in den man eine Kanüle gesteckt hatte. Nur durch diese Tracheotomie war es möglich gewesen, ihn vor dem Ersticken zu bewahren.

Lisa Mainetti starrte auf das eine, das übriggebliebene linke Auge. Es lag in einem schweren Bluterguß, das Weiße im Auge war dunkelrot verfärbt, aber es war voll Leben. Es sah sie an mit erschreckender Deutlichkeit: ein kleiner Fleck Leben inmitten einer völlig zerstörten, verwüsteten Landschaft aus Blut und Knochen.

„Auf den Tisch – vorsichtig!" sagte Dr. Mainetti gepreßt. Sie trat zur Seite und ließ die Hände abtropfen, und der Blick des einen Auges folgte ihr.

6

Er ist bei vollem Bewußtsein, dachte Dr. Lisa Mainetti und half mit, den starren Körper auf den Operationstisch zu heben. Sie sah die bleichen Gesicher der Sanitäter und des Famulus Baumann, und sie hatte selbst Mühe, ein Frösteln zu unterdrücken.

Wie kann ein solcher Mensch noch leben, dachte sie dann. Warum hat das Herz nicht einfach aufgehört zu schlagen? Was soll ein solches Wesen noch auf dieser Welt: ein blutiger Brei mit einem großen Auge darin?

Dr. Mainetti beugte sich über Leutnant Rudolf Fischer, als er auf dem OP-Tisch lag. Sie wußte nicht, ob er sie hören konnte. Aber als sie nahe an seinem Auge war, erkannte sie, daß er sie genau beobachtete.

„Das bekommen wir schon wieder hin, mein Junge“, sagte Dr. Lisa Mainetti mit fester Stimme. „Es sieht immer alles schlimmer aus, als es wirklich ist! Schon in einer Stunde ist alles ganz anders.“

Sie las noch einmal den Laufzettel durch. Der Famulus Baumann kam mit einer Spritze Eukodal und reichte sie ihr stumm. Lisa sah wieder auf das unheimlich klare Auge. Wenn ich ihm jetzt Morphium gäbe, dachte sie, würde er selig einschlafen. Herz und Kreislauf werden das nicht mehr verkraften. Dazu der Blutverlust... Ich kann ihm auch Eukodal und Strophantin geben, dann lebt er weiter . . . Aber wozu soll er leben? Kann ein Mensch noch leben, den man so zugerichtet hat?

Lisa legte den Laufzettel beiseite. Mitleid und ärztliches Gewissen rangen einen kurzen Augenblick miteinander.

„Eukodal und Stroph, Baumann.“

Baumann reichte ihr die Injektionsspritze, köpfte mit geübter Hand die Ampullen. Dr. Mainetti zog die Flüssigkeit auf und injizierte in den Oberschenkel. „So“, sagte sie aufatmend, und jetzt war ihre Stimme rauh wie nach einer durchschrienen Nacht. Das Eukodal würde reichen, den heftigsten Schmerz zu betäuben, wenn sie das formlose Gesicht untersuchte und die erste Behandlung durchführte.

Lisa Mainetti wartete, bis kurz nach der Injektion das Auge trüber und kleiner wurde. Es war, als ziehe sich ein Schleier über den Blick. Dann kippte das Auge einfach weg, drehte sich schräg nach oben, und nur der weiße Augapfel, durchzogen von den roten Fäden geplatzter Äderchen, schimmerte gespenstisch unter der starken Lampe über dem OP-Tisch.

„Er ist bewußtlos!“ sagte Baumann überflüssigerweise.

„Für diese ungemein kluge Bemerkung sollte man Ihnen eine Dozentur anbieten!“ sagte Lisa Mainetti grob. „Los! Fahren Sie den Bestecktisch her.“

Sie kontrollierte mit dem Stethoskop Herzschlag und Puls und begann dann Stück für Stück des zerstörten Gesichtes zu untersuchen, indem sie es abtastete; gleichzeitig diktierte sie einem Sanitäter den Befund.

Als Lisa Mainetti damit fertig war, lehnte sie sich müde an

den OP-Tisch. Auch die OP-Schwester war inzwischen aus der Kapelle gekommen; jetzt stand sie neben Lisa und wischte mit dem Zellstofflappen über die Stirn der Ärztin.

„Lesen Sie vor", sagte Lisa. Und während die monotone Stimme des Sanitäters das Diktat vorlas, säuberte sie die schreckliche Wunde, stillte eine Sickerblutung aus der Arteria lingualis, legte einen Druckverband mit eingestreutem Claudenpulver an und injizierte 20 ccm Calciumlösung 10prozentig intravenös.

„Stirnbein und Schläfenbein rechts zersplittert", las der Sanitäter und blickte ab und zu auf das völlig formlose Gesicht mit dem umgekippten einen Auge. „Rechtes Auge entfernt. Weichteile der rechten Gesichtshälfte bis zum Ohr einschließlich Oberlippe und Nasenflügel abgerissen. Jochbogen zertrümmert, knöcherner Teil des Oberkiefers sichtbar, Gaumenloch gebrochen, Zähne entfernt. Beweglicher Teil der Zunge abgerissen, Sickerblutung aus der Arteria lingualis rechts. Unterkieferabriß rechts am aufsteigenden Ast, im Gehörgang Blut. Links Unterkieferabriß in der Gegend des ersten Molaren, im Gehörgang links Blut, Schädelbasisbruch, linkes, erhaltenes Auge Bluterguß. Luftröhrenschnitt, im HVP gemacht. Konturen vom Hals bis über den ganzen Brustkorb verstrichen, bretthart, Hämatom. Im vierten Halswirbel Granatsplitter. In der Lendenwirbelsäule mehrere Granatsplitter, fest eingekeilt. Untere Körperhälfte ohne Reflexe."

Der Sanitäter schwieg, seine Stimme war heiser geworden. Famulus Baumann reichte Lisa Mainetti eine Spritze mit 1 ccm Clauden. „Das reicht", sagte er erschüttert. „Wäre es nicht besser, Frau Doktor, wenn er . . ."

„Baumann, so etwas zu denken ist verzeihlich, aber trotzdem unwürdig! Solange ein Mensch lebt, sind wir da, dieses Leben zu erhalten." Lisa injizierte zuerst das Clauden intramuskulär, dann 1 ccm Sympatol.

Fast eine Stunde lang arbeitete sie an diesem zerstörten Kopf. Sie legte Zugstreifen an, nachdem die Sickerblutung gestillt war, machte einen Kopfverband und einen Polsterverband in der Lendenwirbelgegend.

Während sie die letzten Handgriffe tat, kam Professor Rusch in den OP. Er hatte den Kreisleiter abgeholt, dabei war ihm an der Pforte der neue Frontzugang gemeldet worden. Ohne weitere Erklärungen hatte er den Kreisleiter unten stehenlassen und war hinüber zum Operationstrakt gelaufen. Verblüfft sah ihm der Parteimensch nach. „Was ist denn los?“ fragte er einen Sanitäter, der vorbeikam.

„Ein neuer Fall.“

„Und darum die Aufregung?“ Der Kreisleiter machte ein beleidigtes Gesicht, weil sich niemand um ihn kümmerte. „Ihr habt doch das ganze Haus voll davon!“

Mit kampfwütig gesenktem Kopf setzte sich der Kreisleiter in Bewegung und ging Professor Rusch zum OP-Trakt nach.

„Schwer?“ fragte Rusch, als er neben Lisa Mainetti stand. Er sah, wie abgespannt und müde sie war, wie ergriffen und noch immer entsetzt.

„Es ist manchmal nicht mehr zu ertragen“, sagte Lisa leise. „Hast du deinen Parteibonzen mitgebracht?“

„Ja. Er steht in der Halle.“

„Bring ihn her und zeig ihm dieses Gesicht. Und dann soll er den Mut haben, von der Ehre und Freude des deutschen Mannes zu sprechen, für Führer und Vaterland sein Blut zu geben!“

Im Rücken der Ärzte klappte eine Tür, ein Windzug strich unter der heißen Lampe durch. Dr. Mainetti drehte sich schnell um und schrie: „Tür zu! Verdammt!“

„Bin ich hier richtig?“ Der Kreisleiter stand im OP, ein wenig verlegen, in seiner kinderdurchfallfarbigen Uniform wie ein Schmutzfleck inmitten der weißen Kittel. Das Band des Kriegsverdienstkreuzes und das runde Parteiabzeichen leuchteten matt in der grellen OP-Beleuchtung.

„Sie kommen wie gerufen!“ sagte Lisa Mainetti. Professor Rusch trat sie hart auf den Fuß. Sie verzog zwar das Gesicht, aber sie sprach weiter, mit einer vor Erregung zitternden Stimme. „Kommen Sie näher, Herr Kreisleiter. Ich habe die Ehre, Ihnen einen Helden zu zeigen.“

Der Kreisleiter kam langsam durch die Gasse der weißen Mäntel an den OP-Tisch heran. Noch verdeckte die Gestalt der Ärztin den grauenhaft verstümmelten Kopf des Leutnants Rudolf Fischer.

„So etwas sieht man nicht alle Tage“, sagte der Kreisleiter.

Er spürte, wie ihm unheimlich wurde. Zudem legte sich ihm der Geruch von Chloroform, warmem Blut, Körperausdünstung und Eiter schwer auf Zunge, Gaumen und Magen.

„Da haben Sie recht", sagte Lisa Mainetti. Sie trat zur Seite und gab den Blick frei. „Das Gesicht des Krieges", sagte sie.

Der Kreisleiter starrte auf das eine umgekipppte Auge, auf diesen Kopf, der kein Kopf mehr war. Ein plötzliches Würgen schüttelte ihn, er schluckte krampfhaft, sein Gesicht wurde erst weiß, dann gelb, schließlich farblos. Er griff um sich, suchte Halt, aber niemand war da, der ihn stützte. Da fiel er in sich zusammen und sank ohnmächtig vor dem OP-Tisch auf den Boden.

Lisa Mainetti sah mit vorgewölbter Unterlippe auf die braune Gestalt hinab.

„Frohe Weihnachten!" sagte sie laut. Dann verließ sie stumm den OP.

Während im großen Gemeinschaftssaal die Weihnachtsfeier der Partei abrollte – der Kreisleiter stand vor der Führerbüste auf dem Rednerpult und sprach einige Worte über stilles Heldentum und Vaterlandsliebe, und es war, als würge er Klöße heraus, die in seiner Kehle versteinert waren –, saß Lisa Mainetti auf dem Bett Fritz Adams. Das Zimmer B 14 war leer. Alle Verwundeten saßen unten im Saal, neben ihren Frauen und Müttern und Vätern oder neben den BdM-Mädchen, die die Betreuung alleinstehender Verwundeter übernommen hatten. Der Chor der Waisenkinder sang die alten Weihnachtslieder, der große Tannenbaum funkelte mit seinen Kerzen und seinen aus Stanniol gebastelten Behängen, ein Streichquartett gesichtsverletzter Musiker spielte Stücke von Telemann, Bach und Schütz, die ein ebenfalls verwundeter Kapellmeister für Streicher umgeschrieben hatte. Die Bratsche spielte ein Blinder, ein Granatsplitter hatte ihm beide Augen und einen Teil des Stirnbeins abgesägt. Er spielte aus dem Gehör, sein Kopf nickte leicht, wenn er die Takte zählte, und ein glückliches, weit entrücktes Lächeln spielte um seinen Mund, wenn er die Einsätze fehlerlos fand und der Klang seines ausgezeichneten Instrumentes unter seinen tastenden Händen wundersam und singend aufblühte.

„Lobe den Herren", spielten sie, und die Mütter, Frauen und Väter hatten ihre Hände in die Hände der Verwundeten gelegt, als beteten sie gemeinsam in dieser stillen Stunde. Sogar der Wastl Feininger hatte den Kopf gesenkt und hielt die Hand seiner Frau umklammert.

Oben, auf Zimmer 14, lag Fritz Adam mit dem Gesicht zur Wand und weinte.

Lisa hatte ihn so angetroffen, als sie, ohne anzuklopfen, in den Raum gekommen war. Sie sah, daß sie nicht viel zu sprechen brauchte. Daß Irene nicht wiedergekommen war, hatte Fritz Adam genug gesagt. Er war mit der gleichen Heftigkeit zusammengebrochen, mit der er sich vorher auf das Wiedersehen mit seiner hübschen, jungen Frau gefreut hatte.

Nun saß Lisa Mainetti neben ihm, die Hände in den Schoß gelegt, und wartete darauf, daß sich der erste Schmerz mit den Tränen auflöste und wegfloß. Als Adam stiller wurde, legte sie ihm beide Hände auf die zerwühlten Haare.

„Ich habe mit ihr gesprochen", sagte sie. „und daß sie nicht wiedergekommen ist, daran bin ich schuld."

„Sie?" Fritz Adam warf sich herum. Sein Gesicht, das wie ein Bratapfel aussah, verzerrte sich noch mehr. „Aber wieso denn, Frau Doktor? Was . . . was ist denn passiert?"

„Ich habe Ihre blonde Puppe hinausgeworfen!" sagte sie ganz ruhig. „Jawoll, Sie hören richtig: hinausgefeuert habe ich sie. Nur, weil ich sie nicht anfassen wollte, habe ich ihr keinen Tritt in den Hintern dazu gegeben."

„Aber Frau Doktor", stotterte Fritz Adam. Seine Augen waren starr, und die Lippen, die erst wieder halb mit Lippenrot bedeckt waren, zitterten wie in einem Krampf. „Sie . . . sie war doch nur entsetzt. Das ist doch ihr gutes Recht. Sie war immer so zart, so ängstlich, so leicht erschrocken. Man muß ihr Zeit lassen. Und nun tun Sie selbst . . ." Fritz Adam sprang auf und riß seinen Uniformrock aus dem Kleiderspind. „Wo ist sie jetzt? Ich gehe zu ihr? Sofort! Sie werden sehen, sie hat es gar nicht so gemeint! Ich weiß doch, daß sie mich liebt! Sie hat es mir doch noch vor drei Stunden gesagt."

Dr. Mainetti hielt Adam am Rockärmel zurück und zog ihn zum Bett.

„Setz dich", sagte sie.

„Ich muß zu ihr!"

„Setz dich!" schrie Lisa. Fritz Adam zuckte zusammen und setzte sich auf die Kante seines Bettes. Sein Gesicht war ein einziges nervöses Zucken. Stumm, voller Abwehr, starrte er vor sich hin.

„Du gehst nicht zu ihr!" sagte Lisa.

„Doch! Ich liebe sie. Mein Leben hat keinen Sinn mehr, wenn Irene . . ."

„Keinen Sinn mehr! Wie die kleinen Kinder reden die Männer, wenn sie einen Rock in der Hand fühlen! Mensch, Fritz Adam – besteht denn die Welt nur aus dieser Irene?"

„Meine Welt – ja."

„Und sie ist einfach nicht mehr da, wenn auch Irene nicht mehr da ist, was? So einfach ist das! Weib weg, Leben weg! Man sollte euch durchprügeln, euch Mannsbilder! Hat dich das Schicksal nur dafür vor dem Tode bewahrt, daß du jetzt alles wegwirfst? Haben wir in zwei Jahren nur darum Stück für Stück deines Gesichtes wiederhergestellt, damit du jetzt sagst: Ohne dieses Weib will ich nicht mehr! Ich haue ab aus dieser Welt! Ist denn der ganze Sinn des Lebens nur diese eine Frau, dieses Modepüppchen, dieses Betthäschen, das nichts als schnurren kann, wenn man es krault, und das wegläuft, wenn ein rauhes Lüftchen weht? Gibt es nicht Tausende von Frauen, die hundertmal wertvoller sind als diese kleine, dumme Hure?"

„Frau Doktor!" Fritz Adam sprang auf. Er hatte die Fäuste geballt, als wollte er Lisa Mainetti ins Gesicht schlagen. „Auch von Ihnen lasse ich meine Frau . . ."

„Deine Frau!" schrie Dr. Mainetti. „Als ich herherkam, wollte ich behutsam mit dir sprechen, so wie man zu einem Kranken spricht. Aber ich sehe, daß es sinnlos ist. Du liebst diese Frau, und diese Liebe ist ein Gift, das man nur mit einem Gegengift ausräuchern kann! Jetzt hör einmal zu, du großer, dummer Junge, du Riesenschaf." Lisa zog Fritz Adam zurück zum Bett und drückte ihn auf die Matratze. Sie sah in seinen Augen ein Flackern und eine panische Angst vor dem, was ihn erwartete. Sie biß einen Augenblick die Zähne aufeinander. Es geht nicht anders, dachte sie. Hier hilft nur ein neuer Schock. Er liebt diese Irene so sehr, daß er ihr alles verzeihen würde. Vielleicht sogar das, was sich da draußen zwischen ihr und Dr.

Urban tut. Er ist vernarrt in diese weißblonde Larve, in diesen schlanken, biegsamen Körper, in diese wiegenden Hüften, in die schlanken Beine. Es ist wie ein Wahnsinn in ihm, und solange er davon nicht geheilt ist, wird er nie zurückfinden in das Leben, das so grausam, so mitleidlos, so vergeßlich und so brutal ist.

„Du bist doch ein kluger Mensch", sagte Lisa Mainetti. „Du hast dein Abitur gemacht, du hast begonnen, Medizin zu studieren. Und dann lernst du diese Puppe kennen und heiratest sie einfach, anständig, wie du bist. Dann kommst du gleich darauf weg, an die Front, und nun bist du wieder da und siehst nicht mehr aus wie der Fritz Adam, der einmal die schöne Irene geheiratet hat. Und diese Irene kommt nun zu mir und sagt: Ich habe einmal einen schönen Mann geheiratet, und wie sieht er jetzt aus? Alles, was ich einmal an ihm liebte, ist weg! Keiner kann es mir zumuten, daß ich mein ganzes Leben ..."

„Nein!" schrie Fritz Adam. Er preßte die Fäuste auf seine Ohren. „Nein! Nein!! Das hat sie nicht gesagt. Das kann Irene gar nicht sagen ... das ..."

Dr. Mainetti riß ihm die Hände mit einem Ruck von den Ohren. „Hör mir zu!" sagte sie hart. „Warum, glaubst du, habe ich sie hinausgeworfen wie eine Nutte, die ihre Zimmermiete nicht bezahlt hat? Glaubst du, ich würde eine Frau so behandeln, wenn ich auch nur den leisesten Funken Hoffnung hätte, daß noch etwas zu retten ist? Ich war euch immer mehr als eure Ärztin, das wißt ihr alle. Ich war eure Freundin, euer Beichtvater, eure Mutter, wenn es nötig war. Ich habe mit euch gelitten und habe mich mit euch gefreut, und alles, was ihr hier in diesem Lazarett erlebt habt, habe ich miterlebt! Glaubst du Hornvieh wirklich, ich würde mich so benehmen, wenn ich keinen Grund hätte?"

Fritz Adam starrte sie aus seinem Bratapfelgesicht mit flatternden Augen an.

„Irene hat ...", stammelte er. „Frau Doktor ... das ist doch gar nicht möglich. Sie hat doch noch vor drei Stunden gesagt, daß sie mich liebt! Frau Doktor ... das kann doch nicht sein. Warum hat sie denn ..."

„Weil sie ein Charakterschwein ist!" sagte Lisa laut. „So nun weißt du's!" Sie drückte ihn an den Schultern aufs Bett zurück, als er wieder aufspringen wollte. „Vorhin, als ich 'reinkam, hast du geheult wie ein kleines Kind. Da hast du geglaubt, daß sie nicht wiederkommt. Jetzt willst du's plötzlich nicht mehr glauben? Warum denn? Es ist besser, unter großen Schmerzen einen Wahn aus seinem Herzen zu reißen, als immer mit einem Selbstbetrug herumzulaufen und an ihm langsam, aber sicher zugrunde zu gehen! Komm, leg dich wieder hin, heul wieder, beiß in die Kissen, schrei gegen die Wand, trommle mit den Fäusten gegen das Bett, tu irgend etwas, was dich befreit! Aber glaub es endlich und reiß dich selbst über diesen Schmerz hinweg! Es wird einmal die Zeit kommen, wo du für diese Stunde unendlich dankbar sein wirst. Und es wird gar nicht lange dauern."

„Sie hat einen anderen, nicht wahr?" Fritz Adam krallte die Finger um den Bettpfosten. „Irene hat einen anderen Mann. Sie hat es Ihnen gesagt, Frau Doktor, nicht wahr? Sie können es mir ruhig verraten. Nach all dem, was Sie schon gesagt haben."

Lisa schüttelte den Kopf. Der Junge tat ihr leid, unendlich leid. Aber sie sah keinen anderen Weg, sie mußte ihn durch diese Hölle jagen, um ihm ein neues Leben zu eröffnen.

„Ich weiß es nicht", sagte sie. „Aber ich glaube es fast."

„Ich bringe sie um!" schrie Adam grell.

„Und was hättest du davon?" Lisa griff in die Tasche ihres weißen Mantels und holte einen Spiegel hervor. „Wird dein Gesicht davon anders? Komm, sieh es dir an! Ich weiß, du siehst es täglich beim Rasieren der wenigen Stellen, auf denen dein Bart noch wächst. Aber trotzdem: Guck hinein! Das ist der neue Fritz Adam!" Sie hielt ihm den Spiegel vor das Gesicht. „Los, sieh dich an!" befahl sie laut, als Adam dem Spiegelbild auswich. „Das ist Fritz Adam! Der andere Fritz Adam, der mit der Irene Puppenfee verheiratet war, ist in einem glühenden Panzer auf Rußlands Steppen geblieben. Für diesen neuen Fritz Adam mußt du leben. Und für den lohnt es sich auch zu leben. Er hat die Zukunft vor sich. Er ist ein neuer Mensch. Ein Mensch ohne Vergangenheit. Sieh ihn dir genau an, Fritz Adam: für diesen Menschen gibt es keine Irene mehr – sie paßt einfach nicht zu ihm!"

Fritz Adam starrte sein verschrumpeltes Gesicht an. Dann

warf er plötzlich die Hände nach vorn, riß den Spiegel aus Lisas Hand und schleuderte ihn mit einem Aufschrei auf den Boden.

„Gut so!" sagte Lisa ruhig. „Tob dich aus, mein Junge! Das befreit von den letzten Schlacken. Aber vergiß nicht, daß morgen auch noch ein Tag ist!"

Sie stand auf und verließ, ohne sich umzublicken, das Zimmer B 14. Als sie die Tür schloß, hörte sie, wie Fritz Adam aufheulte wie ein getretener Hund.

Auf dem Flur traf Lisa Mainetti die kleine Schwester Dora Graff. Sie kam von der Weihnachtsfeier im großen Saal. Der Neueingang, der einäugige Leutnant Rudolf Fischer, war erwacht. Sie war zu ihm gegangen und hatte ihm eine neue Beruhigungsinjektion gegeben.

„Dora, Sie können mir einen Gefallen tun", sagte Dr. Mainetti nachdenklich und blickte auf die Tür von Zimmer 14. „Warten Sie hier zehn Minuten, und gehen Sie dann ins Zimmer. Da drinnen ist ein Mann, der dringend einer weiblichen Hand bedarf. Aber sie muß jünger sein als meine. Ich werde Sie unterdessen bei der Weihnachtsfeier vertreten."

Im großen Saal hatte die Bescherung begonnen.

Was die Verwundeten gebastelt hatten, wurde an die Waisenkinder verteilt. Als Dank sagten sie Gedichte auf oder machten auch nur einen verlegenen Diener oder Knicks. Der Kreisleiter hatte seinen Schwächeanfall überwunden. Er ließ von zwei Propagandafotografen Aufnahmen machen und untermalte die Bescherung mit markigen Worten wie „Front und Heimat bilden einen Block" oder „Wo die Waffen schweigen, sprechen die Herzen". Niemand hörte ihm zu, er stand im Wege, wurde herumgeschubst, und der Wastl Feininger, der das Modell einer Sägemühle gebastelt hatte und sie einem Waisenjungen vorführte, trat ihm auf den Fuß und sagte: „Ruck a weng, i muaß dös Mühlradl klappern lassen . . ."

In der letzten Stuhlreihe saß Walter Hertz. Man hatte seinen großen Rundstiellappen mit Mull überdeckt und mit Leukoplast verpflastert. So sah er aus wie ein Mann, der einen Ziegenpeter hatte, nur einen nach oben verrutschten. Das Gesicht war völlig schief. Neben ihm saß ein junges Mädchen in BdM-Uniform. Eine grüne Kordel an der Bluse zeigte, daß sie sogar eine Führerin war. Sie saß neben dem schiefen Gesicht, ein wenig gedrückt und fast ängstlich. Ihre Aufgabe, den ihr zugewiesenen Verwundeten zu betreuen, hatte sie erfüllt. Nun hatte sie nichts mehr zu sagen und wußte nicht, wie es weitergehen sollte mit der Betreuung.

Es hieß, nach der offiziellen Weihnachtsfeier solle getanzt werden. Zwei Akkordeons standen in der Ecke neben der Hitlerbüste. Das Mädchen sah sich verstohlen um. Tanzen, dachte sie. Diese armen Menschen wollen tanzen? Ich glaube, man muß die Augen dabei zumachen.

Walter Hertz, neben ihr auf den Stuhl geklemmt, die Hände zwischen die Knie gepreßt, suchte ebenfalls nach Worten. Was sagt man zu einem jungen Mädchen, dachte er verzweifelt. Natürlich, was man so sagt, das wußte er. Aber es waren alles Worte eines normal aussehenden Menschen. Fräulein, können wir uns irgendwo treffen, wo nicht soviel um uns herum sind . . . Wie wär's mit einem Kinobesuch? Oder: Ich weiß, wo noch eine tolle Kapelle spielt, da könnten wir mal eine Sohle hinlegen. Alles Worte und Wünsche von Menschen mit Gesichtern. Was aber sagt ein Mann, der kein Gesicht mehr hat?

Seine Hemmung war so groß, daß er stocksteif neben dem Mädchen saß und unverwandt die Führerbüste anstarrte. Da er auch nichts gebastelt hatte, weil er handwerklich eine Niete war, konnte er nicht an der allgemeinen Bescherung teilnehmen. So saß er, plötzlich schwitzend vor Verlegenheit, auf seinem Stuhl und kaute auf der Unterlippe.

Wie eine Erlösung kam ihm ein Gedanke. Er wandte den schiefen Kopf zu dem Mädchen und berührte sie leicht am Arm. Das Mädchen zuckte zusammen und sah ihn an.

„Ich habe noch gar nicht gefragt, wie Sie heißen", sagte er. „Sie haben mir so viel Freude gemacht."

„Ich heiße Petra Wolfach."

„Petra – ein schöner Name. Ich heiße Walter Hertz."

„Herz! Wie lustig. Richtig wie Herz?"

„Nein. Mit tz. Wie der Physiker Heinrich Hertz, der Entdekker der elektromagnetischen Wellen. Nach ihm sind die Einheiten der Frequenzen benannt worden. Hertz, Kilohertz und so weiter . . ."

„Wie interessant", sagte Petra Wolfach.

Das Gespräch versickerte wieder. Walter Hertz mit tz kaute weiter auf der Unterlippe. Sicherlich versteht sie nichts von Physik, dachte er. Dumm von mir. Man sollte Herz wie Herz heißen, ohne tz. Dann wäre es leichter, ein Gespräch zu beginnen. Er räusperte sich und berührte Petra wieder am Arm.

„Fräulein Wolfach", sagte er unsicher. „Es ist nicht meine Schuld, das mit dem tz. Aber trotzdem habe ich ein Herz ohne tz! Und dieses Herz sagt mir, daß es schön wäre, wenn wir mal zusammen ins Kino gehen könnten. Unten spielen sie gerade ‚Die große Liebe' mit Zarah Leander. Ein paar von meinen Kameraden waren drin. Sie waren hell begeistert."

Petra Wolfach sah den Mann mit dem schiefen Gesicht lächelnd an. Wie nett und wie unbeholfen er spricht, dachte sie. Wie alt mag er sein? Bei keinem von ihnen kann man es mehr schätzen. Ihre Gesichter haben die Sprache verloren. Sie sehen alle gleich alt aus – so, als seien sie gerade von Gott geschaffen worden und noch nicht fertig. Gesichter aus einer Arbeitspause der Schöpfung.

„Das könnte man machen", sagte sie und nickte ein paarmal. „Bekommen Sie denn Urlaub?"

„Wenn ich mit der Frau Doktor spreche . . ." In Walter Hertz glomm ein Glücksgefühl auf und setzte sich in seiner Kehle als harter Kloß fest. „Dr. Mainetti ist eine tolle Frau. Wenn wir die nicht hätten."

„Und Sie glauben, daß sie es tut?"

„Bestimmt. Geht es am nächsten Donnerstag?"

Petra Wolfach zögerte einen Augenblick. Ins Kino, dachte sie. Was werden meine Freundinnen sagen, wenn ich mit ihm ausgehe? Was werden die Leute denken? Man wird uns nachsehen und die Köpfe zusammenstecken. Wie kommt die Petra an einen solchen Mann? Ein Mann ohne Gesicht. Und was wird Vater sagen?

„Ja!" sagte sie fest, um sich selbst von der Richtigkeit ihres Entschlusses zu überzeugen. „Ja. Es geht."

„Wir treffen uns vor dem Kino. Um halb acht?"

Petra nickte. Im Kino war es dunkel. Da sieht man sie nicht. Und was nach dem Kino sein würde, das mußte man abwarten. Vielleicht konnte man sitzenbleiben, bis alle das Kino verlassen hatten, und als letzte gehen?

„Donnerstag um halb acht", sagte sie. „Ich besorge die Karten, einverstanden?"

„Einverstanden!" In Walter Hertz' Stimme schwang Jubel. „Und nun freue ich mich auf den Tanz nach der Feier! Können Sie tanzen, Petra?"

„Ja."

„Ich auch! Ich war der Beste im Tanzkursus der Pennäler! Walzer links 'rum und rechts 'rum, wie gewünscht. Kinder, ist das ein schönes Weihnachtsfest!"

Es brach aus ihm heraus wie eine wilde Woge, und sie war so urgewaltig, daß sie auch Petra Wolfach mitriß.

„Ja, ich freu' mich auch!" lachte sie, wie befreit. „Und vor allem Tango tanze ich gern."

„Tango. Da war ich unschlagbar!"

Und plötzlich hielten sie sich an den Händen wie zwei erwartungsvolle Kinder und sahen der Bescherung zu, die auch an ihnen nicht vorbeigegangen war.

Nur wußten sie es noch nicht.

In einer anderen Ecke des Gemeinschaftssaales saßen Erich Schwabe und seine Mutter. Sie hatten sich alles erzählt, was zu erzählen war, hundert Kleinigkeiten vom Leben in Köln, und die weniger großen Sorgen, die in den langen Nächten im Klinikbett geboren worden waren. Nun war von allem nur eine einzige Frage übriggeblieben, und jeder dachte im Innern anders darüber, ohne es dem anderen zu gestehen: Wie wird die Zukunft sein? Gab es noch einen Anschluß an das Gestern, oder begann mit einem Gesicht auch ein völlig neues Leben?

„Du hast Ursula alles erzählt?" fragte Erich Schwabe seine Mutter. Man hatte ihm verschwiegen, daß seine Frau über die Mauer hinweg einen Blick auf die zerstörten Gesichter geworfen hatte und ahnte, wie Erich aussah.

„Ja, mein Junge", sagte Frau Schwabe tapfer. „Sie hat gesagt: Deshalb bleibt er doch immer der Erich."

„Aber wenn sie mich so sieht, Mutter? Sie macht sich doch gar kein Bild, wie ein Mensch ohne . . . wie er eben aussieht, wenn er so ist wie ich."

„Ich habe ihr alles erklärt. Sie war wirklich tapfer, die Uschi. Und sie hat zwei Tage lang geweint, daß sie gerade jetzt die Grippe bekommen mußte und nicht mitfahren konnte."

Wie gut ich lügen kann, dachte Frau Schwabe. Ich habe es nie gekonnt. Man sieht dir jede Unwahrheit an den Augen an, hatte ihr Mann, der Glasermeister Schwabe, einmal gesagt, als sie ihm verheimlichen wollte, daß sie ihr Portemonnaie mit 150 Mark darin verloren hatte. Und jetzt ging es ihr so glatt von den Lippen, und auch ihre Augen verrieten die Wahrheit nicht mehr.

„Ich werde Vaters Geschäft wieder aufbauen", sagte Erich Schwabe. „Nach dem Krieg wird es viel Arbeit geben. Stell dir vor, wieviel zerstörte Häuser bloß in Köln wieder aufgebaut werden, wieviel Fenster verglast werden müssen! Da habe ich gar keine Sorge, Mutter. Angst habe ich nur, daß sich Uschi an meinen Anblick nicht gewöhnen kann."

„Du bist immer noch ein dummer Junge!" sagte Frau Schwabe streng. Sie gab Erich einen leichten Klaps auf den Hinterkopf, ganz sacht, so daß es mehr wie eine Liebkosung war. Erich Schwabes Augen lächelten.

„Wenn man wochenlang nachts wach im Bett liegt, kommen einem viele Gedanken, Mutter. Und wenn der Krieg zu Ende ist, werden viele gesunde Männer zurück in die Heimat kommen. Und eine so hübsche Frau wie Uschi . . ."

„So eine Dummheit!" rief Frau Schwabe. „Uschi und ein anderer Mann! Das ist wirklich das Dümmste, was du je gesagt hast, Erich! Wenn andere Männer so eine treue Frau hätten wie du . . ."

„Sie hat mich anders in Erinnerung, als ich jetzt bin."

„Ach was!" Frau Schwabe wischte mit der Hand durch die Luft. Sie sah Dr. Mainetti in den Saal kommen und atmete auf. „Da kommt die Frau Doktor", rief sie ablenkend. „Ich werde ihr sagen, sie soll dir jeden Tag einmal den Kopf zurechtsetzen!"

Lisa war an der Tür des Saales stehengeblieben. Die Bescherung war fast zu Ende. Der Kreisleiter machte ein finsteres Gesicht, weil die Feierstunde nicht so ablief, wie sie geplant war. Alles hatte einen familiären, zivilen Charakter, wo es doch gerade darauf ankam, die innere Verbindung von Front und Heimat darzustellen. Außerdem wurde er von den Ärzten und Verwundeten kaum beachtet. Dr. Urban war nicht anwesend, und das Erscheinen Lisa Mainettis erinnerte ihn wieder an den zersplitterten Kopf mit dem einen Auge. Ihm wurde wieder übel, und er ging zu der Hitlerbüste und setzte sich neben sie auf einen leeren Stuhl, als suche er Schutz im Schatten des Führers.

Professor Rusch trat auf Lisa Mainetti zu. Sein schmales, hageres Gesicht mit den an den Schläfen weiß werdenden Haaren überragte die meisten Anwesenden. Er sah Lisa mit leicht geneigtem Kopf an, und in seinem Blick lag tiefe Sorge.

„Du siehst abgespannt aus", sagte er leise. „Du solltest dir einen Tag wirklicher Ruhe gönnen. Wollen wir morgen eine Schlittenfahrt in die Berge machen?"

Lisa lächelte ihn schwach an. Sie wischte sich mit der Hand über das schwarze Haar. Es war eine Geste, die sagen sollte: Schön wär's, aber es geht nicht.

„Ich habe Angst um Fritz Adam, Walter. Ich möchte ihn nicht allein mit Urban lassen. Laß uns nach dem Weihnachtsfest für ein oder zwei Tage fortfahren."

Professor Rusch nickte. Sie standen, durch den Weihnachtsbaum verdeckt, neben der Tür. Das Stimmengewirr umrauschte sie wie ein Wasserfall, und trotz der vielen Menschen spürten sie auf einmal, daß sie in Wahrheit ganz allein waren.

„Es wird nicht mehr lange dauern", sagte Rusch ganz leise. „Im Osten und im Westen brechen die Fronten zusammen. Und was wird dann, Lisa? Du hast mich vor einigen Tagen einmal gefragt, was ich mir zu Weihnachten wünsche. Ich will es dir heute sagen. Laß uns heiraten, Lisa."

Lisa Mainetti sah auf die Zweige des Baumes und auf die flackernden Kerzen, die fast niedergebrannt waren. Ihr Gesicht war maskenhaft unbeweglich.

„Wir haben nie darüber gesprochen, Walter."

„Deswegen möchte ich es jetzt tun, Lisa."

„Als wir uns kennenlernten, näher kennenlernten, war es eine Laune, weiter nichts. Eine Kriegsliebe, wie man so sagt. Sie ersetzt heute die sogenannten Ferienbekanntschaften." Sie wandte den Kopf zu Professor Rusch um, ihre großen, schwarzen Augen sahen ihn fast wehmütig an. Nichts war mehr an Lisa Mainetti von der energischen Frau, die in den Krankenzimmern kommandierte wie ein Feldwebel und vor der die Sanitäter mehr Angst hatten als vor dem Chefarzt. „Wir sind nicht mehr die Jüngsten, Walter, und wir sind so grundverschieden."

„Und was willst du tun, wenn dieser ganze Dreck von Krieg und Nazitum vorbei ist?"

„Ich werde irgendwo eine Praxis aufmachen."

„Und du wirst vom Morgen bis zum Abend auf den Beinen sein, Pillen und Pulver verschreiben, Herzen abhorchen, Lungen untersuchen, Rheumakranke einreiben und Hustensaft verordnen, Geschwüre aufschneiden und Blutergüsse mit Alkohol kühlen . . ."

„Dazu haben wir uns berufen gefühlt, Walter. Darum sind wir Arzt geworden. Du wirst eine andere Karriere haben. Dir stehen die Universitäten offen, die großen Kliniken."

„Komm mit, Lisa. Als meine Frau. Ich weiß, wir haben uns in den letzten zwei Jahren viel gezankt, ich war oft unausstehlich, und mehr als einmal hast du ausgerufen: Die Frau, die dich einmal heiratet, muß wahnsinnig sein! Bitte sei so wahnsinnig – nimm mich." Professor Rusch lehnte sich an die Wand. Das Stimmengewirr um ihn herum erreichte ihn nicht mehr, er war in einer Welt, die nur ihm und Lisa gehörte. „Wenn diese Welt, in der wir bisher leben mußten, in Kürze zusammenbricht, werden wir alle nackt und unschuldig dastehen. Auch ich. Wir müssen von vorn anfangen wie die ersten Menschen. Ich werde ganz allein sein und mich immer fragen: Wofür fängst du überhaupt an? Lohnt es sich noch für die paar Jahre? Ist dein Rest Leben so viel wert, daß du es in eine Arbeit steckst, deren Früchte du nicht mehr genießen kannst? Es ist eine Sinnlosigkeit, siehst du das denn nicht, Lisa? Aber mit dir hätte ich den Mut weiterzuleben. Da hätte ich ein Ziel, da hätte alles wieder Sinn und Zweck."

„Wenn die Welt sehen könnte, wie klein der große Chirurg ist." Lisa Mainetti strich Professor Rusch leicht über den Arm. Es war ein scheues, schnelles Streicheln, weil sie wußte, daß viele Augen sie beobachten konnten. So, wie sie es tat, sah es unverfänglich aus, aber Rusch spürte, wie sehr sie ihn verstand.

„Was hindert dich, ja zu sagen?" fragte er heiser.

„Die Angst, Walter."

„Angst? Wovor?"

„Vor dir. Du bist unberechenbar."

„Weil ich einsam bin, Lisa. Ich belüge mich selbst."

Lisa Mainetti senkte den Kopf. „Wie gut ich dich verstehe", sagte sie leise. „Es ist das Recht der Einsamen, sonderbar zu sein."

„Wir haben uns beide gegenseitig nötig, spürst du das nicht, Lisa? Wir zwei könnten zusammen unsere eigene Welt aufbauen, wie sie schöner nicht denkbar ist."

„Vielleicht." Lisa strich sich wieder über die schwarzen Haare und sah hinüber zu den Verwundeten und ihren Angehörigen. Die Bescherungsfeier war zu Ende, es gab Kaffee und für die Besucher und für alle, die essen konnten, Kuchen. Viele verschiedene Arten von Kuchen, die von den Müttern und Frauen mitgebracht und gestiftet worden waren.

„Man sollte es versuchen, Lisa. Allein gehen wir sowieso zugrunde."

„Also die Ehe als Experiment? Fliegt die Sache in die Luft oder nicht?"

Rusch wandte sich mit gequälter Miene ab. „Ich kann nicht mehr sagen, Lisa. Ich liebe dich. Das ist alles."

Lisa Mainetti strich sich den weißen Arztkittel glatt. Sie sah Erich Schwabe und seine Mutter in der Ecke sitzen und zu ihnen herübersehen. „Und ich liebe dich auch, Walter", sagte sie leise. „Das ist das Schreckliche."

Mit schnellen Schritten ging sie hinüber zu Erich Schwabe, ehe Rusch etwas erwidern konnte.

Um die gleiche Zeit, in der auf Schloß Bernegg die ersten Akkordeontöne aufklangen und Walter Hertz und Petra Wolfach als erste die Tanzfläche betraten, klopfte in Köln an die Kellertür des Hauses Horst-Wessel-Straße 4 der Luftwaffenfeldwebel Karlheinz Petsch.

Er hatte den Arm voller Kostbarkeiten: zwei Flaschen Wein, eine Dauerwurst, eine Dose Keks, ein halbes Pfund Butter, etwas Schnittkäse, ein Kommißbrot und ein Paar französische Seidenstrümpfe mit schwarzer Naht. Woher er das alles hatte, war sein Geheimnis. Wie ein übermütiger Junge war er die Kellertreppe hinuntergekommen, pfeifend und schon von oben rufend:

„Es kommt der Weihnachtsmann, mein Mädchen! Macht hoch die Tür, die Tor' macht weit!"

Im Keller saß Ursula Schwabe auf der Kiste, die sie vor die verriegelte Tür geschoben hatte. Ein Zittern lief durch ihren schmalen Körper, als sie die Tritte und die Stimme Karlheinz Petschs hörte. Sie starrte hinüber zu Erichs Bild, das von dem flackernden Licht der drei kleinen Kerzen umflammt war.

„Hilf mir", sagte sie leise. „Erich, hilf mir! Er darf nicht hereinkommen. Warum hast du mich nicht bei dir haben wollen? Warum bin ich jetzt allein?"

Feldwebel Petsch war an der Kellertür angelangt. Er drückte mit dem Ellenbogen des rechten Armes gegen die Klinke.

„Abgeschlossen!" sagte er zu sich, dann stellte er die beiden Flaschen auf den feuchten Boden des Kellers und klopfte gegen die Tür.

„Aufmachen, kleine Frau! Das letzte Weihnachtsfest in diesem Mistkrieg wollen wir feiern!"

Ursula lehnte den Kopf gegen die Kellertür.

„Gehen Sie!" rief sie mit erstickter Stimme. „Wenn Sie nicht gehen, rufe ich um Hilfe".

Feldwebel Petsch sah verblüfft gegen die rohen Bretter der Tür. „Das ist 'n Ding!" sagte er laut. „Wenn du wüßtest, Kleines, was ich alles hier habe! Für so was würde man heute Leute ermorden. Sogar ein paar Strümpfe hab' ich hier. Aus Paris. Seide mit schwarzer Naht! Einem Zahlmeister aus den Zähnen gezogen. Wenn ich mir diese Strümpfe an deinen Beinen vorstelle! Schon der Gedanke macht mich ohne Alkohol besoffen. Komm, mach auf!"

Ursula schüttelte wild den Kopf. Sie wußte, es war sinnlos, um Hilfe zu rufen. Niemand würde sie hören. Nur durch die Durchbrüche konnte sie in die Nebenkeller flüchten, in verlassene, eingefallene Häuser, in denen die Ratten unter den Trümmern nach Freßbarem wühlten, nach vermoderten Lebensmitteln und vergessenen Leichen.

„Gehen Sie!" sagte sie noch einmal. „Ich mache Ihnen nicht auf. Und wenn Sie versuchen, die Tür einzutreten – ich habe ein Beil hier. Und ich schlage zu – bestimmt!"

„Frohe Weihnachten!" sagte auf der Kellertreppe Karlheinz Petsch. „Da rennt man einsam durch die Gegend und organisiert ein Festessen, um einem kleinen Mädchen eine Freude zu machen, und was tut sie? Sie will mit einem Beil um sich schlagen. Hab ich das verdient?“

Ehe Ursula antworten konnte, heulten oben die Sirenen wieder auf. Vielleicht war es nur ein Störangriff. Aber auch ein kleiner Angriff brachte Trümmer und Tote, Feuer und Leid.

Feldwebel Petsch trommelte mit den Fäusten gegen die Kellertür.

„Alarm – verdammt noch mal! Jetzt müssen Sie aufmachen! Oder wollen Sie, daß ich hier verrecke, wenn die Eier fallen?“

„Rennen Sie zum nächsten Keller!“ schrie Ursula.

„Ich kann mich beherrschen! Da – die Flak schießt schon! Da soll ich ’raus und einen Splitter um die Ohren bekommen? Fünf Jahre hab’ ich Glück gehabt, und jetzt wollen Sie mich zur Minna machen lassen? Nee, mein Mädchen – aufmachen, wie es die Nächstenliebe befiehlt!“

Mit zitternden Fingern schob Ursula den Riegel zur Seite. Feldwebel Petsch stieß die Tür auf, schob mit dem Fuß die Kiste zur Seite und trug in zwei Etappen seine Geschenke in den muffigen Kellerraum. Er baute alles auf dem Tisch auf, legte Erich Schwabes Bild mit dem Gesicht nach unten neben die Tannenzweige und setzte sich auf das Luftschutzbett. Seine Mütze warf er auf die Erde.

„Warum hast du Angst?“ fragte er und sah Ursula groß und jungenhaft fragend an. „Glaubst du, ich tu’ dir was, wenn du nicht willst?“

Ursula schwieg. Sie stand mit dem Rücken an die offene Tür gelehnt, als wolle sie jeden Augenblick flüchten können. Von oben hörte man das Bellen der Flak und das helle Brummen leichter Bombenflugzeuge. Sie zogen über die Stadt, ohne etwas abzuwerfen.

„Ich kannte mal ein Mädel, das war genauso wie du“, sagte Petsch. „Aber nach zwei Stunden kam sie von selbst, und dann war ihr alles egal. Wissen wir, ob wir morgen noch leben?“

Ursula sah hinüber auf den Tisch. Sie sah die Wurst, die Butter, das Brot, den Wein. Und die Strümpfe.

„Soll ich Ihnen etwas zurechtmachen?“ fragte sie heiser. „Ein Brot mit Wurst, wollen Sie ein Glas Wein? Ich habe nur einen Becher hier – aber er wird auch daraus schmecken . . .“

„Mach uns ein schönes Abendessen!“ Feldwebel Petsch ergriff eine Flasche Wein und hieb den Hals am Pfosten des Luftschutzbettes ab. „Und laß uns einen trinken. Darauf, daß das nächste Weihnachten anders aussieht! Prost, kleine Frau! Und nun komm her, trink mit mir und laß uns Weihnachten feiern! Und wenn du noch ’n paar Kerzen hast, dann steck sie an. Das macht das alles so schön feierlich. Oben Flak, unten Stille Nacht. Kinder, in was für einer Zeit leben wir!“

Am ersten Weihnachtsfeiertag, gegen Abend, fuhr Frau Hedwig Schwabe wieder zurück nach Köln. Erich durfte sie bis zum Zug begleiten. Der Famulus Baumann hatte seinen Kopf so verbunden, daß man außer den Augen nichts sah. So war Erich Schwabe kein schreckenerregender Anblick mehr und konnte sich unter die Leute wagen. Er fiel auch auf dem Bahnhof nicht auf und stand so lange winkend auf dem Bahnsteig, bis der Zug in der Abenddämmerung verschwand. Frau Schwabe setzte sich, als sie Erich nicht mehr sah, und legte vorsichtig das Glasmosaik in das Gepäcknetz. Das rührend-naive Geschenk eines verstümmelten Mannes an seine Frau. Das wortlose Flehen um Liebe und Treue.

Fast zwei Tage brauchte Frau Schwabe, ehe sie durch Umleitungen und Stockungen in Köln eintraf. Am 27. Dezember, gegen Mittag, in einer Pause zwischen zwei Luftangriffen, kam sie unverhofft in den Keller zurück, das Glasmosaik vor sich hertragend wie eine unersetzbare Kostbarkeit.

„Ursula!“ rief sie schon auf der Treppe. „Uschi, ich bin’s. Ich bin wieder da!“

7

Ursula riß die Kellertür auf. Ihre blonden Haare waren unordentlich, sie hielt einen Schrubber in der Hand und war gerade damit beschäftigt gewesen, den Kellerboden zu scheuern. „Mutter . . .“, sagte sie, und in ihrer Stimme war weniger Freude als verborgene Angst. „Du bist schon da . . .“

„Ja, da staunst du, was?“ Frau Schwabe legte das Paket mit

dem Glasmosaik vorsichtig auf ihr Bett und hing dann ihren Mantel in den Spind.

„Du wolltest doch bis Neujahr bei Erich bleiben?“

„Das wollte ich. Aber Erich hat mich heimgeschickt. Zu dir. Sein Geschenk sollst du haben. Keine Ruhe hatte er mehr. Und ich hatte, ehrlich gesagt, auch keine Ruhe. Erich geht es soweit gut, ihm fehlt nichts, er wird von allen verwöhnt. Und da habe ich gedacht: die Uschi ist so ganz allein, und die Angriffe ... und wer weiß, wie es jetzt in Köln aussieht ... Aber vor allem das Geschenk.“ Frau Schwabe blinzelte und legte große Spannung in ihre Worte. „In mühsamer Arbeit hat er's selbst gemacht, hat sich die Stückchen einzeln zusammengesucht und gefärbt ...“

Ursulas Kopf sank tief auf die Brust. Sie hielt die Augen geschlossen und preßte unter der Schürze die Hände gegeneinander.

„Er hat mir etwas geschenkt“, sagte sie leise.

„Also zunächst: Nachträglich frohe Weihnachten!“ Frau Schwabe nahm ihre Schwiegertochter in die Arme, küßte sie, und ihre Freude, Erichs Geschenk zu überbringen, war so groß, daß sie das Zittern in Ursulas Schultern nicht bemerkte. Sie zog sie mit sich zu ihrem Bett und zeigte auf das dick verschnürte Paket. „Na, nun mach es schon auf. Mein Gott, hatte ich eine Sorge, daß ich es heil nach Hause bekomme! Vor Frankfurt hatten wir einen Luftangriff. Alles habe ich im Wagen gelassen, als wir den Zug verlassen mußten, aber das da habe ich mitgenommen ... Nun mach es schon auf. Augen wirst du machen, Uschi.“

Ursula setzte sich auf das Bett. In ihrer Kehle würgte der Aufschrei, mit dem sich die ungeheure Qual in ihrem Innern lösen wollte. Das Gefühl, nicht mehr die Ursula Schwabe zu sein, für die dieses Geschenk gebastelt worden war, machte ihre Finger bleiern schwer. Sie bekamen den Knoten der Kordel nicht auf, es war nicht einmal Kraft genug in diesen Fingern, um die Schlingen herauszuziehen.

„Da hat er wieder einen Knoten gemacht, der Junge!“ sagte Frau Schwabe. Sie holte eine Schere, zerschnitt die Kordel und zog sie weg.

Wenn man alles so zerschneiden könnte wie diese Schnur,

dachte Ursula. Wie einfach das ist, ein Schnitt, und vor dir liegt etwas Neues, greifbar, man kann es auspacken und Besitz von ihm nehmen . . . Oh, wenn das Leben auch so wäre!

„Na?" fragte Frau Schwabe und rieb sich die Hände. „Na, was ist es denn?"

„Du hast es selbst noch nicht gesehen, Mutter?"

„Aber nein! Erich hat es mir so verpackt gegeben. Es ist sehr zerbrechlich, hat er gesagt. Und erklärt hat er mir, was es ist. Aber gesehen – nein! Es ist doch dein Geschenk." Frau Schwabe sah auf Ursulas zuckenden Rücken. Sie deutete es anders, die Tränen stiegen ihr in die Augen, sie legte die Hände auf das blonde Haar der jungen Frau und streichelte es. „Mach es auf", sagte sie stockend. „Alles wird bald anders sein. Sie wollen ihn gleich nach Neujahr operieren. So schnell hintereinander, wie es nur geht. Ich habe mit der Ärztin gesprochen und mit dem Chefarzt. Nachdem sie Erichs Bild gesehen und sein richtiges Gesicht genau betrachtet hatten, waren sie sehr zuversichtlich. Ich weiß, wie schwer es ist, mein Kleines, und ich weiß auch, wie sehr du Erich liebst . . ."

Ursulas Kopf fiel nach vorn. Sie drückte das Gesicht neben dem halb geöffneten Paket in die Decken und schrie ihre Qual hinaus. Durch die Decken erstickt, klang es wie ein heiseres Röcheln. Wie gemein, wie gemein, schrie es in ihr. Ich bin doch nichts als eine Hure . . . nur eine Hure bin ich, Mutter! Aber ich war so allein. Und immer habe ich die zerstörten Gesichter gesehen. Überall waren sie, aus allen Ecken des Kellers kamen sie auf mich zu, riesengroß hingen sie über mir . . . Und dann war er da . . . Und er sah aus wie alle anderen Menschen, er hatte ein Gesicht, ein lachendes, fröhliches Gesicht, warme Lippen und leuchtende Augen. Es war so herrlich, und die anderen, die schrecklichen Gesichter verschwanden, und ich hatte plötzlich keine Angst mehr. Warum hast du mich allein gelassen, Mutter, warum hast du mich nicht mitgenommen nach Bernegg. Ich kann doch nichts dafür . . . und nun bin ich eine Hure . . .

„Ich mach' es für dich auf, Uschi", sagte Frau Schwabe, und auch sie weinte. „Erich würde jetzt nichts dagegen haben."

Sie wickelte das Glasmosaik aus, trug es zum Nachttisch, stellte es neben Erichs Fotografie und zündete die Kerze an, die daneben stand. Mit einem Seitenblick sah sie, daß auf Ursulas Kopfkissen gewaschene, neue seidene Strümpfe lagen. Nur ganz kurz zuckte ihr der Gedanke durch den Kopf: Woher hat sie die denn? Wo gibt es denn noch seidene Strümpfe? Dann war der Gedanke aber schon wieder überdeckt von dem Erleben, das zuckende Licht der Kerze über die bunten Gläser des Mosaiks huschen zu sehen, so, als komme Leben in die beiden der Sonne entgegengehenden, sich an den Händen haltenden Menschen.

„Sieh es dir an, Uschi", sagte sie leise.

Ursula hob den Kopf. Ihr Gesicht war wie zerflossen und weiß wie ein gebleichtes Tuch. Sie starrte auf das bunte Glasmosaik, auf die beiden Menschen, die der Sonne zugingen, und auf die Worte, die Erich Schwabe kunstvoll aus winzigen Glasscherben geformt hatte: Nur mit dir gibt es ein Morgen.

„Ist es nicht schön, Uschi?"

„Ja, Mutter."

„Wir haben den ganzen Weihnachtstag nur von dir gesprochen."

„Ja, Mutter."

„Er hat gesagt: Und wenn es zehn Jahre dauert und wenn jeden Monat eine Operation ist – er will durchhalten für dich."

„Zehn Jahre?"

„Es war nur so eine Zahl. Er hat wieder so viel Lebensmut."

Ursula schloß wieder die Augen. Lautlos weinte sie jetzt. Was soll ich tun, dachte sie. Mein Gott, was soll nun werden? Sie faltete die Hände und drückte sie gegen die zuckenden Lippen. Ich habe doch nur Angst gehabt, nichts als Angst.

Oben an der Kellertreppe entstand Lärm. Es hörte sich an, als setzte man einen schweren Gegenstand ab, und ein Mann putzte sich laut die Nase. Frau Schwabe hob den Kopf. In die Augen Ursulas sprang Entsetzen. Sie biß in die gefalteten Hände und preßte unglücklich und verzweifelt die Stirn gegen den hölzernen Pfosten des Bettes.

Von oben erklang eine Stimme. Laut, unbekümmert und fröhlich.

„Puppchen, du bist mein Augenstern . . .", sang die Stimme. Dann polterte etwas die Kellertreppe hinab, als würde ein schwerer Gegenstand die Stufen hinabgestoßen.

„Wer – wer ist das?" fragte Frau Schwabe verblüfft.

Ursula antwortete nicht. Sie preßte sich, ohne ein Wort zu sagen, an den Bettpfosten.

„Trari – trara! Ein Zentner Kartoffeln sind da!" rief die Stimme von der Treppe. Dann wurde die Tür aufgestoßen, und ein Sack Kartoffeln rollte in den Kellerraum. Ihm folgte schwitzend, aber mit lachendem Gesicht Karlheinz Petsch. Seine Uniform war auf der Schulter, wo er den Sack getragen hatte, dick mit Kartoffelstaub bedeckt. Er stellte sich in der Tür auf und klopfte sich ab.

„Hast du eine Bürste, Kleines?" rief er.

Erst in diesem Augenblick sah er Frau Schwabe steif und mit zusammengekniffenen Lippen im Zimmer stehen. Seine Hand blieb mitten in der Bewegung ruckartig stehen, dann hob sie sich zu einem Winken, ein wenig linkisch und gehemmt.

„Guten Tag, Mütterchen!" sagte Feldwebel Petsch. „Schon wieder zurück? Ein Sonderlob der Reichsbahn. Räder müssen rollen auch für die Heimat."

„Wer sind Sie?"

Frau Schwabe sah hinüber zu Ursula. Sie hatte sich auf ihr Bett geworfen. Wie leblos lag sie da, lang hingestreckt. Es bedurfte keiner Erklärungen mehr.

„Karlheinz Petsch", sagte der Feldwebel. „Zweimal mit Erfolg geimpft, zweimal verwundet, ledig, von Beruf – wenn jemals wieder normale Zeiten werden – Maurer und Putzer, erbgesund und seit 200 Jahren arisch. Außerdem . . ."

„Gehen Sie!" sagte Frau Schwabe laut.

„Aber Mütterchen!" Feldwebel Petsch sah hinüber zu Ursula. Ein Mist ist das, dachte er. Übermorgen geht's wieder ab zur Truppe. Wer hätte gedacht, daß sie schon jetzt zurückkommt! Uschi sagte doch, sie wolle bis nach Neujahr in diesem fränkischen Nest bleiben.

„Wenn Sie wüßten, wie schwer es ist, einen Sack Kartoffeln zu organisieren", sagte er und wischte sich über die schweißnasse Stirn. „Nur weil ich noch vier Paar französische Strümpfe hatte . . ."

Frau Schwabe dachte an die Strümpfe, die auf Ursulas Bett lagen. Ihr Gesicht wurde steinern.

„Wir brauchen Ihre Kartoffeln nicht!" sagte sie laut. „Gehen Sie!" Und plötzlich brach es aus ihr heraus – ihr ganzer mütterlicher Schmerz, ihre Enttäuschung, ihr Nichtverstehenkönnen, ihr Entsetzen und ihre Angst um den Sohn machten sich frei in einem Schrei. „Sie . . . Sie wollen ein Kamerad sein!“ schrie sie. Es war das einzige, was ihr einfiel, eine läppische Anklage, aber sie schrie es heraus, als hieße es: Du Mörder!

Karlheinz Petsch knöpfte sich mit bebenden Fingern den Waffenrock zu.

„Wenn ich Ihnen was erklären darf...“, sagte er stockend.

„Hinaus!“

„Ursula kann wirklich nichts dafür. Es war Fliegeralarm und ich . . .“

„'raus!“ schrie Frau Schwabe grell. Sie hielt sich am Nachttischchen fest. Das Glasmosaik Erich Schwabes fiel durch die Erschütterung herab und kippte auf den Rücken Ursulas. Wie ein harter Schlag war es, wie eine rächende Faust, die sie mit voller Wucht traf. Sie zuckte darunter zusammen, aber sie rührte sich nicht und ließ es auf ihrem Rücken liegen.

Feldwebel Petsch sah noch einmal hinüber zu Ursula. Einen Augenblick dachte er daran, zu sagen, daß er Uschi liebe, daß es sinnlos sei, ein junges, hübsches Mädchen an einen Mann zu fesseln, der kein Gesicht mehr hatte, daß es ein Recht auf Leben und Glück gebe, das Recht der Überlebenden und Gesunden. Und daß auch Erich Schwabe eben ein Opfer des Krieges sei – der eine tot, der andere ein gesichtsloser Krüppel. Er wollte sagen, daß er Ursula heiraten würde, wenn sie sich nach dem Kriege scheiden ließe. Jawohl, er war ein Ehrenmann, und einem Kameraden weggenommen hätte er auch nichts, denn keiner könne verlangen . . .

Aber er sagte nichts. Er sah nur die starren Augen der alten Frau und wußte, daß es hier keine Entschuldigungen gab.

„Mögen Sie beide den Krieg überleben“, sagte er.

Er drehte sich um und ging langsam die Kellertreppe hinauf. Frau Schwabe blickte ihm nach, die Erstarrung löste sich, als sie seinen Rücken sah.

„Ihre Kartoffeln!“ schrie sie, mit sich fast überschlagender Stimme. „Wir brauchen Ihre Kartoffeln nicht!“

Karlheinz Petsch drehte sich noch einmal um. „Was soll ich mit denen im Flugzeug? Eßt sie . . . sie reichen bis zum Frieden.“

Dann verlor sich sein Schritt oben auf der Treppe und in den Trümmerhalden des zerbombten Hauses.

Frau Schwabe ging mit steifen Beinen zur Tür, schloß sie, schob den Riegel vor, ging zurück zum Bett, nahm das Glasmosaik von Ursulas Rücken und stellte es wieder hinter die blakende Kerze. Dann griff sie nach den Seidenstrümpfen, und fast mechanisch zerriß sie erst den einen Strumpf und dann den anderen, öffnete mit der Schuhspitze die Klappe des runden Eisenofens und warf die zerfetzten Strümpfe ins Feuer. Mit beiden Händen faßte sie die verschnürte Öffnung des Kartoffelsacks, schleppte keuchend die Zentnerlast in die hintere Kellerecke und drückte dann die Kartoffeln etwas höher, damit sie nicht soviel Platz wegnahmen.

Dabei sprach sie kein Wort, und auch als sie sich hinsetzte und verbissen ihre Reisetasche auspackte, war es, als sei sie ganz allein im Raum.

„Mutter . . .", sagte Ursula leise. Es war wie der winselnde Laut eines getretenen Hundes.

„Ja."

„Mutter . . ."

„Ich werde gleich einkaufen gehen. Was ist auf den Karten aufgerufen?"

Ursula hatte sich aufgerichtet. Sie zog sich an dem Bettpfosten hoch und legte die Hände flach gegen ihre Schläfen.

„Ich packe sofort. Und ich gehe auch gleich. Ich . . . ich will mich nicht verteidigen . . . Ich kann es nicht. In zehn Minuten bin ich weg."

Frau Schwabe hob den Kopf. Sie hielt die Lebensmittelkarten in der Hand und hatte im Mitteilungsblatt nachgesehen, welche Abschnitte aufgerufen waren.

„Auf B 6 gibt es für Neujahr 50 Gramm Butter Sonderzuteilung. Wenn ich deine Raucherkarte dazunehme, kann ich ein ganzes halbes Pfund eintauschen."

„Ich habe es allein nicht ausgehalten!" schrie Ursula. „Ich habe nichts gesehen als aufgerissene Köpfe. Ich . . . ich bin doch keine Hure, Mutter!"

Frau Schwabe streckte die Hand aus. Sie ergriff Ursula an der Schürze, ihre Finger krallten sich wie Eisenklammern in den Stoff und zogen die junge Frau zu sich heran. Willenlos folgte Ursula dem harten Zug. Jetzt wird sie mich schlagen, dachte sie. Ins Gesicht schlagen, und anspucken wird sie mich. Sie hat ja recht. Ich habe Erich verraten, ich habe ihn betrogen. Und er schenkt mir ein gläsernes Bild . . . Nur mit dir gibt es ein Morgen . . .

„Ich habe nichts gesehen und gehört", sagte die alte Frau Schwabe streng. Ihre Finger rissen an dem Schürzenstoff. „Ich bin nach Hause gekommen, und du hast gerade das Zimmer geputzt, und die Kartoffeln standen dort in der Ecke, gegen deine goldene Armbanduhr hast du sie eingetauscht, nicht wahr . . ."

„Mutter . . .", stammelte Ursula.

„. . . und über Erichs Bild hast du dich sehr gefreut. Kaum erwarten konntest du es. Viel zu lange dauerte das Auspacken. Und dann hast du es auf deinen Nachttisch gestellt und gesagt: Ja, Erich, ich werde auf dich warten, ganz gleich, was kommen wird. Ich werde dich lieben wie bisher und dir treu bleiben, und wenn es Jahre dauert . . . Das wirst du ihm nachher schreiben, nicht wahr?"

In Ursula brach alle Kraft zusammen. Sie fiel auf die Knie und vergrub ihren Kopf in den Schoß der alten Frau.

„Ich habe es nicht gewollt, Mutter", wimmerte sie. Frau Schwabe nickte mehrmals. In ihren grauen Augen stand jetzt bittere Selbstanklage.

„Ich war zu egoistisch", sagte sie stockend. „Ja, vielleicht war ich das. Ich hätte dich mitnehmen sollen, trotz allem . . ." Und plötzlich umfaßte sie Ursulas Körper und drückte ihn fest an sich. „Ich wollte ihn allein haben. Ich wollte zu Weihnachten meinen armen Jungen allein haben. Es war gemein von mir, Uschi, ich weiß es. Ich weiß es. Aber ich bin doch seine Mutter. Wir müssen uns gegenseitig verzeihen, Uschi. Wir haben beide schuld."

Sie legte ihren Kopf auf die blonden Haare Ursulas, und so hockten sie eine ganze Weile stumm beieinander, sich umklammert haltend und eins geworden in der Erkenntnis, ihr ferneres Schicksal mit einer Lüge begonnen zu haben.

„Aber Erich . . .", sagte Ursula und hob den Kopf.

„Er soll es nie erfahren."

„Und wenn dieser . . . dieser andere wiederkommt?"

„Er wird nie wiederkommen."

„Und . . . und bist du dessen ganz sicher, kannst du es wirklich vergessen, Mutter?"

Frau Schwabe nickte. „Wir müssen uns angewöhnen, uns nicht so wichtig zu nehmen. Was sind wir denn gegen Erich? Er allein hat ein Recht auf uns, für ihn müssen wir leben, an nichts anderes dürfen wir denken. Er ist dein Mann, er ist mein Sohn – alles andere ist unwichtig. Er hat doch nichts mehr auf der Welt als uns."

Frau Schwabe erhob sich. Sie wischte mit dem Handrücken die Tränen von Ursulas Gesicht und zeigte auf den Sack in der Ecke.

„Schäl einen Topf voll, Uschi. Ich gehe die Butter und das Fleisch holen."

„Von diesen Kartoffeln?"

„Du hast sie eingetauscht. Nun müssen wir sie essen."

Drei Tage nach Weihnachten rief Professor Dr. Rusch gegen Mittag Dr. Lisa Mainetti zu sich in das Chefzimmer. Er hielt einen Zettel von seinem Telefonblock mit einer Notiz in der Hand.

„Ein neuer Transport?" fragte sie.

„Generalarzt Professor Dr. Gilgen hat angerufen. Morgen kommt eine Kommission des Generals v. Unruh zu uns. Alle Reserven sollen jetzt mobilisiert werden. Man will alle Lazarette nach kampffähigen Männern durchkämmen unter Anlegung strengster Maßstäbe."

„Das ist bei uns in Bernegg doch Unsinn!" sagte Lisa und lehnte sich an die Schreibtischplatte. „Was will dieser General v. Unruh bei uns denn herausholen?"

„Alle, die noch schießen können." Professor Rusch setzte sich und blätterte in einer langen Liste. Name stand hinter Name, versehen mit einem Datum und einigen knappen Bemerkungen. „Der gute Urban hat so etwas schon geahnt, vermutlich ist er gar nicht schuldlos daran. Er hat eine Zusammenstellung unserer Verwundeten nach dem Grad der Verwendungsmöglichkeit angefertigt. Eine regelrechte Fleißarbeit. Nach Urbans Liste sind in unserem Block B allein 67 Mann fähig, wieder an der Front eingesetzt zu werden, als Kraftfahrer, als Nachschub, als Troß. Sie brauchen nicht mal zu schießen, sondern nur kampffähige Männer abzulösen."

„Um dann zusammengeschossen zu werden!"

„Das wird ihr Schicksal sein", sagte Rusch leise.

„Genügt es nicht mehr, daß sie keine Gesichter mehr haben? Hätten sie sich lieber die Arme und Beine abschießen lassen sollen?" Lisa Mainetti riß die Liste Urbans aus der Hand des Professors und blätterte sie durch. „So ein Schwein!" sagte sie und spürte die Erregung in sich aufsteigen. „Feininger steht hier, und Fritz Adam und Walter Hertz . . . und Christian Oster . . ." Sie warf den Schnellhefter auf den Tisch zurück. „Drei Jahre lang haben wir diesen Oster operiert. Stück für Stück haben wir sein Gesicht neu geformt, allein 34 große Operationen waren nötig, die vielen kleinen Eingriffe zähle ich gar nicht. Haben wir das alles nur getan, damit er sich jetzt fünf Minuten vor zwölf wie ein lahmer Hase abknallen lassen soll?"

Professor Rusch zerriß den Zettel mit der Telefonnotiz. Er tat es so langsam, als schmerze es ihn körperlich, ja, als vernichte er damit alle Vernunft und die Möglichkeit, noch helfen zu können.

„Wir können einen Teil wieder im Bunker verstecken", sagte er.

„Das tue ich sowieso", rief Lisa.

„Und die Liste Urbans darf nicht in die Hände der Kommission kommen. Diese hier wird sie nicht sehen, aber wenn Urban eine Abschrift hat, und das ist anzunehmen . . ."

„Ich werde mit Urban sprechen, Walter."

„Aber es ist unmöglich, fast 70 Mann verschwinden zu lassen! Wir haben volle Belegung gemeldet, und plötzlich sind 70 Betten leer!"

„Im Block A liegen sie auf den Fluren herum, weil sie keinen Platz haben."

„Block A ist die interne Abteilung."

„Warum kann man Magenkranken nicht den Kopf verbinden? Und wer eine Gallenkolik hat, stöhnt genauso wie einer, dem die Nase fehlt!"

„Unmöglich!" Rusch erhob sich abrupt. „Wenn das bekannt wird, Lisa . . ."

„Wer soll es verraten?" Lisa Mainetti griff nach dem Telefon. „Sind 70 Menschenleben nicht ein Risiko wert?“ Sie wählte einen Hausanschluß und wartete, bis sich eine Stimme meldete. Ohne zu antworten, legte sie schnell wieder auf. „Er ist in seinem Zimmer.“

„Wer?“

„Urban. Ich gehe zu ihm. Wann kommt die Kommission?“

„Morgen gegen 10 Uhr vormittags.“

„Noch knappe 20 Stunden. Es wird genügen.“

„Es kann uns den Kopf kosten!“ rief Rusch. Er wußte, daß es sinnlos war, Lisa Mainetti zurückzuhalten. Aber ebenso sinnlos war es, das Opfer des eigenen Lebens auf sich zu nehmen, Lisas Leben wegzuwerfen – jetzt, da sich eine neue Zukunft erkennen ließ, eine Zukunft, die mit jedem Tag näher kam, während die Gegenwart immer morscher wurde.

„Es wird uns wesentlich weniger kosten“, sagte Lisa Mainetti und ging zur Tür. „Gut gerechnet vielleicht nur vierzig Mark! Das sind pro Kopf, den wir retten, nicht einmal sechzig Pfennig. Geht es noch billiger?“

Professor Rusch hielt das Streichholz, mit dem er sich eine Zigarette anstecken wollte, von sich weg. Er merkte kaum, daß er sich die Fingerspitzen verbrannte.

„Was hast du vor, Lisa?“ fragte er voll Angst um sie.

„Ich tausche wieder. Weiter nichts! Und ich werde Baumann sagen, daß er die Bunker belegen soll.“

Sie zog die Tür zu, ehe Rusch weitere Fragen stellen konnte, ging schnell über den langen Gang zum OP, machte einen Umweg zur OP-Apotheke und schloß einen weißen Stahlschrank auf. Ihm entnahm sie zwei längliche, verschlossene Pakete, steckte sie in die Taschen ihres Kittels, verschloß den Schrank wieder sorgfältig und ging dann mit weit ausgreifenden Schritten zum Zimmer Dr. Urbans. Nach kurzem, energischem Klopfen trat sie ein, ehe Urban von drinnen eine Antwort geben konnte.

Dr. Urban lag auf seinem Bett und las die neueste Nummer des „Reichs“. Dr. Goebbels hatte einen schönen Silvesterartikel geschrieben.

„Kollega!“ sagte Urban verwundert. „Schon wieder bei mir? Sie werden doch nicht meinen nordischen Typ entdeckt haben?“

Lisa Mainetti sah sich im Zimmer um. Es war nüchtern wie alle Arztzimmer in Bernegg. Nur das Führerbild unterschied es von ihrem eigenen Zimmer. Und ein süßlicher Duft war in ihm, ein Geruch von Weiblichkeit, der nicht zu Urban paßte.

„Sie hatten Besuch?" fragte Lisa. Urban erhob sich von seinem Bett. Er sah ein wenig übernächtig und verfallen aus. Seine Haut war grau und faltig.

„Wieso?" fragte er zurück.

„Es riecht nach einer Frau."

„Immerhin sind Sie im Zimmer, Kollega."

„Reden Sie keinen Blödsinn! Ich habe dieses Parfüm schon einmal gerochen, und ich habe mich damals schon vor ihm geekelt. Noch mehr vor der Person, die sich damit einhüllte, anscheinend, um ihre dreckige Seele damit zu verdecken. Bei Ihnen riecht es penetrant nach Irene Adam."

Dr. Urban schob die Unterlippe vor. Er strich sich die Haare glatt und zog den heruntergeschobenen Schlips hoch.

„Sie sind sicherlich nicht gekommen, um Parfümanalysen bei mir vorzunehmen", sagte er ironisch. „Oder haben Sie das Bedürfnis, sich bei mir über Moral auszusprechen? Ich könnte dann antworten, daß ein Gespräch vor dem Spiegel nützlicher wäre . . ."

Dr. Urban grinste breit. Sie hat's verstanden, dachte er. Was einem Chefarzt recht ist, sollte man bei einem Oberarzt nicht für verwerflich halten.

„Es ist etwas anderes", sagte Lisa Mainetti. Sie schluckte die Frechheit Urbans, ohne mit der von ihm erwarteten Schärfe zu reagieren. Das wunderte ihn, und er zog die Augenbrauen hoch.

„Sie machen es spannend, Kollega."

Lisa legte die beiden verschlossenen Pakete auf den Tisch. Sie waren in neutralem Papier verpackt. Sie selbst hatte es getan und die Pakete versiegelt, ehe sie sie in den Apothekerschrank gelegt hatte.

„Wissen Sie, was das ist?" fragte sie.

„Nein! Woher? Es sieht aus wie Konfektschachteln."

„Es sind 20 Ampullen Morphin . . ."

Dr. Urban sah Lisa entgeistert an, dann glitt sein Blick zurück zu den beiden Päckchen.

„Was soll das?“ fragte er. Seine Stimme hatte plötzlich einen heiseren Klang. Er stieß die Worte mühsam heraus, als sei er drei steile Treppen hinaufgelaufen.

„Wir haben einmal getauscht: Ihr Schweigen gegen Morphium. Ich biete Ihnen einen neuen Tausch an . . .“

„Sieh an!“ Urban trat rückwärts an sein Bett und setzte sich. „Ist eine neue Schweinerei im Gange?“

„Ich biete Ihnen zehn Ampullen MO für die Herausgabe aller Durchschläge Ihrer Tauglichkeitsliste der Verwundeten“, sagte Lisa unbeirrt, „und weitere zehn Ampullen MO, wenn Sie ab heute abend bis übermorgen früh Urlaub nehmen und wegfahren. Nach Würzburg, nach Bamberg . . . es ist gleich, wohin. Nur weg aus Bernegg!“

Dr. Urbans Gesicht war eine einzige, große Genugtuung. Er schlug die Beine übereinander und trommelte mit den Fingern auf seinem Knie.

„Der liebe Unruh kommt, nicht wahr? Lag ja in der Luft. Alles frei machen zum siegreichen Endkampf! Und nun wollen Sie und der Chef ein bißchen Blindekuh spielen, was? Für zehn Ampullen MO! Haltet ihr mich für verrückt?“

„Ich weiß, daß Sie nur noch einen Vorrat für zwei Tage haben, Urban.“

„Genau! Aber dann ist die Kommission wieder weg, und ich bekomme ohne diesen Betrug an Führer und Reich meine Ampullen von Ihnen – bei unserem gegenseitigen Vertrauensverhältnis.“

Lisa Mainetti schwieg. Sie erkannte, daß Urban in diesem Augenblick die Trümpfe in der Hand hielt. Solange er sein Morphium besaß und Vorrat hatte, war es unmöglich, ihn zu zwingen.

„Es ist schade“, sagte sie nach einer kurzen Spanne des Nachdenkens. „Sie haben mich überzeugt.“ Sie steckte die Päckchen wieder in ihre Tasche und wandte sich ab. Langsam ging sie zum Fenster, vorbei an Urban, der noch immer fröhlich auf sein Knie trommelte.

Vor dem Fenster blieb sie stehen und sah hinaus auf die Straße. Vom Zimmer Urbans konnte man über die Mauer hinwegblicken zur Hauptwache und zur Einfahrt in den Block B.

„Was ist denn das?“ sagte Lisa plötzlich und drehte sich

herum. „Verlieren Sie jetzt auch noch das letzte Schamgefühl, Dr. Urban? Da unten steht Irene Adam auf der Straße und versucht, Zeichen zu diesem Fenster hinauf zu machen."

„Unmöglich!" Dr. Urban sprang auf. „Das ist völlig unmöglich."

Er rannte ans Fenster und riß die Gardine zur Seite. Die Straße unten war leer. Nur ein Posten pendelte durch den Schnee vor der Einfahrt hin und her.

„Wo ist sie denn?" fragte er, öffnete das Fenster und beugte sich hinaus. „Ich sehe nichts."

Lisa Mainetti hatte die wenigen Sekunden genutzt. Während sich Dr. Urban aus dem Fenster beugte, war sie rasch an seinen Nachttisch getreten und hatte die Schublade aufgezogen. Hilf Gott, daß er es hier verwahrt, dachte Lisa. Es ist meine letzte Chance, 70 Menschen zu retten.

Unter einem Buch und einigen Taschentüchern fand sie mit schnellem Griff, was sie suchte. Einen kleinen, länglichen, verchromten Kasten. Ein Spritzenetui mit einer Spritze, drei Nadeln und drei Ampullen MO. Sie riß den Kasten aus der Schublade und stieß sie mit dem Knie wieder zu, in dem Augenblick, als sich Urban umdrehte.

Sein Blick wurde starr, als er erkannte, was geschehen war. Er streckte die Hände vor, spreizte die Finger und drückte das Kinn gegen den Hals.

Lisa wich zur Tür zurück. Sie legte die Hand auf die Klinke und drückte sie hinunter. Aber sie öffnete die Tür noch nicht.

„Wenn Sie mich anfassen, schreie ich", sagte sie laut. „Und ich kann schreien, das wissen Sie!"

„Sie verdammtes, raffiniertes Aas", sagte Dr. Urban heiser. „Es war ein nie wiedergutzumachender Fehler, Sie nicht ins KZ zu bringen!"

„Geben Sie mir die Liste, und Sie bekommen zehn Ampullen und Ihre Spritze zurück!"

„Und wenn ich mich weigere?"

„Dann werden Sie spätestens heute abend halb wahnsinnig herumlaufen. Sehen Sie sich doch in Ihrem Spiegel an. Sie halten es ohne MO nicht aus bis heute abend."

Dr. Urban schloß mit zitternden Händen das Fenster. Ohne ein weiteres Wort ging er zu seinem Schrank, holte zwei

Schnellhefter heraus und warf sie auf den zwischen ihm und Lisa stehenden Tisch.

„Sind das alle Durchschläge?" fragte sie.

„Ja. Halten Sie mich für einen Lumpen?"

„Genau das!" Sie trat an den Schrank heran, und Urban hinderte sie nicht, als sie die Wäsche durchwühlte. Unter seinen Hemden fand sie einen dritten Schnellhefter und warf ihn auf den Tisch zu den beiden anderen.

„Also doch ein Lump!" sagte sie dabei. Sie legte eines der versiegelten Päckchen auf den Nachttisch sowie den abgegriffenen, verchromten Kasten mit der Spritze. „Die anderen zehn Ampullen bekommen Sie, wenn Sie morgen früh das Haus verlassen!"

„Und wenn ich wiederkomme? Wenn ich den Mund nicht halte und alles der Kommission erzähle?" schrie Dr. Urban.

Lisa Mainetti nahm die drei Schnellhefter vom Tisch und klemmte sie sich unter den Arm. Dabei schüttelte sie den Kopf. „Mut haben die Hungrigen", sagte sie. „Sie aber sind satt wie ein Mastferkel, wenn Sie Ihr Morphium gespritzt haben!"

In den nächsten Stunden sah es auf Schloß Bernegg aus, als wolle man das Lazarett verlegen.

In den Verbandszimmern marschierten die Kranken aus dem Block A auf, begleitet vom Chef der Inneren Abteilung und einem älteren Stabsarzt. Professor Rusch hatte alles in die Wege geleitet, ein Assistenzarzt und der Famulus Baumann, assistiert von drei Ordensschwestern, saßen neben Bergen von Verbandsmaterial bereit. In Gruppen zu fünfen wurden die Kranken hereingeführt und an die Tische verteilt.

„So, nun kriegste einen Turban!" sagte Baumann zu dem ersten, der eintrat. „Was haste denn?"

„'n Magengeschwür, Kumpel."

„Ab heute haste keine Nase und keine linke Wange mehr, verstanden?"

„Seh ick so doof aus? Wenn ick vorm Heldenklau weglaufen soll, könnt ihr mir auch die Arschbacken wegrasieren."

„Nee, danke – dein Gesicht reicht mir!" sagte Baumann. Er begann, dicke Mullagen auf das gesunde Gesicht zu legen und sie mit breiten Leukoplaststreifen zu verkleben. Dann wickelte er einen Verband um die Stirn und ließ nur die Augen frei. „Stell dir vor, was du für Glück hast", sagte Baumann dabei. „Wenn ich nun gesagt hätte Kieferbruch, stell dir das vor!"

„Wieso?" fragte der Verbundene.

„Dann bekämste nichts zu fressen, sondern zweimal täglich ein dickes Nährklistier."

„Sogar det mach' ick für den Heldenklau!"

In einer Ecke des OPs standen Professor Rusch und der Chef der Inneren Abteilung zusammen. Lisa Mainetti war hereingekommen und hatte Rusch stumm die drei Schnellhefter gegeben. Sie sah, wie sein Blick sie fragte, und sie nickte zustimmend. Es war, als atme Rusch erleichtert auf.

„Sie haben die Kollegen von der Inneren eingeweiht?" fragte er den Chef von Block A. Der Oberstabsarzt, ein dicker, schwerer Mann, nickte mehrmals.

„Ich kann mich auf meine Herren verlassen, Herr Kollege. Ich habe Ihnen die Männer 'rübergeschickt, deren Entlassung besonders naheliegend ist. Ich habe nur ein Bedenken: Fällt es nicht auf, wenn Sie so viel ‚schwere Fälle' haben? Lauter Dreivierteltote? Ob man Ihnen das abnimmt?"

„Man wird es tun. Ich werde ihnen nur einen einzigen Fall zeigen, ein einziges völlig zerstörtes Gesicht, und man wird darauf verzichten, daß wir die Verbände der anderen abnehmen!"

„Und warum pflastern Sie nicht Ihre eigenen Leute so zu wie meine Gesunden?"

„Jeder von ihnen ist noch vor kurzem operiert worden. Wenn ich ihnen jetzt unnütze Verbände und Leukoplaststreifen anlege, die ich später abreißen muß, kann ich die frisch eingewachsenen Gewebe zerstören, neue Blutungen können entstehen, Heilvorgänge werden unterbrochen ..."

„Aber das ist doch auch der Fall, wenn man sie wieder im Truppendienst verwendet!"

„Darum verstecke ich sie ja, Kollege."

Unterdessen wurden in den Bunkern die Betten bezogen und die Räume kräftig durchgelüftet. Noch während in den OPs die Verbände angelegt wurden, ließ Dr. Lisa Mainetti die von Dr. Urban in die Liste aufgenommenen Anwärter des Heldentodes in den großen Gemeinschaftssaal kommen. Sie hatte die Verwundeten in zwei Gruppen aufgeteilt. Der größte Teil zog in die Bunker um; ein kleines Häuflein, mit bereits wieder menschlich aussehenden Gesichtern wartete abseits. Noch wußten sie nicht, was mit ihnen geschehen sollte. Man rätselte daran herum, und der Wastl Feininger, der unter ihnen war, verkündete: „Dös wär a Gaudi, wenn's uns auf die Schwesternzimmer verteilen täten."

Es stellte sich heraus, daß die kleine Gruppe einen Urlaubsschein bekam. Der Schreibstubenunteroffizier kam mit einem Stapel unterschriebener Formulare und begann, sie mit den Namen auszufüllen.

„Nachturlaub bis morgen 24 Uhr!" sagte der Berliner. „Meine Fresse – wat mach' ick bloß damit? So schnell kriegste doch keene Puppe!"

Die Hände von Walter Hertz zitterten, als er den Urlaubsschein in Empfang nahm. Er fiel ihm aus den Fingern und flatterte unter den Tisch.

„Wat is denn?" schnauzte der Schreibstubenunteroffizier. „Willste nich?"

„Aber ja! Ja!" Walter Hertz bückte sich, kroch unter den Tisch und holte den Urlaubsschein zurück. „Das ist wie ein Geschenk, Herr Unteroffizier. Heute wollen wir doch ins Kino, Petra und ich, und nun . . ."

„Nun haste 'ne ganze Nacht dazu! Junge, dreh mir bloß keenen Film ab!" Der Unteroffizier lachte. „Ick mach' nachher sowieso 'ne Kontrolle, ob det Marschgepäck stimmt!"

Sie alle bekamen ihren Nachturlaubsschein bis zum nächsten Tag 24 Uhr, der Wastl und der Kaspar Bloch, der Berliner und auch Fritz Adam, dessen Frau noch immer heimlich in der Nähe von Bernegg wohnte.

„Als erstes kipp' ick 'ne Molle!" sagte der Berliner, als er mit den anderen draußen im Gang stand. „Und der Baumann muß mir meine Fresse so verkleben, det ick ausseh' wie'n Student, der von der Mensur kommt. Und dann fahr' ick nach Würzburg. Leute. Da fällste weniger uff, und Auswahl haste och mehr! Taktik, Freunde! Wer fährt mit?"

Es waren neun Mann, die sich dem Berliner anschlossen. Der Wastl Feininger war unter ihnen. Mit seinem mächtigen Rolllappen allein auszugehen, schien ihm ein sinnloses Unternehmen. Auch wenn man ihn wie in einen Turban einwikkelte. Zu neunen war es jedenfalls sicherer, daß man was erlebte.

Still ging Fritz Adam zurück auf sein Zimmer. Der Schock des Weihnachtstages saß noch in ihm. Er hatte, als Schwester Dora Graff zu ihm ins Zimmer kam, alles vernichtet, was ihn an seine Frau erinnerte. Ihre Briefe lagen zerfetzt auf dem Boden, die Bilder waren zerrissen. Ein großes Bild hielt er noch in der Hand, die Fotografie von Irenes blondem Puppenkopf, und es war, als erwürge er sie mit seinen zitternden Fingern, als er das Bild weinend zerknüllte.

Dora Graff war auch jetzt im Zimmer, als Fritz Adam mit dem Urlaubsschein zurückkam. Sie putzte die Nachtschränke und ordnete Vasen und verstreut herumliegende Zeitungen.

Fritz Adam setzte sich auf sein Bett und legte den Urlaubsschein neben sich auf die glattgezogene Decke.

„Ich habe Urlaub, Schwester", sagte er bitter. „Zum erstenmal Urlaub."

„Ich weiß." Dora Graff füllte Wasser in eine der Vasen. Zwei Alpenveilchen standen darin, letzte Erinnerung an einen weihnachtlichen Besuch.

„Was soll ich jetzt mit einem Urlaubsschein? Er ist doch sinnlos. Wo soll ich denn hin?"

„Sie müssen sich freuen, Fritz, daß Sie wieder hinausdürfen."

„Freuen auf die Einsamkeit?"

„Sie sind nicht einsam. Ich gehe mit Ihnen."

„Sie, Schwester?"

„Man hat mir auch Urlaub gegeben. Wenn Sie wollen – wir können den Urlaub gemeinsam verleben."

Fritz Adam sah Dora Graff zu, wie sie zwei leere Tassen auf ein Tablett stellte und in einen kleinen Eimer die Aschenbecher auskippte. Dann nahm er den Urlaubsschein, faltete ihn sorgfältig und steckte ihn in die Rocktasche.

„Heute abend? Nach dem Essen?"

„Ja", sagte Dora Graff. Sie drehte sich nicht um dabei.

„Es . . . ist schön, daß Sie so viel Mitleid aufbringen, Schwester", sagte Adam.

Dora Graff stellte einen Aschenbecher mit einem Knall auf

den Tisch zurück. Eine Ecke sprang aus dem Porzellan und kollerte unter den Tisch.

„Wenn Sie nochmal von Mitleid reden, komme ich nicht!" rief sie wütend. Aber es schwang etwas in ihrer Stimme, was mehr war als Entrüstung.

Fritz Adam stand von seinem Bett auf, bückte sich und legte das abgesprungene Porzellanstück auf den Tisch zurück.

„Nun ist er kaputt", sagte er.

„Man wird ihn wieder kleben. Keiner wird es sehen."

„Wie ein Gesicht, nicht wahr?"

Langsam drehte sich Dora Graff herum. Fritz Adam stand vor ihr, und sie sah seine schönen, blauen Augen und die braunen, lockigen Haare, sah sein zerstörtes Gesicht, verbrannt in der Glut eines in Flammen aufgehenden Panzers, ein Gesicht, aus Narben, rotem Fleisch und weißer, papierdünner Haut.

„Genau wie ein Gesicht", sagte sie leise.

Und sie beugte sich vor und küßte ihn auf die harten, verschrumpelten Lippen.

„Warum . . . warum tust du das?" fragte Adam mit erstickter Stimme.

„Muß man alles erklären?"

„Mich kann eine Frau doch nicht mehr lieben!" schrie er plötzlich. „Das ist doch Lüge! Das ist doch alles Lüge!"

„Heute abend nach dem Essen", sagte Dora Graff und nahm das Tablett. „Wir haben so viel Zeit, darüber nachzudenken."

Im Zimmer B 1 lag der Leutnant Rudolf Fischer, der Mann, dessen Gesicht nur aus einem Auge bestand. Er lebte noch immer, und niemand begriff es, auch Lisa Mainetti nicht.

Er lag da, eingebettet in Polsterverbände, steif und stumm, und das Auge starrte ins Leere, der Blick irrte umher – von der Tür zum Fenster, vom Tisch zur Decke, vom Boden zurück zur Tür, als begriffe er nicht, was geschehen war. Nur seine Hände lebten. Sie lagen auf der Bettdecke, die Finger spreizten sich, zogen sich zusammen zur Faust, hoben sich einzeln und rieben sich aneinander. Mehrmals am Tage kam Dr. Mainetti zu ihm und gab ihm eine Infusion aus Kochsalzlösung und Traubenzucker. An den Zuckungen der Hände sah sie, wenn die Schmerzen unerträglich wurden. Dann injizierte sie wieder

0,02 Morphium und legte ihre Hände auf seine trommelnden Finger, bis sie spürte, wie die Ruhe wiederkam und der stumme Schmerz in seinem Auge einem unnatürlichen Glanz wich.

Die Personalpapiere waren angekommen. Er war verheiratet, von Beruf Musiker, Saxophonist einer bekannten Kapelle. Seine Frau lebte in München bei ihren Eltern. Sie wußte nichts von der Verwundung ihres Mannes. Ein Brief von ihr war mit den Papieren nachgeschickt worden. Lisa Mainetti hatte den Brief geöffnet und ihn gelesen. Er war eine Liebeserklärung, ein Hymnus der Sehnsucht und des Glaubens an das Wiedersehen. Und noch etwas stand darin, ein rührend hilfloser Satz. „Gestern hat es sich zum erstenmal bewegt . . . ich bin so glücklich, Rolf . . .“

„Ich kann ihr die Wahrheit nicht schreiben“, sagte Dr. Mainetti, als sie den Brief gelesen hatte, zu Professor Rusch. „Ich bringe es einfach nicht fertig.“

Es war, als habe der Leutnant Rudolf Fischer es gefühlt. Als Lisa Mainetti nach der Ausgabe der Urlaubsscheine in das Zimmer 1 kam, um eine neue Infusion anzulegen, starrte ihr das Auge mit einem flehenden Zittern entgegen. Die blassen Hände bewegten sich auf der Bettdecke unruhig hin und her – sie hoben sich und machten die Bewegung des Schreibens.

Lisa Mainetti drehte die Pappscheibe, auf die man die Fiebertabelle steckte, herum, hielt sie vor das Auge und drückte in die fahlen Finger einen Bleistift. Mühsam preßte Rudolf Fischer den Stift gegen die Unterlage und schrieb in großen, eckigen, abrutschenden Buchstaben. Dann fiel ihm der Bleistift aus den Fingern, und das Auge suchte Dr. Mainetti.

Lisa nahm die Fiebertafel und drehte sie herum.

„Bitte Frau nicht rufen. 5. Monat.“

Das *nicht* war dreimal unterstrichen. Es war wie ein stummer Schrei, der in diesen Strichen Gestalt annahm.

Lisa Mainetti schüttelte den Kopf. Das Flackern in dem Auge erlosch. Es schloß sich sogar, als wolle es jetzt schlafen, befreit von aller Not. Wie in eine tiefe, selige Ruhe glitt es hinweg unter die geschwollenen, blutigen Lider.

Fast eine Stunde saß Lisa Mainetti an dem Bett und hielt die Hände Rudolf Fischers fest. In ihrer Erschlaffung spürte sie, daß er eingeschlafen war.

Warum wacht er wieder auf, dachte sie, und sie schämte sich nicht, so zu denken. Kann es wirklich Gottes Wille sein, nichts weiterleben zu lassen als ein einzelnes Auge? Ein Auge und zwei Hände – ist das genug, ein Mensch zu sein?

Während sie saß und seine Finger hielt, spürte sie, wie die Hände kalt und feucht wurden. Sie zog ihre Finger weg, schob die Bettdecke herunter und setzte das Stethoskop auf die nackte Brust. Kein Herzschlag war mehr zu hören.

Die mißhandelte Hülle der Seele war leer und stumm.

Die Ärztin schob die Bettdecke wieder hoch und blickte auf das eine Auge. Es war noch geschlossen, nur schien es unter den Lidern weggesunken zu sein, als habe es nun seine letzte Aufgabe erfüllt.

Vorsichtig, als könne er wieder erwachen durch die Berührung, zog Lisa das weiße Laken über den unförmigen Berg von Mull, Zellstoff und Leukoplast, der einmal ein Kopf gewesen war, den zwei weiche Frauenhände gestreichelt hatten.

Die Tür öffnete sich leise. Professor Rusch trat ein. Er wartete, bis Lisa das Laken glattgestrichen hatte, ehe er etwas sagte.

„Nun mußt du seiner Frau doch schreiben."

Lisa nickte. Sie nahm die Fiebertabelle und drehte den Karton um. Noch einmal las sie die großen, eckigen Buchstaben.

„Jetzt wird es leichter sein. Ich werde sie kommen lassen, hierher. München ist ja nicht weit. Ich habe es in seinem letzten Blick gesehen, daß er es von mir erwartet." Sie atmete tief auf und lehnte plötzlich den Kopf an Ruschs Schulter, als komme eine große Schwäche über sie. „Sie ist erst zwanzig Jahre alt, und sie freut sich so auf ihr erstes Kind. Auf *sein* Kind."

Stumm legte Rusch seinen Arm um Lisas Schulter und schob sie aus dem Zimmer. Und es kümmerte ihn gar nicht, daß auf dem Gang die Verwundeten standen, die Schwestern und die Ärzte. Er führte Lisa Mainetti, fest an sich gedrückt, langsam zu seinem Zimmer.

Pünktlich um 10 Uhr vormittags fuhr die Kommission aus dem Stabe des Generals v. Unruh bei der Hauptwache des Schlosses Bernegg vor.

Der Wachunteroffizier brüllte die Wache heraus und meldete durch das Telefon zur Zentrale:

„Hier Hauptwache! Der Heldenklau ist da!"

Dr. Mainetti und Professor Rusch sahen aus dem Fenster hinunter zur Straße. Zum erstenmal seit langer Zeit trug Rusch wieder seine Offiziersuniform und darüber den weißen Chirurgenkittel. Irgendwie sah er fremd aus in den hohen, glänzenden, schwarzen Reitstiefeln, den hellgrauen Reithosen mit dem grauen Chromlederbesatz und dem hochgeschlossenen Uniformkragen mit den silbernen Spiegeln. Es war, als gehöre er nicht in diese Montur, als habe man ihn wie in einer Operette ausstaffiert, damit er die Kulisse ausfülle mit einem farbigen Klecks. Auch Lisa empfand das und kleidete es in die Bemerkung: „Muß ich heute zu Ihnen ‚Herr Oberstabsarzt' sagen?"

Vor der Hauptwache meldete der Wachhabende einem Offizier mit roten Streifen an den Hosen und rot unterlegten, goldenen Eichenlaubspiegeln. Er stieg aus einem riesigen Horchwagen und legte zwei Finger an seine Mütze. Weiße Haare quollen unter dem Mützenrand hervor und ringelten sich ganz unmilitärisch bis zum Kragen.

„Generalarzt Professor Gilgen", sagte Rusch und schloß das Fenster. „Er war mein Doktorvater in Heidelberg. Und neben ihm, der forsche, kleine Oberst, das ist Paul Mayrat vom Stabe des Generals v. Unruh." Er knöpfte den Chirurgenkittel zu und zog die Manschetten seines Hemdes gerade. „Gehen wir, Lisa. Es ist doch alles klar?"

„Alles, Walter."

Das Lazarett Schloß Bernegg war bestens vorbereitet. In den Bunkern lagen die versteckten Gesichtsverletzten, auf den Stationen im Block B streckten sich die dick verbundenen „Neueingänge" aus, die Männer mit dem Urlaubsschein waren schon am vergangenen Abend abmarschiert, an der Spitze der Wastl Feininger, dem der Famulus Baumann für den dicken Rollappen so etwas wie ein Futteral aus Mull und Leukoplast konstruiert hatte. Und auch Dr. Urban war weggefahren, am frühen Morgen schon, nachdem er von Lisa das zweite versiegelte Päckchen erhalten hatte. Er hatte nichts mehr gesagt, das Morphium eingesteckt und war mit heulendem Motor hinunter nach Bernegg gerast. Der einzige von Stube B 14, der zurückgeblieben war, hatte es nicht nötig, sich zu verstecken. Es war Erich Schwabe. Ihm hatte man im Gegenteil die Verbände abgenommen, soweit es möglich war. Er saß auf seinem Bett und las, angestarrt von den anderen „Gesichtsverletzten", die jetzt in den Betten lagen und „gesichtsversehrt" spielten.

„Heil Hitler, Herr Kollege!" sagte unten am Eingang Professor Gilgen zu Professor Rusch und schüttelte ihm die Hand. „Und da ist ja auch unsere tapfere Lisa Mainetti!" Er wandte sich an Oberst Mayrat, der Lisa mit den kullernden Augen eines sehr interessierten Mannes musterte. „Dr. Mainetti ist die einzige Frau, die in einem Wehrmachts-Gesichtsverletztenlazarett als Chirurgin arbeitet! Sollte man ihr gar nicht zutrauen, was, wenn man sie so sieht?"

Oberst Mayrat fand dies auch. Er gab Lisa Mainetti die Hand, zögerte etwas, als überwinde er eine innere Scheu, beugte sich dann tiefer und küßte ihr schnell den Handrücken. Generalarzt Gilgen lachte auf.

„Und das, ohne Österreicher zu sein!" rief er. „Liebe Lisa, Sie haben Oberst Mayrats Weltanschauung angekratzt!"

Professor Rusch stimmte in das Lachen nicht ein. Er kniff die Lippen zusammen und steckte die Hände in die Taschen des weißen Kittels. Welch ein makabres Spiel, dachte er angewidert. Da kommt ein Oberst, spielt den galanten Kavalier, und zehn Minuten später geht er durch die Stationen und sucht die Männer zum Sterben aus. Gewiß, er kann nicht anders, er hat seinen Befehl erhalten. Aber wie kann man lachen, wenn man weiß, daß jeder rote Haken auf der Liste so gut wie ein Todesurteil ist?

„So ernst, lieber Rusch?" fragte Professor Gilgen und klopfte ihm auf den Arm.

„Ich halte diese Durchkämmaktion in meinem Lazarett für ausgemachten Blödsinn!" sagte Rusch grob.

Oberst Paul Mayrat hob die Schultern. „Was soll man machen, lieber Oberstabsarzt? Auch General v. Unruh führt nur einen Befehl aus. Außerdem braucht die Front Ersatz. Wenn Sie sehen könnten, wie gut genährt und blendend ausgerüstet die Amerikaner sind. Die Gefangenen, die wir machen, könnten wir direkt ins Museum stellen: Seht, so sieht ein satter Soldat aus!"

„Und das gibt Ihnen nicht zu denken?"

„Wir alle denken mehr oder weniger." Oberst Mayrat sah hinüber zu der gläsernen Tür, die den OP-Trakt vom Flur abteilte. Ein Bett wurde herausgerollt. Auch während des Besuchs der Kommission ging der normale Betrieb weiter. In beiden OP-Räumen versorgten die Assistenzärzte die Verwundeten, zogen Fäden, durchtrennten Rundstiellappen und klappten sie zu den Defekten um, um sie dort wieder anzunähen. Gerade rollte man einen Mann durch die Tür, dessen Nase und linke Gesichtshälfte mit breiten transplantierten Hautlappen bedeckt war.

Oberst Mayrat drückte das Kinn an den Uniformkragen.

„Sehen die alle so aus?" fragte er, etwas weniger forsch.

„Das ist einer der Gesündesten!" sagte Lisa Mainetti. „Sie werden noch andere Gesichter sehen, Herr Oberst, den Feldwebel Schwabe zum Beispiel. Er sieht wie abgehobelt aus."

„Wirklich tragisch!" Oberst Mayrat fuhr sich mit dem Zeigefinger zwischen Kragen und Hals. „Wie stellen sich die Verwandten dazu? Die Mütter, die Frauen?"

„Sie verfluchen den Krieg!" sagte Professor Rusch laut. „Und sie geben ihre ganze Liebe diesen armen Menschen."

Oberst Mayrat nickte heftig. „Die deutsche Frau!" sagte er fast enthusiastisch. „Sie hat sich fabelhaft benommen! Wäre es nicht eine Schande, meine Herren, wenn wir da den Krieg verlieren würden?"

Die Besichtigung begann. Ein freundlich lächelnder Tod ging durch die Zimmer und drückte die Hände seiner Opfer.

Im dunklen Kinosaal saßen Walter Hertz und Petra Wolfach. Sie hielten sich an der Hand wie zwei verirrte Kinder, und die Lieder, die Zarah Leander von der Leinwand mit voluminösem Baß sang, tönten an ihren Ohren und ihrem Verständnis vorbei. Sie spürten nur sich, den Druck ihrer Hände, die Nähe des anderen, die Berührung der Knie und das Pulsen des Blutes unter der Haut.

Eine Viertelstunde lang hatte Walter Hertz die Qual einer kleinen Hölle gespürt. Er war zu früh gekommen und hatte außerhalb der Kinohalle gewartet, in einen Hausflur gedrückt, wie ein verletztes Tier den Schatten suchend. Lisa Mainetti hatte ihm einen herrlichen Verband gemacht, aber noch immer sah man sein völlig schiefes Gesicht und das abgerutschte Auge, das erst in einigen Monaten wieder durch Lidplastiken und die Verpflanzung eines Temporalishautlappens gerichtet werden konnte. Der erste Versuch, kurz nach seiner Einlieferung in Bernegg, den großen Defekt durch eine freie Verpflanzung von Epidermis zu decken, war mißlungen. Das Transplantat war geschrumpft und hatte sich abgestoßen.

„Wo wirst du schlafen?" fragte Petra und drückte Walters Hand. Er hob die Schultern.

„Ich weiß nicht. Das ist das Blöde bei so einem Nachturlaub. Wenn man niemanden hat ... man muß schon die Nacht durchsaufen ..."

„Was machen denn die anderen?"

„Die?" Walter Hertz zögerte. Er schämte sich, darüber zu sprechen. „Die haben ein Mädchen oder so", sagte er stockend. „Die suchen sich was. Die wollen doch nur was erleben. Viele haben fast ein Jahr lang nicht ..." Er schwieg und wußte nicht, wie er es ausdrücken sollte.

Petra Wolfach sah ihn kurz an. Er sah nach vorn, aber sie merkte, daß er gar nicht den Film betrachtete, sondern auf einen Punkt an der Wand starrte.

„Du gehst nachher mit, ja?" fragte sie leise.

Seine Hand zuckte in der ihren.

„Wohin?"

„Zu meinen Eltern. Wir haben vier Fremdenzimmer in unserem Haus. Da ist Platz genug."

„Hast du deinen Eltern gesagt ...?"

„Sie wissen, daß ich mich mit dir treffe. Ich habe ihnen erzählt, daß ich einen verwundeten Soldaten ..."

„Hast du gesagt, *wie* ich verwundet bin?"

„N – ein. Aber das ist doch ..."

Walter Hertz schüttelte den Kopf. „Das ist durchaus nicht egal", sagte er leise. „Ein Bein weg oder ein Arm – daran kann man sich gewöhnen. Aber kein Gesicht mehr ..."

„Vater war selbst Soldat im Ersten Weltkrieg. Du wirst sehen – wie zu Hause wirst du dich fühlen."

„Ich habe Angst", sagte Walter Hertz kläglich.

„Aber ich bin doch bei dir!"

„Das ist es ja.“ Er umklammerte ihre Hand, als wolle man sie ihm entreißen. „Ich habe Angst, dich zu verlieren... wenn... wenn sie mich sehen...“

Nachher ging er doch mit.

Auf einem Hügel etwas außerhalb Berneggs lag das Haus. Eine stattliche Villa im Jugendstil mit einem klassizistischen Säuleneingang. Sie sah merkwürdig aus, aber sie repräsentierte jenen Reichtum, bei dem Geschmacklosigkeit zum neuen Stil wird.

„Da ist es!“ sagte Petra und zeigte den Hügel hinauf. „Großvater hat es gebaut, und jede Generation hat etwas dazugebaut. Ich würde es abreißen lassen.“

Sie liefen den gewundenen Weg hinauf, stolperten durch den Schnee und kamen atemlos vor dem Säuleneingang an. Die verglaste, schmiedeeiserne Flügeltür war offen, als habe man sie kommen sehen. Von irgendwoher aus dem Innern der Villa, gedämpft durch einige Türen, erklang Klavierspiel.

„Das ist Mama“, sagte Petra und zog Walter Hertz in die große Halle. „Jeden Abend spielt sie eine halbe Stunde Chopin oder Liszt, und Papa muß zuhören.“

„Ich kann auch Klavier spielen“, sagte Walter Hertz, und dabei überfiel ihn wieder die schmerzende Angst, nicht mehr zu den Menschen zu gehören.

8

Petra Wolfach schloß die Außentür und rief in die weite Diele: „Hallo!“ Das Klavierspiel wurde nicht unterbrochen, aber im Hintergrund, unter einer breiten Treppe in den oberen Stock, öffnete sich eine Tür, und ein Hausmädchen erschien.

„Ihr Herr Vater wartet schon“, sagte das Mädchen und kam näher, um die Mäntel abzunehmen. Da sah sie Walter Hertz. Sie riß die Augen weit auf, ein Zucken lief über ihr Gesicht, der Körper spannte sich in dem Willen, wegzulaufen, fort von diesem Anblick, der Entsetzen verbreitete.

„Was ist denn?“ fragte Petra laut. „Nehmen Sie doch Herrn Hertz den Mantel ab!“

Das Mädchen tat es, mechanisch, mit spitzen Fingern, als sei es ein ekliger Gegenstand, den sie forttrug. Walter Hertz sah ihr nach, er stand da mit hängenden Armen und zuckendem Kehlkopf.

„Ich . . . ich gehe doch besser", sagte er leise, als Petra vom Spiegel zurückkam, wo sie sich rasch das Haar gekämmt hatte. „Wir haben uns zuviel für einen Tag vorgenommen. Es dauert nur eine Sekunde, und das Gesicht ist weg. Aber es dauert Jahre, bis die anderen, die Gesunden, uns wieder ansehen können. Ich habe es dir gesagt, Petra. Es ist zu früh mit mir. Bitte, laß mich wieder gehen!"

„Du bleibst! Erna ist eine dumme Pute. Papa und Mama sind ganz anders. Du wirst es sehen."

Sie gingen durch die Halle, durch ein Speisezimmer und einen Salon und sahen durch eine breite Glastür den großen Wohnraum mit den Fenstertüren zum Park. In einem offenen Kamin aus rotem Marmor brannten dicke Buchenscheite, zwei Stehlampen verbreiteten einen gedämpften Schein über die mit Gobelinstoff bezogenen, schweren Sessel und den weißen Flügel. Eine hochgewachsene, schlanke, schwarzhaarige Frau saß davor und spielte Chopin. Zarte, schmale Finger glitten über die Tasten.

„Mama war früher Pianistin, bevor sie Papa heiratete. Wir haben oft Hauskonzerte gegeben." Petra legte die Hand auf die Klinke der Glastür. Walter Hertz stand im Dunkel des Salons, an einen alten, geschnitzten Schrank gedrückt.

„Bitte, laß mich gehen", flehte er.

„Schämst du dich, daß du dein Gesicht geopfert hast?"

„Nein, aber die anderen schämen sich, daß so etwas herumläuft!"

Petra Wolfach drückte die Klinke herunter. Sie stieß die Tür auf und rief in einen perlenden Tonlauf hinein:

„Da sind wir! Und das ist Walter Hertz!"

Sie zog Hertz in den Raum. Der Feuerschein aus dem offenen Kamin flackerte und zuckte über seinen Kopf, über das schiefe Gesicht und das abgerutschte linke Augenlid, als läge dieser Kopf in einem Scheiterhaufen und schrumpfe in den Flammen zusammen.

Frau Wolfach blickte von den Tasten auf, ihr Blick traf auf

Walter Hertz, und das Nocturne von Chopin erstarb in einem grellen Mißklang.

Walter Hertz senkte wieder den Kopf. Man brauchte nichts mehr zu sagen. Der Aufschrei des Klaviers sagte mehr als tausend Worte. Er zerriß die letzte winzige Hoffnung.

„Guten Abend", sagte er leise und rang mit sich, nicht loszuschreien. „Ich wollte nicht mitkommen. Bitte verzeihen Sie. Aber Petra ließ nicht locker. Darf ich mich gleich wieder verabschieden?"

Hubert Wolfach, Fabrikant und als Chef eines Zulieferungsbetriebs der Rüstung unabkömmlich, erhob sich aus dem tiefen Sessel am Kamin. Er warf seiner Frau einen schnellen, fast befehlenden Blick zu und kam mit sichtlicher Jovialität auf Walter Hertz zu.

„Sie sind Gast meiner Tochter und damit auch unser Gast, Herr Hertz", sagte er und drückte dem Gesichtslosen die Hand. „Bitte verzeihen Sie, wenn . . . wenn der erste Eindruck . . . Aber das werden Sie gewöhnt sein! Es ist ein schreckliches Schicksal, wirklich. Aber unsere Ärzte sind so tüchtig, glauben Sie mir. Es wird sich wieder alles normalisieren."

Auch Frau Wolfach war nähergekommen. Sie reichte Walter Hertz ihre lange, schmale Hand hin, eine kühle, glatte Hand, die kaum, daß er sie spürte, auch schon wieder aus seinen Fingern glitt wie ein Schlangenleib.

„Trinken Sie ein Glas Wein mit uns?" fragte sie.

Wie sehr sie sich beherrscht, dachte Walter Hertz. Aber ihre Kälte ist noch grausamer als das natürliche Entsetzen, mit dem man mich sonst betrachtet.

„Ich möchte wirklich nicht stören", sagte Hertz und blieb stehen.

„Nun kriegen Sie keine Komplexe, junger Krieger!" rief Hubert Wolfach. Er drückte Hertz in einen der Sessel und schob mit dem Fuß ein verkohltes Buchenscheit tiefer in die Flammen des Kamins. „Trinken wir einen Rotwein, ja? Rotwein ist blutbildend und stärkend. Das können Sie gebrauchen, was?"

„Walter wird heute nacht hier schlafen. Er hat einen Urlaubsschein bis morgen 24 Uhr", sagte Petra. Frau Wolfach schwieg. Wie gefroren saß sie am Kamin, unbeweglich, weiß.

„Ich ... ich möchte das wirklich nicht", stotterte Hertz.

„Erna kann das erste Fremdenzimmer fertig machen!" Hubert Wolfach goß den Rotwein in die Gläser, hob seins in den zuckenden Schein der Flammen und ergötzte sich an der rubinroten Farbe seines Weines. „Aus Frankreich", sagte er. „Ein echter Mouton Rothschild. Zwei Kisten hat man mir mitgebracht. Verbindungen, wissen Sie ... Na, dann Prost, Herr Hertz!"

Es wurde wenig gesprochen. Hertz erzählte stockend von seiner Verwundung, von jenem Sommertag, dem 30. Juni 1944, an dem plötzlich vor ihm eine Rauchfahne aufstieg, die Erde aufriß und der Himmel versank. Eine unsichtbare Faust hatte ihn gegen die linke Seite des Kopfs geschlagen, er war in die Knie gebrochen und hatte eben noch gesehen, wie die Fontäne aus Erde und Feuer zusammensank und der blaue Sommerhimmel wiederkam. Als er später aufwachte, in einem rumpelnden Pferdewagen, der südlich Minsk nach Westen flüchtete, hatte er mit seinem Gesicht seine Jugend, seine Zukunft, sein Menschsein verloren. Er fand dies alles erst wieder unter den Händen Dr. Lisa Mainettis.

„Schrecklich, schrecklich", sagte Hubert Wolfach und goß neuen Wein zu. „Jaja, die Kriege. Ich habe den Ersten Weltkrieg ja auch mitgemacht. Die Marneschlacht, Ypern, Cambrai, zwei Gasangriffe. Auch wir hatten viele Verluste. Wo gehobelt wird, fallen eben Späne." Er klopfte Hertz mit väterlich-nationaler Güte auf die Schulter. „Aber keine Sorge, junger Krieger, nicht den Kopf hängen lassen! Unsere Ärzte kriegen das wieder hin. Und später wird man immer sagen: Das hat er für das Vaterland getan."

Walter Hertz schwieg. Ihm war speiübel zumute. Er sah Petra an, und über den gähnenden Abgrund, der zwischen ihren beiden Welten lag, schien für diesen einen Augenblick lang kein Steg mehr zu führen.

Wenig später führte ihn Petra auf sein Zimmer. Sie gab ihm einen Kuß auf die verbundene Stirn. „Schlaf gut, Walter", sagte sie.

„Gewiß. Du auch, Petra."

Er wartete, bis sie aus dem Zimmer war. Er schloß die Tür ab und trat an den Spiegel, der über dem Waschbecken hing.

Lange sah er sich an, eine durch Binden und Leukoplaststreifen gemilderte Fratze.

„Nein", sagte er und lehnte den Kopf an den Spiegel. „Nein, du kannst nicht mehr geliebt werden."

Er löschte das Licht, zog die Vorhänge zurück, öffnete das Fenster und setzte sich in der Dunkelheit auf einen Stuhl. Unten lag Bernegg, dunkel, schemenhaft, Häuser wie Daumeneindrücke im Schnee. Auf den Höhen stand die dunkle Wand der Wälder. Weit weg, gegen Norden, jagten Blitze über den Nachthimmel. Flakfeuer, ein Luftangriff. Neue Tote, neue Trümmer, schreiende Menschen, neue Krüppel, neue Gesichtsverletzte.

Und später wird man immer sagen: Das hat er für das Vaterland getan, dachte Walter Hertz.

Ist das Vaterland das wert?

Ist es wie ein Vater zu uns?

Plötzlich dachte er daran, warum er hier in dem dunklen Zimmer einer feudalen Villa saß. Morgen früh würde eine Kommission durch das Lazarett gehen, die auch nur halbwegs Wiederhergestellten unter den Gesichtsverletzten würden herausgeholt werden. Zurück an die Front.

Das Vaterland!

Ein nimmersatter Moloch!

Der Dank!

Walter Hertz sah aus dem Fenster. Drei Meter unter ihm lag der tief verschneite Boden. Es würde nicht schwer sein, hinunterzuspringen und wegzugehen, irgendwohin, wo man nicht vom Vaterland sprach.

Im Wohnzimmer stellte Frau Wolfach die Gläser auf ein Tablett, Hubert Wolfach schloß die Flasche Mouton Rothschild in einen Wandschrank und schob mit einem großen, schmiedeeisernen Haken die verglimmenden Buchenscheite weiter zurück. Trotzig, mit zusammengepreßten Lippen stand Petra am Kamin, die Hände zu Fäusten geballt.

„Wie stellst du dir das vor?" fragte Frau Wolfach. „Sicherlich, er mag ein netter Mann gewesen sein . . ."

Diese Feststellung in der Vergangenheit bedurfte keiner weiteren Erklärungen. Hubert Wolfach räusperte sich.

„Petra tut nur ihre Pflicht, meine Liebe. Verwundetenbetreuung ist etwas sehr Wichtiges. Sie hebt die Moral der Truppe. Man braucht da nicht gleich zu denken, daß ..."

„Mutter erkennt es besser als du!" sagte Petra hart. „Ich habe Walter Hertz gern."

Hubert Wolfach drehte sich abrupt um. „Was soll das heißen?"

„Was Mutter befürchtet: Ich liebe ihn."

„Einen Menschen ohne Gesicht?"

„Ist er deshalb weniger wert als andere?"

„Aber es ist doch... Petra, wenn man ganz nüchtern denkt ..." Hubert Wolfach sah hilfesuchend zu seiner Frau. „Du bist unser einziges Kind ... und ... und ... Im übrigen ist es nur wieder eine von deinen Verrücktheiten!"

„Nein, Vater! Jetzt liebe ich ihn gerade! Alle lassen ihn allein. Er ist doch kein Aussätziger, er ist doch nicht schuld an seinem Aussehen, er hat doch sein Gesicht verloren, damit wir hier in unserer Villa leben dürfen, damit du weiter dein Geld am Krieg verdienen kannst, damit du deinen Mouton Rothschild trinken und Mutter ihren Chopin spielen kann. Für euch hat er sein Gesicht verloren. Und ihr jagt ihn jetzt weg wie einen räudigen Hund!" Sie schrie plötzlich, unbeherrscht, die Fäuste nach vorn werfend, als wolle sie nach ihren Eltern schlagen. „Er braucht uns, versteht ihr das denn nicht? Er braucht mich, um wieder zurückzufinden in das Leben, das ihm der Krieg gestohlen hat. Und ihr, ihr seid mitschuldig daran!"

„Petra!" Hubert Wolfach knöpfte seine Jacke zu. „Das sind ja geradezu kommunistische Reden! Ins Bett! Sofort! Wir sprechen noch darüber! Und auch mit diesem jungen Mann werde ich sprechen. Ganz nüchtern, von Mann zu Mann. Er wird genügend Verständnis aufbringen."

„Das hat er für das Vaterland getan. Hast du das vorhin nicht selbst gesagt, Vater?"

„Gewiß ..."

„Sind *wir* nicht sein Vaterland?"

Hubert Wolfach winkte ab und stellte die Regulierklappe des Kamins auf klein.

„Das sind so Redensarten, weißt du", sagte er mit väterlicher Nachsicht. „Das tut so einem armen Menschen gut."

Eine Stunde später stapfte Walter Hertz durch den Schnee

den Hügel hinab. Er war aus dem Fenster gesprungen und über den Zaun des Parks geklettert. Nun keuchte er durch den knietiefen Schnee, vorbei an dem schlafenden Bernegg, den Wäldern entgegen, der großen, wunderbaren Einsamkeit.

Was er tun wollte, wußte er nicht, wo er die Nacht verbringen würde, daran hatte er nicht gedacht. Er spürte nur die Sehnsucht, hinauszulaufen in Dunkelheit, Schnee und Wald, wie ein Wolf, der die Nähe der Menschen flieht . . .

Der Besuch der Kommission war vorbei. Die Stationen waren durchgegangen, von den Bunkern hatte man nichts erwähnt, und Oberst Mayrat hatte auch nichts gefragt. Die beiden Stabsärzte, die Mayrat als Fachleute mitgebracht hatte, führten auf einer Liste die Namen von dreiundzwanzig Männern, die nach ihrer Ansicht fähig waren, im Ersatztruppendienst und im Nachschub eingesetzt zu werden.

Professor Rusch ließ die beiden Ärzte ohne Widerrede schreiben. Dr. Mainetti ließ es sich nicht entgehen, Oberst Mayrat den toten Leutnant Rudolf Fischer zu zeigen. Ehrlich erschüttert sah Mayrat auf diesen zerfetzten Kopf und wandte sich dann schnell ab. „Es beruhigt etwas, wenn man daran denkt, daß der Gegner auch solche Verluste hat!“ sagte er dabei.

„Man sollte diese ‚Beruhigung‘ der wartenden Frau schreiben!“ sagte Lisa giftig. Oberst Mayrat verließ stampfend das Zimmer. Seit dem Beginn der Auskämmung hatte sich die Stimmung sehr gewandelt. Die Gegnerschaft zwischen dem Lazarett und der Kommission v. Unruhs war deutlich geworden. Generalarzt Professor Gilgen versuchte mit weisen Worten zu vermitteln, doch er prallte gegen zwei Mauern, an denen seine Argumente zerschellten.

Im Gemeinschaftssaal hatten die Ordonnanzen eine Tafel aufgestellt und gedeckt. Es gab Gulasch mit Nudeln und dazu ein dünnes Bier, das aus der ehemals berühmten Schloßbrauerei stammte. Die gesamte Ärzteschaft des Lazaretts aus allen Blocks war anwesend, die Zahlmeister und der dicke Stabsintendant, der sich „Chef der Verwaltung“ nannte. Drei Sanitäter unter Leitung des Famulus Baumann servierten.

„Meine Herren!“ sagte Oberst Mayrat, und es war so etwas

wie eine Tischrede, zu der er ansetzte. „Es freut mich, daß auch der heutige Tag in einem so guten, kameradschaftlichen Geist vergangen ist und daß wir unter Anlegungen weitestgehender Toleranz doch noch ein ganz schönes Grüppchen für die Entlastung unserer im Schicksalskampf um die Nation stehenden Front herausziehen konnten."

Weiter kam er nicht. Professor Rusch klopfte mit der Gabel an sein Bierglas. In die Augen Lisa Mainettis kam ein besorgter Ausdruck. Sie trat Rusch unter dem Tisch auf den Fuß, aber er reagierte nicht darauf. Oberst Mayrat blickte verwundert und verärgert zu Rusch hinüber.

„Bitte?" fragte er mit maliziöser, hoher Stimme.

Rusch erhob sich. Sein zerfurchtes Gesicht war kantig. Lisa kannte diese Veränderung an ihm, es gab jetzt keine Kompromisse mehr.

„Ich möchte einen Irrtum klarstellen!" rief Professor Rusch mit lauter Stimme. „Herr Oberst Mayrat spricht von einem Grüppchen Verwundeter, die seine Kommission für wert erachtet, wieder dem Führer zu dienen!" Jeder spürte den dicken Spott aus seinen Worten. Professor Gilgen sah aufgeregt zu Dr. Mainetti hinüber. Hilflos hob sie leicht die Schultern. „Es stimmt. Es existiert seit einer Stunde eine solche Liste. Der Irrtum aber ist, daß wohl Namen aufgeschrieben worden sind – aber wer aus diesem Lazarett entlassen wird, bestimme ich!"

„Herr Oberstabsarzt!" rief Oberst Mayrat hochrot im Gesicht.

„Ich allein, Herr Oberst!" schrie Professor Rusch zurück. „Ich bin Arzt! Ich habe einen Eid auf die Menschlichkeit geschworen!"

„Einen Eid auf den Führer!" schrie Mayrat.

„Auch das!" Professor Rusch lächelte mokant. „Ich danke Ihnen, Herr Oberst, daß Sie zwischen Menschlichkeit und Führer einen so großen Unterschied herausstellen! Ich hatte das nicht bedacht!"

„Unerhört!" schrie Mayrat.

Professor Gilgen legte die Hand vor den Mund. „Er ist verrückt", sagte er leise. „Er ist total verrückt."

„Als Chefarzt dieses Lazaretts beurteile ich allein, welcher Verwundete zur Entlassung vorgeschlagen wird! Ich trage hier allein die Verantwortung, und auch ein General v. Unruh kann sie mir nicht abnehmen!"

„Er tut es!" brüllte Oberst Mayrat außer sich. „Meine Kommission hat das Recht ..."

„Sie hat das Recht auszusuchen. Sie entbindet mich vielleicht vor dem Gesetz von meiner Verantwortung – aber nicht vor Gott, Herr Oberst."

„Lassen Sie den alten Mann aus dem Spiel! Es geht um Sein oder Nichtsein des Volks!"

„Was für ein Sein ist das, das von dreiundzwanzig Menschen ohne Gesicht abhängt!"

Oberst Mayrat schwieg, als habe man ihn mit einem mächtigen Schlag betäubt. Er sah sich um. Überall blickte ihm Kälte entgegen, Gegnerschaft, Verachtung, Haß. Generalarzt Professor Gilgen wandte den Blick zur Seite, als Mayrat ihn musterte.

„Ach, so ist das", sagte Mayrat leise. „So also ist die Stimmung in der Heimat. Ein neuer Dolchstoß ..."

Professor Rusch legte die Hände um sein Bierglas. Auch wenn sie alle in diesem Saal so dachten wie er – er wußte, daß er einsam dastand und für ein Recht kämpfte, das seinen Kopf wert war.

„Ich werde Herrn General v. Unruh einen genauen schriftlichen Bericht über die 23 ausgewählten Verwundeten einreichen", sagte er kalt. „Ich werde Schlußuntersuchungen vornehmen müssen und Gutachten für spätere Ansprüche. Melden Sie bitte General v. Unruh, daß diese Meldung schätzungsweise vier Wochen dauern wird. Wir werden die deutsche Gründlichkeit nicht verletzen."

Oberst Mayrat setzte sich. Er aß nichts mehr und ließ auch das Bier stehen. Mit verkniffener Miene verabschiedete er sich nach dem Essen von den Ärzten, und er küßte auch Lisa Mainetti nicht mehr die Hand. Professor Gilgen blieb noch einen Augenblick bei Rusch stehen, bevor er in seinen Horch stieg.

„Sie waren unvorsichtig, Rusch", sagte er leise. „Ihre Äußerungen in die Ohren der Gestapo ... Seien Sie klug, so kurz vor dem Ende hat es keinen Sinn mehr. Wir brauchen auch noch einige Köpfe für nachher. Wer soll denn aufbauen? Ich werde mit Mayrat reden, daß er den Mund hält."

Er gab Rusch die Hand und hielt sie fest. Mit väterlichem Lächeln beugte er sich vor. „Sie können Ihre Jungs wieder aus dem Bunker holen, Rusch. Und die wie Paschas im Bett liegenden internen Kranken können auch zurück zum Block A."

„Sie . . . Sie wissen alles, Herr Generalarzt?" Rusch lächelte schwach. Professor Gilgen drückte noch einmal seine Hand. Die weißen Haare unter der Mütze flatterten im Wind.

„Ich kenne doch meine ehemaligen Doktoranden. Und ich lasse sie auch nicht im Stich."

Als die Wagen abfuhren, winkte ihnen Rusch mit beiden Armen nach. Er fühlte sich befreit und glücklich.

Er sah Professor Gilgen nicht wieder. Eine Fliegerbombe zerfetzte ihn wenige Tage vor Kriegsschluß bei einer anderen Besichtigung.

Im Lauf des Abends kamen sie alle wieder zurück. Der Berliner und Wastl Feininger, zwei Tüten mit großen Laugenbrezeln in der Hand, Fritz Adam mit Dora Graff, der taube Kaspar Bloch. Und Walter Hertz.

Dr. Mainetti sah sie alle kommen. Wie von einem Geburtstag heimkehrende Kinder sind sie, dachte sie gerührt. Ihr Glück steht in ihren Augen. Vor allem Fritz Adam fiel ihr auf – er lachte wieder und hörte sich die ersten Berichte des Wastl Feininger an, die er schon auf der Treppe mit großer Lautstärke kundgab: „Dös war a Gaudi! G'soffen hab' i wia a Ochs! Und dös Weibsstück nimmt's Glas weg und sagt: ‚Sei stad, Wastl, sonst wirst mir nacha no impotent.'"

Auch Walter Hertz meldete sich zurück und gab seinen Urlaubsschein auf der Schreibstube ab. Er sah etwas verwildert aus, an seinem Verband hingen Heufäden, und Strohhalme klebten an den Leukoplaststreifen. Der Schreibstubenunteroffizier zog die Augenbrauen hoch.

„Trägt das Schlafzimmer in der Fresse!" rief er. „Mensch! Such den Verband ab, ehe du zur Lisa gehst. Nicht, daß die noch 'n Büstenhalterhaken findet."

„Idiot!" sagte Walter Hertz. Er warf den Urlaubsschein hin und verließ schnell die Schreibstube.

Auf seinem Zimmer legte er sich sofort ins Bett und schlief ein, kaum daß er die Augen geschlossen hatte.

Der Berliner kratzte sich den Kopf. „Junge, den hat's mitgenommen!" Er bürstete seinen Rock aus und hängte ihn in den Spind. „Bei dem miesen Fressen hier is man ja keen Simson mehr, sag' ick doch immer!"

Walter Hertz schlief. Eine Nacht in einer Waldscheune lag hinter ihm und ein sinnlos vertaner Tag. Er war durch die Hügelketten gerannt, durch tiefen Schnee, wie ein verirrter Fuchs, ziellos, im Kreise um Bernegg herum, allen Menschen ausweichend, frierend, einsam, verzweifelt und immer gegen den drängenden Gedanken ankämpfend: Mach Schluß! Hat es denn noch einen Sinn? Was kannst du denn noch erwarten? Es gibt doch keine Zukunft mehr für dich!

Er wußte nicht, daß schon am frühen Morgen Petra Wolfach an der Hauptwache des Lazaretts war und nach ihm fragte. Viermal war sie heraufgekommen und hatte ihn suchen lassen. „Der ist mit 'ner anderen Puppe los, Kleine!" sagte der Wachhabende in Unkenntnis der Zusammenhänge. „Such dir 'nen anderen aus! Wie wär's mit mir?"

Erst als ès dunkel war, schlich Walter Hertz zum Lazarett zurück, zur gleichen Stunde, in der Petra hoch aufgerichtet vor ihren Eltern stand und sagte: „Ich werde Walter heiraten! Jetzt gerade!"

Erich Schwabe hatte keine Augen für seine zurückkommenden Kameraden. Mit der Post war ein Brief Ursulas gekommen. Ein langer Brief des Dankes für das Weihnachtsgeschenk und ein Schwur, auf ihn zu warten.

„Und wenn es zehn Jahre dauert", schrieb Ursula in ihrer kindlichen Schrift, „ich bleibe Dir treu und warte auf Dich. Damit Du es nie vergißt, will ich es Dir immer wieder sagen: Ich bin Deine Frau und nichts wird uns trennen. Nur der Tod."

Erich Schwabe las diese Sätze zum ungezählten Male. Er war mit diesem Brief sogar zu Lisa Mainetti gelaufen und hatte ihn ihr gezeigt.

„Uschi hat den Schock überwunden!" rief er glücklich. „Lesen Sie, Frau Doktor, was sie schreibt! Meine Mutter wird ihr alles erzählt haben, sonst würde sie die zehn Jahre nicht erwähnen. Ist das nicht wunderbar, daß ich eine solche Frau habe? Wann darf ich sie denn kommen lassen, Frau Doktor? Jetzt, jetzt will ich sie doch sehen!"

Dr. Mainetti überflog den Brief. Sie las ihn nicht Wort für Wort. Sie kannte diese Briefe. Es waren Worte, die man aus der Entfernung sprach. Die tägliche Nähe eines Menschen ohne Gesicht ist weniger pathetisch. Da wird man still, beißt die Zähne zusammen und streckt den Kopf vor wie einen Rammbock, um gegen Mitleid, Dummheit und Gleichgültigkeit anzurennen.

„Wir werden Ihre Frau so bald wie möglich rufen", sagte Lisa Mainetti und gab den Brief zurück. „Aber erst wollen wir Ihre Nase machen. Das ist das wichtigste. Mit einer richtigen Nase sieht man immer gut aus."

„Sie haben mir versprochen, gleich nach Neujahr damit anzufangen, Frau Doktor", sagte Schwabe, fast flehend.

„Das werd' ich auch, Schwabe. Ihre Mutter hat mir ein Bild von Ihnen mitgebracht. Sie werden sehen, wie ähnlich wir Sie wieder hinbekommen."

„Ähnlich?" sagte Schwabe leise und gedehnt.

„Wenn ich Gott wäre, Schwabe, würde ich Ihnen mit der Hand bloß über das Gesicht streichen und sagen: Sei Erich Schwabe. Und Sie sähen wieder aus wie früher. Aber ich bin nur ein Mensch wie Sie. Uns gibt Gott nur die Möglichkeit, Ähnlichkeit zu schaffen."

Am Abend kehrte auch Dr. Urban ins Lazarett zurück. Er war mißgelaunt und schnauzte schon auf den Treppen die Verwundeten an, weil sie nicht zackig genug grüßten.

„Solange ihr noch einen Arm habt, gehört der zum Gruß nach oben!" brüllte er. „Zurück marsch marsch – noch mal 'rankommen und grüßen!"

Nach viermaligem Herumjagen wurde es ihm langweilig, und er verschwand in seinem Zimmer. Er zog sich um und visitierte dann seine Station. Die im Bunker Versteckten lagen wieder in ihren Betten und spritzten hoch, als Urban mit wehendem Mantel erschien.

„Da sind ja unsere Helden!" schrie er. „Deutsche Männer wollen das sein und verkriechen sich unter der Erde!" Er stellte sich in die Mitte des Zimmers und stemmte die Hände in die Seiten. „Aber so einfach ist das nicht, sich von dem Dienst an Führer und Vaterland zu drücken, meine Herrschaften. Einigen von euch wird noch das dämliche Grinsen vergehen! Und wenn ihr glaubt, Silvester könntet ihr euch vollsaufen, dann habt ihr in die eigenen Hosen geschissen! Meier. Rumbold. Senkblei. Schmitz III."

„Hier – hier – hier – hier!" brüllten die Aufgerufenen und traten zwei Schritte vor ihr Bett. In ihren Augen stand Angst.

„Ihr werdet morgen drangenommen! Ihr wollt doch schnell wieder schön werden, was?"

Dr. Urban sah die bleichen Gesichter und lächelte breit. Dann stampfte er wieder hinaus, um sich bei Chefarzt Professor Rusch dienstlich zurückzumelden und seinen Operationsplan für morgen vorzulegen.

Es war der letzte Operationstag im alten Jahr. Über Silvester und Neujahr blieb nur ein Notdienst bereit für Frontzugänge und Komplikationen. Dr. Urban hatte die meisten Vorschläge, Lisa Mainetti meldete keine Operation, von den anderen Stationen kamen zwei Meldungen.

„Warum so viele?" fragte Rusch und las die Krankengeschichten durch.

„Damit sie Neujahr im Bett liegen müssen. Die Rache des helfenden Arztes", sagte Dr. Mainetti. Dr. Urban zog die Augenbrauen hoch.

„Ich halte diese Operationen für notwendig. Die Wiederherstellung der Funktionen ist doch nicht abhängig von Feiertagen oder Jahreswechseln."

„Gut!" Professor Rusch zeichnete die Vorschläge ab. „Ich werde alle Fälle selbst übernehmen. Sie und Dr. Mainetti assistieren, sowie die Herren Plugge und Vohrer."

Dr. Urban nahm seine Krankengeschichten von Professor Rusch zurück, klemmte sie unter den Arm und verließ das Chefzimmer. Kopfschüttelnd setzte sich Rusch.

„Er ist so still und wenig kampflustig. Ist er krank?"

„Nein, in der Klemme." Dr. Mainetti zündete sich eine Zigarette an. Es war selten, daß sie rauchte, aber manchmal hatte sie einen plötzlichen Heißhunger auf eine Zigarette. „Diese kleine Hure Irene Adam rief gegen Mittag an. Sie besteht darauf, daß sich ihr Mann von sich aus scheiden läßt. Anscheinend will sie Urban zwingen, sie zu heiraten." Lisa sah einer bizarr verschlungenen Rauchfahne nach, die durch das Zimmer schwebte. „Wenn ich daran denke, könnte ich sogar Mitleid mit ihm haben. Das hat er denn beinahe doch nicht verdient."

„Du scheinst auch mir die Ehe nicht zu gönnen", sagte Rusch leise.

Dr. Mainetti zerdrückte die kaum angerauchte Zigarette.

„Manchmal bist du wie ein kleiner Junge, der nach seinem Teddybären schreit."

„Er schreit, weil er etwas im Arm haben will."

„Oder aus Trotz." Lisa strich leicht über das graumelierte Haar Ruschs. „Wir haben doch andere Sorgen, Walter. Und viele werden noch dazukommen."

Der Operationstag begann wie alle OP-Tage mit der Klage der Oberschwester, daß alles, was man brauchte, nicht genügend vorhanden sei. Zu wenig Binden, zu wenig Zellstoff, zu wenig Medikamente. In der Lazarettwäscherei wurden die gebrauchten Verbände so lange gewaschen, bis sie wie Spinnweben beim Aufwickeln zerrissen. Die Papierbinden, die als Ersatz geliefert wurden, riefen bei Professor Rusch Tobsuchtsanfälle hervor. „Soll ich meine Verwundeten mit Lokusrollen verbinden?" schrie er den unschuldigen Apotheker an, der die Papierbinden brachte. „Dann machen wir es doch gleich einfacher und legen die neuesten Nummern vom ‚Reich' auf die Gesichter. Vielleicht heilen Goebbels' Worte besser!"

Auch an diesem Tag wurde jeder einzelne Verband gezählt. Der Stabsintendant in der Lazarettverwaltung hatte zur strengsten Sparsamkeit gemahnt. Famulus Baumann brachte den Kasten mit den SEE-Präparaten, dem Scopolamin, Eukodal und Ephedrin. Er mußte über jede entnommene Ampulle Buch führen.

An den Waschbecken standen Dr. Mainetti und Dr. Urban und bürsteten sich die Hände. Sie hatten die Kopfhauben schon auf und trugen über den nackten Füßen die weißen Gummischuhe. Stumm seiften sie Hände und Unterarme ein und schrubbten sie mit den Bürsten. Professor Rusch war noch nicht gekommen. Er führte ein Telefongespräch mit Oberst Mayrat. Die Dienststelle des Generals v. Unruh verzichtete auf einen Bericht aus Bernegg. Er war gegenstandslos geworden. Die Aktion „Heldenklau" betraf nicht die Gesichtsverletztenlazarette. Es war ein Mißgriff gewesen, eine bedauerliche falsche Auslegung des Befehls. Rusch meinte die Hand seines Doktorvaters, des Generalarztes Professor Gilgen, dahinter zu sehen. Oberst Mayrat entschuldigte sich förmlich und steif. Es war zu hören, wie schwer es ihm wurde.

Im OP I wurde der erste Patient vorgeführt. Es war der Obergefreite Rumbold, 32 Jahre alt, Vater von zwei Kindern, Bergmann aus Gelsenkirchen, verwundet in Rußland, August 1944. Kieferzertrümmerung mit großen Weichteilverlusten. Nach zwölf Operationen war er so weit hergestellt, daß es nur noch einiger kleinerer Knochentransplantationen bedurfte, um dann an die endgültige plastische Gestaltung des in den Grundlagen wiederhergestellten Gesichts zu gehen.

Dr. Mainetti sah von dem Waschbecken auf, als Rumbold in den OP trat. Er kam zögernd, ängstlich, fast schob ihn der Sanitäter in den Raum, wie ein Lamm, das den Schlachthof riecht und sich dagegen stemmt. Er starrte auf den Rücken Dr. Urbans und blieb zwei Schritte neben der Tür stehen. Sein Gesicht war wie eingesunken, spitz stach die Nase daraus hervor, kalter Schweiß tropfte von der Stirn und sammelte sich an den Augen, die tief in den Höhlen lagen, als habe man sie in den Kopf zurückgedrückt.

Dr. Lisa Mainetti ließ das Wasser über die gebürsteten Hände und Arme laufen und zog dann die Hände zurück.

„Wer ist denn das?" fragte sie. Dr. Urban drehte den Kopf zur Seite.

„Nummer eins, Kollega! Knochentransplantation."

Lisa trat vom Waschbecken weg. Rumbold sah sie wie ein Hund bettelnd an. Wie ein Totenschädel war sein Gesicht.

„Was ist denn mit dem Mann los?" fragte Dr. Mainetti noch mal. „Wieso wird er operiert?" Sie wandte sich zurück zu Dr. Urban und sagte leiser, damit es Rumbold nicht hörte: „Das geht doch schief, Urban. Der Mann hat ja eine Facies hippocratica."

Dr. Urban wandte wieder den Kopf und sah Rumbold ärgerlich an. „Blödsinn!" sagte er laut. „Der hat nie anders ausgesehen. Außerdem hat er die Hosen voll. Das ist alles."

„Wissen Sie denn überhaupt, was eine Facies hippocratica ist?" fragte Lisa scharf.

„Nein.“ Dr. Urban spülte die Hände ab. „Interessiert mich auch nicht. Der Mann hat nie anders dreingeschaut. Kann nicht jeder eine Schönheit wie der Chef sein.“

Lisa überhörte die Anspielung. Sie nahm die Haube von den Haaren und warf sie auf einen Tisch. „Ich gehe zum Chef, Herr Urban!“ sagte sie. „Ich will, daß die Operation abgesetzt wird!“

Dr. Urban hielt sie am Ärmel des OP-Mantel fest.

„Was für ein Unsinn!“ sagte er leise. „Liebe Lisa, Sie können mich als Menschen mißachten und meinetwegen auch versuchen, mich fertigzumachen. Aber als Arzt lasse ich mir das nicht bieten! Hier ist die Grenze! Genügt es Ihnen, wenn ich versichere, daß der Patient nie anders ausgesehen hat? Nur weil Sie gefühlsmäßig schwarzsehen, wollen Sie einen Tagesplan über den Haufen werfen? Wollen Sie mich vor dem Chef als Idioten hinstellen? Ich warne Sie, Lisa!“

Dr. Mainetti sah noch einmal hinüber zu dem bleichen Rumbold. Der Famulus Baumann bereitete ihn zur Operation vor. Er wurde ausgezogen und nackt auf den OP-Tisch gelegt. Aus der Hüfte wollte man einen Knochenspan meißeln und ihn in den Kiefer transplantieren.

„Gut!“ sagte Lisa widerwillig. „Ich kann mich irren! Glauben Sie mir, Urban, daß ich alles tun würde, diese Operation zu verhindern, wenn ich völlig sicher wäre. Ich würde mich einen Dreck darum kümmern, ob ich Sie als Arzt bloßstelle! Das wissen Sie!“

Dr. Urban räusperte sich. Baumann und Dr. Vohrer sahen zu ihnen hinüber.

„Ich werde Ihnen nicht die Gelegenheit geben, mich völlig in die Hand zu bekommen.“ Dr. Urban ließ Dr. Mainettis Ärmel los. „Was soll schon geschehen?“ sagte er. „Sie sind ein merkwürdiges Mädchen, Kollega.“

Die Operation begann. Professor Rusch kam hinzu, als Lisa schon die Hüfte geöffnet hatte. Er nickte allen zu und begann mit der Ausmeißelung des Spans.

Nichts geschah. Wie Hunderte von Malen vorher verlief die Operation planmäßig. Rusch arbeitete schnell und sicher wie immer, mit einer Gewandtheit, die an Artistik grenzte. Dr. Urban bemühte sich, das Tempo mitzuhalten und verlangsamte es dadurch. Die Fähigkeit, Griffe vorauszuahnen, die Dr. Mainetti auszeichnete, fehlte ihm völlig.

Der Knochenspan war eingepaßt, die Kiefernaht war beendet, Professor Rusch begutachtete noch einmal den Kiefer, legte die Nadel hin und trat vom Tisch zurück. Er wusch sich schnell und verließ wieder den OP. Dr. Urban trat zu Dr. Mainetti, die die Hüftwunde versorgte.

„Na, Sie Unke“, sagte er gut gelaunt. „Was ist mit Ihrer Facies?“

Dr. Mainetti zeigte auf die offene Hüfte. Das Knochenmark blutete noch, aber das Blut war bläulich, viel stärker und deutlicher, als es bei venösem Blut im allgemeinen der Fall ist.

„Fällt Ihnen nichts auf?“ fragte sie.

„Nein. Ist doch alles bestens gelaufen!“

„Sie werden es sehen! Den Chef trifft keine Schuld. Er war ahnungslos.“

„Was für Unsinn reden Sie bloß?“

Lisa Mainetti stillte die Blutung, winkte Baumann und verlangte eine Weckspritze. Dann vernähte sie die vier Schichten, klammerte die Epidermis, führte einen Schlauch ein und entfernte Mullbinden und Schlauch der Intubationsnarkose, die Assistenzarzt Dr. Vohrer ausgeführt hatte. Die beiden anderen Ärzte arbeiteten am zweiten Tisch und durchtrennten einen Rundstiellappen auf der linken Brustseite eines Verwundeten.

Dr. Mainetti fühlte Rumbold den Puls, nachdem sie die Weckspritze gegeben hatte. Der Pulsschlag war unregelmäßig, hüpfte und schlich in stetem Wechsel, das Gesicht des Operierten war spitz und eingefallen.

„Da haben Sie die Schweinerei, Urban!“ sagte Lisa Mainetti grob. „Er wacht nicht aus der Narkose auf!“

„Vohrer wird ihm zu viel eingepfeffert haben!“

„Immer die anderen! Nie Sie!“ Lisa legte das Stethoskop auf Rumbolds Brust. „Hören Sie sich das an!“ Während Urban die Herztöne abhorchte, winkte Lisa Baumann heran.

„Sympatol!“ rief sie. „Und Kampfer! Verdammt noch mal!“

Wenn Lisa Mainetti fluchte, war dickste Luft. Professor Rusch hörte ihre laute Stimme draußen auf dem Gang und steckte den Kopf herein. Er sah die beiden noch immer um den Patienten bemüht und riß die Tür auf.

„Was ist denn los?“ rief er. Lisa Mainetti injizierte bereits Sympatol und Kampfer. Dr. Urban fühlte den Puls. Er stand bleich und mit verkniffenem Gesicht neben dem ausgestreckten Körper. Als Rusch an den OP-Tisch trat, wagte er nicht, ihn anzusehen. „Was ist denn?“ fragte Rusch noch einmal.

„Er wacht nicht auf! Und der Puls geht weg!“

„Himmel, Arsch und Wolkenbruch!“ schrie Professor Rusch. Er stieß mit den Ellenbogen Dr. Urban zur Seite und beugte sich über Rumbold. Dessen Körper bedeckte sich mit kaltem, klebrigem Schweiß. Ein weißer Fleck bildete sich auf der spitzen Nase, und dieser Fleck wuchs und wuchs und breitete sich über das ganze eingefallene Gesicht aus.

„Adrenalin!“ rief Rusch. „Und eine lange Nadel!“

Es war zu spät. Bevor Baumann ihm die Spritze reichen und Rusch als verzweifeltes, letztes Mittel die lange Nadel zur kardialen Injektion in den Brustkorb stoßen konnte, hörte die Atmung auf.

Der Obergefreite Rumbold aus Gelsenkirchen war tot.

Professor Rusch warf die Spritze auf die Erde. Sie zerschellte, und die Glassplitterchen spritzten durch den OP.

„Wie konnte das passieren?“ schrie er Dr. Mainetti und Dr. Urban an. „Was ist hier versaut worden?“

Dr. Mainetti drückte dem Toten die Augen zu. „Nichts weiter als die Unkenntnis einer Facies hippocratica“, sagte sie ruhig. „Ich werde den Mann obduzieren und den Beweis erbringen, daß er an einem blanden Fernthrombus starb. Irgendwo hatte er diesen nichtinfizierten Thrombus sitzen, und der chirurgische Schock, vielleicht schon die Angst vorher hat ihn gelöst, was weiß ich?“

Professor Rusch wandte sich zu Dr. Urban. Der Oberarzt drehte den Stethoskopschlauch unruhig zwischen den Fingern.

„Haben Sie den Mann gestern, am Tage vor der Operation, vor den Röntgenschirm gestellt, wie es bei uns Vorschrift ist?“ fragte Rusch.

Dr. Urbans Lippen waren weiß.

„Nein . . . acht Tage vorher.“

Er drehte sich wie eine aufgedrehte, steife Puppe um und ging aus dem Operationsraum. Professor Rusch fuhr zu Dr. Mainetti herum.

„Und warum hast du die Operation nicht verhindert?“ schrie er. In seiner Erregung duzte er sie vor den anderen Ärzten und dem Personal, es war ihm gleichgültig, und er merkte es auch nicht.

„Ich hatte nur einen vagen Verdacht, eine Ahnung. Es war mir nicht möglich, eine klare Diagnose zu stellen. Vielleicht hätten auch Sie mich ausgelacht, wenn ich vor Beginn der Operation verlangt hätte, daß man sie absetzt!“

Lisa Mainetti winkte dem Famulus Baumann. „Lassen Sie den Toten wegschaffen, Baumann. Und dann den nächsten Patienten. Dr. Urban hat uns ein großes Programm zusammengestellt.“

Professor Rusch rannte aus dem OP. Auf dem Flur prallte er auf Dr. Urban, der dort auf ihn gewartet hatte.

„Herr Professor . . .“, begann Urban. Rusch hob abwehrend beide Hände.

„Sprechen Sie mich nicht an, Sie . . . Sie . . .“, schrie er.

„Werden Sie Meldung machen?“

„Erwarten Sie etwas anderes von mir?“

„Ist Ihnen noch nie ein Patient gestorben?“

„Nicht auf diese Art!“

„Ich . . . ich bitte Sie, Herr Professor, von einer Meldung abzusehen“, sagte Dr. Urban mit leiser, bebender Stimme. Er war völlig verstört.

„Sie Stümper!“ schrie Rusch. Er kannte sich selbst nicht mehr. Er sah mit innerem Schauder, daß auch in ihm alle Hemmungen zerbrechen konnten. „Sie Schwächling! Sie Emporkömmling! Ich will Sie heute nicht mehr in meinem Lazarett sehen. Bis nach Neujahr nicht!“

Dr. Urban wandte sich ab und rannte den Flur hinunter bis zu seinem Zimmer. Es war, als flüchte er vor dem Toten, der eben von zwei Sanitätern aus dem OP gerollt wurde. Professor Rusch lehnte sich erschöpft an die Wand.

Quietschend rollte die fahrbare Trage an ihm vorbei, und die beiden Sanitäter, die sie schoben, machten das Kreuz hohl, strafften sich und hoben die Arme zum Deutschen Gruß.

Der Übergang von 1944 zu 1945 verlief still auf Schloß Bernegg. Menschen, die keine Gesichter mehr haben, werden nachdenklich, nicht fröhlich, wenn ein neues Jahr beginnt. Man hält Rückschau und denkt an die Zukunft, wünscht sich die Erfüllung heimlicher Gedanken und großer Sehnsüchte und trinkt sehr versonnen das Glas Wein, das aus der Spende eines Würzburger Weinhändlers pro Kopf des Lazaretts zugeteilt wurde.

Dr. Urban war wirklich weggefahren, wohin, wußte niemand. Er hatte sich bei Professor Rusch nicht abgemeldet. Nach seiner Ansicht war der Hinauswurf Abmeldung genug.

Fritz Adam feierte mit Dora Graff unten in Bernegg in einem Hotel das neue Jahr. Er hatte am Silvestertag einen Brief an seine Frau geschrieben und ihr mitgeteilt, daß er einsehe, ihre Jugend nicht durch seinen Anblick zerstören zu können. Er gebe sie frei und bitte sie, die Scheidung mit seinem Einverständnis einzureichen. Damit es schneller gehe, nehme er alle Schuld auf sich. Er habe sich in eine Krankenschwester verliebt und gestehe einen Ehebruch ein.

Er zeigte den Brief Dr. Mainetti, noch bevor sie ihm von dem Anruf Irene Adams berichtet hatte.

„Hatte ich nicht recht?“ fragte sie. „Das Leben geht immer weiter. Wenn Fritz Adam allein stehengeblieben wäre, würde das alle irdischen Gesetze umgeworfen haben.“

„Sie sind eine wunderbare Frau, Frau Doktor!“ sagte Fritz Adam. Man sah, wie er unter seiner verschrumpelten Haut rot wurde.

„Keine Komplimente. Die machen Sie Ihrer Dora Graff, Adam. Nur halte ich es für Blödsinn, Ihrer Frau von Ehebruch zu schreiben.“

„Damit es schneller geht, nur darum.“

„Mann Gottes – wollen Sie zu allem auch noch die Alleinschuld auf sich nehmen?“

„Ja. Wenn es sein muß.“

„Es muß nicht. Ich werde auch das für Sie regeln.“

„Sie? Wie können Sie denn das?“

„Mein Lieber!“ Lisa Mainetti gab Adam den Brief zurück. „Hat es sich noch nicht herumgesprochen, daß ich zu allem anderen auch noch zaubern kann?“

Die Amüsiergruppe der Stube B/14 zog wieder aus. Der Berliner, der Wastl Feininger und drei andere. Sie hatten bereits bei ihrer Ausquartierung in Sachen „Heldenklau“ in Würzburg Hotelzimmer bestellt und hatten bis zum Silvestertag in einem heroischen Kampf mit der Schreibstube um einen neuen Urlaubsschein gestanden.

„Nichts!“ hatte der Schreibstubenfeldwebel gebellt. „Nichts leg' ich dem Chef vor! Nachher sind wir für die Alimente verantwortlich!“

„An Schmarrn bist!“ schrie der Wastl. „Mei Vaterschaft trag' i alloa!“

Es war wieder Lisa Mainetti, die die Urlaubsscheine unterschrieb. Sie durfte es nicht, aber für eine Kontrolle genügte es, wenn neben einem Stempel eine Unterschrift stand.

Dann zog die große Stille über Schloß Bernegg. In den Zimmern saß man um die Radios und hörte die Neujahrsbotschaft von Goebbels und ein schönes Konzert, man trank dünnes Bier und hob sich das Glas Wein für den Zwölfuhrtrunk auf. Man las oder schrieb, spielte Schach oder Skat, und es war eigentlich genauso wie jeden Abend, nur ein wenig stiller, wehmütiger, nachdenklicher.

Ein neues Jahr. Das letzte des Kriegs?

Und was kam dann?

Was wird aus uns, den Menschen ohne Gesicht?

Vielleicht gab es im neuen Jahr gar kein Deutschland mehr. Aber irgendwie mußte es doch weitergehen. Man konnte doch 60 Millionen nicht einfach auslöschen.

Professor Rusch und Lisa Mainetti saßen zusammen im Chefzimmer und tranken still eine Flasche Wein. Sie hatten das Licht gelöscht und saßen sich im Dunkeln gegenüber, Schatten in den Polstersesseln, die Rusch aus seiner Wohnung hatte kommen lassen.

„Wann heiraten wir, Lisa?“ fragte er unvermittelt in die Stille hinein.

„Welche Frage! Erst schreist du mich vor allen Ärzten und den Sanis an . . .“

„Ist meine Frage nicht eine einzige große Entschuldigung?“

„Laß erst Frieden sein, Walter. Wir wissen alle nicht, was uns noch bevorsteht. Vielleicht wird jeder glücklich sein, der dann allein steht, weil er nur sein Leid tragen muß und nicht auch noch das eines anderen.“

„Du bist die merkwürdigste Frau, die ich je gekannt habe", sagte Rusch. Er stand auf, beugte sich über Lisa und küßte sie. Sie legte den Arm um seinen Nacken und drückte seinen Kopf an sich.

So blieben sie beieinander, bis die Tischuhr zwölf schlug. Sie hoben die Gläser, stießen an und tranken das Glas leer.

„Gott steh' uns bei!" sagte Lisa leise.

Und plötzlich weinte sie.

Überall klangen die Gläser zusammen, in den Zimmern, in der Wachstube, bei den Bereitschaftsärzten. Unten in Bernegg in einem Hotelzimmer, aus dessen Fenster Dora Graff und Fritz Adam in die Silvesternacht blickten.

In Köln, in dem muffigen Keller des Hauses Horst-Wessel-Straße 4, wo Frau Hedwig Schwabe drei Pfannen voll Reibekuchen buk und Ursula den aus einer Sonderzuteilung von schlechtem Rum gemachten Grog mit einem säuerlichen, roten Heißgetränk verlängerte.

In Würzburg, in einem geschlossenen Bordell, wo Wastl Feininger um 12 Uhr einen Watschentanz vorführte. Und in der Villa Wolfach auf dem Hügel von Bernegg, vor einem flammenden Kamin, ohne Walter Hertz, den einzuladen der Fabrikant Hubert Wolfach seiner Tochter verboten hatte.

1945.

Von Bernegg herauf läutete die letzte Glocke, die der totale Krieg übriggelassen hatte. Die kleinen Dorfkirchen im Umkreis fielen mit dünnen, hellen Stimmen ein. Das Glöckchen der Schloßkapelle von Schloß Bernegg bimmelte dazwischen, im Chorraum der Kapelle zog ein Mann an dem alten, morschen Seil, auf und ab, einatmend, ausatmend im Rhythmus des Ziehens.

Er hatte nur noch ein halbes Gesicht. Die rechte Seite war weggerissen worden. Breite Hautlappen bedeckten die schreckliche Wunde.

Der Glöckner von Schloß Bernegg wünschte ein gutes neues Jahr.

Fünf Tage nach Jahresanfang traf Frau Irma Fischer in Bernegg ein. Lisa Mainetti hatte ihr ein Telegramm geschickt.

„Ihr Mann schwer verletzt. Bitte kommen."

Sie war sofort in den nächsten Zug nach Würzburg gestiegen, hatte hinter München einen schweren Luftangriff auf die Bahnlinie überstanden und war nun zwei Tage unterwegs, von Zug zu Zug umsteigend, Umwege fahrend, weil die Gleise zerstört waren, auf freier Strecke wartend, weil neue Alarme das Weiterfahren unmöglich machten. In Würzburg endlich hatte sie Glück. Ein Wehrmachtswagen nahm sie mit nach Bernegg, nachdem sie vier Stunden in eisiger Kälte an der Straße gestanden und den wenigen Fahrzeugen gewinkt hatte. Die meisten fuhren in eine andere Richtung.

Lisa Mainetti wurde von der Hauptwache angerufen, als Frau Fischer dort eintraf. Mit großen, fragenden Augen saß sie auf dem harten Stuhl vor dem alten Tisch und wartete geduldig, was mit ihr geschehen würde.

Nur einmal fragte sie den Wachhabenden, und es klang schüchtern und verzagt:

„Kennen Sie einen Leutnant Rudolf Fischer?"

Der Unteroffizier schüttelte den Kopf. „Nee. Ihr Mann?"

„Ja. Er soll schwer verwundet sein."

„Davon haben wir hier in Block B über 150. Die kann man nicht alle kennen."

„Nein, gewiß nicht, nein", sagte die junge Frau und wartete weiter.

Im Block B hatte Lisa Mainetti den Befehl durchgegeben: Alle Mann in die Zimmer! Die Stubenältesten hatten dafür zu sorgen, daß niemand die Zimmer verließ. Erst als die Flure wie ausgestorben waren, ging Lisa hinunter zur Wache und holte Frau Fischer in das Schloß. Sie ging mit ihr zu ihrem Zimmer, ohne daß sie jemanden sahen bis auf den Famulus Baumann, der eine MO-Spritze zu einem Frischoperierten brachte.

„Wie geht es meinem Mann, Frau Doktor?" fragte die junge Frau. „Ist er wirklich schwer verletzt? Hat . . . hat er ein Bein verloren? Oder einen Arm?"

„Sie müssen ganz tapfer sein, Frau Fischer", sagte Lisa und drückte die junge Frau auf einen Stuhl. „Sie sind nicht allein, Sie tragen jetzt das Leid von Tausenden von Frauen und Müttern mit. Ich weiß, das sind alles dumme, leere Worte, abgedroschen und unpersönlich. Aber es gibt keine Worte, die man hier noch sagen könnte."

Die junge Frau bekam große, runde, starre Augen. Sie legte die Hände auf ihren Leib und atmete ein paarmal schnell und laut.

„Rudolf . . . Rudi . . . ist er tot?"

„Ja."

„Kann ich ihn sehen?" Es war ein Hauch.

„Er ist schon begraben. Ich werde Ihnen alles erzählen."

„Kann . . . kann ich sein Grab sehen?"

„Wir gehen zusammen hin." Lisa legte den Arm um die andere. „Er hat nicht zu leiden brauchen", log sie, und so schrecklich es war, sie spürte, daß es wie ein Trost war.

9

Langsam ging Dr. Lisa Mainetti mit der jungen Frau Fischer durch den tief verschneiten Schloßpark, um die kleine Kapelle herum, in Richtung des Teichs, in dessen Wasserspiegel Erich Schwabe zum erstenmal sein zerstörtes Gesicht gesehen hatte. Zwischen Kapelle und Teich lag, von hohen Buchen und einer Nußhecke umschlossen, der kleine Friedhof des Lazaretts Bernegg.

Eine Reihe von Birkenkreuzen stand im Schnee, auf schwarzen Blechtafeln waren von einem Graveur die Namen der Toten eingeritzt und mit gelber Farbe grundiert worden. Von Weihnachten her lagen noch einfache Tannenkränze und Gebinde vor den Kreuzen. Dahinter lag ein großer Felsstein im Schnee. Später einmal, nach dem Krieg, würde auf ihm ein Spruch eingehauen. Eine Mahnung an die Lebenden, von denen die meisten dann doch achtlos daran vorbeigehen und wie ihre Vorväter nichts gelernt haben würden.

Lisa Mainetti hatte Frau Fischer untergefaßt und schleppte sie halb durch den Schnee. Sie ist ja noch selbst ein Kind, dachte sie. Mit zwanzig Jahren Witwe – ob sie überhaupt begreift, wie gemein das alles ist? Das verlogene Geschwätz vom „süßen Heldentod", von der „stolzen Trauer", vom „Opfer für das Vaterland"? Und wenn sie gleich, wie alle Mütter und Frauen, die vor ihr hier gestanden haben, hilflos fragen wird: „Warum?“, dann wird man wie immer antworten müssen: „Ich weiß es nicht. Vielleicht ist der Krieg ein unheilvolles Fieber, das immer wieder in die Menschen fährt!“

Dann standen sie am Grabe des Leutnants Rudolf Fischer. Ein frisches Birkenkreuz, noch ohne Schild. Das wurde gerade graviert. Ein Tannenkranz. Ein frischer Erdhügel, fleckig durchsetzt mit verharschtem Neuschnee.

„Hier ist es“, sagte Lisa Mainetti leise und trat hinter die junge Frau.

Frau Fischer senkte den Kopf, und wieder legten sich ihre Hände mit gefalteten Fingern auf den runden Leib. Sie spürte, wie das Kind sich rührte – ein neues Leben, ein Teil des Toten unter dem Birkenkreuz.

„Rudolf“, sagte Frau Fischer leise. „Rudi – mein Rudi.“

Sie senkte den Kopf und weinte still, lautlos. Mit der rechten Hand tastete sie nach hinten und zur Seite, suchte Lisa Mainetti, und als sie deren Hand ergriffen hatte, klammerten sich ihre Finger darum, Halt und Hilfe suchend.

So stand sie lange und weinte lautlos, eine tapfere, im Schmerz gewachsene Frau. Auch Lisa Mainetti schwieg. Wie zwei Schwestern, Hand in Hand, standen sie im Schnee und spürten weder die Kälte noch das Vergehen der Zeit.

„Was hat er gehabt, Frau Doktor?“ fragte Frau Fischer nach langen Minuten. „Bitte, sagen Sie mir alles. Bitte.“

Lisa Mainetti dachte an das völlig zertrümmerte Gesicht, an das wache, allein übriggebliebene Auge, das jeden ihrer Schritte verfolgte, an die gelbweißen Finger, die mit zittrigen, eckigen Buchstaben schrieben: „Bitte, meine Frau nicht rufen.“ Und an den glücklichen Tod, der auch das eine Auge wegsinken ließ ins Nichts.

„Er hatte einen Kopfschuß“, sagte Lisa Mainetti. „Er brauchte nicht lange zu leiden.“

Frau Fischer beugte sich vor und streichelte das rauhe Birkenkreuz. Soviel Liebe lag darin, soviel Hingabe und Verbundenheit, daß Lisa spürte, wie sich ihr Hals zuschnürte vor wilder Ergriffenheit.

„Er hat sich so auf das Kind gefreut“, sagte Frau Fischer. „Sein letzter Brief kam vor zehn Tagen. Er sollte über Neujahr

Urlaub bekommen. Nur zwei Tage. Wissen Sie, wie wunderbar zwei Tage sein können, Frau Doktor?“ Sie sah wieder auf das Birkenkreuz. „Kann ich ihn überführen lassen?“

„Ich werde es für Sie beantragen.“

Dann standen sie wieder stumm vor dem Grab und nahmen Abschied. Frau Fischer weinte nicht mehr. Eine merkwürdige Starrheit war über sie gekommen. Sie lehnte sich gegen den Schmerz auf. Sie spürte die Regungen des Kindes und ihre große Aufgabe, für dieses Kommende stark zu sein.

Später saßen sie wieder bei Lisa Mainetti im Zimmer. Die Oberschwester hatte aus dem eisernen Vorrat eine kleine Kanne Bohnenkaffee gekocht. Ein Stück Kuchen, das daneben lag, rührte Frau Fischer nicht an. Das Bewußtsein, ihren Mann nie wiederzusehen, wurde von Stunde zu Stunde stärker und würgte ihr fast das Herz ab.

„Ich bringe Sie zu Bekannten nach Bernegg“, sagte Lisa Mainetti. „Dort können Sie sich ausschlafen. Wollen Sie morgen zurück nach München?“

„Ja.“ Plötzlich sah die junge Frau auf, und es war eine so merkwürdige Frage, die sie stellte, daß Dr. Mainetti einige Sekunden brauchte, um ihre Verblüffung zu überwinden: „Gewinnen wir den Krieg, Frau Doktor?“

„Nein!“ sagte Lisa.

„Dann war ja alles umsonst . . .“

„Es ist immer vieles umsonst gewesen, was wir Deutschen tun. Nur merken wir es immer erst zu spät.“

Der Famulus Baumann brachte Frau Fischer mit einem Kübelwagen des Lazaretts hinunter in den Ort Bernegg. Lisa Mainetti sah ihnen nach, wie sie langsam und vorsichtig mit dem Fahrzeug über den glatten, festgefahrenen Schnee die Straße hinunter in das Städtchen glitten.

Das Leben auf der Station ging weiter. Dr. Urban kam stiefelknarrend in den Raum.

„Wieder Unterricht in Defätismus gegeben?“ fragte er hämisch. Der Vorfall im OP war für ihn vergessen. Nach seiner Ansicht hatte sich der Chefarzt durch Unterdrückung einer Meldung nur noch mehr in seine Hand gegeben.

„Es sterben immer die Falschen!“ antwortete Lisa grob.

„Wollten Sie sich ein Lehrbuch der kleinen Chirurgie bei mir ausleihen?“

„Nicht so hochnäsig, Kollega! Ich wollte Ihnen nur berichten, daß soeben eine Sondermeldung durchgekommen ist: Die deutschen Truppen sind in breiter Front zur Offensive nördlich Straßburg angetreten und haben die amerikanischen Linien aufgerollt! Es geht wieder vorwärts!“

Lisa Mainetti griff in ihr Bücherregal und holte ein dickes Buch heraus. Sie warf es Urban auf den Tisch. „Es ist doch besser, Sie studieren noch einmal die Grundzüge der Medizin! Es gibt ein Phänomen, daß bei einem Sterbenden der Puls noch einmal heftig schlägt ...“

„Man sollte Sie einfach umbringen!“ sagte Dr. Urban dumpf und verließ das Zimmer.

Während die Rote Armee die deutsche Ostfront aufriß und über die Warthe hinaus nach Frankfurt/Oder und Küstrin vorstieß, während die letzte deutsche Offensive unter dem heulenden Beschuß amerikanischer Jabos im Elsaß steckenblieb, während ständig neue Verwundete nach Würzburg eingeflogen und auf dem schnellsten Wege nach Bernegg gebracht wurden und das Schloß mehr und mehr zu einem Frontlazarett wurde, begann die erste große Operation am zerstörten Gesicht Erich Schwabes. Lisa Mainetti hielt ihr Versprechen.

Von Anfang Februar an gab es keine Zeiteinteilung mehr. Tag und Nacht rollten die Transporte heran, und nur an dem Zittern der Beine und dem Zufallen der Augenlider merkte man, daß eine Nacht vorüber war und der Körper nach Ruhe schrie. Dann nahmen die Ärzte eine Tablette Pervitin, tranken starken Kaffee, wuschen sich in eiskaltem Wasser Gesicht und Puls und eilten zurück in den OP, zu den Bahren mit röchelnden, blutenden, zuckenden Leibern. Zu den Männern ohne Gesicht, in deren gräßlichen Wunden jetzt auch noch die Erdklumpen klebten, die Splitter und die zerfetzten Knochenstücke steckten, denn sie kamen jetzt ohne Vorversorgung in den Verbandsplätzen nach Bernegg.

In den Stuben des Blocks B zog eine gewisse Ratlosigkeit ein. Die verhältnismäßig geruhsame Zeit, in der man die Funktionen eines Gesichts durch große und viele kleine Operationen wiederherstellte, Autoplastiken vornahm, knöcherne Nasengerüste baute, transplantierte Fettgewebe als Unterlagerung benutzte, aus Rippenbögen entnommene Knorpelstücke verpflanzte und Augenwimpern durch einen Millimeter breiten Kopfhautlappen ersetzte, diese geduldige Arbeit an der Neuformung eines Gesichts war vorbei.

Bei der großen Zahl der täglichen Neuzugänge mußten die „alten Knaben", wie sie Dr. Urban nannte, warten. Es galt jetzt, Leben zu retten, das bloße Weiteratmen zu ermöglichen, die Schmerzen zu dämpfen und das zerfetzte Gesicht zu den notwendigsten Funktionen zu bringen.

„Als Titelbilder kommt ihr sowieso nicht mehr in Frage", sagte Dr. Urban zu den bedrückt wartenden alten Patienten des Lazaretts. „Und wenn man die Rente bedenkt, die ihr bekommen werdet! Eigentlich ein gutes Geschäft, was? Die anderen arbeiten sich krumm, und ihr streckt die Händchen aus, und schon klimpert's!"

Es waren wieder jene Reden Urbans, die wie Messer durch die Herzen der Gesichtsverletzten schnitten. „In warmer Eulenscheiße sollt' man ihn ersticken!" schrie der Wastl Feininger nach einer solchen Tirade Urbans.

„Wie willste 'n det machen?" Der Berliner hob die Schultern. „Ick hab' hier bloß Käuzchen jesehen, und die kacken uff jeden Fall zu wenig."

Niemand lachte. Es war ein grimmiger Humor, der die Galle ins Blut trieb.

Auch Walter Hertz hatte seine Sorgen, die weniger sein Gesicht als sein Herz betrafen. Er hatte Petra Wolfach nicht mehr gesehen seit jenem Abend in der Villa der Eltern, er hatte sich abgeschlossen und saß allein in der Stube mit Erich Schwabe, wenn die anderen zum Kinobesuch ausrückten oder – an der Spitze der Wastl Feininger – in die Schenke „Zum Bären" zogen, um dort das Dünnbier, von dem Berliner „Urinol" genannt, literweise zu trinken.

Einmal hatte Petra geschrieben. Nur ein paar kurze Zeilen, so, als habe sie das Papier gegen eine Mauer gedrückt und schnell die Worte hingekritzelt.

„Warum kommst Du nicht mehr? Ich kann doch nichts dafür, daß Papa so ist. Du weißt doch, daß ich Dich liebe. Bitte, gib mir Nachricht, wann wir uns sehen können. Schreib mir postlagernd Deine Petra."

„Du solltest nicht so stur sein", sagte Fritz Adam auf einmal. „Du weißt gar nicht, was eine Liebe wert ist."

Aber Walter Hertz schüttelte nur den Kopf und blieb stumm.

Man hat kein Recht auf Liebe mehr mit einem solchen Gesicht, dachte er. Und man muß sich daran gewöhnen.

Der einzige Glückliche war Erich Schwabe. Er wurde operiert.

Ein Knorpel sollte als Nasenwurzel eingepflanzt werden, ein biegsamer Pfropfen, um den man später einen Fernlappen aus der Armhaut transplantieren wollte. Eine neue Nase – die einzige vorspringende Stelle in diesem abgehobelten, wie wegrasierten Gesicht!

Dr. Mainetti hatte mit Professor Rusch die Operation gründlich vorbereitet. Eine Wehrmachtspressestelle in Würzburg hatte die von Frau Schwabe mitgebrachte Fotografie auf Lebensgröße gebracht. Das genaue Kopfmaß war dabei eingehalten worden. Peinlich genau wurden nun Maße und Form der alten Nase berechnet und damit der Umfang des zu verpflanzenden Knorpelstückes. Man konnte ja nicht wissen, ob der überpflanzte Lappen schrumpfte oder wucherte, und danach richteten sich die weiteren Operationen, die noch notwendig waren. Lisa Mainetti zeichnete im Detail die neue Nase, und nach mehrmaligen Röntgenkontrollen wurde Erich Schwabe zur Operation vorbereitet.

Famulus Baumann und Assistenzarzt Dr. Vohrer machten die Intubationsnarkose. Es war ein langwieriges, noch primitives Verfahren, eine Quälerei für den Patienten, der sich vorkommen mußte wie in einer modernen Folterkammer.

Erich Schwabe lernte es in vollem Ausmaß kennen. Baumann deutete auf einen Stuhl, als Schwabe in den OP kam.

„Setz dich, Kumpel!" sagte er. „Und nun reiß mal das Maul auf, so weit du kannst, und streck die Zunge heraus. Denk an Urban, dann gelingt's prima!"

Schwabe setzte sich und öffnete den Mund, diese Höhle ohne

Lippen und Formen. Die Zunge hing heraus wie bei einem hechelnden Hund. Baumann nickte zufrieden.

„Prima! Paß mal auf, was wir jetzt Schönes machen."

Er hielt die Zunge mit einem Stück Zellstoff fest. Dr. Vohrer beugte sich vor und pinselte den Rachen Schwabes mit Kokain ein. Schwabe schluckte krampfhaft, als müsse er sich übergeben.

„Laß man", sagte Baumann. „Kotzen is nich. Hast ja nischt im Magen, und schwanger biste ooch nicht."

Im Hintergrund wuschen sich Dr. Mainetti und Professor Rusch. Die Oberschwester sortierte das Instrumentarium. Dr. Urban war außer Haus. Er war einem neuen Transport entgegengefahren, um zwei angekündigte schwerste Fälle schon im Zug zu versorgen. In vier Stunden würden die Sankas mit ihrer wimmernden Last auf dem Schloß eintreffen. Bis dahin würde Schwabe um eine Nasenwurzel reicher sein, man hatte Kaffee getrunken, sich ein wenig erholt, vielleicht sogar eine Stunde schlafen können. Es würde wieder keine Nacht geben, keine Minute zum Ausruhen, nur ein Fließband mit zerstörten Gesichtern, und immer wieder der schon läppische, aber immer noch geglaubte Trost: Keine Angst, mein Junge, es ist alles halb so schlimm!

Dr. Vohrer führte den Kehlkopfspiegel ein und sondierte in die Tiefe; Baumann schob ihm den Intubationsschlauch in die Hand. Vorsichtig ließ Dr. Vohrer den Schlauch in die Luftröhre gleiten, bis er die Teilung der Bronchien spürte.

„Das hätten wir, Erich!" sagte Baumann zufrieden und klopfte Schwabe auf die Schulter. „Das Ding sitzt! Nun hüpf mal schön auf den Tisch. Und wennste wieder aufwachst, kannste mit Willy Fritsch konkurrieren!"

Schwabe erhob sich vorsichtig. Mit dem Schlauch in der Luftröhre, mit heraushängender, auf einem Mullappen festgehakter Zunge ging er langsam zum OP-Tisch und ließ sich hinaufheben.

Keine Angst, Erich, dachte er dabei. Mensch, bloß nicht schlappmachen. Du bekommst eine neue Nase, und Stück für Stück wird alles wieder so, wie's früher war. Ursula wird nicht mehr erschrecken müssen. Ich werde ja wieder ein Mensch. O Gott – ein Mensch!

„Hinlegen!" sagte Baumann.

Die Operationslampe schien Schwabe grell in die Augen. Er schloß die Lider geblendet und hörte jetzt nur noch, was um ihn herum geschah.

„So, mein Lieber", hörte er Baumanns Stimme, „nu jib mal dein Ärmchen her – so – strecken – noch mehr strecken, den Ellbogen durchbiegen –"

Jemand schlang Schwabe einen Gummischlauch um den Oberarm. „Fest anziehn, und nun machste en hübsches Schleifchen dran, det die Schose ooch hält", kommandierte Baumann. „So, und nu pump mal, Erich. Immer feste die Faust auf- und zumachen. So is det richtich, man könnte denken, du hättest det auswendich jelernt. Tupfer und Äther!" brüllte er den Sani an, dann reinigte er die Haut in der Ellenbeuge und klopfte auf den Unterarm Schwabes. „SEE-Spritze!" Dr. Mainetti hatte auf das Stichwort gewartet. Sie tastete den Venenplexus ab und stach eine Ader an. Blut floß in die Spritze. „Loslassen!" Der Sani entfernte vorsichtig den Gummischlauch vom Oberarm, und Lisa injizierte das Narkotikum, langsam und mit ruhiger, sicherer Hand.

„Det is det Nirwana", sagte Baumann fröhlich. „In wenigen Sekunden träumste süß un selig, Erich."

Schwabe spürte, wie an seinem Mund gearbeitet wurde. Dr. Vohrer schloß den Intubationsschlauch an. Das war ein denkbar primitives Verfahren: Auf das äußere Ende des Schlauches wurde ein Trichter gesetzt, in den ein dicker Wattebausch kam, auf den man später den Äther für die Narkose träufelte. Die Mundhöhle Schwabes wurde mit Mullbinden ausgestopft, wie das Fell eines Teddybären mit Sägespänen. Immer wieder kontrollierten Baumann und Dr. Vohrer und stopften noch mehr Mullbinden in den Mund, bis Schwabe keine Seitenluft mehr bekam. Er atmete nun nur noch durch den Intubationsschlauch, kurz, stoßartig und schnell. Baumann beugte sich über ihn. Schwabe schlug die Augen auf, aus seinem Blick schrie höchste Qual.

„Keine Angst, Erich", sagte Baumann begütigend. „Es kann dir gar nichts passieren. Nur schöner wirste."

Dr. Vohrer setzte sich neben den OP-Tisch. Er hatte während der Operation die Aufgabe, auf Puls und Atmung zu achten, die Narkose durch Ätherträufeln zu steuern und vor allem das zu sein, was der Narkotisierende bei dieser Art von Anästhesie immer sein sollte: auf keinen Fall im Weg der operierenden Chirurgen.

„Alles fertig!" rief Dr. Vohrer zu den Waschbecken hinüber. Dr. Mainetti kam an den Tisch und blickte auf Schwabe. Sie blinzelte ihm zu, und dieses kleine Augenzwinkern war mehr als alle Worte Baumanns. Schwabe wurde ruhig und gefaßt. Das unbegrenzte Vertrauen zu Lisa Mainetti verscheuchte alle Angst.

Die SEE-Injektion begann zu wirken, Vohrer träufelte Äther in den Trichter, kontrollierte den Bauchdeckenreflex, Puls und Atemfrequenz. Das Operationsfeld war eingejodet. Ein gestielter Lappen aus der Stirnhaut sollte zunächst den äußeren Defekt decken und, sobald er reaktionslos eingeheilt war, in freier Transplantation ein knöchernes Stützgerüst erhalten. Erst dann konnte man daran denken, etwa noch fehlende Weichteile aus der Wange heranzuziehen und die Nasenlöcher zu formen. Wenn alles gut ging und keine Komplikationen eintraten, waren noch wenigstens vier Operationen notwendig. Dr. Mainetti legte den Verband an.

„Narkose beginnen", sagte Professor Rusch. Er stand Dr. Mainetti auf der anderen Seite des Tisches gegenüber. „Tief atmen, Junge!" sagte er zu Schwabe.

Die nackte Brust hob und senkte sich ein paarmal, dann wurde die Atmung schwächer, die Lider schlossen sich zuckend zu einem kleinen Spalt, die Augäpfel verdrehten sich nach oben. Dr. Vohrer zählte Puls und Atmung.

„In Ordnung", meldete er.

Zwei Hände streckten sich nach hinten, die Oberschwester und Famulus Baumann reichten Professor Rusch und Dr. Mainetti die ersten Instrumente. An zwei Körperstellen gleichzeitig begann die Operation: Im Gesicht, an der zerstörten Nase, bereitete Lisa Mainetti ein Wundbett für die Einpflanzung des Knorpelzapfens vor. Professor Rusch legte derweil den Rippenbogen frei und begann, ein genügend großes Knorpelstück auszuschälen.

Es wurde kaum gesprochen. Die Handgriffe waren Hunderte Male geübt, einexerziert wie eine artistische Nummer. Die Ergebnisse der Messungen Dr. Vohrers von Puls, Atmung und Herztätigkeit waren normal, die Narkose war richtig gesteuert, so gut es eben bei dieser Methode ging.

Professor Rusch hatte das Knorpelstückchen ausgeschält und setzte es jetzt in das von Lisa Mainetti vorbereitete Bett ein. Sie hatte eine peinlich genaue Blutstillung vorgenommen, und auch das Umlegen des Knorpelpfropfens mit dem Gewebe geschah wie die Arbeit an einem Filigran. Dann wurde das Operationsgebiet sorgfältig verbunden. Professor Rusch verband selbst, um ein Verrutschen des Knorpels zu vermeiden, während Dr. Mainetti den Schnitt über dem Rippenbogen mit schnellen Handgriffen vernähte.

„Weckspritze!" sagte Rusch, nachdem er noch einmal den Sitz des Verbands kontrolliert hatte. Baumann machte die Injektion. Aber noch bevor sie wirkte, hob man Schwabe vom Tisch herunter auf ein fahrbares Bett und rollte ihn aus dem OP zurück zum Zimmer B/14.

Professor Rusch ließ sich das Mundtuch abbinden und die Kappe abnehmen. Er sah auf die Uhr an der Stirnwand des OP.

„Noch drei Stunden bis zum Massenflicken!" sagte er. „Leg dich hin, Lisa, und schlaf etwas auf Vorrat."

Sie nickte stumm. Bleierne Müdigkeit kroch in ihr hoch. Die Operation, eine von Hunderten, hatte sie nicht angestrengt, aber der Gedanke an die kommende neue schlaflose Nacht warf sie um. Der Körper revoltierte.

Manchmal beneide ich Urban um sein Morphium, dachte sie und erschrak zugleich über diesen Gedanken.

„Laß Dora Graff in der Nähe sein, wenn Schwabe wieder klar wird", sagte sie. Dann ging sie auf ihr Zimmer, warf sich aufs Bett und schlief sofort ein.

Erich Schwabe brauchte nur kurze Zeit, um wieder wach zu werden. Die Schmerzen an seiner neuen Nasenwurzel waren durch das SEE gedämpft, aber nicht völlig ausgeschaltet. Ein dumpfer, bohrender Schmerz war es, der durch die Hirnwindungen weiterkroch und an den Haaren nach außen zu gleiten schien.

Fritz Adam und der Berliner saßen an seinem Bett, als er aufwachte. Dora Graff war abgerufen worden: Im Nebenzimmer hatte ein Neuzugang von vorgestern plötzlich begonnen, schrill und durchdringend zu schreien und um sich zu schlagen. Vier Mann seiner Stube mußten den Tobenden festhalten, bis Dora Graff ihm die Beruhigungsinjektion gab. Was Professor Rusch bei der ersten Untersuchung befürchtet hatte, war Gewißheit geworden: Die Kopfverletzung hatte den Verwundeten irrsinnig gemacht.

„Guten Tag, Erich!" sagte auf der Stube B/14 Fritz Adam. Er drückte Schwabe an den Schultern aufs Bett zurück, als dieser sich aufrichten wollte. „Ruhig liegenbleiben! Vor allem den Kopf still halten. 'ne schiefe Gurke willste doch nicht haben."

Schwabe lag ruhig und tief atmend auf dem Bett. Sein zerrissener, in dicken Narben verheilter Mund ohne Lippen zuckte, seine Augen blickten fragend von einem zum anderen.

„Nun frag schon, Erich!" sagte der Berliner. „Ick hab' det hinter mir."

„Ist . . . ist es gelungen, Kameraden?" stotterte Schwabe.

„Das wird sich bald zeigen. Pack mal ganz vorsichtig deine Nase an, ganz sachte!"

Schwabes Hand glitt zitternd nach oben, über das vernarbte Gesicht, über den dicken, gewölbten Verband. „Na, fühlst du was?" fragte Fritz Adam.

„Es . . . es fühlt sich an, als ob was Festes da ist."

„Det is se!" lachte der Berliner. „Die neue Neese, Erich! Und nu heul mal los! Ick hab' nach meinem ersten Rollappen wie 'ne jeschwängerte Jungfrau jeflennt."

Sie ließen Erich Schwabe allein, und es war gut so. Er lag flach auf dem Rücken, starrte gegen die Decke, und die Tränen rannen ihm aus den Augen und wurden von dem neuen Verband aufgesaugt.

Ich habe eine neue Nase, dachte er. Mutter . . . Ursula . . . ich habe wieder eine Nase. Und plötzlich dachte er an dumme, lächerliche Dinge: Ich kann wieder eine Sonnenbrille tragen. Ich kann wieder auf der Treppe riechen, ob Mutter Reibekuchen gebacken hat. Ich kann – ich kann – mein Gott, was man mit einer Nase alles kann. Man weiß es erst, wenn man keine mehr gehabt hat.

Später schrieb er einen Brief nach Köln. Er war so aufgeregt und glücklich, daß er kaum den Bleistift halten konnte, und die Buchstaben waren wirr und liefen ineinander wie die ersten Schreibversuche eines dreijährigen Kindes.

„Mutter! Ursula! Liebe, kleine Uschi! Ich bin operiert worden. Ich werde eine neue, schöne Nase bekommen.

Eine Nase!

Wenn Ihr Ostern kommt, werdet Ihr mich nicht erkennen, oder besser: Ihr werdet mich wiedererkennen.

Meine liebe, kleine Frau – ich bin ja so glücklich. Es wird bald nicht mehr schwer sein, mich wieder so zu lieben wie früher . . ."

Erich Schwabe war der fröhlichste Mensch im Block B. Er spielte Skat und lachte, wenn Feininger die Karten hinwarf und schrie: „A Glück hat der! D' Hosen zieht er mir vom Arsch!"

In der Nacht zum vierten Tag nach der Operation wachte Schwabe von einem wahnsinnigen Schmerz auf. Sein Kopf brannte, als läge er in einem Schmiedefeuer. Durch den ganzen Körper jagten die Stiche, es war unerträglich, es zerriß ihn, es drückte die Därme aus dem Leib.

Schwabe schnellte im Bett hoch. Mit beiden Händen umklammerte er seinen zerspringenden Kopf, und dann schrie er, grell, unmenschlich, mit den Beinen auf das Bett schlagend, weil mit jedem Schrei ein Teil seines Hirns wegzufliegen schien.

Dora Graff kam in das Zimmer gerannt. Fritz Adam, Feininger und der Berliner hielten Schwabe fest. Er wollte sich den Verband von der Nase reißen und mit dem Kopf gegen die Wand rennen.

„Ich verbrenne!" schrie er immer wieder. „Ich verbrenne doch! Hilfe! Hilfe! Mein Kopf verbrennt!"

Lisa Mainetti kam hereingestürzt. Über den Schlafanzug trug sie den weißen Arztkittel, das lange schwarze Haar fiel losgelöst bis zu den Hüften. Der Wastl Feininger riß die Augen auf und sagte tonlos: „Direkt a Schönheit! Ja, Sakrament!"

Dr. Mainetti sah die verquollenen Augen Schwabes und die Rötung, die unter dem Verband hervorkroch bis über die Stirn. Das durfte nicht kommen, dachte sie. Wundrose. Streptokokkeninfektion. Damit haben wir nicht gerechnet. Hundertmal ging es gut, und hier geht es schief. Ausgerechnet bei Schwabe. Wir sind zu sicher geworden. Sie sah sich nach Dora Graff um.

„Eukodal, Höchstdosis.“ Dora Graff brachte die Spritze, und Lisa injizierte.

„Sofort in den OP!“ rief sie. Aus Dora Graffs Händen nahm sie die Spritze und injizierte das schmerzstillende Skopolamin. Dann warf sie die Spritze aufs Bett zurück und rannte hinaus zu Professor Ruschs Zimmer.

Im OP legte man den apathisch gewordenen Schwabe wieder auf den Tisch. Rusch stand im Schlafanzug daneben und begann mit dem Abwickeln des Verbandes, noch während Baumann um Arme und Beine die Lederriemen schnallte.

„So eine Sauerei!“ sagte Professor Rusch, als der Verband auf dem Boden lag.

Der Mutterboden, in den man das Knorpelstück gesetzt hatte, war dick geschwollen und hellrot. Der Pfropfen selbst hatte sich entzündet und war dabei, sich abzustoßen. Bis zu den Augen zogen sich die entzündlichen Schwellungen hin. Ohne es auszusprechen, wußten Dr. Mainetti und Professor Rusch, daß Erich Schwabe knapp an einer Erblindung vorbeigekommen war.

„So eine Sauerei!“ wiederholte Rusch. Er winkte Baumann. „Prontosilstoß! Vierzig ccm!“ Baumann holte Spritze und Ampullen. Dr. Mainetti zog sie auf und injizierte das Sulfonamid in den Gesäßmuskel.

„Das wird fürs erste genügen“, sagte Rusch. „Ein Glück, daß es Sulfonamide gibt.“ Das Wort Wundrose fiel nicht. Auch nicht das Fachwort: Erysipel. Es war das Schreckgespenst der Lazarette. War die Wundrose einmal ausgebrochen, verbreitete sie sich mit Windeseile. Jede noch so kleine, unsichtbare Wunde war dem Erysipel ausgeliefert. Erst durch das Sulfonamid Prontosil war man ihrer Herr geworden.

Schwabe wurde nach Anlegen eines Salbenverbandes in sein Zimmer zurückgebracht. Baumann blieb bei ihm. Schweigend saß er an seinem Bett. Auch Fritz Adam sagte kein Wort. Nur der Feininger Wastl konnte den Mund nicht halten. „Siacht aus wie d'Ros'n, d'Gsichtsros'n moan i. Mei Großmuatta hots a scho amoi g'habt.“

„Halt die Schnauze“, sagte Baumann ebenso leise wie eindringlich. „Und mach, daß du in dein Bett kommst, du verdammte Unke.“

Der Wastl schlich zu seinem Bett und drehte der Gruppe um Schwabe beleidigt den Rücken zu.

Rusch brachte Lisa auf ihr Zimmer. Sie setzte sich aufs Bett und unterdrückte mühsam ein Schluchzen. „Ich bin schuld", sagte sie. „Ich habe das Wundbett gemacht. Ich habe die Infektion gelegt."

„Blödsinn", sagte Rusch, der sich zu ihr herabbeugte. „So was kann immer passieren, Streptokokken sind überall – Hauptsache, wir beherrschen den Ausbruch, und das tun wir. Du brauchst dir keinen Vorwurf zu machen, Lisa, du nicht. In ein paar Tagen ist die Infektion behoben, und dann wollen wir sehen, was von unserer Arbeit übriggeblieben ist."

Lisa gab keine Antwort mehr. Sie war im Sitzen eingeschlafen. Die Überanstrengung war zu groß gewesen.

Rusch nahm sie wie ein Kind auf die Arme, legte sie auf das karge Feldbett und deckte sie zu. Sie erwachte nicht einmal dabei. Auf den Zehenspitzen verließ er ihr Zimmer.

Nach drei Tagen war Schwabe fieberfrei, und es erwies sich, daß der Schaden geringer war, als man erwartet hatte. Aber Rusch war vorsichtig und ließ den Patienten nicht aus den Augen. Schwabe durfte das Bett nicht verlassen, obwohl kein neuer infektiöser Schub aufgetreten war.

Fritz Adam hatte von seiner Frau Irene Nachricht erhalten. Mit keinem Wort erwähnte sie sein Geständnis des Ehebruchs, noch fand sie ein Wort des Danks dafür, daß er bereit war, die Schuld auf sich zu nehmen. Sie teilte nur in nüchternen Worten mit, daß die Gerichte eine Annahme des Scheidungsantrages bis zu einer normaleren Zeit verweigert hätten.

„Betrachten wir uns deshalb als geschieden", schrieb sie. „Die gerichtliche Bestätigung wird ja nur eine Formsache sein." Und dann folgte ein Satz, der in Fritz Adam eisige Kälte erzeugte und das letzte Gefühl für die zierliche puppenhafte Irene abtötete: „Auf Unterhalt und so weiter verzichte ich. Du weißt, ich habe von zu Haus aus Geld genug, um für mich zu sorgen. Und außerdem wird es bei deinem Gesicht ja auch recht lange dauern, bis du wieder Geld verdienen kannst."

Fritz Adam gab den Brief ohne Erklärungen der Schwester

Dora Graff. Sie las ihn, und dann zerriß sie den Bogen und warf die Schnipsel in den Ofen.

„Wir wollen nichts mehr von ihr sehen und hören", sagte sie fest. „Es hat sie einfach gar nicht gegeben, Fritz."

„Ihr Schatten ist immer da! Wir können nicht heiraten."

„Es werden auch mal normale Zeiten kommen. Dann geht es schnell."

„Aber wann wird das sein, Dora? Ich bin an Irene gefesselt, es kann noch Jahre dauern."

„Was ändert das an unserer Liebe? Wir sind noch jung, wir haben Zeit. Wenn wir den Krieg überleben, liegt doch noch alles vor uns."

Fritz Adam schüttelte den Kopf. Er hatte in den vergangenen wenigen Wochen viel über sich und Dora Graff nachgedacht. Ihre Liebe war so plötzlich gekommen, daß er zuerst nur an aufopferndes Mitleid glaubte. Erst in der Silversternacht hatte er erkannt, daß in den Monaten, die er auf Schloß Bernegg gelegen hatte, immer schon ein unsichtbares Band zwischen ihnen gewesen war – vom ersten Tag an, an dem Dora Graff auf die Station Dr. Mainettis gekommen war. Aber sie hatten nie darüber gesprochen, und sie sahen weg, wenn ihre Blicke sich trafen, weil jeder von ihnen fürchtete, der andere könne etwas bemerken. Und dann war auf einmal die große Befreiung da, die Erlösung der heimlichen, so lange gefesselten Wünsche. Doch die Probleme wuchsen damit, und Irene Adam war noch das geringste davon.

„Was bin ich denn?" sagte Fritz Adam. „Ein Medizinstudent, der gerade gelernt hat, wieviel Öffnungen der menschliche Körper hat. Ein Nichts ohne Gesicht. Gewiß, meine Eltern haben Geld – aber weißt du, ob es noch einen Pfennig wert ist, wenn wir den Krieg verlieren? Dann stehen wir da wie die Bettler."

„Es wird sich alles finden, Fritz." Dora Graff küßte ihn auf die Augen. „Ich habe doch auch noch zwei gesunde Arme. Das müßte doch reichen."

So langsam die Zeit bisher weggetropft war, unendlich gedehnt durch das ständige Warten auf eine neue Operation, auf ein neues kleines Stückchen menschlichen Gesichts, so stürmisch jagten jetzt die Tage und Wochen dahin.

Die Fronten in Ost und West waren in Bewegung geraten. Nur ging es nicht vorwärts, sondern hinein nach Deutschland. Britische Truppen hatten Kleve besetzt und den Rhein nördlich Kalkar erreicht. Amerikanische Divisionen hatten Prüm gestürmt und setzten an der Rur zum Großangriff an. Venlo, Neuß und Mönchen-Gladbach fielen. Aus verschiedenen Richtungen zogen die Panzerspitzen auf Köln zu. Die „Operation Lumberjack" hatte begonnen. Im Osten hatten die Divisionen der Roten Armee Tilsit, Allenstein und Memel überrannt, drangen durch das Weichseltal vor und schnitten Ostpreußen ab. Die gesamte deutsche 4. Armee saß wie eine Maus in der Falle, ihr Durchbruch zum Westen, mit Tausenden von Frauen, Kindern und Greisen im Gefolge, zerbrach im Feuer russischer Panzer und Geschütze. Dresden wurde bis zur Unkenntlichkeit bombardiert, Posen und Graudenz gingen verloren. Und immer weiter spülte die Rote Welle nach Deutschland hinein, über Niederschlesien, wo Breslau zu einer einsamen Insel wurde, über Ober- und Mittelschlesien, über Danzig und Pommern. Die Apokalypse schien Wirklichkeit zu werden: „Es ward ein Hagel und Feuer mit Blut gemengt und fiel auf die Erde, und der dritte Teil der Bäume verbrannte, und alles grüne Gras verbrannte . . . Und der dritte Teil des Meeres ward Blut . . . weh, weh, weh denen, die auf Erden wohnen . . ."

Jeden Abend saßen in Bernegg die Verwundeten um die Rundfunkgeräte und hörten die Nachrichten. Erst den deutschen Wehrmachtsbericht. Dann, etwas leiser, Luxemburg und einen amerikanischen Soldatensender in deutscher Sprache. Die Todesstrafe stand darauf, aber sogar Dr. Urban saß vor seinem Volksempfänger und verglich auf einer Karte die Truppenbewegungen, die Radio Luxemburg durchgab, mit denen des deutschen Wehrmachtsberichts.

„Scheiße!" sagte der Wastl Feininger, als die Meldung durchkam, die Amerikaner rückten auf Köln zu. „Mist is dös mit dem Besuch von deiner Ursula, Erich!"

Erich Schwabe hatte sich einen alten Schulatlas aus der Lazarettbücherei geholt. Er hatte Glück, denn kurz danach kamen vierundzwanzig Mann, die eine Landkarte verlangten. Es war ein beliebtes Spiel auf den Zimmern geworden, Wetten über die nächsten Eroberungen der Amerikaner und Russen abzuschließen.

Auch der Berliner war still geworden. Er sah auf der Karte den dicken Stoßkeil der Roten Armee auf Berlin, durch Pommern, durch die Mark, über die Oder. Seine Mutter war noch in Berlin.

Sie arbeitete im Kriegseinsatz bei Borsig. Oder ob sie schon geflüchtet war, zu Tante Anna, ihrer Schwester in Husum?

Erich Schwabe lauschte auf die Worte der breiten, gequetschten Stimme, die jetzt deutsche Nachrichten sprach. Der amerikanische Soldatensender.

„Uir sehen schon die Türme des Kölner Doms. Unsere Panzer stehen bereit. Uir grüßen die deutsche Bevölkerung. Uir kommen als Freunde."

Schwabe sah auf den Kalender, der über seinem Bett an der Wand hing.

5. März 1945.

Jetzt hocken sie im Keller und zittern vor Angst, dachte er. Die Amerikaner schießen nach Köln hinein, die Rheinbrücken sind gesprengt. Es gibt keinen Weg mehr nach Bernegg. Jetzt kann es Monate dauern, bis ich sie wiedersehe.

Ob ich sie überhaupt jemals wiedersehe?

Der Berliner drehte das Radio ab. „Da sitzt man 'rum und kann nich mal helfen!" sagte er aufgewühlt.

„Mit deiner Fresse?" Der Wastl Feininger suchte seinen Heimatort Berchtesgaden auf der Karte. Nicht mehr lange, und seine kropferte Resi würde Neger und Indianer und Cowboys aus Texas bedienen, so dachte der Feininger. „Willst sie erschrecken, was? Buh-buh. Das Kriegsgespenst."

„'rausholen will ick meine Mutta!" schrie der Berliner. „Jloobste, det die Iwans se schonen? Ob Kind oder Jreisin – det is denen doch schnuppe!"

„Bedank dich beim Führer!" Der Wastl Feininger stützte den Kopf mit dem mächtigen wulstartigen Rollappen in beide Hände. „Sakra, wos mach' i, wenn 's Reserl an Negerbuam kriagt?"

Dr. Urban verfolgte die Truppenbewegungen mit exakten roten und blauen Linien, die er auf seiner Karte einzeichnete. Als die Amerikaner vor Köln aufmarschierten und die Rote

Armee gegen Danzig vorstieß, packte er einen kleinen Koffer mit dem Nötigsten und stellte ihn zurück in den Schrank. Man braucht nicht viel für eine Übergangszeit. Ein paar Hemden, Seife, Rasierzeug, einen strapazierfähigen Zivilanzug, gutes Schuhwerk, einen warmen Mantel. Geld in genügender Menge – und Morphium. Damit konnte man den ersten Sturm überleben. Die Erschütterung des Zusammenbruchs würde manches vergessen lassen.

Am 7. März standen die amerikanischen Panzer am Rheinufer Kölns und schossen hinüber nach Mühlheim und Deutz. Zweihunderttausend Menschen, der zurück- und übriggebliebene Rest einer Dreiviertelmillion, hockten in den Kellern, ohne Strom, ohne Wasser, ohne Essen.

Am 7. März zogen die ersten Erkundungstrupps verwundert und vorsichtig, an eine Falle glaubend, über die unversehrt vor ihnen auftauchende Rheinbrücke bei Remagen. Eines der unverständlichen Wunder aller Kriege war geschehen. Das Tor in das Herz Deutschlands war aufgestoßen worden. Der Rhein, das große Hindernis, an dem die Armeen Englands und der USA zerbrechen sollten, wurde überquert wie bei einem Frühlingsspaziergang.

Erich Schwabe kreiste auf seiner Landkarte den Ort Remagen rot ein, als er die Nachricht im Radio hörte und die Meldung, daß der Kommandeur der für die Sprengung der Brücke verantwortlichen Truppen zum Tode verurteilt worden war.

„Der Krieg ist verloren!" sagte er. „Ob wir entlassen oder auch Kriegsgefangene werden?"

„Wieso Kriegsjefangene, wenn's keenen Krieg mehr jibt?" Der Berliner mischte die Skatkarten. Es war das einzige, was ihn etwas ablenkte von seiner Angst um Berlin und seine Mutter. „Wat solln die mit unsera Fresse anfangen?"

„Vielleicht können wir hierbleiben", sagte Schwabe. „Vielleicht bleibt alles so, wie es ist."

„Ick spiel' doch nich Landser, wenn Frieden ist! So tief hab' ick die Macke nich im Jehirn!"

„Was sollen wir denn da draußen?" Schwabe sprach jetzt aus, was er in den vergangenen Tagen und Wochen reiflich überlegt hatte. „Wer wird uns operieren? Wollt ihr so 'rumlaufen, wie wir jetzt aussehen? Wer hilft uns denn da draußen?

In den Hintern wird man uns überall treten. Nein, Kumpels", er schüttelte den Kopf. „Hier ist unsere Heimat, hier bei Lisa und dem Chef im Lazarett. Die helfen uns, die machen uns wieder zu Menschen."

„Und mit am Neger is mei Resi aa bedient!" sagte der Wastl.

Je mehr Deutschland zusammenschrumpfte, um so größer wurde das Rätselraten über ihr weiteres Schicksal, und hundert Vermutungen lösten hundert andere ab.

In den OPs arbeiteten die Ärzte jetzt in zwei Schichten, Tag und Nacht. Schloß Bernegg verlor den Charakter eines Speziallazarettes für Gesichtsverletzte. Von der immer näher rückenden Front spien die Züge und Sankas die zerrissenen Leiber aus. Strohsäcke wurden gefüllt, Decken – die letzten – in Würzburg geholt, jedes normale Bett mußte eine Decke abgeben, in allen Blocks lagen die Gänge und Flure voll Verwundeter auf Strohsäcken, in den Bunkern lagen sie Mann neben Mann, wie Sardinen in einer riesigen Betonbüchse, sogar in der Schloßkapelle brachte man die letzten Transporte unter, einfach auf Strohschütten, weil es keine Säcke zum Stopfen mehr gab.

Ende März fuhr Dora Graff im Auftrag Lisa Mainettis nach Würzburg. In der Heeresapotheke waren neue MO-Ampullen abzuholen. „Ich kann Ihnen keinen Wagen 'rüberschicken!" hatte der Oberapotheker am Telefon gesagt. „Vorgestern hat man alle Fahrzeuge beschlagnahmt und weggeschafft. Muß gewaltig stinken. Wenn Sie jemanden schicken können?"

Dora Graff nahm Fritz Adam mit nach Würzburg. Er fuhr einen alten, in allen Fugen klappernden belgischen Beutesanka der im ehemaligen Pferdestall des Schlosses verrostete. Zum Verwundetentransport war er wegen seiner durchgeschlagenen Federn unbrauchbar geworden. Gerade bei den Kopfverletzten konnten dabei große Schäden angerichtet werden. Da niemand das alte Fahrzeug übernehmen wollte, hatte man es in den Stall geschoben.

Jetzt erinnerte man sich an den Karren. Fritz Adam reinigte die Kerzen, füllte Öl in Motor und Getriebe, Wasser mit Frostschutzmittel in den Kühler und Benzin in den Tank. Er ließ ihn im Pferdestall probelaufen und ratterte auch dreimal auf der Straße vor der Hauptwache hin und her.

„Berneggs Geheimwaffe", wie er schnell im Lazarett hieß, erwies sich noch als tauglich, nach Würzburg zu fahren und Morphium zu holen. An einem sonnigen Februartag fuhren Dora Graff und Fritz Adam ab, in Decken gehüllt, Wollschals um den Kopf gebunden, denn „Berneggs Geheimwaffe" hatte keine Frontscheibe mehr. Der Wastl Feininger hatte sie vor Weihnachten heimlich herausgenommen und zerschlagen und die Scherben auf die Stube B/14 gebracht. Aus ihnen hatte Erich Schwabe sein Glasmosaik für Ursula gemacht.

Die Stube B/14 hing aus den beiden Fenstern und winkte Fritz Adam nach. „Det is unser ureigenster Wagen", sagte der Berliner nachdenklich. „Kinda, ick hab' 'ne Idee! Det wird unsere Stubenkutsche für 'n Sonntagsbummel!"

„Pfeifen werden die uns was!"

„Uff'n Schrott lag det Biest. Fritze hat se wieder flott jemacht. Det is unsere Droschke. Ick werd' det der Mainetti schon beibiejen!"

Erich Schwabe beteiligte sich nicht an dem Abschied. Mehr als ein Monat seit der ersten Nasenoperation war vergangen, bis sich Professor Rusch entschloß, den Patienten wieder unters Messer zu nehmen. In einer mehr als zweistündigen Operation hatte er ihm ein knöchernes Nasengerüst aus Stücken des Schienbeins gebaut. Mit einer Präzision, die Lisa Mainetti stumm bewunderte, hatte er das Knochentransplantat so vorsichtig entnommen, daß das Periost nach allen Seiten hin geschont wurde, um den Osteoblasten ihre Regenerationsfähigkeit zu erhalten. Rusch atmete auf, als die Operation zu Ende war.

„Ich glaube, diesmal hat es geklappt", sagte er zu Lisa. „Man darf es sich eben nicht zu einfach machen."

Nun hatte Schwabe acht Tage strengste Bettruhe, lag auf dem Rücken und las Kriminalromane und historische Erzählungen aus der Lazarettbücherei. Nach Köln hatte er nichts geschrieben von der mißglückten ersten Operation und von der Gefahr der Blindheit, der er gerade noch einmal entronnen war. Dr. Mainetti hatte ihm alles ohne Beschönigung erzählt, und er war stark genug gewesen, mit einem verzerrten Lächeln zu sagen: „Na, dann eben noch mal, Frau Doktor. Die Nase muß auf jeden Fall wieder dran!"

„Jetzt sind se weg!" sagte der Berliner auf der Stube B/14. Man schloß die Fenster und setzte sich wieder an den Tisch zum Skatspiel. „Kinder, mit der Droschke fahr'n wa üba Land und orjanisieren Zusatzfressen! Ick möchte den seh'n, der beim Ankieken von fünf Köppen ohne Jesichter nich in die Hosen macht . . ."

„Bist a Erzviech!" sagte der Wastl anerkennend. „Schad, daß d' a Preiß bist . . ."

Mit der „Bernegger Geheimwaffe" dauerte es zwei Stunden länger als gewöhnlich, ehe Fritz Adam und Dora Graff über die alte Mainbrücke fuhren. In der Altstadt schwelten an verschiedenen Stellen noch immer Brände von dem großen Luftangriff, der kurz zuvor über Würzburg niedergegangen war, ein träger Geruch von Rauch, verbranntem Holz und Lumpen und kaltem Pulverschmauch lag fettig und ätzend über der schönen Bischofsstadt am Main.

„Urban ist heute auch in Würzburg", sagte Dora Graff, als sie kurz auf der Brücke hielten, den Main hinunterblickten und hinüber zu den verwahrlosten, früher so herrlichen Weinbergen von Randersacker. Ein Posten auf der Brücke winkte ihnen zu.

„Weiterfahren!" brüllte er.

„Verhüte der Himmel, daß wir den treffen! Der kriegt es fertig und macht mit uns mitten auf der Straße Wagenputzen und Fahrexerzieren."

Über zwanzig verschiedene Posten und Polizeiwachen fragten sie sich durch zur Heeresapotheke. Eine Schlange von Sanitätswagen wartete vor dem Gebäude. Sie holten Verbandszeug, Medikamente, Schienen, Tragen. Als Adam mit seinem keuchenden Wagen an die Schlange heranfuhr, empfingen sie Flüche, Kommandos und saftige Landserausdrücke.

„Das kann lange dauern", sagte Dora Graff. „Fahr den Wagen an die Seite, Fritz. Ich gehe zum Stabsapotheker und versuche, uns dazwischenzuschmuggeln."

Sie stieg aus, band den Schal ab, ordnete die Haare unter der Schwesternhaube und ging durch die wartenden Reihen zu dem von drängenden Menschen völlig verstopften Eingang.

„Platz da für das Karbolmäuschen!" riefen einige.

Lachen quoll auf. Jemand grölte: „Der Nachtisch für den Stabsapotheker."

Die Landser brüllten begeistert. Dora Graff reagierte nicht auf die wilden Späße. Sie drängelte sich zum Eingang vor und wurde nach ein paar weiteren Bemerkungen durchgelassen.

Fritz Adam ging unterdessen spazieren. In den Trümmern der zerbombten Häuser gruben die Bewohner nach brauchbaren Überbleibseln. Eine Matratze, ein zerbeulter Topf, ein Mantel, ein Stuhl mit drei Beinen, es gab Kleinholz genug, um das vierte zu ersetzen, ein Fotoalbum mit Bildern aus glücklichen, so weit zurückliegenden Tagen, ein paar Bücher . . .

Adam blieb stehen. Niemand beachtete ihn und sein zerstörtes Gesicht. Wer die Nachbarn wie brennende Fackeln über die Straße rennen gesehen und die auf Kindsgröße verkohlten Leichen am Bordstein gestapelt hatte, hatte den Blick für die Grauen des Krieges verloren. Für diese in den Trümmern wühlenden Menschen sah Adam fast normal aus. Er lebte, und das war das wichtigste.

Und dann sah er sie.

Sie bog um die Ecke, zwei Straßen weiter, trug einen grauen Persianermantel und eine runde Pelzkappe, hatte den Arm in den des Mannes eingehängt und trippelte in Stiefeln mit hohen Absätzen an seiner Seite, plappernd, verliebt, sich an ihn drükkend, ungeniert, ein schnurrendes, süßes Kätzchen.

Fritz Adam sprang einen Schritt zurück in den Eingang eines ausgebrannten Hauses. Die beiden blieben stehen, sie sprach auf ihn ein, lachend und sich in den Hüften wiegend, sie hob sich auf die Zehenspitzen und gab dem Mann einen Kuß auf die Wange. Er sah sich verlegen um und schien zu sagen, daß sich das nicht gehöre. Einen Offizier auf der Straße küssen – liebes Kind, das knackst die Achtung an, wenn Untergebene das sehen!

Fritz Adam wartete, bis sie weitergingen und kurz vor dem Hauseingang waren, in dem er stand. Dann trat er mit einem großen Schritt vor und versperrte ihnen die Straße.

„Guten Tag, Herr Oberarzt!“ sagte er völlig ruhig und hob dazu die Hand zum Deutschen Gruß. „Guten Tag, du Hure!“

Dr. Urban senkte den Kopf, er wurde blaß. Mit einem leisen Quietschlaut, wie eine gejagte Maus, war Irene Adam zwei Schritte zurückgeprallt und lehnte nun mit schreckensweiten Augen an der rußigen Hauswand.

„Adam!“ sagte Dr. Urban heiser. „Machen Sie hier keinen Skandal, verstanden? Im übrigen heißt der Gruß Heil Hitler!“

„Heil Hitler, du Hure!“ rief Adam.

Urbans Gesicht überzog sich mit einer hellen Röte. Es war eine fatale Situation, das erkannte er völlig illusionslos. Es war möglich, daß Adam auf ihn einschlug. Er würde dann zwar bestraft werden, aber auch Dr. Urban würde sofort versetzt werden, an die Front, die ohnehin nicht mehr weit war. Ein Offizier, der dem verwundeten Kameraden die Frau wegnimmt und sich auf offener Straße mit ihm herumschlägt, ist für die Armee untragbar.

„Ich warne Sie, Adam“, sagte Dr. Urban mit gefährlich leiser Stimme. „Es kommt nichts dabei heraus, wenn Sie hier Rummel machen. Seien Sie vernünftig!“

„Ich wollte Ihnen nur gratulieren, Herr Oberarzt.“ Fritz Adam blickte aus den Augenwinkeln zu Irene, die bleich vor Angst an die rußige Hauswand gedrückt stand. Sein im heißen Öl eines brennenden Panzers verschmurgeltes Gesicht zuckte wild. „Wenn Sie so idiotisch sein sollten, dieses Miststück zu heiraten ...“

„Er ist verrückt, Fred!“ schrie Irene Adam. „Er ist verrückt! Hilfe! Hilfe!“

Dr. Urban sprang zurück und legte ihr die Hand auf den Mund. „Dusseliges Frauenzimmer! Soll denn alles zusammenlaufen?“ Er drehte den Kopf zu Adam. „Ich werde mit dem Kameraden Adam alles in Ruhe regeln, von Mann zu Mann. Männer können immer zusammen sprechen, nicht wahr, Adam?“

Es war regelrechter Ekel, vermischt mit grenzenloser Verachtung, was in Fritz Adam aufstieg. Welch ein erbärmliches Schauspiel, dachte er. Wie widerlich war das alles. Man sollte kotzen vor Ekel.

„Verschieben wir es bis auf heute abend, nicht wahr? Wir fahren zusammen hinunter nach Bernegg, und ich lade Sie zu einer Flasche Wein ein.“ Dr. Urban versuchte ein freundliches Lächeln. „Und nun geben Sie den Weg frei, Adam, machen Sie keine Schwierigkeiten. Sehen Sie sich Irene an – sie ist so höflich, Ihnen nichts wegen Ihrer Beziehung zu der kleinen Dora Graff vorzuhalten.“

Das war der Augenblick, in dem in Fritz Adam die Mauer der Duldsamkeit zusammenstürzte. Es war keine Explosion, kein wilder verzweifelter Ausbruch. Ganz ruhig und fast langsam geschah es. Er trat auf Dr. Urban zu, sah ihn stumm an und schlug dann mit der flachen Hand mitten in das lange, erwartungsvolle Gesicht. Die Offiziersmütze flog in einem Bogen vom Kopf und rollte in die rußigen Trümmer des ausgebrannten Hauses. Irene quietschte wieder auf, aber sie rief nicht mehr um Hilfe, auf dem Gesicht Urbans begannen sich schnell, mit einer leichten Schwellung, die fünf Finger Adams abzuzeichnen.

„Heil Hitler, Herr Oberarzt!" sagte Adam ruhig. „Es steht Ihnen frei, etwas gegen mich zu unternehmen!"

Fritz Adam drehte sich um und ging wieder die Straße hinunter. Die Wagenschlange vor der Heeresapotheke hatte sich beträchtlich verlängert. Dora Graff stand an „Berneggs Geheimwaffe" und sah unruhig nach allen Seiten. Als sie Adam von weitem kommen sah, rannte sie ihm entgegen. „Fritz!" rief sie. „Fritz! Wo bleibst du denn? Ich habe die Kartons. Wir sollen von hinten heranfahren und aufladen. Wo hast du denn gesteckt?"

Fritz Adam wischte sich über das verbrannte Gesicht, über Narben, Runzeln und eingeheilte Hautlappen.

„Ich habe mir Würzburg etwas angesehen", sagte er, und nichts war in seiner Stimme von Erregung oder Enttäuschung. „Eine interessante Gegend. Komm, wir laden auf."

Er legte den Arm um Dora Graffs Schulter und ging mit ihr zu dem alten, klapprigen, verrosteten Auto zurück.

Am 1. April war Ostern.

Mannheim, Wiesbaden und Frankfurt/Main waren gefallen, in langen Heersäulen zogen die Amerikaner den Main hinauf, auf Würzburg zu. In den Kellern und zwischen den Trümmern verbrannten die Parteifunktionäre ihre gelben und braunen Uniformen, der Kreisleiter tauchte noch einmal kurz in Bernegg auf, holte von einem Bauernhof drei große, verschlossene Koffer ab und fuhr mit seinem Dienstwagen nach Norden. Unterwegs, in einem Waldstück, hielt er an, zog seine Uniform aus, warf sie ins Dickicht, stieg in einen dezenten blauen Zivilanzug und fuhr dann weiter, um schnell den Thüringer Wald und an ihm vorbei den Harz zu erreichen.

Erich Schwabe hatte Ursulas Bild auf dem Nachttisch mit frischen Frühlingsblumen geschmückt, die er um den Teich herum gepflückt hatte. Nun ist sie Ostern doch bei mir, dachte er. Und wie sie mich anlächelt, wie lustig ihre blauen Augen sind. Wie mag es ihr jetzt in Köln gehen? Und die Osterfreude versank in Angst.

„Berneggs Geheimwaffe", das alte belgische Auto, stand in einer Ecke des Parks. Um einer Beschlagnahme zuvorzukommen, hatte Fritz Adam den Vergaser ausgebaut und versteckt. „Dieser Wagen ist später Gold wert!" sagte er zu Dora Graff. Er gab ihr den Vergaser, sie legte ihn in ihrem Kleiderschrank unter die Unterwäsche. Es war ein sicherer Platz.

Am 9. April knirschten die ersten amerikanischen Panzer über die Straße von Wertheim nach Würzburg. Aus den Fenstern der kleinen Orte und Maindörfer wehten weiße Fahnen, Bettücher, Handtücher, große Taschentücher. Irgendwo läuteten sogar vom Krieg verschonte Glocken.

Am Morgen des 10. April, bei der Tagesschicht im OP, fehlte Oberarzt Dr. Urban. Professor Rusch winkte dem Famulus Baumann. Nun mußte auch Baumann trotz seiner geringen medizinischen Kenntnis operieren. Er band ab, er versorgte Wunden und Splitterverletzung, er operierte Steckschüsse heraus und half bei Notamputationen. Die wenigen Ärzte wankten an den Tischen vor Übermüdung.

„Holen Sie Urban!" sagte Rusch grob. Unrasiert stand er vor einem gelb-weißen Leib, in dem die Splitter steckten wie die Stacheln eines Igels. „Der Kerl hat wieder zuviel Morphium genommen ..."

Baumann kam sofort zurück. Schon an der Tür hob er die Schultern.

„Nicht da, Herr Oberstabsarzt."

„Was heißt, nicht da?" bellte Rusch.

„Dr. Urban ist weg! Das Zimmer ist leer, das Bett unberührt und ..."

„Das ist doch wohl nicht möglich!" rief Rusch. Er warf die Pinzette hin, mit der er die Splitter aus dem Leib gezogen hatte. „Dr. Vohrer – sehen Sie mal gründlich nach!"

Auch Assistenzarzt Dr. Vohrer kam nach fünf Minuten zurück. Sein Gesicht war verkniffen.

„Der Herr Oberarzt ist getürmt!" sagte er so laut, daß alle es hörten. Im OP war plötzliche Stille, die Instrumente ruhten, die Köpfe waren hochgeflogen. „Ich habe nachgesehen. Er hat alles dagelassen, nur einen kleinen Koffer hat er anscheinend mitgenommen. Ich habe die Wache angerufen. Es stimmt. Dr. Urban hat gestern gegen 23 Uhr ohne nähere Angaben das Haus verlassen. Zu Fuß."

Professor Rusch winkte nach hinten. Eine neue Pinzette wurde gereicht. „Machen wir weiter, Jungs!" sagte er schwer atmend. „Was – was geht uns das an!"

Dr. Lisa Mainetti zögerte. Dann trat sie vom Operationstisch zurück, zog ihre Gummihandschuhe ab und warf sie in einen Eimer. Von einem Verdacht getrieben, rannte sie aus dem OP.

In der Lazarettapotheke sah sie ihren Verdacht bestätigt. Die Türen des Giftschranks waren mit einem Stemmeisen aufgebrochen, Kartons lagen zerrissen und leer darin.

Langsam ging Lisa Mainetti zum OP zurück. Ihr Gesicht war fahl geworden. Sie wusch sich erneut, ließ sich die Gummihandschuhe überziehen und trat an den Tisch zurück. Rusch sah kurz auf.

„Was ist?"

„Nichts weiter." Lisa klammerte eine Arterie ab, um eine Blutung zu stillen. „Wir haben nur kein Morphium mehr. Er hat alles mitgenommen."

Am 11. April rückten die Amerikaner in Bernegg ein, ein paar Tage nach der Besetzung Würzburgs. Vier Jeeps und zwei leichte Panzer rasselten die Straße zum Schloß hinauf. Vor der Hauptwache gingen die Panzer in Stellung. Dr. Vohrer und Famulus Baumann traten aus dem Tor, in weißen Arztkitteln, waffenlos. Die Wache trat auf der Straße an, in Stahlhelm, Koppel und mit allen Ehrenzeichen. Aber ohne Waffen. Die lagen gestapelt in der Wachstube, daneben die Munition.

Aus dem ersten Jeep stieg eine kleine, drahtige Gestalt mit einem runden Stahlhelm und einer grünlichen Kampfuniform. Das Gesicht war verschwitzt und mit Staub verschmiert. Dr. Vohrer ging dem Amerikaner entgegen und grüßte mit einem Kopfnicken.

„Hier ist das Speziallazarett für Gesichtsverletzte Schloß Bernegg", sagte er in fließendem Englisch. „Der Chefarzt Professor Dr. Rusch erwartet Sie, Sir."

Der kleine Mann grüßte zurück. „Ich weiß", sagte er in ebenso fehlerfreiem Deutsch. „Ich freue mich, Ihren Professor begrüßen zu können. Ich bin Major James Braddock."

In der Halle kamen ihnen Rusch und Dr. Mainetti entgegen. Braddock riß die kleinen Augen auf, als er Lisa sah. „Eine Lady hier?" fragte er Vohrer verblüfft. Dann blieb er stehen, grüßte straff und machte eine höfliche Verbeugung. „Major Braddock. Ich habe den Befehl, das Lazarett zu besetzen und zu übernehmen. Bis zur weiteren Regelung setzen Sie Ihre ärztliche Tätigkeit fort."

Lisa Mainetti streckte Braddock die Hand hin. „Major!" sagte sie. „Nun sind Sie der Chef. Ich brauche sofort 100 Ampullen Morphium!"

10

Major James Braddock lachte und schob mit dem Zeigefinger der rechten Hand den runden Helm in den Nacken. Er lachte richtig laut wie über einen fabelhaften Witz und sah dabei die stummen, mit verschlossenen Gesichtern dastehenden deutschen Ärzte der Reihe nach an. „Ein guter Witz!" sagte er, als er sich etwas beruhigt hatte. „Morphium! Ich kann Ihnen viertausend Flugblätter geben mit dem Aufruf, die Waffen wegzuwerfen und der US Army mit erhobenen Armen entgegenzukommen – aber Morphium?"

Dr. Lisa Mainetti hob die Schultern. „Wir haben noch 24 Ampullen für 236 Verwundete, Major. Ich nehme an, daß Sie durch das Lazarett geführt werden wollen. Der Rundgang wird Sie überzeugen, daß die Situation durchaus nicht zum Lachen ist!"

James Braddock nahm seinen Helm ab. Seine Haare waren schon angegraut. Ohne Helm sah er älter aus, fast wie ein kleiner Gemüsehändler, der sich für einen Kostümball eine Uniform ausgeliehen hatte. Hinter ihm, in der Eingangshalle und von der Hauptwache her, hörte man Lärmen, amerikanische Kommandos und das Umstürzen von Stühlen und Schränken. Die Panzerbesatzungen durchsuchten die Hauptwache nach versteckten Waffen und Munition. Mit dem Gesicht zur Wand, die Hände in den Nacken gelegt, standen die deutschen Soldaten im Wachraum.

„Ich bin kein Arzt, Miß!" sagte Braddock. „Ich habe die Aufgabe, das Lazarett militärisch zu besetzen, die gesunden deutschen Soldaten als Gefangene abzuliefern, die Gebäude nach Kriegsmaterial zu durchsuchen und Ihnen zu sagen, daß auch Sie sich als Gefangene der US Army zu betrachten haben. Es wird auf Sie sofort geschossen werden, wenn Sie den Lazarettbereich verlassen!"

Professor Rusch nickte. Er griff in die Tasche und hielt Braddock auf der flachen Hand seine kleine Offizierspistole entgegen. „Das ist meine ganze Bewaffnung, Major", sagte er dabei. „Ob Krieg oder nicht Krieg, ob unter Hitler oder Roosevelt – ich bin Arzt und gehöre zu meinen Patienten. Ich stehe dafür ein, daß niemand versuchen wird, das Lazarett heimlich zu verlassen. Unsere Verwundeten sind nicht das, was man landläufig Verletzte nennt, die jeder Arzt behandeln kann. Hier liegen über 200 Männer, die kein Gesicht mehr haben!"

James Braddock klemmte seinen Helm unter den linken Arm. Er war sehr ernst geworden. „Es ist mir bekannt, Professor. Ich wurde auf Ihre Spezialklinik schon in Frankfurt aufmerksam gemacht, und später in Aschaffenburg." Er sah auf seine mit einem Schutzleder eingefaßte Armbanduhr.

„In zwei Stunden etwa treffen sie ein."

„Wer?" fragte Lisa Mainetti.

„Drei amerikanische Soldaten. Sie haben bei Darmstadt, Hanau und Miltenberg ihr Gesicht verloren. Es ist der Wunsch unseres Generals, daß sie bei Ihnen so lange versorgt werden, bis sie in die Staaten ausgeflogen werden können."

„Ohne Morphium, Major?" sagte Lisa steif.

„Für unsere drei Verwundeten werden die Medikamente mitgeliefert werden. Außerdem wird Dr. Red Stenton mitkommen, der die Oberaufsicht übernimmt." Braddock wurde wieder dienstlich. „Räumen Sie drei gute Zimmer!" Und zu Professor Rusch: „Bitte, führen Sie mich durch das Haus, Sir."

Dr. Vohrer übernahm die Aufgabe, drei Zimmer räumen zu lassen. Er verlegte die Gesichtsverletzten in die größeren Räume und ließ aus dem Bunker die frei gewordenen Strohsäcke heraufkommen. Frei geworden bedeutete, daß die bisherigen Inhaber der Strohsäcke im Laufe des Tages gestorben waren.

Langsam, sehr gründlich, ging Major James Braddock durch die Zimmer. Er prüfte die Betten für die drei amerikanischen Soldaten, besah sich die Gesichter einiger Neueingänge, die mit Druckverband, Schienen und einer Tracheotomie, zum Teil noch im Wundschock, regungslos auf den Säcken lagen. In Zimmer B/14 erwartete ihn ein besonderer Genuß. Kaum öffnete sich die Tür, schrie der Berliner „Achtung!". Die Männer sprangen vom Tisch hoch, um den sie in Erwartung der kommenden Dinge gesessen hatten, nahmen Haltung an, und der Wastl Feininger, aufgeregt, erschüttert, aus der Fassung gebracht, daß für ihn der Krieg endlich zu Ende war, vergaß das Denken. Mit dem Kommando „Achtung!" verband sich bei ihm eine jahrelange selbstverständliche Reaktion. Und so stand er auch jetzt wie ein Pflock und brüllte in die Stille hinein: „Heil Hitler!"

Der Famulus Baumann wurde bleich und faßte sich an die Stirn, Major Braddock drehte sich zu Dr. Mainetti um.

„Aha!" sagte er. „Das ist die Stube, in der Sie die Verrückten aufbewahren?"

Auch dem Wastl war nach seinem zackigen Heilgebrüll klar geworden, was für ein Hornochse er war. Sein Gesicht mit dem riesigen Rollappen wurde tief rot, seine stramme Haltung weichte auf, Fritz Adam trat ihm schmerzhaft gegen das Schienbein, und der Berliner murmelte: „So wat sollte man kastrieren!"

Major Braddock kam langsam auf Feininger zu. Zwei Schritte vor ihm blieb er stehen und sah ihn gründlich an. Der Wastl grinste verlegen und breit. Jetzt haut er mir die Fresse ganz kaputt, dachte er. Gerade jetzt, wo der Krieg vorbei ist. Und der Urban ist schuld, dieses Mistvieh. Er hat uns eingedrillt, nach „Achtung" immer „Heil Hitler" zu schreien. Wie kann man verlangen, daß der Mensch sich so schnell umstellt.

„Ein klein wenig blöd, was?" fragte Braddock ruhig.

Feininger nickte. „Dös bin i, Herr Ami."

„Der Krieg ist vorbei!"

„Juchhei!" machte der Wastl.

Blöd sein, dachte er innerlich verzweifelt. Das ist noch der einzige Ausweg. Der Kaspar Bloch hat den Tauben gespielt und ist durchgekommen. Maria hilf, daß mir das Blödsein so gut gelingt. Er grinste Major Braddock breit an und hob wedelnd den Zeigefinger.

„Seids ganz schön g'fahrn. Von Neff York bis Bernegg. Tempo habts ihr, dös muß ma sagen!"

Major Braddock wandte sich zu Dr. Mainetti um. „Sind die in dieser Stube alle so?"

„Nein." Über Lisas schmales, südländisches Gesicht zog ein Schimmer stiller Freude und unterdrückten Lachens. „Auch dieser Mann da, der Wastl Feininger aus Berchtesgaden, ist nicht blöd, Major. Was er jetzt macht, tut er aus Verzweiflung. Es ist ihm vorhin so 'rausgerutscht. Er hat es ja nicht anders gekannt. Und nun hat er nichts als Angst."

Feininger starrte Lisa an wie ein bettelnder Hund. James Braddock wandte sich ihm wieder zu.

„Wir fressen keinen!" Er klopfte Feininger auf den Arm und nickte ihm zu. „Hoffentlich klappt alles mit Ihrem Gesicht." Er sah sich nach Professor Rusch um. „Es wäre übrigens eine Idee, Fotos besonders ausgesuchter Gesichtsverletzter in die Zimmer aller Staatsmänner zu hängen – für den Fall, daß sie einmal das Gesicht des Kriegs vergessen sollten!"

Eine Stunde lang ging Major Braddock durch den Block B. In den Bunkern blieb er besonders lange, bei den Sterbenden und den Schreienden, für die kein Morphium mehr vorhanden war.

„Ich bin mit meinem Stab unten in Bernegg", sagte er, als er wieder in seinen Jeep stieg, zu Professor Rusch. Die beiden leichten Panzer blieben am Eingang stehen, ein Zug amerikanischer Infanterie hatte die Wache übernommen. Ein neu hinzugekommener Lastwagen transportierte die deutschen Soldaten ab, sie standen eng zusammengepfercht auf der Ladefläche und hielten sich an den Seitenwänden fest. „Leutnant Potkins wird im Lazarett bleiben."

Professor Rusch sah verwundert auf die Hand, die sich ihm entgegenstreckte. Braddock bemerkte das Erstaunen.

„Mein Händedruck gilt dem Arzt, der meine drei Kameraden pflegen wird, nicht dem Deutschen!“ sagte er hart.

Rusch legte seine Hand in die des Amerikaners. „Sind meine Gesichtsverletzten auch Kriegsgefangene?“ fragte er.

„Was denken Sie?“ Braddock winkte. Der Motor des Jeeps heulte auf. „Ob mit oder ohne Gesicht – bis zu anderslautenden Befehlen sind es deutsche Soldaten.“

Drei Stunden später fuhr in schneller Fahrt ein amerikanischer Sanitätswagen durch das Einfahrtstor vor die Aufnahme. Ein junger Offizier, der über seiner Uniform einen weißen Kittel trug, sprang aus dem Fahrerhaus, kaum daß der Wagen hielt. Von der amerikanischen Wache rannten sechs Mann heran und ergriffen die Tragen, als die Rückwand des Wagens aufklappte. Lisa Mainetti und Dr. Vohrer standen bereits im OP, als die drei amerikanischen Gesichtsverletzten hereingetragen wurden. Man hatte ein Tuch über ihre Köpfe gelegt, als könne selbst die Sonne den Anblick nicht ertragen.

„Doktor Stenton“, sagte der junge Offizier. Auch er betrachtete Lisa verblüfft, wie sie in Gummihandschuhen neben dem Operationstisch wartete, neben sich den Famulus Baumann und die OP-Schwester.

Es waren schwere Gesichtsverletzungen, aber sie waren blendend versorgt worden. Die Schienen an den zerschossenen Kiefern saßen, obwohl sie nur provisorisch waren, genau und rutschfest, die Druckverbände waren aus bestem Material, die Verwundeten schliefen unter der Einwirkung beruhigender und schmerzstillender Drogen. Das erstaunlichste war ein weißgraues Pulver, das auf einigen offenen Wunden lag. Dr. Mainetti sah Dr. Stenton an, der auf der anderen Seite des Tisches gewandt, wortlos, mit schnellen Fingern bei der Bloßlegung der Gesichter half.

„Was ist das?“ fragte Dr. Mainetti und zeigte auf den Puder.

„Penicillin!“

„Dieses geheimnisvolle Wundermittel?“

„Nicht geheimnisvoll.“ Doktor Stenton lächelte. „Vielleicht für Germany. Sind hier 50 Jahre zurück! Wo Penicillin, keine Eiterungen!“

Lisa Mainetti schwieg. Wir sind nicht 50, wir sind 1000 Jahre zurück, dachte sie verbittert. Wie phantastisch diese neuartigen Klammern sind, mit denen sie die Kiefer ausrichten und stilllegen. Wie wundervoll ist das Verbandsmaterial, neu, saugfähig, reißfest. Und wir wickeln seit Jahren mit Binden, die immer wieder gewaschen werden, deren Kanten ausfransen, die dünn sind wie Spinnweben. Und Penicillin haben sie. Wie stolz er es sagt: Es gibt keine Eiterungen mehr . . . Erst viel später sollte sich herausstellen, daß für die plastische Chirurgie andere Gesetze gelten und es heute eine Grundregel bei Gesichtsverletzungen ist, von der örtlichen Anwendung der Antibiotica Abstand zu nehmen.

Sie hemmen zwar das Wachstum von Wundbakterien, zugleich jedoch auch die Wundheilung und begünstigen die Entstehung unschöner Narben und Verwachsungen.

Durch die Tür des OP stürzte Professor Rusch. Er war aufgeregt, zum erstenmal sah man ihn mit unordentlichen Haaren und flatternden Bewegungen. Er rannte an den Tisch Dr. Mainettis und drehte sie an den Schultern zu sich um.

„Lisa", sagte er, atemlos vom schnellen Laufen. „Lisa, ein amerikanischer Wagen ist gekommen. Mit Verbandsmaterial, mit chirurgischem Besteck, mit Morphium, mit diesem neuen Penicillin, mit allem, was uns fehlt!"

„Sie sorgen gut für ihre drei Mann! Sie demonstrieren unseren Irrsinn, gegen sie den Krieg gewinnen zu wollen!"

„Nein, Lisa, nein! Begreifst du denn nicht." Rusch wischte sich über die Augen, als müsse er aus einem schweren Traum erwachen. „Es ist für uns – für uns, Lisa!"

Dr. Mainetti legte die Schere hin, mit der sie gerade ein Stück Bindegewebe abgetrennt hatte. „Für uns?" Sie sah zu Doktor Stenton. „Für uns?"

Stenton nickte. „Yes! Seit Abraham Lincoln kennen wir die Humanität."

„Bumm!" Lisa beugte sich wieder über das zerstörte amerikanische Gesicht. „Dr. Stenton ist ein Genie darin, gut sitzende Ohrfeigen zu verteilen!" Während sie den Kiefer vorsichtig mit einer Sonde abtastete, ob lose Splitter vorhanden waren, schielte sie zu Stenton hinauf. „Nun erwarten Sie ein kräftiges ‚Thank you', nicht wahr?"

„Yes!“ sagte Stenton grinsend.

„Das ist schade. Humanität will keinen Dank. Sie gehört zur Menschenwürde.“

Professor Rusch wandte sich ab und rannte wieder hinaus. Doktor Stenton lachte leise. Mit einer stumpfen, gebogenen Schere drohte er Lisa Mainetti.

„Sie sind ein Teufelskerl!“ sagte er.

Auf dicken Gummisohlen an den Stiefeln, fast lautlos, trugen amerikanische Soldaten die Kisten mit Verbandsmaterial und Medikamenten in das Lazarett. Auch zwei Neger waren darunter, große, kräftige Kerle, schwarz wie Ebenholz, mit starken, weißleuchtenden Zähnen und krausen Haaren. Es waren die ersten Neger, die der Wastl Feininger in seinem Leben sah. Er prallte auf sie, als er von der Toilette zurückkam. Obwohl nicht klein, war der Wastl ein Wicht gegen sie.

„Kruzisakra!“ sagte er in der Stube B/14 und setzte sich betroffen auf sein Bett. „Dös san Mannsbilder! Wenn dö d'Resi sieht – gar nie mehr hoamkemma brauch' i! Mir san ja Zwergl dagegen!“

Mit dem Wagen voller Lazarettmaterial kam noch ein amerikanischer Offizier. Ein Verwaltungsoffizier, der sich in Block A ins Zimmer des Stabsintendanten setzte und ihn und zwei Zahlmeister ins Sammellager nach Bernegg abtransportieren ließ. „Das machen wir allein!“ sagte er zu dem Stabsintendanten.

„Ein neuer Zahlmeister, diesmal von den Amis!“ meldete der Famulus Baumann im OP, der dem Wechsel zugesehen hatte. „So was haben die also auch!“

„Das beruhigt!“ sagte Lisa Mainetti sarkastisch. „Baumann – Kampfer, aber schnell! Man sieht, es bleibt alles beim alten, nur die Monturen wechseln!“

Es blieb nicht alles so, wie es vordem war.

Noch wurde im Ruhrkessel gekämpft, Magdeburg und Leipzig wurden erobert, von Küstrin und Frankfurt/Oder aus nahmen die Sowjets Berlin in eine tödliche, sich immer enger schließende Zange, da erschien Major James Braddock wieder auf Schloß Bernegg. Er hatte die Belegungslisten des Lazaretts studiert und war auf einen Fehler gestoßen.

„Ich möchte Dr. Fred Urban sprechen", sagte er, als er im Chefzimmer mit Rusch und Dr. Mainetti zusammensaß.

„Ich auch!" sagte Lisa.

„Was heißt das?" Major Braddock wurde sehr grob. „Sie hatten mir Ihr Wort gegeben, Professor, daß niemand . . ."

„Dr. Urban setzte sich ab, bevor die amerikanischen Truppen einrückten, Major." Professor Rusch zerdrückte die amerikanische Zigarette, die Braddock ihm angeboten hatte. Der ungewohnte Virginiatabak verursachte ihm ein flaues Gefühl im Magen.

„Warum ist er weg? Als einziger, nicht wahr?"

Rusch hob die Schultern. „Es wird eine Art Panik gewesen sein. Wir wissen es nicht." Dabei sah er Lisa an, bittend, zu schweigen. Sie verstand seine Anständigkeit nicht und blickte weg, Braddock bemerkte es, ohne darauf einzugehen. Aus seiner Uniformtasche holte er eine kleine, flache Flasche Whisky und stellte sie auf den Tisch.

„Haben Sie drei Gläser, Madam?"

„Sofort."

Während Lisa drei Gläser aus Ruschs Bücherschrank nahm und sie unter dem Wasserhahn ausspülte, blätterte Braddock in den Röntgenaufnahmen und Krankengeschichten. Rusch wartete auf die nächsten Fragen, er spürte, wie Braddock nach einem Übergang suchte.

„Der Krieg ist für Deutschland verloren", sagte der Major langsam. „Es kann sich nur um einige Wochen bis zur völligen Kapitulation handeln. Ihr Land, Professor, ist zerstört, es wird noch ärmer werden nach der Kapitulation. Ihr Volk hat einen Krieg verloren, wie noch nie ein Volk vorher einen Krieg verloren hat."

Er goß die Gläser voll, die ihm Lisa reichte. Professor Rusch legte seine Hand über sein Glas, als könne sich der Whisky verflüchtigen.

„Warum erzählen Sie mir das, Major? Wir wissen es, und wir haben es nicht anders verdient. Wenn eine Hammelherde einem Leithammel nachrennt und dieser stürzt in eine Schlucht, so stürzt die Herde blindlings hinterher. Das ist ein Naturphänomen."

„Es ist verfrüht, darüber zu sprechen, ich weiß." Braddock

trank sein Glas Whisky mit raschen, kleinen Zügen leer und reichte es Lisa wieder hin, die es erneut vollgoß. „Aber ich könnte mir denken, daß es auf der Welt andere Plätze für Sie gibt als gerade einen Aschenhaufen."

Professor Rusch nippte an seinem Glas. Der ungewohnte, pure Whisky brannte in seiner Kehle. Er mußte husten und setzte das Glas ab. „Ich bin Deutscher, Major."

„Aber Ihr gesichtschirurgisches Können ist international bekannt."

„Ich bin erstaunt, Major." Rusch nahm trotz der Stärke des Tabaks eine neue Zigarette aus der Packung Braddocks. „Ihr General Eisenhower hat das ‚No fraternisation' verkündet, und Sie sitzen hier wie ein guter Freund."

„Das ist meine Privatsache." James Braddock trank wieder. „Die unangenehme Seite meines Dienstes hat damit nichts zu tun. Ich muß Ihnen zum Beispiel ankündigen, daß ab sofort nur noch 700 Kalorien pro Mann und Tag zugeteilt werden können! Deutsche Bestände sind nicht mehr da. Wir müssen diese 700 Kalorien also von unseren Truppenkontingenten abzweigen. Es muß genügen!"

„Wäre es nicht besser, einige hundert Ampullen Morphium zu liefern? Wir könnten dann unsere Verwundeten schneller erlösen als durch einen langwierigen Hungertod!" sagte Lisa Mainetti. Sie stellte das Whiskyglas hart auf den Tisch und zerdrückte ihre Zigarette.

Braddock verstand die Demonstration. Er erhob sich abrupt. „Machen Sie bitte Herrn Hitler dafür verantwortlich. Wir haben die Aufgabe, Deutschland zu erobern, nicht, es zu ernähren!"

Er steckte seine Whiskyflasche wieder ein und trank sein Glas aus. An der Tür drehte er sich noch einmal um.

„Ich habe die Personalakten dieses Dr. Urban heraussuchen lassen. Ich bin informiert." Er schüttelte den Kopf, als stehe er vor einem Rätsel. „Euch Deutsche soll einer verstehen. Ihr putzt die Schweine noch, die euch den Stall verdrecken."

Die 700 Kalorien wirkten sich bald aus.

Dünne Suppen, ein Kleckschen Margarine, ein paar amerikanische Kekse, ein Büchschen Schinken mit Ei, ein Würfelchen Preßtee, ein flaches Stanniolmäppchen Nescafé, eine Stange aus getrockneten Früchten und ab und zu eine Kelle voll rosafarbener Rosinensuppe aus Trockenmilch – das war die Ernährung.

Es gab keine Post mehr. Irgendwo mußte sie sich stapeln, vielleicht verbrannte man sie auch, weil sie nur den Transport wichtigerer Güter belastete. Vor allem Walter Hertz wartete auf ein Lebenszeichen von Petra. Bei dem Zusammenbruch Deutschlands mußte auch der Fabrikant Wolfach hinweggefegt worden sein. Und mit ihm Petra. In langen vergangenen Wochen war es Walter Hertz klargeworden, daß er falsch an dem Mädchen gehandelt hatte. Es war im Grunde so einsam gewesen wie er, in eine Welt gestellt, die ihrem Wesen zuwider war und die sie ertragen mußte, weil der Mittelpunkt dieser Welt ihr eigener Vater war. Nun war das alles zusammengebrochen, und irgendwo mochte sie jetzt sein, ausgestoßen ohne Hoffnung.

Aber schlimmer als alle seelischen Qualen waren die 700 Kalorien.

Der Wastl Feininger fiel vom Fleisch und schreckte nachts mit einem Aufschrei hoch, weil er von Weißwürsten, G'selchtem und einer Haxe mit Kraut träumte. Er war es auch, der eine glorreiche Idee gebar und dem Spruch Wahrheit verlieh: Ein Genie muß hungrig sein.

Er führte seine Idee im Alleingang aus, sich bewußt, daß die anderen ihn für blöd halten würden. Mit einer Bettpfanne in der Hand, als habe man ihn zur Unterstützung gerufen, pilgerte er zu den drei ausgeräumten Zimmern, in denen die drei amerikanischen Gesichtsverletzten allein lagen. Neben Dr. Red Stenton kümmerte sich noch Dora Graff und natürlich Dr. Mainetti um sie.

Feininger hatte Glück. Im ersten Zimmer war niemand. Der amerikanische Soldat lag allein. Man hatte ihm die Trachealkanüle wieder entfernt und den Luftröhrenschnitt vernäht. Er atmete wieder durch den Mund und durch zwei Plastikröhrchen, die seine Nasenlöcher offenhielten. Bei jedem Atemzug rasselte und pfiff es.

„Bye-bye!" sagte der Wastl und setzte sich an das Bett. Er hatte dieses Wort von den Negern aufgeschnappt und glaubte irrtümlich, daß es eine Begrüßung sei. Der amerikanische Verwundete nickte schwach. Er hatte helle, blaue Augen und kurzgeschorene, blonde Haare, die jetzt wie Stoppeln den Kopf überwucherten.

„Langweilig, was?" fragte der Wastl. Er stellte die Bettpfanne auf den Boden, um sie als Alibi sofort hochzureißen, wenn jemand das Zimmer betreten sollte. Ich setz' ihn sogar drauf, ob er will oder nicht. Sagen kann er ja nichts, dachte er.

Da kann gar nichts passieren.

„Nix Lust?" fragte er und machte vor den Augen des Amerikaners die Bewegung von Kartenmischen und Aufspielen. „Skat! 17 und 4! Mauscheln! Herzblättchen! 66! Doppelkopp! Sakrament, kennt's ihr koa G'spül?"

Der amerikanische Gesichtsverletzte schien zu verstehen. Er hob die Hände und zuckte mit den Schultern. Wastl Feininger atmete auf. Er nahm den Block Papier, auf dem der Verletzte seine Wünsche aufschrieb, und malte in dicken, klobigen Buchstaben:

„Nr. B/14."

Er reichte das Blatt hin und tippte auf die Zahl.

„Dös bin i!" sagte er. „I!" Er zeigte auf sich. Dann bückte er sich, nahm die Bettpfanne und nickte dem Amerikaner zu. „Bye-bye!" sagte er wieder freundlich grinsend und verließ zufrieden das Zimmer.

Der Erfolg war verblüffend. Er stürzte Dr. Stenton in einen Gewissenskonflikt, der ihn zwang, bei Major Braddock anzurufen. Braddock kam sofort hinauf zum Schloß.

„Wem gehört diese Schrift?" fragte er und zeigte das Blatt Papier mit der Zahl B/14 zuerst Professor Rusch, dann Dr. Mainetti. „Der Kerl, der das geschrieben hat, bringt meine Verwundeten durcheinander. Sergeant Rondey verlangt – und er ist nicht davon abzubringen – auf Zimmer B/14 verlegt zu werden. Er tobt, weil er nicht mehr allein sein will."

Dr. Mainetti gab Braddock den Zettel zurück. „Für Verletzte, wie unsere Fälle es sind, ist es immer eine große psychologische Hilfe, in der Gemeinschaft mit Gleichleidenden zu leben. Einzelzimmer fordern zu sehr zum Nachdenken heraus und verstärken nur noch das Gefühl, ausgestoßen zu sein."

„Das leuchtet ein!" Braddock rannte erregt hin und her. „Aber es ist unmöglich! Ein Sergeant der US Army auf einem Zimmer mit deutschen POWs! Das ist völlig ausgeschlossen! Wenn das bekannt würde!"

„Aus diesem Hause sind noch nie Geheimnisse getragen worden, Major. Es ist eine Welt für sich – die abgeschlossene Welt der Gesichtslosen. Hier gelten ganz andere Gesetze als draußen, viel bessere."

Major James Braddock steckte die Hände in die Hosentaschen. „Wer hat diesen Zettel geschrieben?"

„Das wird sich nie feststellen lassen", sagte Professor Rusch.

„Schweinerei!" Braddock blieb vor Rusch stehen. „Was soll ich tun?"

„Legen Sie Ihren Sergeanten Rondey auf Zimmer 14."

„Diesen billigen Rat konnte ich mir selbst geben!"

Wütend rannte Braddock hinaus. Zwei Stunden verhandelten Braddock, Leutnant Potkins und Dr. Stenton mit dem Verwundeten. Es wurden Seiten vollgeschrieben und harte Worte gebrüllt. Sergeant Rondey wollte weg. Heraus aus der Einsamkeit. Er wollte Karten spielen.

„Ich liebe die Deutschen nicht", schrieb er auf seinen Block, „aber es sind Menschen."

Endlich gab Braddock seufzend nach, nachdem er durch Handschlag Leutnant Potkins und Dr. Stenton zum Schweigen verpflichtet hatte. Am Abend fuhr man Rondey durch die Tür des Zimmers 14. Sein Bett war aufgeschlagen, die Insassen der Stube 14 hockten auf ihren Stühlen – es war ein ebenso feierlicher Augenblick wie bei der Überreichung eines Weihnachtsgeschenkes.

„Bye-bye!" sagte der Wastl wieder, als Rondey in seinem Bett lag und mit einem Winken und einem glücklichen Leuchten seiner hellen, blauen Augen die deutschen Gesichtsverletzten begrüßte. „Die Kuh ist da."

„Wieso Kuh?" fragte der Berliner.

„Ja, seid's ihr denn blöd! In vier Wochen frißt er wieder. Aber sovüll, wie der kriagt, kann er gor net fressen! Und wos übrigbleibt, bleibt, ihr Deppen – a Melkkuh is der doch, ihr Deppen, ihr damischen!"

Die Männer der Stube 14 schwiegen andächtig und sahen

zu Sergeant Rondey hinüber. Ein herrliches Ei war ihnen ins Nest gelegt worden. Wenn es ausschlüpfte, hatten alle etwas davon. Es gab zu essen, es gab zu rauchen, es gab Pakete aus Amerika, und es gab etwas, was den Berliner und den Wastl vom Stuhl riß, als sie es beim Auspacken aus dem Kleidersack Rondeys zogen: eine Kollektion Fotos nackter Frauen.

„Sakrakruzidonnerwetter!" brüllte der Wastl. „Jetzt san 700 Kalorien noch zuvüll!"

Der Selbstmord Hitlers, die Eroberung der letzten deutschen Städte, wen kümmerte es noch auf Schloß Bernegg. Nur als Berlin von der Roten Armee überflutet wurde, saß der Berliner auf seinem Bett in der Ecke und weinte. Man verstand diesen Schmerz, niemand redete ihm zu oder versuchte, ihn zu trösten, weil es sinnlos war. Allein saß er da, mit dem Gesicht zur Wand, und schluchzte. Auch Sergeant Rondey schien zu wissen, was diese Stunde im Leben dieses Mannes bedeutete. Er winkte Fritz Adam zu sich, kramte in seinem Brotbeutel herum und holte eine Büchse Erdbeermarmelade heraus. Er zeigte auf den Berliner und gab die Büchse Adam. Leise, als störe er damit, legte Adam die Marmeladendose neben den Berliner auf das Bett. Der sah es nicht. Mit geschlossenen Augen hockte er auf der Bettkante, ein kleiner, armer Mensch, dem man nun alles genommen hatte: die Heimat, die Mutter – und sein Gesicht.

Was kann ein Mensch noch mehr verlieren?

Es war der einzige Tag, dessen Ereignisse noch unter die Haut gingen. Was dann kam, war so weit fort und von so geringem Interesse, daß auf Schloß Bernegg erst der Tag wieder beachtet wurde, an dem die deutsche Wehrmacht bedingungslos kapitulierte. Am 9. Mai 1945 um 0.01 Uhr war der Krieg zu Ende. Von den noch erhaltenen Kirchtürmen klangen die übriggebliebenen Glocken. In der Kapelle von Schloß Bernegg hing wieder der Glöckner mit dem halben Gesicht am Seil, und der dünne, scheppernde Klang wehte über den frühlingsgrünen Park hin.

Ein ausgeblutetes Volk sank in die Knie.

Es hatte dreieinviertel Millionen Wehrmachtstote.

1,6 Millionen Wehrmachtsvermißte.

Über eine halbe Million getötete Zivilisten.

Über zwei Millionen Kriegsbeschädigte.

1,2 Millionen Kriegerwitwen.

1,4 Millionen Halbwaisen.

60000 Vollwaisen.

Es war die blutigste Lehre seiner Geschichte.

Dr. Lisa Mainetti saß im verdunkelten Zimmer Professor Ruschs in einem der Sessel und hörte das Ende des braunen Deutschlands im Radio. Von der Hauptwache herüber klang Grölen und Gesang. Unten in Bernegg wurde Salut geschossen. Vom Tor des Schlosses antworteten die amerikanischen Wachmannschaften. Sie hielten die Maschinenpistolen in den Nachthimmel und feuerten ihre Magazine leer. Dann begannen auch die beiden Panzer zu schießen. Sie zielten in den Wald neben der Schloßmauer, und bei jeder Explosion, bei jedem Zusammenkrachen der hohen Fichten erhob sich ein Johlen und ein Geschrei: „Happy victory!"

Professor Rusch stand auf und ging in der Dunkelheit zu seinem Bücherschrank. Aus dem unteren Regal räumte er alle Bücher aus, dicke, hohe medizinische Werke, die seit Jahren dort standen und verstaubten. Hinter der Bücherreihe war noch Platz bis zur Rückwand des Schranks. Dort lag, in Packpapier eingewickelt, eine Flasche Wein. Professor Rusch entfernte das Papier und kam zu Lisa Mainetti zurück.

„Eine 1938er Brauneberger Juffer Auslese", sagte er. „Es ist die letzte Flasche aus meinem Keller. Für den heutigen Tag habe ich sie aufgehoben. Er mußte ja einmal kommen."

Mit dem Korkenzieher an seinem Taschenmesser öffnete er die Flasche und goß den Wein in die Gläser, aus denen sie damals den Whisky getrunken hatten.

„Nun ist der Krieg vorbei, Lisa", sagte er feierlich. „Wir haben ihn überlebt. Laß uns das weitere Leben gemeinsam durchstehen."

„Ein neuer Antrag, Walter?" Lisa legte beide Hände um ihr Glas.

„Ja. Vielleicht der letzte."

Das Glas in Lisa Mainettis Hand zitterte plötzlich.

„Warum der letzte?" fragte sie stockend.

„Wenn du nein sagst, hält mich nichts mehr in Deutschland. Ich weiß es von Major Braddock. Sie werden mit einem Angebot kommen. Bald. Es gibt Ausnahmen im allgemeinen Deutschenhaß. In mir sieht man eine solche Ausnahme. Ich werde zusagen, wenn du nein sagst."

„Eine Erpressung, Walter?"

„Man kann Liebe nicht erpressen." Professor Rusch lehnte sich zurück. „An deiner Antwort werde ich sehen, ob ich in einer Illusion gelebt habe, ob alles wirklich nur eine Liebe war, die der Krieg gebiert und der Frieden erwürgt. Wir kennen uns über zwei Jahre – wir sollten uns keine solchen Erklärungen mehr zu machen brauchen."

Lisa Mainetti hob ihr Glas und trank.

„Es ist gut, Walter", sagte sie danach. „Wir können nicht anders."

„Was?" Ruschs Stimme wurde atemlos. „Ja – oder nein!"

„Ja."

„Lisa!" Rusch sprang auf. Er warf sein volles Glas mit dem köstlichen Wein an die Wand und riß Dr. Mainetti aus dem Sessel empor. „Lisa! Ich glaube, ich habe als einziger den Krieg gewonnen!"

In den beiden Fenstern des Zimmers B/14 hingen Adam, Schwabe, der Berliner und Feininger, Kaspar Bloch und Walter Hertz. Sergeant Rondey wurde von ihnen gestützt. Er hatte zwar noch strengste Bettruhe, aber das Siegesfest seiner Landsleute sollte er miterleben und mithören. Auch Kaspar Bloch hörte wieder, aber nur im Rahmen seiner Stube und bei Dr. Lisa Mainetti. Sonst spielte er die Rolle des Tauben weiter, gewarnt durch einen Vorfall im Block C. Dort hatten die Amerikaner alle gehfähigen Kranken der Inneren Abteilung als Gefangene mitgenommen. Nur die Bettlägerigen und die Leute auf den Isolierstationen blieben zurück.

„Bleib taub, Kaspar!" hatte Fritz Adam geraten, der durch Dora Graff schnellstens über alle Maßnahmen der Amerikaner unterrichtet wurde.

„Hört das denn nie auf!" schrie Bloch. „Mein Gott, ich will nach zwei Jahren endlich ein vernünftiger Mensch sein!"

Aber er spielte weiter und fiel weder Dr. Stenton noch Major Braddock auf.

In Bernegg schossen sie noch immer. Die Panzer vor dem Schloß schwiegen. Die Wolken des Pulverdampfes zogen träge durch die Büsche und durch den Park. Der Wastl schnupperte wie ein Kaninchen.

„Dös werden wir jetzt nie mehr riechen!" sagte er. „Gott sei's gedankt. Wir Deitschen schiaßen nie mehr!"

Und die Glocken läuteten dazu aus allen Tälern.

Mit dem Ende des Kriegs begann, fast über Nacht, der Aufbau. Wie ein Heer Ameisen sich über den zerstörten Bau stürzt und Hälmchen und Hölzchen und Tannennadeln zusammenträgt, so wimmelte es in den Trümmern der Städte von tätigen Menschen.

Eine Hilfspolizei mit weißen, gestempelten Armbinden wurde eingesetzt, erste Ausweise wurden ausgestellt, Bürgermeister wurden ernannt, die bisherigen Beamten blieben bis zur kommenden „Durchleuchtung" im Amt, soweit sie nicht besonders stark belastet waren, was sich anhand der überall sofort beschlagnahmten Parteilisten feststellen ließ.

Auch in Köln standen die Frauen und die alten Männer auf den Straßen, räumten die Fahrbahnen frei, warfen die Trümmer in ausgebrannten Häusern zu Haufen zusammen, zogen Lichtleitungen, flickten die Wasserrohre und bargen die letzten Toten aus den Kellern, die freigeschaufelt wurden.

Auch in der ehemaligen Horst-Wessel-Straße begann das Aufräumen. Ursula und Frau Schwabe waren mit einer Handkarre, die ihnen die Nachbarin für zwei Pfund Kartoffeln und eine Wochenzuteilung Butter geliehen hatte, von Straße zu Straße gezogen, von einem ausgebrannten Haus zum anderen, waren in verlassene Keller geklettert und hatten verschüttete Hinterhöfe durchforscht.

Sie suchten eine Tür.

Bei einem der letzten Angriffe auf Köln war eine Luftmine in die Trümmer der gegenüberliegenden Straßenseite gekracht. Der Luftdruck hatte die Kellertür gesprengt und die beiden Frauen gegen die Wand geschleudert. Dort hatten sie mehrere Stunden lang bewußtlos gelegen, mit Mörtel und Staub bedeckt, grau gepudert, wie die Bombenleichen, die noch überall lagen. Es war ein alltäglicher Anblick geworden, und die Nachbarn, die nach dem Angriff in den Schwabe-Keller sahen, nickten nur und gingen wieder.

„Lungenriß!" sagte einer. „Isch jeh zur Ortsjrupp und hol dä Papiersack."

Ein Sarg war ein Märchen aus einem Bilderbuch, eine pietätvolle Erinnerung geworden. In Säcken aus präpariertem Papier wurden die Bombenleichen in Reihen- oder Massengräbern verscharrt.

Aber Ursula und Frau Schwabe hatten den Luftdruck bis auf einige Beulen am Körper überlebt. Als dann die Amerikaner einrückten, waren sie drei Tage lang nicht aus dem Keller herausgekommen, aus Angst, ein Neger könne sie anfallen. Erst als die Kampftruppen weiterzogen und die Besatzungssoldaten kamen, als Köln zur Nachschubdrehscheibe wurde und die Bäckereien pro Kopf 100 Gramm glitschiges Brot ausgaben, wagten sie sich hervor und stellten sich mit in die lange Reihe der Wartenden – von 4 Uhr morgens, sich alle zwei Stunden ablösend, bis sie um 11 Uhr ihre 200 Gramm bekamen.

Nun war der Krieg zu Ende. Eine neue Tür war notwendig. Dreimal waren Trümmerfledderer in den Keller gekommen. Nur der Hilfeschrei der beiden Frauen hatte sie verjagt.

Am Abend hatten sie endlich eine schöne, feste Tür gefunden. Sie hing im Türrahmen eines bis zum ersten Stockwerk ausgebrannten Hauses und hatte früher einen Korridor vom Treppenhaus getrennt. Sogar der Schlüssel steckte noch im Schloß. Zwar war sie etwas angesengt und verwittert, aber es war eine gute, dicke, feste Eichentür.

Ursula und Frau Schwabe bauten sie aus. Sie hieben mit Hämmern den Rahmen auseinander, luden die Tür auf den Handkarren und schoben ihren Schatz ächzend und keuchend zurück zur Horst-Wessel-Straße. Sie hieß noch so, obwohl man die noch vorhandenen Straßenschilder sofort beim Einmarsch abmontiert hatte. Aber einen neuen Namen hatte man der Straße noch nicht gegeben.

Als sie vor dem Hause Nr. 4 ankamen und die schwere Tür von der Karre hoben, saß auf der Kellertreppe ein Mann. Er trug einen zerschlissenen graublauen Anzug, eine karierte Sportmütze und plumpe „Knobelbecher", über die er die Hosenbeine gezogen hatte. Er sprang auf, als er die beiden Frauen kommen hörte, und tauchte aus dem Kellereingang auf, als sie die Tür auf die Straße hoben.

„Der liebe Junge ist wieder da!" rief der Mann, riß seine Mütze vom Kopf und schwenkte sie durch den Maiabend.

Die Tür glitt aus den Händen Ursula Schwabes.

„Karlheinz . . .", stammelte sie. „Karlheinz Petsch."

Frau Hedwig Schwabe biß die Zähne zusammen. Sie stemmte sich gegen die Tür, damit die Karre nicht umschlug.

„Fassen Sie an!" rief sie. „Wenn Sie schon 'mal da sind!"

Und Karlheinz Pesch, der ehemalige Feldwebel der Luftwaffe, spuckte in die Hände, sagte „Hauruck!", bückte sich etwas, ließ sich die schwere Tür auf die Schulter schieben und trug sie die Kellertreppe hinunter.

„Er ist zurückgekommen", stotterte Ursula. Sie lehnte sich gegen die Reste des Hauseinganges. „Er muß weg, Mutter. Er muß sofort weg. Du mußt ihm sagen, daß Erich jeden Tag kommen kann. Du mußt ihn hinauswerfen. Sofort, hörst du, Mutter. Sofort!"

„Die paßt wie nach Maß gemacht!" rief Petsch aus dem Keller. „Nur das Schloß geht nicht. Aber 'n Schloß kriegen wir auch noch!"

„Jag ihn weg, Mutter", stammelte Ursula. Ihre Augen waren schreckensweit. „Bitte, bitte."

Frau Schwabe nickte und stieg in den Keller.

Karlheinz Petsch saß auf einem Stuhl und hatte sich eine Zigarette angezündet. Es war eine süßliche Virginiazigarette. Fünf Stück davon genügten den Amerikanern, um dafür ein deutsches Mädchen zu kaufen. Frau Schwabe wedelte mit der Hand durch die Luft, um den Rauch zu vertreiben, der zu ihr hinzog. Petsch wischte sich mit dem Handrücken den Schweiß von der Stirn.

„Tja, Muttchen – da bin ich wieder", sagte er. Es war eine lahme Rede. In Frau Schwabes Augen las er genau, was sie dachte und was sie ihm gleich sagen würde. Er kam dem zuvor, indem er sich erhob und die Zigarette auf dem Betonboden zertrat. Die Kippe schob er mit der Schuhspitze zum Ofen.

„Ich wußte nicht, wohin, Muttchen. Meine Heimat ist von den Iwans besetzt, Verwandte habe ich nicht mehr, ich habe eigentlich nichts auf der Welt als mich selbst. Ja, und die Erinnerung an Ursula. Das war's. Das hat mich nach Köln getrieben. Gehste hin und fragste höflich, ob du bleiben kannst, habe ich mir gedacht. Und nützlich kannste dich machen, habe ich mir gedacht. Ein Mann kann mehr organisieren als zwei Frauen. Organisieren haben wir schließlich gelernt beim Barras, Muttchen!"

„Nennen Sie mich nicht immer Muttchen!" sagte Frau Schwabe streng. Was sie Karlheinz Petsch entgegenschleudern wollte, war hinfällig geworden. Er hatte kein Zuhause mehr, keine Eltern, keine Geschwister, niemanden mehr. Er war zum Strandgut geworden, das die letzten Wellen des Krieges zu ihnen getrieben hatten.

„Wie stellen Sie sich das vor?" fragte sie.

„Wie man sich das so denkt. Ich werde mir einen Nebenkeller ausbauen, und Sie oder Ursula kochen für mich. Das ist alles, was Sie zu tun brauchen. Alles andere mache ich. Ich besorge zu essen, ich beschaffe für euch, was ich kann. Und ich baue das Haus wieder auf."

„Das Haus?"

„Aber ja! Ich bin doch Maurer und Putzer! Wir werden die Steine schön abklopfen, Wasser gibt's wieder, Sand und Zement werd' ich organisieren. Und Sie sollen sehen, wie schnell wir das Parterre wieder hochgezogen haben! Wenn andere noch in den Bunkern hocken, haben Sie schon eine Luxuswohnung! Und als Maurer, Muttchen, da kommt man überall 'ran, da kriegt man alles, was man braucht. Ich bin doch jetzt der wichtigste Mann."

„Und . . . und wenn mein Sohn zurückkommt? Jetzt kommt er bestimmt zurück!"

„Dann geb' ich ihm die Hand und sage: ‚Guten Tag, Kumpel! Ich hab' mich 'was um deine Frauen gekümmert. Los, die Ärmel hoch und angepackt. Du setzt den Mörtel um, ich mauere.'"

„Und Ursula?"

„Tja". Karlheinz Petsch hob die Schultern. „Das muß nun Ursula allein wissen. Ich bin immer für sie da."

„Sie weiß es schon. Sie wartet auf ihren Mann!"

„So sicher bin ich da nicht. Hat sie überhaupt schon einen Gesichtsverletzten gesehen?"

„Ja. Zufällig."

„Zufällig sehen ist etwas anderes als ein ganzes Leben mit einem solchen Mann zusammenleben. Man kann sich das einmal oder zweimal ansehen. Aber immer? Tag und Nacht? Und man weiß nie: Wird's wirklich anders? Oder bleibt er so?"

Frau Schwabe trat aus dem Eingang. Ihr verhärmtes, vom Hunger gezeichnetes Gesicht zuckte.

„Sie sprechen von meinem Sohn!" sagte sie kalt. „Gehen Sie."

„Da hört doch alles auf!" Karlheinz Petsch nahm seine karierte Mütze und stülpte sie über die verschwitzten Haare. „Jedem ist heute das Hemd näher als die Hose. Und Sie denken zehn Jahre weiter. Ich könnte mich ja auch hinsetzen und sagen: ‚So, jetzt wartest du, bis der Iwan wieder aus deiner Stadt 'raus ist.' Einmal muß er ja gehen. Mensch, wo kämen wir da hin? Weitergehen muß es, rundlaufen muß der Motor, sonst wird er sauer! Was ihr macht, ist Blödsinn. Im Keller hocken und sagen: ‚Es wird schon werden.'"

„Bitte, gehen Sie", sagte Frau Schwabe eisig. „Wir brauchen Ihre Lebensphilosophie nicht. Wir wissen, was wir tun werden, wenn Erich zurückkommt."

„Heulen werdet ihr, Kohldampf zu dritt schieben und auf 'n Wunder warten! Es gibt aber in Deutschland keine Wunder mehr. Das letzte war, daß wir noch leben!"

Er trappte die Treppe hinauf, die Hände in den Taschen, die Schultern nach vorn gedrückt. Oben am angeschlagenen Hauseingang lehnte noch immer Ursula und wartete. Als sie Petsch aus dem Keller steigen sah, lief sie ein paar Schritte weiter in die Trümmerberge hinein. Karlheinz Petsch blieb stehen.

„Bin ich ein Wolf?" schrie er zu der zitternden Uschi hinüber. „Ich schlage mich durch Russen, Engländer und Amerikaner durch, um euch 'ne Freude zu machen, und ihr behandelt mich wie ein Stück Dreck!" Er holte tief Atem, griff in die ausgebeulten Taschen seiner Hose und zerrte eine flache Schachtel mit Schoka-Cola hervor, wie sie die Flieger als Sonderverpflegung erhalten hatten. Er legte die Blechdose auf den stehengebliebenen Sockel einer einstigen Zwischenwand und winkte mit dem Kopf. „Hol sie dir. Seit drei Monaten schleppe ich sie mit 'rum. Die bringste der Uschi mit, hab' ich gedacht. Wann hat die zum letztenmal Schokolade gesehen." Er zögerte, wartete auf eine Antwort, aber als Ursula schwieg, hob er wieder die

Schultern. „Also dann nicht, Mädchen. Ich ziehe drei Keller weiter ein. Hab' ihn schon angeguckt, er ist trocken und groß. Und wennste mich brauchst, ich bin immer da. Nicht nur jetzt. Auch wenn der Erich wiederkommt!"

Ursula wartete, bis Karlheinz Petsch über die Trümmer kletterte und hinter den Schuttbergen verschwand. Dann rannte sie zurück zum Keller, an der Schokolade vorbei, und stolperte die Treppe hinab.

Frau Schwabe saß mit versteinertem Gesicht auf ihrem Bett. Das Bild Erichs hielt sie in den Händen und starrte sein lachendes, jugendfröhliches Gesicht an.

„Ich fahre nach Bernegg", schluchzte Ursula. „Ich fahre morgen schon nach Bernegg, Mutter. Ich . . . ich will hier nicht mehr bleiben."

„Es ist gut", sagte Frau Schwabe und starrte weiter auf das Bild. „Fahr du nur. Es kann dir nur gut tun. Und Erich auch!"

In der Nacht stand Ursula auf und schlich nach draußen. Sie holte die Schokolade.

Die Rechnung Wastl Feiningers mit dem Sergeanten Bill Rondey ging nicht auf. Sie erwies sich als ausgesprochener Fehlschlag. Rondey bekam wegen seines zertrümmerten Kiefers nur flüssige Nahrung, genau abgemessen. Für die Stube B/14 blieb da nichts übrig, ganz davon abgesehen, daß diese Ernährung nicht in der Geschmacksrichtung lag, die man erhofft hatte. Man hatte an Speck und Eier gedacht, an Marmelade, Schmalz und Keks, an Schokolade, Fruchtstangen und Nescafé, an Schinken, Käse und Hühnchen, die tiefgefroren kistenweise direkt aus Amerika in Bernegg ankamen.

„Blöde Hunde sind wir!" sagte der Berliner. „Det müßten wir doch von uns kennen! Wie lange haben wir gebraucht, bis det erste feste Essen kam? Als ob bei 'nem Ami die Visage schneller heilt!"

Der einzige Gewinn war die Fotosammlung. Aber sie stillte nicht den Hunger, im Gegenteil, sie machte hungrig, wenn auch anders. Zwei Wochen nach der Kapitulation holte man Bill Rondey ab. Er sollte nach Amerika geflogen werden, in ein amerikanisches Spezialkrankenhaus für Gesichtsverletzte, nach San Diego.

„Mach's gut, Junge!" sagte der Berliner, als Rondey auf der Trage lag. Sie drückten ihm alle die Hand und gaben ihm ein Geschenk mit. Es war wieder ein Glasmosaik, das Erich Schwabe aus bemalten Glasscherben gebastelt hatte. Ein Bild von der kleinen Schloßkapelle, mit dem hohen Wald dahinter und dem blinkenden Wasserspiegel des Teichs. Unter dem Bild standen alle Namen der Insassen von Stube B/14.

„A souvenir for you, Bill!" sagte Fritz Adam in seinem holprigen Schulenglisch.

Bill Rondey nickte. Seine hellen, blauen Augen waren plötzlich wäßrig. Er nahm seinen Block und schrieb mit großen Buchstaben:

„I like you all together! – Ich mag euch alle zusammen."

Dann wurde er von zwei riesigen Negern hinausgetragen, und er winkte mit beiden Armen zurück, bis er um die Biegung im Treppenhaus verschwand.

Am nächsten Tag brachte Leutnant Potkins, der „Kommandeur" des Lazaretts, einen Stapel Post zu Dr. Mainetti. Major Braddock hatte ihn vom Postamt Bernegg heraufschaffen lassen, nachdem die Briefe, zum Teil schon drei Wochen alt, die Zensur seiner Schreibstube passiert hatten. Auch ein Telegramm war dabei. Es war erst vor zwei Tagen aufgegeben worden und hatte einen abenteuerlichen Weg hinter sich. Über Frankfurt, Darmstadt, Aschaffenburg nach Würzburg und von dort mit anderen Postsachen nach Bernegg.

Lisa Mainetti betrachtete es staunend. Ein Telegramm zu dieser Zeit war seltener als ein Brillant. Entweder war die Weiterleitung ein Irrtum oder ein unsagbarer Glücksfall.

Dr. Mainetti las den Text und zögerte. Soll man es weitergeben? dachte sie. Ist es nicht noch zu früh? Wird Major Braddock es überhaupt erlauben? Aber dann schien es ihr, als sei es nicht recht, das Telegramm zu vernichten und alles in der Stille abzuwenden. Sie faltete das Papier wieder zusammen und ging zu Stube B/14.

Die Männer saßen beim Skat. „Die Hosen 'runter! Ich hab 'n Nullouvert!" brüllte der Berliner gerade, als Lisa eintrat. Es saß noch in den Knochen, daß Adam „Achtung" rief, und die Spieler die Karten hinwarfen und aufsprangen.

„Kinder, laßt doch den Blödsinn!" sagte Lisa Mainetti. Sie

wedelte mit dem Papier und blickte sich um. „Ein Telegramm für Erich Schwabe."

„Für mich? Ein Telegramm?" Schwabe kam um den Tisch herum. Das Knochengerüst mit dem Periost war gut eingeheilt. In den nächsten Tagen wollten Rusch und Lisa mit der Hautdeckung beginnen. Noch immer sah das Gesicht schrecklich aus, aber es hatte wieder einen vorspringenden Teil, es war keine glatte Fläche mehr.

Mit beiden Händen griff Schwabe zu und faltete das Papier auseinander. Dann begann er zu zittern, riß die Arme hoch, drehte sich im Kreise, umarmte Dr. Mainetti und tanzte im Zimmer herum.

„Sie kommt!" jubelte er. „Frau Doktor, Jungs, sie kommt! Meine Uschi kommt hierher! Sie ist schon unterwegs! Meine Frau kommt, meine Frau . . ." Er ließ das Telegramm fallen und streckte beide Arme zu Lisa aus, als versinke er in einem rasenden Strudel. „Frau Doktor", rief er, „Sie müssen mir jetzt einen schönen Verband machen, einen richtig schönen Verband, mit breiten Leukoplaststreifen, damit sie nicht so viel sieht. Mein Gott!" Er setzte sich auf sein Bett und legte die Hände vor das zerstörte Gesicht. „Sie kommt . . ."

Der Berliner kratzte sich den Kopf. „Det is schön, Erich", sagte er langsam. „Aba – ob die Amis se 'reinlassen? Wir sind doch ooch bloß Kriegsjefangene."

11

Erich Schwabe ließ die Hände sinken. „Sie werden Uschi nicht zu mir lassen", wiederholte er leis. „Natürlich, wir sind ja jetzt Gefangene."

„Det is ja der Mist!" Der Berliner hieb mit der Faust auf den Tisch. „Doppelt bestraft ham se uns! Keene Fresse mehr und keene Freiheit. Ick jloobe, Jerechtigkeit is bloß noch 'n Wort im Lexikon!"

„Was soll ich machen, Frau Doktor!" Es war ein kläglicher Schrei, der aus Schwabe herausbrach. Bitte, hilf mir, bedeutete die Frage. Nur Sie wissen jetzt Rat, nur Sie allein. Dr. Mainetti verstand ihn. Und als sie seine Augen sah, diese entsetzten, bettelnden Augen, nickte sie ihm zu und klopfte ihm auf den gebeugten Rücken.

„Ich werde mit Major Braddock sprechen", sagte sie. „Vielleicht läßt er Ihre Frau zu Ihnen."

„Vielleicht", stammelte Schwabe.

„Es wird natürlich nur im Beisein eines amerikanischen Soldaten möglich sein, wenn überhaupt."

„Wie im Zuchthaus!" schrie der Berliner. „Sprecherlaubnis mit 'n Wachtmeester im Rücken. Kinder, wer's noch nicht kann – hier kannste 's Kotzen lernen!"

„Schließlich haben wir den Krieg verloren, Jungs", sagte Dr. Mainetti laut. Der Wastl Feininger hob abwehrend und kopfschüttelnd beide Arme.

„I net! I hob net ang'fangn! G'holt ham's mi, von heut auf morgen!"

„Ich werde alles versuchen, Schwabe." Lisa Mainetti legte ihre Hand unter Schwabes Kinn und hob sein verstümmeltes Gesicht mit dem neuen Nasenknochengerüst empor. In seinen Augen sammelten sich die Tränen und rannen lautlos durch die Narbengräben zum Mund. „Sie sind doch ein Mann, Schwabe, und keine Heulsuse!" sagte sie grob. „Es wird sich schon eine Möglichkeit finden. Schon vorher flennen – Himmel, was seid ihr bloß für große Kinder!"

Schwabe schluckte und legte beide Hände auf sein Gesicht, um die Tränen zu verdecken. Er lächelte sogar, sein wild vernarbtes Gesicht mit dem lippenlosen Mund wurde zu einer schrecklich grinsenden Fratze.

„Einen Ton haben Sie, Frau Doktor . . .", sagte er mit mühsam fester Stimme.

„Na ja, den versteht ihr wenigstens! Soll ich mit euch heulen? Das wäre ein schöner Gesangverein. So, und nun legen Sie sich lang und bleiben Sie liegen. Baumann wird Sie nachher zum Verbinden abholen. Und daß mir das Gesicht trocken ist! Wie sieht denn so ein nasser Verband aus?"

„Ich danke Ihnen, Frau Doktor", sagte Schwabe leise. „Ich werde Ihnen ewig danken!"

„Sie reden schon wieder Dummheiten, Schwabe! An Ihre Frau sollten Sie jetzt denken und was Sie ihr sagen wollen, wenn sie zum erstenmal vor Ihnen steht und Sie sieht. Das ist nicht einfach."

„Ich habe mir das alles schon überlegt, Frau Doktor. Seit Monaten schon jedes Wort."

„Und was wollen Sie sagen?"

„Nicht viel. Nur: ‚Da bin ich, Uschi.'"

„Typisch Mann!" Dr. Mainetti knüpfte ihren weißen Arztkittel zu. „Hier bin ich – und damit ist alles in Ordnung!"

„Was soll man denn sonst sagen?"

„Etwas Liebes, etwas Tröstendes . . ."

„Jawohl!" Dr. Mainetti wandte sich an die anderen, die stumm herumstanden. „Ihr müßt euch endlich abgewöhnen, zu denken, daß man *euch* trösten muß! Eure Frauen und Mütter brauchen Trost, wenn sie euch so sehen."

„Ooch det noch!" sagte Paul Zwerch, der Berliner. „Und wer hat mir jetröstet?"

„Ich!" Lisa sah den Berliner ernst an, und der Junge senkte den Kopf und scharrte mit den Fußspitzen über den Boden. „Soll ich erzählen, wie's war, als man Sie einlieferte, lieber Zwerch? Aus dem Fenster wollten Sie sich stürzen, und später haben Sie mich zwei Tage lang angefleht, Ihnen eine Überdosis Morphium zu geben, damit det Unjeheuer von Mensch weg ist! Na, und jetzt? Wer hat im Block B die größte Schnauze?"

Der Berliner nickte schwach. „Sie sin 'ne dufte Frau", sagte er leise. „Ick danke Ihnen. Jehn wir also hin und trösten die Ursula."

„Und Sie werden vorher mit ihr sprechen, nicht wahr, Frau Doktor?" rief Schwabe ihr durch die offene Tür nach, als Lisa das Zimmer schon verlassen hatte. Vom Flur her nickte sie ihm zu.

„Natürlich, Schwabe! Wenn Sie vor Ihrer Frau stehen, kriegen Sie ja doch kein Wort heraus."

Die Tür klappte zu. Schwabe legte die Hände unter seinen Kopf und sah hinüber zu seinen Stubengenossen.

„Woher Sie das bloß weiß?" sagte er.

Major Braddock sah erstaunt auf das Whiskyglas, das vor ihm auf dem Tisch stand. Es war leer, und niemand machte Anstalten, es zu füllen. Professor Rusch saß hinter seinem

Schreibtisch. Man sah ihm an, daß er es als unangenehm empfand, was Lisa Mainetti hier, ohne ihn zu fragen, arrangiert hatte. Sie stand neben Braddock, an den Schreibtisch gelehnt, und sie hatte den Arztkittel mit einem hellen, luftigen Sommerkleid vertauscht.

Damned, dachte James Braddock. Sie ist ja eine Frau, und was für eine! Sie hat einen schlanken, schönen Körper, lange, gerade Beine und einen Kopf wie eine Römerin. Und jünger sieht sie plötzlich aus – sie ist von jener Unbestimmbarkeit, die einen Mann reizt, die Reife einer Frau festzustellen.

„Hier bin ich also", sagte Braddock und schielte wieder auf das leere Whiskyglas. „Ich konnte nicht widerstehen, sofort Ihrer Bitte nachzukommen, Miß Mainetti." Er legte seine Hand um das Glas, es wirkte aufreizend auf ihn durch seine Leere. Dr. Mainetti lächelte und tippte Braddock auf den Handrükken.

„Sie vermissen Whisky, Major?"

„Ein leeres Glas irritiert mich immer. Warum steht es hier?"

„Ihretwegen. Ich nehme an, daß Sie eine Flasche bei sich haben. Wenn Sie nichts dagegen haben, hole ich für den Chef und mich auch noch ein Glas."

James Braddock starrte Lisa entgeistert an. Dann lachte er schallend, zog aus der Tasche eine flache Flasche und stellte sie auf den Schreibtisch. „Diese Erpressung sollten Sie sich patentieren lassen!" rief er. „Verdammt, ich muß nach Germany kommen, um so eine Frau kennenzulernen."

Lisa Mainetti hielt Braddock ihr und Ruschs Glas hin. Sie schien ausgelassen fröhlich zu sein, ebensosehr sehr wie Professor Rusch stumm und sichtlich mißgelaunt war.

„Es ist eben doch etwas dran an dem Begriff ‚Made in Germany'!" rief sie. Braddock vergoß vor Lachen seinen Whisky, er lief Lisa über die Hand und den Unterarm.

„Ein Teufelsweib!" rief er.

„Ich finde, du benimmst dich ein wenig frivol", sagte Professor Rusch. Seine Stimme war dunkel und gepreßt. In Lisa Mainetti sprang eine heiße Welle hoch und durchspülte ihren Körper. Er ist eifersüchtig, dachte sie. Professor Rusch ist eifersüchtig auf einen amerikanischen Major. Der Gedanke und dieses Gefühl machten sie noch glücklicher. Sie stieß mit

James Braddock an und trank einen langen Schluck des goldgelben Whiskys. Rusch nippte nur, unlustig, mit verkniffenem Gesicht, trotzig wie ein Junge, dem Spielzeug weggenommen wurde.

„War's nur der Whisky?" fragte Braddock, als er sein Glas geleert hatte. Dr. Mainetti lachte und setzte sich auf den Schreibtisch.

„Ich habe Sie immer für einen besonders klugen Mann gehalten, Major", sagte sie. „Aber was ich Ihnen jetzt zu sagen habe, ist kein Versuch, Gesetze, Bestimmungen, Befehle oder was Sie sonst von Washington haben, zu verwässern oder vergessen zu lassen. Es ist nichts anderes als ein simpler Appell an Ihr Herz, weiter nichts! Ich rufe Ihr Herz, Major, Ihre Menschlichkeit ..."

„Das klingt geheimnisvoll, Miß Mainetti." Braddock lehnte sich im Sessel zurück und betrachtete eingehend Lisas Knie. „Wollen Sie mehr Kalorien für das Lazarett? Völlig unmöglich! Deutschland hat den Krieg verloren. Und nun werden die Deutschen hungern müssen, bis ihnen die Knochen erweichen. Ich kann es nicht ändern."

Lisa Mainetti beugte sich vor. Braddock sah im Ausschnitt ihres Kleides den Brustansatz, und sein Blick wurde irritiert. „Ich kann nicht beurteilen, ob Sie nicht in der Lage sind, zwei oder drei Kartons Lebensmittel mehr zu besorgen", sagte sie. „Obgleich ich weiß, daß in Bernegg die Köche Ihrer Truppenkantinen jeden Tag Fett pfannenweise auf die Erde kippen und nicht gegessene gebratene Hühner vergraben."

„Befehl, Miß Mainetti! No fraternisation!"

Braddock hob bedauernd beide Hände und goß neuen Whisky ein.

„Ich weiß." Lisa wartete, bis Braddock wieder einen langen Zug genommen hatte. „Aber es geht nicht um Essen, Major."

„Nicht? Haben die Deutschen denn noch wichtigere Probleme?"

„Ich habe sie, Major. Ich persönlich."

Braddock nickte verständnisvoll. „Verstehe. Ich soll Ihnen eine Garnitur aus Nylon kommen lassen?"

Einen Augenblick war selbst Lisa Mainetti verblüfft. Professor Rusch schnaufte durch die Nase und sah Lisa böse an. Aber dann lachte sie laut und bog sich in den Hüften. Braddock stellte verwundert und ein wenig beleidigt sein Glas wieder auf den Tisch zurück.

„Warum finden Sie das so lächerlich?" fragte er laut. Jetzt werde ich ihr weh tun, dachte er zufrieden. Ihren Stolz werde ich k.o. schlagen. „Für einen Nylonschlüpfer kann man die Moral der deutschen Frau kaufen!" sagte er grob.

Dr. Mainettis Lachen brach ab. Plötzlich war sie wieder ernst und fast unnahbar steif. Als sei sie in ihren weißen Kittel geschlüpft, dachte Braddock. Sie ist wie ein Chamäleon. Blitzschnell wechselt sie Stimmung und Aussehen. Ein phantastisches Weib.

„Es ist traurig, Major", sagte Lisa, „daß Sie in Deutschland nur diese Frauen kennengelernt haben. Um einen Nylonschlüpfer zu bekommen, bitte ich Sie nicht ins Lazarett. Da wär' ich zu ihnen nach Bernegg gekommen, nach Einbruch der Dunkelheit."

„Sorry", sagte Braddock etwas verlegen. „Was also wollen Sie von mir? Wo soll mein Herz sprechen?"

„Ein Verwundeter von uns, einer der ganz schwer Gesichtsverletzten, der bestimmt noch fünf Jahre braucht, um wieder wie ein halbwegs ansehbarer Mensch zu wirken, bekommt Besuch von seiner Frau."

James Braddock erhob sich sofort. Sein Gesicht wurde dienstlich und undurchdringlich. „Nicht erlaubt!" sagte er hart.

„Genau das habe ich erwartet, Major. Hier spricht der Soldat, hier kommandiert der Sieger: Nicht erlaubt! Auch die Verwundeten sind POWs!"

„Ich habe noch keine anderen Befehle erhalten, Miß."

„Eben darum geht es. Ich möchte keinen Befehl umgehen. Ich rufe Ihr Herz, Major!"

„Was Sie verlangen, ist gegen jede Instruktion!" James Braddock begann, in dem großen Chefzimmer hin und her zu laufen. „Sie haben hier über 200 Gesichtsverletzte! Wenn jeder seine Frau oder seine Mutter oder seine Braut kommen ließe! Das ist ja vollkommener Irrsinn! Ein Gefangenenlager – auch ein Gefangenenlazarett – ist doch kein gemütliches Kaffeekränzchen oder kein riesiges Ehebett!"

„Es handelt sich um eine Frau, Major. Sie ist schon unterwegs. Sie schlägt sich von Köln bis nach Bernegg durch, auf der Straße per Anhalter, mit Güterzügen, auf Zugdächern oder Trittbrettern. Zum erstenmal will sie ihren Mann sehen, den sie zum letztenmal geküßt hat, als er mit blonden Haaren und einem lachenden Gesicht vom Urlaub zurückfuhr. Und nun wird sie ihn wiedersehen – ein glattgeschabtes Gesicht ohne Lippen, ohne Nase, mit abgerissenen Ohren und vernarbten und verkrusteten Wangen – eine Fratze nur, Major Braddock. Und sie kommt über Hunderte von Kilometern, um dieser Fratze ihre Liebe zu sagen. – Rührt das nicht an Ihr Herz, Major? Sind da nicht alle Befehle nur noch leeres Papier? Können Sie da sagen: ‚Nicht erlaubt!', ohne sich vor sich selbst zu schämen?"

James Braddock stand am Fenster, mit dem Rücken zu Lisa und Professor Rusch. Seine Finger trommelten gegen die Scheibe, ein rasender, monotoner Rhythmus.

„Ich möchte den Mann sehen", sagte Braddock rauh. Er drehte sich um und ging rasch an Lisa Mainetti vorbei aus dem Zimmer.

„Ich gratuliere", sagte Professor Rusch dumpf.

Mit wirbelnden Beinen folgte Lisa dem Major, sie holte ihn auf dem Treppenhaus ein und hielt ihn am Ärmel fest.

„Zimmer 14, Major", sagte sie atemlos.

Braddock blieb stehen. „Da lag doch Sergeant Rondey!"

„Ja, dieses Zimmer ist es. Erich Schwabe heißt der Mann. Wenn Sie ins Zimmer kommen und alle ansehen, werden Sie sofort wissen, wen ich meine."

Braddock ging den Flur entlang, Lisa folgte ihm. Der Major riß die Tür von Zimmer 14 auf. Fritz Adam schrie „Achtung!" und gleich hinterher: „Good day, Major!" Die sechs Mann standen stramm, sogar Kaspar Bloch, der eigentlich das „Achtung" nicht hören durfte.

Braddocks Blick fiel sofort auf Schwabe. Das ist er, dachte er, und er spürte, wie eine leichte Gänsehaut über seinen Rükken lief. Zu ihm kommt eine Frau, dachte er weiter, und diese Frau will und soll ihn lieben. Dieses Gesicht, das aussieht wie eine uralte, verwitterte, rissige wurmstichige Holzplatte. O Gott, wenn es wirklich diese Frau gibt. Man sollte sie verwöhnen mit allen Herrlichkeiten, die unsere Welt bereithält.

„Sie sind Erich Schwabe?" fragte Braddock mit ausgetrocknetem Hals. In Schwabes Augen sprang ein Funke Angst. Er trat einen Schritt vor und nahm stramme Haltung an.

„Ja, Herr Major."

„Sie wissen, daß Sie Kriegsgefangener sind?"

„Ja, Herr Major." Schwabes Stimme brach. Sein Gesicht zuckte. Braddock sah zur Seite. Einen Whisky, dachte er. Himmel, jetzt einen Whisky. Ich habe ihn noch nie nötiger gebraucht.

„Sie haben den Krieg nicht gewollt, ich habe ihn nicht gewollt. Sie haben ihn verloren, wir haben ihn gewonnen. Das ist ein beliebtes Spiel mit Millionen von Menschen, und merkwürdigerweise machen die Menschen mit. Vielleicht ist es Massenidiotie, ich weiß es nicht. Ich mache ja auch mit."

„Meine Frau, Herr Major . . .", stammelte Schwabe.

„Dr. Mainetti wird Ihnen alles weitere sagen. Kommen Sie mal mit." Braddock trat auf den Flur hinaus, und Schwabe folgte ihm. Mit dem Fuß trat Braddock die Tür zu. Sie waren allein auf dem Gang. Lisa war im Zimmer geblieben.

„Schwabe", sagte Braddock und schluckte. „Wie alt sind Sie?"

„Bald 27 Jahre, Herr Major."

„Sie könnten fast mein Sohn sein." Braddock nestelte an den Knöpfen seiner Uniform. „Ich kann nicht sagen: Sie haben ein ehrliches Gesicht."

„Nein, gewiß nicht, das kann man nicht mehr sagen", stotterte Schwabe.

„Aber Ihre Augen sehe ich, Schwabe. Es sind für mich jetzt keine deutschen Augen mehr, sondern einfach die Augen eines Menschen. Sie verstehen mich?"

„Ja, Herr Major", sagte Schwabe leise.

„Ich werde erlauben, daß Sie Ihre Frau sehen."

„Herr Major." Durch Schwabes Körper lief ein Zittern. „Ich . . . ich . . ."

„Sie können das Lazarett verlassen. Urlaub auf Ehrenwort. Geben Sie mir Ihr Ehrenwort, Schwabe! Einen Tag – vom Nachmittag bis zum nächsten Morgen um 10 Uhr."

Braddock streckte seine Hand hin. Schwabes Hand tastete vor und lag bebend in Braddocks Fingern.

„Mein Ehrenwort, Herr Major", stammelte er. „Mein Ehrenwort ... ich ..."

Dann brach er zusammen. Sein Kopf sank auf die Schulter des amerikanischen Majors, er weinte haltlos. Steif und unbeweglich stand Major Braddock, mit hängenden Armen und versteinertem Gesicht. Aber er wehrte ihn nicht ab. Er blieb so stehen und ließ den deutschen Soldaten an seiner Schulter weinen.

Es könnte mein Sohn sein, dachte er nur. Mein Gott, wenn Percy kein Gesicht mehr hätte.

Drei Tage brauchte Ursula, um nach Bernegg zu kommen. Auf den Puffern eines Güterzuges fuhr sie bis Hanau. Dahinter hörten die Schienen auf. Sie waren von Bomben zerfetzt und nur eingleisig wieder aufmontiert worden. Zu Fuß ging sie weiter, über die staubige Landstraße auf Waldwegen. Amerikanische Lastwagen donnerten an ihr vorbei, riesige Ungetüme, die sie mit Lehm und Staub bedeckten und deren Luftdruck sie in den Straßengraben preßte.

Sie biß die Zähne zusammen, hakte die Daumen in die Träger des Rucksacks, den sie auf der Schulter trug, und stemmte sich gegen die Müdigkeit, die von den Füßen her über die Beine und den Leib bis an ihr Herz kroch.

Wie mit Mehl bestäubt, kam sie am Abend des ersten Tages in ein Dorf. Die unversehrten Häuser sahen sauber aus, in den Gärten blühten Blumen. Tulpen und Narzissen, weißer und roter Flieder mit dicken Dolden, Rotdorn und Lupinen.

Wie schön das ist, dachte sie trotz ihrer bleiernen Müdigkeit. Tulpen und weißer Flieder – das war mein Hochzeitsstrauß. Ich habe ihn aufgehoben und die Blumen getrocknet. Und dann verbrannten sie, in einer Oktobernacht, in der es viertausend Tote gab. Und jetzt blüht es wieder. Und wie stark der Flieder riecht. In unseren Trümmern blüht es auch. Butterblumen, Brennesseln, Disteln und wilde Möhre. Keiner weiß, wo es herkam, plötzlich waren die grünen Flecke zwischen den Ruinen.

Hinter dem Fenster des Hauses, vor dessen Garten sie stand, sah sie zwei Köpfe. Eng zusammengesteckt blickten sie durch die Gardine und beobachteten sie.

Ob sie ein Bett haben, dachte Ursula. Oder nur ein Sofa? Und ein wenig Kaffee?

Sie ging zur Tür und drückte auf die Klingel. Sie hörte den Klang, aber im Hause blieb alles still. Niemand kam, keiner öffnete. Aber sie sind doch da, dachte Ursula, ihre Köpfe waren doch hinter der Gardine. Sie schellte wieder und wartete.

Sie wollen nicht, dachte Ursula und ging die Straße weiter durch das Dorf. Sie machen nicht auf, sie haben Angst, ich würde betteln – um ein paar Kartoffeln, um eine Möhre, um eine Steckrübe. Natürlich müssen sie das denken, denn ich habe ja einen Rucksack auf der Schulter.

Sie läutete beim nächsten Haus, beim übernächsten, beim dritten und vierten. Niemand öffnete ihr, als seien die Häuser ausgestorben, so still war es in ihnen. Nur die Gardinen bewegten sich, und Köpfe zuckten zurück, wenn sie genauer hinsah.

„Ich habe zu essen bei mir!" schrie Ursula beim nächsten Haus. „Nur ein Dach überm Kopf will ich! Schlafen! Nichts weiter. Ich will ja nicht euer Essen!"

Sie schrie gegen taube Wände, säuberlich gefugte Ziegel und weißgestrichene Türen, gegen die sich versteckenden Köpfe und die kalten, abweisenden Augen.

„Ich will nur schlafen! Ich will doch nicht betteln! Ich habe zu essen bei mir!"

Schließlich übernachtete sie in einer Scheune, auf einem Ballen fauligen Strohs. Sie war zu müde, um sich zu ekeln, nicht einmal den Geruch der Fäulnis nahm ihre Nase auf. Sie sank einfach um und warf sich auf die Seite, den Rucksack noch auf dem Rücken.

Am Morgen des zweiten Tages nahm sie ein Milchauto mit. Es brachte einige verbeulte Zinkkannen zu einer Sammelstelle, wo die Milch an Kinder und Krankenhäuser verteilt wurde.

„Nach Bernegg wollen Sie?" fragte der Fahrer. „Das ist noch ein gutes Stück. Den Main hinauf bis Würzburg und dann durch die Hügel."

„Wenn noch ein paar so freundlich sind wie Sie", sagte Ursula, „kann ich morgen da sein."

„Ich geb' Ihnen einen guten Rat." Der Milchfahrer zeigte auf eine amerikanische Militärkolonne, die sie überholte. „Die da, die müssen Sie anhalten! Wenn sie einzeln fahren. Und wenn ein Neger am Steuer sitzt – na, der nimmt Sie bestimmt mit. So blond wie Sie sind! Nur müssen Sie aufpassen, daß die nicht betrunken sind, dann wird's gefährlich. Ohne Schnaps sind die Neger wie Kinder. Die schenken Ihnen sogar Schokolade und Kekse!"

„Danke", sagte Ursula und schüttelte den Kopf. „Ich werde zu Fuß gehen, das ist sicherer."

Der Milchfahrer hob die Schultern. Über tiefe Schlaglöcher klapperte der Wagen durch den heißen Tag. Hinten klirrten die Milchkannen und quietschte eine ungeschmierte Achse.

„Wer so blond ist wie Sie, kann jetzt reich werden", sagte der Fahrer. „Ist ja doch alles im Eimer, Mädchen. Und wenn man dadurch weiterleben kann!"

Von Aschaffenburg fuhr wieder ein Zug nach Würzburg. Es war sogar ein Personenzug, mit uralten Dritter-Klasse-Wagen und zerbrochenen Scheiben. An deren Stelle hatte man Pappe oder Drahtglas in die Rahmen genagelt. Ein Platz war in dem Zug nicht mehr zu haben, auf den Trittbrettern hingen die Menschen wie Trauben und waren bereit, jeden wegzutreten, der noch aufsteigen wollte. Ein Bahnbeamter rannte den Zug entlang und brüllte: „'runter von den Trittbrettern und Puffern! 'runter! Es ist verboten!"

Niemand hörte auf ihn. Sie ließen ihn laufen und schreien. Es war gewiß, daß man ihn zerreißen würde, wenn er den Versuch unternehmen sollte, mit Gewalt die Trittbretter zu räumen. Eine geballte Masse Roheit und Blutdurst hing an dem Zug, Mit höchster Grausamkeit würde man den Platz verteidigen, den man erkämpft hatte – einen Platz, um nach Würzburg zu kommen.

Ursula stand vor dem Zug und starrte in die finsteren Gesichter. Kein Mitleid war darin, nur das kalte Ich, das brutale Eigenleben. Sie machte einen zagen Versuch, auf ein Trittbrett zu steigen und sich am Fensterrahmen festzuklammern. Zwei Fäuste stießen sie vor die Brust und auf den Bahnsteig zurück. „Hau doch ab, du Miststück!" schrie jemand. „Lach dir lieber 'n blöden Ami an!"

„Der Zug fährt gleich ab!" rief der hilflose Bahnbeamte. „Die Trittbretter und Puffer räumen! Ich lasse den Zug nicht eher abfahren!"

Jeder wußte, daß es eine leere Drohung war. Man lachte, man grölte. Jemand schrie: „Wenn du nicht abpfeifst, leg' ich dich auf die Schienen und pfeif' für dich!" Er erntete lauten Beifall. Der Bahnbeamte schwieg und rannte bis zur Lok, begleitet vom Gejohle der Menge.

Der Zug fährt gleich, dachte Ursula. Ein Zug nach Würzburg. Ich muß mit – so oder so! Wenn ich bis Würzburg laufen muß, brauche ich ja eine Woche.

Sie kletterte auf einen Puffer, und als man sie dort hinunterwerfen wollte, schrie sie grell: „Laßt mich! Ich will aufs Dach. Ich muß nach Würzburg. Ich muß zu meinem Mann!"

„So 'n Druck, Mädchen?" rief jemand. Und plötzlich lachten alle und hoben Ursula auf das Wagendach. Dort saßen schon einige Männer und hielten sich an den Entlüftungshauben fest.

„Vom Dach 'runter!" brüllte der Bahnbeamte und drohte mit der grünroten Kelle.

„Leck mich am Arsch!" schrie einer der Männer zurück.

Dann fuhr der Zug endlich an, langsam, träge, überladen und vorsichtig, um die Menschen nicht von den Trittbrettern, Puffern und Dächern zu wehen.

Fünf Stunden brauchte er von Aschaffenburg bis Würzburg, fünf Stunden lag Ursula in der prallen Sonne, an eine Entlüftung festgeklammert. Der schwarze Qualm der Lok strich über sie und rußte ihr Gesicht und das Kleid ein, legte sich auf den Gaumen und nahm ihr fast den Atem. Aber sie kam in Würzburg an, und es war ihr, als spüre sie schon die Nähe Erichs, so wie man das Meer schon von weitem riecht, ohne es zu sehen.

Die zweite Nacht schlief sie in einem der kleinen Weingerätehäuschen in einem Weinberg bei Sommershausen. Sie wusch sich an einer Pumpe und stieg dann zur Straße hinab, über die in langen Kolonnen die grünen Transporter der Amerikaner brummten.

Heute werde ich in Bernegg sein, dachte sie glücklich. Auch wenn ich zu Fuß gehen muß – ich werde es erreichen. Und ich werde Erich sehen und ihm alles sagen. Alles. Auch das mit Karlheinz Petsch. Und er wird mich verstehen, denn ich will ihn ja lieben, so wie er ist. Ganz gleich, wie sein Gesicht auch jetzt aussieht.

Und sie redete sich ein, daß es nicht schwer sein würde. Immer wieder sagte sie es sich. Und trotzdem wuchs ihre Angst, je näher sie Bernegg kam.

Das letzte Stück fuhr sie auf dem Leiterwagen eines Bauern aus Bernegg. „Zum Lazarett wollen Sie?" fragte er und musterte verstohlen die kleine blonde Frau. „Waren Sie schon mal dort?"

„Ja. Einmal."

„Dann ist's ja nichts Neues. Und nun wollen Sie wieder da 'rauf?"

„Ja."

„Einen besuchen?"

„Ja."

„Den Bräutigam?"

„Meinen Mann."

„Das wird nicht gehen."

Ursula fuhr zusammen. „Warum nicht?" stammelte sie.

„Da kommt doch keiner 'rein. Das sind doch Kriegsgefangene."

„Aber sie haben doch kein Gesicht mehr!"

„Trotzdem sind's Gefangene."

Ursula umklammerte das Gestänge des Wagens. Ihre Stimme war ganz klein und kläglich. „An wen muß ich mich denn wenden?"

„So 'n Major ist da. Wohnt in der Schule. Ein sturer Bursche."

Ursula nickte stumm. Und wieder kam die Angst, und sie wuchs und wuchs mit jedem Räderknarren und wurde riesengroß wie ein Felsblock, der auf ihr Herz fiel.

Dann sah sie Schloß Bernegg auf dem Hügel liegen. Es glänzte in der Abendsonne wie eine Märchenburg.

Ein verwunschenes Schloß für gesichtslose Wesen.

Seit dem Brief Petra Wolfachs wartete Walter Hertz geduldig jeden Tag auf ein neues Zeichen dieser aussichtslosen Liebe.

Manchmal stand er stundenlang am Fenster und sah nach Bernegg hinab. Dort steht sie jetzt und sieht zu mir hinauf, dachte er. Vielleicht hat sie mir geschrieben, viele Briefe, und sie liegen dort unten bei den Amerikanern, und sie geben sie nicht weiter. Oder sie ist gar nicht mehr in Bernegg, geflüchtet mit den Eltern, als die Panzerspitzen von Würzburg her kamen. War Hubert Wolfach nicht Fabrikant von Kriegsmaterial? Zubringerindustrie, wie man das nannte. Was er herstellte, wußte Hertz nicht, aber es mußten feinmechanische Geräte sein. Damals, am Kamin bei dem Glas Rotwein, hatte Hubert Wolfach gesagt: „Wenn ich nicht will, schießen die mit der Flak um die Ecke. Gezielt wird nur mit Wolfach!" Und er hatte gelacht, denn er sah es als einen köstlichen Witz an.

Bestimmt sind sie geflohen, dachte Walter Hertz. Irgend etwas hätte ich sonst längst gehört von Petra. Und dann half er sich über seine Enttäuschung und seinen leisen inneren Schmerz hinweg mit dem ständigen Vorsagen: Es wäre doch nichts geworden, Walter Hertz! Es war nur eine Episode, ein Erlebnis am Rande des Kriegs, ein flüchtiger Anhauch des Glücks, weiter nichts. Was hat ein Mensch wie du, ein Mensch mit einer eingedrückten Gesichtshälfte, zu suchen in der Welt dieser Menschen, die bis dahin nichts gekannt hatten als Reichtum und Zufriedenheit? Es gibt da keinen Platz für dich.

Fritz Adam und Schwester Dora Graff lebten wie ein glückliches Brautpaar. Sie gingen im Schloßpark spazieren, saßen am Teich und verloren sich in Zukunftsplänen.

„Ich werde weiterstudieren", sagte Adam. „Woher ich das Geld nehme, weiß ich noch nicht. Aber es wird sich schon etwas finden. Man kann Nachhilfeunterricht geben, ich bin ein guter Mathematiker. Oder ich kann in den Semesterferien in einer Fabrik arbeiten."

„Es wird in Deutschland keine Fabrik mehr geben, Liebster." Dora Graff strich ihm zärtlich über das verbrannte Gesicht. „Aber Krankenhäuser gibt es immer. Ich werde eine Stelle als Schwester annehmen. Eine Doppelstelle – in dem einen Haus als Tagesschwester, in einem anderen als Nachtschwester."

„Und wann willst du schlafen!"

„Zwischendurch. Ein paar Stunden genügen."

„Das lasse ich nie und nimmer zu. Es wird schon eine Möglichkeit geben, daß ich mir die Semestergelder verdienen kann."

„Und die Zimmermiete? Essen und Trinken?"

„Und wenn ich nachts Trümmer wegräume", sagte Adam verbissen.

„Auch das geht nicht. Um 22 Uhr ist Sperrstunde."

„Es wird nicht immer so bleiben.“

„Wissen wir es? In Bernegg stehen die Frauen für 100 Gramm Margarine ab morgens 4 Uhr an. Und nebenan in der Schule haben die Amerikaner gestern einen ganzen Kessel mit flüssigem Fett in eine Grube geschüttet. Einen ganzen Kessel, der für Bernegg zwei Tage Paradies bedeutet hätte. Pommes frites hatten sie gemacht. Und als sie das Fett wegschütteten, standen am Zaun des Schulhofs über dreißig Frauen und starrten stumm auf die fettige Grube.“

„Sie haben ihren Befehl“, sagte Fritz Adam langsam. „Ich weiß, daß die Kinder in Polen Regenwürmer sammelten und sie rösteten, solchen Hunger hatten sie. Und wir hatten die Lager voll und nahmen aus den Scheunen der polnischen Bauern das Letzte heraus.“ Er legte den Kopf in Dora Graffs Schoß und starrte hinauf in den blauen Frühlingshimmel. „Es gibt kein größeres Untier als den losgelassenen Menschen.“

Dora Graff schwieg. Sie hatte vor einigen Tagen mit Professor Rusch und Dr. Mainetti gesprochen. Sie hatte erzählt, daß Fritz Adam und sie heiraten wollen, gleich, nachdem die sinnlose Ehe Adams geschieden sein würde. Professor Rusch hatte ihr versprochen, für eine gute Schwesternstelle zu sorgen. „Wenn man mich weiterarbeiten läßt“, hatte er gesagt, „nehme ich Sie mit, Dora. Sie können sich darauf verlassen.“ Das war ein großer Trost und eine Hoffnung für die Zukunft.

„Wir werden es schaffen, Fritz“, sagte sie und küßte seine Stirn. „Alles fängt ja wieder von vorn an, es geht allen gleich.“

Der Wastl Feininger hatte andere Sorgen. Sein Hof bei Berchtesgaden war unzerstört. Was noch an Schweinen und Großvieh übriggeblieben war, wußte er nicht. Aber zu hungern brauchte die Resi nicht. Da war der Garten, da waren die Obstbäume, und auch wenn sie allein war auf dem Hof, konnte sie immer noch so viel Getreide anbauen, daß es zum Mehlreiben und zum Brotbacken reichte. Und tauschen konnte man natürlich. Für den Wastl waren allein die strammen Neger eine innere Plage.

„Wos mach' i, wenn's an Negerbuam kriagt?“ fragte er öfter und kratzte sich den Schädel. „Stellt's euch vor, a Negerbua, der nachher Seppl Feininger heißt!“

Kaspar Bloch, der „Gehörlose vom Dienst“, wie man ihn

nannte, versuchte seit dem 5. Mai vergeblich mit seinem Vater in Verbindung zu treten. Major Braddock hatte einen Bericht von Professor Rusch erhalten, in dem geschildert war, daß der Unteroffizier Kaspar Bloch alle Bedingungen für eine sofortige Entlassung aus der Kriegsgefangenschaft erfülle, da sein Vater, der bekannte Psychiater Professor Dr. Thomas Bloch, als „Opfer des Nazismus" gelte. Man habe ihm im Mai 1944 seine Praxis geschlossen, ihn als Chefarzt entlassen und ab Juli 1944 in eine Fabrik für Granatzünder „kriegsdienstverpflichtet", weil Professor Bloch sich geweigert hatte, an sogenannten „erbkranken" Kindern und später auch durch Kopfschüsse irrsinnig gewordenen deutschen Soldaten die Euthanasie vorzunehmen.

Kaspar Bloch wußte weder von diesem Schriftstück etwas noch von dem tragischen Schicksal seines Vaters. Er hatte immer Briefe nach Bernegg bekommen, in denen Professor Bloch schrieb, es gehe ihm gut, nur die Arbeit in der Klinik nehme überhand und Mutter mache sich Sorgen um seinen Gesundheitszustand, bis in die Nacht hinein halte ihn oft die Klinik fest, und andere fromme Lügen mehr.

Major Braddock hatte Ruschs Schriftstück eingehend studiert und an das Oberkommando weitergeleitet. Von da an war Schweigen. Niemand wußte, wo Professor Bloch war. Man hatte gesehen, daß er mit einem Militärkommando weggefahren war. Frau Bloch war einen Monat vorher nach Norddeutschland gefahren. Zu Verwandten, hatte sie den Nachbarn erzählt. Aber eine Adresse wußte man nicht.

„Ich verstehe das nicht", sagte Kaspar Bloch einmal zu Professor Rusch. „Mein Vater hat mir doch versprochen, sofort zu kommen. Wie lange soll ich denn nun immer noch hier den Tauben spielen?"

Erich Schwabe lebte in einer anderen Welt, seit er Ursulas Telegramm bekommen hatte. Er wußte nicht mehr, was er tun sollte. Alles erschien ihm dumm und sinnlos. Am Kartenspiel hatte er kein Interesse mehr, am Schachbrett konnte er sich nicht mehr konzentrieren. Er saß nur herum, rannte unruhig im Zimmer oder im Park hin und her und stand dann wieder am Fenster und sah die Straße nach Bernegg hinab.

Es war ein grausames Warten. Bis zu einer gewissen Grenze ertrug er es, dann rannte er zu Dr. Mainetti.

„Noch nichts?" fragte er atemlos.

„Nein. Noch nichts", sagte Lisa jedesmal.

„Ob ihr etwas passiert ist, Frau Doktor?"

„Daran wollen wir nicht denken, Schwabe." Dr. Mainetti gab ihm eine Tasse Nescafé. Vorsichtig schlürfte Schwabe, er hatte ja keine Lippen mehr. „Von Köln bis hier ist ein weiter Weg. Sie schlägt sich schon durch."

„Aber sie ist so zart, Frau Doktor. Und so ängstlich. Können Sie nicht mal den Major anrufen. Ich meine, vielleicht hat er was gehört?"

„Wir müssen Geduld haben, Schwabe." Dr. Mainetti schüttelte Schwabe an den Schultern. „Nun drehen Sie nicht schon wieder durch! Wir haben doch das Warten geübt."

Endlich war es soweit. Aus Bernegg rief Major Braddock an. Lisa Mainetti ging zur Stube 14, es war ihr, als käme ihre eigene Mutter zu Besuch, als erlebe sie selbst etwas Wunderbares und Einmaliges.

Schwabe saß am Fenster und sah nach Bernegg hinab. Er fuhr zusammen, als Lisa seinen Namen rief.

„Schwabe – der Major hat eben angerufen. Er schickt gleich einen Wagen herauf und läßt Sie abholen. Ursula ist da."

„Sie ist da?" schrie Schwabe. „Jungs, hört ihr – meine Frau ist da!" Er drehte sich im Kreise und hielt sich den Kopf fest. „Was nun?" stotterte er. „Was zieh' ich an? Was hat der Major denn gesagt? Wie sieht sie aus? Sie wollten doch noch mit ihr sprechen, Frau Doktor!"

„Ick würd' im Schlafanzug jehn!" sagte der Berliner gemütlich. „Dann sparste det lange Ausziehen!"

Fritz Adam half dem völlig verwirrten Schwabe. Unter der Matratze holte er die Hose hervor. Seit zwei Tagen hatte Schwabe darauf geschlafen, und nun hatte sie einen messerscharfen Bruch. Der Wastl zog ihm die Schlafanzugjacke über den Kopf und reichte das Hemd, Kaspar Bloch putzte noch einmal über die Stiefel, und Walter Hertz schüttelte die Flusen von der Feldbluse, auf deren Rückenseite ein dicker Negersoldat gleich nach dem Einmarsch mit weißer Farbe ein großes POW gemalt hatte.

„Ich fahre mit Ihnen nach Bernegg", sagte Lisa. Sie freute

sich mit Schwabe und empfand jetzt ein dumpfes Gefühl im Magen. Wird es gut gehen? dachte sie. Eine Entscheidung würde fallen, das war sicher. Ein Tag begann, der über ein ganzes weiteres Leben entschied. „Wenn Sie sich umgezogen haben, kommen Sie in den OP I. Ich mache Ihnen einen Verband, daß Sie wie eine Schönheit aussehen!"

Walter Hertz, der am Fenster stand, hob beide Arme. „Der Amiwagen kommt! Los, beeil dich, Erich!"

„Wo sind meine Socken?" schrie Schwabe. „Ich habe sie gestern noch gestopft!"

Man fand auch die Socken. Es dauerte lange, denn sie lagen in einem zusammengeklappten Schachspiel. Baumann erschien und rief: „Schwabe zum Verbinden!"

„Meine Socken!" brüllte Schwabe. „Himmel, Arsch und Zwirn! Wer hat die in das Schachspiel gelegt!"

Er war es selbst gewesen, denn Stopfgarn und Nadel lagen noch dabei.

Endlich stand Schwabe mit Hilfe der ganzen Stube ausgehfertig im Zimmer. Das beste an ihm war der Hosenkniff. Auf dem Flur hörte man laute englische Worte. Baumann in der Tür winkte heftig.

„Die Amis warten nicht gern. Reiß dich los!"

„Viel Glück, Junge", sagte Fritz Adam und drückte Schwabe die Hand.

„Und det mir ooch 'n Junge dabei 'rauskommt!" rief der Berliner.

Walter Hertz klopfte Schwabe stumm auf die Schulter. Dann wandte er sich ab und ging zum Fenster. Er mußte an Petra denken, und es zerriß ihm das Herz.

Erich Schwabe taumelte hinter Baumann her zum OP I. Dort wartete Lisa Mainetti bereits. An der Wand standen zwei baumlange amerikanische Soldaten. Auf ihren Helmen stand in weißer Leuchtfarbe MP. Wie Cowboys trugen sie ihre schweren Pistolen in langen Halftern, die gegen die Kniekehlen schlugen.

„Wir werden Sie mit Leukoplast vollkleben", sagte Dr. Mainetti, „und um die Nase legen wir einen schönen, weichen Verband."

Schwabe setzte sich auf den Verbandsstuhl. „Machen Sie,

wie es richtig ist, Frau Doktor", sagte er heiser vor Erregung. „Sie können alles verbinden – nur nicht die Augen."

„Und den Mund, Schwabe. Sonst können Sie die kleine Frau ja nicht küssen."

„Mit *dem* Mund?" sagte Schwabe kaum hörbar.

Lisa schwieg. Baumann reichte ihr die Verbände und Leukoplaststreifen. Nach wenigen Minuten sah Schwabe in einen Spiegel, den ihm Dr. Mainetti hinhielt.

Es war der über und über verpflasterte Kopf eines Verwundeten. Mehr nicht. Man sah keine Verstümmelungen mehr, man ahnte nicht einmal, daß unter diesen rosa Streifen und weißen Mullappen ein abrasiertes Gesicht lag. Nur der Mund war frei. Ein narbiger, verharschter, eingezogener Mund. Schwabe sah lange in den Spiegel.

„Muß der Mund frei sein?" fragte er dann leise. Lisa nickte. „Sie wollen doch mit Ihrer Frau sprechen. Sie sieht ja sonst nichts von Ihrem Gesicht."

Schwabe wandte sich ab. Einer der MP-Männer winkte und grinste breit. „Come on!" sagte er.

Schwabe blieb in der Tür des OP stehen. Er wartete auf etwas. Lisa Mainetti stand am Instrumententisch und räumte die Scheren zusammen.

„Sie wollten doch mitkommen, Frau Doktor?" sagte er.

Lisa sah kurz auf. „Ich wollte es ja, Schwabe. Aber der Major hat nur Ihnen Ausgang gegeben. Ich muß hierbleiben. Ich darf nicht mit nach Bernegg!"

Schwabe rührte sich nicht. Die beiden MP-Männer hinter ihm kauten ihren Kaugummi und grinsten verständnislos.

„Was soll ich denn ohne Sie bei Uschi", stammelte Schwabe. „Sie – Sie wollten ihr doch vorher sagen, wie ich aussehe. Ich kann doch nicht so ohne weiteres . . ."

„Sie werden es können, Erich", sagte Dr. Mainetti. Güte und Aufmunterung waren in ihrer Stimme. „Packen Sie das neue Leben mit beiden Händen, und lassen Sie es nicht mehr los. Haben Sie Mut, und wenn es der Mut der Verzweiflung ist. Für eine ehrliche Liebe darf es einfach kein Unmöglich geben."

Schwabe nickte stumm. Er schluckte ein paarmal, dann drehte er sich um und ging vor den beiden MP-Riesen die Treppe hinunter. Ein schmaler, nach vorn gebeugter Mann mit dem weißen, leuchtenden POW auf dem Rücken. Es sah so aus, als sei es eine schwere Last, die er trug.

„Jetzt fahren sie ab", sagte Walter Hertz, der oben am Fenster stand. „Mensch, haben die ein Tempo drauf."

Fritz Adam saß auf seinem Bett und sah vor sich auf den Boden. „Vielleicht ist es dumm, Jungs", sagte er langsam, aber deutlich, „und vielleicht lacht ihr darüber. Aber wir sollten jetzt für unseren Erich beten."

Und niemand lachte.

Major Braddock saß in seinem Sessel und hatte die Beine bequem auf den Tisch gelegt. Er rauchte und trank seinen geliebten Whisky. Vor ihm hockte auf einem Stuhl, die Hände im Schoß gefaltet, das staubige Kopftuch noch um die Haare geschlungen, Ursula Schwabe und sah an Braddock vorbei auf ein Hitlerbild, das noch immer an der Wand des zu einem Büro umgestalteten Schulraums hing. Amerikanische Soldaten hatten unter Hitlers Kinn einen Vollbart gemalt und eine Brille um seine starr blickenden Augen gezeichnet. Jetzt war er lächerlich.

Vor Ursula stand ein Glas mit Whisky und eine aufgerissene Packung Zigaretten. Sogar eine Tafel Schokolade hatte Braddock hingelegt und eine Schachtel Butterkekse. Ursula hatte nichts angerührt. Die Angst engte ihr den Magen ein und legte eine eiserne Klammer um ihre Kehle.

„Haben Sie schon ein Zimmer?" fragte James Braddock. Über die Schuhspitzen warf er einen Blick auf die schmale, blonde Frau. Ursula schüttelte den Kopf.

„Nein, ich bin doch eben erst gekommen. Ich weiß überhaupt nicht . . ."

„Natürlich." Major Braddock zerdrückte seine süßlich duftende Zigarette. „Es wird auch schwer sein, etwas zu finden. In den Hotels wohnen meine Offiziere. Ich kann sie schlecht wegen eines deutschen POW hinauswerfen. Aber wir werden schon etwas frei machen. Ich schicke zwei von meinen Jungs los, die sollen ein Privatzimmer suchen." James Braddock nahm die Füße vom Tisch und dachte an etwas Bestimmtes. Es war ihm plötzlich eingefallen, und sein Gesicht wurde von einem väterlichen Lächeln überstrahlt. „Natürlich, das ist es.

Wir fahren zusammen hin." Seine Hand winkte flink durch die Luft. „Alles o.k., Mrs. Schwabe, wir haben ein Zimmer!"

„Sie erlauben mir also, daß ich meinen Mann sehe?" fragte Ursula schüchtern. „Darf ich ihn auch sprechen? Nur ein paar Worte? Ich will ihm nur die Grüße von seiner Mutter bestellen. Und – und sagen will ich ihm, daß ich ihn liebe. Darf ich das, Herr Major?"

„Warten Sie ab", antwortete Braddock und grinste freudig. „Es wird sich alles finden. Sie haben Ihren Mann noch nicht gesehen, seit . . ." Wie sagt man das nur, dachte er. Es soll nicht so rauh klingen. Ursula senkte den Kopf.

„Ich weiß, wie er aussieht. Mutter hat es mir erzählt. Es ist mir egal. Ich will nur bei ihm sein. Ich – ich habe Angst in Köln."

James Braddock sah zur Seite aus dem Fenster. Der Jeep mit den beiden MP-Männern und dem in sich zusammengesunkenen Erich Schwabe raste auf den Schulhof und bremste quietschend. Einer der Militärpolizisten stieß Schwabe gegen die Schulter.

„Go on, boy!"

Mit steifen Beinen kletterte Schwabe aus dem Jeep. Seine Arme hingen schlaff an seinem Körper herunter. Sein verbundener, verpflasterter Kopf bewegte sich hin und her, der Blick glitt über das Schulgebäude, über das wehende Sternenbanner, über die in Reihe aufgefahrenen grünen Wagen, über die Schulturnhalle, die jetzt zur Messe umgestaltet war und aus der ein herrlicher Duft von gebratenen Hühnern wehte.

Das POW auf seinem Rücken leuchtete grell. Er nahm das alte Militärschiffchen vom Kopf, und seine blonden Haare fielen über den Verband und wehten im Wind über die sorgfältig mit Mull geschützte neue Nase.

Major Braddock setzte seine Mütze auf und erhob sich. Auch Ursula schnellte vom Stuhl hoch. Aber dann schwankte sie, hielt sich an der Tischkante fest und schloß die Augen.

„Wenn Sie schlapp machen, schaff' ich ihn wieder weg!" sagte Braddock absichtlich grob. Ursula richtete sich auf und zwang sich, nicht zu zittern. „Wenn Sie ihn aber lieb umarmen, mein Kind – ich lasse ihn Ihnen auf meine Verantwortung ungestört bis morgen früh 10 Uhr."

„Bi . . . bis morgen früh?" Ursula starrte ihn ungläubig an.

„Jawohl. Eine ganze Nacht."

„Eine Nacht!" Es war wie ein unterdrückter Schrei.

Major Braddock trank noch schnell seinen Whisky aus. Sein Hals brannte, als er Ursula so stehen sah, überwältigt von einem Schicksal, das nicht einmal als Ahnung in ihr lebendig gewesen war.

Im Flur der Schule hörten sie jetzt Schritte. „Da ist er", sagte Braddock überflüssigerweise. „Ich komme in zehn Minuten wieder, und dann fahren wir los."

Die Tür wurde aufgerissen. Einer der MP-Riesen schob Erich Schwabe in das Schulzimmer. Major Braddock zeigte mit dem Daumen auf Ursula. Mit dem Rücken zur Tür stand sie, die Fäuste vor dem Mund und die Zähne in die Fäuste gegraben.

Erich Schwabe blieb an der Tür stehen. Uschi, dachte er, meine kleine Uschi. Das Schiffchen fiel ihm aus der Hand, sein lippenloser Mund verzerrte sich, er wollte etwas sagen, nur ein Wort: Uschi. Aber es kam kein Laut aus seiner Kehle, nicht einmal ein Röcheln oder ein Stammeln. Es war ein lautloser Schrei, der tief unten in der Kehle bereits erstickte.

„Er ist da", sagte Major Braddock heiser. „Schön sieht er nicht aus, aber stumm ist er bestimmt nicht."

Dann ging er hinaus, schloß die Tür hinter sich und winkte die beiden MP-Riesen weg, die draußen Wache hielten. „Der läuft nicht weg", sagte er, zündete sich eine Zigarette an und ging auf dem Flur hin und her, die Hände auf dem Rücken und mit gesenktem Kopf.

Erich Schwabe stand noch immer an der Tür. Sein Blick glitt über die schmale Gestalt mit den unordentlichen, verstaubten blonden Locken, den verblichenen Socken und den dicken Schuhen, die gar nicht zu den kleinen Füßen und den schlanken Fesseln paßten. Einen grauen, fleckigen Wollrock hatte sie an und eine blaue Baumwollbluse, übersät mit Rußflecken.

„Uschi", sagte Schwabe leise. „Uschi, dreh dich um."

Durch Ursulas Körper rann es eiskalt. Sie hörte die Worte, aber es war nicht Erichs Stimme. Es war eine dumpfe, kehlige, fremde Stimme. Eine Stimme, die wie durch einen verstopften Trichter sprach, ohne Schwingungen, ohne Klang.

„Uschi", sagte Schwabe noch einmal, ganz leise.

Mit einem Aufschrei drehte sie sich um. Nur eine Sekunde lang sah sie den verbundenen Kopf, das kreuz und quer mit Leukoplaststreifen verklebte Gesicht, einen flachen, verharschten Mund ... und seine Augen sah sie, blau, wie sie immer gewesen waren, und seine Haare lagen über der verbundenen Stirn, blond und wirr wie immer, so ungebändigt, daß er früher, an Sonntagen, wenn sie zum Tanzen gingen, Pomade darüberstreichen mußte, damit sie hielten.

Wie das Aufblitzen eines Lichts in einem dunklen Raum war das alles, ein zuckendes Erkennen und Begreifen. Dann warf sie die Arme vor und stürzte auf ihn zu, und sie schrie „Erich! Erich!" und fiel gegen ihn, umklammerte ihn und tastete nach seinem Kopf. Verbände, Leukoplast, narbige Haut. „O mein Erich!" schrie sie wieder, und dann zog sie den Kopf herunter und küßte den lippenlosen Mund und spürte, wie die Narben gegen ihre Lippen drückten und wie nichts da war, keine Wärme, keine Weichheit, nichts, nichts ...

„Ich liebe dich, Erich!" schrie sie. „Nun bin ich bei dir und bleibe bei dir. Immer ... immer ... immer ..." Und dann wurde ihr Körper schlaff, ihr Kopf sank von Schwabes Mund weg und fiel gegen seinen Hals. Sie hing in seinen Armen, ohnmächtig und in der Ohnmacht verzweifelt nach Luft ringend, als ersticke sie.

„Sanitäter!" brüllte Schwabe. Er trug Ursula zu Braddocks Schreibtisch und legte sie darauf wie auf einen OP-Tisch, mitten auf die Papiere und Akten. Dann rannte er zur Tür und riß sie auf. „Sanitäter!" schrie er grell. „Hilfe! Hilfe!"

Braddock raste den Flur entlang zum Schulraum. Die beiden MP-Männer folgten ihm. Schwabe kniete schon wieder neben Ursula. Er hatte ihr die Bluse aufgerissen und massierte wie wild ihre kleine Brust, bewegte ihre Arme auf und nieder und rief immer wieder ihren Namen, mit einer kindlich schrillen, in der Angst zerreißenden Stimme.

Major Braddock ergriff Schwabe am Kragen und stieß ihn zur Seite. Er taumelte gegen einen Stuhl, verlor das Gleichgewicht und stürzte zu Boden.

„Sie stirbt!" schrie er grell.

„Blödsinn!“ Braddock legte Ursulas Kopf auf seinen Unterarm. Mit der Linken holte er seine Whiskyflasche, entkorkte sie mit den Zähnen und setzte die Flasche an Ursulas farblose Lippen. Die beiden MP-Männer klopften mit geübten Griffen, als handele es sich um einen bewußtlosen Kameraden, den nackten Oberkörper und massierten den Hals, bis Ursula Schluckbewegungen machte und der scharfe Alkohol in den schlaffen Körper rann.

James Braddock sah zu dem noch immer auf der Erde sitzenden Schwabe. „Tut mir leid, boy“, sagte er. „Aber nun werden Sie eine betrunkene Frau wiedersehen. Hat auch seine Vorteile, gerade in Ihrem Fall.“

Nach einigen Schlucken kehrte die Farbe in Ursulas Gesicht zurück. Braddock setzte die Flasche ab. Er knöpfte die Bluse über Ursulas Brust wieder zu, hob den schmalen Körper vom Schreibtisch und setzte ihn in den Sessel. Dort schlug Ursula wieder die Augen auf. Sie waren groß und glänzend und kreisten unkontrolliert in den Augenhöhlen.

„Groggy!“ sagte Major Braddock sachverständig. „Hatte sicherlich nichts im Magen. Na, denn los, boys!“

„Wohin?“ fragte Schwabe. Er hielt die schwankende Ursula fest und drückte ihren Kopf gegen seine Brust.

„Das werden Sie sehen. Wir machen eine kleine Fahrt.“

Mit dem Jeep fuhren sie aus Bernegg hinaus, die Hügelstraße entlang. Nach einigen Biegungen sah man auf einer Erhebung ein großes, stolzes Haus stehen, eine Villa im Jugendstil mit einem säulenverzierten Eingang.

„Da ist's!“ sagte Braddock und zeigte auf die Wolfachsche Villa. „Die haben Platz genug.“

Der Jeep ratterte den steilen Weg hinauf und hielt vor der Terrasse. Die dicken, schmiedeeisernen Gittertore vor dem Eingang waren geschlossen. Vor allen Fenstern waren die Jalousien heruntergelassen. Das Haus war verlassen.

„Es geht um Höheres als um Gesetze!“ sagte Braddock. „Macht auf, boys!“

Die beiden MP-Männer zerschlugen mit den Kolben ihrer Maschinenpistolen eine der Holzjalousien und das dahinter liegende Fenster. Sie kletterten in die verlassene Villa und öffneten von innen eine der Fenstertüren zur Terrasse. Major

Braddock trat ein. Zufrieden sah er sich in dem großen, elegant eingerichteten Salon um.

„Ich wollte euch nur ein Zimmer geben, aber so ist es auch gut! Echte Teppiche, ein Flügel, tiefe Sessel. Ich wette, ihr werdet sogar Daunenbetten finden." Er klopfte Schwabe auf die Schulter und nickte ihm zu. „Morgen früh um 10 Uhr holen wir dich wieder ab, boy. Nutz die Zeit!"

Er nickte den beiden Riesen zu, und über die Terrasse entfernten sie sich wieder. Kurz darauf hörte Schwabe das Aufheulen des Jeepmotors und das sich entfernende Geräusch der wild mahlenden Räder.

Sie waren allein, in einer fremden, gewaltsam aufgebrochenen Villa, ein Kriegsgefangener ohne Gesicht und eine schwankende, betrunkene Frau. Seine Frau.

„Uschi", sagte er. „Uschi." Er kniete vor ihr, und sie saß in einem der Kaminsessel und lächelte ihn an.

„Mir ist so komisch, Liebling." Sie hob die rechte Hand und tippte mit dem Zeigefinger Schwabe auf die verbundene, neue Nasenwurzel. „Ein ganz buntes Gesicht hast du, ganz bunt, wie im Zirkus. Da . . . das sieht lustig aus."

„Uschi", stammelte Schwabe. „Uschi."

„Uschilein ist müde . . .", sagte sie mit einem Schmollmündchen. „Komm . . . bring Uschilein ins Bett."

Und Erich Schwabe nahm seine Frau auf die Arme und trug sie durch das fremde Haus, bis er ein Schlafzimmer fand, darin ein Doppelbett mit weichen Daunensteppdecken und weißen Fellen auf dem Boden.

Mit zitternden Fingern entkleidete er Uschi und deckte sie zu. Dann saß er neben ihr und hielt die Hände, als müsse er sie in den Schlaf singen.

„Komm, Liebling", lächelte Ursula und dehnte sich und rückte zur Seite. „Komm zu deinem Uschilein." Ihre trunkenen Finger glitten über Schwabes Gesicht. „Und nimm die Maske ab, ja? Komm doch!"

„Mein Gott", stammelte Schwabe. „O hilf, mein Gott." Er fiel neben Ursula auf das Bett, vergrub das zerstörte Gesicht in die Kissen und weinte und krallte die Hände in das Bett und biß in das Kissen in wilder, zerstörerischer Verzweiflung.

12

In der Nacht wachte Erich Schwabe plötzlich auf durch das Gefühl, es sei Licht im Zimmer. Er hielt die Augen geschlossen, nur durch einen Lidspalt beobachtete er, was um ihn geschah. Ursula hatte die Nachttischlampe angeknipst und sie mit einem Tuch verdunkelt. Sie saß im Bett neben ihm, mit zerwühltem Haar, aber ihre Trunkenheit war verflogen, sie hatte jetzt klare Augen und saß ruhig, ohne zu schwanken, neben Schwabe. Sie hatte die Hände flach auf die Steppdecke gelegt und sah ihren Mann an. Stumm, mit einem starren Blick, der wie festgesaugt war an dem Kreuz und Quer der rosa Leukoplaststreifen.

Schwabe bemühte sich, ruhig und gleichmäßig zu atmen, wie es ein Schlafender tut. Sein Herz begann wild zu zucken, der Hals wurde trocken, und bis in die Zehenspitzen hinein rieselte ein merkwürdiges, unerträgliches Kribbeln. Ruhig, dachte er verzweifelt, ruhig bleiben. Jetzt sieht sie mich richtig, und sie ist allein, sie braucht sich nicht zu verstellen, und niemand redet ihr gütig zu und versucht, mit Worten zu trösten, wo nicht zu trösten ist. Jetzt steht sie vor ihrer Entscheidung, jetzt weiß sie, wie das weitere Leben mit dem Glasergesellen Erich Schwabe aussehen wird, dem Mann, an dem sie nur noch die Augen und die Haare erkennt.

Ursula sah ihn noch immer an, stumm, unbeweglich, wie eine Puppe aus Wachs. Nur das Heben und Senken ihrer kleinen Brust bewies, daß Leben in diesem weißen, nackten Körper war.

Das ist Erich, dachte sie. Mein Mann Erich. Er hat den Krieg überlebt und sein Gesicht dabei geopfert. Und ich habe ihn betrogen, zwei Tage und zwei Nächte lang. Betrogen aus Angst vor der Einsamkeit, aus Verzweiflung, aus Gier nach Wärme und Glück, aus Sehnsucht nach ein wenig Vergessen. Er könnte es nie begreifen, wenn ich es ihm sagte. Sie würden für immer zwischen uns bleiben, diese zwei Tage Selbstbetrug.

Sie zwang sich, sich tiefer über das verbundene und verpflasterte Gesicht zu beugen. Wie es unter den Verbänden aussah, konnte sie ahnen, wenn sie den Mund betrachtete. Wie ein Ungeheuer muß er aussehen, dachte sie und zog die nackten Schultern zusammen. Die Menschen werden zur Seite blicken, ein Kinderschreck wird er werden, ein herumgehender Alptraum: mein Mann Erich Schwabe.

Sie hob die Hand, und ganz sacht, damit er nicht aufwache, fuhr sie mit den Fingerspitzen über das verbundene Gesicht. Sie tastete über die neue Nase, über den lippenlosen, durch wulstige Narben fast verhornten Mund, über die abgehobelte Kinnspitze, und dann zurück über die Stirn, zu den abgerissenen Ohren, die Dr. Mainetti wieder angenäht hatte, aber die noch gerichtet und durch Knorpeleinpflanzungen wieder geformt werden mußten.

Rund um den Kopf strichen ihre zarten Finger, so wie ein Blinder seine Welt abtastet und damit in seinem Inneren ein Bild seines Lebensraumes schafft.

Als ihre Hand von seinem Kinn abwärts über seine Brust glitt, zuckten Schwabes Hände hoch und hielten Ursulas Finger fest. Wie Eisenklammern legten sie sich um sie. Ursula zuckte mit einem leisen Schrei zurück. Schwabe drehte den Kopf zu ihr, zur abgeschirmten Lampe, in das unbarmherzige Licht.

„Du – du schläfst nicht", sagte Ursula stockend. „Warum schläfst du nicht, Erich?"

„Wie sehe ich aus, Uschi?" fragte Schwabe leise. Er blieb flach auf dem Rücken liegen, sah sie mit großen, bettelnden Augen an. Sein Blick glitt über ihren nackten, jungmädchenhaften Körper, über ihr schmales, süßes Gesicht, über die wilden blonden Locken. Bitte, bitte, sag etwas Liebes, flehte er stumm. Sag, daß du mich liebst. Es ist das Ende, wenn du mich wegstößt, das Ende.

„Wie sollst du aussehen, Erich?" Sie lächelte, und wenn es auch ein krampfhaftes Verzerren des kleinen Gesichtes war – es war ein Lächeln. Es war wie eine Sonne, eine herrliche, die Seele wärmende Sonne, ein Aufreißen des Himmels.

„Du bist eine Kugel aus Mull und Leukoplast."

„Eine Kugel?"

„Ja. Weißt du noch – wir waren gerade zwei Monate verheiratet. Dein Freund Karl machte eine Fahrt mit dem Kegelclub nach Rüdesheim. Als er zurückkam, sah er so aus wie du. Er war betrunken über einen Schotterhaufen gefallen. Damals hast du gelacht und gerufen: Kerl, 'ne runde Kugel schiebt er, und als Mullkugel kommt er heim! Später hat man nichts mehr davon gesehen, bei dem Karl. Ganz glatt war sein Gesicht wieder."

Schwabe hielt noch immer Ursulas Hand umklammert. Ihre Fröhlichkeit verwirrte ihn. Ist es Verzweiflung, dachte er, oder ist sie wirklich von jener kindlichen Sorglosigkeit, die Katastrophen hinnimmt mit dem Selbsttrost, es sei alles nicht so schlimm.

„Ich bin über keinen Schotterhaufen gefallen", sagte er langsam. „Ich bin über eine Mine gefahren. Und in meinem Gesicht bleibt vieles zurück, nicht nur Narben. Ich werde einmal ganz anders aussehen. Ganz fremd. Begreifst du das, Uschi? Nur den Namen habe ich noch behalten."

Sie schüttelte die Haare aus dem Gesicht und beugte sich über seinen Kopf. „Das ist nicht wahr", sagte sie leise. „Die Augen sind noch von Erich Schwabe, und die Haare sind von Erich Schwabe, und die Brust und der Bauch, und die Schenkel und die Hände – es ist ja noch alles da von Erich Schwabe. Nur ein kleiner Teil ist anders geworden, ein bißchen von dem ganzen Erich Schwabe. Soviel ist ja noch da von ihm. Und sein Herz ist da – ich höre es ja, ich spüre es klopfen." Sie legte den Kopf auf seine Brust und küßte die Herzgegend, schlang die Arme um ihn und preßte ihren kleinen, kalten Körper an ihn. „Es hat sich doch gar nichts geändert. Du bist doch da – du, mein Mann."

„Ursula", stammelte Schwabe mit erstickender Stimme. „Ursula, du weißt nicht, was du sagst."

„Ich weiß, daß ich dich liebe, Erich."

„Ursula!" Es war ein Schrei. Ihr Kopf auf seiner Brust zuckte zusammen, aber sie blieb liegen, und ihr nackter Körper drängte sich enger an ihn. Seine Hände umfaßten sie, glitten über ihren Rücken, tasteten über die Schulter, über ihre kleinen Brüste, über die glatte, weiße, unter einem zarten Haarflaum schimmernde Haut.

Mit der linken Hand warf er ein Kissen gegen die Lampe. Sie fiel vom Nachttisch, zerklirrte auf dem Boden und die Nacht stand wieder im Zimmer.

„Als wärest du nie weggewesen", flüsterte sie. „Auch in der Hochzeitsnacht hast du die Lampen zertrümmert, weißt du noch?"

Pünktlich um 10 Uhr vormittags ratterte der Jeep mit Major Braddock und den beiden MP-Riesen den Hügel hinauf zur verlassenen Wolfach-Villa. Braddock fuhr wieder um das Haus herum zur Terrasse und stieg langsam und allein die wenigen Stufen vom Park hinauf.

Erich Schwabe und Ursula saßen glücklich, Hand in Hand, auf dem Sofa vor dem Kamin, als Braddock in den Salon trat. Sie hatten das Geschenk gefunden, das Braddock am Abend hatte liegengelassen: zwei große amerikanische Frühstückspäckchen. Ein Festmahl für zwei hungernde Menschen.

„Good morning!" rief James Braddock und blieb in der Fenstertür stehen. „Wieder klar, Mrs. Schwabe?"

„Es ist alles klar", sagte Schwabe. Seine großen, blauen Augen glänzten voll Seligkeit. „Ich werde Ihnen das nie vergessen, Major."

„Machen Sie keine großen Worte!" Braddock trat ein und schloß die Fenstertüre hinter sich. „Was ich gestern getan habe, kann mich ein Disziplinarverfahren kosten. Das wissen Sie! Ich nehme an, daß Sie alles, was geschehen ist, nur geträumt haben! Sie waren unten in Bernegg, ich habe Ihnen Ihre Frau gezeigt, sie durften zehn Minuten mit ihr sprechen, eine Ausnahme, nur, weil Sie Gesichtsverletzter sind – und dann haben Sie in einem Klassenzimmer übernachtet, weil es mir zu lästig war, Sie noch in der Dunkelheit aufs Schloß zu fahren."

Schwabe und Ursula erhoben sich. Sie legte den Arm um ihn und lehnte den Kopf an seine Schulter. „So war es genau, Herr Major", sagte Schwabe. „Nicht anders."

James Braddock zeigte auf die Reste des Frühstücks. „Pakken Sie das zusammen. Wir verlieren es auf dem Wege nach Bernegg. Und nun sagt euch auf Wiedersehen. Noch weiß keiner, wann die deutschen POWs entlassen werden. Es kann lange dauern. Diese Nacht muß vielleicht für ein Jahr dauern."

„Sie reicht für das ganze weitere Leben, Herr Major", sagte Schwabe. „Ich bin wieder ein Mensch."

„Na, dann kommen Sie – Sie Mensch . . ." Braddock lächelte und strich Ursula über die Haare, als sie an ihm vorbeiging. „Meine Frau hat braune Haare", sagte er. „Vor einem Jahr stand sie am Quai von New York und winkte unserem Schiff nach. Ist eine verdammt lange Zeit."

Schwabe blieb auf der Terrasse stehen und sah an der Villa empor. „Wem gehört das Haus überhaupt?“ fragte er.

„Keine Ahnung.“ Braddock schob einen Kaugummi in den Mund. „Beim Einmarsch habe ich's gesehen, und gestern fiel es mir wieder ein, als ich ein Zimmer für euch suchte. Ich werde mich unten erkundigen. Und morgen ziehe ich nach hier um.“

In schneller Fahrt ratterten sie zurück nach Bernegg. Braddock und Ursula stiegen auf dem Schulhof aus, Schwabe blieb im Jeep sitzen, man wollte ihn sofort wieder ins Lazarett aufs Schloß bringen.

„Mach's gut, Uschilein“, sagte er, und keine Trauer war mehr in seiner Stimme, kein Abschiedsschmerz, nicht ein Funken Angst vor der Zukunft. „Und grüß Mutter. Erzähl ihr alles, hörst du? Nun bin ich bald zu Haus.“

Ursula nickte. Auch sie weinte nicht. Sie war glücklich, unendlich glücklich. Nun ist alles wieder gut, dachte sie. Nun ist alles überwunden. Ich habe keine Angst mehr, ich bin nicht mehr allein. Ich habe Erich wieder, und ich liebe ihn, liebe ihn noch mehr als früher. Wir brauchen uns gegenseitig, und darum kann uns nichts, nichts trennen.

„Schreib mir, Erich!“ rief sie, als der Jeepmotor wieder aufheulte. „Schreib mir jeden Tag. Und bleib gesund, hörst du. Und komm bald. Ich liebe dich – ich.“

Ihre Stimme ging unter im Knirschen der Reifen. Schwabe klammerte sich an den eisernen Einstieg und winkte zurück. Er lachte, er war wie ein fröhlicher, in die Ferien fahrender Junge, er war übermütig und schwenkte sein Schiffchen im aufwirbelnden Staub. Dann versank Bernegg, die Straße stieg an und schraubte sich zum Schloß empor.

„Very nice girl!“ sagte der eine MP-Mann und grinste. Er schob Schwabe eine Packung Camel in die Rocktasche und klopfte ihm auf den Rücken. „In Amerika – ich habe a sweet girl.“

Die Stube B/14 stand bereit wie zum Rapport, als Erich Schwabe wieder im Lazarett erschien. Professor Rusch, Dr. Mainetti und die anderen Ärzte operierten wieder. Es war ein „Großkampftag“, wie es bei Baumann hieß.

Narben wurden ausgetrennt, Stiellappen verpflanzt, neue Rollappen angelegt, aus dem Rippenbogen Knorpel für eine

Ohrmuschel transplantiert und zwei Unterkiefer gerichtet und mit einem Reichenbachschen Heftpflasterverband ruhiggestellt und sorgfältig geschient.

Ohne Formalitäten setzten die MP-Männer Erich Schwabe vor der Hauptwache ab, fuhren zurück nach Bernegg. Am Fenster der Stube 14 stand Walter Hertz, und als er Schwabe durch das Tor kommen sah in den Vorgarten, winkte er mit beiden Armen und rief in das Zimmer hinein: „Er kommt!"

„Sieht zehn Jahre jünger aus!" sagte der Berliner, als Schwabe in der Stube stand und seinen Rock auszog. „Wat det ausmacht, Kinder!"

„Und träumen wird a!" rief der Wastl. „A Gaudi wird's, wenn wir ihn im Schlaf ausfragen!"

„Laß die blöden Hunde quatschen!" sagte Fritz Adam. „Und behalt's für dich. Das kann dir niemand nehmen."

Walter Hertz nahm Schwabe zur Seite. Die Augen in seinem schiefen Gesicht waren voller Erwartung.

„Hast du was gehört von Petra, Kumpel?"

„Petra, Nee."

„Petra Wolfach. Kann ja sein, daß irgendwo der Name gefallen ist. Hast du nichts gehört?"

„Nein." Erich Schwabe schüttelte den Kopf. „Ich hätte fragen können, ich weiß, Walter. Aber ich habe nicht daran gedacht. Ich habe nur meine Frau gesehen. Es war so kurz. Du mußt das verstehen, Junge. Ich habe an nichts anderes gedacht."

„Schon gut, Erich." Walter Hertz nickte ein paarmal. „Wenn sie noch in Bernegg wäre – bestimmt hätte sie etwas von sich hören lassen. Ganz bestimmt."

„Das glaube ich auch."

Gegen Mittag kam Dr. Mainetti zur Visite. Sie gab Schwabe die Hand, aber sie fragte nichts. Sie sah seine glänzenden Augen und nickte ihm zu. „Übermorgen machen wir einen wunderschönen Rollappen für die neue Nase", sagte sie. „Hier von der Brust, entlang des Sternums nehmen wir ihn." Sie tippte Schwabe auf die Brust. „Da Sie keine Frau sind, macht so eine Narbe auf der Brust ja nichts aus . . ."

„Das kann man nie sagen", antwortete Schwabe fröhlich. „Da legt Uschi oft ihren Kopf drauf."

Lisa Mainetti lachte. „Ihnen geht es gut, was?" sagte sie, und die Freude machte auch sie glücklich. Er hat es geschafft, dachte sie. Er hat das innere Grauen überwunden. „Dann muß sich Ihre Uschi eben auf die linke Brustseite legen. Platz genug ist immer noch da."

„Jawoll, Frau Doktor!" rief er.

Es war ihm, als sei die ganze Welt auf Hochglanz poliert.

Wieder brauchte Ursula fast drei Tage, bis sie an einem späten Nachmittag in Köln vor der amerikanischen Pontonbrücke stand und langsam über die schwankenden Stege ging. Niemand sah sie an. Sie war schmutzig, verrußt, verstaubt, die verklebten Haare lagen um ihren Kopf, als seien sie ein nasses Fell.

Sie ging durch die zerstörte Stadt, durch diesen Riesenwald von Trümmern und Ruinen, durch einen neuen Mond mit Kratern und bizarren Felsen, in denen die Menschen wie Maulwürfe wühlten, Steine schichteten, Schutt wegschaufelten und aus angekohlten Balken neue Zimmergerüste bauten.

Wie es sich gleicht, dachte Ursula. Ein zerstörtes Gesicht und eine zerstörte Stadt. Und an beiden wird neu gebaut.

In den Trümmern des Hauses Horst-Wessel-Straße 4 – das Straßenschild war jetzt abmontiert und jemand hatte mit Farbe auf ein Stück Blech „Rathenaustraße" geschrieben – saß der Maurer Karlheinz Petsch und klopfte Ziegelsteine sauber. Einen großen Berg hatte er schon neben sich liegen, schön geschichtet. Sie reichten bereits für zwei Mauern eines neuen Zimmers.

„Guten Tag, Mädchen!" rief Petsch und winkte mit dem Hammer und einem Flachmeißel. „Geh 'runter zu Muttern! Ich habe euch zwei Pfund Pferdefleisch mitgebracht – für 'n zünftigen Sauerbraten!"

Ursula senkte den Kopf und antwortete nicht. Dann rannte sie wie gehetzt die Kellertreppe hinunter, und schon auf den ersten Stufen roch sie deutlich den im Brattopf schmorenden leckeren Braten.

Mitte September – das Leben hatte sich etwas normalisiert, die Stadtsteuerämter arbeiteten wieder, und die Verwaltung war notdürftig aufgebaut und konnte sich um kommunale Dinge kümmern, um Lebensmittelbeschaffung, um Aufräumungsarbeiten, um Bereitstellung von Notquartieren und Ausgabe der Renten – fuhr Major James Braddock wieder einmal vor dem Schloß vor. Er kam fast jede Woche, um zu kontrollieren, ob alles vorhanden sei und keine Klagen vorlägen, denn die Besatzungstruppen hatten Verwaltung und Versorgung der Lazarette voll übernommen.

Der Besuch an diesem Septembertag aber war außerplanmäßig und streng dienstlich. Zwei Jeeps mit MP begleiteten Braddock, und diese stämmigen Burschen mit den weißen Helmen nahmen Posten im Flur vor dem Chefarztzimmer, als Braddock den Block B betrat.

Dr. Mainetti, die aus dem Chefzimmer wollte, um dem Major entgegenzugehen, wurde mit dem Lauf einer Maschinenpistole zurückgehalten. Man stieß sie ihr vor die Brust.

„No!“ sagte der Posten hart.

„Sind ihre Leute verrückt geworden, Major?“ rief Lisa Braddock entgegen, der den Flur entlang kam. „Geht der Krieg weiter?“

„Er ist gar nicht zu Ende gegangen, Miß Mainetti!“ sagte Braddock knapp. Daß er sie Miß Mainetti statt Miß Doktor nannte, war ein Zeichen, daß James Braddock jetzt nichts anderes mehr war als ein Offizier der Siegermacht. Eine Uniform mit einem Befehl.

Er trat an Dr. Mainetti vorbei ins Chefzimmer, winkte, die Tür zu schließen, und sah Professor Rusch ernst an, der einige Röntgenplatten aus der Hand legte und sich erhob.

„So ernst, Major?“ fragte er. „Wer ist Ihnen über die Leber gelaufen?“

„Sie, Professor!“

Dr. Mainetti schüttelte den Kopf. „Ich weiß nicht, Walter, was plötzlich los ist. Draußen sperrt MP alles ab, stößt mich mit dem Gewehr vor die Brust, der Major ist sauer wie eine unreife Zitrone. Wir haben hier doch keinen Föhn, der alles verrückt macht!“

Professor Rusch kam um seinen Schreibtisch herum. Er streckte Braddock die Hand entgegen, zog sie aber schnell zurück, als er merkte, daß der Major sie kühl übersah.

„Darf ich fragen – “, Professor Rusch sah auf den kleinen Offizier herab.

„Wir haben ihn verhaftet, Professor", sagte Braddock laut. „Er hielt sich in Frankfurt auf. Peter Weller nannte er sich jetzt, er hatte sogar einen Paß auf diesen Namen. Aber nach sechs Stunden Verhör gab er es zu."

„Wer?" fragten Rusch und Lisa fast gleichzeitig.

„Dr. Urban!" Braddock sah von Dr. Mainetti zu dem Chefarzt. „Er wurde erwischt, als er aus der US-Heeresapotheke Morphin stehlen wollte."

„Kein Irrtum. Er ist es!" sagte Lisa hart.

„Natürlich ist er es!" James Braddock wandte sich wieder Professor Rusch zu. „Und der Junge hat ausgepackt! Warum haben Sie mir verschwiegen, Professor, daß Sie ein alter Parteigenosse sind?"

Rusch sah verblüfft Lisa Mainetti an. „Was soll ich sein? Ein alter Pg? Ausgerechnet ich?"

„Sie haben sogar das Goldene Parteiabzeichen! Als Spezialist für Gesichtsverstümmelungen waren Sie Mitglied einer Kommission, die unheilbare Fälle für die Euthanasie vorschlug."

„Aber das ist doch Wahnsinn!" rief Lisa Mainetti. „Wer hat diesen Irrsinn erzählt?"

Major Braddock winkte ab. „Es ist uns bekannt, daß Sie, Professor Rusch, viermal bei der Dienststelle v. Unruh angerufen und um eine Auskämmkommission gebeten haben. Gott sei Dank ohne Erfolg!"

„Die sind wirklich verrückt, Walter!" sagte Dr. Mainetti. „Gerade du, der sich gegen Oberst Mayrat stemmte, der . . ."

Major Braddock hob die Schultern. „Die Beschuldigungen sind in den Akten! Wir haben die Pflicht, sie nachzuprüfen. Ich muß Sie bitten, mitzukommen, Professor!"

„Verhaftet?" fragte Rusch leise. Sein Gesicht war fahl.

„Wieso? Sie sind Kriegsgefangener. Sie werden nur verlegt! In ein Lager, wo man Sie verhören muß und die Wahrheit feststellen wird."

„Ich kann die Wahrheit beschwören, Major!" rief Lisa Mainetti. „Alles ist eine Lüge, ist haltloser Blödsinn! Kein Mann hat so für seine Verwundeten gesorgt wie Professor Rusch. Wie seine Söhne hat er sie geliebt und . . ."

Braddock wedelte mit beiden Händen durch die Luft.

„Keine romantischen Erzählungen, Miß Mainetti. Wir drehen keinen Hollywoodfilm, sondern es geht um Verbrechen gegen die Menschlichkeit ..."

„Professor Rusch – und Verbrechen gegen die Menschlichkeit? Müssen Sie nicht selbst darüber lachen, Major?"

„Nicht mehr! Es liegen konkrete Aussagen und Angaben vor."

„Von wem denn, um Himmels willen!" rief Rusch.

„Von Dr. Urban."

Lisa und Rusch sahen sich lange an. Sie wußten in diesem Augenblick, daß jedes weitere Wort umsonst gesprochen wäre. Nur eine gründliche Rehabilitierung konnte die Unschuld Ruschs ergeben. Aber diese Rehabilitierung konnte Monate dauern.

„So ein verdammtes Schwein!" sagte Lisa leise.

„Das ist er!" Major Braddock winkte Rusch, sich für das Mitkommen fertigzumachen. „Es ändert aber nichts, daß wir alles nachprüfen müssen. Wir haben unsere Befehle."

„Natürlich, natürlich." Professor Rusch zog seinen weißen Arztkittel aus. Er nahm seinen Offiziersrock mit dem leuchtenden POW auf dem Rücken, warf ihn über, und Lisa knöpfte ihn mit zitternden Fingern zu. „Was muß ich mitnehmen, Major!"

„Das Nötigste. Was man so braucht."

„Wie lange wird es dauern?"

Braddock hob die Schultern. „Wir haben einige tausend Fälle nachzuprüfen. Vielleicht ein Jahr."

„Ein Jahr?" stammelte Lisa Mainetti.

„Auch das wird vorbeigehen." Rusch zögerte. Dann nahm er Lisas Gesicht zwischen seine Hände und küßte sie innig. Braddock drehte sich um und scharrte mit den Schuhspitzen. „Ich weiß, daß du auf mich wartest, Lisa", sagte Rusch leise.

Sie nickte in seinen Händen, und zum erstenmal sah er, daß sie schwarze Augen hatte und daß sie weinen konnte, ohne das Gesicht zu verziehen.

„Ich warte auf dich, Walter", flüsterte sie. „Es ist mir jetzt, als habe ich auf dich mein ganzes bisheriges Leben gewartet. Paß auf dich auf, ja, und komm gesund zurück!"

Braddock drehte sich wieder um. „Er wird nach Darmstadt

kommen", sagte er. „Beste Nazigesellschaft! Jeden Tag müssen wir die politischen Camps vergrößern."

Rusch packte einen kleinen Koffer. Noch einmal küßte er Lisa Mainetti, dann riß er sich los aus ihren umklammernden Armen und ging Major Braddock nach, der schon über den Flur stampfte. Drei riesige MP-Männer folgten Rusch, die Maschinenpistole im Anschlag.

Aus den Türen der Krankenzimmer sahen die Gesichtsverletzten und starrten dem seltsamen Zug nach. In der OP-Tür standen die Ärzte und Schwestern, der Famulus Baumann und die Oberschwester. „Das ist doch ein idiotischer Irrtum!" rief Dr. Vohrer.

„Auf Wiedersehen, Jungs!" rief Professor Rusch mit bebender Stimme. „Auf Wiedersehen. Ich komme ja zurück."

„Wenn jetzt och noch die Amis verrückt werd'n – wat bleibt denn da von der Welt noch übrich?" schrie der Berliner.

Major Braddock senkte den Kopf. Wie ein wütender Stier rannte er aus dem Lazarett. Professor Rusch stieg in den zweiten Jeep, zwei Maschinenpistolenläufe in seinem Rücken. Er sah sich nicht einmal um, als er in rasender Fahrt abfuhr. Er hielt seinen Kopf sehr gerade, und seine weißen Haare flatterten wild im Wind.

Das Lazarett war verwaist. Allen kam es so vor, auch wenn Dr. Mainetti nun die ärztliche Leitung übernahm und zusammen mit dem amerikanischen Arzt Dr. Red Stenton, diesem stillen, wortkargen Chirurgen aus New Orleans, die laufenden Operationen durchführte. Er war ein guter Allgemeinchirurg, aber von der Wiederherstellung eines Gesichtes verstand er wenig. Er legte die Rollappen an und meißelte die Knochenspäne aus den Schienbeinen, aber die eigentliche Formung des Gesichtes, diese Feinarbeit mit größtem Fingerspitzengefühl, machte Dr. Mainetti allein und ließ Dr. Stenton nur assistieren.

James Braddock kam jetzt dreimal wöchentlich. Er saß im Chefzimmer herum und starrte gegen die Wände, trank seinen Whisky und kaute seinen Gummi und kam sich ungerecht behandelt vor, weil ihn Lisa nie ansprach, ja nicht einmal beachtete. Ob er im Zimmer saß oder nicht – Braddock hatte das Gefühl, daß er überhaupt nicht vorhanden war.

„Ich kann doch nichts dafür!" sagte er einmal, als Lisa Mainetti über Dr. Stenton mit Braddock sprach und auf diesem Umweg, obgleich sie alle zusammen in einem Zimmer standen, neues Verbandsmaterial bestellte. „Ich habe nur meine Pflicht getan!"

„Es war Ihre Pflicht, die Haltlosigkeit dieser Beschuldigungen einzusehen", sagte Lisa bitter.

„Man hat mich im Generalkommando nicht um meine Ansicht gefragt, sondern mir einen Auftrag erteilt!"

„Die gleiche Sturheit wie bei den Preußen!"

„Sie ist in allen Armeen zu Hause, Miß Doktor. Ein selbständig denkender Soldat ist ein Kuriosum!"

„Die Beschuldigungen eines solchen Schweines wie Dr. Urban zu glauben!" rief Lisa aufgebracht.

„Es wird sich alles herausstellen."

„Natürlich – aber ein Jahr hat Professor Rusch verloren!"

„Wenn die Deutschen nicht mehr verlieren als nur ein Jahr, sind sie ein glückliches Volk!" Braddock setzte seine Mütze auf. „Ihre Nation hat den Krieg verloren, Madam. Man sollte das nach vier Monaten nicht schon vergessen haben!"

„Danke für den Nachhilfeunterricht, Major."

Sie ließ Braddock mit Dr. Stenton im Chefraum zurück und ging auf ihr Zimmer.

Mitte September kam wieder ein Sack voll Post nach Bernegg. Famulus Baumann verteilte sie unter Bewachung von Leutnant Potkins. Die gesamte Stube B/14 war diesmal dabei. Der Wastl bekam einen Brief aus Berchtesgaden, Ursula Schwabe hatte geschrieben, eine Tante von Fritz Adam, die Mutter von Kaspar Bloch aus Flensburg. Und dann rief Baumann die Namen von zwei Menschen auf, für die ein Brief, ein dünnes, fleckiges Kuvert mit vielen Leitvermerken, eine Seligkeit, ein Taumel des Glückes bedeutete:

Paul Zwerch, der Berliner, hielt seinen Brief in der Hand, und er heulte und zeigte Baumann den Absender und begriff es nicht.

„Meine Mutter, Junge, meine Mutter. In Braunschweig is se jetzt. 'raus aus Berlin. Keen Russe kann ihr wat wollen. Se lebt – Baumann, du stures Rindvieh – se lebt!"

Der zweite Glückliche war Walter Hertz. Petra hatte geschrieben. Ein schmales, rosa Kuvert hielt er in den Fingern und las immer wieder seinen Namen, den Ihre Hand geschrieben hatte. Woher der Brief kam, wußte er noch gar nicht, was in ihm stand, hatte er noch nicht gelesen. Es war ein Brief von ihr – nach den langen Monaten verzehrenden Wartens. „Sie hat mich nicht vergessen", stotterte er, und sein schiefes Gesicht wurde noch formloser. „Ich habe es gewußt, Jungs, ich habe es gefühlt, sie denkt an mich!"

Dann war Ruhe in der Stube. Die Sechs saßen auf ihren Betten und lasen ihre Briefe. Erich Schwabe wischte sich immer wieder über die Augen und zerwühlte sich mit der linken Hand die Haare. „Das – das sollte nicht sein", sagte er. „Meine arme Uschi." Er ließ den Brief auf das Bett flattern und stierte vor sich auf das Kisssen. „Was mach' ich denn jetzt?" dachte er laut. „Was kann ich denn jetzt bloß machen?"

Fritz Adam, auf dem Nebentisch, beugte sich herüber. „Was ist denn wieder los, Erich?" fragte er leise.

„Uschi bekommt ein Kind!"

„Mensch, freu dich doch! Nun ist doch überhaupt alles kein Problem mehr."

Schwabe schüttelte langsam den Kopf. „Wer sorgt denn für sie, gerade jetzt, in diesem Zustand. Sie haben doch nichts zu essen, Fritz. Keiner ist da, der ihnen etwas extra besorgen könnte. Jetzt braucht Uschi doch Obst und Fett und Gemüse. Und das Kind braucht es doch auch. Wenn ich jetzt zu Hause wäre, ja, da wäre das anders. Als Glaser kann ich arbeiten, kann ich tauschen, kann ich hintenherum was kriegen. Und nun sitze ich hier. Nicht mal bei der Geburt bin ich dabei. Wir haben uns immer so sehr auf das erste Kind gefreut, Fritz."

Der Wastl, auf seinem Bett, räusperte sich laut. „Flüchtlinge aus Dresden hab' i kriagt", sagte er. „An Professor der Zoologie. Jetzt will der mei Hühner kreuzen und veredeln! Aba vun an Neger schreibt's nix, die Resi. Sakrament!"

„Sie ist in Mannheim. Ganz allein ist sie da", sagte Walter Hertz. „Ihr Vater ist in München. In einer Kantine der US-Airforce arbeitet sie. Wenn's geht, will sie mir ein Paket schicken."

„Mein Vater liegt in Münster im Lazarett. Kurz vor Kriegsende ist er noch verwundet worden, am Bein." Kaspar Bloch schüttelte den Kopf. „Sie haben meinen Vater einfach abgeholt und in eine Uniform gesteckt. Und eine Panzerfaust haben sie ihm gegeben. Er hat noch nie eine Panzerfaust in der Hand gehabt. Bevor er damit etwas anstellen konnte, wurde er verwundet. Mehr weiß Mutter auch nicht." Kaspar Bloch sah sich um. Überall blickten ihn glückliche Augen an. „Aber er lebt, das ist die Hauptsache."

„Mir is, als ob ick Weihnachten hätte", sagte der Berliner leise. „Und ick hab' 'n Stück von 'n Engelflüjeln erwischt!"

In ihrem Zimmer saß Lisa Mainetti ebenfalls in einen Brief versunken und durch das Fenster in die Weite des Landes blickend. Professor Rusch hatte geschrieben. Aus dem Lager Darmstadt. Man hatte ihn mit Dr. Urban zusammengeführt und die beiden Männer einander gegenübergestellt. Und Dr. Urban hatte alles, was er gegen Rusch vorbrachte, alle Lügen, beschworen. „Meine Lage ist nicht rosig", schrieb Rusch ehrlich. „Man wird natürlich alles nachprüfen. Aber wenn die Akten verbrannt oder vernichtet sind, wenn es keine Gegenbeweise gegen diesen gemeinen Eid gibt, kann ich einer der Letzten sein, der Darmstadt verläßt."

Lisa Mainetti faltete den Brief zusammen. Natürlich, dachte sie. Urban beschwört alles. Er hat nichts mehr zu verlieren. Was macht ihm noch ein Meineid aus? Jetzt kann er die Rache nehmen, die ich ihm immer aus den Händen schlagen konnte. Und was die Nazis nicht konnten, unternehmen jetzt die Amerikaner – die Vernichtung eines Mannes, der nur die Wahrheit denkt. Zu späten Handlangern Hitlers werden sie. Und sie ahnen es nicht!

Sie ging hinüber zum Chefzimmer und rief Major Braddock an. Er war sofort am Apparat, als habe er schon auf den Anruf gewartet.

„Professor Rusch hat geschrieben", sagte sie. Braddocks Stimme war gleichgültig.

„Ich weiß. Ich habe mir erlaubt, diesen Brief zu öffnen."

„Natürlich. Sie sind ja auch der Sieger!" sagte Lisa giftig.

„Professor Rusch wird nicht lange in Darmstadt bleiben", sagte Braddock. „Diese Stelle seines Briefes ist ein Fehlgedanke."

In Lisas Brust zuckte es schmerzhaft. „Woher – woher wollen Sie das wissen, Major?" fragte sie atemlos.

„Aus einigen Berichten, Madam! Kennen Sie Wernher v. Braun?"

„Nie gehört."

„Ein Genie. Er konstruierte für die Deutschen die V I und die V 2 mit. Ein Fachmann für Raketen und Weltraumträume. Er ist auf dem Wege nach den USA! Er wird bei uns arbeiten, für uns. Mit Möglichkeiten, die er sich nie hat träumen lassen in seinem kleinen Peenemünde."

„Was hat das mit Professor Rusch zu tun?"

„Professor Rusch steht als Fachmann für Gesichtsplastiken auf ebenso einsamer Höhe wie dieser Wernher v. Braun auf dem Gebiet der Raketentechnik. Es wäre nur logisch, wenn mein Land auch diesen Fachmann gebrauchen könnte."

„Das sind Phantastereien, Major Braddock!"

„Ich habe es schon kurz nach dem Einmarsch angedeutet, erinnern Sie sich?"

Lisa nickte stumm. Natürlich erinnerte sie sich an dieses Gespräch. Rusch hatte schon damals an diese Möglichkeit geglaubt, und wollte zusagen, wenn sie ihn nicht heiraten würde. Nun war alles verändert, Rusch würde Deutschland nie verlassen.

„Er wird ein Angebot nicht annehmen", sagte Lisa fest.

„Dann wäre er ein dummer Mensch, Miß Doktor! Warum sollte er es nicht?"

„Er weiß, daß er hier gebraucht wird! Wir haben den Krieg verloren, jawohl. Aber es wird auch wieder einen Aufbau geben. Man kann ein 70-Millionen-Volk nicht von der Landkarte löschen. Und darum müssen Männer hierbleiben, die dem blutenden Volke wieder die Wunden verbinden."

„Dieser verdammte deutsche Nationalismus!" schrie Braddock. Dann klirrte es in der Leitung. Es war, als ob Braddock das Telefon vom Tisch geschlagen hätte.

Karlheinz Petsch, der Maurer und ehemalige Fliegerfeldwebel, hatte sich einen Keller in der neubenannten Rathenaustraße fast feudal ausgebaut. Er hauste dort wie ein kleiner Fürst, beneidet und umschmeichelt von allen, von den Frauen versteckt oder offen mit Angeboten überhäuft, die er je nach Laune wie auf einem orientalischen Markt aushandelte: Ein

Pfund Speck hat den Wert von zwei Nächten, zwei Koteletts bedeuten zwei Stunden und zwei Pfund Hülsenfrüchte – na ja, man ist ja nicht kleinlich.

An Ursula Schwabe trat er mit solchen Angeboten nicht heran. Im Gegenteil, aus einer unerklärlichen Dankbarkeit und fast hündischen Anhänglichkeit heraus schaffte er alles heran, was Frau Schwabe und Ursula brauchten. In seiner Freizeit saß er in den Trümmern des Hauses Nr. 4 und klopfte Steine, schichtete Balken und Bretter und planierte die Kellerdecke, um Platz für das Aufsetzen der neuen Wohnungswände zu bekommen.

„Er soll gehen!" hatte Ursula in den ersten Tagen nach ihrer Rückkehr aus Bernegg geschrien. „Ich will ihn nicht mehr sehen. Warum jagst du ihn nicht fort?"

Frau Schwabe hatte die Schultern gehoben. Sie war dünn und eingefallen und ging neuerdings etwas nach vorn gebeugt. Sie hungerte, man sah es ihr an, und sie hatte fast alle ihre Kraft verbraucht in den Monaten vor dem Einmarsch der Amerikaner in Köln und bis zum Waffenstillstand. Nun war sie nur noch eine alte, gebeugte Frau, die Hunger hatte. Er hatte ihren eisernen Willen zerfressen, ihre Vitalität, ihre mütterliche Autorität. Es war ein körperlicher Zusammenbruch, von dem es kein Aufrichten mehr gab.

„Ich kann ihm nicht verbieten, nebenan zu wohnen", sagte sie schwach. „Und wenn er die Steine abklopft – laß ihn doch!"

„Du weißt, warum er es tut!" rief Ursula verzweifelt.

„Es liegt nur an dir!" Frau Schwabe schälte Kartoffeln. Sie schabte sie ab, damit nicht zuviel mit der Schale verlorenging. „Wenn du Erich liebst, ist es gleichgültig, ob dieser Mann da draußen Steine für uns klopft. Die Liebe schützt dich vor allem! Und außerdem baut er unser Haus wieder auf."

„Und eines Tages wird er die Rechnung vorlegen", sagte Ursula dumpf. „Und du weißt, was er dann verlangt!"

„Dummheit! Er weiß, daß es sinnlos ist. Ich habe lange mit ihm gesprochen. Er ist nur dankbar."

„Dankbar wofür?"

Frau Schwabe schwieg. Sie dachte daran, wie sie nach dem Weihnachtsbesuch bei Erich nach Köln zurückkam, unverhofft und früher. Damals hatte sie einen Augenblick die wilde Lust verspürt, ihre Schwiegertochter zu töten, einfach zu töten mit einem Küchenmesser, mit einem Kessel kochenden Wassers, mit einem großen Stein. Sie hatte Erich verraten, mit einem anderen Mann betrogen, sie hatte diesen armen, um Liebe flehenden Menschen ohne Gesicht aus ihrem Herzen verjagt. Aber dann war in Frau Schwabe dieses Gefühl des Tötenmüssens verflogen. Etwas wie Mitschuld hatte sie verspürt, die Strafe für ihren Egoismus, ihrem Sohn Erich in der größten Not alles sein zu wollen, Mutter, Frau, Zukunft und die ganze Liebe.

„Wir haben uns gegenseitig versprochen, nie mehr darüber zu reden", sagte Frau Schwabe ernst. „Erich wird es nie erfahren."

„Ich werde es ihm erzählen, wenn er wieder zu Hause ist."

„Aber warum denn?"

„Ich will nicht mit dieser Lüge im Herzen mit ihm weiterleben. Und darum muß dieser Petsch weg. Ich will ihn nicht mehr sehen, ich will an nichts, an gar nichts mehr erinnert werden."

Frau Schwabe hob hilflos die Arme. „Wir können ihm nur verbieten, nicht mehr in unser Haus zu kommen."

Drei Tage nach diesem Gespräch ging Ursula zu Karlheinz Petsch hinaus in die Trümmer. Er saß wieder in den Ruinen des Schwabschen Hauses, klopfte Ziegelsteine sauber und stapelte sie. Es war ein heißer Abend, staubig und windstill, und Petsch saß zwischen den zerborstenen Mauern mit nacktem Oberkörper, eine alte Feldmütze über den verschwitzten Haaren, zwischen den Zähnen eine dicke Pfeife, in der er besten amerikanischen goldgelben Tabak rauchte.

„Na, Mädchen?" sagte er und reckte den muskulösen Oberkörper. „Das ist nett, daß du mich doch noch kennst."

„Wie stellst du dir das vor?" fragte Ursula laut.

„Was heißt vorstellen? Ich warte – und arbeite dabei. Nächsten Monat bekomme ich Zement, woher, wird nicht verraten. Und dann geht's los, Kleine. Erst die Umfassungsmauern, dann die Zwischenwände. Ich hab' mir gedacht, vier Zimmer reichen fürs erste, was? Nur mit dem Dachdeckermaterial, da klappt's noch nicht so richtig. Da muß ich mir erst die Verbindung suchen."

„In drei Monaten etwa wird Erich zurückkommen!" log Ursula. Karlheinz Petsch nickte eifrig.

„Um so besser! 'n tüchtiger Glaser ist was wert! Um so schneller geht's mit der neuen Wohnung. Ein Maurer und ein Glaser – Mädchen, wenn wir nicht in Kürze alles haben, was wir brauchen, will ich wie Göring Meyer heißen!"

„Und worauf willst du warten?" fragte Ursula heiser vor Angst.

„Auf das, was wird!" Karlheinz Petsch legte seinen Hammer und den Flachmeißel hin. „Du liebst deinen Mann, ich weiß es, Uschi. Was zwischen uns war – Schwamm darüber. Ist ja auch lange her. Aber ich sprech' auch nicht mehr darüber. Du kannst's vergessen, ich tu's nicht. Heute zum letztenmal, Ehrenwort! Aber ich weiß, daß es nicht gut gehen wird, Uschi, nicht auf die Dauer. Jetzt hast du noch Mitleid mit dem Erich, und du redest dir ein, daß du ihn mehr liebst als früher – ja, wink nicht ab, laß mich weitersprechen. Diese ganze große Liebe, die du jetzt spürst, ist nur Mitleid, nur Selbstbetrug, ist wie eine Morphiumspritze, die du täglich nimmst, um dir was vorgaukeln zu lassen. Aber wenn der Erich zu Hause ist, und wenn du täglich, stündlich, jede Minute um ihn bist, und wenn die andern weggucken, wenn er kommt, und die Kinder ihm nachlaufen – und Kinder sind so grausam, Uschi –, das ist wie ein steter Tropfen, Uschi, das höhlt dich aus. Und eines Tages bist du fix und fertig und kannst nicht mehr." Petsch sah sie groß an. „Darauf warte ich. Auf diesen Tag, dann nehm' ich dich zu mir, damit du nicht völlig zusammenklappst."

„Such dir eine andere Frau!" schrie Ursula wild. „Du hast ja Auswahl genug. Sie laufen dir ja den Keller ein."

Petsch schüttelte langsam den Kopf. „Das sind Weiber", sagte er mit tiefer Verachtung in der Stimme. „So etwas wirft man weg wie einen faulen Apfel, von dem man ein Stückchen abgebissen hat. Aber dich liebe ich, Uschi. Ich kann nun mal nichts dafür. Und wenn ich mich geirrt habe, dann habe ich eben Pech gehabt!"

„Du hast dich geirrt! Ich kann es dir schon jetzt sagen. Du brauchst nicht zu warten. Ich liebe Erich, und ich bleibe bei ihm – ganz gleich, was noch kommt!" rief Ursula.

Karlheinz Petsch drückte bedächtig den Daumen auf die heiße Asche in seiner Pfeife und preßte den brennenden Tabak etwas zusammen. Dabei sah er von unten her Ursula nachdenklich und fast mitleidig an.

„Du weißt gar nicht, was kommt, nicht wahr?" sagte er langsam. „Du hast dir gar keine Gedanken darüber gemacht, was? Der Erich kommt nach Hause, und alles ist wieder gut. Mädchen, wenn das so einfach wäre. Das ist ganz anders! Das fängt schon damit an, daß wir den Krieg verloren haben. Solange Krieg war und erst recht, wenn wir den Krieg gewonnen hätten, war es mit dem Erich eine sichere Sache. Er bliebe im Lazarett, er würde operiert, man machte ihm eine neue Nase, neue Ohren, neue Lippen, neue Backen und was weiß ich, was ihm alles fehlt. Und wenn er dann wieder leidlich vernünftig ausgesehen hätte, hätte man ihn entlassen und gesagt: ‚Nun mach deine Arbeit weiter, Erich Schwabe.' Aber das ist doch alles vorbei, Mädchen! Jetzt wird er aus dem Lazarett 'rausgeworfen, sobald er wieder essen kann – meinetwegen macht man ihm auch noch die Nase. Aber dann ist Schluß! Wie kommen die Amis dazu, dem Erich Schwabe jahrelange kosmetische Operationen zu bezahlen? Er wird als normaler Kriegsgefangener eines Tages – vielleicht schon vorzeitig – entlassen, und dann ist er da! Ohne Gesicht! Essen kann er, sich die Nase putzen kann er auch wieder – und das ist alles! Kein Schwein wird sich um ihn kümmern, denn er ist ja – wie's so schön heißt – funktionsfähig! Und 'ne Rente wird man ihm in die Hand drücken, für die er sechs Ami-Zigaretten kaufen kann. Und jede Operation an seinem Gesicht, jede Narbe, die er wegnehmen läßt, jede neue Verpflanzung, einfach alles, was über dem ‚funktionsfähig' liegt, muß er aus eigener Tasche bezahlen. Das kostet Tausende – und hat er die, Mädchen? Was ist also los, wenn der Erich kommt? Er wird jahrelang ohne Gesicht 'rumlaufen, denn dafür bekommt er ja seine Rente. Und keiner, keiner wird sich um ihn kümmern."

Ursula biß die Lippen zusammen. Sie starrte Karlheinz Petsch stumm an, wandte sich dann um und rannte durch die Ruinen davon.

Sie wußte, daß er recht hatte, und dieses Wissen war so grausam, daß sie vor sich selbst flüchten wollte und vor der unterdrückten Frage: Kann ich das wirklich aushalten – ein ganzes Leben lang?

Als er hörte, daß sie ein Kind bekam, hob Karlheinz Petsch nur die Schultern. Die erste Mauer stand bereits, die Nachbarn beneideten die Schwabes wie nach einem Millionengewinn.

„Ich habe das erwartet, Mädchen", sagte Petsch. „Aber das ändert nichts. Ich nehme das Kind auch mit zu mir."

„Jetzt kann mich überhaupt nichts mehr von Erich trennen!" rief Ursula.

„Abwarten!"

„Da gibt es nichts zu warten. Es wäre besser, du zögest in eine andere Gegend. Köln ist groß genug."

„Du kennst die Menschen nicht, Uschi. Im Augenblick bist du noch die kleine, arme Frau, deren Mann schwerverwundet in Gefangenschaft ist. Aber wenn er zurückkommt, ändert sich das."

„Was soll sich ändern?"

„Alles, Mädchen. Dann ist das Mitleid weg! Dann heißt es nicht: Die arme Frau muß mit solch einem Krüppel leben. Nein, es wird heißen: Die Schwabe ist verrückt! Ist noch so jung und könnte was aus sich machen! Wenn so eine Verstümmelung kein Scheidungsgrund ist – das wird man sagen!"

„Ich werde jeden um die Ohren schlagen, der so etwas zu mir sagt!"

„Ihr werdet isoliert sein. Man wird euch aus dem Wege gehen. Das grausamste aller Tiere ist der Mensch, Uschi! Und wenn es Deutschland jemals wieder gut gehen sollte, ist's ganz aus! Dann seid ihr Abschaum, ein Überbleibsel des Kriegs und der Vergangenheit, an die niemand mehr erinnert werden will! Man wird euch ein Almosen geben und irgendwo in die dunkle Ecke stellen, damit der neue Glanz nicht ein Fleckchen des vergessenen Vorlebens bekommt."

„Du bist ein Menschenverächter, weiter nichts!" sagte Ursula gepreßt.

Karlheinz Petsch nickte. „Warte es ab", sagte er. „Man kann gar nicht so schlecht denken, wie der Mensch ist. Und am schlimmsten ist der satte Mensch! Warte es nur ab." Er legte seine Hand auf Ursulas Arm, aber sie schüttelte ihn ab, als ekle sie die Berührung. „Darum bleibe ich auch in deiner Nähe", sagte Petsch leise. „Du bist mir zu schade, um in dieser Mühle zermahlen zu werden."

Zwei Besucher standen in der großen Halle der Wolfach-Villa auf dem Hügel, in die Major James Braddock als Kommandant des Gebiets Bernegg gezogen war. Offiziere des Sicherheitsdienstes hatten das Haus vor einigen Tagen vom Keller bis zum Dach untersucht und alle vorhandenen Papiere mitgenommen. Braddock erfuhr, daß der Besitzer der Villa, der Fabrikant Hubert Wolfach, auf einer Liste der Kriegsverbrecher stand. Er hatte mit seinen Werken geholfen, den Krieg zu verlängern, hatte Bombenzünder und Granatzünder hergestellt.

Der eine der beiden Besucher, die heute hier warteten, war ein alter, weißhaariger Mann in einem geflickten, schmutzigen Anzug, der um den ausgemergelten Körper schlotterte, als habe er die Kleidung auf seiner Wanderschaft nach Bernegg von einer Vogelscheuche genommen. Nun setzte sich der alte Mann in einen der Gobelinsessel, bewunderte die Gemälde, die an den Wänden in schweren Goldrahmen hingen und registrierte vor sich hinlächelnd den starken Kontrast zwischen alten Meistern und vier uniformierten Negern, die gummikauend um einen runden Tisch in der Halle saßen und Karten spielten.

Der zweite Besucher saß zusammengedrückt und ängstlich in einem anderen Sessel. Es war ein Mädchen, trug einen alten BdM-Rock, eine Wollbluse und zertretene Halbschuhe. Es sah nicht so verhungert wie der alte Mann aus, aber in ihrem blassen Gesichtchen spiegelte sich eine große innere Not. Das Mädchen sah die alten Meister an den Wänden nicht einmal flüchtig an, es kannte das alles. Es war hier zu Hause.

In der Tür zum Herrenzimmer erschien jetzt ein Sergeant. Er winkte dem Mädchen zu und stieß den Daumen über seine Schulter in Richtung des Raumes. „Please!“ rief er.

Das Mädchen sah den alten Mann an. „Bitte, gehen Sie zuerst hinein“, sagte es.

Der alte Mann schüttelte den Kopf. „Sie waren zuerst da, mein Fräulein.“

„Aber bei Ihnen ist es bestimmt wichtiger. Bitte, gehen Sie.“

Der alte Mann blieb sitzen. „Sie waren zuerst da, nein, es muß seine Ordnung haben. Wo alles aus den Fugen ist, sollte man im kleinen wieder Maßstäbe von Ordnung und Sitte aufbauen. Ich kann warten, ich habe es gelernt. Ob eine halbe

Stunde früher oder später. Ich wollte mich nur nach meinem Sohn erkundigen."

Der Sergeant winkte wieder. „Come in!" rief er wütend.

„Gehen Sie", sagte der alte Mann. „Wir dürfen den Major nicht wütend machen. Ich habe es gelernt, was es heißt, aus Wohlwollen Nutzen zu ziehen."

Das Mädchen stand auf und ging an dem Sergeanten vorbei in das Herrenzimmer des Fabrikanten Wolfach. Es war ein großer Raum mit schweren Möbeln im Renaissancestil, einem echten Täbristeppich und einem mittelalterlichen Globus, der in einer geschnitzten Holzwanne lag und sich in einem bronzenen Radius drehte. Zwei große Fenstertüren führten hinaus in den herbstlichen Park, in dem die Bäume die sterbensbunten Blätter abwarfen.

Major James Braddock saß hinter dem Schreibtisch mit den mächtigen Löwenfüßen und aß ein braungebratenes, kaltes Hühnerschenkelchen. Mit dem Knochen winkte er dem Mächen zu und zeigte auf den Lederstuhl vor dem Tisch.

„Setzen Sie sich. Was wollen Sie? Eine Beschwerde über einen meiner Leute? Aussichtslos, mein Fräulein. Ich weiß, daß ihr viel zu entgegenkommend seid, als daß man noch von Nötigung reden könnte! Seid weniger wild auf Schokolade und Zigaretten, dann passiert euch auch nichts." Braddock legte den Hühnerknochen in den Alabasteraschenbecher. „Noch etwas?"

„Ja", sagte das Mädchen. „Ich bin Petra Wolfach."

13

Major Braddock blies die Flamme des Streichholzes aus, bevor er seine Zigarette angezündet hatte. Er blickte zu dem Sergeanten hinüber, der gelangweilt an einem kleinen Tisch neben der Tür zum Salon saß wie der Erzengel vor dem Eingang zum Paradies.

„Wolfach?" fragte Braddoch gedehnt. „Hier – dieser Fabrikant Wolfach?"

„Ja. Es ist unser Haus, in dem Sie jetzt wohnen. Ich bin seine Tochter."

Major Braddock kratzte sich die Stirn. „Und warum sind Sie zurückgekommen? Das Haus ist beschlagnahmt. Ihr Vater ist ein Kriegsverbrecher!"

„Man sagt es."

„Was heißt: Man sagt es? Er ist es! Daß er geflüchtet ist, beweist, daß er von seiner Schuld überzeugt ist." Braddock beugte sich vor und sah Petra fordernd an. „Wo ist er denn?"

„Sie erwarten doch nicht, daß ich meinen Vater verrate?"

Braddocks Faust fiel auf den Schreibtisch. „Dieser deutsche Geist!" brüllte er. „Haben wir ihn denn noch immer nicht gebrochen?"

Petra Wolfach saß steif auf dem Lederstuhl. Ihr bleiches, hübsches Gesicht war versteinert.

„Wie würde ein Amerikaner einen Menschen nennen, der seine Verwandten oder Freunde denunziert?" fragte sie laut. Braddock winkte mit beiden Händen ab.

„Ein Nazi hat keinen Anspruch darauf, mit moralischen Wertmaßen gemessen zu werden! Wer zwölf Jahre lang die Moral verachtet hat, kann von uns nicht Milde verlangen! Sie wissen, daß ich Sie festnehmen kann."

„Die Sippenhaft ist eine Nazi-Erfindung."

„Was wollen Sie hier!" brüllte Braddock und sprang auf. „Ich lasse Sie hinauswerfen!"

Petra Wolfach senkte den Kopf. „Ich komme aus Mannheim", sagte sie leise und mit mühsam beherrschter Stimme. Das Weinen gluckste in ihrer Kehle, aber sie schluckte es tapfer bei jedem Atemzug hinunter. „Nein, mein Vater ist nicht dort. Er lebt woanders. Ich arbeite in Mannheim in einer Kantine der US Air-Force."

„Weiß man in Mannheim, daß Sie ...?"

„Natürlich. Ich habe alles erzählt, auch daß ich im BdM war. Führerin."

„In wieviel Offiziersbetten müssen Sie dafür liegen?" fragte Braddock gemein.

Petra schüttelte den Kopf. Sie blickte nicht auf. Braddock sollte nicht sehen, wie naß ihre Augen waren. „Sie können mich beleidigen, Herr Major", sagte sie leise. „Ich bin ein wehrloses Mädchen. Ich nehme an, es ist eine große Freude, so vollkommen ein Sieger zu sein."

„Diese Hochnäsigkeit hat die Deutschen seit dreihundert Jahren überall in der ganzen Welt die Freundschaft der anderen Völker gekostet."

„Ich bin nicht hochnäsig, Herr Major." Petra schüttelte wieder den Kopf. Jetzt blickte sie auch auf, und Braddock sah die Tränen in ihren Augen. „Ich bin zu Ihnen gekommen, um Sie um etwas zu bitten."

„Zu bitten? In diesem Ton? Mit dieser deutschen Arroganz?"

„Sie haben mich, gleich als ich eintrat und ohne daß ich etwas sagen konnte, wie eine Soldatendirne behandelt, die sich beschweren will."

„Ich schöpfe aus einer reichen Erfahrung!" sagte Braddock höhnisch. „Also – was wollen Sie?"

„Ich möchte einen Soldaten besuchen. Einen deutschen Soldaten. Ich weiß nicht, ob er noch dort ist. Kurz bevor Ihre Truppen in Bernegg einmarschierten, war er noch auf dem Schloß."

Braddock legte den Kopf zur Seite. „Oben, im Lazarett?"

„Ja. Ein Gesichtsverletzter."

„Und Sie lieben einen dieser Männer?"

„Ja. Ich weiß nicht, ob er noch oben ist. Walter Hertz heißt er, Gefreiter Hertz."

„Wie soll ich bei 200 Gesichtsverletzten wissen, wer Walter Hertz ist? Entlassen ist keiner aus dem Schloß. Sie sind noch alle dort."

„Dann ist auch Walter Hertz noch oben!" sagte Petra glücklich. Ihre Augen bekamen einen freudigen Schimmer. Braddock steckte einen Kaugummi in den Mund und wölbte die Unterlippe vor.

„Das ist anzunehmen. Und nun?"

„Kann ich ihn sehen?"

„Nein. Er ist Kriegsgefangener."

„Sehen wenigstens . . ."

„Das müßte ein Zufall sein." Braddock setzte sich wieder. „Sie können ihm schreiben."

„Das habe ich schon getan. Und er hat nicht wiedergeschrieben."

„Dann ist etwas faul an der Sache."

„Oder der Brief ist verlorengegangen oder falsch geleitet

worden." Petra preßte die Handflächen gegeneinander und stand langsam auf. „Ich kann ihn nicht sehen?"

„Nein."

„Und wann werden sie ihn entlassen?"

„Da müssen Sie in Washington anfragen."

„Danke. Entschuldigen Sie, Herr Major."

Braddock sah ihr nach, wie sie schleppend, als habe sie Blei in den Füßen, zur Tür ging. Der Sergeant erhob sich, um einen der großen Flügel zu öffnen.

„Mein Fräulein vom BdM!" sagte Braddock laut. Petra blieb stehen, aber sie drehte sich nicht um. „Ich könnte eine Ausnahme machen, wenn Sie mir einen gewissen Ort sagten."

Petra antwortete nicht. Sie ging weiter, an dem Sergeanten vorbei in die Halle, vorbei an dem alten, wartenden Mann, und sie hatte den Kopf gesenkt und weinte still vor sich hin.

Braddock kratzte sich wieder die Stirn. „Sie gefällt mir", sagte er zu sich. Irgendwie erinnerte ihn Petra an Lisa Mainetti. Auch diese hatte jenen Stolz, der ihn rasend machte. Als Hitler an die Macht kam, war dieses Mädchen Petra acht Jahre alt, dachte er. Von Mitschuld kann man da nicht sprechen. Ihr Vater, ja. Und weil ihr Vater schuldig ist, muß auch sie . . . „so ein Mist", sagte Braddock laut.

„Da kann ich Ihnen beipflichten, Major."

Braddocks Kopf flog hoch. Der alte, abgerissene Mann stand im Zimmer und verbeugte sich.

„Entschuldigen Sie, wenn ich Ihrem Selbstgespräch Beifall zolle", sagte er. „Leider fehlt unserer Welt ein neuer Herkules, der diesen Augiasstall ausmistet."

„Wer sind denn Sie?" fragte Braddock ungnädig. „Wenn Sie Hunger haben, wenden Sie sich an die deutschen Behörden."

„Ich habe keinen Hunger. Ich habe nur einen väterlichen Wunsch."

„Natürlich. Sonst ständen Sie nicht hier! Väterlicher Wunsch?" Braddock stützte den Kopf in die rechte Hand. „Sie haben einen Sohn oben im Schloß, im Lazarett? Einen Gesichtsverletzten?"

„Ja." Der alte Mann hielt sich an der hohen Lehne des Lederstuhles fest. „Ich bin Thomas Bloch. Professor Thomas Bloch."

Major Braddock schnellte hoch, als habe ihn ein Stachel getroffen. „Professor Bloch!“ rief er. „Und das sagen Sie erst jetzt?“ Er kam um den Schreibtisch herum und gab Bloch beide Hände. „Nehmen Sie Platz, ruhen Sie sich aus. Phillips – Whisky, Kaffee, was zu essen, was Kräftiges.“ Der Sergeant rannte aus dem Zimmer. Braddock hielt Bloch seine Zigarettenpackung hin. „Rauchen Sie, Herr Professor?“

„Ja, schon.“ Professor Bloch lächelte schwach. „Aber ich glaube, ich vertrage die starken amerikanischen Zigaretten nicht. Ich kippe vom Stuhl. Früher rauchte ich immer gern die Brissagozigarren. Wissen Sie, die mit dem Strohhalm im Mundstück. Früher – wie lange ist es her? Es ist wie das Blättern in einem Buch über die Geschichte der Vorzeit.“

Braddock setzte sich vor Bloch auf die Kante des Schreibtisches. „Sie wollen Ihren Sohn sprechen, nicht wahr? Natürlich ist das möglich. Unter der Hand natürlich. Wissen Sie, daß man Sie sucht? Ich habe eine Akte über Sie hier. Professor Rusch hat sie noch angelegt. Sie kennen Rusch?“

„Aber ja. Ein ehrenwerter Mann, ein blendender Chirurg. Ich habe ihm die Rettung meines Sohnes zu verdanken.“

„Er ist weg“, sagte Braddock.

„Weg? Wieso?“

„Im Nazilager in Darmstadt.“

„Rusch? Das ist doch wohl ein Witz oder ein fataler Irrtum.“

„Wenn sich das letztere herausstellt, ist’s ein fataler Witz.“

„Dann lassen Sie uns jetzt schon zusammen bitter lachen, Major“, rief Professor Bloch. „Rusch ein Nazi? Ebensogut hätte man Sie einsperren können.“

Braddock hob die Schultern. „Ich habe nur einen Befehl des Hauptquartiers ausgeführt.“

„Und wieso besteht eine Akte über mich?“ fragte Bloch.

„Professor Rusch hat uns berichtet, daß Sie von den Nazis verfolgt wurden.“

„Verfolgt? Nein.“ Professor Bloch schüttelte den weißen, ausgehungerten Kopf. „Ich war nie in einem KZ, in keiner Gestapohaft.“

„Aber man hat Sie als Chefarzt Ihrer Klinik zwangsweise entlassen, Ihnen die private Praxis geschlossen und Sie ohne weiteres zur Fabrikarbeit eingezogen.“

„Das stimmt. Ich habe viele Benachteiligungen durch das sogenannte Dritte Reich erfahren. Auch meine Lehrbücher über die neuen Erkenntnisse der Psychiatrie durften nicht erscheinen, weil sie das Euthanasieprogramm gefährdeten. Aber ich war nie in einem KZ. Man hat mich nie geschlagen oder in den Gestapokellern gefoltert. Das sind die echten Verfolgten, die so etwas erleiden mußten."

„Merkwürdig." Braddock nahm seinen Kaugummi aus dem Mund und klebte ihn unter die Tischkante. „Sie glauben nicht, wie viele Naziverfolgte es gibt, seitdem wir hier sind. Jeder, den ein Blockleiter wegen des rückständigen Parteibetrags scharf mahnte, betrachtet sich als verfolgt. Alle waren innerlich dagegen, wir haben plötzlich ein Volk von Gezwungenen, ein Millionenheer der stillen Gegner. Es ist ein phantastisches Rätsel, daß die NS-Idee nach diesen neuen Entdeckungen nur in den Hirnen einer Handvoll Irrer bestand. Das wäre doch ein Problem für einen Psychiater, was, Professor?"

Professor Bloch schüttelte wieder den Kopf. „Es ist gar kein so schwieriges Problem, Major. Es ist eben nur das allgemeine große Hosenscheißen einer von jeher trägen, denk- und konsequenzfaulen Masse Mensch."

„Sehr gut." Major Braddock lachte laut. Sergeant Phillips brachte ein Tablett mit Nescafé, Keksen, Fruchtstangen, zwei dick belegten Weißbrotschnitten und einer Flasche Whisky ins Zimmer. Braddock schob das Tablett hin. „Guten Appetit, Professor."

Bloch aß vorsichtig und langsam kauend eine der Weißbrotschnitten mit gekochtem Schinken. Man sah es ihm an, wie er den Schinken genüßlich auf der Zunge liegen ließ, ehe er ihn zerkaute. In Braddocks Magen bildete sich ein merkwürdiges Gefühl, als quelle ein großer Kloß rasend schnell auf und versteinere dann.

„Ich lasse Ihren Sohn sofort holen, Professor", sagte er. „Und er wird der erste sein, den wir entlassen. Ich werde sofort einen Antrag ans Hauptquartier weitergeben."

„Was wollte das junge Mädchen von Ihnen?" fragte Bloch und schlürfte vorsichtig den heißen Kaffee. Braddocks Miene verdunkelte sich.

„Sie hat einen Freund oben auf dem Schloß."

„Ein Kamerad meines Sohnes?“

Braddock spürte den stillen Angriff, der in dieser Frage lag. Er wich nicht zurück, er stemmte sich dagegen.

„Ja!“

„Sie ging weinend hinaus.“

„In Deutschland weinen hunderttausend Frauen.“

Bloch nickte. „Sie sind die wahren Schuldigen, nicht wahr? Gerade sie muß man hart bestrafen.“

„Wieso?“ fragte Braddock steif.

„Die Mütter haben die Söhne geboren, die Soldaten wurden, und die Frauen haben diese Soldaten geheiratet und ihnen durch ihre Liebe Mut zum Kämpfen gegeben. Nach der neuen Denkweise sind also die Mütter und Frauen die Hauptschuldigen.“

„Professor!“ Braddock ging mit langen Schritten hin und her. „Auch von Ihnen lasse ich mir diese Ironie nicht gefallen. Sie wissen, daß wir durch Kriegsgesetz zur Härte gezwungen sind. Es besteht ein Sprech- und Besuchsverbot für die Kriegsgefangenen und ...“

„Und dieses Verbot gilt natürlich auch für meinen Sohn Kaspar Bloch.“ Professor Bloch erhob sich. Er hatte nur eine Scheibe Brot gegessen und eine halbe Tasse Kaffee getrunken. „Ich habe von jeher nach dem Prinzip der Gerechtigkeit gelebt, Major. Bei den Nazis – nun ja, was konnte man da erwarten? Sie haben mit Ihrer Armee diesen Staat zerschlagen, um endlich die Gerechtigkeit einzuführen. Es ist merkwürdig, daß nun auch bei Ihnen die Gerechtigkeit zwei Gesichter haben soll.“

Major Braddock blieb vor den Fenstertüren stehen und starrte hinaus auf den herbstlichen Park. „Dieses verdammte Deutschtum“, sagte er laut.

„Darf ich mich verabschieden, Herr Major. Ich danke Ihnen für das Brot und den Kaffee. Sie haben damit einem alten Mann eine Köstlichkeit bereitet. Und im übrigen werde ich warten, bis mein Sohn mit den anderen entlassen wird. Es ist schon etwas Schönes, hier unten zu stehen, zu dem Schloß hinaufzusehen und zu sagen: Dort oben ist mein Junge. In meinem Alter sind die bescheidenen Freuden die nachhaltigsten.“

Major Braddock fuhr herum. „Der Vater dieses Mädchens ist ein Kriegsverbrecher, Professor.“

„Das ist eine klare Antwort, Major." Professor Bloch schob den Lederstuhl an den Tisch heran. „Es ist wirklich eine Frechheit, daß dieses Mädchen sich nicht das Leben genommen hat, sondern die Stirn besitzt, zu hoffen, zu glauben und zu lieben."

„Hinaus!" schrie Braddock dröhnend. „Gehen Sie hinaus!"

Eine Stunde später holten zwei Jeeps Kaspar Bloch und Walter Hertz hinunter nach Bernegg.

Warum man sie aus dem Lazarett holte, wußten weder Kaspar Bloch noch Walter Hertz. Die MPs sagten es nicht, und auch Lisa Mainetti hatte es nicht erfahren können. Braddock hatte angerufen und ins Telefon gebellt: „Die POWs Bloch und Hertz werden sofort abgeholt. Ohne Gepäck. Bereiten Sie alles vor." Dann hatte er aufgelegt, bevor Dr. Mainetti fragen konnte, was das bedeuten sollte.

So war es nur natürlich, daß die beiden lediglich ihre Uniformen anzogen und ohne besondere verdeckende Verbände, die vor allem Walter Hertz nötig hatte, für die Fahrt nach Bernegg bereitstanden, als die Jeeps eintrafen.

Auf Stube B/14 jagten sich die Mutmaßungen.

„Det is klar wie Wurstbrühe", sagte der Berliner. „Kaspar wird entlassen, und der Walter kriegt eenen hinjepfeffert, weil er der Petra 'n Kind jemacht hat."

„Blödsinn!" schrie Walter Hertz. „Das hätte sie im letzten Brief geschrieben."

„Und dann heißt es ausdrücklich: Ohne Gepäck." Fritz Adam schüttelt den Kopf. „Das ist was Neues. Wenn das hier ein KZ wäre. Jungs, bei der SS hieß ‚ohne Gepäck' . . ."

Walter Hertz wurde blaß. „Mein Vater war Kreisobmann in der Arbeitsfront", sagte er leise.

„Quatsch!" Erich Schwabe winkte ab. „Da gibt es ganz andere braune Tiere. Wer weiß, was die Amis wollen. Vielleicht nur eine Auskunft. Die Brüder machen ja alles so spannend."

„Ick bleib' dabei, det es um Alimente jeht", sagte der Berliner.

Man kam zu keiner Übereinstimmung der Vermutungen. Als die Jeeps abfuhren, hingen die Zurückgebliebenen von Stube 14 in den Fenstern und winkten. Die neueste Auslegung des Falles stammte von Wastl Feininger.

„Leut", hatte er gesagt, „dös is doch klar, Walter und Kaspar sein die G'sündesten von uns. Arbeiten müassens."

Man war geneigt, diese Ansicht einstimmig als die einzig richtige hinzunehmen.

Die Jeeps rasten in einem Halbkreis in den Schulhof von Bernegg und hielten vor dem Eingang. Major Braddock kam aus dem Tor, mit finsterer Miene und in schlechtester Laune. Er sah den beiden POWs ohne Gesicht entgegen und überlegte, wie er mit einem Satz, mit einem Wort nur bitterste Galle über sie ausgießen konnte. Aber je näher sie kamen, diese erbarmungswürdigen Fratzen des Krieges, um so mehr schämte sich Braddock vor der eigenen Unbeherrschtheit. Schließlich schob er nur seine Mütze in den Nacken und steckte die Hände in die Hosentaschen.

„Wer ist Kaspar Bloch?" fragte er rauh.

„Hier." Das Wort entfuhr Bloch unwillkürlich, und erst, als Hertz ihn von hinten in den Rücken stieß, wurde Bloch blaß und starrte Braddock erwartungsvoll an. Über zwei Jahre hatte er meisterhaft und ohne den geringsten Fehler den Tauben gespielt, sogar Dr. Urban hatte ihn nicht überführen können. Jetzt aber, durch diese plötzliche Frage überrumpelt, gab er Antwort und bewies, daß er hören konnte.

„Rindvieh", murmelte Hertz hinter ihm. Bloch senkte den Kopf. Gebe Gott, daß er nicht weiß, daß ich taub zu sein habe, dachte er. Eigentlich ist es unmöglich, daß Braddock alle Krankengeschichten auswendig kennt. Aber er wird sich an dieses „Hier!" erinnern, wenn einmal die Krankenpapiere wegen Entlassungen durchgekämmt werden und hinter dem Namen Bloch „taub" steht.

„Dann sind Sie Walter Hertz?" fragte Braddock. Er betrachtete das unverbundene, schiefe, eingedrückte, von Narben und Nähten übersäte Gesicht, das hängende Auge und die weggerissene Braue. Ist es nicht ein Wunder, dachte er, daß dieser arme Mensch von einem Mädchen wie dieser Petra Wolfach geliebt wird? Man kann es auch unverständlich nennen. Aber hinter der Mauer in meinem Rücken wartet sie in einer Schulklasse, und um diesen Walter Hertz zu sehen, hat sie eine Verhaftung riskiert, Verhöre, Einweisung in ein Lager.

„Mitkommen", sagte Braddock. „Sie in Klasse 1, Bloch –

und Sie in Klasse 2, Hertz. Eine halbe Stunde – mehr geht beim besten Willen nicht."

Bloch und Hertz sahen sich verwundert an. Sie verstanden Braddock nicht. „Was soll das?" flüsterte Hertz. „Soll'n wir die Klassen schrubben? Das fängt ja gut an."

„Wenn sie uns dafür etwas extra zu fressen geben, putz' ich die ganze Schule, Mensch."

Braddock drehte sich um und ging in die Schule zurück. Die MP-Männer lehnten an ihren Jeeps und rauchten. Für sie war die Sache erledigt. Bloch knöpfte sich den Rock auf.

„Na, denn man los, Walter", sagte er. „Das kennen wir doch: Dreck gleichmäßig verteilen und dann einen Eimer Wasser über alles. Die können uns doch nicht . . ."

Walter Hertz nickte und lächelte. „Während der Ausbildung mußte ich mal mit 'ner Zahnbürste den Boden der Stube schrubben, und dann kam der UvD und legte ein Brot mit der Butter nach unten auf den Boden und zählte die dranklebenden Staubkörner." Er sah an der Schulfassade entlang, und plötzlich war es, als habe er einen Schlag in den Nacken bekommen, er kippte nach vorn, hielt sich an Kaspar Bloch fest und krallte die Finger in dessen Oberarm.

„Verrückt, was?" schrie Bloch und wollte Hertz abschütteln.

Hinter einem Fenster war ein Mädchenkopf zurückgezuckt. Den Bruchteil einer Sekunde zu spät. Walter Hertz hatte ihn noch gesehen, das Erkennen war ein völliger Zusammenbruch.

„Petra!" schrie Hertz auf.

Bloch sah auf die Fenster. Sie waren staubig, ungeputzt, fast schon blind.

„Du Vollidiot!" sagte Bloch und schlug Hertz auf die sich festkrallenden Finger. „Los, komm 'rein."

Hertz hielt sich an Bloch fest, als habe er Angst, umzufallen. Sein Körper zitterte wild und zuckte im Rhythmus des Herzschlags.

„Petra ist da. Dort, in der Klasse. Ich habe sie gesehen!" Hertz hielt Bloch fest, der in die Schule wollte. „Kaspar, ich bin nicht verrückt, sie ist da. Und ich habe keinen Verband im Gesicht!"

„Mach kein Theater!" Bloch zog Hertz mit sich fort. „Deinen Koller kannste beim Schrubben austoben."

Walter Hertz riß sein Taschentuch aus der Hose und preßte es gegen seine eingedrückte Gesichtshälfte und das hängende Auge. Er stolperte neben Bloch her in die Schule, stieß mit den Füßen gegeneinander und wäre ein paarmal hingestürzt, wenn Bloch ihn nicht am Rock festgehalten hätte.

„Da, Klasse 2, du Hornochse", sagte Bloch. „Hoffentlich haben die einen vernünftigen Besen da. Ich werde mir mal meine Klasse 1 ansehen."

Walter Hertz zögerte. Dann richtete er sich auf, legte das Taschentuch über sein Gesicht, drückte es mit der flachen Hand an und stieß mit der linken Hand die Tür zur Klasse auf.

„Petra!" schrie er. „Petra!"

Fast im gleichen Augenblick ertönte in seinem Rücken, von der Tür der Klasse 1, ebenfalls ein Aufschrei.

„Vater! Vater!"

Dann klappten die Türen zu, und es war vollkommene Stille in den Räumen.

Major Braddock saß am Telefon und sprach mit Dr. Lisa Mainetti.

„Professor Bloch ist soeben hier aufgekreuzt", sagte er fast gleichgültig. Er hörte, wie oben auf dem Schloß Dr. Mainetti tief Atem holte.

„Bloch? Mein Gott, darum haben Sie Kaspar Bloch heruntergeholt?"

„Yes."

„Und Walter Hertz? Major, sagen Sie nur noch, seine kleine Petra ist auch da?"

„Genau das ist sie. Das liebe Kriegsverbrechertöchterlein von Bernegg."

„Warum haben Sie das nicht gesagt? Ich hätte Walter Hertz erst verbunden und . . ."

„Warum immer die Menschen belügen und betrügen. Die Kleine soll ruhig sehen, wie er aussieht. Ein Fegefeuer ist doch dazu da, zu reinigen."

Lisa Mainetti setzte sich. „Ich werde aus Ihnen nicht klug, Major. Einmal sind Sie eine befehlausführende Maschine, ein Roboter ohne Eigenleben. Und dann entdecke ich in Ihnen wieder einen fabelhaften Menschen."

Braddock wölbte die Unterlippe vor. „Wir alle haben einen

Januskopf, Miß Doktor. Das liegt in der menschlichen Struktur. Im übrigen habe ich einige Aussagen von Professor Bloch über Professor Rusch zu Protokoll genommen und an das Hauptquartier weitergegeben."

„Was sagte Bloch über Ruschs Verhaftung?"

Braddock zögerte. Dann antwortete er unwillig: „Er war erstaunt."

Lisa lächelte still. Sie kannte Bloch. Er hatte nie mit seiner Meinung zurückgehalten, früher nicht bei den Nazis, und er würde es heute auch nicht tun. Sie ahnte, was Bloch gesagt hatte, und es machte sie fast fröhlich, einen Menschen zu wissen, der auf der Seite Ruschs stand und erhaben war über allen Verdacht der Schönfärberei oder der Unobjektivität.

„Genügt es, um Rusch freizulassen?" fragte sie gespannt.

„Wohl kaum. Aber es kann die Nachprüfungen abkürzen."

„Wie kann man bloß einem solchen Schwein wie Dr. Urban glauben? Einem Denunzianten, der selbst . . ."

Braddock klopfte gegen die Sprechmuschel, um Lisa zu unterbrechen.

„Ein altes Spiel, Miß Doktor. Kain erschlug Abel, und Jakob betrog Esau. Und waren doch alle Gottes Kinder."

„Mögen Sie nicht Isaak sein!" sagte Lisa und hängte ein.

Major Braddock trank ein großes Glas Whisky. „Phantastisch", sagte er, „wie in der Bibel alles stimmt."

Während in der Schule in Bernegg vier glückliche Menschen nebeneinander saßen, bereitete Dr. Mainetti im OP 1 eine neue Operation vor. Sie hatte Dr. Red Stenton und Dr. Vohrer die Röntgenbilder gegeben, und während sie die Aufnahmen betrachteten und in Schulenglisch und holprigem Deutsch sich zu unterhalten versuchten, saß Dr. Mainetti in ihrem Zimmer und studierte noch einmal die Operationsmethode, die sie bei dieser Transplantation anwenden wollte. Sie hatte sie oft bei Professor Rusch gesehen, aber nie selbständig und allein ausgeführt: – die von Rusch entdeckte Methode des „Verlötens" von Knochen zur Vermeidung von Pseudoarthrosen.

Nun war Lisa allein auf sich gestellt. Niemand konnte ihr helfen. Dr. Vohrer war ein guter Zahnarzt und Kieferorthopäde, Dr. Stenton ein Allgemeinchirurg. Die Operationen

Ruschs lagen nun ganz allein in Dr. Mainettis Händen, und keiner war da, der ihr die große Verantwortung, die sich daraus für sie ergab, abnehmen konnte.

Es war der Gefreite Christian Oster, der in diesen Minuten von Famulus Baumann für die Intubationsnarkose vorbereitet wurde. 24 Operationen hatten sein Gesicht leidlich wieder in eine menschliche Form gebracht. Zuletzt hatte Rusch, kurz vor seinem Abtransport in das Lager Darmstadt, einen Weichteillappen aus der Brusthaut formiert und eingepflanzt. Es war gut verheilt. Nun war es nötig, eine Knochentransplantation aus der Hüfte vorzunehmen und diesen Knochenspan als neuen Unterkiefer einzusetzen.

Christian Oster lag bereits narkotisiert und operationsbereit auf dem Tisch, als Lisa Mainetti in den OP kam und sich wusch. Dr. Vohrer machte ihm noch eine SEE-Injektion, eine große Erleichterung für die Äthernarkose, bei der dann weniger Äther gebraucht wird. Oster war rasiert, jodiert und atmete ruhig durch den Schlauch. Dr. Stenton kontrollierte den Puls, den Bauchdeckenreflex, es war alles normal. Er war ein wenig aufgeregt, man sah es an seinen unruhigen Augen, denn es war die erste große Gesichtsoperation, die er als Assistent Nr. 1 machte, der Platz, auf dem sonst Lisa stand, wenn Professor Rusch operierte.

Dr. Mainetti trat an den Tisch heran. Die Oberschwester klapperte mit den Instrumenten. Sie kannte die Griffe im voraus, sie war oft die einzige gewesen, die mit Ruschs Schnelligkeit mitkam und sich nicht irritieren ließ. Sie sprach wenig, und ihr schmales Gesicht unter der weißen Haube der Ursulinerinnen war immer ernst und fast maskenhaft.

„Alles o.k., Doc?" fragte Dr. Mainetti. Dr. Stenton nickte.

„O.k., Madam."

Lisa machte den ersten Schnitt, von einem Kieferwinkel zum anderen. Stenton klemmte die Gefäße ab und setzte Catgutligaturen. Famulus Baumann kontrollierte und regulierte unter Aufsicht Dr. Vohrers die Narkose. Schnell, an die einzelnen Handgriffe Ruschs denkend und sie wie einen Film vor dem inneren Auge abspielend, schuf Lisa ein Wundbett für die Aufnahme des Knochenspans aus der Hüfte. Die noch stehenden Stümpfe des Unterkiefers wurden präpariert, damit sie genau im Wundbett lagen. Mit einer Fräse glättete Lisa alle Unebenheiten. Mit größter Vorsicht und Sorgfalt führte sie den elektrischen Bohrer, der die Fräse trug, es war eine ungeheure Feinarbeit, denn bei der kleinsten falschen Haltung des Bohrers konnte die Fräse abgleiten, ins Wundbett geraten und dort nach der Mundhöhle zu ein Loch reißen.

Das würde bedeuten, daß alle Arbeit umsonst gewesen war, denn die Sterilität könnte nicht gewahrt werden. Die Schleimhaut der Mundhöhle ist voller Bakterien und nicht steril zu halten.

Lisas Fräse glättete die Kieferstümpfe und schliff die im Laufe der Monate neu gebildeten Knochenbälkchen an. Es war nötig, an das Mark heranzukommen, um die Kallusbildung zu aktivieren, die zum Zusammenwachsen der beiden Knochenteile – des Kieferrestes und des Transplantates – dringend notwendig ist. Ein Einheilen ist sonst unmöglich.

Dr. Vohrer hatte während dieser Millimeterarbeit am Kiefer schon den Hüftschnitt gelegt. Er war 18 Zentimeter lang, der Hüftknochen lag frei, und Dr. Stenton maß mit einem Zirkel die Ausdehnung ab, die der Span haben sollte.

Lisa Mainetti winkte. Der Knochenmeißel wurde gereicht.

„Lassen Sie mich das machen", sagte Dr. Vohrer. „Das ist Männersache, Lisa."

Dr. Mainetti schüttelte den Kopf. Sie beugte sich tiefer, die Hitze des OP-Scheinwerfers verbrannte ihr den Nacken, und dann hämmerte sie den Span ab. Es war vollkommen still im OP, nur das Klopfen schwirrte durch den heißen Raum. Dadam da-dam da-dam. Fünfzig, sechzigmal, das gleiche eintönige Geräusch, in einem fast einschläfernden Rhythmus.

Dann war der Span abgelöst, wurde vorsichtig herausgehoben und von Lisa zweimal angebrochen, um die Kinnwinkel zu formen. Stenton hielt den Span in seinen leicht bebenden Fingern. Noch einmal untersuchte Lisa das Wundbett, ob nichts vergessen war. Dann nickte sie und Stenton gab ihr den gebrochenen Span. Auf den Millimeter genau paßte er, als Lisa ihn zwischen die beiden Kieferstümpfe einsetzte.

Stenton atmete auf. „Wonderful!" sagte er leise.

Lisa sah ihn nicht an. Jetzt kam jene Phase der Operation, die Rusch sich erarbeitet hatte. Das Verlöten. Oft kommt es vor, daß die Enden des eingepflanzten Spans und die Kieferastreste nur eine schwache Kallusbildung hatten und nicht zusammenwuchsen: die gefürchtete Pseudoarthrose, also die Bildung einer Art beweglichen Gelenks an einer falschen Stelle. Umfangreiche Nachoperationen wurden dann notwendig, und manchmal war es unmöglich, überhaupt noch Transplantationen vorzunehmen.

„Löffel!" sagte Lisa laut. Die Operationsschwester hatte ihn bereits in der Hand und reichte ihn an.

Lisa begann, wie es Rusch immer getan hatte, das Knochenmark der Hüfte auszulöffeln und zwischen die beiden Enden von Span und Kiefer zu „schmieren". Wie das feine Vergipsen einer Mauerlücke war das. Als Lisa sich zurückbeugte, waren die Knochenenden nicht mehr sichtbar. Es war eine glatte Fläche geworden.

Dr. Stenton nickte stumm. Auch wenn er wenig davon verstand, leuchtete ihm die an sich primitive Methode ein. Dr. Mainetti hatte ihm erzählt, daß es seit drei Jahren, solange sie mit Professor Rusch zusammenarbeitete, nach der Transplantation mit dieser Methode keine Pseudoarthrosen mehr gegeben habe.

Dr. Vohrer und Lisa stellten den neuen Unterkiefer ruhig, er wurde sozusagen verschnürt, die Wunde wurde mit Silberdraht verschlossen und der Kopf „steif" verbunden, so daß er kaum drehbar war: Eine Gipsmanschette wurde angelegt. Unterdessen vernähte Stenton die Hüftwunde, legte einen Schlauch ein und klammerte die Epidermis. Dann entfernte Famulus Baumann den Tubus und injizierte Weckmittel. Noch während der Gefreite Christian Oster mit seinem neuen Kiefer, der ihm das vollständige Aussehen eines Menschen wiedergab, aus der Narkose erwachte, wurde er in sein Zimmer weggerollt, und Baumann blieb bei ihm, bis er wieder völlig zu sich kam und bei Bewußtsein war.

„Na also", sagte er zu Oster, der stocksteif im Bett lag, unbeweglich durch seine Gipsmanschette. „Das hätten wir. Nur Boxer darfste später nicht werden."

Christian Oster blinzelte mit den Augen. Sprechen konnte er ja nicht. Er machte die Bewegung des Schreibens, und Baumann hielt ihm einen Block hin und gab ihm einen Bleistift.

„Boxer nicht“, schrieb Oster. „Aber dich trete ich bei Gelegenheit noch mal in den Hintern. Ist das Kinn wirklich in Ordnung? Junge, was wird sich meine Frau freuen.“

Baumann nickte, nachdem er die Zeilen gelesen hatte.

„Bestimmt“, sagte er. „War 'ne Arbeit, schon vorher, mit dem Brustlappen. Stell dir vor, wir hätten dir die Brustwarze mit verpflanzt. Junge, das wär 'n Wonnepickel geworden.“

Die anderen im Zimmer brüllten begeistert. Der Bann, der jedesmal über die anderen fiel, wenn ein Frischoperierter aus dem OP zurückkam, war gebrochen.

Die nächsten sind wir, dachten sie. Und wie werden wir einmal aussehen?

Nach dem Mittagessen kamen Kaspar Bloch und Walter Hertz ins Schloß zurück. Sie hatten jeder eine große Schachtel Keks bei sich und eine Büchse Schinken mit Ei.

Der Berliner sah die beiden verwundert an, als sie glückstrahlend ins Zimmer marschierten und ihre Schätze auf den Tisch legten.

„Ich meld' mir ooch zur Arbeit:“ rief der Berliner sofort.

„Was gibt es Neues, Jungs?“ fragte Schwabe. „Seit einer Woche keine Post mehr. Habt ihr was gesehen von Post?“

„Mein Vater ist gekommen“, sagte Bloch und wischte sich über die Augen.

„Und Petra ist auch da“, rief Walter Hertz.

„Du jrüne Neune! Und die hat dir so in de Oojen jekuckt? Ohne Verband?“ Der Berliner sah Hertz entsetzt an. „Det arme Mädchen.“

Erich Schwabe legte Bloch und Hertz die Arme um die Schultern. Er wußte, was es bedeutete, so unendlich glücklich von Bernegg zurückzukommen. „Ich freue mich mit euch, Jungs“, sagte er. „Sieht das Leben nicht gleich anders aus?“

Kaspar Bloch zog seine Uniformjacke aus und warf sie auf sein Bett. Das leuchtend weiße POW kam nach oben zu liegen. Bloch zeigte auf das Zeichen.

„Das ist auch bald vorbei!“ sagte er.

„Was hoaßt dös?“ brüllte der Wastl.

„Mein Vater hat lange mit Major Braddock gesprochen. Es

ist so etwas im Gange, daß wir noch vor Weihnachten entlassen werden. Vor allem die schwersten Fälle."

„Det is vielleicht 'ne Scheiße!" sagte der Berliner. „Je vernünftiger de Fresse, um so länger in Gefangenschaft! Ick werd' mir weigern, det se weiter an mir operieren!"

Fritz Adam tippte an die Stirn. „Nun überlegt doch mal, Kinder. Gut, ihr werdet entlassen, es geht nach Hause. Und dann? Wollt ihr denn immer und ewig so wie jetzt herumlaufen? Lieber ein Jahr länger hier und ein halbwegs vernünftiges Gesicht, als . . ."

„Det kann ooch nur der sajen!" schrie der Berliner. „Der hat sein Mäuschen im Stall. Die Dora bleibt, wo er ist. Aba uns kneifen se janz schön in den Hintern. Det Jesicht ham se mir wegjeschossen – alles andere ist normal!"

„Wenn man euch hierbehält, gibt's alles umsonst: Verpflegung, ein Bett, die Operationen und Medikamente. Seid ihr entlassen, müßt ihr alles selbst bezahlen. Und das kostet ein Vermögen!"

„Det is' 'ne schiefe Rechnung." Der Berliner hob die rechte Hand hoch und zählte an den Fingern ab. „Ick mache dir 'ne andere Mühle. Wat du Verpflegung nennst, ist'n Dreck. 700 Kalorien, die hab' ick früher nebenbei jeschluckt. Und is det etwa 'n Bett, wo ick allein drin liege? Und Operationen und Medikamente – wofür jibt's denn Krankenkassen? Ick hab' doch mein Jesicht nicht uff 'ner Kirmes jelassen! Ick hab' es für'n Staat jeopfert, un nu soll der ooch dafür zahlen."

„Er wird's nicht tun, Paul." Fritz Adam schüttelte heftig den Kopf. „Welcher Staat denn? Den du verklagen könntest, der ist bankrott, kaputt. Der existiert gar nicht mehr. Aber solange wir hier im Lazarett sind, sorgt man für uns."

„Weihnachten zu Haus", sagte Walter Hertz. Er saß auf dem Bett und hielt ein kleines Bild in der Hand. Ein verknittertes Paßfoto. Das leicht lächelnde Gesicht eines jungen Mädchens mit großen, ernsten Augen. „Ich kann als Elektriker allerhand verdienen, meint ihr nicht auch, Kumpels? Wir wollen heiraten, wenn ich 'rauskomme. Petras Vater ist jetzt auch ein armes Schwein wie ich. Im Gegenteil, ich kann arbeiten und er nicht."

Erich Schwabe ging nachdenklich zu seinem Spind und holte den letzten Brief Ursulas heraus. Er las ihn noch einmal, und er empfand den großen Zwiespalt, der sich in ihnen allen auftat. Solange Krieg war, war das Lazarett ihre schöne, sichere Heimat gewesen. Nun war das Sterben abgeblasen worden, und man konnte zurück in die wirkliche Heimat. Die Mutter wartete und die Frau, das Leben ging weiter und wühlte sich aus den Ruinen. Aber ihre Gesichter waren nur halbfertig, und mit dem Schritt hinaus in die Freiheit schlüge das Tor eines erträglichen menschlichen Aussehens hinter ihnen zu. Vorläufig vielleicht nur – aber wer wußte jetzt schon, wie lange es dauern würde, bis wieder in mühsamer Kleinarbeit ein Teil des Gesichts nach dem anderen neu geformt wurde. Und gab es dann noch einen Professor Rusch und eine Lisa Mainetti?

Sie schreibt, daß ein Maurer ihnen hilft, die Steine abzuklopfen für den Wohnungsaufbau, dachte Schwabe. Wie nötig wäre ich jetzt in Köln. Ein Glaser, und dann, wenn das Kind kommt. Wer sorgt für Ursula und das Kleine? Sie werden hungern müssen und sich stundenlang anstellen, um eine Sonderzuteilung zu bekommen. Und wenn es nur ein Beutelchen Maisgrieß oder Maismehl ist, diese neueste Ernährungswelle der Sieger. Oder zwei Kellen voll Rosinensuppe in den Volksküchen. Oder rote Rüben, aus denen man allerlei machen konnte, Marmelade und Kompott, Gemüse und süßsaure Suppen, Brotaufstrich und zusammen mit Maismehl sogar einen Kuchen.

„Vielleicht wird alles anders, Kinder", sagte Schwabe in die gedankenvolle Stille hinein. „Warum sich jetzt den Kopf zerbrechen? Bis Weihnachten ist noch Zeit – und außerdem ist's ja bloß ein Gerücht!"

Zwei Wochen lang sprach man nicht mehr darüber. Es war fast, als habe man es vergessen. Aber dann kam es wie eine Explosion über die Stube B/14 und mit ihr über den ganzen Block B des Lazarettes.

Major Braddock rief an einem Morgen ganz unerwartet wieder Lisa Mainetti an.

„Miß Doktor", sagte er wohlwollend. „Machen Sie diesen Kaspar Bloch bereit. Er wird abgeholt."

„Wieder Besuch vom Vater?"

„Nein. Fertigmachen mit Gepäck. Er wird entlassen."

„Was wird er?" fragte Lisa ungläubig.

„Entlassen. Er wird Zivilist. Das Hauptquartier hat es angeordnet. Name und Schicksal Professor Blochs rechtfertigen eine Ausnahme."

„Und . . . und die anderen, Major?"

„Müssen warten." Braddock klopfte mit einem Bleistift auf den Schreibtisch. „Es wird nicht mehr lange dauern, Miß Doktor. Wir heben dann den Status der Kriegsgefangenschaft auf, und Schloß Bernegg wird Spezialklinik für Gesichtplastik. Das geht allerdings erst dann, wenn wir einen Kostenträger dafür gefunden haben. Bis jetzt tragen wir es ja, weil die Patienten Gefangene sind. Nach ihrer Entlassung aber sind es Zivilpersonen, und die gehen uns nichts an."

„Das kann ja ein lustiger Zustand werden, Major."

„Sie leben eben in einem falschen Land, Miß Doktor."

„Wollen Sie nun auch mir ein Angebot für die USA machen?"

„Wir werden es müssen. Professor Rusch hat verlauten lassen, daß er Sie heiraten wird. Stimmt das?"

„Es stimmt." Lisas Herz schlug bis zum Hals. „Wann hat er das gesagt? Was wissen Sie von Rusch, Major?"

„Beim letzten Verhör. Dies zu Frage eins. Und wie es ihm geht? Gut. Er ist im Lagerlazarett tätig und zieht ehemaligen Nazigrößen die Zähne. Ist das nicht ein herrlicher Witz?"

„Ihr Humor war immer hintergründig, Major."

„Im übrigen läuft die Untersuchung auf Hochtouren. Dr. Urban hat man weggebracht aus Darmstadt, in eine Heilanstalt. Er wurde tobsüchtig, weil er kein Morphium mehr bekam."

„Und man glaubt ihm noch immer?"

„Kaum, Miß Doktor. Aber die politischen Untersuchungen werden nicht von Soldaten, sondern von Beamten gemacht. Und wo Beamte arbeiten, gibt es Akten. Und wo Akten vollgeschrieben werden, steht die Zeit still. Die Beamten in der ganzen Welt sind da wie eineiige Zwillinge."

Braddock lachte, aber Lisa stimmte in seine Fröhlichkeit nicht ein. Sie legte den Hörer auf und starrte aus dem Fenster in den fast kahl gewordenen Schloßpark. Die Bäume hatten die Blätter abgeworfen, der erste kalte Wind schüttelte die letzten bunten Flecken von den Ästen, und auf dem Teich schwammen traurig und eng zusammen die beiden Schwäne in der Nähe des Ufers, als wollten sie aus dem kalten Wasser herausgeholt werden. Daß sie noch lebten, verdankten sie Fritz Adam. Der Wastl Feininger hatte etwa um Mitte Juli herum den Gedanken gehabt, die Schwäne zu einem Gebüsch zu locken und als Kalorienaufbesserung zu verwerten. Nur die Behauptung Adams, daß Schwäne bis zu 100 Jahre alt würden und die beiden vielleicht schon fünfzig Jahre alt wären, was bedeutete, daß der Wastl auch eine Schuhsohle kauen könnte, hielt ihn davon ab, seinen Mordgedanken auszuführen.

Vielleicht ist Rusch Weihnachten wieder hier, dachte Lisa Mainetti. Dann könnten wir heiraten, und wenn man uns hier nicht mehr braucht, könnten wir eine Praxis aufmachen. Eine Praxis? Wovon?

Sie ging zu Baumann und unterrichtete ihn, daß Bloch entlassen würde. Dann betrat sie das Zimmer 14 und nickte Kaspar Bloch zu, der gerade einen herrlichen Grand ausspielte.

„Es ist soweit. Packen Sie alle Sachen. Sie werden abgeholt."

„Abgeholt?" fragte statt Bloch der Berliner. „Wieso denn, Frau Doktor?"

„Kaspar ist der erste, der wegkommt. Entlassung."

„Was? Entlassung?" rief Bloch und sprang auf. In seiner Erregung warf er den Tisch dabei um. Auch die anderen sprangen auf und stolperten über die Tischbeine in der Mitte des Zimmers.

„Ja, Ihr Vater wartet unten in Bernegg."

„Es geht nach Haus! Nach Haus, Jungs!" schrie Kaspar Bloch. Er stürzte zu seinem Spind, riß die Tür auf und warf alles auf das Bett und den Boden.

„Professor muß man sein", sagte der Berliner. „Die Söhne der Witwen kommen zuletzt, wat?"

„Und . . . und wir, Frau Doktor?" fragte der Wastl gedehnt. „Mei Hof braucht mi. Die Wintersaat muaß i – Sakramentnoamoi!" Er wandte sich um und ging ans Fenster. Nur an seinem breiten Rücken und dem dicken Stiernacken sah man, daß er weinte. Der Wastl weinte. Man wußte gar nicht, daß er es konnte, man hatte es für unmöglich gehalten.

Lisa Mainetti biß sich auf die Unterlippe. Ihr taten die anderen Männer leid. Sie wollten ein neues Gesicht, aber stärker als alles, was sie außerhalb der schützenden Mauern von Schloß Bernegg erwarten mochte, war ihr Drang zu den Müttern und zu den Frauen, jene Kraft eines wiedergewonnenen Lebens, die ihnen die ersten Begegnungen und das Bewußtsein der erhaltenen Liebe gaben.

„Auch ihr kommt dran", sagte Lisa Mainetti. „Aber erst legt ihr euch noch auf den Tisch. Schwabe machen wir neue Lippen und einen schönen Stirnlappen. Hertz, Ihnen richten wir das Auge. Feininger, bei Ihnen müssen wir die linke Wange polstern. Bei Ihnen, Zwerch, müssen wir die dicken Wulstnarben wegtrennen, und Sie, Adam, bekommen mindestens noch fünf Hauttransplantationen. Und erst dann gebe ich euch frei."

„Prost Mahlzeit", sagte der Berliner. „Jehn wir also wieda Skatkloppen!"

Adam und Schwabe halfen Kaspar Bloch beim Packen. Es war nicht viel, was er mitnahm. Das meiste verschenkte er an seine Kameraden. „Was brauch' ich die Klamotten noch?" sagte er. „Rock und Hose, das ist alles. Und wenn ich zu Hause bin, fliegt die Uniform in den Ofen. Ich glaube, ich habe noch nie so selig ein Feuer betrachtet wie das, was dann kommen wird."

Baumann erschien im Zimmer 14. „Fertig?" rief er. „Die Amis sind schon da."

Noch einmal drückte Kaspar Bloch die Hände seiner Stubengenossen. Es wurde ihm plötzlich schwer zu gehen, trotz der seligen Freude, die ihn durchrann.

„Auf Wiedersehen!" sagte er zu jedem. „Jungs, das ist kein leeres Wort. Wir sehen uns wieder. Wir bleiben immer in Verbindung, ja? Wir wollen uns nie mehr aus den Augen verlieren, ganz gleich, wo jeder von uns stecken wird. Und wenn irgend etwas ist, wenn einer Hilfe braucht – wir helfen ihm, wir sechs zusammen." Er stockte und wischte sich über die Augen. „Und ich dank' euch für alles, Jungs."

„Hau ab!" schrie der Berliner. „Soll ick ooch noch heulen?"

„Macht's gut. Und seht zu, daß alles so wird, wie wir es uns zusammen gedacht haben." Er drehte sich um zu Lisa Mainetti und streckte ihr die Hand hin. Aber bevor sie sie ergreifen konnte, stürzte er vor und legte den Kopf auf ihre Schulter.

„Frau Doktor", stammelte er. „Sie waren wie eine Mutter zu mir. Sie haben mir geholfen, Sie haben mich geschützt und versteckt. Ich kann Ihnen nie, nie danken."

Lisa Mainetti streichelte Bloch über die wirren Haare. „Bleiben Sie ein guter Mensch, Kaspar", sagte sie leise. Ihre Stimme schwankte. „Das ist mehr als alles andere. Und wenn Sie mir danken wollen – helfen Sie mit, daß Professor Rusch frei kommt. Dann bin ich ewig in Ihrer Schuld."

„Ich verspreche es Ihnen, Frau Doktor. Ich verspreche es Ihnen." Kaspar hob den Kopf. „Und wenn ich diesen Urban jemals in meinem Leben wieder treffe . . ."

„Warum, Kaspar?" Lisa schüttelte den Kopf. „Jede Rache ist im Grund billig." Sie nahm sein Gesicht zwischen ihre Hände und sah ihm lange in die tränengefüllten Augen. „Ich kann Ihnen nur Gottes Segen wünschen, Kaspar", sagte sie leise. „Und nun gehen Sie. Jede Minute der Freiheit ist kostbar."

Mit langen Schritten rannte Kaspar Bloch vor Baumann die Treppe hinunter zur Eingangshalle. Als er draußen vor der Hauptwache in den Jeep stieg, flog ein Gejohle zu ihm hin. Oben in den Fenstern der Stube 14 hingen die Zurückgebliebenen und winkten mit Handtüchern und Bettlaken.

Auch die MP-Soldaten winkten grinsend hinauf. Dann jagte der Jeep die Straße hinab nach Bernegg und verschwand zwischen den Bäumen.

„Der erste von uns", sagte Fritz Adam leise. „Ob wir den jemals wiedersehen?"

14

Schneller als erwartet, kam der Winter. Eines Morgens sah der Berliner aus dem Fenster, und über dem Land, über Park und Schloß, über Hügel und Feldern lag eine Schneedecke. Es schneite in dicken Flocken, träge und langsam.

„Wieder 'n Jahr um", sagte er und ließ das Fenster offen. „Ick krieje imma Traurigkeit ins Gemüt, wenn ick Schnee sehe."

Unten vor der Hauptwache, an der Anfahrt zum Eingang, schaufelten zwei Negersoldaten den Schnee weg und streuten Salz auf die in der Nacht gefrorene Unterschicht. Ab und zu blieben sie stehen, schlugen die Arme gegen den Körper und stampften auf und ab.

„Onkel Toms Hütte friert", stellte der Berliner fest. „Vom Baumwollfeld ins kalte Germany – Jungs, da könnte man wat draus machen. Ick jehe zu ihnen und sag': Boys, nix frieren, rin in de warme Wache. Ick und meine friends, wir schaufeln. Aba nur jejen Camel und ham and eggs. Is det 'n Jedanke?"

Die Stube 14 nickte geschlossen. Die 700 Kalorien pro Tag ließen die Mägen knurren. Zwar schaffte Dora Graff einiges heran – sie bekam es von den Soldaten, die sie seit Monaten bestechen wollten, mit ihnen nach Bernegg zu fahren und ein wenig Holliday zu machen – aber auch das versiegte, als man einsah, daß Dora nicht zu bewegen war, für Schokolade und blütenweißes Brot zu einem „Fräulein" zu werden. Auch Fritz Adam war sauer. Er sagte einmal: „Lieber laß uns verhungern, Dora, als das! Ich will nicht, daß du ständig von diesen Kerlen belästigt wirst!"

Der Berliner war gleich nach dem Waschen und dem Kaffeetrinken losgezogen und verhandelte bereits im Park mit einem Neger, der dort mit einem Schneeschieber keuchend den Weg freischob.

„Hello, sonny boy", sagte Paul Zwerch und war verwundert, daß der Soldat die Augen rollte und den runden, schwarzen Kopf wie zum Angriff senkte. „Nix schipp-schipp, understand? Nix frieren. Ich – I schipp very well!"

Der Negersoldat stützte sich auf den Stiel des Schneebrettes und starrte den Berliner mit seinen weißen Augäpfeln wortlos an. Paul Zwerch seufzte.

„Bist'n Dussel, my boy! Paß mal auf. I – ich snow weg. Zehn Camel." Er hob alle zehn Finger hoch. „And one Dose ham and eggs. Kapiert?"

„Yes." Der Neger stieß den Stiel des Schneebretts dem Berliner hin. „Go on!"

„Nix. Camel und Dose. Ick bin doch nicht von 'n Affen jebissen! Komm, zahlen!" Er streckte die Hände offen hin und machte die Bewegung des Hineinlegens. Der Negersoldat nickte. Mit langen Schritten ging er durch den Schnee und verschwand in einer Tür des Wachtgebäudes. Paul Zwerch sah nach oben. Im Fenster hingen die Insassen der Stube 14 und beobachteten den Erfolg der ersten Fühlungnahme.

„Det klappt, Jungs!" rief der Berliner hinauf. „Ick schaufle den Schnee nach links, dann kommste 'runter, Wastl, und schippst 'n von links nach rechts. Dann der Erich wieder nach links. Und so jeht det weiter. Damit sanieren wir uns!"

Der Neger kam zurück. Er hatte eine Schachtel Zigaretten in der Hand, eine Packung Keks und eine kleine Büchse mit Marmelade. Der Berliner nickte zustimmend.

„Ooch jut, Erdbeerkonfitüre. Mit janzen Früchten! Det wird Mamas Sohn als Abendserenade singen. My big Dankeschön, Blacky."

Das letzte Wort war kaum ausgesprochen, als Paul Zwerch durch die Luft segelte und mit dem Bauch voran im Schnee landete. Der Negersoldat hatte ihn wortlos in den Hintern getreten, und es war ein solch gewaltiger Tritt, daß Zwerchs Steiß gefühllos war und wie abgestorben.

„Ich muß mir mehr um die englische Sprache kümmern", sagte der Berliner, als er wieder auf Zimmer 14 war und stöhnend ins Bett kroch. „Irjendwat is da falsch jelaufen."

Der Wastl unternahm den zweiten Anlauf. Er fing es klüger an. Er stellte sich neben den Neger in den Schnee und begann zu jodeln. Holodrijo, sang der Wastl und ließ die flachen Hände auf seine Oberschenkel krachen.

Der Neger hörte auf, Schnee zu schippen, und blickte kritisch zu dem jodelnden Mann mit den mächtigen Rollappen im Gesicht. Dann ließ er den Stiel des Schneebrettes wieder fallen und kam langsam auf den Wastl zu.

O jeh, dachte der Feininger, und der letzte Jodler verunglückte kläglich. Jetzt kriag' i a Watschen!

Aber der Neger blieb stehen, seine dicken Lippen verzogen sich, weiße Zähne blinkten, und dann lachte er und klopfte den Wastl auf die Schulter.

„Well, well!" sagte er. „Very good! Me too."

„Wos is?" fragte der Wastl entgeistert.

„Me too."

„An schlecht's Englisch spricht der! Wos is!"

„Me too!" brüllte der Neger.

„Er will es auch!" rief Fritz Adam vom Fenster herunter. „Du sollst es ihm beibringen, Wastl!"

„Dös Jodeln?"

„Ja!"

„Als Ne –"

„Halt die Fresse!" brüllte der Berliner dazwischen. Wastl Feininger verschluckte das Wort. Er lächelte und hob beide Hände.

„Camel and eat."

„Okay!" Der Neger griff in die Tasche seiner Uniform und holte die Zigaretten, die Kekse und die Büchse Marmelade wieder hervor. „Go on!"

„Mitkommen!" Der Wastl steckte die Herrlichkeiten ein und ging dem Neger voraus zu einer Ecke des Lagerschuppens, in dem noch immer, unter Stroh und Gerümpel, Fritz Adams Auto stand, die „Geheimwaffe Berneggs". Dort hob er den Zeigefinger, zeigte auf seinen Hals und begann wieder. Holodrijoh.

Nach einer Stunde – es war die schwerste Stunde in Wastls Leben – kamen sie wieder zurück zum Block B. Der Negersoldat lachte breit, ergriff wieder sein Schneebrett und schaufelte weiter. Dabei warf er den wolligen Schädel in den Nacken, rollte die Augen und brüllte in die kalte Luft. „Juchodriloh Holodrij."

Es klang, wie wenn ein Berg Porzellan zerspringt. Wastl Feininger klatschte in die Hände und klopfte dem Neger auf die Schulter.

„Very nice, friend", sagte er. „Weitermachen."

An diesem Abend schwelgte die Stube 14. Jeder bekam zwei Kekse mit Marmelade und drei Zigaretten. Die restlichen Camel behielt der Wastl einstimmig als Gratifikation für seine Leistung zugesprochen.

„Und was machen wir morgen?" fragte Erich Schwabe. „Du kannst mit dem doch nicht jeden Tag jodeln üben."

„Es wird sich schon etwas finden." Walter Hertz kaute lange an seinen Keksen, er ließ sie auf der Zunge zergehen und drehte die ganzen Erdbeeren der Konfitüre wie einen Bonbon im Mund. Man muß den herrlichen Genuß des Essens ausdehnen bis zum letzten Geschmacksempfinden. „Kann einer zaubern?"

Es konnte keiner, lediglich der Berliner beherrschte einige Kartentricks. Sie reichten zwar für Mogeln beim 17 und 4, aber für Zauberei war es zu wenig.

„Der Oster kann zaubern", sagte Fritz Adam.

„Wer ist Oster?“

„Ein Kumpel, dem sie vor ein paar Wochen ein neues Kinn gemacht haben. Ganz große Sache von der Mainetti. Ich habe gesehen, wie er auf seiner Bude ein paar ganz nette Tricks vorgeführt hat. Er liegt auf Nr. 4.“

„Det is ja der Mist.“ Paul Zwerch leckte die Marmeladendose aus. Er bekam diese Vergünstigung als Schmerzensgeld für seine fehlgeschlagenen Bemühungen. „Wat nützt uns der Oster auf Nr. 4?“

„Man sollte ihn zu uns herüberholen“, schlug Schwabe vor.

„Und wie?“

„Ick saje der Mainetti, det mir dat leere Bett vom Bloch stört. Leere Betten machen mir imma trübsinnig. Und Trübsinn is vaboten bei uns. Und dann schlag' ick den Oster vor.“

„Das geht schief“, sagte Schwabe.

„Vasuchen kann ick ja.“

„Und wenn die Stube 4 merkt, warum wir den Oster weggeholt haben – das gibt einen Lazarettkrieg!“

„Wia i gebaut bin“, schrie der Wastl und ließ die Muskeln springen. „An Ochsen hab' i umg'worfen.“

„'ran an 'n Speck!“ rief der Berliner. „Holn wir det Osterhäschen 'rüber.“

Es blieb ein Geheimnis, wie Paul Zwerch es erreichte. Am nächsten Mittag erschien Dora Graff und half dem Gefreiten Christian Oster seine Sachen herübertragen. Er war nicht in der besten Stimmung und hatte sich gegen die Verlegung in ein anderes Zimmer heftig gewehrt. In Stube 4 hatte er sich wohl gefühlt, dort lag er schon über ein Jahr, kannte jeden und fühlte sich wie zu Haus. Die plötzliche Verlegung kam ihm wie eine persönliche Schikane vor. Auch Dr. Mainetti konnte es nicht verhindern, und schließlich erfuhr die Stube 14, daß nicht Lisa, sondern Leutnant Potkins, Major Braddocks „Statthalter“ auf Schloß Bernegg, die Verlegung angeordnet hatte. Was zwischen Potkins und Paul Zwerch geschehen war, blieb noch im Dunkeln.

„Willkommen, großer Kalanag“, sagte Walter Hertz. Christian Oster feuerte sein Gepäck in den leeren Spind und warf sich aufs Bett.

„Leckt mich am Arsch“, sagte er und drehte sich zur Wand.

„Dazu mußte aba erst die Hose ausziehn“, sagte der Berliner gemütlich. Die anderen brüllten, und Oster drehte sich langsam zu ihnen um.

„Was seid ihr für blöde Hunde?“

„Hast schon mal was von Titten-Theo gehört?“ fragte Walter Hertz. Oster setzte sich. Sein Gesicht hellte sich auf.

„Natürlich.“

„Det war unsere Entdeckung, Mensch!“ Der Berliner wedelte mit der Hand. „Nu bist du unsere Entdeckung!“

„Ich?“ Oster griff sich an das neue Kinn. Es war gut eingeheilt und rauh und narbig. Die abgerundete Weichteildeckung war ein neuer Operationsakt. „Wollen die mir auch ...?“

„Quatsch!“ Fritz Adam setzte sich zu Oster aufs Bett. „Ich bin der Stubenälteste. Alle, die du hier siehst, sind Pfundskameraden. Mit uns kann man Pferde stehlen, das wirst du noch erleben. Und es wird dir bei uns gefallen, bestimmt.“

„Und warum hat man mich verlegt?“

„Vielleicht, weil hier ein Bett frei ist. Vielleicht kommt auf Nr. 4 ein neuer Fall, aus einem anderen Lazarett. Wer weiß das?“ Fritz Adam zeigte auf den Wastl, der gerade Karten mischte. „Der da hat gestern einem Neger das Jodeln beigebracht.“

„Das Jodeln? 'nem Neger?“ Oster lachte. „Verrückt!“

„Na also“, sagte Erich Schwabe. Er reichte Oster einen Keks herüber. Schwabe hatte ihn am Abend weggelegt, um zwischen dem Mittagessen und dem Abendbrot etwas zum Kauen zu haben. „Wir sind eine verrückte Bande. Und wenn du mitmachst, kann noch allerhand passieren!“

Man sah Oster an, daß er begann, sich wohl zu fühlen. Er räumte seinen Spind ein und pickte mit einer Heftzwecke ein Foto an die Innentür. Eine pausbäckige, braunlockige, junge Frau, mit einem Grübchen in der linken Wange.

„Jeschmack hat der Junge“, sagte der Berliner, der zusah.

„Meine Frau“, sagte Oster stolz.

„Jratuliere! Bei der isses aba ooch schwer, nachts zu schlafen, wat?“

Oster lachte und schlug dem Berliner auf die Schulter.

„Ihr seid wirklich ein toller Verein“, rief er. „Jungs, tragt mir nicht nach, daß ich vorhin so ...“

„Schon vergessen!“ sagze Walter Hertz.

Am Abend zauberte Christian Oster. Er holte dem Wastl eine Mark aus der schiefen Nase und dem Berliner drei Hosenknöpfe aus den Ohren. Eine Herz-Zehn, die im Kartenspiel fehlte, hatte Erich Schwabe in den Socken, und Fritz Adam sah verblüfft, daß in seiner Brieftasche die Armbanduhr von Walter Hertz lag.

„Det is ne Wucht!“ schrie der Berliner. „Damit hau'n wir den Amis die halbe Verpflegung aus 'n Rippen!“

Major Braddock erschien überraschend im Lazarett. Er hatte sich nicht, wie bisher, telefonisch angemeldet. Plötzlich fuhren vier Jeeps durch die Hauptwache in den Park und hielten vor dem Eingang von Block B. Zehn in dicke Mäntel mit Pelzkragen vermummte Männer stiegen aus und klopften sich den Schnee ab, traten in die Halle und zogen sich die mit Lammfell gefütterten Wintermützen vom Kopf. Dr. Lisa Mainetti, die gerade operierte, wurde von Baumann benachrichtigt, der einen Frischoperierten auf sein Zimmer gerollt hatte.

„Ich operiere“, sagte Dr. Mainetti schroff. „Er soll sich anmelden.“

„Es sind zehn Mann, Frau Doktor. Alles Offiziere.“

„Und wenn es hundert Offiziere sind. Ich kann die Operation nicht unterbrechen. Sagen sie das dem Major!“

Famulus Baumann kam nicht mehr dazu, das auszurichten. Braddock öffnete die Tür des OP und steckte den Kopf in den Saal. „Miß Doktor!“ rief er in die Stille hinein.

„Verdammt!“ Lisa Mainetti drehte sich wütend herum. „Sie sehen doch, daß ich operiere! Gehen Sie 'raus, aber möglichst schnell. Sie sind nicht steril!“

„Das wäre meiner Frau auch nicht recht“, sagte Major Braddock gut gelaunt und schloß die Tür. Auf dem Flur hob er die Schultern und schüttelte den Kopf. „Meine Herren, es wird gerade ein Gesicht gemacht. Gehen wir so lange zu Potkins und warten dort. Dieses Weib geht mit dem Skalpell auf uns los, wenn wir sie jetzt herausholen!“

„Ich habe schon allerhand von ihr gehört.“ Ein langer, schlaksiger Offizier im Range eines Oberstleutnants sah neugierig auf die geschlossene OP-Tür.

„Allerhand ist viel zu wenig. Na, Sie werden sie kennenlernen. Eine Löwin, die Junge säugt, ist ein Schoßhund dagegen."

„Sie soll hübsch sein."

„Eine klassische Römerin."

„Und dann so ungebändigt?"

„Als sei sie aus dem Vulkan geschleudert worden. Kommen Sie, meine Herren, bei Potkins können wir uns aufwärmen. Der Junge hat immer was im Schrank stehen."

Sie gingen schnell von Block B zu Block A, wo die Verwaltung des Schlosses untergebracht war und Leutnant Potkins an der Seite eines deutschen Oberzahlmeisters die bürokratischen Geschicke des Lazarettes überwachte.

Nach einer Stunde war Lisa Mainetti endlich soweit, Major Braddock und die anderen Offiziere im Chefzimmer empfangen zu können. Der lange, schlaksige Oberstleutnant stand in sichtbarer Bewunderung herum. Es schien ihm ein großes Rätsel zu sein, daß eine Frau wie Lisa an einem Operationstisch stehen konnte und Knochenspäne aus Schienbeinen und Hüften meißelte oder Rippenknorpel abschälte.

„Sie haben ja einen wahren Aufmarsch veranstaltet, Major", sagte Dr. Mainetti und sah die zehn Offiziere der Reihe nach kritisch an. „Mir scheint, es ist etwas sehr Offizielles."

„Zwei Dinge sind es, die mich zu Ihnen führen." Braddock reichte Zigaretten herum und ließ sein Feuerzeug kreisen. „Zunächst etwas Internes, was nur meinen Befehlsbereich angeht. Wissen Sie, daß meine Schloßwache und von ihr ausgehend auch meine MP ein neues Hobby hat? Alles zaubert!"

„Was tun sie?" fragte Lisa verblüfft.

„Zaubern. Simsalabim. Ganz verrückt sind die Kerle. Bei einem Training mit Eiern sind neununddreißig zerbrochen."

„Sie sehen mich erschüttert, Major." Lisas Stimme war voll Spott. „Ihre Leute trainieren Zauberkunststückchen mit Eiern. Und um sie herum hungern Frauen und Kinder. Man sollte nach einer anderen Richtung hin zaubern."

Braddock wandte sich an die anderen Offiziere. „Hab' ich es nicht gesagt: eine Löwin!" Er ging hin und her und umkreiste Lisa wie ein Jagdhund, der eine Beute gestellt hat. „Doch davon später. Ich weiß, daß diese Zauberei von hier kommt. Aus dem Lazarett."

„Wir haben keine Eier."

Braddock blieb mit einem Ruck stehen. „Miß Doktor, Ihre Schlagfertigkeit ist entwaffnend. Irgend jemand bringt meinen Jungs diese Tricks bei und kassiert dafür ganze Berge von Lebensmitteln."

„Ach so." Lisa lachte laut. Eine Bande sind sie doch, meine Jungs, dachte sie mit mütterlichem Wohlwollen. Muß man sie nicht bewundern? Sie haben kein Gesicht mehr. Aber sie beginnen wieder, das Leben zu lieben. Man könnte sie alle umarmen und an sich drücken. „Bei 700 Kalorien pro Tag ist das eine Art Selbstschutz, Major."

„Gut, gut. Wir reden noch darüber. Diese Herren", Braddocks Hand machte eine Bewegung zu den Offizieren hin, „bilden eine Kommission. Das Hauptquartier in Heidelberg hat sie geschickt, und sie haben die Aufgabe, eine Lazarettbegehung durchzuführen."

Dr. Mainetti nickte den Offizieren freundlich zu. „Warum nicht? Im Louvre werden die Gemälde besichtigt, in Hamburg die Dirnenstraßen. Hier sind es die Fratzen des Krieges. Darf ich den Museumsführer machen?"

Major Braddock schnaubte laut durch die Nase. „Miß Doktor, mir ist es ein Rätsel, warum ich mich überhaupt mit Ihnen unterhalte. Diese Herren sind eine Kommission, die eine Liste über die ersten Entlassungen anfertigen soll. Man will die Lazarette zuerst räumen, und zwar nach der Schwere der Verwundungen. Alle Amputierten, alle Verletzten, die arbeitsunfähig sind, werden zuerst entlassen."

Dr. Mainetti sah die Offiziere halb erfreut und halb besorgt an. „Das mag für normale Verwundungen richtig sein, meine Herren", sagte sie laut. „Ein Gesichtsverletzter erfüllt unter Umständen alle diese Bedingungen, aber man wird ihm mit einer Entlassung keinen Gefallen erweisen. Er muß immer wieder nachoperiert werden, es müssen Verpflanzungen gemacht werden. Narbenaustrennungen, Transplantationen. Wer soll das tun, wenn man diese Leute entläßt? Eine Entlassung aus dem Lazarett wäre in solchen Fällen nur eine neuerliche und vollkommen ungerechtfertigte Bestrafung."

„Diese Frau ist mit nichts zufrieden!" rief Major Braddock. „Habe ich es nicht gesagt, meine Herren? Immer schwimmt bei ihr ein Haar in der Suppe. Nun wollen wir die POWs entlassen – und schon ist's wieder falsch."

„Geben Sie den Soldaten den Status von Zivilpersonen, aber lassen Sie sie auf dem Schloß, Major."

„Das muß das Hauptquartier entscheiden. Und wer soll die Kosten tragen?"

„Es wird ja wohl irgendeine verantwortliche Stelle geben. Ich nehme an, Sie haben Übergangsgesetze erlassen. Ich habe mich nie darum gekümmert, ich habe nur operiert und neue Gesichter gemacht. Aber es ist doch unmöglich, daß man einen Mann wie etwa Schwabe – Sie kennen ihn ja, Major – nach Köln entläßt und sagt: So, du kannst wieder essen und kauen, schlucken und hören, sehen und fühlen – das genügt. Hau ab und sieh zu, wie du durchs Leben kommst."

„Warum geht das nicht, Madam?" fragte der lange Oberstleutnant.

„Weil wir eine menschliche Verpflichtung haben, diesen grausam Verstümmelten gegenüber."

„Wir, Madam? Hat Amerika den Krieg verloren?"

„Es hat den Krieg gewonnen, um uns die wahre Humanität zu bringen, oder irre ich mich da?"

„Was sage ich? Was sage ich?" rief Braddock fast entzückt. „Jetzt gehen Sie k.o., lieber Seymore."

Oberstleutnant Seymore rieb mit Daumen und Zeigefinger seine Nase. Er war aus dem Konzept geraten. „Sollen wir das Kindermädchen Deutschlands werden?" fragte er dann.

„Nein, aber bis zum Erwachsensein eines neuen Volkes der Vormund."

„1:0!" sagte Braddock zufrieden.

„Bin ich Politikerin? Ich bin Arzt und sehe nur die Welt des grenzenlosen Leids. Dieses Leid muß gelindert werden. Das ist die Urpflicht eines Christen und Menschen. Wer dazu die Kosten trägt, welche rechtlichen Folgen sich daraus ergeben, das interessiert mich nicht. Ich verlange nur, daß das Leid und das Elend dieser Verstümmelten gelindert und behoben werden, soweit es möglich ist."

„Das letzte Wort war das wichtigste, Madam." Oberstleutnant Seymore nickte heftig. „Soweit es möglich ist. Die Möglichkeiten sind erschöpft."

„Und das sagt das große, reiche Amerika!"

„2:0!" stellte Braddock genüßlich fest. „Sie kommen nicht über die Runden, Seymore. Miß Doktor hat erbarmungslose Schläge auf den Solarplexus."

Seymore lachte gezwungen. „Das Hauptquartier wird zu entscheiden haben, nicht wir. Können wir das Lazarett besichtigen, Madam? Zunächst darf ich Ihnen einige der Herren vorstellen. Kollegen aus Rochester und Cincinnati, Chirurgen und Gesichtsplastiker."

Er stellte vier Offiziere vor, Namen, die Lisa sofort wieder vergaß. Wichtig war nur, daß es Gesichtschirurgen waren, Fachleute, die ihre Arbeit beurteilen konnten und die wußten, was es für den unglücklichen Patienten bedeutet, ein halb angefangenes Gesicht aus der Hand zu geben und solche Menschen unbehandelt sich selbst zu überlassen.

„Also gehen wir", sagte Lisa. Sie suchte unter den vielen Aktenstücken eine große Mappe, in der alle Krankenblätter abgeheftet waren. Famulus Baumann, Dr. Vohrer und Dr. Stenton kamen gerade vom OP zurück, aus dem der letzte Operierte hinausgerollt wurde. „Kommen Sie, Baumann, schleppen Sie mir mal die ganzen Krankengeschichten nach", rief Dr. Mainetti ihm zu. „Die Herren wollen unsere Schäfchen auf die Privatweiden treiben."

„Solarplexus", sagte Braddock laut. „Man muß hart im Nehmen sein, meine Herren. Aber kann man es einer solchen Frau übelnehmen?"

Der Ausruf Lisas pflanzte sich in Sekundenschnelle fort. Er flog durch das Lazarett, von Stube zu Stube, und wo er hinkam, wirkte er wie ein Blitzschlag, der das Dach über dem Kopf wegreißt. Auch in die Stube 14 brüllte ein Mann aus dem Nebenraum: „Zehn Amis kommen für die Entlassung!"

Und auch die Stube 14 saß zunächst wie gelähmt da.

Es war eine lange Schlange, die sich nun durch die Zimmer wand: zehn Offiziere, drei Ärzte, Schwestern und Sanitäter. Von Bett zu Bett – und jedesmal las Lisa Mainetti die zusammengefaßte Diagnose und die bisherigen Maßnahmen vor. Die vier Chirurgen aus Amerika ließen sich Verbände abwickeln, tasteten rauhe vernarbte Gesichter ab, neue, im Werden begriffene Nasen, wulstige Lippen und einheilende neue Unterkiefer, dicke Rollappen und große Hautplatten. Es war ein Aufmarsch des Grauens und ein Flehen um Hilfe. Major Braddock ging stumm neben Lisa her. Zum erstenmal sah er das Lazarett in seiner ganzen schrecklichen Wirklichkeit. Sechs Stunden wälzte sich die braun-weiße Schlange von Zimmer zu Zimmer. Namen wurden genannt, kurze Notizen gemacht, auf Fieberkurven rote oder grüne Winkel gezeichnet, von denen man nur wußte, daß einer davon den Vermerk für die Entlassung bedeutete. Ob es grün war oder rot, das wußten nur die vier untersuchenden amerikanischen Ärzte.

In Zimmer B/14 hielt sich Major Braddock länger auf. „Der berühmteste Raum des Schlosses, meine Herren", sagte er zu den 10 Offizieren. „Wenn irgend etwas Ungewöhnliches geschieht, sicher geht es von diesem Zimmer aus! Ich vermute, daß auch die Zauberei von hier ausging."

Christian Oster verhielt sich still. Er stand neben seinem Bett und verzog nicht um einen Millimeter sein Gesicht. Auch als Braddock willkürlich einen Schrank öffnete – es war der von Paul Zwerch –, standen die sechs wie die Säulen. In dem Spind lagen auf der Wäsche vier Dosen amerikanischer Herkunft, fünf Fruchtstangen, drei Flachpackungen Nescafé, zwei Pakkungen Chesterfield und drei Päckchen Keks.

„Aha", sagte Major Braddock laut.

„Ick bin 'n sparsamer Mensch, Herr Major!" warf der Berliner ein. „Außerdem hab' ick 'n Durchfall."

„Weil Sie zuviel fressen." Braddock räumte den Spind aus und legte alles auf die Bettdecke. „Woher?"

„Abjehungert, Herr Major."

„Können Sie zaubern?"

„Det wär' schön!"

„Machen Sie mir mal den Eiertrick vor."

„Eier?" Der Berliner sah sich zu den anderen um. „Jungs, wer weiß, wie 'n Ei aussieht? Ick hab's vajessen."

Die Stube 14 stand stumm und stramm neben den Betten. Nur der Wastl konnte den Mund nicht halten und seufzte laut.

„Eier", sagte er wie verzückt.

„Sie sind doch der Blöde, der mich mit Heil Hitler begrüßte, nicht wahr?" fuhr Braddock zu Feininger herum. Der Wastl nickte eifrig.

„Dös war a Gaudi, wos?"

„Den entlassen wir sofort", sagte Braddock und zeigte auf Feininger.

Den Wastl überlief ein Zittern. Aber er beherrschte sich und sah nur flehend zu Lisa Mainetti hinüber. Diese blinzelte ihm zu, beruhigend, wie einem Kind, zu dem man sagt: Nun weine nicht, mein Kleines, es wird ja alles wieder gut.

Entlassen, dachte der Wastl und schluckte krampfhaft. Weihnachten zu Hause, bei der Resi, bei den Kindern, bei den Kühen und den Feldern, im verschneiten Garten, am warmen Kachelofen, in dem die Bratäpfel bruzzeln. Und die Resi kocht Leberknödel mit Kraut, und hinterher gibt's a Maß Bier. Kruzinoamoi, dann weiß man, daß man wieder in der Heimat ist, zu Haus, im Frieden.

Und mit dem Gesicht, das würde schon werden. Die Resi kannte es – und die Kühe kümmern sich nicht darum. Und die Kinder würden sich dran gewöhnen. Wieder in der Heimat . . .

Erst am späten Abend war die Kommission so weit, die Untersuchungen auszuwerten. Es zeigte sich, daß von 200 Gesichtsverletzten 160 entlassen werden konnten. Die gesamte Stube B/14 war darunter. Auch Erich Schwabe.

„Er ist zwar am schlimmsten dran", sagte einer der Ärzte aus Cincinnati, „aber er kann in ambulanter Behandlung weiter betreut werden. Ein strenger Lazarettaufenthalt ist nicht nötig." Er sah zu Dr. Mainetti hoch, die am Fenster stand, die Arme über der Brust gekreuzt. Sie hatte bisher noch nichts gesagt, sondern stumm die Arbeit der amerikanischen Kommission beobachtet. „Wie ist es denn nun in diesen Fällen eigentlich mit der psychischen Lage der Verletzten?"

„Nett, daß Sie auch daran denken", sagte Lisa bitter. „Ich dachte, Sie denken nur an die Funktionsherstellung. Das habe ich nämlich schon einmal erlebt – vor tausend Jahren."

„Es geht wieder los", rief Braddock gespannt. „Die neuen Fighter in den Ring!"

„Wer hat von den zur Entlassung Vorgesehenen noch seelische Hemmungen?" fragte der amerikanische Arzt.

„Alle."

„Wieso?"

„Ich mache Ihnen den Vorschlag, sich von einer Hobelmaschine das Gesicht weghobeln zu lassen. Dann sprechen wir erneut darüber, wieso das so ist."

Der Arzt aus Cincinnati räusperte sich und blätterte in seinen Notizen. „Natürlich wird es zu häuslichen Schwierigkeiten kommen", sagte er gedehnt. „Aber alle Verletzten sehen so aus, daß sie als erträglich bezeichnet werden können."

„Für einen Arzt – ja. Wir messen mit anderen Maßstäben. Wenn wir sagen: Das Gesicht ist wieder in Ordnung, sehen wir es mit dem Blick des Mediziners. Für die Frau oder Mutter sieht der Verletzte aber noch immer wie ein Ungeheuer aus. Und auch er empfindet es so. Er weiß, wie er früher aussah."

„Es war eben Krieg, Kollegin."

„Zu dumm, daß wir das immer vergessen."

„Hupp – Solarplexus!" sagte Braddock fröhlich.

„Sie glauben, daß es Schwierigkeiten geben wird, wenn wir sie entlassen?"

„Ich *weiß* es! Nicht bei allen. Nicht bei Schwabe etwa, oder bei Feininger oder bei Oster. Bei Adam schon gar nicht. Aber Walter Hertz ist ein kritischer Fall. – Und so wie ihn habe ich noch etwa vierzehn Fälle im Lazarett. In ihnen wurzelt noch immer die Angst, nicht mehr lebensfähig zu sein. Ein schiefer Blick, eine unvorsichtige Bemerkung, und schon kann es zur Katastrophe kommen. Ein Gesichtsverletzter hat auch eine verletzte Seele: Das sollte ein Lehrsatz werden."

Die Kommission fuhr in der Nacht noch zurück nach Bernegg. In allen Zimmern des Blockes B brannten noch die Lichter, saßen die Verletzten in den Betten oder um die Tische. Die einen dumpf und nachdenklich, die anderen zitternd vor Freude und Erwartung. Sie alle konnten nicht schlafen.

Entlassung.

Das völlige, sichtbare Ende des Kriegs.

Nach Hause. Zu der Frau, der Mutter, der Braut.

Zurück ins Leben.

Und sie machten Pläne, diese gesichtslosen Wesen, und klammerten sich an diese Pläne, weil sie das einzige waren, was ihnen geblieben war.

Der Glaube an das Gute.

Am 10. Dezember war es soweit.

In Gruppen wurden die Verwundeten aufgerufen und mußten zur Schreibstube kommen. Dort saßen Leutnant Potkins, der Stabszahlmeister und vier Schreiber, auch Gesichtsverletzte, und stellten die Entlassungspapiere und die Fahrtausweise zu den Heimatorten aus. Es vollzog sich alles reibungslos, still, ohne fröhliche Bemerkungen, wie man sonst einen einschneidenden guten Abschnitt des Lebens begrüßt. Die Männer waren ernst, nahmen ihre Papiere und die Fahrscheine, unterschrieben lange Bögen mit Paragraphen, ohne sie zu lesen, und gingen wieder auf ihre Zimmer, setzten sich auf die Betten und lasen den Fahrschein und den Vermerk auf dem Schlußuntersuchungsbefund.

„Untauglich", stand darauf. Wofür?

Untauglich auch für das Leben?

„Ob man 'n Telejramm schicken kann?" fragte der Berliner. „Ick muß doch Muttern mitteilen, det Paulchen kommt."

„Vielleicht von Würzburg aus." Erich Schwabe begann schon, seine wenigen Sachen zu packen. „Wir fahren doch alle zusammen nach Würzburg, nicht wahr?"

„Müssen wir ja." Fritz Adam faltete die Hände über der Tischplatte. „Und wie der Bloch wollen wir uns versprechen: Wir bleiben zusammen. Jeder wird in Zukunft, solange er lebt, immer für den anderen dasein!"

„Ehrensache", sagte Walter Hertz.

Sie schrieben ihre Adressen auf und ließen sie rundgehen. Jeder schrieb sie sich in sein Notizbuch.

„Ob die Lisa hier bleibt?" fragte Hertz.

„Wenn nicht – es wird sich immer feststellen lassen, wohin sie gegangen ist." Fritz Adam sah die anderen zustimmend an. „Ich schlage vor, daß wir sie im nächsten Jahr besuchen. Alle zusammen. Einen Tag können wir ja noch ausmachen."

Sie nickten und dachten wieder an zu Haus. Nur Walter Hertz nicht. Er hatte kein Zuhause mehr. Er hatte bei der Entlassung einfach Frankfurt angegeben. Nach Frankfurt lautete nun sein Fahrschein. Was er dort sollte, wußte er nicht. Irgend etwas würde sich finden. Oder sollte er zu Petra fahren? Mit ihr in der amerikanischen Kantine arbeiten. Heiraten kann ich sie nie, dachte er. Auch jetzt nicht, wo sie so arm wie ich ist. Einmal wird sich das ändern, und ich weiß, daß ihre Eltern es nie erlauben würden. – Für sie bin ich kein Mensch mehr.

Zum letztenmal wurden die Gesichter verbunden und mit Leukoplaststreifen überklebt. Und jedesmal, wenn ein Gesicht fertig war, drückte Lisa Mainetti die Hand des Verletzten und sagte: „Mach's gut, Junge. Und beiß die Zähne zusammen!"

Und alle sagten, ohne Ausnahme: „Auf Wiedersehen, Frau Doktor. Und nochmals für alles Dank."

Walter Hertz weinte, als er Lisa die Hand drückte. Sie nahm seinen Kopf und hielt ihn mit beiden Händen hoch.

„Du kannst jederzeit zu mir kommen", sagte sie leise. „Ich werde etwas für dich finden. Wenn es dir da draußen zu viel wird – es gibt immer einen Platz auf der Welt, wo du leben kannst. Schäme dich dann nicht und komm nach hier zurück."

Walter Hertz nickte stumm. Dann riß er sich aus ihren Händen los und rannte aus dem Verbandsraum.

Der Auszug der ersten Gruppe, zu der die Stube B/14 gehörte, war wie ein kleines Volksfest. Ärzte und Sanitäter, Famulus Baumann und die Ordensschwestern, die anderen Gesichtsverletzten, die am übernächsten Tage abmarschieren sollten, und sogar die amerikanischen Soldaten standen vor dem Schloß und winkten den Lastwagen nach, die die Entlassenen nach Bernegg brachten.

Dora Graff lief neben dem Wagen her, auf dem Fritz Adam stand, das Gesicht in einem Schal vermummt, mit hochgezogenem Mantelkragen, frierend und mit blau angeschwollenen Gesichtsnarben.

„Ich komme in 14 Tagen nach, Fritz!" rief sie in das Motorengeheul hinein. „Hörst du? Ich habe einen Anruf bekommen. In 14 Tagen. Nach Heidelberg. Die chirurgische Universitätsklinik arbeitet wieder. Ich kann ankommen. Hörst du, Fritz. In 14 Tagen. Heidelberg ..."

Fritz Adam nickte und winkte durch die kalte Luft. Auch er rief etwas zurück. Man verstand es nicht mehr, nur die weiße Atemwolke vor seinem Mund war da, und es war, als erfrieren die Worte und stöben als winzige Kristalle davon.

Lisa Mainetti stand in der großen Eingangstür des Blockes B und sah den wegrollenden Wagen nach. Sie winkte mit beiden Händen, aber in ihrem Gesicht stand kein fröhliches Lachen, es war überschattet von tiefer Nachdenklichkeit.

Da fahren sie weg, meine Jungs, dachte sie. Was wird sie im Leben erwarten?

Und plötzlich hatte sie Angst.

In Würzburg standen Christian Oster, Erich Schwabe, der Wastl Feininger, Fritz Adam und Paul Zwerch am provisorischen Postschalter und gaben ihre Telegramme auf. Walter Hertz war nicht mehr bei ihnen. Er war in Bernegg abgeholt worden. Von Petra Wolfach, die Major Braddock benachrichtigt hatte. „So sind wir", hatte er zu Petra gesagt. „Auch wenn Sie uns den Aufenthalt Ihres Vaters nicht verraten."

Walter Hertz hatte es die Sprache verschlagen, als er Petra im Schulgebäude sah. Seine Sorgen, alle jagenden Gedanken der letzten Wochen waren weggewischt. Die Liebe, die Petra ihm jetzt bewies, diese Selbstverständlichkeit, mit der sie ihn abholte, als sei er ihr Mann oder Bruder, überwältigten ihn.

„Was soll denn jetzt werden?" fragte er nur, als Braddock die Fahrscheine umschreiben ließ.

„Komm erst einmal mit", sagte Petra fest und faßte seine Hand. „Und denk nicht soviel, Walter. Ich habe auf diesen Augenblick fast ein Jahr lang gewartet."

In Würzburg kam der große Abschied. Sie brachten den, der zuerst fuhr, immer gemeinsam zum Zug und versprachen noch einmal, sich nie aus den Augen zu verlieren. Und so ging einer nach dem anderen weg in das neue Leben, bis nur noch Erich Schwabe übrigblieb. Sein Zug nach Köln fuhr zuletzt. Er saß noch fast eine Stunde, von Reisenden heimlich angestarrt, aber es machte ihm nichts mehr aus. Er hielt seinen über und über mit Leukoplast verklebten Kopf gesenkt, hatte den Mantelkragen hochgeschlagen und das Gesicht darin versteckt.

Was wird jetzt in Köln geschehen, dachte er. Sie haben das Telegramm vielleicht schon, und Mutter wird herumrennen, um etwas extra zu bekommen, und Ursula wird nicht wissen, was sie zuerst tun soll, und herumlaufen und allen im Weg sein. Im sechsten Monat war sie jetzt, man mußte es schon sehen. Sie spürte es bereits auch selber, wie sie zuletzt schrieb. Immer mußte sie morgens würgen und sich übergeben, und dann wurde sie öfters schwindlig und mußte sich schnell setzen, ganz gleich, wo sie gerade war, auf einen Mauerrest, auf die Fensterbank einer ausgebrannten Parterrewohnung. Die Beine wurden einfach weich und gehorchten ihr nicht mehr. Es wird Zeit, daß ich komme, dachte Schwabe und sah auf seine Uhr. Noch zwanzig Minuten, wenn der Zug pünktlich aus München eintraf. Abends gegen 9 Uhr würde er dann in Köln sein. Und Mutter und Uschi würden auf dem Bahnsteig stehen und dem Zug entgegenlaufen, wenn er in die zerstörte Halle einfuhr. „Erich!“ würden sie rufen. „Erich! Erich!“

Es war schön, nach Haus zu kommen.

Eine Schwester des Roten Kreuzes weckte ihn aus seinen Gedanken. Sie tippte ihn auf die Schulter. „Wollen Sie eine Tasse heißen Kaffee? Kommen Sie mit in die Baracke.“

Schwabe schüttelte den Kopf. „Danke, Schwester, danke. Aber mein Zug kommt ja gleich.“

„Die haben immer Verspätungen. Mindestens 20 Minuten. Sie sehen ganz erfroren aus. Kommen Sie mit und wärmen Sie sich auf.“

„Danke, Schwester.“

Erich Schwabe nahm sein Gepäck auf und ging der Rotkreuzschwester nach zu einer Baracke am Ende des Bahnsteigs. Deutsches Rotes Kreuz, stand auf einem Schild neben der Tür. Caritas. Evangelisches Hilfswerk.

Ein überheizter, großer, schmaler Raum. Bankreihen an den Holzwänden. Schwestern an rohen Tischen. Ein Herd mit einem Aluminiumkessel voller Malzkaffee. Blechbecher und Steinguttassen, auf denen noch stand „Deutsche Arbeitsfront – KdF“. Auf den Bänken andere Landser und frierende Zivilisten. Sie beachteten Schwabe nicht. – Sie schlürften ihren heißen Kaffee und waren dankbar für die Wärme, die sie langsam und wohltuend durchdrang.

Schwabe erhielt seinen Becher und trank ihn in kleinen Schlucken leer. Der Wechsel von harter Kälte zu überhöhter Wärme und auch der heiße Kaffee trieben ihm Schweiß aus den Poren. Er stand wieder von der Bank auf und lächelte der Schwester dankbar zu.

„Es tut mir leid, Schwester“, sagte Schwabe. „Ich muß wieder 'raus. Ich schwitze sonst die Verbände durch, und das ist nicht gut. Nachher gefriert das alles, und meine Haut ist noch so empfindlich. Sie verstehen . . .“

Dann stand er wieder draußen auf dem zugigen Bahnsteig in der Kälte und dem Wind, der den Schnee über die Wartenden trieb. Mit dem Rücken stemmte er sich gegen den Windzug und drückte das Gesicht wieder tief in den Mantel.

Endlich lief der Zug aus München ein. Erich Schwabe sah die Wagen entlang. Sie waren überfüllt. In den Gängen und Vorräumen standen die Menschen eingekeilt. Niemand stieg aus, als habe jeder Angst, seinen Platz zu verlieren. Schwabe lief die Wagen entlang, riß die Türen auf, versuchte einzusteigen. Die Menschen quollen ihm entgegen, eine feindliche Masse, die ihn zurückdrängte.

„Lassen Sie mich doch 'rein", rief Schwabe. „Ein Mann wird doch noch 'reingehen."

„Besetzt", schrie man ihm entgegen und schlug ihm die Tür vor der Nase zu. Was ist schon ein entlassener Mensch ohne Gesicht.

Schwabe rannte den ganzen Zug entlang. Überall warf man ihm die Türen zu. In einigen Wagen hielt man sie von innen fest, wenn er sie aufreißen wollte, und grinste ihn durch das Fenster an.

„Saubande", schrie Schwabe. „Ihr Schweine!"

Dann gab er es auf. Mit schlaffen Armen stand er im wirbelnden Schnee auf dem Bahnsteig und starrte hoffnungslos den Zug entlang. Es war der letzte, der nächste fuhr erst am nächsten Morgen um 7 Uhr, und er würde genauso überfüllt sein.

Die erste Begegnung mit dem Leben. In Schwabe stiegen Ekel und Verachtung hoch. Er wandte sich ab und wollte gehen.

Da ergriff ihn jemand von hinten am Ärmel. „Kommen Sie", sagte die Rotkreuzschwester von vorhin. „Es gibt hier ein Abteil für Schwerverletzte. Kommen Sie, ich mache Ihnen schon noch einen Platz frei."

Es war wie ein Wunder, daß Schwabe wirklich in dem reservierten, aber ebenfalls von nicht wankenden Menschen überfüllten Abteil einen Platz bekam. Fast mit Gewalt und nur mit der Drohung, die Polizei und die amerikanische MP zu holen, räumte die kleine, energische Schwester einen Platz.

„Gute Fahrt", rief sie und sprang aus dem anfahrenden Zug.

Um Schwabe stand eine riesige Mauer schweigender, feindlicher Menschen. Sie starrte ihn hohlwangig an wie ein hungriges Untier.

„Das ist richtig", sagte jemand aus der Mauer. „Erst immer durchhalten, bis alles im Eimer ist, und jetzt noch Sonderrechte beanspruchen."

Schwabe schwieg. Er senkte nur den Kopf.

Das sind die Menschen, mit denen ich nun leben muß, dachte er. Das sind Deutsche, die einen Krieg verloren haben.

Und wieder stieg es bitter in seinem Hals auf. Enttäuschung, Verachtung, Ekel.

Es war spätabends, als der Zug im Kölner Hauptbahnhof einlief.

Erich Schwabe stand am Fenster und preßte das leukoplastverklebte Gesicht gegen die schmutzige, gefrorene Scheibe. Der Bahnsteig war leer. Nur einige Beamte liefen herum, trübe Birnen brannten in notdürftigen Lampen. Die Türme des Doms ragten in den dunklen, kalten Winterhimmel.

Köln, dachte Schwabe ergriffen. Mein Köln. Meine Heimat. Nun bin ich für immer zu Haus. Polen, Frankreich, Rußland, an allen Fronten habe ich gekämpft. Über sechs Jahre in Uniform. Sechsmal 365 Tage habe ich neben dem Tod geschlafen. Kameraden starben an meiner Seite oder in meinen Armen. Und nun ist alles vorbei, endgültig vorbei. Es ist Frieden.

Der Zug hielt mit einem Ruck. Schwabe blieb am Fenster stehen und starrte hinaus. Die Menschen hasteten aus den Wagen, über den Bahnsteig, wurden von den beiden Ausgängen verschluckt, als zöge es sie hinab in die Unterwelt. Schwabe wartete, bis alle das Abteil verlassen hatten, bis er allein im Wagen war. Erst dann stieg er langsam aus und blieb allein und einsam auf dem eisigen Bahnsteig stehen.

Ursula war nicht da. Und auch seine Mutter war nicht gekommen. Er sah auf seine alte Armbanduhr. Natürlich, über eine halbe Stunde Verspätung. Sie hatten sicherlich gefroren und waren in einen Wartesaal gegangen, sich aufzuwärmen. Nun mußten sie gleich eine der Treppen herauflaufen, winkend und vor Freude weinend. Und er würde die Arme ausbreiten, Mutter und Ursula an sich drücken, sie selig umarmen und voller Freude sagen: „Da bin ich."

Erich Schwabe blieb auf dem Bahnsteig stehen und wartete. Der Zug hinter ihm fuhr wieder weg, zum Abstellgleis. Zwei Bahnarbeiter, mit Pfeifen zwischen den Lippen und langstieligen Hämmern in der Hand, kamen an ihm vorbei.

„Hier geht keiner mehr weg, Kumpel", sagte einer im Vorbeigehen. „Der da", er zeigte auf die Schlußlichter des ausfahrenden Zuges, „ist gerade angekommen und fährt erst morgen früh."

Schwabe nickte. „Danke", sagte er etwas bedrückt.

Und blieb stehen und wartete weiter.

Nach einer halben Stunde hob er sein Gepäck auf und warf es über die Schulter. Es war ihm unerklärlich, warum Ursula und Mutter nicht gekommen waren. Er suchte einen Grund und fand ihn nicht. Vielleicht war Mutter krank – dann konnte Uschi kommen. Oder Uschi ging es nicht gut wegen des Kindes– – dann hätte Mutter kommen können. Oder war etwas geschehen? War etwas mit Ursula? Mit dem Kind? Vielleicht lag sie im Krankenhaus.

Erich Schwabe begann zu laufen. Er hetzte die Treppen hinunter, zeigte an der Sperre seinen Fahrtausweis, rannte weiter durch die zerstörte Bahnhofshalle, hinaus auf den weiten Domplatz, über den früher Hunderte von Tauben geflattert waren. Dort blieb er stehen, und Wehmut ergriff ihn, als er sich umsah. Die Hohe Straße eine Trümmerwüste, die Komödienstraße ein Wall von Ruinen, das Deichmannhaus ausgebrannt, der linke Turm des Domes über dem Fundament aufgerissen. Wohin man sah, nur ausgebrannte oder zerfetzte Häuser. Eine tote Stadt.

Dann ging er weiter, durch die von Schutt geräumten, einsamen Straßen, durch ein neues Pompeji, ein Gräberfeld mit den monumentalen Kreuzen stehengebliebener Hauswände und Kamine. Er stand am Ring, und seine Erinnerung umkreiste die Stätten seiner Kindheit: das Hohenstaufenbad, die Humboldtstraße, wo einst das Gymnasium stand, das er bis zur Quarta besuchte, um dann doch in die Glaserlehre einzutreten. Er ging langsam durch die Grünanlagen des ehemaligen Horst-Wessel-Platzes, jetzt Rathenauplatz, und sah die Stellen, wo er sich als Kind in den Büschen versteckt oder in einem Sandkasten gespielt hatte. Jetzt war es ein aufgerissener Platz mit Baumstümpfen, und die fensterlosen, ausgebrannten Riesenhöhlen der Synagoge glotzten ihn feindlich an.

Dann sah er sein Haus. Das Haus Nr. 4. Die Fassadenmauer stand noch, drei Meter hoch. Hinter ihr waren die Trümmer weggeschafft, und zwei neue Mauern strebten in den kalten Nachthimmel.

Da begann er wieder zu laufen, rannte durch die Straße, stolperte über Steine und Balken und erreichte keuchend und mit schmerzendem Gesicht den Eingang zum Keller.

Ursula. Mutter, dachte er stöhnend. Ich bin da. Ich bin da.

An der gefrorenen, nassen Wand Halt suchend, tastete er sich die dunkle Kellertreppe hinab.

Schon nach den ersten Stufen wehte ihm Wärme entgegen und der Geruch gebratenen Fleisches. Und Stimmen hörte er. Sie waren laut und lachten.

15

Langsam stieg Erich Schwabe tiefer in den Keller hinab. Vor der neuen, dicken Tür blieb er stehen und legte das Ohr an das Holz. Sein Herz klopfte wild, und die Erregung schnürte ihm den Hals zu. In seinem Schädel brauste es, und es war ihm, als schlüge man mit einem Hammer gegen seine Trommelfelle. Da hielt er den Atem an und preßte die Ohrmuschel eng an die Bretter der Tür.

Mutters Stimme, dachte er. Und da – Ursulas Lachen, ein helles, herrliches Lachen. Und noch eine Stimme, eine Männerstimme, tief und etwas polternd, in Alkohol gebadet. Was sagen sie? Warum sitzen sie hier, anstatt auf dem Bahnhof zu sein und ihn abzuholen? Natürlich, das Telegramm ist nicht gekommen! Er war schneller als die Nachricht. Da, wieder das Lachen Ursulas. Dann ein deutlicher Satz, unter Lachen ausgerufen: „Du bist eine Type, Karlheinz!"

Wer ist Karlheinz? dachte Schwabe und atmete wieder. Ihm fiel der erste, kurze Eindruck ein, der ihn streifte, als er das zerstörte Haus sah. Ausgebrannt, mit zwei neuen Mauern. Wer hatte sie aufgebaut? Er legte die Hand auf die Klinke und wischte sich mit der anderen Hand über das kalte, schmutzige Leukoplastgesicht. Im Keller begann die tiefe Männerstimme zu singen. „Mädel, ich bin dir so gut . . ." Geschirr klapperte.

„Noch einen Grog, Karlheinz?" Die Stimme der Mutter. Auch sie nannte den fremden Mann mit dem Vornamen.

„Nur immer 'ran, Mütterchen."

Erich Schwabe legte den Kopf wieder gegen die Tür. Meine Heimkehr, dachte er kläglich. So kommt man nach Haus. Nach sechs Jahren Krieg, nach sieben Verwundungen, mit einem verlorenen Gesicht. Jahrelang hat man auf diesen Tag gewartet, hat für diese Stunde gelebt, hat an diesen Augenblick geglaubt, selbst als die Welt um einen herum unterging. Ich komme wieder, hatte man sich immer gesagt. Verdammt noch mal, einmal ist der Mist zu Ende, und dann steht man vor der Frau und der Mutter und breitet die Arme aus und ruft: „Hier bin ich wieder!" Was kann es Schöneres geben als diesen lang herbeigesehnten Augenblick?

Und so ist es nun wirklich. Man steht frierend vor der Tür und hat Angst, sie aufzustoßen. Angst hat man vor dem, was hinter der Tür ist. Es war ein Fehler, einfach heimzukommen. Man hätte anrufen sollen oder sonst irgend etwas tun. Schon vor zwei Stunden, als man allein auf dem Bahnsteig stand und keiner gekommen war, den Heimkehrer abzuholen.

Ob es dem Wastl auch so ergangen ist, dachte Schwabe plötzlich. Und dem Oster? Und was machte der Berliner? Was hatte Fritz Adam vorgefunden?

„Mein Mädel, mein Mädel vom Rhein . . .", sang drinnen die dröhnende Stimme. Erich Schwabe warf den Kopf in den Nacken und drückte die Klinke herunter. Dann gab er der Tür einen Stoß und ließ sie gegen die Kellerwand schlagen. Der Gesang verstummte, ein Stuhl fiel um, Ursulas Stimme klang auf. Sie rief: „Wer ist denn da?"

An einer Porzellanschüssel stand Frau Hedwig Schwabe und spülte Gläser. Ihre Augen waren weit und starr. Sie erkannte nichts, weil sie geblendet aus dem hellen Licht in den dunklen Kellergang schaute.

„Wer ist da?" rief Ursula wieder. Ihre Stimme zitterte vor verhaltener Angst.

„Das hab'n wir gleich!" sagte die Männerstimme. Dann

schob sich eine untersetzte, breite Gestalt in das Licht, ein kräftiger Bursche in einem weiten Maureranzug, ein Glas Grog dampfend in der Hand.

Erich Schwabe trat langsam einen Schritt vor. Es war, als stürze er aus der Dunkelheit in das Licht. Er stand im Türrahmen, in seinem alten Militärmantel. Er hatte einen Schal um das Gesicht mit den schmutzigen, rußigen Leukoplaststreifen gewickelt, es sah aus wie der zertrümmerte Kopf einer Puppe, den man notdürftig wieder geflickt hatte.

„Erich!" schrie Ursula gellend. Sie warf beide Arme nach vorn. Aber sie schaffte es nicht mehr, die drei Schritte bis zur Tür zu gehen. Sie fiel vornüber auf die Knie und rollte ohnmächtig auf den Kellerboden.

„Mensch, Kumpel, Erich", sagte Karlheinz Petsch laut. Er bückte sich, griff Ursula unter die Arme und hob sie auf das Bett. „Kommt da 'rein wie 'n Geist im Theater. Die Weiber kriegen ja 'n Herzschlag."

„Mein Junge", stotterte Frau Schwabe. Dann fielen die Gläser hin, die Spülschüssel zerschellte auf dem Boden, und das Wasser spritzte an Erich Schwabe hoch und klatschte Karlheinz Petsch in die Schuhe. „Du bist da – du bist entlassen, Erich." – Sie rannte auf ihn zu, umarmte ihn, drückte den starren Körper an sich. Aber dann verließen auch sie die Kräfte, sie weinte plötzlich und hing schlaff in den zupackenden Händen ihres Sohnes.

„Ihr – ihr habt mich nicht erwartet, was?" sagte Erich Schwabe über den Kopf seiner Mutter hinweg, zu Karlheinz Petsch gewandt.

„Aber nein, wieso denn?"

„Mein Telegramm –"

„Hier ist keins angekommen."

Petsch schloß die Tür hinter Schwabe und wischte sich schnell über das Gesicht. Verdammt, dachte er, das ist eine Panne. So sollte es nun auch wieder nicht sein. Ganz langsam in die Situation hineinwachsen, so hab' ich mir das gedacht.

„Ich bin Karlheinz Petsch", sagte er und ging um Schwabe herum. „War mal Feldwebel bei der Luftwaffe. Und Ihre Frau hat mir das Leben gerettet."

„Ursula?“

„Genau genommen, Ihr Keller. Ich kam in einen Luftangriff 'rein und flüchtete hier 'runter. Und da hab' ich mir gedacht: Das vergißt du nie. Und wenn's man anders kommt, baust du das Haus wieder auf. Tja, und nun bin ich da dran.“

Erich Schwabe nickte. Er führte seine Mutter zu einem Stuhl, zog den Mantel aus und band den Schal von seinem Kopf. Nun erst sah man die völlige Zerstörung des Gesichtes, den lippenlosen Mund, die notdürftig neugeformte Nase, die Narben der Hautplastiken, die durch die Kälte rotviolett angelaufen waren.

„Einen Grog, Kumpel?“ fragte Petsch mit etwas belegter Stimme und hielt ihm ein Glas hin. Schwabe schüttelte den Kopf und setzte sich neben Ursula auf das Bett. Er starrte sie stumm an. Dann hob er zögernd die Hand und strich ganz leicht und mit einer hilflosen, zitternden Zärtlichkeit über ihre blonden Haare und das bleiche, schmale Gesicht. Jetzt erst bemerkte er, wie sich ihr Leib rund und mächtig vorwölbte, und seine Hand glitt über ihren Körper und blieb auf ihrem schweren Leib liegen.

Mein Kind, dachte Schwabe, und plötzlich wich alles von ihm, was ihn starr und stumm gemacht hatte. Die Einsamkeit, die er auf dem leeren Bahnsteig des Bahnhofes gespürt hatte, die wilde Verzweiflung, die ihn erfaßt hatte, als er den Kopf gegen die Kellertür lehnte, der eisige Schreck, als er den Mann so vertraut mit Mutter und Ursula fand. Alles, was ihn innerlich zerrissen hatte, verflüchtigte sich wie Morgennebel vor den ersten Sonnenstrahlen, als er die Hand auf Ursulas gesegneten Leib legte und unter seinen Fingern das Zucken und die ruckartigen Bewegungen des Kindes spürte.

Mein Kind, dachte er wieder und schloß glücklich die Augen. Mein Gott, ich bin ja zu Haus, ich bin wirklich zu Haus. Es gibt keinen Krieg mehr, und wir werden von vorn anfangen, wirklich von vorn mit diesem Kind.

„Man sollte ihr 'was zu trinken geben“, sagte Petsch und zeigte auf Ursula.

Schwabe nickte. Er nahm aus Petschs Hand ein Glas mit Schnaps und flößte es Ursula langsam und vorsichtig ein. Sie schluckte krampfhaft, hustete wild und bäumte sich wie in Abwehr auf. Dann öffnete sie die Augen und starrte in Erichs schmutziges, verklebtes Gesicht, auf diesen formlosen Kopf, an dem nur die Augen das einzig Menschliche waren.

„Erich“, sagte sie schwach und schlang die Arme um seinen Hals. „Wie freue ich mich.“

„Tut dir was weh?“ fragte er besorgt. „Hast du Schmerzen? Spürst du etwas durch den Fall?“

Sie schüttelte den Kopf. „Nichts“, sagte sie schwach. „Nun ist alles gut. Du bist da. Du bist endlich da.“

Sie küßte ihn, indem sie seinen Kopf zu sich herabzog.

Als sich Schwabe aufrichtete und sich nach Karlheinz Petsch umsah, war der nicht mehr im Keller. Er war gegangen, und keiner hatte ihn weggehen hören.

Erich Schwabe fragte nicht nach ihm. Es würden noch viele Tage der Fragen kommen. Zwischen seiner Mutter und seiner Frau saß er auf dem Bett, hielt beider Hände fest und erzählte von den letzten Stunden in Schloß Bernegg.

Bis gegen Morgen erzählte er. Und dann lag er neben Ursula im Bett, hatte den Arm um ihre Schulter gelegt, und ihr Kopf lag, müde, klein und leicht auf seiner Brust. Sie schlief mit einem kindlichen Lächeln und kuschelte sich im Schlaf zärtlich an ihn.

Ich bin zu Haus, dachte Schwabe wieder. Und er war so glücklich, daß er weinen konnte. Im Bett nebenan schlief mit rasselndem Atem die Mutter. Sie hatte die Hände über der Brust gefaltet, als bete sie im Traum.

Morgen beginnt ein neues Leben, dachte Schwabe, auch wenn sich nicht viel ändern wird. Er hörte auf die Atemzüge der beiden Frauen und konnte selbst nicht schlafen.

Um sieben Uhr morgens hörte er jemanden die Kellertreppe herabkommen. Er schob Ursulas Kopf vorsichtig von sich, drehte sich aus dem Bett und ging auf Zehenspitzen zur Tür. Ein Hilfspostbote schwenkte ein dünnes Kuvert durch die eiskalte Morgenluft, als er das Gesicht im Türspalt sah.

„Ein Telegramm“, sagte er. „Sind Sie Schwabe?“

„Ja.“

„Bitte.“

Erich Schwabe schloß die Tür wieder. Er sah das Telegramm an, dann zerriß er es langsam und streute die Schnipsel in den

Kohlenkasten neben dem eisernen Ofen. Es war ihm, als käme diese Nachricht aus einer Welt, die ferner als die Sterne war.

Dann kroch er zurück ins Bett, zog Ursula an sich und spürte wohlig ihren warmen, glatten Körper nah und vertrauensvoll an seiner ausgekühlten Haut.

Zu Haus, dachte er wieder. Mein Gott, ist das schön.

Für den Gefreiten Christian Oster, den Zauberer von Schloß Bernegg, war die Heimkehr ein entscheidendes Experiment.

Seine kleine, pausbäckige, braungelockte Frau Susanne hatte nie die Gelegenheit gehabt, ihn auf Bernegg zu besuchen. Nach seiner Einlieferung hatte er sich wie fast alle Gesichtsverletzten geweigert, überhaupt jemanden zu sehen. Dann hatte er seine Mutter kommen lassen und seine ganze seelische Qual herausgeschrien. Aber Susanne Oster, die zweimal unangemeldet in Bernegg erschien, wurde von Dr. Lisa Mainetti abgefangen, bevor sie noch in den eigentlichen Lazarettbereich kommen konnte. Wie zu allen Frauen hatte Lisa auch ihr gesagt: „Geduld ist das größte Geschenk, das Sie Ihrem Mann machen können. Jeder Tag Warten ist mehr als alles Gold."

Das war alles, was die kleine, rundliche Susanne Oster von ihrem Mann erfuhr. Zwar gingen im Laufe der Monate viele Briefe hin und her, und immer hieß es: „Mir geht es gut. Es wird alles an mir getan, was möglich ist. Von Woche zu Woche wird es besser mit mir." Ja, sogar ein Foto schickte Christian Oster an seine Frau, ein Foto schräg von hinten, so daß man nur die linke Gesichtspartie ein wenig erkennen konnte, und dieses Foto trug Susanne Oster immer mit sich und zeigte es jedem: Seht, so schlimm ist es ja gar nicht. Man sieht ja überhaupt nichts. Was sie nicht wußte, war die grausame Verstümmelung von Nase, Mund und rechter Gesichtsseite, ein aufgerissenes, von einem glühenden Granatsplitter völlig zerfetztes Antlitz, bei dessen Einlieferung sogar Dr. Lisa Mainetti leise zu Professor Rusch gesagt hatte: „Mein Gott – wo sollen wir hier noch anfangen?"

Fünfundvierzig größere Operationen hatten Christian Oster nun wieder zu einem Menschen werden lassen. Lisa und Professor Rusch hatten an diesem Gesicht nicht nur Deckungen und Funktionsherstellungen durchgeführt, sondern sie hatten es regelrecht wie ein Bildhauer modelliert. Mit unendlicher Geduld wurde das Lippenrot millimeterweise rund um die Lippen verpflanzt, eine sogenannte Abbé-Plastik, die aus Fleischwülsten wieder Lippen werden ließ. Lippen, die einmal wieder eine Frau küssen sollten, ohne würgenden Ekel zu erzeugen.

Was an Christian Osters Gesicht geleistet wurde, war das Musterbeispiel eines „neuen" Gesichtes. Nach den fünfundvierzig größeren Operationen – die vielen kleinen Eingriffe wurden gar nicht mehr gezählt – sah sich Oster in einem Spiegel verblüfft und nachdenklich an. Dann nahm er ein Paßbild aus der Brieftasche und verglich es mit dem Antlitz, das ihm aus dem Spiegel entgegenschaute. Er erkannte sich nicht mehr. Der alte Christian Oster war von dem glühenden Granatsplitter weggewischt worden. Nur die Haarfarbe war geblieben und der Ausdruck der blauen Augen. Das Gesicht aber war ein fremdes Gesicht. Christian Oster lächelte gequält.

„Es ist, als müßte ich jetzt Sie zu mir sagen", sagte er leise.

Dr. Mainetti legte ihm die Hand auf die Schulter.

„Denken Sie, das ist mein Friedensgesicht. Das alte hat der Krieg genommen. Es war der unvermeidbare Kaufpreis für das Weiterleben."

„Ich könnte mich schon daran gewöhnen – aber meine Frau?" Christian Oster drehte sich vom Spiegel weg. „Sie hat doch – wenn man es genau bedenkt – einen anderen Mann geheiratet als den, der jetzt zurückkommt, nicht wahr?"

„Man heiratet nicht nur ein Gesicht, Oster."

„Aber eine große Rolle spielt's doch, Frau Doktor." Er drehte sich wieder zum Spiegel. Sein Blick tastete über die neue Wange, die neue Nase, den neuen Mund. Alles war fremd, wie eine Maske, hinter der man das wirkliche Gesicht, das alte vertraute, erwartete. „Was wird sie bloß sagen, meine Susanne? Ich bin doch ein völlig fremder Mann."

„Wir werden es ihr vorher schreiben, Oster."

Aber es waren Worte, weiter nichts, was Dr. Mainetti an Frau Oster schreiben konnte. Susanne Oster las sie und nickte. Natürlich wird Christian anders aussehen, dachte sie. Er wird Narben haben oder vielleicht ein schiefes Gesicht. Aber daran gewöhnt man sich, und man kann es auch im Lauf der Zeit immer wieder ändern und verbessern. Auch als Christian selbst schrieb: „Erschrick nicht, wenn ich einmal nach Hause komme. Ich sehe ganz anders aus, aber ich bin's wirklich ...", da hatte sie nur vor sich hingelacht und sich gesagt: Sieh an, jetzt macht er schon wieder dumme Witze. Als ob ich meinen Christian nicht erkennen würde.

Das war schon vor Monaten gewesen. Und nun war der Tag gekommen, ganz plötzlich, an dem Christian Oster zurückkehren sollte aus einem Schloß, hinter dessen Mauern sich das schauerlichste Erbe des Kriegs verbarg.

Auch Oster hatte von Würzburg, wie alle der Stube B/14, ein Telegramm nach Hause geschickt. „Ankomme heute 11.23 Hauptbahnhof. Christian." Dann saß er in dem überfüllten Zug und ratterte durch die Schneelandschaft nach Norden. Und je näher er seiner Heimatstadt kam, um so mehr schnürte die Angst sein Herz ein. Über zwei Jahre ist es her, seit ich Susanne gesehen habe, dachte er. Zwei Jahre, in denen man aus mir einen anderen Menschen gemacht hat. Einen Menschen, dessen Vater das Skalpell und dessen Mutter Rollappen und Stiellappen aus Brust, Stirn und Oberschenkel waren.

Mit einer Stunde Verspätung rollte der Zug fauchend in die zerstörte Bahnhofshalle ein. Die verbogenen und zerrissenen Stahlträger wirkten gegen den Nachthimmel wie das Skelett eines zerfetzten Brustkorbes. Wenige trübe Lampen brannten auf dem Bahnsteig, über die Schneehaufen und die verharschten, ausgetretenen Pfade zum Ausgang. Ein paar Menschen standen frierend und mit zusammengezogenen Körpern in der Kälte und starrten dem Zug entgegen.

Christian Oster hockte am Abteilfenster und sah hinaus auf die näherkommende Menschengruppe. Dort ist sie, durchfuhr es ihn heiß. Dort, die kleine Frau in dem dicken Wollmantel und dem hochgeschlagenen Persianerkragen. Der Persianerkragen – er war ein Hochzeitsgeschenk ihrer Mutter, und er hatte ihr zu diesem Kragen zum ersten Weihnachtsfest in ihrer Ehe einen schwarzen Mantel gekauft. Susanne hatte den Kragen selbst daraufgenäht, und er hatte sich gefreut, wie stolz sie war, wenn die Frauen ihren Pelzkragen musterten und sie offen darum beneideten.

Der Zug hielt. Christian Oster sah, wie Susanne an der Wagenreihe entlangschaute, wie sie jeden musterte, der ausstieg, wie sie einem Soldaten entgegenlief, der mit dem Rücken zu ihr stand und wie sie enttäuscht umkehrte, als sie sah, daß es nicht ihr Christian war.

Oster stand im Gang, seitlich von der Tür, und wagte nicht, auszusteigen. Immer wieder strich er sich mit der Hand über das narbige, neue Gesicht. Als letzter kletterte er schließlich aus dem Wagen und sprang von der untersten Stufe in den Schnee. Er zog seinen schlaffen Rucksack nach, hängte ihn über den linken Arm und wandte sich Susanne zu, die noch immer den Zug entlangsah und suchte.

Einmal glitt ihr Blick auch über ihn, blieb kurz an ihm haften und irrte dann weiter.

In Oster stieg ein heißer Schrei empor, er brannte in der Kehle, trocknete den Gaumen aus und drückte wie eine stählerne Faust auf das Herz.

‚Sie erkennt mich nicht', schrie es in ihm. ‚Mein Gott, mein Gott – sie sieht mich an und erkennt mich nicht.'

Die Wagen waren leer. Die wenigen Menschen hatten den Bahnsteig verlassen. Zwei Schaffner liefen an den Wagen entlang und warfen die Türen zu. Vom Zugende schrillte die Pfeife eines Rangierers. Nur Susanne Oster und Christian Oster standen noch im Schnee unter dem Eisengerippe der Bahnhofshalle und sahen sich stumm an.

Noch einmal blickte Susanne an dem Zug entlang. Sie wartete, bis er nach hinten zum Abstellgleis weggezogen wurde und hob dann frierend und resignierend die Schultern. Sie drückte den Persianerkragen gegen das Gesicht und kam zögernd die wenigen Schritte auf Christian Oster zu. In ihren verschreckten Augen glitzerten unterdrückte, in der scharfen Kälte beinahe kristallisierende Tränen.

„Verzeihen Sie", sagte sie zu Christian Oster, „ist das der letzte Zug, der aus Würzburg kommt?"

In den Ohren Osters brauste und gellte es. Er starrte in Susannes Augen, und er sah, daß sie ihn bittend anblickten, doch ohne die geringste Regung des Erkennens. Ich bin es doch, wollte er schreien. Er wollte die Arme vorwerfen, Susanne an sich reißen, brüllen wollte er, bis das Herz aus der Kehle quoll: Ich bin es! Ich bin es! Ich bin es! Aber er blieb wie gelähmt stehen und schüttelte nur den Kopf.

„Keiner mehr?" sagte Susanne und wandte sich ab. „Danke schön. Dann wird er morgen kommen ..."

Ein paar Schritte war sie langsam gegangen, als die Erstarrung von Christian Oster wich. Mit einem gurgelnden Schrei warf er den Rucksack in den Schnee und streckte beide Arme nach der kleinen, rundlichen Frau aus.

„Susanne –", stammelte er. „Ich – ich –"

Er stürzte vor, ergriff seine Frau und riß sie an sich. Sie wehrte sich, als Christian sie küssen wollte.

„Susanne!" flehte er. „Susanne, erkenn mich doch! Meine Augen, die Haare –" Er riß die Mütze vom Kopf und stöhnte, als er die Frau wieder an sich preßte und ihre Brüste spürte und das Zittern ihres Leibes. „Susanne, ich –"

Susanne Oster krallte sich in die Schultern des Mannes. Mit weit aufgerissenen Augen starrte sie in das fremde Gesicht. Sie begriff nun. Sie sah Christians Augen, sie sah seine Haare, sie hörte seine Stimme. Und doch war es ihr, als hänge sie an einem unbekannten Mann, als wären es fremde, nicht gewollte Lippen, die über ihr Gesicht glitten und um ein bißchen Zärtlichkeit bettelten.

„Das – das bist du?" sagte sie leise.

Es war der furchtbarste Satz, der je gesprochen wurde. Sie merkte es, kaum, daß sie ihn gesagt hatte.

„Christian", sagte sie deshalb mühsam. „Christian, wie schön, daß du gekommen bist. Ich – ich habe so auf dich gewartet. Komm nach Haus."

Und sie nahm seine Hand und zog ihn mit sich fort aus dem Bahnhof. Er folgte ihr wie ein Blinder, tappend und mit leblosen Augen. Der Rucksack blieb im Schnee liegen.

Sie gingen durch die verwüstete, ausgestorbene Stadt, über Straßen, die durch Mondlandschaften zu führen schienen, durch Trümmerwüsten und ein Gebirge zerfetzter Mauern. Über eine Stunde gingen sie stumm, Hand in Hand, durch die Stadt, bis aus der Dunkelheit am Rande eines Grünstreifens das kleine Haus auftauchte. Sein Haus. Der Vater hatte mit dem Bau begonnen, und als er verunglückte, hatte er es zu Ende gebaut. An der Gartentür blieb er stehen und sah hinüber zu dem spitzen, schlanken Dach.

„Ich – ich bin es wirklich", sagte er mühsam. „Gleich hinter der Tür hängt an der Wand ein Geweih. Vater hat es geschossen, als er einmal eingeladen war. Und über dem Bogen im Flur hängt ein Schild in Brandmalerei: Gott schütze dieses Haus. Stimmt es?"

„Komm 'rein", sagte Susanne kaum hörbar. Sie wagte nicht, Christian anzusehen.

„Ich – ich bin es wirklich", wiederholte er heiser. „Ich habe doch geschrieben –"

Susanne drückte ihr Gesicht an seine schneebedeckte, eissteife Brust.

„Komm doch!" schrie sie gegen den Stoff. „Komm – ich spüre doch, daß du es bist."

Sie spürt es, dachte Oster, und wieder ergriff ihn ein heißer Schwindel. Sie spürte es, aber sie sieht es nicht mehr. O Gott – das halten wir nicht aus!

Wie ein Tanzbär, den man an einem Nasenring hinter sich herzieht, tappte er an der Hand seiner Frau durch den Vorgarten zum Haus. In der Diele sah er sich um. Das Geweih hing nicht mehr hinter der Tür, und der Spruch „Gott schütze dieses Haus" war abgenommen worden.

„Auch das ist nicht mehr da", sagte Oster laut.

Dann brach er zusammen, sank auf eine alte Truhe und weinte. Und Susanne stand vor ihm, starrte ihn an und dachte, so stark sie sich dagegen wehrte: Da sitzt er nun und weint – ein fremder Mann. Was sollte man tun?

Kurz vor Weihnachten kam Major Braddock wieder hinauf aufs Schloß und brachte eine Flasche Whisky mit. Er verband diesen Besuch mit einer Inspektion des Lazaretts und ließ sich von Dr. Stenton und Leutnant Potkins durch die halbleeren Zimmer und Säle führen.

„Langweilig, was?" fragte er Lisa Mainetti nach diesem Rundgang und goß den Whisky zwei Finger hoch in die Gläser. „Auch meine Jungs gähnen. Es scheint, als habe diese verfluchte Stube 14 so etwas wie die Funktion eines Motors gehabt. Nun ist er ausgebaut, und der Karren liegt verrostend herum."

„Ich habe immerhin noch vierunddreißig Gesichtsverletzte, die täglich versorgt und nachoperiert werden müssen." Lisa nippte an dem Whisky und sah über den Glasrand hinweg Major Braddock an. Was will er, dachte sie. Hat er Neuigkeiten von Walter Rusch? Ist etwas geschehen? Sie unterdrückte ihre aufkommende Angst und setzte das Glas ruhig zurück auf die Tischplatte. „Wird unser Lazarett eigentlich aufgelöst?"

„Vorläufig nicht. Sie werden sogar noch Zugänge bekommen. Aus anderen Lazaretten wird man Gesichtsverletzte nach Bernegg verlegen. Es spricht sich rund, welch zärtliche Hand hier Narben wegstreichelt."

„Reden Sie nicht solchen Blödsinn, Major!" sagte Lisa grob. „Ich hatte gedacht . . ."

James Braddock nickte mehrmals. Er trank mit Genuß sein Whiskyglas leer und schnalzte mit der Zunge, als wolle er ein Pferd antreiben.

„Ich weiß, daß man Ihnen nichts vormachen kann, Miß Doktor. Also gut – wir könnten eine kleine Reise machen."

„Wir?"

„Nach Darmstadt."

„Nach . . ."

„Zu Professor Rusch, richtig." Braddock goß sich wieder Whisky ein. Er vermied es, Lisa ansehen zu müssen. Er ahnte, daß ihre Sicherheit sich auflöste, daß ihr Gesicht alle Strenge und Härte verlor, und es war diese plötzliche Nacktheit ihres Wesens, die er nicht sehen wollte.

„Ich habe angefragt und eine Nachricht erhalten: Sie können vor Weihnachten Rusch besuchen und sprechen. Natürlich nur im Beisein von zwei GIs, aber immerhin –"

„Sie haben . . ." Dr. Mainetti ergriff Braddocks Hand, als er die Flasche wieder zurückstellen wollte. „Major – warum tun Sie das?"

„Verdammt – diese deutsche Gründlichkeit, immer alles analysieren zu wollen! Nehmen Sie es doch hin! Fahren wir nach Darmstadt."

„Wann?" Es war fast ein Schrei. Ein Jubelschrei.

„Von mir aus schon morgen."

„Morgen habe ich vier Operationen auf dem Plan. Übermorgen?"

„Auch gut. Übermorgen. Sie dürfen Eßbares mitbringen, was nicht in Büchsen ist."

„Eßbares? Sie sind ein Zyniker, Major." Dr. Mainetti war aufgesprungen. „Darf ich Krankengeschichten mitnehmen. . .?"

Braddock starrte zu Lisa empor. In seinem Gesicht spiegelte sich völlige Ratlosigkeit. „Krankengeschichten?"

„Ja. Und Röntgenplatten und Plastikzeichnungen und –"

„Sind Sie übergeschnappt, Miß Doktor?"

Lisa schüttelte wild den Kopf. Ihre langen, schwarzen Haare flogen über ihr schmales Gesicht wie ein schwarzer Schleier im wehenden Sturm.

„Das verstehen Sie nicht, Major. Walter Rusch ist Arzt, nichts als Arzt. Seine Welt ist der OP, sind seine Patienten, mehr als zehn Pfund Butter oder drei Brote – um es profan zu sagen –, wenn jemand in einer verzweifelten Lage zu ihm kommt und sagt: Hier sind Röntgenbilder. Was würden Sie jetzt tun, was sollen wir machen?"

Braddock schob die Unterlippe vor. Welch eine Frau, dachte er. Natürlich hat sie recht. Das richtet ihn auf, das zeigt ihm, daß er trotz allem gebraucht wird, das gibt ihm Lebensmut. „Versuchen wir es", sagte er nachdenklich. „Ich werde mit dem Kommandanten sprechen. Röntgenplatten sind ja nichts Gefährliches. Allerdings werden sie genau überprüft werden. Wegen Geheimnachrichten, verabredeter Zeichen und was es da noch alles gibt."

„Und wir fahren bestimmt übermorgen?"

„Hat James Braddock jemals sein Wort nicht gehalten, Miß Doktor?"

„Nein." Lisa breitete die Arme aus. „Ich möchte Sie küssen, Major!" rief sie voller Glückseligkeit.

„Ich bitte darum." Braddock schloß die Augen. „Ich mache die Augen zu, nicht aus Leidenschaft, sondern nur, um als Kommandant von Bernegg diese unerlaubte Fraternisation nicht sehen zu müssen."

„Sie werden einmal an Ihrem Sarkasmus ersticken, Major", lachte Lisa. Dann nahm sie Braddocks Kopf in beide Hände und küßte ihn erst auf die Stirn und dann auf die gespitzten Lippen. Braddock öffnete mit einem Lächeln die Augen.

„So hat mich meine Schwester auch immer geküßt, wenn der kleine James hingefallen war und sein Knie blutete. Aber immerhin – wenn ich im Kasino erzähle, Miß Doktor hat mich geküßt, werden die anderen platzen!" Er steckte die Whiskyflasche in seine Rocktasche und setzte seine Mütze auf. „Das sind die kleinen Freuden eines abseits abgestellten Mannes", lachte er. „Eigentlich müßte man Professor Rusch schon deswegen bestrafen, weil er von Ihnen geliebt wird. Also denn – bis übermorgen. Ich komme Sie abholen."

Der Rest des Tages war für Lisa Mainetti eine Qual. Sie wußte nicht, was sie mit ihrer Freude und ihrem Glück anfangen sollte. Sie rannte durch den kalten, verschneiten Schloßpark, umkreiste den Teich und starrte über das stille Land, bis der Frost von den Füßen her durch den Körper zog und Nase und Ohren zu jucken begannen. Da rannte sie zurück in den Block B und suchte im Zimmer Ruschs alle Röntgenplatten zusammen, die interessant waren, selbst Aufnahmen von Verwundeten, die längst entlassen worden waren. Fast die ganze Nacht hindurch schrieb sie alte Krankengeschichten ab, veränderte die Namen und schrieb nur die ersten Eingriffe hin. Alles andere, die ganze Weiterbehandlung, ließ sie offen. So schaffte sie fast „neue" Fälle, um die sie Professor Rusch um Rat fragen wollte. Gegen Morgen erst legte sie sich hin und schlief bleiern bis gegen 10 Uhr. Dora Graff weckte sie nach langem Zögern.

„Dr. Vohrer und Dr. Stenton operieren schon", sagte sie, als Lisa endlich aufwachte und sich betroffen umsah. „Sie wollten nicht, daß ich Sie weckte. Aber ich dachte –"

„Ich komme sofort!"

Lisa Mainetti sprang auf und rannte in das Badezimmer. Unter dem heißen Wasserstrahl der Brause drehte sie sich wohlig und ließ die Hitze in ihren Körper dringen.

Noch einen Tag, dachte sie, dann sehe ich Walter wieder. Ob er sich sehr verändert hat?

Sie reckte den Kopf in die dampfenden Strahlen und prustete und ließ sich von dem heißen Wasser streicheln.

Zum erstenmal gab sie vor sich selbst zu, daß sie Sehnsucht nach seiner Umarmung hatte, und es war ein herrliches Gefühl, darauf zu hoffen.

In der Kommandantur des Lagers Darmstadt saß Dr. Lisa Mainetti einsam und mit gefalteten Händen in einem kahlen

Zimmer, dessen einziger Schmuck eine an der Rückwand aufgespannte amerikanische Fahne war. Das Sternenbanner. Davor stand ein Tisch. Auf dem einzigen Stuhl saß Lisa. Sonst war der Raum leer.

Major Braddock hatte sie allein gelassen und war mit dem dicken Paket aus Röntgenplatten und Krankengeschichten irgendwo in den weitverzweigten Zimmern verschwunden. Dort saßen jetzt voraussichtlich einige Abwehrexperten und studierten die Papiere, sekundiert von Major James Braddock, der die Gefahrlosigkeit der Schriftstücke und Röntgenfilme immer wieder beteuerte.

Von dem großen Lager hatte Lisa auf der Hinfahrt kaum etwas gesehen. Ein Wall von hohem Stacheldraht, einige Wachtürme, viele Baracken, ein Gewimmel von braunen amerikanischen Uniformen und riesige Wagenkolonnen, die meistens von Negern gefahren wurden. Sie mußten drei Kontrollen passieren, bis sie vor dem Stellvertreter des Kommandanten standen. Es war ein sehr wortkarger, zugeknöpfter, jüngerer Offizier, der Lisa Mainetti ohne viel Worte in den kahlen Raum führen ließ und sie dort allein in eine Qual von Hoffnung und Angst stieß.

Auch Professor Rusch in Camp III erfuhr nichts von diesem Besuch. Er hatte dienstfrei und brauchte heute nicht in das Lagerlazarett. Dort arbeitete auch Dr. Fred Urban, ein bißchen weniger arrogant, aber immer noch eingepreßt in seinen unverlierbaren Charakter: Was auch immer im Lazarett geschah – er meldete es gewissenhaft weiter an die Lagerleitung. Zwar stand eines Morgens an sein Bett mit Schuhkrem gemalt: „Du Schwein", aber darum kümmerte man sich weniger als um die Frage: Wie kommt die Schuhkrem in das Lager?

Für Professor Rusch hatte man sich eine besondere, „weichmachende" Arbeit gedacht: Er mußte in dem Team Urbans arbeiten, nicht als Chef, sondern als Assistent. Der Teamchef war Dr. Urban. Zwar vermied es Urban immer, mit Rusch zusammenzustoßen. Er gab ihm weder Anweisungen, noch wehrte er sich, wenn Rusch ihn einfach zur Seite schob und an seiner Stelle operierte – aber allein die Gegenwart Urbans war Rusch eine Qual, und Urban spürte es und beobachtete Rusch wie eine Katze die Maus.

An diesem Tag saß Rusch vor einer Waschschüssel und wusch sein altes Hemd. Er hatte einen Seifenrest aus dem Lazarett mitgebracht – und dieses winzige Stückchen Seife wanderte nun von Hand zu Hand und erzeugte herrlichen Schaum, in dem Hemden, Unterhosen, Taschentücher und Strümpfe gewaschen wurden. Das gebrauchte Waschwasser wurde dann weiterverkauft, für ein paar Zigaretten, für ein paar Kekse, bis die Lauge schwarz war und in die Latrine gegossen wurde.

„Mitkommen zum Kommandanten!“ sagte ein junger GI zu Professor Rusch, als er gerade sein Hemd zum Trocknen aufhängen wollte. Rusch hob die Schultern und zeigte auf das nasse, tropfende Wäschestück.

„Wie?“ fragte er. „Ich habe nur das eine Hemd! Ich kann doch nicht . . .“

„Let's go“, sagte der junge Soldat und winkte energisch.

„Aber ich kann doch nicht mit nacktem Oberkörper zum Kommandanten!“

„Schnell, schnell!“ rief der Soldat ungeduldig.

Professor Rusch hob noch mal resignierend die Schultern. Er zog seine Jacke über, schlug die Revers und den Kragen hoch, hielt sie mit beiden Händen vor der Brust zu und folgte dem GI durch die verschneiten Campgassen zur Kommandantur. Dort stand er in dem langen Flur, lehnte sich an die warme Holzwand und strich sich mit gespreizten Fingern mehrmals durch die Haare, um etwas Ordnung in das verwehte, nasse Gestrüpp zu bringen.

Aus einer Tür kam Major Braddock. Er stutzte, als er Rusch stehen sah, und kam dann überrascht mit schnellen Schritten auf ihn zu.

„Professor, Sie? Schon da?“

„Major Braddock! Sie hier? Hat man Sie versetzt?“

Braddock drückte Rusch beide Hände. Dabei fielen die Revers herunter, und der Major sah erstaunt die nackte Brust unter der Jacke.

„Was ist denn das?“

Rusch lächelte schwach. „Ich hatte mein Hemd gewaschen und zum Trocknen aufgehängt, als man mich holte.“

„Ich werde Ihnen sofort ein neues Hemd besorgen, Professor.“ Braddock sah den jungen GI an, der starr geradeaus sah, als höre er nichts und sei aus Wachs. „Hatten Sie tatsächlich nur ein Hemd mit?"

„Vier, Major."

„Und die drei anderen?"

Rusch senkte den Kopf. „Ich hatte Hunger", sagte er leise. „Ich habe sie gegen Brot eingetauscht."

Braddock schwieg. Er starrte Rusch einen kurzen Augenblick an, wandte sich dann ab und stampfte durch den langen Gang davon. Ein Leutnant kam aus einem der vielen Zimmer und winkte dem GI. „Professor Rusch?" rief der junge Offizier.

„Ja", rief Rusch zurück.

„Okay! Zimmer sechs. Eine Stunde."

Die Tür klappte wieder zu. Verwundert sah Rusch sich um.

„Was ist eine Stunde?"

Der GI winkte mit starrem Gesicht. „Go on." Er ging bis zur Tür Nr. 6 und stieß sie auf. Rusch folgte ihm langsam, vorsichtig, wie ein sicherndes Wild. Ein neues Verhör, dachte er. Hat Urban wieder eine Lüge verbreitet? Will man mich auf „humane" Art weichmachen zu einem sinnlosen Geständnis? Soviel wurde in den Camps erzählt von erlaubten Methoden, die jeden an den Rand des Wahnsinns bringen. Gehirnwäsche nennen sie es.

Das erste, was Rusch in dem Zimmer sah, war eine ausgespannte Fahne an der Wand. Dann bemerkte er einen Tisch. Er war leer und ein wenig staubig. Was soll das alles, dachte er verblüfft. Er trat in das Zimmer, schnell, um zu zeigen, daß er die Angst überwunden hatte.

Vor ihm schnellte etwas hoch. Es geschah so plötzlich, daß er gar nicht wahrnahm, was es war. Aber einen Schrei hörte er, und er erkannte die Stimme, noch bevor seine Augen die Gestalt der Frau erkannt und er ihre Arme warm und zärtlich um seinen Nacken spürte.

„Lisa", stammelte er. „Lisa. Ist das denn wahr, Lisa?"

Der junge GI hatte die Tür geschlossen und stand wie ein Pfahl an der Wand. Mit unbewegtem Gesicht sah er zu, wie sich der weißhaarige Mann und die schöne, schwarzlockige Frau küßten, immer und immer wieder, er beobachtete, wie Rusch sie zurück zum Stuhl führte und die Frau kraftlos darauf niedersank und ihren Kopf in seine Hände legte.

„Du bist gekommen", sagte Rusch stockend. „Wie schön ist das, wie schön."

„Wie – wie dünn du geworden bist." Lisa strich mit den Fingern über seine nackte Brust und tastete über die aus der Haut stechenden Rippen. „Wie geht es dir, Walter? Hast du großen Hunger? Behandelt man dich gut? Du hast doch keinem etwas getan, du hast doch nur allen Menschen geholfen."

„Darauf kommt es jetzt nicht an, Lisa." Er setzte sich auf den Tisch und schlug Kragen und Revers der Jacke wieder hoch. „Wieso konntest du hierherkommen?"

„Braddock hat es möglich gemacht."

„Ich glaube, er ist unser einziger Freund."

„Er wird dich auch wieder herausholen aus diesem Lager."

Rusch schüttelte den Kopf. „Ich glaube es nicht mehr, Lisa..."

„Aber du hast doch niemals ..."

„Urban hat einen Eid geleistet."

„Solch ein Lump!" Lisa sprang auf. Ihr Gesicht flammte auf, und sie ballte die Fäuste vor ohnmächtiger Wut. „Und was hast du getan?"

„Was sollte ich tun? Ich habe einen Gegeneid geleistet. Aber man glaubt anscheinend Urban." Rusch senkte den Kopf. „Sie geben ihm in kleinen Dosen Morphium. Dafür sagt er alles, was gewünscht wird, und beschwört es auch. Natürlich wird sich alles als sinnlos herausstellen – aber wann, Lisa, wann? Es kann noch Monate dauern, bis man alle Listen durchgegangen ist, die sich mit KZ-Ärzten und Euthanasiebeauftragten beschäftigen. Und das ist es ja, was Urban beschworen hat: Ich soll bei einer dieser Euthanasiekommissionen mitgewirkt haben." Rusch hob beide Arme und ließ sie resigniert wieder herabfallen. „Ich habe keine Gegenbeweise. Ich kann immer nur wiederholen: ‚Ich bin es wirklich nicht.'"

„Ich bin es nicht?" sagte Lisa atemlos. „Was heißt das?"

Rusch schluckte mehrmals, ehe er weitersprach. „Es gab einen Dr. Rusch bei diesen Kommissionen."

„Walter!" rief Lisa Mainetti entsetzt.

„Man hat es mir gezeigt. Diagnosen und Empfehlungen, unterschrieben mit Rusch. Ich habe meine Unterschrift als Gegenbeweis gegeben. Man sagt, ich verstelle meine Schrift jetzt.

Ich habe zu beweisen versucht, daß dieser Dr. Rusch neun Jahre jünger ist als ich. Man sagt: ‚Sie haben jetzt gefälschte Papiere. Alle Nazis haben falsche Papiere. Sie sind dieser Rusch. Sie haben Verbrechen gegen die Menschlichkeit begangen. Gestehen Sie!‘ Ich habe gerufen: ‚Dieser Rusch ist doch Psychiater – ich bin Chirurg!‘ Und man hat mir geantwortet: ‚Alles Tarnung. Nirgendwo steht, daß dieser Rusch Psychiater ist.‘ Und Urban, dieses Schwein, beschwört, daß ich dieser Dr. Rusch bin.“

Major Braddock kam ins Zimmer. Er hatte ein grünes amerikanisches Hemd über dem Arm und einen wütenden Ausdruck im Gesicht.

„Diese sturen Gehirne!“ schrie er bei offener Tür. „Ich weiß, was man Ihnen vorwirft, Professor. Idioten sind das! Aber sie lassen nicht mit sich reden. Sie wollen für das Geld, das man ihnen zahlt, auch was tun. Also machen sie Mist. Nachher entschuldigen sie sich und werfen Sie auf die Straße. Sie werden sehen, so kommt es! Nur weil es zwei Ruschs gibt, spielen sie verrückt. Dabei stehen Sie auf der Liste jener Personen, denen wir ein Angebot für die USA machen wollen. Ein Freundesangebot! Es sollte mich nicht wundern, wenn dieser andere Rusch in die Staaten fährt. Es ist zum Kotzen mit der Militärbürokratie!“

Er warf Rusch das olivenfarbene Hemd hin und nickte. „Ist ganz neu. Ziehen Sie es an, Professor!“

„Morgen wird man es mir wieder abnehmen.“

„Ich habe es gekauft.“

„Das weiß aber der Campleutnant nicht!“

„Dann lasse ich Ihnen mit Farbe auf den Rücken schreiben: Dieses Hemd kaufte Major James Braddock!“ brüllte der Major.

Zwei junge Offiziere kamen ins Zimmer. Sie trugen einen Stapel Schriftsachen und warfen sie auf den Tisch.

„Okay!“ sagte der eine. „Sie können fragen, Miß Doktor.“

Rusch starrte auf die Röntgenplatten, die neben seinen Händen lagen. Er erkannte die Formulare, auf denen man die Krankengeschichten schrieb, und seine Hand tastete langsam nach einem der großen entwickelten Filme.

„Was – was soll das, Lisa?“ fragte er vor innerer Erregung.

„Die neuen Krankengeschichten, Walter“, sagte Dr. Mainetti fest. „Ich wollte sie dir zeigen und dich um Rat fragen. Manchmal komme ich nicht mehr weiter. Du fehlst uns überall.“

Major Braddock zog die Luft laut durch die Nase ein. Er sah, wie die Augen Ruschs sich belebten, wie er über die Zeilen der oberen Krankengeschichte las und wie sein Gesicht sich straffte und so etwas wie eine leichte Röte durch die bleiche Haut schimmerte. Wie gut sie ihn kennt, diese Frau, dachte er. Man muß ihn wirklich beneiden, ohne sich dafür zu schämen.

„Noch eine halbe Stunde habt ihr“, sagte Major Braddock. „Ich will sehen, ob ich diese sturen Hunde nicht doch zum Bellen bekomme.“

Dann waren sie wieder allein, nur der stumme Posten stand an der Tür, unbeweglich, mit starrem Gesicht, wie hingemalt. Er störte nicht, er war ein Teil des Zimmers wie das ausgespannte Sternenbanner an der Wand.

Aufmerksam las Rusch die einzelnen Krankengeschichten und hob die Röntgenplatten gegen das Licht, das fahl durch das schmale Fenster drang. Nach der vierten Platte lächelte er leicht vor sich hin. Er erkannte sie wieder, auch wenn die Namen weggewischt und durch neue ersetzt worden waren. Sein bewundertes Gedächtnis hatte nicht gelitten. Dies war der Mann aus Dresden, dachte er, als er eine neue Platte hochhielt. Ich habe ihm ein neues Schläfenbein gemacht. Und das hier ist ein Unteroffizier aus Wuppertal gewesen. Ein schwerer Fall. Neben dem Unterkiefer war der Oberkiefer gespalten, als habe ein Beil ihn durchhackt. Der ganze Nasenraum hatte offen gelegen.

Liebe, liebe Lisa – es ist ein herrlicher, ein das Herz weitender Betrug. Ich danke dir dafür.

„Wann eingeliefert?“ fragte er und spielte die Komödie mit.

„Vor neun Wochen. Aus einem anderen Lazarett.“

„Ein schwerer Fall, Lisa.“

„Darum komme ich ja zu dir, Walter. Nur du kannst hier raten, was ich tun soll.“

Er nickte, legte die Röntgenplatte vorsichtig auf den Tisch zu den anderen zurück und küßte Lisa mit einer zitternden, fast vergehenden Innigkeit.

„Du bist alles, was ich jetzt noch habe“, sagte er leise. „Und doch fühle ich mich reicher als je zuvor. Und stärker, Lisa. Viel, viel stärker.“

Erich Schwabe besuchte drei Tage nach seiner Heimkehr Karlheinz Petsch in dessen Kellerwohnung. Petsch hatte sich seit diesem Abend nicht wieder bei den Schwabes sehen lassen. Da der Frost gekommen war, ruhte auch die Bauarbeit an der Schwabe-Wohnung. Petsch verputzte in Köln warme Innenräume gegen Brotmarken, Raucherkarten und Speck. Er fuhr mit einem eingetauschten Fahrrad bis ins Vorgebirge und reparierte die Ställe der von der Kriegswelle überrollten Bauern. Abends kam er mit prallem Rucksack auf dem Gepäckständer zurück und bestellte die Baustofflieferanten zu sich. Es war ein reges und fruchtbares Geschäft.

„Wir sollten uns zusammentun“, sagte Erich Schwabe, nachdem er von Petsch einen Schluck echten französischen Cognac bekommen hatte. „Maurer und Glaser, das paßt zusammen. Ich habe mit Uschi über alles gesprochen. Du hast dich gut benommen, Kumpel. Es wird mal die Zeit kommen, wo ich dir das danken kann.“

„Halt's Maul und sprich nicht solchen Blödsinn.“ Karlheinz Petsch scharrte mit den Füßen. Alles wird sie ihm nicht erzählt haben, dachte er. Warum auch? Und es wird sich noch manches ändern in den nächsten Monaten. Bei aller Liebe kann Uschi mit solch einem Gesicht nicht zusammenleben. Es wird genau so kommen, wie ich's gesagt habe. Dafür werden schon die anderen sorgen.

„Wie ist's denn mit Glas?“ fragte er.

Schwabe hob die Schultern. „Ich will sehen, ob die alten Lieferanten –“

„Die blasen dir quer durch den Hintern, Kumpel. Ohne Kompensation ist nichts mehr auf der deutschen Welt. Komm her! Hier sind zwei Pfund Speck. Ich pump' sie dir als Anfangskapital. Damit gehste zu deinen Scheichen und winkst ihnen damit unter der Nase. Und sagst: Ich brauche soundsoviel Glas. Oder ich fress' das Zeug allein! Du sollst sehen wie die in die Ecken kriechen und dir das Glas hinhauen. Und übermorgen fährste mit nach Pfeffern. Ein Bauer will da ein Hühnerhaus gebaut haben. Hühnerhaus – hörste die Glocken läuten? Mensch, Erich – das wäre gelacht, wenn wir nicht auf alle vier Beine fallen, was?“

Mit zwei Pfund Speck in der Hand kroch Erich Schwabe wieder aus dem Keller.

Es gibt noch Kameraden, dachte er froh.

16

Ursula hatte die Zeit von Erich Schwabes Besuch bei Karlheinz Petsch genützt, um mit Erichs Mutter die unmögliche Situation durchzusprechen. In den vergangenen drei Tagen hatten sie keine Gelegenheit dazu gehabt. Erich war immer um sie gewesen. Nach den Monaten der Trennung war es, als wolle er keine Minute mehr verschenken, in der er Ursula oder seine Mutter nicht sah.

Noch in der Nacht seiner Rückkehr hatte Frau Schwabe ihren Sohn mit dem erfreut, was er sich über ein Jahr lang immer als „Heimkehrmahlzeit“ gewünscht hatte. Sie hatte Kartoffeln geschält und gerieben und ihm einige Pfannen voll Reibekuchen gebacken. Dazu gab es Apfelmus, aus den Äpfeln gekocht, die Petsch im Herbst aus dem Vorgebirge mitgebracht hatte.

„Es war vor Weihnachten“, sagte Frau Hedwig Schwabe und schob eine neue Pfanne Reibekuchen auf Erichs Teller, „ich war bei dir in Bernegg, da war ein neuer Angriff auf Köln, und dieser Petsch suchte Schutz hier im Keller. Damals war er noch Feldwebel und auf Urlaub. Tja, und seitdem kennt er uns. Er hat viel für Ursula und mich getan.“

Erich Schwabe nickte und legte den Arm um Uschis schmale Schulter. „Es war gut, daß ihr nicht allein wart“, sagte er glücklich. „Ich will in den nächsten Tagen mit ihm reden und ihm sagen, daß sich nichts geändert hat. Wir werden jetzt das Haus zusammen aufbauen.“

Das war es, was Ursula nun herausschrie, kaum daß Schwabe den Keller verlassen hatte.

„Es geht nicht, Mutter. Es geht einfach nicht. Einmal wird

er es erfahren. Karlheinz muß in eine andere Gegend ziehen, es gibt doch soviel Möglichkeiten für ihn."

„Wir können ihn nicht dazu zwingen."

„Aber bitten! Anflehen! Erich darf es nie, nie erfahren!"

Frau Hedwig Schwabe sah starr auf ihre verarbeiteten, faltigen Hände, sie wußte, welchen Schock es auslösen würde, wenn die Wahrheit an den Tag käme. Und sie selbst hatte keine Entschuldigung für die Monate, in denen sie die Gegenwart Petschs ertragen hatte. Sie hatte zwar aufgepaßt, und sie wußte, daß zwischen Ursula und ihm nichts mehr gewesen war, nur noch die Erinnerung an das, was aus der Angst des Alleinseins geboren worden war. Aber verstand das ein Mann wie Erich? Als dann Petsch immer wieder kam, trotz viermaligen Hinauswurfs, und als er anfing, die Steine zu klopfen und die Trümmer zu planieren, als die erste neue Mauer stand – da hatte auch Hedwig Schwabe ihren Widerstand aufgegeben. Außerdem hatte sie Hunger, und Petsch brachte jeden Tag etwas in den Keller: Butter, Eier, Schinken, Schmalz, Kartoffeln, Brotmarken, Kuchen, frisches Gemüse, einmal einen Sack mit zehn Köpfen Blumenkohl, Sauerkraut, rote Rüben und einen Sack mit Rohzucker. Und jedesmal hatte Frau Schwabe gesagt: „Nehmen Sie es mit – wir sind nicht käuflich!" Und Petsch hatte ebenso regelmäßig die Dinge einfach im Keller liegen lassen und gewußt, daß Frau Schwabe nach zwei Stunden resignierend die Schultern heben und zu kochen und einzumachen beginnen würde.

Schließlich war es zur Gewohnheit geworden. Petsch sorgte für Ursula und Frau Schwabe wie ein Sohn und Ehemann, er aß mit ihnen, verbrachte seine Freizeit mit ihnen, wanderte sonntags mit ihnen in den Grüngürtel und war bei Schwabes das, was man „zu Haus" nennt.

Der Gedanke, was werden würde, wenn Erich Schwabe zurückkehrte, stand als große Frage vor ihnen in all den Monaten. Aber niemand sprach ihn aus. Nur einmal sagte Petsch zu Ursula: „Ich werde das Kind wie mein eigenes lieben." Und Ursula hatte geantwortet: „Ich will davon nichts mehr hören. Ich liebe Erich. Nur Erich – damit du's weißt!"

Nun war Erich Schwabe zurückgekommen, ein Mensch ohne Gesicht, dessen Zukunft nur auf Liebe und Vertrauen baute, ein Mann, so voll kindlicher Freude, daß einem bei seinem Anblick das Herz stockte, wenn man darüber nachdachte, was man ihm verschwieg.

„Erich wird mit Karlheinz Freundschaft schließen", sagte Hedwig Schwabe langsam. „Was gewesen ist – wir sollten es alle vergessen, Uschi. Man kann es nicht ungeschehen machen, aber man kann die Erinnerung daran in sich abtöten."

„Nicht, wenn ich ihn täglich sehe!" rief Ursula verzweifelt.

Frau Schwabe hob hilflos die Hände. „Was sollen wir denn sonst anderes tun?"

„Wenn ich es ihm sage?"

„Nicht jetzt. Vielleicht später. Er ist so glücklich."

„Wir werden ein Kind haben, Mutter. Um des Kindes willen wird Erich . . ."

Frau Schwabe senkte den Kopf und schlug beide Hände vor das Gesicht. „Ich weiß es nicht", stöhnte sie. „Es ist so furchtbar. Auch ich habe mich falsch benommen. Ich habe ja auch Schuld. Ich weiß wirklich nicht, was ich tun soll."

„Es gibt nur eine Möglichkeit: Karlheinz muß wegziehen!"

„Aber er wird nicht gehen."

„Ich werde ihn zwingen."

„Wie?"

„Ich werde ihm sagen, daß ich Erich alles beichten werde."

„Darauf wartet er ja nur."

„Dann werde ich ihn mit einem Stein erschlagen!" schrie Ursula. „Ich lasse mir mein Glück nicht nehmen." Und plötzlich weinte sie und lehnte den Kopf an die feuchte Kellerwand. „Was habe ich denn getan?" schluchzte sie. „Es war doch nur aus Verzweiflung. Ich wußte ja gar nicht, was ich tat. Ich wollte nur etwas Wärme haben, das Gefühl, nicht allein zu sein – und du, du bist schuld daran!"

„Ich?" Frau Schwabe sprang auf.

„Ja, du! Warum hast du mich nicht mit nach Bernegg genommen? Kein Vertrauen hattest du zu mir. Allein wolltest du zu Weihnachten mit Erich sein! Egoistisch warst du – nur dich und deinen Sohn hast du gesehen, und ich war ein Nichts in diesem Augenblick. Ein in die Ecke gekehrter Dreck. Ich habe das gefühlt, und ich hatte Angst – vor den Nächten, vor den Tagen, vor der Zukunft und vor euch. Und da ist es geschehen!"

Sie warf sich auf das Bett und vergrub das Gesicht in das Kissen. Hochaufgerichtet, steif, stand Hedwig Schwabe im Keller. Die Anklage Ursulas war ihr geheimes, nun laut gewordenes Schuldbekenntnis. Es gab keine Erwiderung mehr darauf.

„Es ist gut", sagte Frau Schwabe mit fester Stimme. „Ich werde gehen. Ich werde Platz machen. Eine alte Frau mehr oder weniger – was spielt das für eine Rolle? Aber ihr seid jung, ihr habt das Leben noch vor euch, und das Kind braucht euch, so wie Erich einmal mich gebraucht hat. Ich gehe gleich."

„Das ist doch Dummheit, Mutter."

„Nein, nein. Wenn es Erich einmal erfährt – ich nehme die Schuld auf mich. Ich bin eine alte Frau, mir wird man verzeihen. Und wenn nicht – was kümmert's mich? Ich habe das Leben hinter mir. Auf mich kommt es nicht an. Die Hauptsache ist, daß ihr glücklich werdet."

Frau Schwabe packte ihren Koffer, als Erich von Karlheinz Petsch zurückkam.

„Was ist denn das?" fragte er und sah hinüber zu Ursula, die mit verquollenen, roten Augen kläglich auf dem Bett saß.

„Ich ziehe um", sagte Frau Schwabe.

„Bist du verrückt?" Erich Schwabe nahm den halb gepackten Koffer und warf ihn zwischen Kleiderspind und Bett. „Was soll der Unsinn? Habt ihr Krach gehabt?"

„Nein. Aber der Keller ist zu klein." Frau Schwabe drehte ihrem Sohn den Rücken zu. „Und wenn das Kind kommt . . . Ich kann bei einer Freundin wohnen, ganz in der Nähe. Glaub mir, es ist besser so."

„Wir reden nicht mehr darüber, Mutter, verstanden?" Erich Schwabe legte sein Paket mit den zwei Pfund Speck auf den Tisch. „Und wegen des Platzes – auch das ist geregelt. Wir werden tauschen."

„Tauschen?"

„Karlheinz hat sich seinen Keller fabelhaft ausgebaut. Drei Räume hat der Lümmel, fast komfortabel. Er ist bereit, mit uns zu tauschen und in unseren Raum zu ziehen."

„Unmöglich!" rief Ursula entsetzt.

„Aber warum denn? Ein solches Angebot, Uschi! Karlheinz ist ein wirklicher Freund."

„Es geht nicht", sagte Ursula. „Es geht einfach nicht."

„Nur vorübergehend. Bis wir oben unsere Wohnung stehen haben. Im Frühjahr ziehen wir alles hoch. Und für Petsch bauen wir eine Wohnung mit. Ehrensache!"

Frau Schwabe hob beide Arme. „Es muß wohl so sein", sagte sie starr. „Es ist ein Teufelskreis."

„Wieso ein Teufelskreis?" fragte Erich Schwabe verblüfft.

„Ich kann diesen Petsch nicht sehen!" schrie Ursula grell. „Ich ekle mich vor ihm!"

„Aber er ist doch ein fabelhafter Kamerad", sagte Erich hilflos. „Schon morgen könnten wir umziehen. Wer macht uns heute schon noch so ein Angebot?"

„Laß uns hier wohnen bleiben", flehte Ursula. „Der Keller ist groß genug. Auch wenn das Kind kommt."

„Ich verstehe euch nicht!" Erich Schwabe zog seine Jacke aus und warf ein paar Kohlen in den blubbernden Eisenofen. „Karlheinz' Keller ist wärmer, er hat ihn sogar mit Platten isoliert. Und Mutter kann einen eigenen Raum haben. Und sogar heißes Wasser hat er. Irgendwo hat er einen elektrischen Boiler ausgebaut und sich damit eine Duschanlage gebaut. Das alles stellt er uns zur Verfügung. Und da soll ich nein sagen? Ursula kann das Kind baden, und das Kleine liegt dann wenigstens an keiner feuchten Kellerwand."

„So ist es!" sagte Frau Schwabe laut. Sie winkte energisch ab, als Ursula etwas dazwischen rufen wollte. „Ganz gleich, was ist – wir ziehen morgen um! Es wird alles so kommen, wie es kommen muß."

„Warum hilfst du mir nicht, Mutter?" schrie Ursula. Ratlos starrte Erich Schwabe zwischen den beiden Frauen hin und her. Er verstand nichts und begriff nicht die glühende Erregung, die in Uschi brannte. Frau Schwabe schüttelte wild den Kopf.

„Können wir etwas ändern?" rief sie hart. „Es geht alles seinen Lauf – aber wir haben drei warme, ausgebaute Räume."

„Und sogar einen Kachelofen."

„Na also. Morgen ziehen wir um!"

In der Nacht lag Ursula schlaflos neben ihrem Mann und starrte gegen die dunkle Kellerdecke. Angst lag wie lähmender Frost in ihrem Körper. Sie wußte, daß man heute eine langsam glimmende Zündschnur angesteckt hatte.

Bis kurz vor Weihnachten hatte sich die Stube B/14 wieder zusammengefunden. Zwar nur mit Kartengrüßen, aber über alle Entfernungen hinweg waren die Brücken geschlagen worden. Nur von Walter Hertz war keine Nachricht gekommen. „Det is klar", schrieb der Berliner aus dem Harz, wo er seine Mutter gesund wiedergefunden hatte. „Der flittert im siebten Himmel. Alleene mit det Mä'chen – habt Verständnis, Jungs!"

Kaspar Bloch und Fritz Adam hatten schon Verbindung mit den Universitäten aufgenommen. Sie konnten sofort studieren. Christian Oster schrieb eine kurze Karte: „Mir geht es gut. Das Wetter ist schrecklich. Wie geht es euch? Gruß Christian." Weiter nichts, eine nichtssagende, dumme Nachricht, mit der niemand etwas anzufangen wußte. Am ausführlichsten, aber auch am unleserlichsten schrieb der Wastl Feininger. Mit Negern war nix, berichtete er. Die Resi war treu geblieben, was ihn sehr verwunderte, denn früher – Sakrament, da stand's Kammerfensterl bei der Resi immer offen. Im übrigen aber hatte die Sau geferkelt, das letzte, übriggebliebene Schwein, und man habe von dem Wurf nur sechs angegeben, aber neun waren's. Also würde es bald ein Spanferkelchen geben, heimlich im Stall gebraten, und wer kommen wolle, der solle nur anrücken. Beim Wastl brauchte keiner zu hungern, keiner aus Bernegg.

Auch an Dr. Lisa Mainetti hatten sie geschrieben. Als habe man es abgesprochen, kamen die Grüße und Weihnachtswünsche fast gleichzeitig auf Schloß Bernegg an. Der Wastl schickte sogar ein Päckchen mit zwei Würsten und einem tellergroßen Handkäse. Aber auch hier fehlte eine Nachricht von Walter Hertz. Lisa hatte alle Briefe und Karten sortiert und war sehr nachdenklich geworden. Sie glaubte nicht an alles in Vergessenheit tauchende Flitterwochen, sie empfand ein ungutes Gefühl, wenn sie an Walter Hertz dachte, an diesen großen Jungen mit der so zarten, zerbrechlichen Seele, den niederdrückenden Komplexen und der Angst vor der Zukunft, die vor ihm wie eine unerforschte Wüste lag.

Am Heiligen Abend kam James Braddock hinauf nach Schloß Bernegg. Er hatte die Offiziersmesse verlassen und war mit dem Jeep allein losgebraust, in einer halsbrecherischen Fahrt den glatten Bergweg hinauf. Er platzte in die einfache

Weihnachtsfeier des Lazaretts hinein. Die Patienten saßen um einen geschmückten Baum und packten die Geschenkpakete aus, der Pfarrer von Bernegg hatte eine Andacht gehalten, und nun bimmelte die kleine Glocke auf der Schloßkapelle hinaus in die Heilige Nacht, eine winzige, helle Stimme, die hinunter bis in die kleine Stadt flog. Ein anderer Glöckner zog nun an dem alten Seil, der Mann mit dem halben Gesicht war auch entlassen worden und lebte irgendwo in Hessen.

„Merry Christmas!" rief Major Braddock, als er Lisa Mainetti ein kunstvoll verschnürtes Päckchen überreichte. Es war mit Stanniolbändern umwickelt und mit einer großen, dicken Schleife verziert.

Sie saßen in einer Ecke des großen Gemeinschaftsraums, vier Verwundete schöpften aus großen amerikanischen Thermoskesseln ein Festessen aus – eine dickflüssige, rosa Rosinensuppe. Dazu gab es Kekse und eine Fruchtstange. Im Nebenraum wartete eine andere Überraschung, die man erst nach dem Auftragen des aus Preßtee hergestellten Tees verraten wollte: zehn Marzipantorten, die von der amerikanischen Unteroffiziersmesse aus Bernegg heraufgeschafft worden waren.

„Ich habe auch ein Geschenk für Sie, Miß Doktor", sagte Major Braddock etwas stockend.

„Ich pack' es gleich aus."

Braddock hielt Lisas Hand fest, die das Päckchen aufschüren wollte. „Nicht das Paket, das ist unwichtig. Ich habe eine Nachricht für Sie, die Sie erfreuen wird: Ich werde in Kürze versetzt werden."

Aus Dr. Mainettis Hand fiel das Päckchen auf den Tisch zurück. „Das – das nennen Sie eine Bescherung, Major?"

„Ich dachte, es würde Sie freuen, mich nicht mehr zu sehen."

„Sie wissen genau, wie ich – wie sehr ich ..." Dr. Mainetti schwieg. Braddock nickte wehmütig.

„Unsere herrliche Haßliebe, Miß Doktor. Was wird nun aus ihr? Ich gehe zurück in die Staaten. Dort habe ich eine nette kleine Farm, auf der ich mein Leben beenden werde. Mammi wartet schon auf mich, und sie wird mir jeden Morgen eine Pfanne voll Spiegeleier mit Speck braten, dazu Toast und Tomatensaft, eisgekühlt, eine Kanne Nescafé und hinterher eine lange Virginia. Und dann werde ich tagsüber über die Weiden reiten oder in den Ställen herumlungern, allen im Wege sein, und abends kommen die Nachbarn, die Burns und Welles, die Smiths und Fairwells, und wir spielen Bridge bis zum Umfallen, und ich erzähle von den Tagen in Old Germany. Ist das nicht ein herrliches, beschauliches Leben? Es ist die Sehnsucht von Millionen, die es nicht kennen: ein Häuschen, ein Frauchen, ein paar Enkelchen und viel, viel Zeit. Und meinen Whisky muß ich heimlich in einer Stallecke trinken. Die Flasche verstecke ich immer in der Futtertruhe unter den geschnitzelten Rüben."

Dr. Mainetti lachte auf. „Das sollte man sich ansehen: Der starke Major Braddock schleicht sich heimlich in den Stall und trinkt zitternd seinen Whisky an der Schweinetruhe."

„So hat jeder vom Leben seinen Teil mitbekommen." James Braddock legte die Hand auf Lisas Arm. Es waren kalte, harte Finger. „Ich muß Ihnen etwas sagen, Miß Doktor."

„So ernst, Major?"

„Man sollte Sinnlosigkeiten immer ernst nehmen, dann geschähe weniger Unglück auf der Welt. Vor allem ist es gut, wenn man rechtzeitig erkennt, daß es Sinnlosigkeiten sind."

„Und Sie haben da etwas erkannt?"

Es sollte spöttisch klingen, aber Braddock spürte in diesen Worten dennoch so etwas wie Mitgefühl. Er nickte mehrmals.

„Eben weil es Sinnlosigkeiten sind, kann ich es Ihnen jetzt unbefangen sagen: Ich habe mich in Sie verliebt, Lisa."

„Ich weiß es, Major", sagte Dr. Mainetti schlicht.

„Sie haben es gewußt?"

„Man sollte es nicht glauben – aber ich bin eine Frau! Unausgesprochene Wünsche spüren wir, als seien sie laut gesagt. Ich habe Sie immer bewundert, Major, wie tapfer Sie alles hinunterschluckten, was Ihnen schon in der Kehle steckte."

„Ich habe im stillen Professor Rusch immer schon gehaßt. Ihretwegen, Lisa."

„Aber Sie waren klug genug, zu erkennen, daß Sie gegen Rusch nicht ankommen konnten."

„Ich habe mich gezwungen, das zu ertragen. Zum letztenmal war es, als wir im Lager Darmstadt waren. Nicht Ihretwegen oder Ruschs wegen waren wir dort. Ich wollte mich von dem Wahn heilen, Sie jemals zu besitzen." Braddock sah auf seine

Hände. „Es war eine gute Therapie", sagte er leise. „Ein radikaler chirurgischer Schnitt. Nun, da ich bald zurück in die Staaten fahre, kann ich Ihnen das alles sagen, ohne rot oder verlegen zu werden wie ein verliebter Schüler."

Sie schwiegen und dachten beide an die Wochen und Monate, die hinter ihnen lagen. Das Erleben eines ganzen Menschenalters war in diese Monate zusammengepreßt worden, sie würden sie nie vergessen können.

„Haben Sie etwas Neues von Rusch erfahren?" fragte Dr. Mainetti in die Stille hinein. Braddocks Kopf zuckte hoch. Aus seinen Gedanken gerissen, starrte er Lisa verwirrt an.

„Von Rusch? Nein, nein – nichts!"

„Er hat nicht zu Weihnachten geschrieben."

„Vielleicht kommt die Post zwischen Weihnachten und Neujahr."

Er hielt wieder Lisas Hand fest, als sie erneut zu dem Päckchen griff und die Stanniolbänder lösen wollte.

„Bitte erst, wenn ich wieder fort bin", sagte Braddock hart.

„So geheimnisvoll?" Sie wog das Päckchen in der Hand. „Es ist leicht. Darf ich raten?"

„Bitte."

„Seife, Nylonstrümpfe, Wäsche?"

„Nein."

„Eine Dose Pralinen oder Kekse?"

„Nein."

„Kaffee oder Tee?"

„Nein."

„Ich gebe es auf." Lisa legte das Päckchen auf den Tisch zurück. „Alles andere ist schwerer."

„Für mich ist der Inhalt schwer genug. Zu schwer."

„Für Sie?" Dr. Mainetti betrachtete das Päckchen mit vorgeneigtem Kopf. „Ich platze vor Spannung, Major!"

Nach dem Essen und dem Tee mit den Marzipantorten fuhr Braddock wieder hinab nach Bernegg. Lisa Mainetti trug das geheimnisvolle Päckchen auf ihr Zimmer und wickelte sorgfältig das Papier ab. Vielleicht war es etwas Zerbrechliches; bei Major Braddock waren Überraschungen nie ausgeschlossen.

Ein länglicher Pappkarton kam zum Vorschein. Als Lisa den Deckel abhob, sah sie nichts als einen dünnen Brief auf einem

Bett aus eng zusammengedrückten Tannenzweigen liegen. Verwundert hob sie das Kuvert an das Licht der Tischlampe und las zuerst die Anschrift: „James Braddock, Major."

Lisa zögerte, ehe sie mit dem kleinen Finger in den engen Schlitz der Kuvertklappe fuhr und den Umschlag langsam aufriß. Sie sah, daß das Kuvert schon einmal geöffnet worden war und daß man es nachher kunstvoll mit Klebstoff wieder verschlossen hatte.

Ein einziger Bogen Papier lag in dem Umschlag. Ein Privatbrief, den sie daran erkannte, daß kein gedruckter Briefkopf vorhanden war. „Dear Sir", begann die Anrede. Tatsächlich ein Brief an Braddock.

Dr. Mainetti rückte die Lampe näher und begann, das Schreiben zu übersetzen. Es lautete:

„Auf Ihre Anfrage teilen wir Ihnen mit, daß in Zusammenhang zwischen den militärischen und zivilen Ermittlungsbehörden, dem CIC und der deutschen Staatsanwaltschaft die Ermittlungen gegen Prof. Walter Rusch, z. Z. im Lager Darmstadt, abgeschlossen worden sind.

Die Verdachtsmomente haben sich als unbegründet erwiesen. Prof. Rusch wird an einem noch zu bestimmenden Tag nach dem 1. Januar aus Darmstadt entlassen werden.

Wir hoffen, Ihnen hiermit . . ."

Weiter las Lisa nicht. Der Brief flatterte aus ihren Händen. Mit dem Ellenbogen stieß sie die Lampe vom Tisch, sie zerschellte auf den Dielen, und völlige Dunkelheit hüllte Lisa Mainetti ein.

„Braddock", stammelte sie. „James Braddock – das werde ich dir nie, nie vergessen."

Sie rannte zum Telefon und rief die Kommandantur in Bernegg an. Ein Sergeant war am Apparat. „No, Major Braddock ist fort. No, nicht weiß, wohin. Fort mit Jeep", sagte er.

Lisa Mainetti ließ den Hörer zurückfallen. Dann saß sie in der Dunkelheit am Fenster und sah hinaus in den verschneiten Schloßpark. Unten, im Gemeinschaftssaal, sangen die Verwundeten Weihnachtslieder. Von den Hügeln um Bernegg wehte der Wind einen Nebel von Pulverschnee ins Tal und über die weiten Wälder.

„An einem Tag nach dem 1. Januar", sagte Lisa leise und

legte die heiße Stirn an die eisige Fensterscheibe. „Ich werde dasein, Walter."

Am Neujahrsmorgen fuhr sie nach Darmstadt. Braddock hatte ihr 14 Tage Urlaub gegeben und einen amerikanischen Arzt aus dem Hauptlazarett in Würzburg als Vertreter während ihrer Abwesenheit geschickt.

Am Nachmittag stand sie vor dem Lagerausgang, im tiefen Schnee seitlich der von Bulldozern freigeschaufelten Straße, und wartete. In der Kommandantur, wo sie den Brief von Braddock vorzeigte, zuckte man die Schultern.

„Kommt vom CIC, Miß", sagte ein junger Leutnant, an den sie verwiesen wurde.

„Und wann wird er entlassen?"

„Ganz unbestimmt. Morgen, übermorgen, jeden Tag werden welche entlassen."

„Und wann werden sie entlassen?"

„Meistens morgens."

„Dann werde ich warten."

Der Leutnant zog die Schultern hoch und grüßte lässig, als Dr. Mainetti das Zimmer verließ.

Vier Tage lang stand Lisa jeden Morgen vor dem Lagerausgang. Die ausrückenden Arbeitskolonnen grüßten sie schon wie eine alte Bekannte, und die Posten riefen: „Hello! How do you do?" Sie stand an der Straßenseite im Schnee, in hohen Stiefeln und mit hochgeschlagenem Mantelkragen, und sie lief den dunklen Kolonnen entgegen, die als Freigelassene die doppelten Wachketten passierten und dann auf der Straße standen, in der Freiheit, etwas unsicher und fast verwundert, daß kein GI mehr rief „Go on!" und kein Plakatanschlag mehr verkündete: „Es ist bei Strafe verboten, Regenwürmer zu essen."

Am fünften Tag schritt Professor Rusch durch die Posten, zeigte seinen Entlassungsschein und machte einen großen Schritt aus dem Bereich des Stacheldrahtes hinaus auf die schlammige, von dicken Rädern zermahlene Straße.

Mit einem lauten Aufschrei rannte ihm Lisa Mainetti mit weit ausgebreiteten Armen entgegen.

Christian Oster hatte sich zu Hause wieder eingelebt. Alles war so wie früher, sogar der Brandfleck an der Tapete hinter dem Bett war noch da. Dort hatte er einmal fast ein Feuer entfacht; mit einer Zigarette in der Hand war er eingeschlafen, und die Tapete hatte zu schwelen begonnen.

Auch Susanne Oster gab sich Mühe, in dem fremden Gesicht Christian zu erkennen. Zitternd war sie nach der Ankunft und nach dem zusammengesparten Abendessen zu Bett gegangen. Wie vor einem Fremden hatte sie sich nebenan ausgezogen und war schnell unter die Steppdecke geschlüpft, bevor Christian Oster von seinem Rundgang durch das Haus zurück ins Schlafzimmer kam. Diesen Rundgang hatte er immer gemacht, um zu kontrollieren, ob auch alle Türen geschlossen waren – die Haustür, die Terrassentür, die Kellertür, die Waschküchentür, die Tür von der Küche zum Gemüsegarten und die Tür zur Garage. Erst am Abend merkt man, wieviel Türen ein Haus hat.

Susannes Angst war umsonst. Ihr Mann mit dem fremden Gesicht duschte sich und legte sich dann hin. Er tastete mit der Hand nach ihr, drückte ihren Oberarm, streichelte über ihr Haar und sagte leise, stockend: „Gute Nacht, Susi."

Dann machte er das Licht aus und tat so, als ob er einschliefe.

In Wahrheit lagen sie beide wach und lauschten auf den Atem des anderen. Sie rührten sich nicht, und jeder wartete, daß der andere sich regte, daß er ein Wort sagte, nur einen Seufzer, der eine Brücke zwischen ihren Seelen sein konnte. Aber sie schwiegen und starrten gegen die Wände und schliefen endlich so ein, in der Hoffnung, daß ein neuer Tag vielleicht alles noch klären würde.

Am nächsten Tag kamen die Nachbarn und die Freunde. Sie brachten zur Begrüßung Geschenke mit, die meisten etwas Eßbares, das man für andere Dinge eingetauscht hatte. Und in allen Augen sah Christian Oster ein Erschrecken, eine völlige Ungläubigkeit, eine Ratlosigkeit, die sich erst legte, wenn er sprach und man erkannte, daß es wirklich Christian Oster war.

„Alle Achtung vor der Kunst der Ärzte!" sagte Onkel Ferdinand und trank von dem Wein, den er mitgebracht hatte. „Wenn einem sein Gesicht nicht gefällt – schwupp –, bekommt man ein anderes. Wißt ihr übrigens, daß mit diesem Trick der Bormann entkommen sein soll? Ein anderes Gesicht – und weg ist er, ehe man es merkt."

Man unterhielt sich nicht weiter darüber. Onkel Ferdinand

war immer ein ungehobelter Klotz gewesen. Er ging schnell, nachdem er den mitgebrachten Wein selbst ausgetrunken hatte.

Kurz nach Neujahr fuhr Christian Oster mit seinem alten Fahrrad in die Stadt, um sich bei seiner alten Firma vorzustellen. Die Personalabteilung hatte ihm nach Bernegg geschrieben, daß es selbstverständlich sei, ihn wieder einzustellen. Er möge nach seiner Entlassung aus dem Lazarett vorsprechen.

Das Werk war kaum zerstört worden, aber statt Schlafzimmer und schwerer Renaissanceschreibtische wurden einfache Türen und spindähnliche Schränke hergestellt, und in der großen Furnierhalle, wo früher die besten ausländischen Hölzer verarbeitet wurden, hatte sich eine Autowerkstatt der US Army eingerichtet.

Herr Berger, der Möbelfabrikant, ließ es sich nicht nehmen, den Heimkehrer Christian Oster selbst zu begrüßen. Emanuel Berger hatte Glück gehabt. Er war nur zahlendes Parteimitglied gewesen, und daß man ihm eine Plakette „NS-Musterbetrieb“ an die Tür gehängt hatte, war nur eine Laune der Arbeitsfront gewesen, sagte er. Man wollte eben nach Berlin große Prozentzahlen melden. Darum die Plakette an einem Betrieb, der schon immer „dagegen“ war. Beweis: Statt Luftschutzbetten hatte die Firma Berger Küchenstühle hergestellt. Wenn das kein Beweis von Pazifismus war.

Auf jeden Fall – Emanuel Berger hatte seinen Betrieb behalten dürfen, war in kein Nazilager gekommen und hatte sogar neue große Aufträge für den Wiederaufbau erhalten. Auch von amerikanischer Seite. Möbel für Kasernen und Baracken.

Herr Berger sah mißbilligend auf den Mann, der in sein Büro kam. „Wo kommen Sie denn her?“ fragte er ziemlich grob. „Ich erwarte Besuch. Wer hat Sie denn 'reingelassen?“

„Ich bin der Besuch“, sagte Christian Oster.

„Wer sind Sie?“ bellte Berger.

„Christian Oster.“

Berger sprang um seinen Schreibtisch herum. Er war rot vor Erregung und spreizte beim Sprechen die Finger wie ein springender Frosch.

„Hören Sie mal, Herrn Oster kenne ich seit Jahren! Er war Leiter meines Lohnbüros! Und wenn Sie nicht . . .“

„Aber ich bin doch Christian Oster, Herr Berger.“ Er

schluckte mehrmals, sein Hals schnürte sich wieder zu. „Meine Augen, meine Haare – die sind geblieben. Das andere liegt in Rußland. Ich war doch gesichtsverletzt. Ich habe ein anderes Gesicht bekommen."

Herr Berger fuhr sich mit der rechten Hand über die Augen und blinzelte erschrocken. „Das – das ist doch nicht möglich."

„Leider ja. Man kann es nicht mehr ändern."

„Und was – was sagt Ihre Frau dazu?"

„Sie wird sich damit abfinden. Ich bin doch kein anderer Mensch geworden. Ich bin doch immer noch der Christian Oster. Nur anders sehe ich aus."

„Eben. Eben! Das ist verwirrend. Verdammt – ich muß einen Cognac trinken! Trinken Sie einen mit, Herr – Herr Oster?"

„Schönen Dank, Herr Berger."

Nach zwei Stunden fuhr Oster mit seinem alten Rad wieder nach Hause. Er hatte seine Stelle wieder. Er war wieder Leiter des Lohnbüros. Der bisherige Leiter wurde zum Chef des Einkaufs befördert. Schon am nächsten Tag konnte er anfangen. Sein Schreibtisch stand aufgeräumt und kahl zu seiner Verfügung. Der gleiche Tisch wie vor seiner Einberufung zur Wehrmacht. Er erkannte ihn an einem Tintenfleck auf der Platte. Damals war ihm der Füllfederhalter ausgelaufen.

Herr Emanuel Berger stand am Fenster seines Büros, als Christian Oster wieder abfuhr. „So was", sagte Berger und biß die Spitze einer langen Zigarre ab. „Nee, so was! Ein ganz anderes Gesicht. Wenn das mal gut geht!"

Jeden dritten Tag ging Erich Schwabe in das große Kölner Krankenhaus „Lindenburg" zum Verbinden. Aber selbst in dieser Stadt der Kranken fiel er auf. Man zeigte es ihm nicht, aber er merkte es daran, daß bei jedem Verbandswechsel andere Ärzte zugegen waren, oftmals würdige Herren, die mit Herr Professor angeredet wurden und die stumm sein Gesicht abtasteten, die neueingesetzte Nase und die von Lisa Mainetti mit großer Geduld neugeformten Lippen. Zwar waren sie noch in der Rohform, aber man erkannte als Fachmann, wie es einmal werden würde.

In der „Lindenburg" waren es vor allem zwei französische

Ärzte, die Schwabe betreuten. Sie waren als Kriegsgefangene in das Krankenhaus gekommen und nach der Kapitulation in Köln geblieben, weil sie sich eingearbeitet hatten und sich wohl fühlten. Sie weichten wie der Famulus Baumann in Bernegg mit größter Sorgfalt die Verbände durch, ehe sie sie ablösten, reinigten die noch nässenden wunden Stellen und verklebten dann wieder das ganze Gesicht mit breiten, rosa Hansaplaststreifen.

Drei Tage vor Weihnachten waren die Schwabes in Karlheinz Petschs Luxuskeller umgezogen. Um allen etwaigen Komplikationen aus dem Wege zu gehen, hatte Petsch dann die Einladung zum Weihnachtsfest und zu Silvester ausgeschlagen und war angeblich zu einem Vetter nach Düsseldorf gefahren. In Wahrheit saß er bei einem Bauern in Knapsack herum, trank selbstgebrauten Knollenschnaps, baute ein Dachgeschoß des alten Hauses aus und vergnügte sich mit einer Nichte des Bauern, die aus Krefeld gekommen war, um den Onkel um einen Neujahrsbraten zu bitten.

Nach den Feiertagen kam er schwer beladen zurück, und dann klapperten sie die Baustoffhändler und Glaslieferanten ab und feilschten um Material gegen Butter und Schinken, Zigaretten und amerikanische Stangenschokolade.

„Warum tust du das alles, Karlheinz?“ fragte Schwabe einmal, als sie im Vorgebirge bei einem Bauern ein Gewächshaus bauten und in der Mittagspause Sauerkraut mit einem dicken Eisbein bekamen.

„Deine Frau hat mich einmal in großer Not nicht verlassen.“

„Das war doch selbstverständlich.“

„Na ja. Und ebenso selbstverständlich ist das, was ich mache. Wenn wir jetzt nicht zusammenhalten, Kumpel, eisern wie ein Büstenhalter, rutschen wir ab!“

Sie lachten, und es war alles gut. Unter Männern sind seelische Probleme schnell gelöst und geklärt. Erich Schwabe hob sich ein halbes Eisbein auf und wickelte es in Papier. Petsch zog die Augenbrauen hoch.

„Was gibt denn das?“

„Für Uschi. Sie ißt so gern Eisbein.“

„Quatsch! Iß es selbst, Erich. Für Uschi holen wir uns noch zwei Stück vom Bauern. Oder ich streu’ ihm Salz in ’n Beton.

Dann bricht dem die ganze Chose in zwei Jahren zusammen und keiner weiß, woher das kommt."

Abends saßen sie oft zusammen in Schwabes neuer Wohnung und tranken den Habra, wie im Volksmund der „Hausbrand" hieß, der heimlich in den Kellern gebrannte Schnaps aus Kornmaische oder Kartoffeln. Geniale Konstruktionen aus alten Milchkannen und Einkochkesseln bruzzelten in Hunderten von Kellern auf rostigen Küchenherden, und vom Opa bis zum Enkel hockte des Nachts alles um das Brenngerät, filterte den Schnaps durch Tierkohle, verschnitt ihn auf 38 Prozent mit abgekochtem Wasser und füllte ihn in Weinflaschen ab. Fast ständig lag über den Trümmern ein leichter Schnapsgeruch. Niemand kümmerte sich mehr darum, selbst nicht die Polizei, die nur ab und zu eine Schwarzbrennerei aushob, um der Gesetzespflicht zu genügen.

Auch Karlheinz Petsch brannte schwarz. Er hatte Kupferrohre besorgt und lange Kühlschlangen daraus gebogen. Er brannte den Alkohol zweimal, ehe er ihn filterte. „So rein ist kein staatlich überwachter Sprit", sagte er stolz, als er die ersten Flaschen zu Schwabes brachte. „Übermorgen kriege ich drei Zentner Korn. Das setzen wir alles an. Und dann wird gebrannt wie in den Wodkafabriken."

„Und wo sollen wir hin mit den hundert Flaschen?" fragte Erich Schwabe.

„Auch dafür hat Holzauge gesorgt!" Karlheinz Petsch lachte und schlug Schwabe auf die Schulter. „Für dreihundert Pullen Habra kann ich ein Auto bekommen, einen alten Opel P 4. Aber der Karren läuft noch wie eine Jungfrau zum Rendezvous. Mensch, Erich – einen eigenen Wagen! Was das bedeutet! Schneller Material herbei, weitere Kundenkreise, kleine Spritztouren nach Bayern – wir werden die Firma Schwabe und Petsch schon schaukeln, was?"

Eine Woche lang brannten Erich Schwabe und Karlheinz Petsch in einem leerstehenden Keller von Schwabes Haus dreihundertneununddreißig Weinflaschen voll Kornschnaps. Als sie aus dem Keller krochen, rochen sie nach Schnaps, als hätten sie darin gebadet. „Unser Auto steht", sagte Erich Schwabe. „Wohin geht die erste Tour?"

„Wohin unsere Uschi will!" schrie Petsch.

Ursula wandte sich wortlos ab ung ging in den Nebenraum zu Hedwig Schwabe. Erich hob die Schultern.

„Trotz allem, Karlheinz – bist eben nicht ihr Typ."

Petsch putzte sich geräuschvoll die Nase. Verdammt, dachte er. Er ist ein so feiner Kumpel. Es wäre schade, wenn das in die Brüche ginge – wegen damals. Aber ich komme von Uschi, diesem blonden Biest, nicht los. Was kann ich dafür.

Am Sonntag fuhren sie alle mit dem ratternden und hüpfenden P 4 in den Königsforst. Die Straßen waren noch verschneit, und der Wald sah mit seinen verharschten Schneehauben aus wie in einem Märchenbuch.

In einem Thermoskessel, den Petsch von einer amerikanischen Küche auf unerklärte Weise erhalten hatte, nahm man eine Suppe mit, die eine Spezialanfertigung Frau Hedwig Schwabes war. Es hatte vor einigen Tagen eine Sonderzuteilung von frisch geräucherten Bücklingen – auf zwei Abschnitte der Eierkarte – gegeben. Der fleischige Teil der Fische war bald aufgegessen, aber Frau Schwabe tat es weh, die goldglänzenden Bücklingshäute wegzuwerfen. „Kinder, dieses ungenutzte Fett", sagte sie sinnend. „Damit muß man doch etwas machen können." Und sie versuchte es: Sie kochte die Bücklingshäute aus, seihte sie durch ein grobes Tuch und erhielt eine wunderbare, fettglänzende Brühe, die nach Rauch schmeckte, als sei sie aus geräuchertem Speck entstanden. Dahinein kochte sie Graupen, mit viel getrocknetem Porree, den sie im Sommer zwischen den Trümmern des Hauses angepflanzt hatte. Es schmeckte köstlich.

„Unser Mütterchen ist ein Genie", sagte Karlheinz Petsch ehrlich. „Aus nichts macht sie ein komplettes Essen. Wie oft merke ich jetzt, daß mir meine Mutter fehlt."

Es klang ein wenig sentimental, und niemand achtete darauf, daß Ursula in stummem Zorn die Lippen zusammenpreßte und die Fäuste ballte.

Der Ausflug mit dem neuen Wagen endete mit einem kurzen Wortwechsel zwischen Uschi und Petsch. Erich Schwabe und seine Mutter waren schon in die Wohnung hinabgestiegen, Ursula blieb zurück, um das Gepäck mit Petsch aus dem Wagen zu holen. Sie faßte den Thermoskessel, aber von der anderen Seite hielt ihn Petsch fest.

„Willst du bei ihm bleiben, wenn das Kind da ist?" fragte er leise. Ursula riß ihm den Kessel aus den Fingern.

„Ja", zischte sie.

„Er wird nie ein anderes Gesicht haben. Du kannst doch nicht ewig . . ."

„Ich liebe ihn."

„Aber nur, wenn du die Augen zumachst. Wenn du ihn dabei ansehen mußt . . ."

„Wenn du mich nicht in Ruhe läßt, sage ich Erich alles!"

„Darauf warte ich ja nur."

„Du erbärmlicher Lump du!" Ursula drückte den Kessel an ihre Brust. „Du wirst mich nie, nie wiederkriegen – und wenn du Millionär wirst. Mich kannst du nicht kaufen!"

„Abwarten!" Karlheinz Petsch setzte sich hinter das Steuer. „Steter Tropfen höhlt den Stein. Oder abgewandelt: Steter Anblick tötet die Moral."

Ursula duckte sich unter seinen Worten wie unter einem heftigen Schlag. Dann hob sie beide Arme und schleuderte Petsch den Thermoskessel an den Kopf. Er duckte sich zu spät und die metallene Kante schlug gegen seine Stirn. Die Haut platzte, und Blut rann ihm über die Augen und in den stumm aufgerissenen Mund.

„Ich bring' dich um", keuchte Ursula. „Bei Gott, ich bring' dich um."

Mit heulendem Motor fuhr Petsch davon. Der matschige Schnee spritzte hinter den rasenden Hinterrädern hoch und übergoß Ursula mit Schmutz und schlammigem Wasser.

Langsam wischte sie es ab, nahm den Kessel aus dem schmutzigen Schnee und stieg in den Keller.

In zehn Tagen kommt das Kind, dachte sie, und es war wie ein stilles, ergreifendes Flehen. Wie schön wäre es, dieses Leben zu geben und selbst dabei zu sterben. Wie schön – und wie einfach wäre die Lösung aller Probleme.

Sofort nach seiner Entlassung aus dem Nazilager Darmstadt wollte Professor Rusch zurück nach Bernegg.

„Ich muß Braddock noch einmal sehen, bevor er zurück in die Staaten fährt", sagte er. „Und die Verwundeten brauchen mich auch. Wir haben schon zuviel Zeit verloren."

Aber Lisa Mainetti schüttelte den Kopf. „Nein", sagte sie. „Und ich sage dieses Nein als Frau. Du hast es nicht anders gewollt, Walter – nun zieh die Konsequenzen und füge dich! Nein, wir fahren nicht sofort nach Bernegg. Ich habe noch neun Tage Urlaub, und die verleben wir allein in aller Stille."

„Das fängt gut an!" Rusch drückte Lisas Arm fester an sich. „Noch nicht verheiratet, und schon wird kommandiert!"

„Du kannst es dir immer noch überlegen."

„Lieber Himmel." Rusch legte den Arm um Lisas Schulter. „Ich füge mich. Wohin willst du mich verschleppen?"

„Dorthin, wo ich dich ganz allein habe und wo ich vor langen Jahren einmal – das letztemal – wirklich glücklich war, als junges Mädchen – in Heidelberg."

„Auch ich habe in Heidelberg studiert."

„Ich weiß es. Darum fahren wir."

In einem der wenigen von den Amerikanern nicht beschlagnahmten Hotels fanden sie ein kleines Zimmer. Der Besitzer erinnerte sich noch an den Dozenten Dr. Rusch, der jeden Donnerstag mit einem Stammtisch im Hinterzimmer gesessen hatte. „Das waren Zeiten", seufzte er. „Damals hatten wir als Speisekarte ein Buch mit sechs Seiten . . . heute steht da: ‚Maisgrießsuppe mit Einlage und Schmorbraten mit Maisknödel.' Aber fragen Sie mich nicht, was ‚Einlage' bedeutet."

Es war alles unwichtig, was um sie herum geschah. Der Krieg war vorbei, das Untersuchungslager – nun gab es nur noch eins: sie ganz allein, ihre Liebe, die reif und schwer war wie alter, abgelagerter Wein, und ihre gemeinsamen glücklichen Gedanken, die nüchtern die Tatsachen durchdachten und die „unsere gemeinsame Zukunft" hießen.

„Soll ich wirklich nach Amerika gehen?" fragte Rusch immer wieder. Ja, er schreckte mehrmals hoch, mitten aus einer zärtlichen Geste Lisas, stützte sich auf, sah ihr tief in die weiten, glücklichen Augen und fragte unsicher: „Sollen wir wirklich nach Amerika?"

„Ich weiß es nicht, Walter. Ich weiß es wirklich nicht", sagte sie jedesmal, aber er hörte aus ihrer Stimme heraus, daß sie an ein Nein dachte.

„Wir hätten keinerlei Sorgen mehr, Lisa. Man würde mir alle Möglichkeiten der Weiterentwicklung der Gesichtsplastik einräumen. Es gäbe keinen Hunger mehr, keine finanziellen Überlegungen, man würde uns ein Haus zuweisen, das wir abzahlen könnten, ich würde einmal amerikanischer Staatsbürger werden. Es wäre wie ein erfülltes Schlaraffenland – es wäre wirklich ein neues Leben."

„Ich weiß." Lisa legte den Kopf auf seine Brust und umschlang seine Schultern. So lag sie, eng an ihn gepreßt, und hörte auf den schnellen Schlag seines Herzens. „Ich weiß gar nichts mehr. Ich weiß nur, daß ich glücklich bin . . . glücklich . . . glücklich . . ."

„Wie ein kleines Mädchen."

Sie nickte und rieb ihre Nase auf seiner Brust. „Ich fange dort wieder an, ich habe so viele Jahre nachzuholen."

„Und diese Frau hat einmal die Landser angeschnauzt wie ein ostpreußischer Feldwebel."

„Das kann ich auch jetzt noch." Sie richtete sich auf, kniete neben Rusch und drückte das Kinn an den Hals. „Rusch, Sie ewiger Denker, können Sie nicht endlich mit diesem Blödsinn aufhören?" Ihre Stimme war hart und laut wie im Lazarett. „Sie sollen nicht denken, Mann – Sie sollen lieben! Verdammt noch mal, daß man Ihnen alles zweimal sagen muß!"

Rusch lachte und zog sie zu sich hinab. „Liebe Dr. Mainetti", flüsterte er in ihr Ohr. „Ihre therapeutischen Fähigkeiten sprengen alle Lehrbücher."

Aber später richtete sich Rusch unvermittelt wieder auf und saß wie erschrocken im Bett. Lisa schlief, selig lächelnd die Fäuste geballt wie ein träumendes Kind.

„Amerika", sagte Rusch leise. „Mein Gott, sollen wir wirklich nach Amerika?"

Am Abend gingen sie wieder durch Heidelberg. Die amerikanischen Uniformen herrschten vor, nur ab und zu sah man einen deutschen Zivilisten, blaß, eingefallen, vom Krieg gezeichnet, verschüchtert, ohne Hoffnung in den Augen.

Vom Bahnhofsviertel herüber hörten sie Lärm und das Schreien eines Menschen. Dort war ein Auflauf. Zwei Polizeiuniformen tauchten in der wogenden Menge auf, zwischen ihnen ein Mann, der um sich schlug, der gegen die Beine der Beamten trat und dessen Stimme über den stillen abendlichen Platz gellte.

„Ihr Bande!“ brüllte der Mann. „Noch kein Jahr vorbei, und schon kommen die Götter in Uniform wieder. Ihr kriegt euer Gehalt, ihr habt zu fressen, aber wer sorgt für mich? Loslassen, sag' ich, loslassen. Ihr Hunde. Helft mir doch, Leute! Verdammt – überall nur Feiglinge. Feiglinge! Das Gesicht haben sie mir weggeschossen – und nun soll ich dafür verhungern!“

Dr. Mainetti krallte die Finger in Ruschs Arm. „Hast du das gehört, Walter?“

Professor Rusch nickte heftig. „Komm“, sagte er. „Das sehe ich mir an.“

Sie rannten über den Bahnhofsplatz, auf die dunkle Menschentraube zu und kamen an, als die Polizisten den tobenden Mann im Polizeigriff auf die Knie zwangen.

Er hatte einen alten, blauweiß gestreifen Anzug an, sein blondes, langes, ungeschnittenes Haar hing wirr und verschwitzt über ein schiefes, von Narben und Kerben zerklüftetes Gesicht, in dem ein hängendes Auge tränte, während das zweite vor verzweifelter Wut sprühte.

„Hunde“, kreischte der Mann. „Ihr feigen Schweine!“

„Hertz!“ schrie Lisa Mainetti auf, als sie das zerstörte Gesicht sah. „Walter Hertz!“

Der Mann riß an den Fingern der Polizisten, sein Kopf schnellte hoch. Mit weiten Augen starrte er auf Lisa und auf Professor Rusch, die in den Kreis getreten waren.

„Frau – Frau Doktor“, stammelte Walter Hertz. „Herr Professor.“ Dann verließ ihn alle Kraft, alle Auflehnung, alle Wut. Schlaff hing er in den Händen der Polizisten und ließ sich willenlos aufrichten.

„Sie kennen den Mann?“ fragte einer der Polizeibeamten. „Wer sind Sie?“ Es war wie ein Anpfiff. Professor Rusch sah sich langsam um.

„Merkwürdig“, sagte er so laut, daß es alle hörten. „Ich habe immer geglaubt, der deutsche Kommiß sei am 9. Mai 1945 endgültig gestorben. War wohl ein Irrtum.“

„Das bringt die Uniform so mit sich“, sagte Lisa ebenso laut. „Ein buntes Tuch über einer deutschen Brust, und ein Halbgott ist geboren!“

Der dunkle, sie umringende Menschenkreis lachte. Die beiden Polizisten sahen Rusch und Dr. Mainetti mit verkniffenen, wütenden Gesichtern an.

„Ihre Kennkarte", rief einer von ihnen.

„In der deutschen Sprache gibt es das Wort ‚bitte'. Auch wenn es für eine Beamtenzunge schwer auszusprechen ist", sagte Lisa.

„Sie kommen mit?"

„Genau das war unser Wunsch." Professor Rusch trat auf Walter Hertz zu und hob seinen Kopf hoch, indem er die Hand unter das Kinn legte. „Mein Junge, keine Angst", sagte er gütig. „Das kriegen wir alles hin, genau wie wir dein Gesicht hingekriegt haben."

Walter Hertz nickte. Dann sah er die Polizisten an, und es war fast Triumph in seinem Blick. „Das ist Professor Rusch, ihr Idioten!" sagte er. „Mein Chefarzt."

Auf der Polizeiwache wurde alles schnell geklärt. Walter Hertz war aufgegriffen worden, als er eine Stange Camel-Zigaretten verkaufen wollte.

„Wir wollten nur die Stange beschlagnahmen", sagte der Polizist. „Das kennen wir ja, ist nichts Neues. Aber der Kerl schlug gleich um sich und brüllte. Da mußten wir eben notgedrungen . . ."

Später standen sie auf der Straße, und Walter Hertz weinte in die vor das Gesicht geschlagenen Hände.

„Wo wohnst du?" fragte Rusch.

„In einem verlassenen Keller."

„Aber –", Dr. Mainetti schwieg, als Rusch ihr abwinkte.

„Das, was geschehen ist, erzählst du uns alles später. Hier hast du Geld. Damit fährst du nach Bernegg und sagst zu Major Braddock, ich schickte dich, und er möchte dich wieder hinauf aufs Schloß bringen. Du bleibst von jetzt an bei uns, hast du verstanden?"

Walter Hertz schüttelte den Kopf. „Ich will nicht mehr, Herr Professor", stammelte er. „Ich kann einfach nicht mehr – das war das letzte, heute. Ich mach' Schluß!"

„Unsinn! Wir unterhalten uns über alles in Ruhe in Bernegg."

„Ich will nicht mehr!" schrie Hertz. „Ein Mensch ohne Gesicht ist kein Mensch mehr!"

„Ach so", sagte Lisa Mainetti leise. „So ist das." Sie legte den Arm um Hertz' zitternde Schulter und vermied es dabei, Rusch anzusehen. „Morgen früh fahren wir alle drei zurück nach Bernegg, was? Es wäre gelacht, wenn ein Walter Hertz an der Umwelt zugrunde ginge!"

„Es geht nicht mehr", stöhnte Hertz. Dr. Mainetti ließ ihn los.

„Noch einmal eine solche Antwort, und es donnert!" brüllte sie. Hertz zuckte zusammen und hob das tränenüberströmte Gesicht. „Morgen fahren wir nach Bernegg – oder wollen Sie mir einen Korb geben, Sie Flasche?"

„Ne – nein, Frau Doktor." Walter Hertz legte die Arme an. „Ich komme. Auf Ehrenwort."

Und er lächelte sogar, ganz schwach. Aber es war ein sichtbarer Hauch der Geborgenheit.

In der Nacht zuckte Rusch wieder hoch. Er sah, daß auch Lisa nicht schlief und mit offenen Augen neben ihm lag.

„Lisa", sagte er leise. Seine Stimme war merkwürdig heiser.

„Ja, Walter. Was, Liebster?"

„Jetzt weiß ich es. Amerika."

„Und . . .?"

„Ich werde nicht fahren. Man braucht mich hier nötiger."

„Ich wußte es, Walter." Lisa Mainetti ergriff seine schlaffe Hand und küßte sie. „Es wäre auch gar nicht anders möglich gewesen. Denn ich wäre nie mitgefahren."

Am Morgen fuhren sie ganz früh mit dem ersten Zug zu dritt nach Bernegg.

17

Major Braddock hatte bereits gepackt und wartete und wartete auf die Nachricht, wann sein Schiff von Genua aus nach New York führe, als Professor Rusch und Dr. Mainetti wieder in Bernegg eintrafen.

„Willkommen", rief Braddock und schielte dabei zu Lisa hinüber. Er sah das Glück aus ihren Augen sprühen und verbiß sich die Bemerkung, daß zwischen der Entlassung aus Darmstadt und der Rückkehr nach Bernegg einige Tage vergangen seien und diese Zwischenzeit trotz Maisgrieß und Brotaufstrich aus roten Rüben offenbar äußerst belebend gewirkt hätte. „Es ist schön, daß Sie zurück sind, Professor. Hat man Ihnen in Darmstadt noch nichts gesagt?"

„Gesagt? Nein."

„Was denn gesagt?" fragte Dr. Mainetti.

„Das Interesse für Sie ist auf unserer Seite da, Professor. Mein Land ist bereit, Ihnen . . ."

„Ehe Sie weitersprechen, Major –", Rusch setzte sich und nippte an dem Whisky, den ihm Braddock gleich bei seinem Eintritt eingegossen hatte. „Wie auch immer das Angebot lauten wird – ich bleibe in Deutschland."

„Was wollen Sie in Deutschland, Professor?" Major Braddock nickte mehrmals wie eine Puppe mit einem Spiralhals, deren Kopf man angestoßen hat. „Eine Antwort, von unserer Miß Doktor inspiriert."

„Ich bin selbst zu dem Entschluß gekommen."

„Was wollen Sie in Deutschland, Professor?" Major Braddock setzte sich auf die Tischkante und ließ die Beine vor Lisas Nase hin und her pendeln. Früher hatte Dr. Mainetti dies als eine Mißachtung angesehen und hatte einmal sogar Braddocks Beine mit beiden Händen festgehalten. Der Major hatte gelacht, war vom Tisch gesprungen – aber am nächsten Tag saß er wieder auf der Kante und ließ die Beine pendeln. Es gehörte eben zu Braddock wie sein Whisky. „In Old Germany geht alles drunter und drüber."

„Eben das ist es, was mich hier hält."

„Der stille Held im weißen Kittel. Ein Hollywood-Stoff. Der Krieg hat Deutschland um Jahrzehnte zurückgeworfen. Auch in der Medizin. Während ihr Deutschen vom Nordkap bis nach Tunis die Rolle der siegreichen Germanen spieltet, hat unsere Wissenschaft unser Jahrhundert überrundet. Wir haben das Penicillin entdeckt – um nur das Wichtigste zu nennen –, und auch in der Chirurgie haben wir neue Methoden entwickelt, die schneller und heilungssicherer sind – auch in der Gesichtschirurgie."

Professor Rusch sah auf seine langen, schmalen Hände. „Ich glaube Ihnen das alles, Major. Ich weiß, daß ich in die USA nicht als Lehrer, sondern als Lernender kommen müßte, und es wäre eine große Chance für mich. Aber da ist noch etwas. Sie sprachen eben von Old Germany. Es liegt am Boden, es ist ein Kranker, der im Koma liegt. Ob durch eigene Schuld oder nicht – ist das jetzt so wichtig? Fragen Sie als Arzt einen Kranken, ob er sein Leiden selbst verschuldet hat? Nein, Sie helfen. Sie wollen heilen. Dazu sind Sie auf der Welt. Und dieses kranke Deutschland braucht mich und Lisa Mainetti. Auch wenn wir und unsere Methoden veraltet sind, wie Sie eben sagten – irgend etwas ist doch noch an uns dran, womit wir die ärgste Not lindern können."

Major Braddock starrte Rusch und Dr. Mainetti fast ungläubig und sogar mit einer Spur von Entsetzen an. „Er betrachtet dieses widerliche Deutschland als einen Kranken", sagte er entgeistert.

„Als einen Gesichtsverletzten."

„Professor, Sie sind verrückt."

„Deutschland hat durch seinen zwölfjährigen Wahnsinn und seinen Krieg vollkommen sein Gesicht verloren. Niemand erkennt es wieder, jeder schaudert vor ihm, alle ekeln sich vor ihm, überall stößt es auf Abscheu. Wie meine Patienten dort oben auf dem Schloß. Nun, da der Kranke, der sinnlos Verstümmelte, vor uns liegt, sollen wir die Handschuhe ausziehen, die Masken abbinden und weggehen vom OP-Tisch? Sollen wir dieses verlorene Gesicht einfach vernarben lassen, damit es eine schreckliche Fratze bleibt? Nein, Major – gerade jetzt beginnt unsere Arbeit, eine Herkulesarbeit, gewiß, aber nun haben wir ein Ziel, ein deutliches Ziel: Oben im Schloß geht es um Nasen und Lippen, um Kiefer und weggerissene Weichteile. Im großen aber geht es jetzt darum, dafür zu sorgen, daß man eines Tages auch das Deutschland wiedererkennt, dem man ohne Ekel die Hand reichen kann."

„Worte, wie für ein Lehrbuch über Nationalstolz." Major Braddock winkte lässig ab, als Rusch wieder etwas erwidern wollte. „Sparen Sie sich alle heldischen Metaphern, Professor. Deutschland liegt auf dem Rücken wie eine halbtote Fliege. Man braucht jetzt nur den Fuß zu heben und krrr – ist diese Fliege endgültig zertreten. Niemand hindert uns daran, es zu tun. Jederzeit, wann es uns paßt. Und Deutschland wird immer diese auf dem Rücken liegende, halbtote Fliege bleiben. Dafür gibt es den Morgenthau-Plan, den wir noch immer in der Schublade schlummern haben.“ Braddock lächelte zufrieden, als er das blasse Gesicht Lisas sah und die verhärtete Miene Professor Ruschs. Endlich sind sie sprachlos, dachte er. „Was wollen Sie denn noch in Deutschland?“ hakte er wieder ein.

„Es mag dumm klingen“, sagte Rusch laut, „aber wenn ich schon in Ihren Augen nur eine Fliege bin, möchte ich auf keinen Fall zu einer Wanze werden.“

„Sehr gut.“ James Braddock lachte und klopfte Rusch auf die Schulter. „Ehrlich gesagt – es hätte mich enttäuscht, wenn Sie in die Staaten gekommen wären – jetzt schon.“

„Sie sind ein Teufel, Braddock“, sagte Lisa ehrlich.

„Wenn Sie ‚lieber Teufel‘ gesagt hätten, würde ich es akzeptiert haben.“ Er sah aus dem Fenster und bemerkte Walter Hertz, der zwischen zwei riesigen MP-Soldaten stand und hinaufstarrte zum Schloß. „Wer ist denn das? Den muß ich doch kennen?“

„Walter Hertz, Major.“

„Ja, wer ist denn das? Das ist doch der Geliebte von diesem Kriegsverbrechertöchterchen, wie hieß sie doch?“

Lisa Mainetti schob die Unterlippe etwas vor. „Die Tochter von dem Fabrikanten Hubert Wolfach.“

„Richtig. Der war getürmt. Wo ist er jetzt? In einem Lager?“

Lisa Mainetti schüttelte den Kopf. „Der Fabrikant Hubert Wolfach hatte neben seinem Rüstungsbetrieb ein Zweigwerk für Zinkeimer, Zinkwannen und Zinkkannen in Süddeutschland. Und Töpfe stellte er her. Major Braddock, was ist heute ein guter Topf in Deutschland wert! Und so transportierte man Hubert Wolfach in die Fabrik, gab ihm eine vorläufige Lizenz und sagte: ‚Nun dreh aber fleißig Töpfe!‘ Er tut es jetzt.“

„Und was hat dieser Hertz damit zu tun?“ schrie Braddock.

„Alles. Denn kaum war Hubert Wolfach wieder Fabrikant, warf er Walter Hertz hinaus. Und zwar mit den Worten: ‚Ich werde es nie dulden, daß meine einzige Tochter einen Menschen ohne Gesicht heiratet.‘ Walter Hertz wartete die Stellungnahme seiner Braut gar nicht ab. Wie schon einmal, verschwand er in der Nacht und wanderte nach Heidelberg, wo er sich auf dem Schwarzen Markt über Wasser hielt. Dort haben wir ihn zufällig aufgelesen."

„Wo ist dieser Wolfach?" fragte Braddock leise.

„In einem Dorf südlich von Donaueschingen." Lisa Mainetti winkte ab. „Es hat keinen Sinn, Braddock. Wolfach hat bereits wieder eine Schlüsselstellung. Ohne seine Eimer und Töpfe gibt es keine Normalisierung des deutschen Lebens." Dr. Mainetti hob beide Arme. „Man sagt immer, es gäbe kein perpetuum mobile. Es gibt eines, lieber Major. Und es heißt: die deutsche Wesensart."

Braddock sah wieder hinaus auf den Schulhof. Walter Hertz rauchte gierig eine Zigarette. Gleichzeitig aß er ein Sandwich, das ihm ein US-Soldat zugeschoben hatte. „Was soll nun mit dem da werden?"

„Wir nehmen ihn hinauf aufs Schloß. Als Hilfssanitäter."

„Unmöglich." Braddock wischte sich über die Stirn. „Schloß Bernegg ist noch immer kein freies Krankenhaus, sondern ein Gefangenenlager. Und ich kann keinen entlassenen Kriegsgefangenen als Freiwilligen wieder in ein Lager stecken. Das ist doch völliger Widersinn."

„Er muß aber aufs Schloß." Professor Rusch erhob sich. „Er muß nachoperiert werden."

„Im Heimatkrankenhaus."

„Er hat keine Heimat mehr."

„Sein Pech, Professor."

„Warum sind Sie so, Major?" Lisa erhob sich gleichfalls. „Sobald Sie dienstlich werden, sind Sie ein Ekel."

„Dazu bin ich verpflichtet." Major Braddock zwinkerte mit den Augen. „Ich kann zum Beispiel sehr ekelhaft werden und diesen Burschen sofort wieder einsperren lassen, wenn er etwa einen meiner Soldaten tätlich angreift."

Dr. Mainetti nickte. „Er ist sehr jähzornig, dieser Walter Hertz", sagte sie. „Ich werde einmal nachsehen, ob er nichts angestellt hat."

Sie lächelte Rusch und Braddock an und verließ schnell das Dienstzimmer des Majors. Braddock wartete, bis sie die Tür geschlossen hatte. Dann zündete er eine Zigarette an und blies den Rauch mit in den Nacken gelegtem Kopf hoch gegen die Zimmerdecke.

„Als Mann könnte ich Sie umbringen, Professor", sagte er leise. „Ich habe mich in Lisa verliebt."

„Ich weiß es. Lisa hat es mir gesagt."

„Und Sie nehmen es so ruhig hin?"

„Weil ich Lisa selbst liebe, weiß ich, daß man es einem Mann nur übelnehmen könnte, wenn er sich in Lisa nicht verlieben würde. Es ist fast selbstverständlich, von ihr fasziniert zu sein." Rusch blickte aus dem Fenster und hob den Arm. „Da – sehen Sie, Major Braddock. Ein Deutscher greift dort unten einen Ihrer Soldaten an!"

Auf dem Schulhof war ein kleiner Tumult entstanden. Walter Hertz hatte nach einer kurzen Absprache zwischen Dr. Mainetti und einem der MP-Soldaten die Fäuste geballt und war gegen die Brust des grinsenden Riesen gerannt. Nun trommelte er mit seinen Fäusten wie gegen einen Sandsack, bis der Soldat ihn wie ein störrisches Kind unter den Arm nahm und den wild Schreienden zurück zum Schuleingang trug. Major Braddock rannte aus dem Zimmer. Es war erstaunlich, wie echt die dunkle Zornesröte in seinem Gesicht stand.

„Damned", brüllte er. „Was fällt dem Kerl ein? Jim, Clark und Bob – hinauf mit ihm zum Schloß. Ich rufe Leutnant Potkins an. Alles andere wird sich finden."

Walter Hertz hörte sofort mit dem Schreien und Trampeln auf. Dankbar sah er Lisa Mainetti und Professor Rusch an, dessen weißer Kopf hinter dem Rücken Braddocks auftauchte. Es war etwas so Rührendes, Kreatürliches in diesem Blick Walter Hertz', daß Lisa zu ihm trat und ihm die wirren blonden Haare aus dem entstellten Gesicht strich.

„Nun ist alles gut", sagte sie leise und strich auch über das hängende Auge. „Solange wir da sind, wirst du ein vernünftiges Leben haben."

„Ich – ich weiß nicht, wie ich Ihnen danken soll, Frau Doktor", stammelte Walter Hertz. „Ich – ich lasse mich für Sie zerreißen, Frau Doktor."

„Ich werde darauf zurückkommen, wenn's nötig sein sollte", lachte Dr. Mainetti. „Und nun hau ab zum Schloß und sag Baumann und Dr. Stenton, daß wir in einer Stunde nachkommen!"

Man verlud Walter Hertz in einen Jeep und ratterte mit ihm über die verschneite Straße fort. Er winkte so lange zurück, bis der hüpfende, kleine Wagen im Nebel des von den Rädern aufgewirbelten Schnees unterging.

Die Baufirma Schwabe & Petsch entwickelte sich innerhalb kürzester Zeit zu einem lukrativen Geschäft. Für den kommenden Frühling hatte man genug Wiederaufbauten angenommen, um davon – wie Karlheinz Petsch errechnete – ein Jahr wie ein Konservenfabrikant zu leben. Jetzt im Winter bauten sie nur die Bauernhöfe am Rande Kölns aus, und das wurde zu einer langen Kette von Tauschgeschäften, die im Hühnerstall begann und beim Baustoffhersteller endete. Was dabei in den beiden Kellern der ehemaligen Horst-Wessel-Straße hängenblieb, war genug, um für das sehr bald erwartete Kind Ursulas eine vollständige Säuglingsausstattung und vieles andere zusammenzutauschen.

Im Februar sollte das große Ereignis stattfinden, Karlheinz Petsch hatte bereits ein Zimmer in einem Krankenhaus reservieren lassen, das beste, wie er versicherte, denn er hatte versprochen, für dieses Entgegenkommen unentgeltlich in einem bombengeschädigten Labor zwei Wände hochzuziehen. Erich Schwabe lieferte für diesen Raum die Scheiben.

„Wie eine Fürstin wird man sie behandeln", sagte Petsch, als alles abgesprochen war, zu Frau Hedwig Schwabe. „Wir werden uns jeden Tag davon überzeugen, oder wir lassen die Mauer halbfertig stehen."

Es wäre also alles in bester Harmonie verlaufen, wenn nicht der als Nasengerüst eingepflanzte Knorpel für Erich Schwabe zu einem dauernden Schmerzherd geworden wäre. Vor allem nachts saß er oft stöhnend im Bett und zerrte an den Bettlaken. Dann bohrte ein wahnsinniger, stechender Schmerz von der neuen Nase bis unter die Kopfhaut und schien die Schädeldecke zu sprengen. Ein paarmal war es Schwabe, als platzten ihm die Schläfen. Wimmernd lief er herum, beide Hände gegen die Schläfen gedrückt. Im Krankenhaus zuckten die französischen Ärzte nur die Schultern. Von außen war nichts zu sehen, keine Entzündung, keine Veränderung, keine Verwachsungen oder Deformierungen. „Es werden die Nerven sein", hieß es wenig tröstend. „Mann, bei solch einer Verletzung bleiben die Nerven nicht ungeschoren." Und man gab ihm einige starke Narkotikapräparate mit, die er bei einem neuen Schmerzanfall einnehmen sollte.

Aber es war nur eine zeitlich begrenzte Betäubung. In immer schnelleren Intervallen kamen die Schmerzanfälle wieder, jetzt auch am Tage, auf der Baustelle, ganz plötzlich, bei Verhandlungen mit den Zulieferern, die sich an Schwabes Anblick leidlich gewöhnt hatten. Es überfiel ihn wie ein Schüttelfrost. Er zuckte wie von einer Nadel gestochen auf und knirschte mit den Zähnen, wurde weiß im Gesicht, und seine Augen erstarrten wie von einer inneren Lähmung.

Karlheinz Petsch beobachtete still und interessiert die Veränderung Schwabes. Er sagte nichts. Er half, wo er konnte, er flößte Schwabe die Narkotika ein, wenn er vor Schmerzen selbst dazu nicht mehr in der Lage war, er machte die vielen Wege zu den Lieferanten Schwabes geduldig mit und setzte die Scheiben ein, die ihm Schwabe zu Hause zugeschnitten hatte. Nur einmal sagte er zu Ursula, als Schwabe in der Apotheke ein neues Rezept einlöste und Frau Schwabe seit drei Stunden wegen einer Sonderzuteilung Frischfisch anstand: „Wer hat recht gehabt, Mädchen? Es geht nicht mehr lange, es wird nie mehr gehen. Ein solches Gesicht bekommt kein Arzt mehr hin. Und wenn es wirklich so weitergeht – was wird dann? Der Erich wird Morphinist."

„Es ist nicht seine Schuld." Ursula sah Petsch fast flehend an. „Und du – du laß mich in Ruh'."

Petsch nickte. „Ich kann warten, Mädchen."

Anfang Februar, eine Woche vor der errechneten Geburt des Kindes ging es nicht mehr weiter. Erich Schwabe lief wimmernd durch die Kellerwohnung. Frau Schwabe saß entsetzt neben dem Ofen und weinte, Ursula versuchte, ihn zu beruhigen, aber er schrie sie an, aufgelöst in seiner Qual, zermartert von den Schmerzen, die sein Hirn durchbohrten und es aus den Schläfen zu reißen schienen.

„Du mußt nach Bernegg", sagte Ursula immer wieder. „Du mußt an diese Frau Dr. Mainetti schreiben. Sie allein weiß, was das mit deiner Nase ist."

„Nicht jetzt", stöhnte Erich Schwabe. Er legte kalte Kompressen auf seine Nase, er schluckte Narkotika, bis er vor sich hindämmernd auf dem Bett saß und wie verblödet in den Keller stierte. Aber kaum ließ die Wirkung etwas nach, schrie er wieder auf und rannte stöhnend herum.

„In einer Woche kommt das Kind", sagte Schwabe in einer der jetzt ganz seltenen Pausen zwischen den Anfällen. „Ich will dabeisein. Unser erstes Kind, Uschi. Ich will es sehen und auf den Armen tragen."

„Aber du hältst es so nicht aus, Erich. Du mußt . . ."

„Ich verspreche dir, daß ich sofort nach Bernegg fahre, wenn das Kind angekommen ist. Jahrelang habe ich mich auf diesen Tag gefreut: Mein Kind kommt auf die Welt. Das lasse ich mir von niemandem nehmen. Von niemandem, auch nicht von diesen verdammten Schmerzen."

An einem Februartag war es ganz schlimm. Auch die Betäubungsmittel halfen nicht mehr. Erich Schwabe lag auf dem Bett und schlug in wahnsinnigem Schmerz mit den Absätzen der Schuhe gegen das Bettgestell. Und jeder Tritt war ein lautes Stöhnen und ein Stich im Gehirn.

Erst spät in der Nacht schlief er endlich ein. Ursula hielt ihm die Hände fest, bis er tief und regelmäßig atmete. Dann setzte sie sich an den Tisch und schrieb einen Brief an Dr. Mainetti. Sie versteckte ihn und brachte ihn am nächsten Morgen zur Post, noch bevor Erich Schwabe aus seinem Betäubungsschlaf erwacht war.

„. . . bitte, bitte helfen Sie uns . . .", hatte Ursula an Lisa Mainetti geschrieben.

„. . . sagen Sie nicht, daß ich Ihnen geschrieben habe. Erfinden Sie irgend etwas, damit er nach Bernegg kommt. Aber so geht es nicht weiter. Oder Erich wird eines Tages wahnsinnig."

Die Antwort war fast postwendend in Köln. Es war ein kurzes, amtliches Schreiben, das Erich Schwabe durchaus nicht erfreut las.

„Im Verfolg einer routinemäßigen amtlichen Untersuchung werden Sie gebeten, sich in den nächsten Tagen auf Lazarett Schloß Bernegg einzufinden.

Bei Nichtbefolgung dieser Aufforderung erlischt ein späterer Rentenanspruch . . ."

„Da mußt du hin", sagte Frau Hedwig Schwabe.

„In fünf Tagen kann das Kind kommen."

„Wenn deine Rente erlischt!"

„Ich werde hinschreiben." Schwabe las die Unterschrift. „Professor Rusch hat selbst unterschrieben. Er ist wieder da. Ich werde ..."

„Du wirst hinfahren, Erich", sagte Ursula energisch. „Und zwar schon morgen. Dann bist du wieder zu Hause, wenn ich ..."

„Ich warte", sagte Erich Schwabe störrisch. Er wandte sich an Karlheinz Petsch, der still in einer Ecke saß und frischen Schinken in dünne Scheiben schnitt. Für zwei Pfund Schinken sollte er zehn Sack Zement erhalten. „Was meinst du, Karlheinz?"

Petsch hob die Schultern. „Meine Meinung in Familiendingen ist hier nicht gefragt. Aber von Kumpel zu Kumpel sage ich dir: Fahr hin, Mensch. Gerade jetzt, wo's so in deiner Birne brennt. Weißt du denn so genau, wann das Kind kommt? Wenn's nun noch 14 Tage dauert? Die Bälger kommen nicht nach 'm Fahrplan. Aber ich würd' es mir verdammt überlegen, ob ich den ganzen Kopf nun wegwerfe, wenn ich schon 'n Gesicht verloren habe. 'n Kind ohne Vater ist nämlich wirklich auch kein Idealfall."

„So schlimm ist's nun auch wieder nicht."

„Weißt du's? Biste 'n Arzt, Erich?"

„Es sind die Nerven, Karlheinz."

„Auch gut. Und was macht 'n Kind, das 'nen verrückten Vater hat? Mensch, hau dich in Bernegg in die Klappe und laß dir alles durchsehen. Ich pass' schon auf, daß hier alles weitergeht. Und wenn's mit Uschi soweit ist, hole ich dich mit 'm Wagen ab. Ehrenwort."

Am nächsten Tag fuhr Erich Schwabe nach Bernegg. Alle begleiteten ihn zum Zug. Sie winkten mit beiden Armen, als der Zug aus der Bahnhofshalle rauchte. Ursula lief neben dem Fenster her, so gut sie es noch konnte mit ihrem schweren Leib.

„Schreib mir sofort, Erich", rief sie keuchend und blieb stehen, weil das Kind in ihr zuckte und trat und ihr fast das Herz abdrückte. „Und erzähl alles. Und hab keine Angst. Es wird alles gut gehen. Es wird alles – gut – gehen."

Karlheinz Petsch stand neben ihr, als der Zug aus der Halle hinaus in den schneeigen Tag stampfte. Auch er winkte und legte plötzlich den Arm um Ursulas schmale Schulter.

„Laß das!“ zischte sie wütend.
„Ich bin jetzt für dich verantwortlich, Mädchen.“
„Bis er zurückkommt, lass’ ich dich nicht mehr in die Wohnung.“
„Das wird er dir übelnehmen. Er hat extra zu mir gesagt: ‚Sorg für Uschi wie ein Bruder.‘“
Sie schüttelte seine Hand ab und trat zwei Schritte von ihm weg. Frau Hedwig beobachtete es und biß sich auf die Unterlippe. Aber sie sagte oder unternahm nichts. Was sollte sie auch tun? Es war ein verfahrener, im Schlamm steckengebliebener Karren, und sie fühlte sich viel zu schwach, um ihn wieder herauszuziehen.
In seinem Abteil setzte sich Erich Schwabe still in seine Ecke, nachdem der Bahnhof im Morgendunst verschwunden war. Er fühlte die Blicke seiner Mitreisenden auf sich liegen wie klebrige Finger, die schamlos und ohne jegliche Rücksichtnahme sein zerstörtes Gesicht abtasteten.
„In Rußland passiert?“ fragte ein Mann ihm gegenüber. Schwabe zuckte zsammen.
„Ja“, antwortete er leise.
„Ihre Frau? Die Blonde?“
„Ja.“
„Eine tapfere Frau, nicht wahr?“
„Warum?“
Er bekam keine Antwort. Er las sie in den Blicken der Mitreisenden. Blicke voller Grauen, verstecktem Ekel, Neugier und unterdrücktem Abscheu. Und Blicke voll triefendem Mitleid. Und plötzlich erkannte er die Ungeheuerlichkeit: Ursula war in diesen ihn anstarrenden Augen tapfer, weil sie ihn liebte – ihn, den Menschen ohne Gesicht.
„Wird – wird das wieder besser?“ fragte eine junge Frau, die an der Tür saß.
„Nein“, sagte Schwabe laut und grob. Die Reisenden zuckten zusammen.
„Aber die Kunst der Ärzte . . .“ Der Mann ihm gegenüber hob wie dozierend die Hand. „Ich habe da einmal irgendwo gelesen – aber vielleicht war’s nur ein Roman und die Phantasie eines Schriftstellers.“
„Können Sie keine Maske tragen?“ Eine Frau mit dicker

Hornbrille sah Schwabe interessiert an. „Im Mittelalter hatte man so etwas. Wenn ein Gesicht von Lepra oder Pocken zerfressen war, trug man damals Masken aus weichem Leder. Bei unserer heutigen Wissenschaft wäre es doch möglich."

Erich Schwabe erhob sich und ging hinaus auf den Gang. Dort lehnte er sich gegen die Scheibe und starrte hinaus in die vorbeifliegende, tief in den Schnee gebettete Landschaft des Westerwalds.

Hinter seinem Rücken hörte er immer lauter werdende, diskutierende Stimmen. Seine Mitreisenden stritten sich, ob die Ledermasken im Mittelalter auch hygienisch gewesen waren.

„Wenn man sie von innen puderte", rief die gelehrte Dame mit der dicken Brille. Erich Schwabe tastete sich den Gang entlang und schloß sich in dem kleinen Zugklosett ein.

Dort saß er, stützte die Arme auf das schmutzige Waschbekken und starrte gegen die Milchglasscheibe.

Wie in Bernegg, dachte er. Milchglas, das nicht spiegelt. Und allein in einem Zimmer. – Ganz allein.

Wie schön das ist.

In dem kleinen Haus des wiedereingestellten Leiters des Lohnbüros der Möbelfabrik Berger, Christian Oster, war nach den anfänglichen Unsicherheiten der Friede eingekehrt. Aber es war ein trügerischer Friede, dieses Ansiedeln zweier menschlicher Seelen auf einem vulkanischen Boden, der so dünn war, daß man das Brodeln unter den Füßen zu hören meinte.

Christian Oster, der Mann mit dem neuen Gesicht, an dem nur noch die Augen und das Haar an den alten Christian Oster erinnerten, ging seiner Arbeit so fleißig und gewissenhaft wie früher nach. Die ihn von vorher kannten, vermieden es, von den „alten Zeiten" zu sprechen, und als immer neue Heimkehrer kamen und den alten Arbeitsplatz einnahmen, hatte es Herr Berger selbst übernommen, jedem von weitem Christian Oster zu zeigen und zu sagen: „Das ist er. Tut so, als habe er sich nur wenig verändert. Auch wenn Sie es nicht glauben wollen: Es stimmt. Er ist Oster."

Soweit ging alles gut in der Möbelfabrik. Aber in dem kleinen Haus am Rande der Stadt schliefen die Probleme nur und wurden nicht so einfach gelöst wie auf der Arbeitsstelle. Hier war man unter Männern. In dem Haus aber saß eine Frau, und je näher der Zeiger der Uhr auf die Abendstunde rückte, um so fester zog sich um ihr Herz eine eiserne Klammer aus Angst und Verzweiflung. Wochenlang hatte sie sich Mühe gegeben, in dem neuen Gesicht Züge ihres Mannes zu entdecken. Es war unmöglich gewesen. Selbst seine Stimme hatte einen anderen Klang bekommen, eine näselnde Färbung der Worte. Man hatte ihm ja eine andere Nase geben müssen, einen neuen Unterkiefer, eine Zahnprothese, neue Lippen, und ein Teil der Zungenspitze war abgerissen worden. Wenn er sich unbeobachtet über die schartigen Lippen leckte, sah es aus wie das Züngeln einer Schlange. Es war für Susanne Oster gräßlich, dies zu sehen, und es war vor allem undenkbar, bei einem Kusse diese Zunge an ihren Lippen zu spüren. Allein der Gedanke entsetzte sie.

Das grauenvollste aber waren die Abende und Nächte. Sie saßen dann nebeneinander oder voreinander am Radio oder lasen, und nachts lagen sie wie hölzerne Pfosten nebeneinander, und keiner wagte es, den anderen zu berühren. Sie zogen sich sogar getrennt aus. Meistens lag Susanne schon im Bett, wenn Christian von seinem abendlichen Rundgang durch das Haus zurückkehrte und sich im Badezimmer auszog.

In einer Nacht geschah es dann. Susanne Oster wachte auf, weil ein Lichtschein sie blendete und schneidende Kälte durch ihren Körper rann. Sie schlug die Augen auf und sah das fremde Gesicht ihres Mannes dicht über sich. Das Licht der Nachttischlampe fiel auf ihren Körper. Christian Oster hatte die Steppdecke weggezogen und ihr das Nachthemd über die Brust hochgestreift. Nackt lag Susanne vor ihm, und die Kälte glitt über ihre Haut und ließ ihren Körper leicht vibrieren.

Oster kniete neben ihr. Auch er war nackt, und in seinen Augen lag eine solche Panik, ein solch schreiender Hunger, daß Susanne die Knie anzog und versuchte, das Nachthemd über ihren Leib zurückzustreifen.

Mit hartem Griff hielt Oster ihre Hand fest.

„Nein!“ sagte er heiser.

„Christian –“, Susannes Augen weiteten sich voller Angst. „Was soll das? Ich bitte dich. – Bitte, bitte . . .“

„Über zwei Jahre habe ich gewartet und von diesem Augenblick geträumt. Fünfundvierzigmal bin ich operiert worden, um ein Gesicht zu bekommen. Es war alles umsonst."

„Christian – du mußt mir Zeit lassen. Versteh mich doch. Es ist mir – es ist . . ."

„Ich bin ein fremder Mann, nicht wahr?" Christian Oster drückte ihre Hände zur Seite, dann ergriff er das Nachthemd und riß es ihr mit einem Ruck vom Körper. „Gut also – nimm diesen Fremden!"

„Ich kann nicht . . .", stammelte sie. „Bitte, bitte . . ."

„Für wen willst du treu bleiben?" fragte Oster gepreßt. Er legte seine Hände auf ihre Brust und krallte die Finger in ihr kaltes, glattes Fleisch. „Für diesen Christian Oster? Der ist doch tot. Der kommt nie wieder. Nie wieder, hörst du? Der liegt in Rußland. Auf dem Rücken liegt er, und während ihn seine Kameraden in einer Zeltplane wegtragen, schreit er immer: Erschießt mich doch. Erschießt mich doch. Weg ist er, dieser Oster, einfach weg. Und nun ist ein anderer Mann da, und du liegst neben ihm, nackt, und auch er ist nackt. Und er will dich. Hörst du – er will dich. Ich will dich!"

„Christian", schrie sie und stemmte die Fäuste gegen seine Brust. Sie trat um sich, wehrte sich verzweifelt.

„Ich bin nicht mehr Christian", brüllte Oster. „Ich bin irgendein Mann, irgendeiner. Ein Mann – ein Mann –." Er preßte seinen Kopf auf den ihren und warf sich auf ihren kalten Leib, der sich unter ihm aufbäumte und sich wegzurollen versuchte. „Ich betrüge mich mit mir selbst", stöhnte er heiser. „Ich vergewaltige meine eigene Frau. Nur weil ich ein anderes Gesicht habe. Ein anderes Gesicht. Kann ich dafür – kann ich denn dafür? Du – du . . ."

Er küßte sie. Die Zunge, dachte sie, da ist diese Schlangenzunge. Sie preßte die Zähne zusammen, aber er drängte sie auseinander und vergrub sich in ihrem Mund. Ekel schüttelte sie, Brechreiz würgte in ihrer Kehle. Sie schrie und stöhnte und kratzte ihm den ganzen Rücken auf, bis sie das Blut klebrig an ihren Fingern spürte und die Fetzen seiner Haut unter ihren Nägeln.

„Ich kann nicht – ich kann nicht . . .", schrie sie heiser und stieß mit den Knien nach ihm. Da drückte er die Finger gegen ihren Hals, schlug auf sie ein, in blinder, verzweifelter Wut. Er rang mit ihr, keuchend und brutal, bis ihre Körper schweißüberzogen in- und übereinanderglitten.

„Zwei Jahre –", röchelte er. „Zwei Jahre. Und wenn ich dich dabei umbringe."

Später lag Susanne Oster vor ihm, blaß, mit geschlossenen Augen, blutverschmiert und wie ein knochenloser Körper in einer seltsam verkrümmten Stellung. Christian Oster saß neben ihr und streichelte weinend ihren mißhandelten Leib.

„Verzeih' mir" sagte er schluchzend. „Aber ich konnte nicht mehr. Verstehst du das denn nicht, Susi? Ich konnte einfach nicht mehr. Freiwillig wärst du nie zu mir gekommen."

Sie antwortete nicht. Wie tot lag sie vor ihm. Da sprang er auf, holte warmes Wasser und wusch den Körper wie ein Leichenwäscher. Sie ließ es geschehen, mit geschlossenen Augen, um den Mund ein Ausdruck tiefster Verachtung.

Am Morgen sprach sie ebenfalls nicht darüber. Stumm machte sie wie jeden Morgen seinen Kaffee, packte ihm Frühstücksbrote ein und duldete seinen scheuen Abschiedskuß. Und dann saß sie allein in dem kleinen Haus am Stadtrand, starrte in den Spiegel und sah sich an. Ein bleiches, schmal gewordenes Gesicht, mit Augen, die in tiefen Schatten lagen. Ein rundlicher Körper, auf dem die Striemen der Nacht lagen wie rote, vollgefressene Würmer.

Am Abend kam Christian Oster später als sonst zurück.

Er war betrunken.

Mit hartem Griff faßte er Susanne, zerrte sie wieder ins Schlafzimmer und vergewaltigte sie von neuem. Sie biß ihm wie eine Wildkatze in das neue Gesicht, sie riß ihm mit den Zähnen die mühsam gestalteten neuen Lippen auf – es kümmerte ihn nicht. Er zwang sie unter seinen Willen und nahm sie mit einem Schrei, der sich anhörte wie ein Triumphgeheul.

Und so war es jetzt jede Nacht. Er war betrunken und tat ihr Gewalt an. Und von Tag zu Tag verfiel er mehr, und sein Blick wurde glasig, starr und fast irr.

Aber dann weinte er wie ein Kind.

„Verzeih mir, verzeih", stammelte er dann.

Aber sie sprach kein Wort, sie legte die Hände auf ihren Leib und drehte den Kopf zur Seite.

Sie haßte ihn, und er spürte es und suchte Vergessen in neuer Wildheit.

Major James Braddock war zurück in die USA gefahren. Es hatte einen whisky-fröhlichen Abschied gegeben, und Lisa Mainetti hatte traurig an der Straße gestanden, als Braddocks Jeep noch einmal eine Runde um den Schulhof fuhr und dann hinausknatterte auf die Chaussee nach Würzburg.

„Ich komme wieder, Darling", hatte Braddock gerufen. Auch ihm versagte die Stimme am Schluß. Verdammt, dachte er. Da ist man in dieses Land gekommen, um das Unrecht auszutreiben. Man hatte sich gesagt: ‚Diesen Deutschen werden wir es zeigen. Eher geben wir einem Nigger die Hand als einem dieser Pseudogermanen.' Und nun? Man hatte sich in dieses Land verliebt, und der Abschied war schwerer als jener Abschied vor zwei Jahren im Hafen von New Orleans. Ein Stück Herz blieb zurück und – verflucht – es war das beste Stück, das man anzubieten hatte.

Seine letzte Tat als Kommandant war gewesen, Schloß und Lazarett Bernegg als aufgelöstes Kriegsgefangenenlager zu erklären und die Überführung in die Zivilverwaltung vorzubereiten. Der bayerische Staat übernahm die Zuständigkeit. Man merkte es sofort daran, daß jetzt jeden Tag lange Fragebogen eintrafen, ein neuer Verwaltungsdirektor die Leitung übernahm und umständlich Kostenberechnungen angestellt wurden, ob es sich lohnte, diese Spezialklinik aufrechtzuerhalten, oder ob es besser sei, die Gesichtsverletzten durch die heimatlichen Kliniken behandeln zu lassen.

„Ich habe Medizin studiert, nicht um Buchhalter zu werden, sondern um zu helfen", sagte Professor Rusch nach zwei Tagen zu dem neuen Verwaltungsdirektor, als der wieder um Unterlagen bat. „Wenn man Geld genug hatte, sechs Jahre Krieg zu führen, sollte man auch Geld genug haben, die Opfer dieses Irrsinns anständig zu versorgen."

„Sie vergessen, daß wir den Krieg verloren haben", sagte der Verwaltungsmann indigniert.

Major Braddock hatte die Schlacht der Fragebogen noch in ihren Anfängen miterlebt. Er lächelte breit und musterte den papierübersäten Schreibtisch Ruschs.

„Es ist wahrscheinlich die größte Strafe für die Deutschen, wenn sie den Deutschen überlassen werden", sagte er grinsend. „Stellen Sie sich vor, wir zögen plötzlich ab und überließen Sie Ihrem Schicksal."

„Das wäre teuflisch", antwortete Lisa Mainetti. James Braddock wußte nicht, ob es ehrlich oder wieder ironisch gemeint war. Er beschloß, das erstere zu glauben.

Nach der Umwandlung des Lazaretts Schloß Bernegg in eine Landes-Spezialklinik war die Tätigkeit Dr. Mainettis eigentlich beendet. Sie konnte gehen, wohin sie wollte, ihre Dienstverpflichtung war erloschen. Es war eine Kriegsmaßnahme gewesen. Da auch Dr. Stenton versetzt wurde, waren nur noch Professor Rusch und Dr. Vohrer als Ärzte auf Schloß Bernegg. Auch Dr. Vohrer hätte hingehen können, wohin er wollte; als Militärarzt war er entlassen. Er war in Bernegg geblieben und hatte um seine Anstellung nachgesucht. „Was soll ich jetzt in Hagen?" hatte er Rusch gefragt. „Sicherlich, Ärzte braucht man überall. Aber ich glaube, hier bei Ihnen habe ich den besten Platz. Darf ich bleiben, Herr Professor?"

Es war noch gar nichts entschieden, als Lisa Mainetti den „Gestellungsbrief" mit Ruschs Unterschrift an Erich Schwabe schickte und ihn nach Bernegg holte. Nur ein neuer Arzt war aus München gekommen, gewissermaßen als eine Art „amtliches Auge". Er berichtete an das Arbeitsministerium über Wesen und Arbeit der Bernegger Klinik. Mit Dr. Mainetti war er gleich am ersten Tag zusammengestoßen.

„Hier gab es einmal einen Arzt, der war braun", sagte sie. „Ich hoffe, daß Sie nicht hier sind, um eine andere aktuelle Farbe zu verkörpern."

Dr. Peter Sulzbarth verschluckte schicklich alle Bemerkungen und berichtete wahrheitsgetreu nach München: „Die Klinik ist dringend erforderlich. Sie ist bestens eingerichtet und mit 123 Gesichtsverletzten aller Grade belegt. Die Leitung ist bei Professor Rusch in den besten Händen. Neben ihm und Dr. Vohrer ist auch noch eine Frau Dr. Lisa Mainetti im Haus, eine qualifizierte Chirurgin, aber eine etwas schwierige Dame."

Zunächst übernahm man provisorisch die alte Besetzung. Sogar der Famulus Baumann wurde als 1. Krankenpfleger mit Gehalt übernommen. „Noch ein Jahr, Herr Professor", hatte er gebeten, „dann bin ich so weit, daß ich wieder studieren kann. Wenn ich so lange bleiben darf."

So war das Wiedersehen mit Erich Schwabe nicht anders als eine Rückkehr von einem längeren Urlaub.

„Gott verhüte, daß nun auch der Wastl und der Berliner zurückkommen", rief Baumann, als er Schwabe umarmte. „Wir haben nicht mehr die Kraft, euch alle noch einmal zu ertragen."

Dr. Mainetti und Professor Rusch untersuchten Schwabe sofort. Sie gerieten in einen neuen Schmerzanfall hinein, der um so heftiger war, als Schwabe keinerlei Narkotika bei sich hatte. Stöhnend und mit den Zähnen knirschend, saß er im OP und umkrallte den Arm Lisa Mainettis.

„Mein Kopf", wimmerte er. „Himmel – mein Kopf . . ."

Rusch injizierte ihm Eukodal und machte von seinem Schädel Röntgenaufnahmen in allen möglichen Ebenen. Schon Minuten später hielt er die noch feuchten, tropfenden Aufnahmen gegen das Licht der OP-Lampe. Es zeigte sich, daß sich zwischen dem Wundgrund und dem eingepflanzten Knochensplitter eine Verdickung gebildet hatte. Sie drückte auf einen Nerv und erzeugte den wahnsinnigen Schmerz. Rusch sah Dr. Mainetti kurz an. Lisa nickte.

„Was ist es?" fragte Schwabe leise.

„Mist ist es", sagte Lisa laut.

„Die Nase", Schwabe atmete tief durch. „Muß sie wieder weg . . .?"

„Ja."

„Mein Gott. Geht es jetzt wieder von vorn los?"

„Es scheint so. Haben Sie keine Sehstörungen bemerkt?"

„Ab und zu ein Flimmern. Doch, doch. Und einmal habe ich alles doppelt gesehen." Schwabe erinnerte sich an den ersten Fehlschlag mit seiner Nase. Auch damals waren diese Sehstörungen aufgetreten, und man hatte ihm gesagt, daß er nahe an einer Erblindung vorbeigekommen war. „Mein Gott, Frau Doktor", stammelte er. „Ist es das wieder? Wie damals? Werde ich blind?"

„Nur keine Panik, Schwabe." Professor Rusch legte die Röntgenbilder zur Seite. „Sie werden diese Nacht ruhig durchschlafen, und morgen gehen wir wieder an dieses Biest von Nase heran."

„Und – wie lange dauert es?“

„Bis Sie wieder nach Köln zurück können? Etwa vier Wochen.“

„Unmöglich.“ Schwabe rutschte vom Schragen und legte wie zum Schutz seine rechte Hand über die Nase. „Das geht nicht.“

„Wieso denn nicht?“

„Meine Frau bekommt doch in den nächsten Tagen das Kind.“

„Ihre Frau – aber doch nicht Sie. Die bringt es auch allein auf die Welt.“

„Aber ich will dabeisein. Es ist – wie man so sagt – das größte Ereignis in meinem Leben.“

„Das größte Ereignis war, als man Ihnen das Gesicht wegrasierte“, sagte Professor Rusch grob. „Alles andere ist dagegen unwichtig. Diese Operation muß sofort gemacht werden.“

„Aber wenn sie noch einige Tage Zeit hat – nur ein paar Tage noch, Herr Professor.“

„Ich kann diese Verantwortung nicht übernehmen. Ach was, Schwabe, ich lasse Sie einfach nicht weg aus Bernegg.“

Schwabe senkte den Kopf. Er wußte, daß Rusch es gut meinte, er wußte, daß er recht hatte, er spürte, daß in seinem Kopf etwas war, das gefährlicher war als alles, was er bisher durchgestanden hatte. Aber er sah nicht ein, daß es nicht ein paar Tage Zeit haben sollte.

„Das war früher“, sagte Schwabe gepreßt. „Früher, Herr Professor, konnten Sie befehlen. Heute sind wir Privatpersonen.“

„Ein Idiot sind Sie“, rief Dr. Mainetti laut. „Sie bleiben hier – und damit basta. Und wenn es gar nicht anders geht, holen wir Ihre Frau nach Bernegg und lassen sie hier entbinden. Wir können nicht nur neue Nasen und Kiefer machen.“

„Wenn – wenn das möglich wäre“, sagte Erich Schwabe voll Hoffnung. „Frau Doktor – wenn Uschi nach hier kommen kann . . .“

„Natürlich geht das.“

„Kann ich ihr sofort schreiben? Oder sogar telegrafieren?“

„Von mir aus.“ Dr. Mainetti blinzelte Rusch zu, als sie dessen erstaunt fragenden Blick sah. „Erst einmal legen Sie sich auf das berühmte Zimmer B/14.“

Erich Schwabe entschloß sich, sein Telegramm an Uschi bis zum nächsten Tag aufzuschieben. Famulus Baumann setzte ihn für die Nacht unter Eukodal, und so schlief er ruhig bis gegen 8 Uhr morgens.

Professor Rusch hatte noch lange mit Lisa über die bevorstehende Operation gesprochen. Er hatte mit einem Histologen in Würzburg telefoniert und gebeten, zu der Operation herüberzukommen. Mit bleichem Gesicht hatte Lisa das Gespräch gehört und immer wieder die Röntgenbilder angesehen.

„Du glaubst doch nicht, daß es . . .“, sagte sie dumpf und ließ das Wort unausgesprochen. Rusch hob die Schultern.

„Wir müssen mit allem rechnen, Lisa. Es ist ja bekannt, daß durch traumatische Schäden Tumore entstehen können.“

„Und – und wenn es – das ist?“

Rusch hob wieder die Schultern, diesmal stumm und ohne Lisa anzusehen. Es bedurfte keiner Antwort, Lisa kannte sie selbst gut genug.

„Willst – willst du es ihm sagen, wenn es wahr ist?“

„Ja.“

„Er wird sich wieder das Leben nehmen wollen.“

„Diesmal nicht. Er hat ein Kind. Und er wird die Zeit, die ihm noch bleibt, nur für dieses Kind leben.“

„Er wird wahnsinnig werden.“

Rusch senkte den Kopf. Seine Stimme war klein und fast kläglich.

„Das wird er so oder so – wenn es wahr sein sollte.“

Die Operation wurde um zwei Tage verschoben. Der Histologe aus Würzburg hatte sich den Fuß verstaucht und lag mit Alkoholkompressen im Bett. Aber er versprach, sich so schnell wie möglich nach Bernegg fahren zu lassen.

Erich Schwabe hatte einen Brief an Ursula geschrieben. Das erschien ihm besser als ein kurzes Telegramm. Er ließ ihn durch Eilboten wegschicken und wartete nun auf Uschis Anruf. Statt dessen kam einen Tag später ein Brief aus Köln. Nicht von Ursula, nicht von Karlheinz Petsch oder Frau Hedwig Schwabe. Es war ein unscheinbares, neutrales Kuvert, ein billiges Kuvert aus der Kriegszeit. Ein Brief ohne Absender.

Verwundert riß Schwabe den Umschlag auf und entnahm

ihm einen Zettel aus braungrauem Wehrmachtspapier. Mit einer alten, verschmutzten und typenverschlissenen Schreibmaschine waren ein paar Sätze geschrieben.

„Sie Narr,

glauben Sie, Ihre Frau liebt Sie? Betrogen werden Sie. Sie können nichts dafür, daß Sie kein Gesicht mehr haben, deshalb tun Sie uns leid. Glauben Sie wirklich, dieser Petsch tut alles nur aus purer Kameradschaft? Fragen Sie doch mal Ihre Frau . . .

Einige Nachbarn.“

Erich Schwabe las den Brief ein paarmal, ohne zu atmen. Dann seufzte er und legte sich zurück auf sein Bett im Zimmer 14.

Wie gemein, dachte er. Wie kann man Uschi so verdächtigen.

Aber dann dachte er weiter.

Wer hatte ihn gedrängt, wieder nach Bernegg zu fahren?

Wie kam es, daß gerade in diesen Tagen dieser Brief von Professor Rusch kam? Ein Brief – wie bestellt.

Wie war es bei dem ersten Ausflug mit dem neuen Wagen. „Wir fahren, wohin Uschi will“, hatte Petsch gerufen. Immer hatte er Schokolade mitgebracht. Und als er, Schwabe, damals unverhofft zurückkehrte – wer saß im Keller? Wer trank Cognac? Wer hatte begonnen, eine Wohnung aufzubauen? Wer trat sofort seinen schönen, großen, ausgebauten Keller ab?

Erich Schwabe las den Brief noch einmal. „Fragen Sie doch mal Ihre Frau.“

„Das ist nicht wahr“, sagte Schwabe laut. „Das ist eine Gemeinheit. Das ist nicht wahr!“

Nach dem Mittagessen ging Schwabe hinunter nach Bernegg. „Ich hole mir Briefpapier“, sagte er zu Baumann, den er auf dem Flur traf. Und er scherzte sogar: „Abmelden braucht man sich ja jetzt nicht mehr, was?“

Am Abend war er noch immer nicht zurück. Als Baumann es bei Dr. Mainetti meldete, saß Erich Schwabe bereits im Zug und fuhr durch das verschneite Hessen.

Fragen Sie doch mal Ihre Frau, bohrte es in ihm. Sie können nichts dafür, daß Sie kein Gesicht mehr haben . . .

Nun wollte er sie fragen.

Was ist mit Karlheinz Petsch?

Von wem – von wem ist das Kind?

Erich Schwabe stöhnte und legte sein zerstörtes Gesicht in beide Hände.

Er war allein. Er saß wieder auf dem Zugklosett, vor der klappernden Milchglasscheibe.

18

Der Zug hielt wieder auf der rechten Rheinseite, im Bahnhof Köln-Deutz. Ein eiskalter Wind pfiff den Rhein hinauf und schlug mit seiner nägelgespickten Faust Erich Schwabe ins Gesicht.

Schwabe ging langsam über die von den Amerikanern und Engländern konstruierte Pontonbrücke, blieb in der Mitte des Stroms stehen und starrte in die graubraunen Wellen.

Was soll ich tun, wenn es wahr ist? dachte er. Man könnte vieles tun, gewiß. Man könnte zum Beispiel töten, beide und sich selbst. Aber was nützte es?

Hinter ihm blieb ein englischer Soldat stehen und betrachtete ihn mißtrauisch.

„Ueitergähenn", sagte er laut. „Los, los!"

Schwabe nickte und tappte weiter über die leicht schwankende Pontonbrücke. Weitergehen – ja, wie soll es weitergehen? Hat es überhaupt einen Sinn, mit einem solchen Gesicht noch zu leben? Wie kann man hoffen, daß andere Menschen es ertragen können, wenn sich die eigene Frau davor erschreckt.

Der Schmerz zuckte wieder von seiner Nase in das Gehirn. Er umklammerte das Geländer der Brücke, beugte sich vor, krümmte sich und drückte das Gesicht gegen das eisige Gestänge.

Hineinfallen, dachte er plötzlich. Einfach in diesen Fluß fallen, den Mund weit aufmachen, schlucken, schlucken und sich wegschwemmen lassen. Und dann war Ruhe, endlich Ruhe.

„Ueitergähenn", sagte hinter ihm wieder die Stimme des englischen Brückenpostens. Schwabe richtete sich auf und drehte sich um. Es war ein junger Soldat, der seine Militärdienstpflicht im besetzten Germany absolvierte.

„Du hast gut reden, mein Junge", sagte Schwabe schwach.

„Du hast ein nettes, schönes Kindergesicht. Und es wird sicherlich ein Mädchen geben, das dich streichelt und deine Lippen küßt und glücklich ist, wenn es deine Augen sieht. Und was habe ich? Eine Fratze!"

„Nix värstähenn", sagte der junge Soldat und winkte mit der Maschinenpistole, weiterzugehen. „Go on."

„Wer könnte das auch verstehen, mein Junge?" Schwabe nestelte in seiner Manteltasche, um eine Zigarette zu suchen. Der Schmerz hatte nachgelassen. Nun mußte er rauchen, eine Kippe oder eine Zigarette, gedreht aus vier gesammelten Kippen. Der junge Soldat grinste breit. Er griff in seinen Uniformmantel und hielt Schwabe eine Packung hin.

„Danke, mein Junge", sagte Schwabe und zog sich eine der langen, goldgelben Zigaretten heraus. Er zündete sie an und hustete, weil der süßlich-schwere Rauch wie eine Wolke in seine Lunge drang und ihn fast erstickte. „Du ekelst dich nicht vor mir, nicht wahr? Du denkst dir nur: Armer Kerl – haben dir die Visage weggeschossen. Kann mir auch passieren. Stimmt, mein Junge, kann dir auch passieren. Und vielleicht stehst du dann irgendwo auf einer Brücke, vielleicht auf der Tower-Bridge, und starrst in die schmutzige Themse und denkst dir: Jetzt da unten schwimmen als stumme, gefühllose Leiche. Das wäre eine Lösung. Aber du springst nicht – so wenig wie ich. Weil du nämlich glaubst, daß es wirklich weitergeht. Irgendwie. Mach's gut, mein Junge."

Er klopfte dem verblüfften englischen Soldaten auf die Schulter und tappte auf das linke Rheinufer zu. Der Dom ragte vor ihm auf wie zwei Finger einer Schwurhand, die aus der Erde wächst und gegen den Himmel stößt.

Mit großen Schritten ging Schwabe durch die Trümmerstadt. Aber als er in seine Straße einbog, wurden seine Schritte kürzer und langsamer. Schließlich blieb er zwei Häuser vor seinem Haus stehen und drückte sich in einen dunklen, zerstörten Hauseingang.

Was soll ich sagen, wenn ich plötzlich vor ihnen stehe? dachte er. Was kann geschehen, wenn dieser Brief nur eine Lüge ist? Wenn er wahr wäre – bestimmt hätte Mutter etwas zu mir gesagt. Mutter hätte es mir nie verschwiegen, nie. Sie hätte Ursula hinausgeworfen und diesen Karlheinz Petsch dazu.

Ein neuer, ihn voll und ganz ausfüllender Zweifel hemmte in ihm alle Aktionen. Mein Gott, wenn es *nicht* wahr ist, dachte er.

Vom anderen Ende der Straße rappelte ein Auto heran. Schwabe erkannte es: der P 4 mit der seitlichen Ölfarbenaufschrift „Schwabe & Petsch. Wiederaufbau GmbH". Die letztere, dumme Bezeichnung stammte von Petsch und war auf Schwabes Widerstand gestoßen. Aber es zeigte sich, daß Petsch ein fabelhafter Psychologe war: Das Wort „Wiederaufbau GmbH" war wie ein Magnet. Es zog Butter, Eier, Kaffee, Tabak, Schinken und Speck an, wo es auch auftauchte.

„Man muß die Mentalität der Menschen kennen, dann klappt's", war Petschs zweites Wort, und er hatte bisher immer recht behalten.

Schwabe zertrat seine Zigarettenkippe und drückte sich gegen die zerborstene Mauer. Der Wagen hielt vor dem Schwabekeller. Petsch sprang aus dem Auto, rannte um den Kühler herum und riß wie ein Chauffeur die andere Tür auf. Langsam stieg Ursula heraus. Sie war durch ihren schweren Leib unbeweglich und unsicher geworden. Petsch faßte sie unter – fast zu liebevoll, dachte Schwabe – und stellte sie auf die glatte Straße.

„Na, das hätten wir", hörte Schwabe deutlich Petsch sagen. „Zufrieden, Mädchen?"

„Ja, Karlheinz."

„Und was kriegt der gute Heinzi dafür?"

Ursula lachte. Sie beugte sich vor und gab Petsch einen Kuß auf die Augen.

„Wie zahm", sagte Petsch. „Früher war's mehr."

Erich Schwabe preßte die Hände flach gegen die rissige Mauer. Zitternd starrte er hinüber zu Ursula und Petsch, der wieder um den Wagen herumging und einstieg.

„Ich bring' die Karre weg und komm noch auf 'nen Sprung zu euch", rief er. „Und dem Erich kannste schreiben, daß du hierbleibst."

Schwabe verhielt sich still. Er sah, wie Ursula in den Keller hinabstieg und drückte sich eng an die Wand, als Karlheinz Petsch mit dem P 4 an ihm vorbeifuhr. Trotz des Motorenlärms hörte Schwabe, wie Petsch lustig und laut pfiff.

Dann war wieder die einsame, kalte Nacht um ihn, und auch

in seinem Inneren war es Nacht und kalt und von einer grenzenlosen Öde.

Es war nicht mehr nötig, hinabzugehen in den Keller und zu fragen. Es war sinnlos geworden, Lügen zu hören und sich zu bemühen, sie zu glauben, um sich selbst zu betäuben vor der zerreißenden Wahrheit.

Was sollte jetzt noch gefragt werden? Was hatten Beteuerungen, gestammelte Worte, Tränen, Schwüre, Erklärungen noch für einen Sinn?

Erich Schwabe löste sich aus der Dunkelheit der Trümmer und tappte durch das Ruinenfeld, quer durch die zerstörten Häuserreihen, zurück in die Innenstadt. Erst drei Häuserblocks weiter, wo er eine Begegnung mit Petsch nicht mehr zu befürchten hatte, trat er wieder auf die Straße und stapfte durch den eisigen Wind wieder dem Rhein zu.

Auf der Pontonbrücke kam ihm ein anderer junger Soldat entgegen, der Zigarettenspender war abgelöst worden und schlief jetzt unter einer warmen flauschigen Decke in seiner Wachbaracke. Vielleicht träumte er von dem Mann ohne Gesicht, dem er eine Zigarette geschenkt hatte, aus purem Entsetzen, weil er noch nie ein so zerstörtes Gesicht gesehen hatte.

Im Deutzer Bahnhof klemmte sich Schwabe in eine Ecke des notdürftig mit Sperrholz und Pappe abgedichteten Wartesaals. Die ätzende Luft von Schweiß, trocknenden, nassen Kleidern, Ausdünstungen von ungewaschenen Körpern trieb die Müdigkeit in seine Augen. Wie die hundert Menschen um ihn rollte sich auch Schwabe zusammen und schlief.

Nun bin ich ganz allein, war das letzte, was er deutlich dachte. Kein Gesicht, keine Heimat, keine Frau, keine Mutter, keine Zukunft. Wie eine Ratte liegt man hier, wie sie verfolgt von Abscheu und Ekel.

Ein Abfall des Krieges.

Von den gesunden Menschen weggestoßen.

Was ist das: Vaterland?

Am späten Nachmittag tappte Schwabe wieder durch die Eingangshalle von Schloß Bernegg, schmutzig, hungrig, müde, mit trüben Augen. Er stierte Dr. Mainetti, die auf der Treppe stand, wie eine Fremde an, und es war offensichtlich, daß er sie gar nicht bemerkte.

„Schwabe“, sagte Lisa laut. „Mensch, wo waren Sie denn? Wie sehen Sie denn aus?“

„Wie eine Ratte“, sagte Schwabe dumpf.

„Wo waren Sie?“

„In Köln.“

„In Köln? Ohne etwas zu hinterlassen? Ist das Kind denn schon da?“

„Das Kind?“ Schwabe starrte Dr. Mainetti wie einen explodierenden Vulkan an. „Das – Kind –?“

Er warf die Arme hoch, und dann schrie er gellend auf und fiel vornüber auf das Gesicht, wie ein Baum, den der letzte Axthieb umwirft.

Es war mit ihm nicht mehr zu reden. Dr. Mainetti erreichte nichts, Professor Rusch gab resignierend auf, und auch der Famulus Baumann sagte nach einer Stunde: „Mach, was du willst, du sturer Hund. Aber den Brief an deine Frau schreibe ich nicht. Sieh zu, wer dir diesen Blödsinn schreibt!“

Erich Schwabe saß, gebadet und wie in alten Zeiten mit leukoplastverklebtem Gesicht, in Zimmer 14 und hatte die Fäuste auf den Tisch gelegt. Seit drei Stunden hatte man versucht, ihn von seinem Plan abzubringen.

„Es ist völlig sinnlos, was Sie alles sagen“, hatte er Lisa angefaucht. „Ich bleibe hier. Ich gehe nie mehr nach Köln zurück. Ich will ihnen nicht einmal mehr selber schreiben. Ihr habt den Walter Hertz wieder aufgenommen – bitte, nun nehmt auch mich auf. Ich kann mich nützlich machen. Ich kann alles, schreinern, mauern, Leitungen legen, alle Reparaturen. Stellt mich als Hausmeister ein oder als Lokuspfleger – mir ist alles egal. Aber ich bleibe hier. Und wenn ihr mich ’rausschmeißt er stockte und sah Dr. Mainetti aus entschlossenen Augen an, „bitte, dann ist da noch der Teich. Und Bäume gibt’s hier auch genug. Ich will nichts mehr von der Welt sehen – nichts mehr, nichts“, brüllte er.

Der einzige, der ihn verstand, war Walter Hertz. Der hatte Schwabe seine Geschichte mit der Familie Wolfach erzählt. „Wir gehören eben einfach nicht mehr zu denen da draußen, Erich“, sagte er. „Es war eben ein großer Fehler, daß wir weiterleben. Als Tote wären wir jetzt Helden – aber als Menschen ohne Gesicht sind wir ein Ärgernis. Alle wollen so schnell wie möglich vergessen, und da kommen wir mit unseren Fratzen und sagen: ‚Seht, so war's. Das ist der Krieg.'"

Walter Hertz strich sich über sein hängendes Auge. „Der Deutsche will nicht an seine unliebsame Vergangenheit erinnert werden. Und das wird schlimmer werden von Jahr zu Jahr. Du wirst es sehen: Man wird uns persönlich übelnehmen, daß wir durch unser Weiterleben die anderen am Vergessen hindern." Er ballte die Fäuste und hieb mit ihnen auf den Tisch wie auf eine Riesentrommel. „Aber sie sollen nicht vergessen. Sie sollen uns immer ansehen", schrie er. „Die Schieber, die dick und fett werden, die Generäle, die ihre Memoiren schreiben über die ‚großen Zeiten', die Politiker, die alles am schnellsten vergessen und von neuen Silberstreifen am Horizont träumen. Vor ihnen müssen wir stehen und sie angrinsen aus unseren zerstörten Gesichtern, bis sie im Schlaf aufschreien vor dem Anblick, der sie verfolgt bis in ihre tiefste Seelenfalte. Erich, das wäre ein Ziel, um weiterzuleben: das lebendige Gewissen einer geopferten Generation sein. Eine Mahnung für die Jungen, denen man bald wieder Kanonen und Panzer und Gewehre zum Spielen geben wird und zu denen man sagen wird: Es ist eine Ehre, eine Uniform zu tragen. Dann müssen wir dastehen, Erich, und unsere Gesichter zeigen. Und weißt du, was dann geschehen wird? Man wird uns wegschaffen, man wird uns verhaften – wegen Gefährdung des Staats."

„Das ist alles ganz gut und schön", sagte Schwabe und ging im Zimmer hin und her. „Aber mich geht es einen Dreck an. Ich will nichts mehr wissen, hörst du? Nichts mehr von Politik, nichts von denen da draußen außerhalb der Schloßmauer. Ich will nur leben. Ganz ruhig, ganz allein. Ich will am See sitzen und angeln, ich will im Park spazierengehen, und ich will malen. Jawohl, malen will ich. Ich habe einmal damit angefangen, und es war ganz gut. Bäume will ich malen, und Blumen und Schmetterlinge und Wolken und die Abendsonne. Alles will ich malen – nur keine Menschen. Und hier im Park sollen sie mich begraben, dort wo die anderen Gesichtsverletzten liegen. Ich will nie mehr zurück zu den Gesunden. Nie mehr. Auch als Toter nicht."

„So haßt du sie?" fragte Walter Hertz dumpf.

Schwabe nickte.

„Ja, so hasse ich sie. Eigentlich gibt es kein Wort für das, was ich empfinde.“

Walter Hertz war es denn auch, der den Brief an Ursula schrieb, den Schwabe selbst nicht schreiben wollte. Hertz schrieb ihn nach Schwabes Diktat.

Es war eine kurze Abrechnung, ein endgültiger Abschied, ein totaler Verzicht auf alles, was einmal die Welt des Erich Schwabe gewesen war.

„Es hat keinen Sinn, hierherzukommen. Ich werde niemanden empfangen, ich will keinen mehr sehen. Ich schließe hiermit das Leben des Erich Schwabe ab, für Euch und für alle. Was übrigbleibt und hier hinter einer Mauer weiterlebt – was kann es Euch interessieren? In eine Scheidung willige ich hiermit ein. Besorgt alles und macht es schnell.

Und lebt weiter – und laßt mich in Ruhe.

Erich Schwabe.“

Das war der Schluß des Briefes, den Walter Hertz mit seiner schönen Handschrift für Schwabe schrieb. Baumann, der die Post auf den Stationen einsammelte, brachte den Brief sofort zu Dr. Mainetti, die das Kuvert sinnend zwischen den Fingern drehte.

„Man sollte es aufmachen, Frau Doktor“, sagte Baumann. „Hier dürfen wir es.“

„Warum?“ Lisa legte den Brief Schwabes auf den Stapel der anderen Post zurück. „Ich weiß, was er geschrieben hat.“

„Ich auch, Frau Doktor. Ich habe es abgelehnt, diesen Blödsinn zu schreiben. Aber der Hertz ist ja genauso verrückt. Was sollen wir tun?“

„Abschicken, Baumann.“

„Aber die Frau? Wenn es nun gar nicht wahr ist? Wenn der Erich sich das zurechtgesponnen hat?“

„Das wird sich jetzt herausstellen. Sie wird diesen Brief ja nicht unbeantwortet lassen. Vor allem die Mutter wird kommen.“

„Und er wird keinen anhören.“

„Abwarten, Baumann.“ Dr. Mainetti gab ihm die Briefe zurück. „Ich bin ja auch noch da.“ Sie dachte an das Gesicht

Schwabes und an das, was noch an ihm getan werden mußte, ehe man sagen konnte: ‚Mehr können wir nicht tun. Es würde drei oder vier Jahre dauern.

„Und Zeit haben wir, Baumann, viel Zeit. Bei Schwabe ist manches zu schnell gegangen. Das war ein Fehler, an dem auch ich mitschuldig bin."

Drei Tage später trafen Ursula und Frau Hedwig Schwabe in Bernegg ein.

Dr. Mainetti hatte es erwartet, als ein Telegramm auf dem Schloß eintraf, das Schwabe ungeöffnet zerriß und wegwarf. Lisa aber hatte sofort ein Doppelzimmer auf Abruf reservieren lassen, und Professor Rusch hatte mit der Würzburger Klinik telefoniert und ein Bett auf der Wöchnerinnen-Station bestellt.

Dr. Mainetti fuhr sofort hinunter nach Bernegg, als Frau Hedwig Schwabe anrief. Ursula sah aus, wie eine Frau aussieht, die drei Tage und Nächte nicht geschlafen hat. Unter ihrem bleichen, aufgedunsenen Kopf und den schmalen Schultern wirkte der schwere Leib noch unförmiger, und Lisa sah, daß es nur noch Stunden dauerte, bis das Kind zur Welt kam.

Ursula saß starr auf der äußersten Kante eines Stuhls, als Lisa in das Hotelzimmer trat. Bevor sie etwas sagen konnte, hob Ursula die Hand.

„Bitte, bitte, sagen Sie die Wahrheit, Frau Doktor. Ist – ist Erich verrückt geworden?"

„Nein. Nicht direkt." Lisa Mainetti drückte Frau Hedwig Schwabe die Hand. Die alte Frau war wie damals bei ihrem ersten Besuch in Bernegg von einer beherrschten Ruhe und einer mütterlichen Kraft, die Lisa deutlich spürte. Sie hatte nichts von der Verzweiflung Ursulas an sich. Jetzt, wo ihr Sohn die Wahrheit wußte, begann sie wieder zu kämpfen. Gegen Karlheinz Petsch, gegen Ursula, nur um das Wohl ihres Sohnes sorgend, eine eisgraue Tigerin, die kein Mitleid mehr kannte, mit niemandem – außer mit ihrem Sohn.

Sie hatte in Köln sofort nach dem Eintreffen des Briefes und der Ohnmacht, in die Ursula gefallen war, Karlheinz Petsch in den Keller gerufen. Sie hatte ihm den Brief gezeigt, und als Petsch fröhlich sagte: „Na also, hab' ich doch immer gesagt: ‚Alles löst sich von allein.' Wenn alles normal läuft, können

Uschi und ich im Sommer heiraten" – da hatte sie stumm ihre Hand gehoben und kräftig in das Gesicht Petschs geschlagen.

„Aber Mütterchen . . .", hatte Petsch gestammelt, und Frau Schwabe hatte ruhig gesagt:

„Hinaus. Oder ich rufe die Polizei und zeige deine ganzen Schiebereien an."

„Davon habt ihr ja auch gelebt", hatte Petsch gebrüllt.

„Natürlich. Und ich werde auch dafür ins Gefängnis gehen. Einer alten Frau macht das nichts mehr aus, es schadet ihr nichts mehr. Aber vor dir haben wir dann endlich Ruhe."

Und Karlheinz Petsch war hinausgegangen und mit dem P 4 abgefahren.

Irgendwohin. Am nächsten Tag holte ein Spediteur seine Möbel aus dem Keller. Frau Schwabe und Ursula fragten nicht. Auch das Paket, das er ihnen bringen sollte, wiesen sie zurück.

„Es sind drei Pfund Rollschinken", sagte der Möbelpacker.

„Essen Sie ihn."

„Sie schenken mir drei Pfund Schinken?"

„Ja."

„So Verrückte müßte ich jeden Tag finden."

Dann fuhr er mit Petschs Möbeln ab. Und Frau Schwabe sagte etwas, was auch Ursula empfand und was ihr eine flammende Angst durch das Herz trieb:

„Zu spät. Was nun?"

„Wir fahren nach Bernegg, Mutter."

„Und dort?"

„Es wird alles gut werden."

„Das glaube ich nicht." Frau Schwabe sah ihre Schwiegertochter kalt an. „Ich bleibe in Bernegg bei Erich. Er ist mein Kind."

„Und ich, Mutter?"

Frau Schwabe hob stumm die Schultern und wandte sich ab.

„Ich habe ein Kind von Erich!" schrie Ursula.

„Wenn er es nicht glaubt?"

„Aber er weiß doch . . ."

„Er weiß von Petsch. Einmal mußte es soweit kommen. Er ist mein Sohn, und er hat kein Gesicht mehr. Mich wird er wiedersehen wollen – ich bin seine Mutter."

„Das heißt – das heißt –", stammelte Ursula, „– daß ich . . ."

Frau Schwabe nahm ihren Einkaufskorb und legte einen Schal um ihre weißen Haare. „Vielleicht. Ich gehe jetzt einkaufen. Auf Abschnitt 10 gibt es drei Eier."

Nun saßen sie Dr. Mainetti gegenüber, und Lisa spürte den Bruch, der zwischen den beiden Frauen war.

„Sie wissen, wie die Situation ist", sagte sie ernst. „Ihr Mann, Frau Schwabe, war heimlich in Köln."

„Er – er war in Köln?" sagte Ursula wie eine aufgezogene Sprechpuppe.

„Er hat einen anonymen Brief bekommen. In Köln erlebte er, durch Zufall, von einem Trümmergrundstück aus, wie Sie mit diesem Karlheinz Petsch in seinem Wagen nach Hause kamen und ihn küßten."

„Hure", sagte Frau Hedwig Schwabe eisig.

Ursulas Kopf sank auf die Brust. Sie schüttelte ihn ganz schwach und kaum sichtbar.

„Ich weiß", sagte sie mit heller Stimme wie ein Kind. „Aber es war ganz anders."

„Auch als er bei dir im Bett lag und dir Seidenstrümpfe schenkte? Wie eine Hure hat er dich bezahlt."

„Nein, damals war es wahr." Ursula sah mit flatternden Augen zu Dr. Mainetti auf. „Ja, ich habe etwas mit diesem Petsch gehabt. Aber ich habe es bereut, jeden Tag, jede Stunde bereut. Damals war ich verzweifelt und einsam, und er kam herein, und er war Leben, warmes, lustiges Leben. Aber seitdem war nichts mehr, gar nichts. Warum glaubt ihr mir denn nicht?"

„Und der Kuß, den Erich gesehen hat?" fragte Frau Schwabe hart und mitleidlos.

„Das war Dankbarkeit."

„So kann man's auch nennen", lachte Frau Schwabe bitter.

„Petsch war mit mir zur Klinik gefahren. Ich habe mich noch einmal untersuchen lassen, um genau zu wissen, wann das Kind kommt. Ich – ich hatte einen Plan. Wenn ich noch etwas Zeit gehabt hätte, wollte ich nach Bernegg fahren, zu Erich. Aber der Arzt sagte, ich solle in Köln bleiben. Es wäre ungewiß, ob ich die lange Eisenbahnreise überstehen könnte. Und dann hat mir Petsch angeboten, mich mit dem Auto nach Bernegg zu bringen. Und darum habe ich ihm einen Kuß gegeben – nur darum . . .“

Frau Hedwig Schwabe sah starr aus dem Fenster. Ihr Gesicht war maskenhaft weiß und unbeweglich. So war es, dachte sie, oder so könnte es gewesen sein. Und wenn es nur eine Lüge war? In ihrer Kampfbereitschaft für ihren Sohn war sie gewillt, an das letztere zu glauben. Sie lügt, redete sie sich ein. Es darf nicht anders sein. Sie lügt.

Dr. Mainetti ging wortlos im Zimmer auf und ab. Sie war bereit, Ursula zu glauben, und grübelte nun darüber nach, wie man es Erich Schwabe erklären sollte. Eines war nun gewiß: Es hatte ein paar Stunden gegeben, in denen Ursula Schwabe ihren Mann vergessen hatte. Diese Stunden so zu erklären, daß sie auch Erich Schwabe begriff, war ein Unternehmen, das selbst Lisa Mainetti in diesem Zustand Schwabes als aussichtslos betrachtete. Für ihn gab es keine Erklärungen mehr, keine Argumente, keine verzeihende Vernunft. Für ihn gab es nur noch die Abkehr von allem, was gewesen war, die völlige Isolierung seines Ichs, eine kleine, neue Welt, die so eng war, daß sie nur Platz bot für ihn allein. Und heute und auch in den kommenden Wochen war es unmöglich, ihn aus dieser Welt herauszureißen. Es bedurfte nur eines Blicks in den Spiegel, und er würde wieder zurückrasen in die Einsamkeit. Erst wenn sein Gesicht wieder so aussah, daß er selbst von sich sagen konnte: Ich sehe wieder wie ein Mensch aus – erst dann gab es eine Möglichkeit, eine Brücke zwischen Einsamkeit und Leben zu bauen.

Dr. Mainetti blieb stehen. Sie sah die beiden Frauen mit einem Ausdruck an, der Frau Hedwig Schwabe instinktiv erkennen ließ, daß hier eine Gegnerin vor ihr stand. Sie straffte sich und erwiderte den Blick Lisas.

„Nun?“ fragte sie kampfbereit.

„Sie haben mir die Wahrheit gesagt“, begann Dr. Mainetti. „Erwarten Sie, daß Ihr Sohn und Ihr Mann diese Wahrheit einfach hinnimmt?“

„Nein.“ Frau Hedwig Schwabe räusperte sich. „Aber ich kann als seine Mutter mit ihm sprechen und ihm . . .“

„Sie werden nicht mit ihm sprechen.“

„Doch.“

„Nein.“

„Ich möchte wissen, wer mich zurückhalten könnte.“

„Ich.“

„Ich werde vor das Schloß ziehen und so lange schreien, bis mein Sohn mich hört“, sagte Hedwig Schwabe mit einer Kälte, die selbst Lisa erschauern ließ.

„Und ihr Sohn wird Sie schreien lassen. Er haßt alles, was außerhalb dieser Mauern ist.“

„Ich bin seine Mutter. Ein Sohn kann seine Mutter niemals hassen. Das gibt es nicht.“

Dr. Mainetti blieb vor Frau Schwabe stehen. Sie starrten sich an – zwei unerbittliche, mitleidlose Feindinnen.

„Warum haben Sie über ein Jahr geschwiegen?“ fragte Lisa leise. Frau Schwabes Augen begannen zu flimmern.

„Um meinen Sohn zu schonen.“

„Und nun ist das nicht mehr nötig?“

„Er weiß es jetzt. Nun braucht er mich, um es zu überwinden.“

„Das glauben Sie.“ Lisa holte Atem. Es ist gemein, was ich sage, dachte sie, aber ich muß es aussprechen, um Erich Schwabe zu retten. „Ich weiß, daß Ihr Sohn Sie als eine Mitschuldige betrachtet. Er weiß, daß Sie diesen Petsch in Ihrer Wohnung geduldet haben. Weil er Speck und Butter brachte, Eier und Schinken. Und Schnaps. Frau Schwabe – Schnaps, den Sie heimlich tranken, um Ihr Gewissen zu betäuben. So ist das. Auch Sie will Ihr Sohn nicht mehr sehen.“

Frau Schwabe saß wie ein Wachsfigur, steif und unbeweglich. Nur ihre Augen flackerten. Neben ihr weinte Ursula lautlos in ein Taschentuch, das sie sich vor das Gesicht hielt.

„Mein – mein Sohn soll mir das selbst sagen. Mir ins Gesicht. Seiner Mutter ins Gesicht“, sagte Frau Schwabe dumpf. „Erst dann glaube ich es und gehe.“

„Er hat es gesagt“, rief Lisa Mainetti grob. „Durch mich.“

„Und was soll nun werden?“ fragte Ursula kläglich. „Es kann doch nicht so bleiben. Es ist doch sein Kind . . . Sie glauben es mir doch, Frau Doktor, nicht wahr?“

Lisa nickte und legte den Arm um die zuckende Schulter Ursulas. „Vor einem Jahr sagte ich zu Ihnen: Geduld, Geduld. Ich kann Ihnen heute nichts anderes sagen. Doch – ein anderes

Wort ist dazugekommen: Kraft. Besitzen Sie die Kraft, unendlich geduldig zu sein. Das ist alles, was Sie tun können. Und bringen Sie Ihr Kind zur Welt – mit Freude. Dieses Kind könnte eine Brücke sein – die einzige."

„Und ich kann Erich nicht sehen?"

„Nein. Er will es nicht."

„Dann darf ich Sie bitten, einen Brief an ihn mitzunehmen", sagte Frau Hedwig Schwabe. Sie hielt Dr. Mainetti ein Kuvert hin. Lisa schüttelte den Kopf.

„Wozu? Er wird ihn ungeöffnet zerreißen, wie er das Telegramm zerrissen hat. Für ihn gibt es jetzt kein ‚Draußen' mehr."

„Aber ich bleibe in Bernegg", sagte Frau Schwabe steif.

„Ich auch", stammelte Ursula.

„Wir warten hier."

„Das ist doch sinnlos. Es kann Monate dauern, vielleicht Jahre." Dr. Mainetti sagte das Letzte, was sie eigentlich verschweigen wollte. „Es wird für Erich Schwabe nicht eher einen Weg zurück zu den Menschen geben, bis er sein Gesicht völlig wiederhat."

Frau Hedwig Schwabe nickte. „Ich bin jetzt 63 Jahre", sagte sie. „Ich bin noch nicht zu alt zum Warten. Ich bleibe hier."

Dr. Mainetti spürte, daß es endgültig war. Es gab keine weiteren Worte mehr, die nutzbringend gewesen wären. Sie blieben hier, eine alte Frau und eine junge Mutter. Sie würden hier unten im Tal sitzen, in Bernegg, in einer kleinen Wohnung, sich mit irgend etwas ernähren. Und warten, warten, immer nur warten. Und jeden Tag hinaufstarren zum Schloß, wo hinter einer hohen Mauer ein Mann durch den Park ging und nach jeder gelungenen Operation an seinem Gesicht sich mehr zum Leben zurücksehnte.

„Ich kann Sie nicht daran hindern", sagte Lisa Mainetti.

„Nein. Das können Sie nicht", antwortete Frau Schwabe fast stolz.

„Wenn ich Ihnen helfen kann."

„Danke. Wir helfen uns selbst. Helfen Sie meinem Sohn."

Ohne ein weiteres Wort verließ Dr. Mainetti das Zimmer und fuhr zurück zum Schloß. Sie hatte das deutliche Empfinden, der alten Frau unterlegen zu sein. Diese unerklärliche, mütterliche Kraft – das war etwas, vor dem jeglicher Verstand versagte.

In der Nacht bekam Ursula die ersten Wehen. Ein Krankenwagen brachte sie nach Würzburg in das bereitgestellte Bett.

Um 9 Uhr morgens gebar sie das Kind. Einsam, weinend, nur im Beisein der Hebamme. Und als sie zurückkam in das Krankenzimmer, erschöpft, schweißgebadet, den Lysolgeruch des Kreißsaales um sich, empfingen sie kein Blumenstrauß, kein liebevoller Händedruck, kein Dankeskuß, kein liebes Wort, keine glücklichen Augen, keine Zärtlichkeit.

Man hob sie in ihr Bett, stellte eine Tasse Tee neben sie auf den Nachttisch und überließ sie der Einsamkeit.

„Ein Mädchen“, sagte Ursula, nur um etwas zu hören, einen Laut, eine menschliche Rührung. „Es ist ein Mädchen, Erich. Sollen wir es Erika nennen?“

Dann drehte sie sich zur Wand und weinte mit gegen den Mund gepreßten Fäusten.

Lisa Mainetti traf Erich Schwabe im Park. Er saß, in einen dicken, alten Militärmantel gehüllt, am Teich und fütterte mit Maiskörnern einen Schwarm Grünmeisen.

„Gratuliere“, sagte Lisa und klopfte Schwabe auf die Schulter. Erich Schwabe nickte beifällig.

„Nicht wahr, sie sind fast zahm. Es ist schön, mit Tieren zu leben. Sie machen es einem leicht, nicht mehr an die Menschen zu denken.“

Lisa bückte sich, nahm eine Handvoll Mais und streute sie in den girrenden Vogelschwarm hinein.

„Es soll Erika heißen“, sagte sie dabei.

Schwabes Hand, die zu den Maiskörnern griff, blieb auf halbem Wege in der Luft hängen. Es war nur ein kurzes Zusammenzucken – dann griffen seine Finger in den Topf und streuten neue Körner auf den festgestampften Schnee.

„Der dort, der Dicke, Grüne – das ist Otto. Ich hab' ihn so getauft. Er ist der Chef. Sehen Sie nur – er verteilt die Körner. Gestern saß Otto sogar auf meinem Zeigefinger und pickte mir auf den Nagel.“

„Es wiegt 8 Pfund und 345 Gramm, ist gesund und kräftig,

und hat ganz blonde lange Haare – wie Sie und Ursula . . . Petsch hatte dunkle Haare, nicht wahr?"

Schwabe stand auf. Dabei trat er den Topf mit den Maiskörnern um. Er merkte es nicht. Er hörte auch nicht, wie Otto schimpfte und mit den Flügeln schlug. Er sah Dr. Mainetti stumm an, fast anklagend, wandte sich dann ab und ging vornübergebeugt tiefer in den verschneiten Park hinein.

Lisa Mainetti folgte ihm nicht. Sie sah ihm nach, bis er zwischen den Buschgruppen verschwand. Sie bückte sich, drehte den Topf um und schöpfte mit der hohlen Hand die Maiskörner wieder hinein.

Was wird er tun? fragte sie sich. Er muß darauf reagieren. Es gibt keinen Menschen, der es einfach hinnimmt, ein schönes, gesundes, blondes Kind zu haben, 8 Pfund und 345 Gramm schwer. Über zwei Stunden blieb Schwabe allein im kalten, verschneiten Park. Als er endlich zum Block B zurückkam, hatte Baumann eine Kanne Tee mit etwas Rum bereitgestellt und goß ihm stumm eine große Tasse voll ein. Schwabe trank den dampfenden Tee in kurzen, durstigen Zügen. Baumann beobachtete ihn lauernd wie ein Jäger das gestellte Wild.

„Wo ist es?" fragte Schwabe gleichgültig, als er die Tasse getrunken hatte. Er wischte sich den Schweiß ab, den ihm das heiße Getränk auf die Stirn getrieben hatte.

„In Würzburg. Zimmer 9. Frauenstation."

„Kannst du mich hinfahren?"

„Ja", sagte Baumann atemlos. „Morgen schon."

„Gib mir noch 'ne Tasse."

Baumann goß ein. „Eigentlich müßtest du einen ausgeben, Erich", sagte er dabei.

„Warum?"

„Na, wenn man Vater wird . . ."

„Wer ist denn Vater geworden?"

„Verrückter, sturer Hund!" schrie Baumann und goß die heiße Tasse Tee über den Tisch. „In die Fresse müßte man sie dir gießen, wenn das nicht der Lisa wieder neue Arbeit machen würde!"

Erich Schwabe wartete, bis Baumann das Zimmer verlassen hatte. Dann goß er sich selbst wieder eine Tasse voll und malte mit dem Zeigefinger über die nasse Tischplatte.

Erika, schrieb er in den Tee mit Rum. Erika. Erika.

Dann nahm er die ganze Handfläche und putzte alles wieder weg und schob die Pfütze auf den Boden.

Sie hat lange blonde Haare, dachte er. Wie Ursula und ich.

Er sprang auf und stürzte an das Fenster, riß es auf und beugte sich hinaus. Unten hüpften die Grünmeisen noch immer um die Maiskörner.

„Otto“, rief er. „Otto – komm her.“

Ein Schrei war es, ein verzweifelter Schrei. Ein sinnloser Schrei. Sinnlos wie alles, was er sich vorgenommen hatte zu tun.

Dann sah er über die verschneiten Hügel hinweg und klammerte sich an den Fensterrahmen, als müsse er sich festhalten.

Dort liegt Würzburg, dachte er. Und acht Pfund wiegt es. Und blond ist es.

Erika.

Es war, als springe ihm das Herz aus der Kehle.

Eines Abends kam Christian Oster wieder betrunken nach Haus. Aber es war eine andere Trunkenheit als bisher. Daß er mit glasigen Augen und verschwitzten Haaren heimkam, daß sein Atem nach billigem selbstgebranntem Schnaps stank und er seine Frau Susanne ohne viele Worte unter seinen Willen zwang, war fast zu einer Gewohnheit geworden. Einmal hatte Susanne es gewagt, sich heftiger als sonst zu widersetzen. Sie hatte einen Knüppel in der Hand, als Oster singend durch den kleinen Vorgarten marschiert war, und diesen Knüppel hatte sie dem verblüfften Oster vor die Nase gehalten und geschrien: „Ich will nicht mehr. Wenn du mich anrührst, zerschlage ich dir den Schädel!“

Christian Oster hatte den Knüppel und sie angestarrt. „Der Schädel ist ja schon zerschlagen, Liebchen“, hatte er gestottert. „In Rußland. Was willst du denn noch zerschlagen, he?“ Und dann war er wie ein Panther vorgestürzt, hatte Susanne auf den Boden geworfen und war wie ein wildes Tier über sie hergefallen. Sie war unfähig, mit dem Knüppel um sich zu schlagen. Er schien die Kraft von zehn Menschen zu besitzen.

Aber an diesem Abend war es anders. Oster kam still nach Haus, mit gesenkten Augen, bleich und offenbar bis in den

Grund seiner Seele verwirrt. Zwar roch er wieder nach billigem Fusel, aber er hatte anscheinend nicht soviel getrunken, um das Tier in sich erweckt zu haben.

Er setzte sich mit einer für Susanne unheimlichen bürgerlichen Bravheit hinter den Tisch, aß sein Abendessen, trank eine Flasche Dünnbier, die er sonst nie angerührt hatte, und blieb dann stumm am Tisch sitzen, stierte vor sich hin und faltete sogar die Hände auf der Tischdecke.

„Was hast du denn?“ fragte Susanne Oster stockend. „Ist etwas passiert? So sag doch etwas!“

Christian Oster sah seine Frau an, als sähe er sie zum erstenmal. „Es ist aus“, sagte er dumpf.

„Was heißt das, es ist aus?“

„Ganz einfach – es heißt, daß es aus ist. Begreifst du das nicht?“

„Nein.“

In Susanne jagten sich die Vermutungen. Wollte er weg von ihr? Hatte er eingesehen, daß ein Weiterleben wie bisher unmöglich war? Wollte er ein anderes Leben beginnen? Sollte die nächtliche Qual endlich zu Ende sein?

„Hast – hast du es eingesehen, daß es so unmöglich ist?“ fragte sie vorsichtig. Sie ließ offen, was sie damit meinte. Aber Christian Oster verstand sie anscheinend, er nickte mehrmals.

„Es ist aus“, sagte er wieder mit dumpfer Stimme.

„Aber wie kommst du so plötzlich . . .“

Die Worte gefroren ihr in der Mundhöhle. Oster sah sie an, und in seinen Augen war weder etwas Menschliches noch das Tierische, das sie an ihm kannte. In seinen Augen war nichts mehr, war absolute Leere.

„Was – was ist denn?“ stammelte sie und wich zur Wand zurück. Eine panische Angst kroch an ihr hoch wie ein klebriges Riesentier.

„Sie haben mich entlassen“, sagte Oster leise. „Hinausgeworfen. Einfach gesagt: ‚Gehen Sie. So etwas wie Sie können wir nicht gebrauchen. Ein Mann, der jeden Tag seine Frau vergewaltigt, der immer betrunken ist – also gehen Sie.‘ Das haben sie gesagt. Und Herr Berger sagte noch: ‚Wir wissen es von den Nachbarn, wie Sie sich benehmen. Und Ihre Frau hat es überall erzählt. Natürlich haben wir Mitleid mit Ihnen. Sie haben Ihr Gesicht verloren, man kann vieles verstehen. Aber das geht zu weit. Es ist unserer Firma nicht zuzumuten, daß Sie weiterhin als Leiter des Lohnbüros . . .' Das hat Herr Berger gesagt. Und nun bin ich draußen. Hinausgeworfen, weggejagt wie ein räudiger Hund, von der Schwelle getreten . . . Die Nachbarn haben es erzählt. Und meine Frau hat es überall erzählt . . ."

„Christian." Susanne Oster legte die Hände flach an die Wand. „Du mußt das verstehen. Ich habe Hilfe gesucht. Schutz . . ."

„Hilfe. Schutz. Vor mir." Oster nickte wieder. Seine leeren Augen starrten auf seine Frau, aber es war, als sehe er durch sie hindurch, und auch durch die Wand, weit weg über das Land hinweg, in die Ferne, dort irgendwo im Osten, wo ein Granatsplitter den alten Christian Oster wegfegte. „Natürlich", sagte er leise. „Ich bin ja ein fremder Mann. Niemand erkennt mich mehr. Fünfundvierzigmal haben sie mich operiert, und wie stolz waren sie, als sie fertig waren, der Professor Rusch und die schöne Dr. Mainetti. ‚Jetzt sind Sie wieder ein Mensch, Oster', haben sie zu mir gesagt. Und ich habe in den Spiegel geguckt und gesagt: ‚Das bin ja ich nicht mehr.' Und sie haben geantwortet: ‚Die Hauptsache ist, daß die Seele des Christian Oster geblieben ist, sein Wesen, seine Art. Ein Mensch besteht nicht nur aus Gesicht.' Wie wenig kannten sie die Menschen, Susanne?"

„Man – man braucht Zeit", stotterte Susanne Oster.

Oster schüttelte den Kopf. „Wir haben nun keine Zeit mehr. Hinausgeworfen haben sie mich. Worauf sollen wir denn noch warten? Es wird nie mehr anders sein. Nie. Nie . . . Ich werde nie mehr der Christian Oster sein." Er starrte sie wieder an, leer, mit der Weite der Einsamkeit in den Augen. „Aber ich liebe dich", sagte er leise. „Ich habe dich immer geliebt, du weißt es. Ich habe alles mit mir machen lassen, nur weil ich dich liebte. Fünfundvierzigmal habe ich mich operieren lassen . . ."

Susanne schluckte krampfhaft. „Vielleicht – vielleicht wäre es besser gewesen, du wärst so nach Hause gekommen, mit den Narben, mit der zerstörten Nase, so, wie du warst. Ich – ich hätte dich eher wiedererkannt, du wärst mir nie so fremd gewesen wie jetzt."

„Es ist eben aus", sagte Oster dumpf.

Er stand auf, ging ein paarmal sinnlos um den Tisch herum, trat ans Fenster und sah hinaus auf den verschneiten Garten. Eine lange Reihe Grünkohl stand im Schnee. Er schmeckte nach dem ersten Frost am besten. Grünkohl mit gebratener Mettwurst.

Dann machte Christian Oster seinen Rundgang durchs Haus, wie er es jeden Abend tat. Er schloß alle Türen ab, verriegelte die Fensterläden und drehte in der Küche den Wasserhahn kräftig zu, weil er tropfte und die Dichtung verrostet war.

Als er alles in Ordnung fand, kam er ins Zimmer zurück und blieb vor Susanne stehen. Er war bleich, und sein neues Gesicht sah merkwürdig verstört und wie eine leblose Maske aus Gummi aus.

„Es ist soweit", sagte er mit ruhiger Stimme.

Susanne gab keine Antwort. Sie konnte nicht mehr. Osters Finger hatten ihren Hals umklammert, mit einer blitzschnellen Bewegung, die alle Gegenwehr ausschloß. Es war nur eine Sekunde Qual, bis Susanne das Bewußtsein verlor.

„So schnell geht es", sagte Oster in die aufgerissenen Augen Susannes hinein. „So schnell, mein Liebling – und wir wollten uns ein ganzes Leben lang quälen. Warum denn? Warum?"

Als die letzte Regung in dem rundlichen Frauenkörper erloschen war, fing er Susanne auf, trug sie auf den Armen in das Schlafzimmer, deckte das Bett auf und legte sie hinein. Aus dem Wohnzimmer holte er aus zwei Vasen die großen Immortellensträuße, die Susanne jeden Winter als Dauerschmuck aufstellte, und legte sie neben den Kopf der Toten. Eine große, rote Immortelle schob er zwischen ihre Finger, die er über der Brust faltete.

Nachdem er sie aufgebahrt hatte, stieg er hinab in den Keller, nahm einen scharfen Spaten und begann, ein Loch in den nicht betonierten Boden des Holzkellers zu graben. Nach dreißig Zentimetern traf er auf eine Blechkiste. Er hob sie aus der Grube, öffnete sie und entnahm ihr ein Paket, eingewickelt in Fettpapier und mit Öl durchtränkt. Er riß die Verschnürung ab und wickelte eine neue, fettglänzende 08-Pistole aus dem Papier. Ein volles Magazin lag daneben.

Christian Oster stieß den Spaten in die Erde, lud die Pistole, und tappte wieder nach oben ins Haus. Dann setzte er sich neben seine Frau auf das Bett, sah auf die Uhr und nickte. Zehn Uhr abends. Es war noch früh. Er legte die Pistole auf sein Kopfkissen und schob seine Hände zwischen die erkaltenden Finger Susannes.

So saß er die halbe Nacht hindurch und ging in der Erinnerung sein Leben durch.

Er sah sich als Kind im Sandkasten spielen, und die Mutter saß davor auf einer Bank und strickte. Sie hatte immer gestrickt, eigentlich hatte er sie nie anders gesehen als mit klappernden Nadeln. Seinen Vater hatte er kaum gekannt. Als er zu denken begann, verunglückte der Vater in der Erzgrube bei einem Strebbruch. Als zusammengequetschte Fleisch- und Knochenmasse lag er in der Waschkaue der Grube, und Mutter begann jetzt schwarze Pullover zu stricken.

Die Schulzeit, die Lehrjahre, die erste Liebe . . . Emmi hieß sie, ein dralles Mädchen, der Vater war der Lebensmittelhändler des Orts, und bei ihm kaufte der junge Lehrling Christian Oster seine ersten Zigaretten und sogar eine Zigarre, weil er männlicher aussehen und der schönen Emmi imponieren wollte.

Dann kamen andere Mädchen. Die Stellung im Lohnbüro der Zeche. Die bessere Stellung in der Möbelfabrik Berger. In der Fußballmannschaft wurde er Torwart und Sportwart in der SA. Und dann lernte er Susanne Burte kennen, bei einem Sportfest. Sie tanzte mit anderen BdM-Mädchen einen Reigen und führte irgendeine Reifengymnastik vor. Hinterher hatte er sie angesprochen, sie hatten ein Eis gegessen. Und sie wußten gleich, daß sie sich liebten. Sie machten Ausflüge an den Sonntagen, und sie waren glücklich, wie es nur Verliebte sein können. Dann heirateten sie. Neun Tage später kam der Brief, der begann: „Sie haben sich am . . .“

Aus Susannes Armen weg zog er nach Polen. Dann kamen Frankreich und Griechenland. Und dann Rußland. Die Weite der ukrainischen Felder, die Steppe hinter Smolensk. Die vereisten Wälder bei Gorkij. Die schwabbenden, alles in sich hineinsaugenden Sümpfe des Pripjet.

Und dann heulte diese eine Granate heran, ein immer tiefer werdender Orgelton wie Tausende vorher. Es war nichts

Neues, man sah und hörte schon gar nicht mehr hin. Man duckte sich. Und doch war es diesmal anders. Die Flammen waren um ihn, die Erde drückte ihn in sich, als habe sich eine Spalte gebildet und ihn eingeklemmt. Etwas Heißes jagte über sein Gesicht und nahm ihm den Atem.

Das Ende des Christian Oster. War es wichtig, daß der Körper noch lebte?

Oster schob seine Hände aus Susannes starren Fingern heraus. Er unterbrach seine Erinnerung, er schloß sie ab. Was nun noch geschehen war, war gespenstisch, war nicht mehr das Leben des Christian Oster. Sein Leben war in jener Sekunde erloschen, als um ihn die Erde aufriß und aufbrüllte wie der kleine Mensch, der auf ihr gelegen hatte.

„Es war ein schönes Leben", sagte Oster zu Susanne und rückte die große Immortelle in ihren Fingern zurecht.

Dann lud er die Pistole durch, legte sich neben die Tote auf sein Bett und steckte den Lauf der Waffe in den Mund.

Niemand in der Nachbarschaft hörte den einzelnen Schuß. Man wunderte sich nur, daß am nächsten Morgen die Läden so lange geschlossen blieben.

Er schläft sich aus, dachte man. Er hat gestern wieder gesoffen.

Und außerdem war Sonntag.

Nach dem Morgenkaffee fuhren der Famulus Baumann und Erich Schwabe nach Würzburg.

Man hatte nicht mehr darüber gesprochen. Auch Dr. Mainetti und Professor Rusch verzichteten auf alle Aussprachen Rusch hatte lediglich die Operation um wiederum zwei Tage verschoben. „Das ist das Äußerste, Lisa", sagte er. „Wir können Schwabe nicht wie einen Ballon mit Morphium vollpumpen."

Baumann war einfach mit dem alten Wehrmachtskübelwagen, den man dem Spezialkrankenhaus als „Dienstwagen" überlassen hatte, vorgefahren und hatte zu Schwabe gesagt: „Los, du Flasche, steig ein. Zufällig sind die Straßen eisfrei."

Während der ganzen Fahrt sprach Erich Schwabe kein Wort. Aber je näher sie Würzburg kamen, um so unruhiger wurden seine Hände und schabten an der Tür auf und ab.

Kurz vor dem großen Tor des Krankenhauses hielt Baumann den Kübelwagen an.

„Was ist?" fragte Schwabe. „Eine Panne?"

„Nee. Warte mal." Baumann griff nach hinten unter den Hintersitz und holte einen Strauß blaßroter Alpenveilchen hervor. „Von der Frau Doktor", sagte er. „Du sollst sie ihr von ihr geben."

„Wem?" fragte Schwabe hart.

„Du Dussel, deiner Frau natürlich."

Schwabe antwortete nicht. Er nahm den Alpenveilchenstrauß und warf ihn in hohem Bogen aus dem Wagen in die Haustrümmer.

„Nun fahr weiter", sagte er heiser. „Oder ich laufe zu Fuß."

Mit heulendem Motor raste Baumann der Klinik zu. „Darüber sprechen wir uns nachher", brüllte er. Regungslos saß Schwabe neben ihm, undurchdringlich, mit zusammengekniffenen, farblosen Lippen.

19

Die Stationsschwester auf der Säuglingsstation sah Erich Schwabe kurz an, als sich die beiden Besucher bei ihr anmeldeten. Schwabe kniff die narbigen Lippen zusammen. „Ja, ich bin's", sagte er rauh. „Gott sei Dank ist ein solches Gesicht nicht vererbbar."

„Schnauze", raunte ihm Baumann zu und stieß ihm die Faust in den Rücken.

„Sie können Ihre Tochter gern sehen." Die Schwester sah auf einer Liste nach und legte den Zeigefinger auf den Namen Erika Schwabe, Bett 12. „Aber nur durch die Glasscheibe."

„Warum das denn?" fragte Schwabe laut.

„Wegen der Infektionsgefahr."

„Mein Gesicht habe ich im Krieg verloren, nicht durch Syphilis", schrie Schwabe plötzlich. Die Schwester prallte zurück, Famulus Baumann machte hinter Schwabes Rücken verzweifelte Zeichen, um anzudeuten, daß der Besucher offenbar die Nerven verloren hatte.

„Alle Väter dürfen die Kinder nur durch das Fenster sehen. Später, nach den ersten Tagen, ist das anders. Ich kann auch bei Ihnen keine Ausnahme machen.“ Die Schwester wandte sich zur Tür. „Wenn Sie bitte mitkommen möchten, Ihre Frau können Sie natürlich im Zimmer besuchen, ohne Glasscheibe.“

„Danke“, sagte Schwabe heiser vor Erregung. „Ich möchte nur das Kind sehen.“

Er sagte nicht *mein* Kind, sondern *das* Kind. Baumann bemerkte es sofort und hielt Schwabe am Arm fest, während die Schwester schon hinaus auf den langen Stationsgang trat.

„Erich, wenn du Theater machst“, sagte er leise, „ich schwöre es dir: Vor allen hier haue ich dir eine ’runter, daß du ein drittes Gesicht brauchst!“

„Schon gut.“ Erich Schwabe senkte den Kopf. Über sein zerstörtes Gesicht zuckte es. „Wie schön habe ich mir das vorgestellt: Mein Kind ansehen – zum erstenmal, und nun . . .“

Die Schwester stand vor einer großen, vielfach geflickten und notdürftig wieder weißlackierten Tür und sah sich unsicher nach Schwabe um. „Haben Sie irgend etwas für das Kind mitgebracht?“ fragte sie leise.

„Nein.“

Die Schwester zögerte, dann ging sie in die Kinderstation. Neben der geflickten Tür war ein breites, längliches Fenster in die Wand eingelassen. Baumann sah dahinter eine Reihe kleiner, weißer Betten und die hin und her huschende Haube einer anderen Schwester.

„Komm näher, Erich“, sagte er. „Hier ans Fenster. Sie zeigen es dir gleich.“

Schwabe kam ein paar Schritte heran und blieb zwei Meter vor dem Fenster stehen. Es war, als habe er Angst, noch weiter näherzutreten, als scheue er davor zurück, sein zerfetztes Gesicht zu eng an die Scheibe zu legen.

Wie in einem großen Bilderrahmen erschien die Schwester wieder im Fenster. Auf den Armen trug sie ein kleines, strampelndes Bündel. Ein runder, blonder Kopf, zusammengekniffene Augen und zu Fäusten geballte Fingerchen, rosig, zerbrechlich, mit kleinen Wülsten an den Gelenken, ein aufgerissener Mund und ganz fern, ganz gedämpft durch die Scheibe dringend, ein langgezogenes, helles Geschrei.

Die Schwester lächelte und hob das schreiende Bündel hoch gegen das Fenster.

Erich Schwabe stand wie aus Stein. Er starrte das Kind an, hatte den Kopf weit vorgebeugt, aber er kam keinen Schritt näher. Die Finger seiner rechten Hand krallten sich in den Arm Baumanns, so wie ein Erstickender sich in Todesangst festklammert. Er sagte kein Wort. Er starrte nur auf das zappelnde Bündel hinter der großen Scheibe, das die Schwester ihm entgegenhielt.

„Na“, sagte Baumann leise, „sieht es dir nicht ähnlich? Sogar den Hals reißt es auf wie du.“

Schwabe antwortete nicht. Wie ein müder Bär tappte er die beiden Schritte bis zum Fenster vor und preßte das zerstörte Gesicht gegen das Glas. Ganz nahe war er jetzt dem Kind, nur getrennt durch drei Millimeter dickes Glas. Zögernd hob er die Hand und streichelte mit zitternden Fingern über das Fenster, rund um den pendelnden Kopf des Kindes über dieses schreiende Gesicht. Die Schwester hielt es ganz dicht an die Scheibe, und der Atem ließ das Glas beschlagen, und über diesen Nebel sah Erich Schwabe zwei große, runde, blaue Augen.

Lautlos rannen aus seinen Augenwinkeln die Tränen über die Falten und Narben. Immer wieder streichelte er mit ergreifender Zärtlichkeit die Scheibe, bis die Schwester das Kind in das Zimmer mit den vielen weißen, kleinen Betten zurücktrug. Schwabe starrte weiter durch das Fenster, er sah, wie man sein Kind flach hinlegte, wie eine weiß bezogene Decke über den winzigen Körper gebreitet wurde, wie ein großes Gazetuch als Schutz gegen Zugluft und Staub über das Bett gespannt wurde.

Famulus Baumann legte die Hand auf Schwabes Schulter.

„Na, du Idiot“, sagte er leise, „kommst du jetzt endlich zur Vernunft?“

Schwabes Kopf zuckte von dem Fenster zurück, als habe man ihn in den Nacken geschlagen. Er steckte die Fäuste in die Taschen des Mantels und zog das Kinn an.

„Komm“, sagte er laut.

„Wohin?“

„Nach Haus.“

„Ein Stockwerk tiefer liegt Ursula. Sie – sie weiß, daß du heute hier bist. Dr. Mainetti hat es ihr sagen lassen.“

„Wir gehen", sagte Schwabe trotzig.

„Mein Gott, ein solches Kind hat dir deine Frau geschenkt, und du sturer Hund willst nicht einmal ..."

Erich Schwabe wandte sich ab und tappte den langen Gang hinunter. Er stieg die Treppen hinab, ohne sich noch einmal umzudrehen, verließ die Klinik mit gesenktem Kopf und setzte sich in den alten Kübelwagen, den Kragen hochgeschlagen und die alte Wehrmachtswintermütze über die schartigen Ohren gezogen. Baumann kam nach fünf Minuten hinterher. Er war blaß und zog Schwabe mit einem Ruck vom Sitz des Wagens.

„Sie weint", sagte er rauh. „Keiner hat sie besucht, seit sie das Kind geboren hat. Niemand kümmert sich um sie. Auch deine Mutter nicht. Man sollte euch Schwabes mit den Köpfen gegeneinander schlagen!"

Schwabe antwortete nichts. Er stand im Schnee, sein zerstörtes Gesicht war weiß, mit violetten Kälteflecken durchsetzt.

„Habt ihr denn kein Herz?" schrie Baumann und schüttelte Schwabe.

„Sie hat es verraten."

„Wenn ich so etwas höre." Baumann drückte Schwabe gegen den Kotflügel des Kübelwagens. „Nun hör einmal zu, mein Junge: Du warst in Polen ..."

„Ja", sagte Schwabe rauh.

„Und in Frankreich, in Griechenland, auf dem Balkan und zuletzt in Rußland. Und in all diesen Jahren hat deine Ursula treu zu Hause gesessen und darauf gewartet, daß du zwei Wochen im Jahr mal auf Urlaub kommst. Und du? Na, Kumpel, wie ist's? War da nicht was in Griechenland? Und in Jugoslawien? Und wie war's an der Atlantikküste? Oder war der Feldwebel Schwabe der einzige Soldat der deutschen Wehrmacht, der sich wirklich nur für sein Gewehr interessiert hat und sonst für nichts? Na, wie ist das?"

Erich Schwabe atmete ein paarmal tief. „Laß mich in Ruh'", sagte er dann.

„Du gehst jetzt hinauf zu deiner Ursula und dankst ihr dafür, daß sie dir ein solches Kind geschenkt hat."

„Nein."

Baumann faßte Schwabe an den Mantelaufschlägen. „Erich", sagte er leise, „wenn du jetzt nicht einsiehst, daß es eine Schweinerei ist, was du tust, bist du für mich Luft. Und für alle anderen auf Schloß Bernegg, dafür werde ich sorgen."

Schwabe nickte. „Gut", sagte er mit heiserer, stockender Stimme. „Dann bin ich Luft. Ich brauche euch nicht, um weiterzuleben. Ich will nur meine Ruhe haben und nichts mehr von den Menschen wissen."

„Aber dieses Kind da ist auch ein Mensch", schrie Baumann und warf Schwabe gegen den Kübelwagen wie einen schweren Sack.

„Darum habe ich auch Abschied von ihm genommen."

„Abschied?" stammelte Baumann ungläubig. „Von deinem Kind?"

„Fahr schon", brüllte Schwabe plötzlich und packte Baumann mit ungeahnter Kraft und hob ihn wie eine Puppe in den offenen Wagen hinter das Steuer. „Was geht dich das alles an? Was kümmert ihr euch alle um mein Privatleben? Macht mir ein vernünftiges Gesicht! Mehr geht euch der Erich Schwabe gar nicht an!"

Ohne ein weiteres Wort fuhr Famulus Baumann zurück nach Bernegg. Als sie durch die Stadt kamen, sahen sie in einer Menschenschlange, die vor einem Fischgeschäft stand, auch die Mutter Schwabes. Sie hatte einen alten, braunen Mantel an mit einem Krimmerkragen und um die weißen Haare ein rotes Kopftuch gebunden. Baumann verringerte die Fahrt.

„Deine Mutter", sagte er und nickte zu der Menschenschlange hin.

„Fahr weiter", sagte Schwabe eisig.

„Erich – sie hat dich erkannt. Sie schaut herüber. Soll ich nicht . . ."

„Weiterfahren", schrie Schwabe und schloß die Augen, als sie knatternd an der Menschenschlange vorbeisausten. Er drückte den hochgeschlagenen Mantelkragen an sein Gesicht und wandte den Kopf zur Seite.

Frau Hedwig Schwabe sah ihrem Sohn mit starren Augen nach. Der Arm, den sie zum Winken schon halb erhoben hatte, fiel schlaff an den Körper zurück. Hinter ihr stießen sie die anderen Anstehenden in den Rücken, die Schlange rückte langsam weiter zum Eingang des Fischgeschäftes.

„Kennen Sie einen von denen?" fragte die Frau neben Hedwig Schwabe. „Arme Kerle. Haben ihnen die Gesichter weggeschossen. Manchmal muß man sich richtig zusammennehmen, wenn man sie ansieht, so schrecklich ist das. Meine Tochter, sie ist 13 Jahre, ist neulich vor einem dieser Armen weggelaufen wie vor einem Gespenst. Und drei Nächte lang hat sie von ihm geträumt, und im Schlaf hat sie geschrien."

Eine andere Frau ging an der Schlange vorbei, sie kam gerade aus dem Geschäft. „Fisch ist nur noch für zehn Familien da", sagte sie zu den Wartenden. „Aber als Ersatz gibt's Salzheringe."

„Auch was." Die Frau mit der 13jährigen Tochter schob sich an Frau Schwabes Seite weiter. „Sie, ich kann Ihnen da ein neues Rezept verraten, wie man ohne Fett aus Salzheringen knusperige Bratheringe macht . . ."

Frau Schwabe schluckte mehrmals krampfhaft, als müsse sie einen Kloß in der Kehle herunterdrücken. Der Kübelwagen tanzte auf der glatten Bergstraße zum Schloß hinauf und entschwand langsam ihren Blicken.

„Und ich, ich habe zwölf neue Arten entdeckt, wie man Steckrüben zubereiten kann", sagte sie leise.

Dann wandte sie sich ab und starrte in den Nacken der vor ihr Stehenden. Er hat mich nicht gesehen, sagte sie sich immer und immer wieder. Sie sind zu schnell gefahren, er konnte mich nicht sehen. Er wäre nie vorbeigefahren, nie, nie. Ich bin doch seine Mutter.

In der Eingangshalle von Block B stand Dr. Mainetti mit Dr. Vohrer zusammen, als Baumann und Schwabe zurückkamen. Baumann schüttelte den Schnee von seinem Mantel, ließ Schwabe einfach in der Halle stehen und ging auf sein Zimmer. Verwundert trat Lisa auf Schwabe zu.

„Na, wie war's?" fragte sie. „Sieht die Kleine nicht süß aus? Und wie geht es Ihrer Frau?"

„Ich muß mit Ihnen sprechen, Frau Doktor", sagte Schwabe tonlos.

„Natürlich. Jetzt sofort? Sie wollen wieder nach Haus, was?"

Sie ging voraus, hielt Schwabe die Tür zu ihrem Zimmer auf und wartete, bis sich Schwabe zögernd gesetzt hatte. Dann ging sie zu ihrem Bücherschrank, nahm die letzte Flasche Whisky heraus, ein immer mehr schwindendes Andenken an Major James Braddock, goß zwei Gläser viertelvoll und schob eines von ihnen zu Schwabe über den Tisch.

„Na, nun schießen Sie mal los. Es hat sich alles geklärt, nicht wahr?"

„Ja, Frau Doktor. Ich möchte Sie bitten, meiner Frau zu sagen, sie soll sich scheiden lassen."

Lisa Mainetti setzte das Glas, aus dem sie gerade trank, abrupt ab. „Was soll der Unsinn, Schwabe?" fragte sie grob.

„Es soll reiner Tisch gemacht werden, Frau Doktor."

„Sie haben doch das Kind gesehen?"

„Ja."

„Und Ihre Frau?"

„Nein."

„Hat Baumann nicht . . ."

„Er wollte es. Ich habe die Blumen weggeworfen, Frau Doktor. Ich will nicht mehr. Es hat keinen Sinn, länger darüber zu reden. Ich bleibe hier im Lazarett, das wissen Sie. Und wenn Sie mich 'rauswerfen, passiert was."

„Das ist Erpressung, Schwabe."

„Ich weiß, Frau Doktor. Kommt es darauf noch an? Ich bin ausgestoßen, ich gehöre nicht mehr zu den anderen Menschen, jetzt überhaupt nicht mehr."

„Was heißt das, Schwabe: jetzt überhaupt nicht mehr?"

Schwabes Kopf sank auf die Brust. „Ich habe das Kind gesehen", sagte er leise und mit schwankender Stimme. „Es ist so schön. Und – und es soll nie einen Vater haben, der so grauenhaft aussieht wie ich. Nie soll es wissen, daß ich der Vater bin. Es soll sich nie vor mir fürchten, sich nie vor seinem Vater ekeln, nie von den anderen Kindern hören ‚Dein Papa sieht aber schrecklich aus.' Alles, was ich jetzt höre und sehe und fühle, soll ihm erspart bleiben." Er sah zu Dr. Mainetti auf, und seine Augen schwammen wieder in Tränen. „Sorgen Sie dafür, Frau Doktor, daß alles schnell geht. Daß wir geschieden werden. Daß man dem Kind später, wenn es denken kann, sagt: Dein Vater ist irgendwo in Rußland gefallen. Oder vermißt. Oder in einem Lager verhungert. Irgend etwas wird man schon finden, man hat ja Übung im Lügen."

Dr. Mainetti antwortete nicht sofort. Sie sah Schwabe nur

lange und stumm an, bis er den Blick senkte und den Kopf zur Seite wandte.

„Schämen Sie sich nicht?“ fragte sie dann leise.

„Nein.“

„Sie wollen Ihr unschuldiges Kind dafür bestrafen, daß man Ihnen das Gesicht weggenommen hat.“

„Ich will ihm lebenslange Qualen ersparen“, schrie Schwabe voller Verzweiflung.

„Für ein Kind ist der eigene Vater nie eine Qual.“

„Ich sehe wie ein Scheusal aus“, brüllte Schwabe.

„Kein Kind wird das empfinden. Wie soll es das auch? Es wächst auf und kennt den Vater gar nicht anders. Gut, er sieht anders aus als andere Papas. Aber kein Mensch sieht aus wie der andere. Das Kind gerade ist es, das Ihnen zeigen wird, daß das Leben weitergeht und daß es so selbstverständlich weitergeht, wie es einen Frühling und einen Sommer gibt, einen Sonnenaufgang und einen Sonnenuntergang, Wolken am Himmel und Sterne in der Nacht.“

Erich Schwabe verkrampfte die Finger ineinander. Sein mühsam zusammengeflickter Mund zuckte wild.

„Ich habe kein Vertrauen mehr zu den Menschen“, sagte er leise. „Zu keinem mehr. Ich will hierbleiben, hinter den hohen Mauern, bei Ihnen, Frau Doktor.“

„Ich bin auch ein Mensch.“

„Aber ein anderer.“

„Das ist eine Täuschung. Ich habe meine Fehler und Schwächen wie jeder andere. Ich bin nicht um einen Pfennig besser als die, vor denen Sie fliehen wollen.“

„Aber Sie sind meine einzige Rettung“, schrie Schwabe. Er sprang auf und streckte beide Arme weit nach Lisa Mainetti aus. „Sie sind doch meine ganze übriggebliebene Welt. Sie machen mir ein neues Gesicht . . . Sie geben mir alles wieder, was ich verloren habe. Nicht wahr, das tun Sie doch? Sie schenken mir ein Gesicht?“

„Was ich mit Skalpell und Nadel tun kann, das werde ich machen, Sie wissen das, Schwabe.“ Dr. Mainetti sprach laut und grob, wie man es im Lazarett früher von ihr gewöhnt war. „Aber Ihre miese Weltanschauung und Ihren Charakter kann ich nicht vernähen. Wenn ein Kind, Ihr Kind, Sie nicht einmal zu rühren vermag. Mein lieber Schwabe – Ihr Gesicht werde ich wieder aufbauen, aber als Mensch verachte ich Sie."

Erich Schwabe lehnte sich schlaff an die Wand. „Ich will einen Schlußstrich ziehen", sagte er noch einmal dumpf. „Das Kind soll nie einen solchen Vater sehen." Er schluckte und wischte sich über die Augen. „Es wird glücklicher sein, bestimmt. Ein toter Vater ist besser als ein lebendes Ungeheuer von Vater."

Dr. Mainetti schwieg. Es war im Augenblick sinnlos, weiter mit Schwabe darüber zu reden.

Die Monate gingen langsam und träge dahin. Die Tage klebten an den Stundenzeigern der Uhren wie zäher Schmutz. Nach der Schneeschmelze und den ersten warmen Sonnentagen kam der Aprilregen und überschüttete das Land mit Wassermengen, als wolle er die Erde durchweichen und die Wunden des Krieges auswaschen.

Professor Dr. Rusch hatte selbst mit Frau Hedwig Schwabe und Ursula gesprochen. Nach der Rückkehr aus dem Krankenhaus hatte sich Frau Schwabe ihrer Schwiegertochter wieder angenommen, nicht aus verzeihender Liebe, sondern aus dem Gefühl des Mitleids heraus. Sechsmal hatte sie versucht, Erich Schwabe zu besuchen und zu sprechen, und jedesmal war sie abgewiesen worden. Die Briefe und die vom Mund abgesparten Eßpakete kamen ungeöffnet zurück.

„Es hat keinen Zweck, er steckt in einer seelischen Krise, die nur noch schlimmer wird, wenn man sie mit Gewalt, und sei es die Gewalt der Liebe, zu lösen sucht. Er wird von allein aus seiner Isolation herausfinden." Das war ein schwacher Trost, den Dr. Mainetti geben konnte. Aber sie riet auch gleichzeitig, niemals in eine Scheidung einzuwilligen. Auch Professor Rusch war der Ansicht und überbrachte Schwabe selbst die Antwort seiner Frau.

„Da können Sie gar nichts machen, Schwabe", sagte er, den Brief erklärend, den er selbst aufgesetzt hatte und den Ursula nur abgeschrieben hatte. „Ihre Frau lehnt eine Scheidung ab. Sie selbst können keinerlei Gründe angeben, die ein Gericht anerkennen würde, das wissen Sie. Mißtrauen allein genügt nicht!"

Schwabe las den Brief Ursulas mit ihrer strikten Weigerung. Er hob die Schultern und gab das Schreiben an Professor Rusch zurück.

„Auch gut", sagte er gleichgültig. „Den Brief hat Frau Doktor gut geschrieben."

„Irrtum." Rusch faltete den Brief zusammen. „Ich habe ihn aufgesetzt."

Schwabe wandte sich ab und klappte ein Buch auf. Es war sein einziger Schutz – die Flucht in die Phantasie. Um ihn herum war alles Persönliche gestorben. Er war ein fast anonymer Patient. Dr. Mainetti und Professor Rusch operierten ihn in gewissen Abständen, je nachdem die Eingriffe verheilten und neue Gesichtspartien aufgebaut werden konnten. Sie sprachen dabei nicht mehr wie früher ein persönliches Wort mit ihm. Stumm kletterte Schwabe auf den Operationstisch, bekam seine Narkose und wurde operiert. Famulus Baumann kam nicht mehr Skat spielen, kein Witz machte mehr die Runde durch den Block B, der einzige, der noch zu Schwabe fand, war Walter Hertz mit seiner neuen Rachephilosophie, die in dem Satz gipfelte: „Wir sind dazu geboren worden, die Menschen durch Ekel von ihrer Dummheit zu heilen."

Die geschwulstartigen Verwachsungen in der Nase Schwabes stellten sich als nicht bösartig heraus. Vier Tage warteten Rusch und Lisa auf den histologischen Befund aus Würzburg, und als er eintraf, atmeten sie erleichtert auf. Es war eine an sich harmlose Wucherung des transplantierten Knochenstücks gewesen, dessen Auswirkung auf die Nerven allerdings äußerst gefährlich werden konnte.

Zwei Stunden dauerte die Operation, die Schwabe seine dritte Nase geben sollte. Als er aus der Narkose erwachte, lag er, wie damals Ursula in Würzburg, allein auf dem Zimmer in seinem Bett. Walter Hertz half in der Küche, Baumann, der sonst am Bett gesessen und das Aufwachen und die stummen Fragen mit einigen dummen Bemerkungen zur Seite geschoben hatte, war nach Bernegg gefahren, um sich mit der Kleiderkarte ein Hemd zu kaufen. Wie ein Aussätziger lag Schwabe in dem stillen, großen Zimmer, den dicken Verband über dem Gesicht und die unbeantwortete Frage wie eine Zentnerlast auf dem Herzen: Ist die Operation diesmal gelungen?

In Bernegg hatten sich Frau Hedwig Schwabe und Ursula eine Zweizimmer-Wohnung gemietet. Dr. Mainetti hatte sie durch den Bürgermeister besorgen lassen, nachdem das Wohnungsamt in guter, deutscher Art gesagt hatte: „Eine Wohnung? Wo denken Sie hin. Vierhundertachtzig Antragsteller sind vor Ihnen dran. Und dann noch ortsfremd? Gehen Sie doch nach Köln zurück, die sind da zuständig für Sie."

Der Bürgermeister fand schließlich zwei Zimmer, unter dem Dach der Schule, wo man früher alte Karten und ausrangierte Schulbänke aufbewahrt hatte. Als Gegenleistung statt der Miete putzte Frau Schwabe die Schulklassen. Außerdem legte sie einen Schulgarten an, und man versprach ihr, sie dürfte von der kommenden Ernte die Hälfte behalten.

In ihrem Dachzimmer hatte sich Ursula eine winzige Schneiderwerkstatt eingerichtet. Sie hatte vor ihrer Ehe mit Erich Schwabe in einer Schneiderei gelernt, und es reichte aus, um alte Wehrmachtsmäntel in flotte Ulster umzunähen, Jacken zu wenden oder aus gefärbten Decken und Katzenfellen modische Wintermäntel zu nähen. Auch hierbei hatte ihr Dr. Mainetti geholfen. In dem Geräteschuppen, in dem noch immer „Berneggs Geheimwaffe", das uralte Auto Fritz Adams, verrostete, fand man eine fast neue Nähmaschine, die von den amerikanischen Soldaten irgendwo mitgenommen worden war. Wozu, das wußte niemand mehr, denn nie hatte jemand einen der US-Soldaten an der Nähmaschine gesehen. Vielleicht war es auch nur ein ausgefallenes und dann wegen der Größe zurückgelassenes „Souvenir from Germany".

Nachdem der Bürgermeister von Bernegg die Nähmaschine vierzehn Tage lang auf dem Schwarzen Brett dem Besitzer zur Rückgabe angeboten und sich niemand gemeldet hatte, durfte Ursula die Maschine zunächst leihweise auf ihr Zimmer nehmen.

So fing die Tätigkeit im „Atelier Schwabe" an, wie Professor Rusch Ursulas nächtliche Arbeit nannte. Erst, wenn die kleine Erika in Omas Zimmer fest schlief, setzte sich Uschi an die Nähmaschine, und das rhythmische Rattern klang die ganze Nacht hindurch bis in den frühen Morgen. Dann schlief Ursula ein paar Stunden, Frau Schwabe kochte die erste Milch für Erika und weckte dann ihre Schwiegertochter, denn es war

Zeit, daß sie die Klassen ausfegte und die Räume in Ordnung brachte, bis um 8 Uhr die Kinder kamen.

Mit der Zeit spielte sich alles gut ein. Sogar aus Würzburg kamen Frauen nach Bernegg zu Ursula und brachten alte Kleider und neue, getauschte Stoffe. Es sprach sich herum, daß die kleine blonde Frau fleißig und gut arbeitete und weniger Lohn nahm als ihre Kolleginnen in der Stadt. Für einen halben Liter Öl nähte sie ein neues Kleid, und die Umänderung einer Wehrmachtsjacke in ein grünes Jägerjackett kostete zehn Pfund Kartoffeln und ein halbes Pfund Speck. Das zusätzliche Bargeld zählte nicht. Was war es denn noch wert? Wenn eine amerikanische Zigarette 6 Mark kostete und ein Pfund Butter 400 Mark. Was sind da 100 Mark für ein schickes Kostüm aus weichen holländischen Flauschdecken?

Im Juli bekam sie eine neue Kundin. Lisa Mainetti brachte ihr einen dunkelblauen Kostümstoff, ein Vorkriegsstoff, der in all den Jahren im Schrank Lisas gelegen hatte und auf die Gelegenheit gewartet hatte, die jetzt bevorstand.

„Für das Standesamt", sagte Dr. Mainetti. „Wenigstens an diesem Tage will ich etwas Neues anziehen."

Ursula nahm Maß, aber so sehr Lisa darauf wartete – Ursula fragte nicht nach Erich. Er arbeitete unterdessen im Garten, schnitt die großen Rasenflächen, pflegte die Blumenrabatten und hatte vor allem einen Gemüsegarten angelegt, der die Spezialklinik von den unzureichenden Lebensmittelzuteilungen unabhängig machen sollte.

Noch 64 Gesichtsverletzte waren auf dem Schloß. Block A und C waren geräumt und umgestaltet worden. Die Krankenzimmer und Säle waren zu Wohnräumen geworden, in denen man die endlosen Flüchtlingskolonnen unterbrachte, die aus Ostdeutschland und der Tschechoslowakei nach dem Westen strömten. Die ausgewiesenen Familien wohnten einige Wochen in den Schloßgebäuden, bis sie weitergeleitet wurden, in die ländlichen Gebiete Unter- und Oberfrankens, in Barackenlager und Privatzimmer, die manchmal mit Gewalt beschlagnahmt wurden.

Zu den ständigen Insassen des Blocks B kamen die Ambulanten. Sie reisten von allen Ecken Westdeutschlands heran und ließen sich nachoperieren. Viele Bekannte aus den Kriegstagen kehrten für Wochen nach Bernegg zurück, auch Fritz Adam, der Medizinstudent, dessen püppchenhafte Frau Irene ihn wegen Dr. Fred Urban verlassen hatte.

Ohne Anmeldung war er plötzlich auf dem Schloß, und Baumann fiel ihm um den Hals wie einem zurückgekehrten Bruder. Dora Graff, die kleine Rotkreuzschwester, war mitgekommen. Sie hieß jetzt Dora Adam, und das Glück strahlte froh aus ihren Augen.

„Kinder", sagte Dr. Mainetti und legte die Arme um die Schultern der beiden. „Ich freue mich so, daß ihr beide es geschafft habt!"

Fritz Adam studierte wieder Medizin in Heidelberg. Es war die erste Universität, die wieder voll arbeitete. Schon am 15. August 1945 hatte die medizinische Fakultät die Arbeit aufgenommen, und seit dem 7. Januar 1946 war die Universität mit allen Fakultäten wieder eröffnet. Dora Adam arbeitete in der Medizinischen Klinik als Oberschwester und verdiente den gesamten Unterhalt der jungen Ehe. Die Scheidung von seiner ersten Frau Irene war nur eine Formsache gewesen. Das Gericht, das darüber zu entscheiden hatte, schloß die Verhandlung nach wenigen Minuten, als Irene unbefangen sagte: „Es ist mir unmöglich, mit einem Mann ohne Gesicht zusammenzuleben. Dazu bin ich noch zu jung." Der wahre Scheidungsgrund war allerdings die Sache mit Dr. Urban gewesen, die Irene ebenso unbefangen zugab.

Nach der Verhandlung drückte der Vorsitzende fast provokatorisch Fritz Adam die Hand und sagte:

„Ich gratuliere Ihnen, die haben Sie los."

„Wie geht es den anderen?" fragte Fritz Adam, als sie jetzt in Dr. Mainettis Zimmer saßen und ein Stück trockenen Hefekuchen aßen.

„Von dem Berliner weiß ich, daß er im Harz ist und das halbe Dorf schon ,'ne Molle' sagen kann. Der Wastl beackert seinen Hof wieder und hat mir dreimal ein Freßpaket geschickt und Oster . . . na, Sie haben das ja gehört."

„Von Oster?" Professor Rusch erinnerte sich sofort an ihn. Christian Oster, der als einziger unter den Gesichtsverletzten von Schloß Bernegg mit einem neuen Gesicht entlassen worden war. Drei Jahre hatte man an ihm aufgebaut, was nur möglich war. Die vielen kleinen Eingriffe waren gar nicht mehr zu zählen. „Was ist mit Oster?"

Adam warf einen raschen Blick hinüber zu seiner Frau. „Oster – Oster ist tot."

„Tot?" Rusch riß erstaunt die Augen auf. „Wie kam denn das? Er war doch kerngesund."

„Sie haben es nicht gelesen?"

„Gelesen?" Dr. Mainetti hatte ein ungutes Gefühl. „Ist etwas geschehen mit Oster?"

„Er hat erst seine Frau und dann sich selbst getötet."

Professor Rusch setzte die Tasse, aus der er gerade dünnen Bohnenkaffee trank, hart auf den Tisch. „Aber er war doch am besten dran von allen!"

Fritz Adam hob die Schultern. „Trotzdem. Seine Frau, die sich mit diesem fremden Gesicht nicht abfinden konnte, die Umwelt, die Oster mit triefendem Mitleid überschüttete, das Saufen, bei dem er Zuflucht suchte – es muß für ihn eine unbeschreibliche Hölle gewesen sein. Und dann kam der Kurzschluß." Adam sah Rusch und Lisa an, die starr auf ihren Stühlen saßen. „Ich dachte, Sie wüßten es. Man hatte mir eine Nachricht geschickt, weil man unter Osters Post auch Briefe von mir fand. Ich bin zum Begräbnis gefahren. Die Nachbarn Osters standen stumm um das Doppelgrab und starrten mich an, als müßte ich der nächste sein. Es war furchtbar. Und der Pfarrer sagte: ‚Er zerbrach an seinem Schicksal . . .' Das war falsch. Christian Oster zerbrach an seiner Umwelt, die ihn nicht mehr aufnahm."

Professor Rusch sah auf seine Hände und bewegte die Finger, als spiele er auf unsichtbaren Tasten. „Da gibt man einem Menschen wieder ein Gesicht", sagte er leise, „man operiert ihn drei Jahre lang, mit unendlicher Geduld, Millimeter um Millimeter holt man ihn zu den Menschen zurück – und dann kommen sie her und treiben ihn in die Verzweiflung, aus Dummheit, aus Borniertheit, aus Seelenkälte, aus Gleichgültigkeit. Verdammt, es ist zum Kotzen." Er sprang erregt auf und lief in dem großen Chefzimmer hin und her. „In diesem Augenblick könnte ich lernen, die Menschen zu hassen wie Schwabe", rief er laut. Fritz Adam und seine Frau Dora zuckten fast gleichzeitig zusammen.

„Was ist mit Erich?“ Adam wandte sich an Dr. Mainetti. „Ich habe seit Monaten keine Nachricht von ihm. Meine Karten kamen als ‚unzustellbar‘ zurück. Wir alle haben ihn damals um seine Frau und seine Mutter beneidet. Als wir, wie man so sagt, auf der Schnauze lagen, hat er uns mit seinem verteufelten Glauben an die Zukunft aufgerichtet. Das ist doch nicht möglich, daß der Erich jetzt . . .“

„Er ist hier.“

„Hier?“ Dora Adam sprang auf. „Im Schloß?“

„Ja. Als Gärtner. Und Walter Hertz ist auch hier.“

„Der Walter auch?“ Adams Stimme war leise, sie schwankte. „Was ist denn mit seiner Petra? Sie hatte ihn doch selbst von Braddock abgeholt.“

„Es ist wie bei Oster. Die Umwelt stößt ihn zurück. Ein Mensch ohne Gesicht ist den Gesunden ein Greuel.“ Dr. Mainettis Stimme war voller Bitterkeit. „Hertz und Schwabe kamen zu uns zurück, weil sie noch soviel Lebensmut hatten, nicht das zu tun, was Oster tat. Aber wie es weitergehen soll – ich weiß es nicht.“ Lisa hob die Arme und ließ sie hilflos sinken. „Manchmal kommen sie mir vor wie aus dem Nest gefallene junge Vögel, die keiner ihrer Art mehr annimmt, wenn eine fremde Hand sie berührt hat.“

„Kann ich mit Walter und Erich sprechen?“ fragte Adam und sprang auf.

„Natürlich.“ Rusch stand am Fenster und blickte hinaus in den schon wieder vor Hitze flimmernden Park. „Aber es wird wenig Sinn haben. Sehen Sie, da sind sie, die beiden siamesischen Zwillinge.“

Adam und Dora traten ans Fenster. Unter den Bäumen am Teich kehrten Schwabe und Hertz mit großen Reisigbesen, die sie selbst hergestellt hatten, die Wege von Blättern sauber. Beider Gesichter waren wieder mit Leukoplast verklebt, so als läge kein Jahr zwischen dem Abschied auf dem Bahnhof von Würzburg und heute. Sogar die alten Drillichanzüge trugen sie. Das POW der Amerikaner hatte man zu entfernen versucht. Da es zu fest in den Stoff eingesogen war, hatte man Drillichlappen darüber genäht. Nun sah es aus, als hätten sie im Rücken ein aufklappbares Fenster.

Fritz Adam trat wieder in den Raum zurück. Sein verschmortes, verbranntes Gesicht zuckte. Dora hielt seine rechte Hand fest, und Lisa bemerkte, wie sie sie heimlich und beruhigend drückte.

„Wir würden, wenn es geht, Herr Professor, einige Wochen hierbleiben, Dora und ich. Wir haben uns Urlaub genommen und etwas erspart, um diese Zeit zu überbrücken. Ich möchte, daß Sie mir eine Reihe der Narben auftrennen und das linke Ohr formen. Aber nur, wenn es geht."

Rusch nickte. „Die Narben, sicherlich. Aber mit dem Ohr, Adam. Sie wissen, daß der Mensch nicht so viel Knorpel besitzt, daß wir ein neues Ohr aufbauen können. Aus Amerika hört man jetzt viel von Kunststoffohren, die man einsetzen kann. Aber bis zu uns ist noch nichts gedrungen. Wir müssen noch nach den altbewährten Methoden arbeiten. Als Mediziner wissen Sie, wieviel Knorpel man zum Aufbau einer Ohrmuschel braucht. Woher nehmen?"

„Schnippeln Sie an mir herum, so gut es geht." Fritz Adam warf wieder einen Blick auf die beiden arbeitenden Männer im Park. „Vielleicht gelingt es mir und Dora, die beiden Einsiedler umzustimmen."

Dr. Mainetti hob die Schultern. „Es wäre alles kein Problem, wenn sie einen äußeren Halt hätten."

„Ja, Hertz kann ich noch verstehen. Aber Schwabe? Er hat doch eine liebe, hübsche Frau, und auch das Kind ist doch da."

Dr. Mainetti sah Adam stumm an.

„Ach so", sagte er und senkte den Kopf. Er verstand plötzlich. „So ist das."

„Schwabe braucht Zeit – aber ob er sie durchhält?"

„Ich werde mit ihm sprechen." Fritz Adam faßte Dora unter. „Und den Wastl, den Berliner und den Bloch hole ich auch hierher. Schließlich war ich der Stubenälteste. Und hier geht es nicht um den einzelnen, sondern es ist unser aller Problem. Wir haben versprochen, uns gegenseitig zu helfen. Bei Oster haben wir versagt – wir wußten ja von nichts. Aber hier können wir helfen, ehe es völlig zu spät ist."

Drei Tage später traf der Wastl Feininger in Bernegg ein. Keuchend trabte er den Schloßberg hinauf und schleppte einen dicken Rucksack auf seinen breiten Schultern.

Sein Gesicht hatte sich etwas verändert, und die Narben der transplantierten Hautlappen lagen auf der Haut wie kleine, runde, pralle Weißwürste. An dem großen Rollappen, mit dem er entlassen worden war, hatte niemand etwas verändert. Er wabbelte noch immer an seiner Gesichtsseite; wie ein Henkel sah er aus, an dem man den Kopf in die Höhe heben konnte.

„Kruzidonnerwetter", brüllte der Wastl, als er in der Halle von Block B stand und der Famulus Baumann ihn in die Rippen boxte. „Nix hot sich verändert, sogar der saudumme Baumann is do, der damische Hirsch. Und wo san d'andern? Holodrio." Er jodelte mit erhobenem Kopf und aufgerissenem Rachen das Treppenhaus hinauf und wuchtete seinen schweren Rucksack auf den blanken Steinboden. „Und z' fressen hob i dabei. Eigenschlachtung, ös vertrocknete Zwetschgn. An Kuchen von der Resi. Und drei Büchsen Schmalz."

Mit dem Nachmittagszug traf Paul Zwerch, der Berliner, ein. „Det ick hier bin, is reine Kameradschaft", verkündete er als erstes bereits unten in der Halle, als ihn Adam, der Wastl, Schwabe und Hertz umringten. „Mensch, 'ne Puppe saß im Zug. Hellblond, Oojen wie 'n Schaukelpferd und Kurven wie de Avus. Det gab vielleicht 'n Zucken in meenem Maisgrießherz. Und se hat mir anjeblinzelt – so, Kameraden, mit 'nem Blick wie sechs Steppdecken. Aba ick habe mir jesagt: Die Kameraden warten uff dir, und vazichten ist jetzt die erste Bürgerpflicht."

Kaspar Bloch kam nicht. Er war mit seinem Vater auf einer Vortragsreise in Schweden. Er schickte ein Telegramm: „Macht's gut, Jungens. Beim nächsten Treff bin ich dabei."

„So, det wär'n wa nun", sagte der Berliner, als sie ihre Betten in der Stube B/14 gebaut hatten. Er legte zwei Päckchen Spielkarten auf den Tisch und zog seinen Rock aus. „Und nu 'n Doppelkopp, det et kracht. Ick kenn' da 'n paar neue Tricks – die Hosen zieh' ick euch vom Hintern."

Erich Schwabe saß auf seinem Bett. Vor vier Tagen hatte man ihm einen breiten Hautlappen zur Deckung der linken Wangenpartie transplantiert. Er sah im Augenblick so deformiert aus wie kurz nach seiner Einlieferung 1944. Fritz Adam hatte drei Tage lang mit ihm gesprochen und nichts erreicht als die Bemerkung: „Wenn du weiter über diese Dinge redest, lass' ich mich auf ein anderes Zimmer verlegen. Ich will meine Ruhe haben, verstehst du. Endlich Ruhe."

„Eins will ich euch gleich sagen", Schwabe sah in die Gesichter, die sich ihm zuwandten, „wenn ihr hierhergekommen seid, um ein großes Palaver mit mir zu veranstalten – spart euch den Atem. Ich weiß, daß ihr alle Pfundskerle seid und daß wir versprochen haben, uns gegenseitig immer zu helfen. Aber ich brauche keine Hilfe. Bei mir ist alles in Ordnung. Ich fühle mich wohl, so wie es jetzt ist. Und auf eine solche Dummheit wie Oster komme ich auch nicht. Ich habe jetzt andere Freuden. Da ist Otto . . ."

„Otto ist eine Grünmeise", erklärte Walter Hertz.

„'ne Meise haste im Jehirn", sagte der Berliner und warf die Karten, die er gerade mischte, auf den Tisch zurück. „Seh' ick aus wie'n Pastor, der dir zureden will? Jut, vielleicht hat deene Uschi mal an'n falschen Jlas jenippt – Mensch, trinkste denn selbst imma Himbeerwasser? Mensch, Erich – stell dir nicht an wie 'n Heiliger."

„I hob mit zwoa Sennerinnen a Kind", schrie der Wastl entrüstet. „Jessesmaria – wenn's Resl oiwei so an Spektakel machn tät. Dös ganze Lebn wär ja koa Freud nimma!"

„Ich habe nicht gewußt, daß die Stube B/14 wirklich aus lauter Idioten besteht", sagte Erich Schwabe laut. Dann stand er auf und verließ demonstrativ das Zimmer. Auf dem Flur stieß er auf Baumann.

„Ich möchte auf ein anderes Zimmer", sagte Schwabe.

„Was anderes habe ich von dir auch nicht erwartet."

„Na also. Und wie ist's?"

„Schlaf im Schuppen."

„Auch gut." Schwabe hob die Schultern und verließ den Block B. Er ging um den Teich herum spazieren, setzte sich dann unter einer alten Linde ans Ufer und warf Steinchen über die glatte im Schein der Abendsonne goldene Wasserfläche. So traf ihn Dr. Mainetti an, die von dem kleinen Schloßfriedhof herüberkam.

„Das habe ich auch als Kind gemacht", sagte sie und setzte sich neben Schwabe in das schattige Gras. „Zwölfmal habe ich einen Stein über die Oberfläche flitschen lassen, aber das ist mir nur ein einziges Mal gelungen."

„Warum laßt ihr mich nicht in Ruhe?" sagte Schwabe dumpf. „Merkt ihr denn nicht, daß ich um so weniger will, je mehr ihr auf mich einredet? Es hat keinen Sinn – bitte, merken Sie sich das auch, Frau Doktor. Ich bin jetzt ‚drüber', wie man so sagt. Und ich kann dieses Gewäsch nicht mehr hören. Sagen Sie das auch den anderen."

„Gut also, Schwabe." Lisa Mainetti erhob sich und warf die Steine, die sie in die Hand genommen hatte, auf einmal in den Teich. „Wir werden nicht mehr darüber reden. nie mehr. Ich stelle fest: Für Sie existiert die Welt da draußen nicht mehr?"

„Genauso ist es."

„Sie werden auch nichts mehr davon erfahren. Nicht, wie es Ihrer Mutter geht, was Ihre Frau macht."

„Es interessiert mich nicht", sagte Schwabe heiser und gepreßt.

„Und auch was das Kind macht, erfahren Sie nicht mehr. Es ist ja nicht Ihr Kind, nicht wahr?"

Schwabe schwieg hartnäckig. Er starrte Dr. Mainetti nach, wie sie zurück zum Block B ging. Er wußte, daß sie ab sofort alles fernhalten würde, was ihn interessieren könnte.

„Erika", sagte er leise. „Sie verstehen alle deinen Vater nicht. Ich will doch nur, daß ihr glücklich werdet . . . Mit mir zusammen könntet ihr es nie."

Dann ging er langsam tiefer in den Park hinein, warf sich zwischen den Bäumen auf den Rücken und starrte in den blauen Himmel und auf die träge ziehenden Sommerwolken.

„Mein Gott", schrie er plötzlich, „verstehst du mich denn?"

Der Berliner fuhr wieder ab, nachdem man ihm ein paar Narben herausgetrennt hatte. Dem Wastl nahm Professor Rusch endlich den dicken Rollappen weg, indem er ihn als Deckung der aufgerissenen und zerfurchten Stirn einpflanzte. Dann stand auch der Wastl abmarschbereit und mit leerem Rucksack im Zimmer B/14 und drehte seinen grünen Lodenhut mit dem dicken Gamsbart in den Fingern.

„Noch amol, Erich, komm mit. I bring' di unter bei mir. I hob an großen Hof – und Weiber gibt's genug. Vun dö Städt kemmas 'rüber zum Tauschen. Für a Wurst kriagst fast a jede."

Erich Schwabe lächelte schwach und klopfte dem Wastl auf die breite Schulter.

„Bist ein prima Bursche, Wastl. Aber was soll ich bei euch? Hier im Schloß habe ich meine Arbeit. Und ich bin von allem genauso weit entfernt wie auf deinem Hof. Vor allem aber werde ich operiert."

„Das stimmt", sagte der Wastl. „An neue Visagen kann i dir net bieten. Mach's guat, Kumpel."

Baumann brachte mit Schwabe, Hertz und Adam zusammen den Wastl nach Würzburg an den Zug. Die Leute auf dem Bahnsteig bildeten einen weiten Kreis um die vier Männer ohne Gesichter. Der Wastl nickte und winkte aus dem Fenster.

„Mir san koane Zirkusaffen", brüllte er.

Die Leute wandten sich ab, teils beschämt, teils empört.

„So muaß ma's machen", sagte der Wastl und winkte mit dem leeren Rucksack, bis der Zug hinter einer Biegung verschwand.

Nach dem Gesetz, daß sich die Ereignisse, sind sie erst einmal richtig im Fluß, wie Sturmwellen überstürzen, brach über die Stube B/14 eine neue und diesmal wesentlich lautere Entscheidung herein.

In der Halle des Blockes B, abgefangen von Baumann und einer Ordensschwester, stand plötzlich Petra Wolfach und verlangte, Walter Hertz zu sehen.

„Ich bin gekommen, ihn abzuholen", sagte sie zu Baumann, der sie an der Hand nahm und ins Besuchszimmer zerrte. Dort drückte er sie auf einen der geflochtenen Stühle und wischte sich den Schweiß von der Stirn.

„Abholen. Wie damals, was?" sagte er grob. „Haben Sie eine Zwangsjacke mitgebracht? Anders kriegen Sie Walter nicht mehr aus dem Bau. Der hat von allen Wolfachs die Schnauze voll."

„Ich bin nicht wie mein Vater", schrie Petra zurück und sprang auf.

„Mag sein – aber Sie sind von Papas Tasche abhängig."

„Nicht mehr. Ich habe eine Stellung als Sekretärin angenommen. Ich verdiene genug für Walter und mich. Und außerdem bin ich jetzt 21 Jahre."

Baumann rieb sich die Nase und sah Petra nachdenklich an. Er wußte, daß Walter Hertz noch immer an sie dachte, daß er sie liebte und sein ganzer Weltschmerz, seine Rachephilosophie nichts anderes waren als ein Schutz vor seinen eigenen Gefühlen, denen er unterliegen würde, wenn er sie nicht unterdrückte. Nachdem sich erst einmal die Verzweiflung gelegt hatte, waren die Monate des Grübelns gekommen, und in diesem Stadium befand sich Walter Hertz immer noch, weil er sich scheute, die Wahrheit zu erkennen: die Liebe zu dem Mädchen Petra, die unter einem Weihnachtsbaum mit Sternen aus Stanniolpapier begonnen hatte.

Die Tür schwang auf, ehe Baumann etwas antworten konnte. Dr. Mainetti kam herein, ihr Gesicht war vor Aufregung leicht gerötet. Jetzt fliegt sie 'raus, dachte Baumann und empfand plötzlich Mitleid mit dem Mädchen, das bis zu den Fenstern zurückwich. Jetzt feuert sie die Mainetti in alter Stabsarztmanier hinaus. Und zwar so, daß sie nie wiederkommt. Baumann hielt den Atem an. Es war wie die Windstille vor einem Taifun.

„Gut, daß Sie da sind", sagte Dr. Mainetti laut und streckte Petra beide Hände entgegen. „Ich habe mir immer gewünscht, daß Sie noch einmal kommen. Ich brauche Sie so nötig, wie ein Verdurstender das Wasser. Kommen Sie mit – die Überraschung kann nicht groß genug sein."

20

Walter Hertz war allein im Zimmer B/14. Er saß am Fenster und putzte seine Schuhe, sah dabei in den Park und auf den Spielrasen, wo eine Gruppe Gesichtsverletzter Faustball spielte. Es waren zum größten Teil ambulante Patienten, die zu Nachoperationen und Korrekturen nach Bernegg gekommen waren. Viele Bekannte aus früheren Tagen waren darunter, aber auch eine Anzahl Fremder, die in anderen Lazaretten behandelt worden waren, zum größten Teil in allgemein-chirurgischen Stationen, und die nun in Bernegg zum erstenmal mit dem in Berührung kamen, was man Gesichtsplastik und Wiederherstellung nannte.

Erich Schwabe ging mit Dora und Fritz Adam in dem weiten Park spazieren. Sie pflückten Blumen für die Gräber hinter der kleinen Schloßkapelle. Auch der Leutnant Fischer lag noch da, der Mann, an dem nur noch das eine übriggebliebene Auge gelebt hatte, als er eingeliefert worden war. Dr. Mainetti hatte von der kleinen Frau, die so unendlich traurig am Grab gesessen hatte, nichts mehr gehört. Vielleicht war auch sie ein Opfer der letzten Kriegstage geworden, zerrissen von Bomben – sie und das Kind, das sie in sich trug und das ihr einziger Trost gewesen war.

Walter Hertz sah nicht auf, als hinter ihm die Tür klappte und jemand ins Zimmer kam. „Eine Drecksschuhkrem ist das", sagte er bloß. „Da ist ja an Spucke mehr dran."

Dr. Mainetti schob die zitternde Petra Wolfach vor sich her ins Zimmer, legte den Finger auf den Mund und ging schnell wieder hinaus. Sie zog die Tür so leise hinter sich zu, daß es Walter Hertz nicht vernahm.

Schmal, mit verkrampften Händen, stand Petra hinter Walter Hertz und betrachtete ihn. Er hatte eine alte Bürste in der Hand, spuckte auf die Schuhspitzen und begann dann, mit weiten Schlägen das Leder blank zu wienern.

„Sie sehen wie neu aus", sagte Petra leise.

Sein Arm blieb in der Luft hängen. Dann fiel die Bürste aus den Fingern, der Schuh folgte ihr, er stieß den Stuhl unter sich weg und schnellte hoch.

„Petra", sagte er atemlos. „Wo – wo kommst du her? Wie bist du hereingekommen? Petra!"

Impulsiv, aus seiner plötzlich aufglühenden Freude heraus, streckte er beide Arme aus, um Petra zu umarmen. Aber dann setzte der überrumpelte Verstand wieder ein, Walter ließ die Arme zurückfallen und trat einen Schritt zurück, als wolle er einen Abstand schaffen, der so gut wie eine Schranke war.

„Was willst du hier?" fragte er hart. Es machte ihm Mühe, man sah es seinem zuckenden Gesicht an, aber er zwang sich dazu. Denk an Heidelberg, dachte er. Denk an alles, was hinter dir liegt. Es gibt kein Zurück mehr. Es ist wie ein Märchen, das man so oft gelesen hat, daß man es auswendig kann und nicht mehr daran glaubt.

„Was willst du hier?" fragte er noch einmal, als Petra ihn nur stumm mit großen bittenden Augen ansah.

„Ich will dich holen, Walter", antwortete sie leise.

„So wie man einen Koffer von der Gepäckaufbewahrung abholt, was? Hier bin ich, hier ist der Hinterlegungsschein – nun 'raus mit dem Ding."

„Walter!"

„Ich habe genug von den Wolfachs. Verschwinde!"

„Ich bin nicht mehr zu Haus, Walter." Petra stützte sich gegen den Tisch. Sie spürte, wie ihre Beine schwach wurden und der Körper schwer, wie mit Blei gefüllt. „Ich lebe allein, als Sekretärin. Ich verdiene genug, um uns . . ." Sie schwieg, schluckte mehrmals und preßte dann die Lippen fest aufeinander, um nicht zu weinen.

Walter Hertz sah sich hilflos um. Niemand war im Zimmer, der ihm einen Rat geben konnte, zu dem er sagen konnte: Sieh dir das an – sie kommt, mich zu holen. Daß ich nicht lache. Komm, Kumpel, laß sie uns auslachen, das dumme Weib. Als ob der Walter Hertz jemals wieder unter die Menschen ginge? Nicht einmal die Liebe eines Mädchens kann ihn dazu bringen – was, Kamerad? Wir sind die gesichtslosen Wesen, und wir werden geschlechtslos. Nur als Mahnung leben wir noch, als herumwandelndes Menetekel: Seht, das ist der Krieg. Seht, das ist der Krieg. Immer und immer wieder. Hundertmal. Tausendmal. In alle Winde. Seht, das ist der Krieg. Nur dazu leben wir noch. Was ist Liebe? Was ist die Wärme eines weichen Frauenkörpers? Was ist das Streicheln einer Hand? Was sind Hingabe und Erfüllung? Das alles ist eine andere Welt, in die wir nicht mehr gehören. Das alles hat man uns weggeschossen, und nun sitzen wir da wie die Ungeheuer, wie Figuren aus einem Gruselkabinett und schreien aus unseren zerfetzten Mäulern: Das ist der Krieg. Und dieses Mädchen kommt einfach daher und sagt: Ich will dich holen . . . Laßt uns alle miteinander lachen, Kameraden!

Aber es war niemand da, zu dem Walter Hertz das sagen konnte. Allein und hilflos stand er Petra gegenüber, starrte sie aus seinem hängenden Auge an, strich sich über die eingedrückte Gesichtshälfte und suchte Mut in dem Gefühl, die Narben unter seinen Fingerspitzen zu spüren.

„Du – du bist also allein?“ Das war alles, was aus ihm herausquoll.

„Ja. Und wir können heiraten.“

„Heiraten?“

„Ich bin jetzt 21 Jahre. Ich brauche niemanden mehr zu fragen.“

„Du brauchst niemanden mehr zu fragen? So, so.“

Walter Hertz hob seinen Schuh und seine Schuhbürste auf. Sie will mich heiraten, dachte er dabei. Aber was soll ich bei ihr? Sie wird das Geld verdienen, und ich putze das Zimmer, koche und spüle das Geschirr. Und abends, wenn es dunkel ist, werden wir spazierengehen, immer im Schatten, damit niemand sieht, wie dieser Walter Hertz ausschaut, und damit die Nachbarn nicht, wie bei Christian Oster, sagen können: Die arme, kleine Frau Petra. Wie kann sie nur mit einem solchen Verstümmelten zusammenleben? Die hätte doch auch noch einen anderen Mann bekommen können ...

„Nein“, sagte Walter Hertz laut.

„Was heißt nein, Walter?“

„Ich bleibe hier.“

„Ich habe geglaubt, du hättest mich geliebt“, sagte Petra leise. Es war wie ein Schlag, der Walter Hertz durchfuhr. Er warf den Schuh und die Bürste gegen die Wand und reckte den Kopf weit vor.

„Sieh dir das an“, brüllte er. „Sieh dir das genau an. Das eingedrückte Gesicht, die Nase, das Auge, die Narben und Flecken, diese abgrundtiefe Häßlichkeit!“

„Ich kenne es, Walter.“ Petra hob die Hand zu ihm hin. „Habe ich es nicht oft gestreichelt? Habe ich es nicht geküßt, manche Nacht?“

„Man kann ein solches Gesicht nicht lieben“, schrie Walter Hertz. Die Qual zerriß ihn fast, er preßte die Fäuste auf sein Herz und rang nach Luft.

„Wie willst du das wissen?“ sagte Petra schlicht. „Hast du meine Gedanken, meine Gefühle, mein Herz?“

„Aber – aber es ist doch unmöglich“, stammelte er.

„Warum?“

„Ich bin ein Scheusal.“

„Du bist mein Mann.“

„Man wird dir keine Ruhe lassen. Alle Leute werden zu dir sagen: Sie müssen wahnsinnig sein, mit einer solchen Fratze zusammenzuleben."

„Und ich werde antworten: Ich sehe sein Gesicht gar nicht, ich sehe nur ihn. Was ist ein Gesicht? Eine lebende Maske. Soll ich eine Maske heiraten? Wird eine Symphonie von Beethoven häßlicher, wenn man sie in einer Scheune statt in einem prunkvollen Konzertsaal spielt? Ist ein Leonardo da Vinci in einem zerbrochenen Holzrahmen weniger schön als in einer goldenen Barockverzierung? Ich liebe dich, weil du einfach du bist – so einfach ist das doch, nicht wahr?"

„Aber dein Vater. Und deine Mutter. ‚Sie haben keine Zukunft, junger Mann', hat dein Vater gesagt. ‚Und ein Mann ohne Zukunft ist doch wohl kein Mann für meine einzige Tochter.' Und deine Mutter sagte hinterher: ‚Sie müssen verstehen, ich bin Pianistin, ich bin Ästhetin, es wäre mir unerträglich, immer jemanden um mich zu haben – Sie verstehen mich.'" Walter Hertz atmete tief. „Und ich habe verstanden", schrie er wieder. „Es ist kein Platz auf der Welt für einen Gesichtskrüppel. Man verletzt die Ästhetik."

Petra schüttelte stumm den Kopf. Sie kam auf Walter Hertz zu, ergriff seine schlaffe Hand und zog ihn zu sich her.

„Komm", sagte sie, so nüchtern und selbstverständlich, daß Hertz wie ein folgsamer Junge ein paar Schritte bis zur Tür mitging. Aber dann blieb er plötzlich stehen.

„Nein", sagte er laut. „Wohin denn?"

„Zu mir."

„Das ist doch alles Unsinn! Was soll denn aus mir werden?"

„Wieder ein Mensch, Walter."

„Sie werden mich alle wegstoßen."

„Keiner wird das tun."

„Sie haben es ja getan."

„Nur meine Eltern. Das ist ein Teil unseres Lebens, den wir vergessen müssen, du und ich. Was gehen uns die anderen an? Es ist genug, wenn die Welt nur aus uns besteht. Was um uns herum ist – sehen wir es als Kulisse an. Wie einfach ist dann das Leben."

Eine halbe Stunde später stand Walter Hertz im Zimmer Dr. Lisa Mainettis. Er hatte seine wenigen Sachen gepackt. Famulus Baumann hatte ihm dafür einen Karton gegeben, einen amerikanischen Verpflegungskarton, auf dem groß „Eggs" stand.

„Schreiben Sie uns oft", sagte Dr. Mainetti und drückte Walter Hertz die Hände. „Professor Rusch läßt Ihnen alles Gute wünschen. Er operiert gerade."

Hertz nickte. Seine Mundwinkel zuckten. „Frau Doktor", stotterte er. „Frau Doktor – nun ist es schon der zweite Abschied. Ich werde Sie nie, nie vergessen."

„Und zurückkommen wird er auch nicht wieder, das verspreche ich", sagte Petra und legte den Arm um seine Schulter. „Nur als Patient oder Freund – aber nicht mehr wie bisher."

Als Adam und Erich Schwabe aus dem Park zurückkamen auf Zimmer B/14, war das Bett von Walter Hertz abgedeckt, und eine Schwester stellte die Matratze hoch ans Fenster zum Lüften.

„Was soll denn das?" fragte Schwabe und stieß Adam in die Seite. „Ist der Walter Bettnässer geworden?"

„Herr Hertz ist entlassen", sagte die Schwester. Sie kannte die Zusammenhänge nicht. Erich Schwabe blieb starr stehen.

„Entlassen? Was heißt denn das? Man kann doch den Hertz nicht entlassen. Da ist doch etwas faul."

„Er ist abgeholt worden", sagte die Schwester, nahm die Bettwäsche zusammen und verließ das Zimmer.

Erich Schwabe sah zu Fritz Adam hinüber, der ebenso verblüfft war wie er.

„Abgeholt?" sagte Schwabe leise. „Mein Gott, Fritz, den Fachausdruck kenne ich. Der wird doch wohl keinen Quatsch gemacht haben, der Walter? In letzter Zeit hat er immer so dusselig geredet, Himmel noch mal."

Schwabe drehte sich um und rannte aus dem Zimmer.

„Wohin denn?" schrie Adam über den Flur.

„Zu Dr. Mainetti."

„Ich komme mit."

Zu zweit rannten sie die Treppe hinunter und stürzten, ohne anzuklopfen, in Lisas Zimmer. Dr. Mainetti saß am Schreibtisch und füllte einen Krankenbogen aus. Sie war nicht erstaunt, die beiden erhitzten, fragenden Gesichter zu sehen. Freundlich nickte sie ihnen zu.

„Walter Hertz?“ sagte sie, ehe Adam oder Schwabe etwas fragen konnten. „Den hat eben seine Braut abgeholt und mitgenommen. Sie werden nächsten Monat heiraten.“

Erich Schwabe war es, als sei er mit Eiswasser überschüttet worden. Er schüttelte sich sogar, als müsse er die Tropfen von sich abschleudern. Dann senkte er den Kopf, drehte sich herum und sagte im Hinausgehen:

„Sie haben alle keinen Charakter, alle nicht. Alle nicht!“

Die Monate gingen dahin, das Leben normalisierte sich, es bildeten sich wieder Klassen: die einen, die nach wie vor anstanden, um eine Sonderzuteilung von irgend etwas zu erhaschen, die anderen, die sich plötzlich Häuser bauten und sich die Butter fingerdick aufs Brot schmierten. Der Beamtenapparat, das Knochengerüst jeglicher deutschen Gesundung, wurde wieder merkbar kerniger und härter. Parteien wurden gegründet und versprachen Dinge, die von jeher in Deutschland kaum möglich waren, wie etwa eine richtige Demokratie oder eine Ächtung aller Waffen und jeglichen Wehrgedankens. Ja sogar die Siegermächte wurden freundlich und betrachteten Old Germany nicht mehr als einen fauligen Termitenhaufen, sondern dachten: Es ist gut, wenn wir allesamt einmal scharf nach Osten blicken. Von dort scheint ein rauhes Lüfterl heranzuwehen, in dem die schöne Waffenbrüderschaft verrostet.

Aber noch immer zahlte man für eine Camel 6 Mark und ein Pfund Kaffee war auf 600 Mark geklettert. Die erste Vollversammlung der Vereinten Nationen war längst in London abgehalten worden, und das erste Njet des sowjetischen Delegierten hatte eine neue Ära der Politik in der Welt eröffnet. Und noch vieles geschah in diesen Monaten, was nicht die Gemüter erregte, sondern nur in einer ganz kleinen Welt zwischen hohen Mauern Bedeutung hatte: Im September heirateten Professor Dr. Rusch und Dr. Lisa Mainetti auf dem Standesamt in Bernegg, und Erich Schwabe als Schloßgärtner schmückte den Gemeinschaftssaal mit Blumen aus, in glühenden Farben und wunderbar gebundenen Arrangements. Famulus Baumann sprach das aus, was die Insassen der Klinik alle dachten: „Es ist schwer, sich jetzt umzugewöhnen. Für uns bleiben Sie immer die Lisa Mainetti.“

Fritz Adam machte in Heidelberg sein Physikum. Kaspar Bloch schrieb aus England, er studierte in Oxford. Walter Hertz berichtete knapp: „Petra bekommt ein Kind.“ Und der Wastl schrieb mit ungelenken Buchstaben: „Ich habe eine Fremdenpension. Alle von Stube 14 können frei bei mir wohnen.“

Der einzige, der aus der Reihe brach, war der Berliner. Er hatte sich als Conférencier einem Kabarett angeschlossen. „Kinder“, schrieb er in einem langen Brief, „das ist 'ne Wolke. Wenn ich mit meiner schiefen Fresse Witze mache – das Publikum bepinkelt sich vor Lachen.“

Lisa zeigte den Brief ihrem Mann, und Professor Rusch hob resignierend die Schultern. „Auch das muß es geben“, sagte er. „Ein zerstörtes Gesicht als Maske eines Clowns. Und die Leute lachen sogar darüber. Das ist das Schrecklichste an der Sache. Sind wir schon wieder so weit, Lisa, daß wir den Krieg als lustige Erinnerung empfinden?“

In Bernegg hatten Frau Schwabe und Ursula eine größere Wohnung bekommen. Die Nähkünste Ursulas öffneten ihnen alle Wege und Umwege, und gegen Herausgabe von zwei großen Steintöpfen eingeschmolzenen Fetts, fünf Einmachgläsern mit Rindfleisch und 5000 Mark konnte die Familie Schwabe in eine schöne Vier-Zimmer-Wohnung ziehen, am Stadtrand von Bernegg, mit einem schönen, weiten Garten und einem Blick auf das Schloß. Das Haus gehörte einer Witwe, deren Bruder beim Wohnungsamt es bisher erreicht hatte, eine Beschlagnahme zu verhindern mit der Begründung, zwei Söhne seien vermißt und könnten jederzeit wiederkommen. Das Angebot Frau Hedwig Schwabes aber erschütterte alle Schutzwälle, um so mehr, als bei dem regen Publikumsverkehr im Schneideratelier auch wichtige Verbindungen geknüpft werden konnten. Wer in diesen Monaten ohne Beziehungen weiterleben konnte, mußte ein Zauber- oder Hungerkünstler sein.

Dreimal hatte Erich Schwabe noch versucht, eine Scheidung zu erreichen. Ursula ließ wissen, daß sie nicht daran dächte. Da resignierte Schwabe und sagte zu Lisa:

„Dann geht es eben so weiter. Es ist ja doch nur eine Formsache.“

Seine Tochter Erika hatte Schwabe nicht wiedergesehen.

Sein erster Besuch in Würzburg war Begrüßung und Abschied zugleich gewesen. Er sprach auch niemals mit einem anderen über sein Kind, auch nicht mit Rusch oder Lisa. Nur abends saß er manchmal still und blaß unter der Lampe und betrachtete Bilder kleiner, lockiger Mädchen, die in den Zeitungen und Illustrierten abgebildet waren.

Von Monat zu Monat veränderte sich auch das Gesicht Erich Schwabes. Die dritte Nase saß endlich richtig und wuchs ohne Komplikationen ein. Die linke Ohrmuschel wurde geformt. Rusch und Lisa nahmen dazu Rippenknorpel Schwabes und ein neues Plastikmaterial, das man in Amerika bei Gesichtsplastiken verwendete und das Fritz Adam von der Universität Heidelberg zu Versuchen herüberschicken ließ. Professor Rusch machte den Versuch mit Schwabes rechtem Ohr und transplantierte das körperfreundliche Weichplastikmaterial. Es heilte ohne Zwischenfälle ein. Am Tage der Währungsreform 1948 operierte Rusch die letzte Korrektur der Nase. Das Gesicht Schwabes hatte jetzt das Fratzenhafte verloren, es war wieder ansehbar, es war ein menschliches Gesicht, ein bißchen fremd, wenn man die Fotos des früheren Erich Schwabe mit dem neuen Antlitz verglich, aber immerhin doch ähnlich, erkennbar und vor allem nicht abstoßend. Ein paar große Narben störten zwar noch, aber sie sahen aus, als habe Schwabe als Student auf dem Paukboden ein paar kräftige Durchzieher erhalten.

„Na, wie stehen wir da?" fragte Lisa, als Schwabe nach dem letzten Verbandswechsel in den Spiegel sah. „Fast vier Jahre sind vergangen, und der Kerl sieht jünger aus als vorher."

Der Spiegel in Schwabes Fingern zitterte. Er mußte ihn mit beiden Händen festhalten. Ich bin es, dachte er ergriffen. Ich bin es wirklich. Ich bin kein Ungeheuer mehr, von dem die Menschen sich abwenden. Ich habe ein narbiges Gesicht. Aber ich habe ein Gesicht. Ich bin wieder der Glaser Erich Schwabe aus Köln.

Wenn das Mutter sehen könnte. Und Ursula.

Er ließ den Spiegel sinken und starrte in Lisas Augen.

„Ich – ich bin wieder da", sagte er mit einer kläglichen Stimme. „Sie haben mich wieder zu einem Menschen gemacht."

Und plötzlich umarmte er die Ärztin, drückte das Gesicht

an ihre Brust und weinte haltlos. Er klammerte sich an ihr fest, als sie ihn sanft von sich wegdrücken wollte.

„Ich bin wieder ein Mensch", schluchzte er. „Ich erkenne mich wieder, ich erkenne mich wieder."

Der ewige Famulus Baumann wischte sich schnell über die Augen. Er tippte Schwabe auf die zuckende Schulter und zog ihn von Lisa weg.

„Mensch, komm vom Tisch 'runter", sagte er grob. „Nach vier Jahren kannste mal Platz machen für die anderen. Und reiß dich zusammen, Kerl. Wennste dir die Augen ausheulst – die können wir dir nicht ersetzen."

„Du Rindvieh, du erbärmliches". weinte Schwabe. Er umarmte Baumann, küßte ihn auf die Backe und drückte ihn an sich. „Du hast es nicht geglaubt, nicht wahr. Du hast es nicht geglaubt?"

„Ich kenne doch unseren Professor, Mensch. Natürlich war das klar. Aber du hast nie daran geglaubt, du Pflaume."

Schwabe nickte. „Ich habe es nie für möglich gehalten. Und nun so etwas, so etwas."

Er rannte aus dem OP wie ein Junge, der einem davonschwebenden Luftballon nachjagt.

Professor Rusch sah vom Vorbereitungsraum aus herein. Er hatte durch die offene Tür alles mit angehört, während er sich für die nächste Operation wusch.

„Jetzt sollte man seine Frau kommen lassen", sagte er.

Lisa schüttelte den Kopf. „Ich weiß etwas Besseres, Walter. Ich habe nur auf diesen Augenblick gewartet."

Das deutsche Volk stand einen Augenblick fassungslos vor den über Nacht prall gefüllten Geschäften. Es hatte pro Kopf 40 neue Deutsche Mark in der Hand und eine unbezwingbare Kauflust im Herzen. Nach der Auszahlung des nächsten Gehaltes und Lohnes in der harten Währung begann dann auch ein Sturm auf die Geschäfte, der in die Geschichte des Wiederaufbaus als „Freßwelle" einging.

Aber mit einer äußeren Gesundung allein war es nicht getan. Ein Hausputz erfaßt nicht nur den Fußboden, wo man ihn sieht, sondern er fegt auch die Ecken leer. Er kehrt die Spinnweben weg und die Überreste vergangener Tage.

Professor Dr. Walter Rusch erhielt ein Schreiben. Es war dienstlich, knapp und enthielt eine Vorladung zur Entnazifizierung. Der Termin für eine öffentliche Verhandlung in Würzburg war bereits angesetzt.

„Entnazifizierung?" sagte Rusch und legte die Vorladung auf seinen Tisch zu den Röntgenplatten. „Das ist doch wohl wieder ein Irrtum wie in Darmstadt. Sie müssen doch die Akten haben."

Er schrieb nach Würzburg, schilderte seinen Fall und erhielt postwendend eine Antwort.

„Die Entscheidungen des amerikanischen Gerichtes im Internierungslager Darmstadt sind für uns nicht bindend. Sie haben sich zum angegebenen Termin . . ."

„Und es erhebt sich wieder das stolze deutsche Haupt . . .", sagte Lisa Rusch, geborene Mainetti, als sie den Brief abheftete. „Wir haben wieder Brot und Butter, Beamte und Bürokratie. Es wird nicht mehr lange dauern, und die Kanonen kommen auch wieder."

„Um Himmels willen, Lisa. Wenn das möglich wäre. Ich würde sofort einen Ruf nach Amerika annehmen."

„Dann wäre es gut, schon jetzt die Koffer zu packen." Lisa zeigte auf die erste Seite einer Zeitung. „Man riecht zwischen den Zeilen schon den Schwefel."

Eine Woche später fuhren sie nach Würzburg zur Verhandlung vor der Entnazifizierungskammer. Professor Rusch hatte einen schwarzen Anzug angezogen, als gehe er zu einem Fest oder zu einer Beerdigung. Baumann fuhr den neuen Wagen, den sich Rusch gekauft hatte. Auf dem vierten Sitz saß Erich Schwabe. Lisa hatte darauf bestanden, ihn mitzunehmen, dazu eine Fülle von Fotos und Röntgenbildern.

„Wir wollen ihnen zeigen, was du getan hast, während die anderen marschiert sind und gesungen haben ‚Es zittern die morschen Knochen'. Diese Anklage hat ein Idiot erhoben."

Die Verhandlung fand in einem mittelgroßen Zimmer statt, das kahl war bis auf einen Tisch und einige Stühle. Hinter dem Tisch saßen wichtig dreinblickende Herren, die Professor Dr. Rusch wie ein Wundertier bestaunten und mit einer Handbewegung – gleich drei machten sie mit deutlich sichtbarer Jovialität – aufforderten, Platz auf einem Stuhl am Tisch zu nehmen.

„Zu gütig“, sagte Rusch und blieb stehen, stützte sich auf die Lehne des angebotenen Stuhles und sah auf seine Richter hinab. Das machte einen fatalen Eindruck. Nichts beleidigt einen zu Höherem berufenen Deutschen mehr als der Stolz des Gegners.

Die einstündige Verhandlung verlief nicht sehr zufriedenstellend. Man verlas die Anklage, und Professor Rusch erwiderte darauf: „Alles Blödsinn.“

„Erlauben Sie mal“, rief der Vorsitzende. „Wir haben hier Dokumente.“

„Sie haben Aussagen.“ Professor Rusch nickte zu dem Tisch hin, auf dem ein dickes Aktenstück lag, mit einem Etikett, auf dem sein Name stand. „Sie lesen mir da vor: Bei einer Aktion ‚Heldenklau‘ soll ich selbst eine Reihe Gesichtsverletzter zur Entlassung vorgeschlagen haben. Ja, auf meinen Antrag hin soll diese Aktion überhaupt erst angelaufen sein, obwohl die Speziallazarette ausgenommen waren. Und von wem stammt diese Aussage? Von einem Oberst a.D. Paul Mayrat. Protokolliert bei dessen Antrag auf Pension. Als Zeuge gegengezeichnet von einem Dr. Fred Urban.“ Professor Rusch beugte sich etwas vor. „Meine Herren, wenn ich den schweinischen Charakter dieser ‚Herren‘ hätte, könnte ich Ihnen jetzt etwas erzählen. Aber wozu? Nur eine Frage: Wo ist dieser Dr. Urban jetzt?“

„Fragen stellen wir, Herr Professor“, antwortete der Vorsitzende der Entnazifizierungskammer steif. „Im übrigen tut dies nichts zur Sache.“ Er blätterte in dem Aktenstück. „Sie bestreiten diese Ihnen zur Last gelegte Handlung?“

„Bestreiten? Ich lache darüber.“

„Das ist wohl nicht der richtige Weg der Wahrheitsfindung.“ Der Vorsitzende sah Rusch ernst an. „Sie waren PG?“

„Nein.“

„Warum nicht?“

„Aus dem gleichen Grunde, aus dem auch Sie nicht PG gewesen sind.“

„Das ist keine Antwort.“

„Aber eine Feststellung.“

Der Vorsitzende blätterte wieder in den Akten. „Wie wir wissen, standen Sie sogar unter dem Verdacht, maßgeblich am Euthanasieprogramm beteiligt gewesen zu sein.“

„Aber meine Herren, das ist doch längst geklärt", rief Rusch. „Nicht ich – ein mir bekannter Namensvetter. Die Amerikaner haben das bereits vor einem Jahr . . ."

Der Vorsitzende hob die Hand. „Ja, wir wissen das. Sonst stünden Sie ja auch nicht hier, sondern vor dem Strafrichter. Aber . . ."

„Es ist lächerlich, dieses ganze Affentheater", unterbrach ihn Rusch grob. „Entscheiden Sie, wie Sie wollen. Ich werde mir meine künftigen Schritte vorbehalten. Für mich können über 500 Gesichtsverletzte aussagen."

„Sicherlich", sagte einer der Beisitzer. Er war dick und gut genährt und trug zur Feier des Tages einen silbergrauen Schlips. „Aber sagen Sie mal, sind diese Gesichtsverletzten nicht einzuordnen in die Gruppe der Kopfverletzten? Und sind nicht die meisten Kopfverletzten ein bißchen plemplem?"

Rusch starrte den Sprecher an, als habe dieser ihn in hohem Bogen angespuckt. Dann wandte er den Blick zu dem Vorsitzenden und sah, daß dieser durchaus nicht empört war, sondern offensichtlich eine Antwort erwartete.

„Guten Tag, meine Herren", sagte Rusch steif. „Ich kann meine Zeit, die meinen Verletzten gehört, nicht für dummdreiste Hirne opfern."

Der Vorsitzende sprang auf, als Rusch sich umdrehte und aus dem Zimmer gehen wollte.

„Sie können doch nicht einfach die Spruchkammer verlassen", rief er.

„Sie sehen, ich kann es. Und ich weigere mich sogar, vor diesem Gremium auch nur noch eine einzige Aussage zu machen."

„Unerhört", rief der Vorsitzende. Er wartete, bis Rusch hinter sich die Tür zugeworfen hatte, und sah dann hinüber zu Lisa Rusch, Baumann, Schwabe und den Zuhörern. „Die Kammer wird unter diesen Umständen in Abwesenheit des Geladenen beschließen müssen", sagte er laut.

Der Mann mit dem Silberschlips schüttelte den Kopf. „Die sind alle gleich, die hohen Tiere. Der Rusch ist wie der Sauerbruch. Der soll in Berlin auch einfach die Spruchkammer verlassen und noch was ganz anderes gesagt haben. Die haben alle 'n großen Tick."

Eine halbe Stunde lang verhandelte Dr. Lisa Rusch dann für ihren Mann.

„Ihr Gatte hatte bei seiner überragenden Intelligenz wie kein anderer die Möglichkeit zu übersehen, welchem verbrecherischen Regime er diente“, sagte der Vorsitzende. „Und er diente ihm trotz dieser Erkenntnis.“

„Er half den Gesichtsverletzten. Er schuf ihnen neue Gesichter, er holte sie zum Leben zurück. Er war nur Arzt – ist es eine Schuld, Hunderten zu helfen?“

„Wir erkennen das ja auch an, was wollen Sie denn?“ Der Vorsitzende klappte das Aktenstück zu. „Wäre dem nicht so, käme Ihr Mann nicht so leicht davon.“

„Weil er operierte?“ fragte Lisa starr vor dem Unfaßlichen.

„Weil er dem Regime diente mit seinem Können.“

„Er hat den Ärmsten der Armen, den grausamsten Opfern des Krieges, neue Gesichter geschenkt.“

„Das ist die eine Seite. Gut, aber die andere: Zunächst war er ja wohl mit seinem berühmten Namen ein Aushängeschild für Verbrecher.“

„Dann hätte er also sagen sollen: Nein, ich operiere nicht. Ich lasse diese grausam Verstümmelten so herumlaufen, wie sie sind. Ich kümmere mich einen Dreck um die Menschlichkeit, um meinen ärztlichen Eid, um meine Pflicht. Ich bekämpfe dieses Hitler-Regime, indem ich die Verstümmelten verstümmelt lasse. Ich sabotiere den Staat mit den Fratzen der Gesichtslosen. Wäre es so richtig gewesen?“ schrie Lisa.

Der Vorsitzende der Spruchkammer sah sie nur starr und sprachlos an.

Aber dann trat Lisa erst richtig in Aktion. Sie zeigte die Reihenfotos der Operationen an den zerstörten Gesichtern, sie zeigte Briefe, sie erklärte Krankenberichte, sie beschwor die Wahrheit über die „General-von-Unruh-Aktion“ auf Bernegg und bewies die Rettung von über hundert Verwundeten. Nur an die „Ehre“ des ehemaligen Obersten Mayrat und des Oberarztes Dr. Urban konnte sie nicht tasten. Oberst a. D. Mayrat hatte einen Schwager, den man zum Landgerichtspräsidenten ernannt hatte, und Dr. Urban wiederum war ein Freund Mayrats.

„Es genügt auch so“, sagte der Vorsitzende zugeknöpft.

„Der Spruchkammerentscheid wird Ihnen zugestellt." Er klemmte das Aktenstück unter den Arm.

Dann schob er seinen Stuhl zurück und ging steif an Lisa vorbei aus dem Zimmer.

Baumann umklammerte wütend die Stuhllehne vor sich. „Der Deutsche ist wieder satt, man merkt es", sagte er heiser. „Und ein satter Deutscher ist seine eigene größte Gefahr."

Professor Dr. Rusch wurde in die Gruppe V der Entlasteten eingestuft. Er las den Entscheid gar nicht, sondern legte ihn zu alten Röntgenbildern, die für das Archiv ausgesucht worden waren.

Auch Famulus Baumann verließ nun das Schloß Bernegg. Er wollte in Bonn zu Ende studieren. „Meine klinische Zeit aber mache ich bei Ihnen, Herr Professor", sagte er zum Abschied. „Und wenn ich eine nicht zu große Flasche bin, wäre es schön, wenn Sie mich später als Assistent anforderten."

„Machen wir, Baumann." Rusch gab ihm eine Empfehlung an den Ordinarius in Bonn mit. Seit einem Monat war auch Rusch wieder als a.o. Professor in die medizinische Fakultät der Würzburger Universität aufgenommen worden. Im Wintersemester sollte er mit Vorlesungen über Wiederherstellungschirurgie beginnen. „Ich hoffe, Sie eines Tages als Oberarzt zu sehen."

„Denken Sie daran, daß auch Fritz Adam mit im Rennen liegt. Er hat sein Staatsexamen hinter sich."

„Es ist merkwürdig", sagte Rusch mit spürbarer Ergriffenheit. „Ihr kommt alle zu mir zurück."

Baumann senkte den Kopf. „Weil Sie im wahrsten Sinne des Wortes unser Vater sind, Herr Professor, unser aller Vater."

So wurde Erich Schwabe allmählich sehr einsam im Lazarett, das jetzt offiziell „Versorgungskrankenhaus Schloß Bernegg" hieß. Die Verwaltung hatte ihn als Gärtner und Hausmeister übernommen, er bekam ein kleines Gehalt bei freier Wohnung und freier Kost und galt als Angestellter des Landes Bayern.

Er hatte sogar einen eigenen Wagen: die „Geheimwaffe Berneggs", den uralten belgischen Beutewagen, den Fritz Adam im Schuppen abgestellt hatte. Bei seinem letzten Besuch hatte er den Vergaser wieder zurückgebracht, den er damals der Krankenschwester Dora Graff zur Aufbewahrung gegeben hatte. Schwabe montierte ihn wieder ein, wusch den Motor mit Dieselöl, kratzte den Rost ab, ließ die Zylinder in einer Werkstatt nachschleifen und fuhr dann unter dem Gejohle der Patienten seine erste Runde um das Schloß.

In Bernegg traf er, wenn er einmal etwas einkaufte, nie mit seiner Mutter oder Ursula zusammen. Er hörte nur, daß seine Frau eine gutgehende Schneiderei mit vier Gehilfinnen habe und daß seine Mutter das Hausgrundstück in Köln verkauft habe, um mit dem Erlös aus dem teuer bezahlten Ruinenplatz Bauland in Bernegg zu erstehen. Der Käufer in Köln war Karlheinz Petsch. Er wollte den ganzen Häuserblock wiederaufbauen, mit großen Läden und luxuriösen Appartementwohnungen. Er konnte sich diesen Plan leisten. Petsch war Millionär geworden. Er besaß ein Bauunternehmen mit 167 Arbeitern, mit modernen Kränen und Betonmischern, Schalgerüsten und Aufzügen.

Erich Schwabe kniff die Lippen zusammen. Aha, dachte er. Noch immer der Petsch. Ein reicher Mann also. Natürlich, so etwas imponiert den Frauen.

Er fuhr zum Schloß zurück und kümmerte sich weiter um seine Blumen, um die Vögel und das zahme Reh, das er großgezogen hatte. Im Winter 1947/48 hatte er es halb erfroren hinter der Schloßmauer im Graben gefunden. Jetzt lief es frei im Park herum und folgte Schwabe bei seinen Arbeiten wie ein Hund.

Eines Tages holte ihn eine Ordensschwester aus dem Gemüsegarten. „Ein Herr möchte Sie sprechen, Herr Schwabe“, sagte sie.

„Ein Herr? Mich?“ Schwabe tauchte die schmutzigen Hände in die Gießkanne und wischte sich die feuchten Finger an der grünen Gärtnerschürze ab. „Wer ist es denn?“

„Er hat seinen Namen nicht genannt.“

„Ein Ehemaliger von uns?“ Schwabe dachte an Adam oder Hertz, Baumann oder den Berliner. Der Wastl war es nicht, der hätte gar nicht gefragt.

Die Schwester schüttelte den Kopf. „Nein. So sieht er nicht aus. Er hat ein narbenloses Gesicht.“

An der Hecke des kleinen Schloßfriedhofs sah Schwabe mit dem Rücken zu sich den wartenden Mann stehen. Er trug einen hellbeigen, eleganten Sommeranzug und hatte einen weißen Panamahut auf dem Kopf. Die Querfalten in seinem Rock zeigten, daß er mit dem Auto gekommen war. Sogar weiße Schuhe hatte er an. Während er an der Friedhofsecke stand und über die Gräber blickte, schlug er mit den zusammengefalteten, hellen Schweinslederhandschuhen ungeduldig gegen seinen rechten Schenkel.

„Das ist er?“ fragte Schwabe. Die Schwester nickte. „Es ist gut. Danke schön, Schwester.“

Schwabe wartete, bis die wehende weiße Haube zwischen den Bäumen verschwunden war. Dann kam er langsam näher und stellte sich hinter den wartenden Mann.

„Was willst du hier?“ fragte er laut.

Der elegante Besucher fuhr herum. Er starrte Schwabe an, dann wurde sein Gesicht ungläubig und geradezu entgeistert.

„Mensch, Erich – du siehst ja aus wie früher“, sagte Karlheinz Petsch mit bebender Stimme. „Nur noch ’n paar Kratzer in der Haut. Mensch – das ist ja nicht zu fassen!“

„Was willst du hier?“ wiederholte Schwabe grob. „Bist du gekommen, damit ich dir die Visage einhaue, du Schwein?“

Petsch trat zwei Schritte zurück. Seine Backenmuskeln drückten sich hart durch die braune Haut. Man sah, daß er sich bezwang, nicht als erster zuzuschlagen.

„Nun blas die Luft ab, Erich“, sagte er stockend. „Zugegeben, es war nicht alles so, wie’s sein sollte. Aber wer hat denn schon daran gedacht, daß du jemals wieder . . . Also, Schwamm darüber. Und außerdem war Krieg, Junge, und wir saßen bis zum Hals in der dicksten Scheiße. Und deine Frau hatte Angst und war einsam und war verzweifelt. Mein Gott, da dreht man durch und macht Dinge, die man hinterher nicht mehr versteht. Und sie hat mich ganz schön zur Minna gemacht, deine Uschi. Erinnerst du dich an die aufgerissene Backe? Da hat mir das kleine Luder . . .“

„Hau ab“, sagte Schwabe angeekelt.

„Ich habe mit ihr nichts mehr zu tun. Glaub es mir. Ich habe ihr damals nur gesagt: Wenn der Erich kein vernünftiges Gesicht mehr bekommt und du drehst durch, Mädchen – dann komm zu mir. Ich nehme dich immer. Auch mit dem Kind. Das habe ich gesagt, und das kannst du mir nicht übelnehmen,

Erich. Wer hat denn daran gedacht, daß du . . ." Petsch schluckte vor Erregung. „Und nun siehste wieder aus wie früher. Nun ist ja alles hundertprozentig klar. Ich bin auch nur gekommen, um dir zu sagen, daß ich dein Haus . . ."

„Es gehört meiner Mutter."

„Ich wollte dir einen Vorschlag machen, Erich." Petsch holte aus der Tasche einen Bauplan und faltete ihn auseinander. Es zeigte eine moderne, vielfenstrige Häuserreihe im amerikanischen Stil. Er hielt Schwabe die Zeichnung hin. „Sieh dir das an. Das gibt ein neues Einkaufszentrum in Köln. Läden und Wohnungen, ein Selbstbedienungsladen, wie bei den Amis, der erste in Köln. Junge, wir müssen die Zukunft vorausspüren und ein Jahr früher dasein als die anderen. Und nun hör zu. Der ganze Klimbim steht auch mit auf deinem Grundstück. Du kommst nach Köln zurück, nimmst die Ursula unter den Arm, ziehst in eine der neuen Wohnungen, wenn sie fertig sind, im Augenblick nimmste dir 'ne alte Villa in Lindenthal, die ich dir besorgen kann. Und du nimmst die ganzen Verglasungen in die Hand, die Mosaikarbeiten, die Böden, den ganzen Innenausbau des Blocks. Meine Firma macht die Hochbauten, die Betonsachen, den Putz. Und in zwei Jahren stehen wir da wie Woolworth. Was hältste davon?"

„Hau ab", sagte Schwabe heiser. „Oder soll ich meine Hacke holen?"

„Erich, du Vollidiot", schrie Petsch und faltete den Plan zusammen. „Du kannst doch nicht wegen einer einzigen Dummheit das ganze Leben deiner Frau und deines Kindes versauen. Mensch, man sollte dir das Gesicht wieder zu Brei schlagen!"

Erich Schwabe wandte sich ab und ließ Petsch stehen. Er ging in seinen Gemüsegarten zurück, bückte sich, drückte die neuen Salatpflanzen in die Pflanzlöcher und begoß sie dann, damit sie gut anwuchsen. Er sah sich nicht mehr um, auch nicht, als er Schritte hinter sich hörte, die am Zaun des Gartens innehielten, wartend, und dann weiterknirschten, dem Ausgang zu, über die von Schwabe säuberlich geharkten Kieswege.

Bis zur Dunkelheit blieb er im Garten stehen und ließ sein Essen, das ihm von der Krankenhausküche auf sein Zimmer gebracht wurde, kalt werden. Als der Mond durch die Bäume brach, ging er am Teich spazieren, immer rund herum wie ein

Esel in einer Oase, der aus dem Wüstenbrunnen Wasser ziehen muß.

Rusch, Lisa und Karlheinz Petsch beobachteten ihn vom Fenster des Chefzimmers aus. Petsch war erregt und nagte an der Unterlippe.

„Sie müssen ihn zur Vernunft bringen, Frau Doktor", sagte er flehend. „Wie lange soll das noch so weitergehen? Ich möchte sagen, es ist fast ein Verbrechen an Ursula. Und das Kind? ‚Alle haben einen Papi, warum ich nicht?' hat es gestern zu mir gesagt. ‚Kannst du nicht mein Papi sein?' – Frau Doktor, das Herz dreht sich einem 'rum."

„Er reagiert auf Argumente nicht mehr." Professor Rusch wandte sich vom Fenster weg und trank in kleinen schnellen Schlucken sein Glas Cognac leer. „Man kann ihm mit seelischen Regungen nicht beikommen, es ist, als habe er überhaupt kein Gefühl mehr für menschliche Belange. Er ist irgendwie ausgebrannt, so dumm das klingt. Er ist seelisch tot. Er hat seine Blumen, seine Pflanzen, seine Tiere, sein zahmes Reh – es ist wie eine mittelalterliche Geschichte: Der Einsiedler auf dem Berg. Ich glaube nicht, daß man ihn locken kann mit großen Plänen oder mit Hinweisen auf die seelische Marterung seiner Frau und seiner Mutter. Dann schaltet er einfach ab."

„Aber so kann es doch nicht weitergehen", rief Petsch. „Langsam aber sicher geht Ursula zugrunde. Und es wird von Tag zu Tag schlimmer, je mehr das Kind denken lernt und Fragen stellt."

Lisa schwieg. Ein paarmal sah Rusch zu seiner Frau hinüber, und auch Karlheinz Petsch suchte stumm ihren Rat. Aber sie sagte nichts. Sie sah aus dem Fenster hinaus auf den im Mondschein herumgehenden einsamen Mann, sah, wie seine dunkle Silhouette sich im Wasser des Teiches flimmernd spiegelte und wie das Mondlicht silbern über die Schultern floß und über die blonden Haare, die jetzt weiß leuchteten wie Silberfäden.

„Weißt du etwas?" sprach Rusch seine Frau direkt an.

Lisa zuckte zurück, wie aus weitentfernten Gedanken gerissen.

„Ich? Nein. Wieso ich? Wir bekommen ab Montag eine neue Putzfrau."

Petsch starrte Rusch verzweifelt an. „Wir denken an ein unlösbares Problem, und jetzt heißt es, es kommt eine neue Putzfrau. Ist das alles, was Sie dazu zu sagen haben, Frau Doktor?"

„Eine gute Putzfrau ist sehr wichtig."

„Zum Teufel mit Ihrer Putzfrau", schrie Petsch. Nachdem er es geschrien hatte, sah er Rusch an. „Die Nerven", sagte er stockend. „Verdammt, ich habe auch nur Nerven. Und das hier haut mich um. Sie müssen verzeihen, es war nicht so gemeint. Es ist nur – weil ich ja irgendwie mitschuldig bin. Und ich kann nun nicht helfen. Das ist scheußlich, Frau Doktor."

Lisa nickte und schloß das Fenster. Mit einem festen Ruck zog sie die Gardinen vor, als wolle sie den Vorhang endgültig über die Szene ziehen.

„Warten wir die Putzfrau ab", sagte sie.

Rusch sah Lisa nachdenklich an. Er wußte nicht, welchen Sinn die Worte seiner Frau hatten, aber er wußte, daß sie nicht aus Interesselosigkeit gesprochen worden waren.

„Wann kommt sie?" fragte er sogar.

„Ab Montag."

„Die Putzfrau?" brüllte Petsch.

„Ja. Und es könnte sich vieles ändern."

„Vielleicht bin ich ein Idiot", sagte Petsch, „aber jetzt verstehe ich überhaupt nichts mehr."

„Trösten Sie sich." Professor Rusch lachte gequält. „Ich auch nicht."

Am Montag, morgens um 8 Uhr, erschien die Putzfrau auf Schloß Bernegg. Es war ein herrlicher Sommertag mit einem wolkenlosen Himmel und einer goldenen Sonne. Ein Tag, der heiß zu werden versprach.

Erich Schwabe arbeitete bereits in den Blumenbeeten. Er sprengte sie, bevor die Hitze zu groß wurde.

„Guten Tag", sagte die neue Putzfrau zu Erich Schwabe. Sie war eine Frau Mitte Dreißig, drall und klein, mit langen braunen Haaren und einem rosigen, runden Gesicht. Sie gab Schwabe die Hand und drückte sie kräftig.

„Guten Tag", sagte Schwabe. Dann blickte er zur Seite.

Neben der Putzfrau stand ein Kind. Ein kleines, blondlockiges Mädchen. Die großen blauen Augen sahen den Gärtner kritisch an und musterten ihn, ob er ein guter Onkel sei. Das

Mädchen trug ein hellblaues kurzes Popelinkleidchen. Es sah aus wie eine zum Leben erwachte Puppe.

„Es ist das Kind einer Bekannten", sagte die Putzfrau. „Ich muß es mitnehmen, weil die Mutter im Krankenhaus liegt. Und der Vater . . . Na ja, ich erzähle Ihnen das ein andermal. Wenn es Ihnen nichts ausmacht, könnte die Kleine hier bei Ihnen im Garten spielen, solange ich arbeite . . . Sie heißt Barbara."

„Barbara", sagte Schwabe leise. „Aber nein, es macht mir nichts aus. Im Gegenteil. Sie kann ruhig hierbleiben, und ich zeige ihr die Blumen und die Käfer und die Vögel und was es hier alles gibt im Garten. Nicht wahr, Barbara?"

„Ja, Onkel", sagte die Kleine und streckte Schwabe die Hand hin.

„Sie hat schon Freundschaft mit Ihnen geschlossen, sieh einmal an", rief die neue Putzfrau. „Ihr werdet euch gut vertragen, was?"

„Sicherlich." Schwabe legte den Schlauch hin und wischte sich die Hände an der Schürze ab. Dann gab er dem Mädchen die Hand.

„Ich bin der Onkel Erich", sagte er, merkwürdig stockend.

Die kleine Barbara nickte. „Komm, lauf mit mir zum Wasser", rief sie und lief schon weg zum Teich. „Komm, Onkel Erich, komm."

Und Erich Schwabe schob den Hut in den Nacken und lief ihr nach. Zufrieden ging die Putzfrau zum Block B zurück.

Die junge Sonne brach gleißend durch die Baumwipfel. Es wurde wirklich ein schöner Sommertag.

21

Nach drei Stunden holte die Putzfrau – sie hieß Frau Emmi Kartuscheck und kam aus Nikolai in Oberschlesien – die kleine Barbara wieder von Erich Schwabe ab.

Sie fand die beiden in dem Gewächshaus, das Schwabe aufzubauen begann. Drei Schlosser, die in der Klinik lagen, halfen ihm, das Gerüst aus Stahlrohr aufzurichten. Alles andere war für den gelernten Glaser eine Freude und ein Hineinarbeiten in eine verschüttete Vergangenheit. Schwabe maß und schnitt die Gläser zu, setzte sie ein, verkittete sie, strich sie mit weißer Farbe, konstruierte drehbare Entlüftungsklappen und eine Berieselungsanlage, indem er über die Treibhausbeete dünne Eisenrohre zog und diese mit winzigen Löchern anbohrte. Wenn er dann das Wasser andrehte, wurden die Beete nach allen Seiten gleichmäßig besprüht, so, als regne es in ganz feinen Strahlen.

Als Frau Kartuscheck in das Gewächshaus kam, saßen Schwabe und Barbara vor einem der Beete und betrachteten eine kleine, hellgrüne Pflanze.

„Das wird einmal ein schöner, großer, leuchtender Weihnachtsstern“, sagte Schwabe und schob mit dem Zeigefinger vorsichtig etwas Erde über einige Wurzeln. Barbara schüttelte den Kopf und lachte.

„Ein Stern ist doch am Himmel, Onkel.“

„Die Blume, die aus diesem jungen Pflänzchen wird, nennt man so.“

„Wer nennt sie so?“

„Der Volksmund.“

„Was ist Volksmund?“

Schwabe kratzte sich den Kopf. „Paß mal auf“, sagte er. „Es gibt einen Vogel, der heißt Sperling. Aber die Leute sagen zu ihm auch Spatz, Mösch und . . . na ja, und das ist Volksmund. Verstehst du?“

„Nein, Onkel.“

Frau Kartuscheck kam durch die engen Gänge des Treibhauses und lachte. „Die fragt Ihnen Löcher in den Bauch“, sagte sie und drückte Barbara an sich. „Und was für Fragen. Das kommt vielleicht davon, daß sie immer unter Erwachsenen war. Ihre Mutter weiß manchmal gar nicht mehr, was sie antworten soll. Und ich auch nicht.“

„Darf ich morgen wieder mit, Tante Emmi?“ fragte Barbara, ehe Schwabe etwas sagen konnte. „Der Onkel kann so schön erzählen. – Von Weihnachtssternen, die in der Erde wachsen, und vom Volks . . . – wie hieß das, Onkel Erich?“

Frau Kartuscheck hob wie um Verzeihung bittend die Schultern. „Ich muß sie morgen wieder mitbringen. – Solange ihre Mutter krank ist, wissen wir gar nicht, wohin mit ihr“, sagte sie. „Wenn sie Ihnen nicht allzu lästig fällt mit den vielen Fragen – darf ich morgen wieder? Natürlich kann ich sie im Block B im Gemeinschaftszimmer spielen lassen, aber . . ."

Erich Schwabe sah auf das blonde Lockenköpfchen, in die großen blauen Augen und auf den lachenden, kleinen Mund. Es war ihm, als presse man sein Herz mit zwei glühenden Zangen zusammen. Seine Kehle wurde trocken, und er mußte mehrmals krampfhaft schlucken, um überhaupt sprechen zu können.

„Jederzeit", sagte er mühsam. „Sie können Barbara jederzeit bringen. Ich bin ja immer hier. Auch wenn Sie Besorgungen machen wollen oder sonst irgend etwas vorhaben. Bringen Sie sie immer zu mir, ja? Ich . . . ich habe Kinder gern."

„Warum haben Sie dann nie geheiratet?" fragte Frau Kartuscheck. Schwabe wandte sich ab und grub mechanisch mit beiden Händen in einem der Beete.

„Das Leben ist gemein", sagte er leise. „Aber lassen Sie uns jetzt nicht darüber sprechen. Unsere kleine Barbara sieht uns schon ganz verwundert an. Ich erzähle Ihnen später einmal alles."

Barbara gab Schwabe die kleine, vom Spielen schmutzige Hand. Durch ein geöffnetes Fenster des gläsernen Treibhauses fiel die Sonne voll auf die goldenen Locken. Wie Ursulas Haare, durchfuhr es Schwabe, und sein Herz zuckte wild und streute einen stechenden Schmerz durch den ganzen Körper.

„Auf Wiedersehen, Onkel."

„Bis morgen, Barbara", sagte Schwabe heiser.

„Zeigst du mir morgen das Reh?"

„Ja."

„Und den großen Goldfisch?"

„Ja."

„Der Onkel sagt, im Teich da lebt der König der Goldfische. Stimmt das?"

Frau Kartuscheck nickte ernst. „Wenn Onkel Erich das sagt, wird es stimmen, Babs. Der Onkel kennt viel von der Welt und den Tieren und den Menschen . . ."

„Von den letzteren wäre es mir lieber, weniger zu kennen", sagte Schwabe bitter. Frau Kartuscheck drückte Barbara an sich.

„Auch Babs ist ein Mensch", sagte sie leise.

„Ein junger. In diesem Stadium kann man ihn noch ertragen."

Er wandte sich ab, ließ Frau Kartuscheck stehen und ging langsam durch das Gewächshaus hinaus in den Park. Barbara zupfte an Frau Kartuschecks Kleid. Sie hatte große, ängstliche Augen.

„Was hat der Onkel, Tante Emmi?"

„Er hat ein wehes Herz, Babs." Frau Kartuscheck zog Barbara aus dem Gewächshaus und ging mit ihr zum Ausgang des Schlosses. „Weißt du, hier in der Brust. Leg mal das Händchen drauf – merkst du, wie es da klopft?"

„Ja", sagte Barbara, blieb stehen und legte das Händchen auf das Herz. Mit schiefgeneigtem Kopf verfolgte sie die schnellen Herzschläge.

„Siehst du – und da hat der Onkel Erich Schmerzen. Da tut es ihm weh."

„Dann ist er krank?"

„Ja."

„Dann mußt du den Onkel Doktor holen."

Frau Kartuscheck schüttelte langsam den Kopf. „Den brauchen wir hier nicht." Sie drückte den Kopf des Kindes wieder an sich und sah hinüber zu dem gebückten Mann, der in den Dahlienbeeten harkte. „Dafür bist du da, Barbara."

Am nächsten Morgen wartete Erich Schwabe vor dem Gewächshaus auf Barbara. Er hatte aus Dahlien und frühen Astern, aus kleinen Chrysanthemen und bunten Pantoffelblumen einen lustigen Haarkranz geflochten, den er Barbara auf die langen, blonden Locken drücken wollte.

Aber Frau Kartuscheck kam nicht.

Über eine Stunde ging Schwabe untätig hin und her, den bunten Kranz in der Hand. Er ging zum Eingang und unterhielt sich mit dem Pförtner über die unmöglichsten Dinge, nur um den Weg nach Bernegg überblicken zu können. Zweimal kam der Omnibus herauf, hielt an der Haltestelle vor dem Schloß – dann fuhr er weiter nach Waldenheim, dem nächsten Dorf hinter den Hügeln. Frau Kartuscheck stieg nicht aus.

Erich Schwabe ging zu seinem Gewächshaus zurück und

legte den Blütenkranz in einen Eimer mit Wasser. Vielleicht hat sie heute Nachmittagsdienst, dachte er. Aber davon hat sie gestern nichts gesagt. Oder die Mutter der Kleinen ist wieder gesund. Vielleicht ist auch etwas passiert? Es kann ja sein, daß Barbara plötzlich krank geworden ist, daß sie hingefallen ist, daß sie sich ein Knie wundgeschlagen hat oder die Ellenbogen, oder . . . oder das Gesicht.

Schwabe riß seine schmutzige Gärtnerschürze herab und rannte zum Block B. Lisa hatte gerade die Morgenvisite beendet. Sie besprach mit Dr. Vohrer und Dr. Sulzbarth, dem neuen I. Assistenten, die festgestellten Mängel und den weiteren Arbeitsplan. Professor Rusch war wieder in Würzburg zu einer Vorlesung. Er demonstrierte sein berühmt gewordenes „Verlöten" der Knochen.

„Schwabe?" fragte Lisa über die Köpfe der anderen Ärzte hinweg. „Was gibt's? Haben Sie einen dicken Maulwurf in den Beeten? Sie sehen so zerwühlt aus –."

Schwabe lächelte über diesen Witz. Zu Baumann hätte er jetzt gesagt: „Halt die Fresse, du Idiot." So aber stand er vier Schritte von Lisa entfernt im Flur und sah sie flehend an wie ein verhungerter Bettler, der den Duft von Speisen aus einer Küche riecht. Er wußte nicht, daß Lisa auf diesen Augenblick bereits gewartet hatte.

„Sie wollen mich sprechen, Schwabe?"

„Ja, Frau Doktor – wenn es möglich ist."

„Gleich."

Lisa strich noch einige Namen auf der Liste an, die Vohrer und Sulzbarth in den Händen hielten. Es waren Patienten, die zu neuen, kleineren Operationen für den morgigen Tag vorbereitet werden sollten.

„Kommen Sie mit, Schwabe", sagte die Ärztin dann, als die Visitenbesprechung zu Ende war. „Aber machen Sie es kurz, ich muß noch nach Würzburg."

Erich Schwabe blieb im Chefzimmer an der Tür stehen und drehte die Finger ineinander, daß man die Gelenke knacken hörte.

„Nur eine Frage ist es, Frau Doktor", begann er stockend. „Eigentlich ist es dumm von mir, Sie damit zu belästigen, aber ich weiß mir keinen Rat mehr."

„Wegen der Wühlmäuse, Schwabe?" Lisa blätterte in einer Zeitschrift. „Es gibt da ein neues Mittel auf dem Markt, ein Pulver – das schüttet man in die Mäuselöcher und . . ." Sie blickte auf und sah die Ratlosigkeit in Schwabes Augen. „Keine Wühlmäuse, Schwabe? Was ist es denn?"

„Es ist wegen Barbara."

„Barbara?" Lisa tat, als begriffe sie nicht sofort. „Wer ist Barbara? Schwabe – haben Sie sich etwa verliebt? Das ist doch unmöglich bei Ihrem Menschenhaß."

„Barbara ist das Mädchen, das gestern mit der neuen Putzfrau kam", sagte Schwabe leise.

„Putzfrau? Welche? Mensch, Schwabe, wie können Sie sich in ein so junges Mädchen verlieben? Wie alt ist es denn? 17 oder 18 Jahre, was? Überlegen Sie es sich genau, ob . . ."

„Barbara ist vielleicht drei Jahre alt", stotterte Schwabe.

„Ach ja. Das süße, kleine Ding mit den blonden Locken." Lisa lachte. „Ist es nicht ein süßer Balg?"

„Eben, Frau Doktor, eben darum."

„Was soll das heißen, Schwabe?"

„Wir haben Freundschaft geschlossen, Barbara und ich. Und heute wollte sie wiederkommen. Ich habe ihr aus vielen Blumen ... aber das ist ja nicht so wichtig. Sie ist jedenfalls nicht gekommen. Und nun – nun weiß ich nicht . . . Ich habe mir gedacht, daß vielleicht Sie . . ."

„Frau Kartuscheck hat heute ihren freien Tag, das ist alles."

Lisa sah, wie Schwabe aufatmete, wie eine Last von ihm abfiel und seine Augen einen anderen Glanz bekamen.

„Ihr freier Tag, natürlich. Und morgen kommt sie wieder?"

„Das nehme ich doch stark an."

Den ganzen Tag über war Schwabe in bester Laune. Er sang, während er die Beete sprengte, bis aus einem Fenster jemand schrie: „Ruhe. Wir sind gestraft genug."

Am Abend saß er an einem großen Tisch und rahmte eine Scheibe. Dann begann er, mit besonderen Ölfarben das Glas zu bemalen. Er malte einen alten Brunnen, auf dessen Rand eine schöne, goldlockige Prinzessin saß, in weißen und rosa Spitzengewändern. Vor ihr hockte ein dicker Frosch mit einer Krone auf dem Kopf. Es war eine Szene aus dem Märchen vom Froschkönig.

Schwabe stellte die bemalte Glasscheibe an das Fenster, damit die Farbe schneller trocknete. Am nächsten Morgen trug er das Gemälde in das Gewächshaus und hängte es gegen die sonnenbeschienene Glaswand. Da leuchteten die Farben auf, und es war, als lebten die zarte Prinzessin und der dicke, häßliche Froschkönig.

Mit dem Neun-Uhr-Omnibus kamen Frau Kartuscheck und Barbara an. Schwabe sah sie aus dem Wagen steigen. Er stand hinter der ehemaligen Hauptwache und hatte die Straße durch die Toreinfahrt beobachtet. Er rannte schnell zur Gärtnerei zurück und schnitt bereits wieder die verblühten Dahlien ab, als Frau Kartuscheck mit dem Kind über die Parkwege kam.

„Onkel", rief Barbara schon von weitem, als sie Schwabe sah. „Onkel Erich. Huhu."

Erich Schwabe spürte, wie ihn das Glück durchströmte. Er warf die Gartenschere hin und winkte mit beiden Armen.

„Babs", rief er. „Guten Morgen, Babs."

Frau Kartuscheck winkte zurück. Sie gab dem Kind einen kleinen Schubs und ging dann zurück zum Block B. Mit fliegenden Haaren lief Barbara auf Schwabe zu. Kurz vor ihm breitete sie die Arme aus und warf den Kopf in den Nacken.

„Fang mich auf, Onkel", rief sie. „Fang mich."

Schwabes Herz zuckte wild. Auch er breitete die Arme aus, bückte sich etwas, und es war ihm, als müsse er schreien vor Freude, daß ihm ein Kind in die Arme entgegenlief.

Dann fing er den kleinen Körper auf, umschlang ihn und wirbelte ihn hoch durch die Luft, schwenkte ihn im Kreis und hatte Lust, einzustimmen in den Jubel dieses hellen, klaren Stimmchens.

„Wie stark du bist, Onkel", sagte Barbara, als sie wieder auf der Erde stand und sich die wirren Locken aus dem geröteten Gesichtchen strich. „Mama kann das nicht so – auch nicht, als sie noch gesund war." Sie sah Schwabe wieder mit schrägem Köpfchen an und zeigte plötzlich mit ausgestrecktem Arm auf sein Gesicht: „Ist das vom Krieg?"

Schwabe zuckte zusammen. „Was weißt du vom Krieg?" fragte er heiser.

„Mama hat mir erzählt, der Krieg hat uns den Papi weggenommen."

Schwabe preßte die Lippen fest aufeinander. „Komm", sagte er schwer atmend. „Ich zeige dir das Reh." Er nahm Barbaras Hand und ging mit ihr schnell in den Park.

Am Fenster des Chefzimmers standen Lisa und Frau Kartuscheck. Sie sahen zu Schwabe und Barbara hinab und warteten, was geschah.

„Er ist ganz verrückt nach dem Kind", sagte Frau Kartuscheck. „Ich hätte nicht gedacht, daß es so schnell geht."

„Ich schon." Lisa schloß das Fenster. „Schwabe ist ein ausgesprochen weicher, sensibler Mensch. Und weil er das von sich selbst weiß, umgibt er sich mit dem Panzer der Gefühllosigkeit. Unsere kleine Barbara wird ihm bestimmt bald zeigen, wie absurd das alles ist."

„Ich habe Angst vor dem Augenblick, wo er es durchschaut", meinte Frau Kartuscheck. Lisa schüttelte den Kopf.

„Ich nicht. Wenn es soweit ist, wird er sich ein Leben ohne das Kind nicht mehr denken können."

„Und was dann?"

„Abwarten!" Lisa zündete sich eine Zigarette an, aber ihre Hand war durchaus nicht so ruhig, wie ihre Worte. „Es wird sich alles einspielen. Im Augenblick können wir nur zusehen."

Im Park in der Nähe des Sees stand das zahme Reh und kaute Eicheln, die Schwabe gesammelt hatte. Es hob kurz den Kopf, als es die Witterung der Menschen aufnahm, äugte zu Barbara hin, die ihm fremd war, und fraß dann weiter. Barbara blieb stehen und klatschte vor Freude in die Hände.

„Wie schön", rief sie. „Ist das Bambi?"

„Wieso Bambi?" fragte Schwabe verständnislos.

„Nicht Bambi? Wie heißt es denn?"

„Anette."

„Warum Anette und nicht Bambi?"

„Warum soll es denn Bambi heißen?"

„Alle kleinen Rehe heißen Bambi, weißt du das nicht, Onkel Erich?" Barbara sah Schwabe fast strafend an. Ein ausgewachsener Onkel, der Bambi nicht kennt. „Du kennst Bambi wirklich nicht?"

„Nein, Babs."

„Ich habe ein Bilderbuch, das bring' ich dir morgen mit,

ja? Du wirst sehen, alle Rehe heißen Bambi. Mami sagt das auch."

„Wenn die Mami das sagt, wird es sicherlich stimmen." Erich Schwabe trat auf das zahme Reh zu und streichelte es. Es wandte den Kopf, stieß mit der Stirn gegen die Brust Barbaras und leckte ihr dann schnell über die Hand. Barbara quietschte vor Freude.

„Es hat mich gern", rief sie. Schwabe atmete tief und schnell. Er hatte den Drang, das Mädchen an sich zu reißen, zu küssen, herumzutragen, in den Armen zu wiegen . . . Es könnte mein Kind sein, dachte er und hatte das Gefühl, innerlich zu verbrennen. So könnte es auch aussehen, blond wie Ursula. Mein Gott – ich könnte mit dem Kopf gegen die Bäume rennen, ich könnte mir den Schädel einschlagen, so furchtbar ist das, so unerträglich . . .

„Wer sollte dich nicht gern haben, Babs", sagte er mit rauher Stimme. Barbara blickte von dem Reh auf – sah ihn an.

„Bist du heiser, Onkel?"

„Ja."

„Komm, ich hab' Pfefferminz. Mami sagt, dann bekommt man keinen rauhen Hals."

„Du hast eine kluge Mami", sagte Schwabe stockend.

Barbara kramte in ihrer Schürzentasche. Sie zog eine Wäscheklammer hervor, ein Stück Bindfaden, zwei zerknitterte Glanzbildchen und einen am Ende zerkauten, stumpfen Bleistiftstummel. Ganz zuletzt kamen die Pfefferminzbonbons zum Vorschein, eine klebrige, aufgerissene Rolle.

„Da, Onkel", sagte Barbara strahlend und hielt Schwabe die Rolle hin. „Nimm dir zwei."

Schwabe steckte die beiden Pfefferminztabletten in den Mund. Um seine Augen zuckte es. Mensch, heul nicht, sagte er sich. Er schrie sich innerlich an: Reiß dich zusammen. Du kannst doch hier nicht losweinen. Ein Onkel, der weint, verliert doch allen Respekt.

Aber der Drang in ihm war stärker. Er spürte, wie seine Augen zu schwimmen begannen. Da drehte er sich weg und wischte mit beiden Handrücken über sein zuckendes Gesicht.

„Was hast du, Onkel?" fragte Barbara. Sie streichelte das Reh und hob Eicheln auf, die sie ihm hinhielt.

„Mir ist eine Fliege ins Auge geflogen, Babs", antwortete Schwabe gepreßt. „Ich hab' sie gleich ausgerieben."

„Mami hat das auch mal zu mir gesagt", sagte Barbara und kraulte dem Reh zwischen den Ohren das Fell. „Aber in Wirklichkeit hat sie richtig geweint, ich hab's gesehen, Onkel Erich."

Mein Gott, mein Gott, dachte Schwabe. Dieses Kind zerreißt mich völlig, aber es ist ein herrlicher, ein einmaiiger Schmerz.

Mit dem zahmen Reh gingen sie zur Gärtnerei zurück und zum Gewächshaus, in dem das Glasbild vom Froschkönig hing.

„Wie schön", schrie Babs wieder, als sie davor stand. „Der Froschkönig. Und eine richtige Prinzessin ist das. Viel schöner als bei mir im Bilderbuch. Woher hast du das?"

„Ich habe es selbst gemalt."

„Du? Du kannst das, Onkel?"

„Ja."

„Eine Prinzessin machen?"

„Ja."

„Und kannst du auch einen König machen? Einen Zauberer? Eine Hexe? Schneewittchen? Und Zwerge? Und den Wolf mit dem Rotkäppchen?"

„Ich kann alles machen, was du willst, Babs."

Barbara nickte. „Ich bringe dir morgen alle Bücher mit. Zeigst du mir, wie man das macht?"

Schwabe nickte stumm. Er streichelte die blonden Locken des Kindes und dachte an ein anderes Mädchen, das ungefähr so alt sein mußte und das irgendwo aufwuchs und dem man auf seine Fragen antwortete: Dein Papi ist aus dem Krieg nicht mehr heimgekommen. Und es hatte niemanden, der ihm eine Prinzessin malte oder die sieben Zwerge.

Gegen Mittag holte Frau Kartuscheck mit vielen Dankesworten Barbara wieder ab. Sie packten das Glasgemälde in Packpapier ein, und Barbara winkte aus dem Fenster des Omnibusses bis zur scharfen Kurve hinter dem Wald.

Und es war Schwabe, als sei der Tag mit dem Weggang Barbaras zu einer trägen Last geworden, die erst am nächsten Morgen von ihm genommen würde, wenn Barbaras helle Stimme wieder durch den Garten klang.

Zwei Wochen lang kam das Kind jeden Morgen auf das Schloß und fuhr mit dem Mittagsbus nach Bernegg zurück. Und jeden Tag hatte Erich Schwabe eine neue Überraschung für Barbara bereit, um den Jubel in ihrer Stimme immer wieder zu hören, ihre leuchtenden Augen zu sehen und ihre weichen Arme um seinen Hals zu fühlen.

In diesen Augenblicken war auch Erich Schwabe von Glück erfüllt.

Er hatte für Barbara eine kleine Harke hergestellt, und Seite an Seite standen sie in den Beeten oder im Gewächshaus und pflegten die Blumen, wendeten das geschnittene Gras oder begossen die Rabatten. Schwabe mit dem Schlauch, Barbara mit einer kleinen buntbemalten Gießkanne.

In den Pausen malte Schwabe immer neue Märchenbilder auf Glas. Er zeichnete nur die Konturen, und Barbara malte sie mit Farbe aus, gewissenhaft, mit den zarten Fingerchen sicher den kleinen Pinsel führend und mit viel Gefühl für die Zusammenstellung der Farben.

„Du, Mami hat das Bild aber gut gefallen", sagte Barbara eines Tages. „Ich hab' es ihr gezeigt."

„Welches denn?"

„Das von dem Froschkönig."

Frau Kartuschecks freier Tag war für Erich Schwabe der trostloseste Tag der Woche. Es war, als mache er alle Welt dafür verantwortlich, daß er an diesem Tage Barbara nicht sehen konnte. Am meisten litt die Hecke darunter, er schnitt sie so radikal zurück, daß Lisa zu ihrem Mann sagte: „Jetzt hat er drei Jahre Wachstum weggeschnippelt."

Und plötzlich kam Barbara überhaupt nicht mehr.

Es war mitten in der Woche, und Erich Schwabe sah verwundert auf die Uhr, als die Glocke in Bernegg neun Uhr schlug und Frau Kartuscheck nicht mit dem Bus gekommen war.

„Sie wird ihn mal verpaßt haben", dachte er laut, während er die Parkwege harkte und das Laub zusammenkehrte. „Der nächste Bus kommt um zehn."

Aber auch um zehn kam Barbara nicht. Der freie Tag war es auch nicht, wie Schwabe zur Sicherheit feststellte. Es mußte also etwas geschehen sein, was Barbara am Kommen hinderte.

Sofort wieder Lisa zu fragen, wagte er nicht, um nicht lächerlich zu erscheinen. Aber den ganzen Tag über war er unruhig, schnauzte mit ein paar Patienten herum, weil sie Papier im Park weggeworfen hatten, anstatt die an den Bäumen aufgehängten Papierkörbe zu benutzen, und als es Abend wurde, holte sich Schwabe aus der Klinikkantine einige Flaschen Bockbier und dämpfte mit Alkohol seine innere Erregung.

Am nächsten Morgen um neun Uhr stand Schwabe vor dem Eingang und wartete auf den Bernegger Bus. Er kam, hielt, einige Besucher der Klinik stiegen aus, fuhr weiter – aber Frau Kartuscheck und Barbara kamen nicht.

Erich Schwabe spürte, daß er die Ungewißheit nicht länger ertragen konnte. Er rannte zu Lisas Zimmer und klopfte an. Die Ärztin nickte ihm freundlich zu, als er sichtlich verwirrt bei ihr eintrat.

„Fragen Sie nicht, Schwabe", sagte sie, ehe er etwas sagen konnte. „Barbara liegt zu Hause und ist krank. Und im übrigen ist ihre Mutter wieder so weit hergestellt, daß sie sich selbst um das Kind kümmern kann."

„Krank?" stotterte Schwabe.

„Die Masern."

„Ist . . . ist es ernst?"

Lisa lachte. „Aber Schwabe. Die Masern. Haben Sie auch als Kind gehabt. Die ersten Tage hat man hohes Fieber."

„Hohes Fieber", sagte Schwabe leise.

„In drei Wochen springt sie wieder herum."

„In drei Wochen erst?" Schwabe wischte sich über das Gesicht. „Kann . . . kann man sie besuchen, Frau Doktor?"

„Warum nicht? Babs wird sich riesig freuen."

„Wird man das auch nicht falsch auffassen? Ich meine, die Mutter oder Frau Kartuscheck und die Nachbarn?"

„Aber Schwabe." Lisa schüttelte wie strafend den Kopf. „Seit wann haben Sie solche Hemmungen? Sie sind doch Barbaras Onkel Erich. Keiner wird denken, daß Sie wegen Frau Kartuscheck oder der Mutter der Kleinen . . ."

Schwabe nickte. „Dann werde ich morgen früh fahren, Frau Doktor. Wo wohnt diese . . . wie heißt sie eigentlich?"

„Barbara wohnt Wacholderweg 14. Sie finden das Haus sofort. Es ist ein weißes Fachwerkhaus mit schwarzen Balken, ganz frisch getüncht. Vor dem Eingang, im Vorgarten, steht eine knallrote Gartenbank. Die leuchtet Ihnen schon von weitem entgegen."

Den Abend und die halbe Nacht hindurch malte und bastelte Schwabe. Er ging erst beim Morgengrauen ins Bett und schlief drei Stunden unruhig und sich hin und her wälzend. Mit dem Autobus um zehn Uhr morgens fuhr er dann hinunter nach Bernegg, unter dem Arm ein dickes Paket mit einem wunderschönen Märchenbild auf buntem Glas, drei dicken, schwarzblauen Weintrauben und einer Flasche selbstgepreßtem schwarzem Johannisbeersaft.

Vor der Post in Bernegg suchte er auf dem großen Stadtplan den Wacholderweg. Er war weit draußen in einem Neubauviertel, zwischen den Hügeln gelegen. Er war mit dem Omnibus, ohne es zu wissen, vorbeigefahren.

Schwabe kaufte sich in der Bahnhofswirtschaft ein Viertel Wein und trank es in langsamen, kleinen Zügen. Ein Problem, an das er bis zur Stunde nicht gedacht hatte, war wie ein Überfall über ihn gekommen: Was war, wenn er auf dem Wege zum Wacholderweg seiner Mutter oder Ursula begegnete? Es war möglich, daß sie noch in Bernegg wohnten. Er wußte es nicht und hatte seit einem Jahr nicht mehr danach gefragt. Es konnte sein, daß Karlheinz Petsch sie nach Köln zurückgeholt hatte. Er war ja jetzt der große Mann, der Millionär, der Besitzer eines im amerikanischen Stil aufgemachten Supermarktes. Vielleicht spielte er jetzt mit Erika in einem Garten, und Ursula sah von einer Schaukel aus zu.

Bei diesem Gedanken quoll Bitterkeit in Schwabe auf. Sein maßloses Elend kam ihm wieder zum Bewußtsein, seine Einsamkeit, seine Lebensferne und seine Sehnsucht nach einem Kind, dessen Verkörperung Barbara geworden war.

Wenn ich ihnen begegne, werde ich an ihnen vorbeigehen wie an Fremden, dachte er verbissen. Ja, das werde ich. Wenn sie noch hier sind – ich werde sie nicht sehen. Und wenn sie mich anrufen, werde ich taub sein.

Er bezahlte seinen Wein und machte sich auf den Weg zu Barbara.

Niemand Bekannter begegnete ihm. Nur einen Augenblick blieb er vor der Schule stehen. Aus den geöffneten Klassenfenstern hörte er die Fragen der Lehrer und die hellen Antworten der Kinder.

Erinnerungen tauchten auf. In Klasse I das Office von Major James Braddock. Das erste Wiedersehen mit Ursula in Klasse II. Die Fahrt hinauf zur Villa des geflohenen Fabrikanten Wolfach und die erste Nacht – eine junge, blonde, liebende Frau und ein menschliches Ungeheuer ohne Gesicht, eine Fratze ohne Nase und Mund, mit dicken Leukoplaststreifen kreuz und quer verklebt, um das Entsetzen etwas abzudämmen. Eine Frau, die ihn dennoch küßte und sagte: „Ich liebe dich", und die ihn doch total betrogen hatte mit einem Mann, dessen Gesicht noch lachen konnte.

Wie lange war das her – und doch wie greifbar, gerade jetzt, da er vor der Schule stand und über den Schulhof starrte, auf dem einst die Jeeps der MP geparkt hatten.

In der Schule klingelte es. Pause. Schwabe hörte das Scharren vieler Füße und das Klappen von Pultdeckeln. Da ging er schnell weiter, mit gesenktem Kopf, auf den Staub blickend, den seine Füße aufwirbelten.

Vorbei, dachte er. Ich bin drüber weggekommen. Es tut nicht mehr weh, daran zu denken. Und er spürte dabei deutlich, wie er sich hoffnungslos belog.

Nach einer halben Stunde Weg sah er die Häuser zwischen den Hügeln. Er sah das neugetünchte weiße Haus mit den schwarzen Holzbalken, und wie Lisa gesagt hatte, leuchtete ihm schon von weitem die grellrote Gartenbank entgegen.

Da vergrößerte er seine Schritte und rannte fast dem Haus entgegen. An der weißen Vorgartentür blieb er stehen. Die Fenster des ersten Stockwerkes waren offen: es war ein schwüler, heißer Frühherbsttag, und ein Gewitter war fast körperlich spürbar.

Erich Schwabe starrte zu den Fenstern hinauf. Aus einem der Fenster hörte er eine Stimme. „Mami", rief die Stimme. „Mami, ich habe Durst, Mami . . ."

Barbara.

Warum kam die Mutter der Kleinen denn nicht? Warum antwortete sie nicht? Warum ließ sie das kranke Kind so lange rufen? War sie einkaufen gegangen, und niemand war bei dem Kind geblieben?

„Barbara", rief Schwabe laut. „Babs, ich bin da. Onkel Erich. Ich komme sofort und bring' dir was zu trinken."

Er riß die Vorgartentür auf, rannte ins Haus. Unten an der Treppe blieb er stehen und sah zur oberen Diele hinauf, von der eine Anzahl Türen abging. „Babs", rief er wieder. „Wo bist du?"

„Hier, Onkel Erich, hier!"

Schwabe rannte die Treppe hinauf, der kleinen Stimme nach und riß die Tür auf, hinter der er sie hörte. Ein großes Kinderzimmer tat sich vor ihm auf. Ringsum an den Wänden hingen alle seine auf Glas gemalten Märchenbilder, und inmitten dieser leuchtenden Farben lag in einem weißen Bett Barbara, mit fieberrotem Gesichtchen und mit Flecken übersät.

„Hier bin ich, Babs", sagte Schwabe und packte sein Paket aus. Er goß von dem schwarzen Johannisbeersaft das Glas voll, das neben Barbara auf dem Nachttisch stand, und stützte ihren Kopf, während sie durstig trank und ihn aus ihren blauen Augen dankbar und voll Freude ansah. Dann legte er sie wieder in die Kissen zurück und zog die Decke über den fieberheißen Körper.

„Wo ist denn nur deine Mami?" fragte er. „Ist sie weggegangen?"

„Eben war sie noch da, Onkel."

„Vielleicht hinten im Garten?"

„Ich weiß nicht."

Schwabe streichelte über das rotgefleckte, heiße Gesichtchen. Er fühlte eine unendliche Zärtlichkeit. Hier bleibe ich sitzen, bis sie gesund ist, dachte er. Die Blumen, die Vögel, der Rasen, alles, alles kann warten. Ich *muß* hier sitzen und aufpassen, es gibt nichts Wichtigeres mehr.

„Ich bleibe jetzt hier", sagte Schwabe. „Du wirst nie mehr allein sein, wenn die Mami einmal weggehen muß. Eigentlich müßte sie jetzt wiederkommen . . ."

„Warum?" fragte eine Stimme hinter ihm, „Nun ist ja der Papi endlich da."

Erich Schwabe duckte sich wie unter einem betäubenden Schlag. Dann schnellte er hoch, stieß den Stuhl um und wirbelte zur Tür herum. Im Zimmer stand Ursula, schmal, blond, mit großen, traurigen, blauen Augen – so, wie sie immer war, von einer zerbrechlichen, hilfesuchenden und aufreizenden Schönheit.

„Was . . . was soll das?“ sagte Schwabe tonlos. „Was machst du? Wie kommst du hierher? Wo ist Barbaras Mutter?“

„Guten Tag, Erich“, sagte Ursula kaum hörbar.

„Das ist er“, rief Barbara aus ihrem Bettchen. „Das ist Onkel Erich, Mami.“

Schwabe stand steif neben dem Bett. Sein Kehlkopf zuckte wild.

„Du bist . . .“ Seine Stimme erstarb. Vom Bett aus tastete eine kleine, heiße Hand zu ihm. Er nahm sie in seine Hand, hielt sie fest und spürte, wie er zitterte. „Aber . . . Barbara“, stotterte er.

„Sie heißt Erika Barbara Helga Schwabe. Wir rufen sie Barbara, weil . . . weil es deine Mutter so schön fand.“

„Mutter.“ Schwabe drückte die kleine, heiße Hand an seine Hüfte und streichelte sie mit den Fingerspitzen. „Wo ist sie?“

„Unten. Sie wagt nicht, heraufzukommen. Sie hat Angst, du jagst sie weg.“

„Angst? Meine Mutter?“ Schwabes Stimme erlosch. „Bin ich denn ein Untier?“

„Ja.“

Er senkte den Kopf und sank auf den Stuhl zurück. Das heiße Händchen entzog sich seinen Fingern. Dafür schlangen sich zwei dünne Ärmchen um seinen Hals, und ein schweißnasses Köpfchen mit zerwühltem Haar drückte sich an sein Gesicht.

„Warum bist du plötzlich so traurig, Onkel Erich?“

Durch Schwabe lief ein neues, heftiges Zittern. Er warf die Arme um den kleinen Körper und preßte ihn an sich.

„Sie nennt dich Onkel“, sagte Ursula. „Solch ein Untier bist du.“

„Ursula“, schrie Schwabe. Die Qual zerbrach alles in ihm, was er in drei Jahren aufgestaut hatte. Er umklammerte den Körper des Kindes so, wie ein Ertrinkender mit unmenschlicher Kraft sich an ein treibendes Holzstück krallt. Und dann küßte er das heiße, fiebrige Gesichtchen, immer und immer wieder, und plötzlich weinte er, und während er schluchzte, tastete er das Gesicht seines Kindes ab, so wie ein Blinder, der jede Erhebung, jede Rundung, jede Vertiefung mit den Fingerspitzen unlöschbar in sich aufnimmt.

„Mami, schau – ihm ist wieder etwas ins Auge geflogen", rief Barbara und machte sich aus Schwabes Armen los. „Aber diesmal weint er richtig wie du." Und Schwabe legte seine Stirn auf das weiße Gitterbett und schämte sich nicht mehr seiner Tränen.

Eine Stunde später hielt der Wagen Professor Ruschs vor dem Haus Wacholderweg 14. Lisa stieg aus und sah zu den offenen Fenstern des ersten Stockwerkes hinauf. Dann beugte sie sich vor und riß die Tür des Fahrersitzes auf.

„Es ist alles so still da oben", sagte sie. „Zum erstenmal habe ich richtige Angst, Walter."

„Na, dann gehen wir mal hinauf." Rusch stieg aus dem Wagen und ließ die Tür zuknallen. Man mußte es oben in den Zimmern hören. Aber nichts regte sich an den Fenstern.

Rusch vermied es, Lisa anzusehen. Er dachte an den Fall Oster und all die Sinnlosigkeiten, zu denen ein Mensch in seiner Verzweiflung fähig war. Lisa Rusch hielt ihren Mann am Arm fest, als er durch die Vorgartentür, die weit offen stand, ins Haus gehen wollte.

„Wenn wir nun eine Dummheit gemacht haben, Walter? Ich hätte ewig ein Schuldgefühl." Es klang kläglich. Rusch schüttelte den Kopf.

„Wir haben das Beste gewollt."

Sie betraten das Haus und stiegen langsam die Treppe zum ersten Stockwerk hinauf. Niemand kam ihnen entgegen. Vor der Kinderzimmertür zögerte Lisa wieder, die Klinke herunterzudrücken. ‚Was werden wir hinter dieser Tür finden', dachte sie, und sie fror trotz der drückenden Schwüle.

Rusch legte seine Hand über die ihre und drückte die Tür entschlossen auf. Dann blieben sie auf der Schwelle stehen, überblickten das Zimmer, sahen sich befreit und lächelnd an.

Um das Kinderbett saßen Erich Schwabe, Ursula und Frau Hedwig Schwabe. Sie saßen in einem Halbkreis, und wie zu einem Reigen hatten sie sich an den Händen gefaßt: ein Wall um das Kind, das mit lächelndem Gesichtchen schlief. Ursula wandte den Kopf zur Tür. Ihr Lächeln war so voller Glück, daß es keiner Frage mehr bedurfte.

„Sie schläft", sagte sie leise. „Vor zehn Minuten ist sie endlich eingeschlafen. Aber das Fieber ist noch da."

Professor Rusch trat leise an das Bettchen heran. „Wir sind auch nur rasch vorbeigekommen, um nach Erika zu sehen." Er sagte bewußt Erika und legte, als er sich über das Bett beugte, beide Hände auf die Schulter Schwabes. „Ich werde Ihnen noch einige Zäpfchen hierlassen, Herr Schwabe. Und bis zur völligen Gesundung Ihres Kindes sind Sie selbstverständlich beurlaubt."

Schwabe tastete nach den Händen Ruschs und hielt sie auf seiner Schulter fest.

„Sie haben alles gewußt, Herr Professor."

„Natürlich. Man hätte Sie ja erschlagen können, und Sie hätten sich geweigert, auch nur mit Ihrer Frau oder Ihrer Mutter zu sprechen. Aber das Kind", Rusch drückte die Hände Schwabes. „Mein lieber Junge – ich möchte den Menschen sehen, der vor dem Lächeln eines Kindes und vor dem Blick dieser großen blauen Augen nicht alle Vorsätze vergißt und das Kindliche in sich selbst wiederentdeckt."

„Und wer ist Frau Kartuscheck?"

„Eine gute Bekannte Ihrer Frau. Sie kam zuerst als Kundin in die Schneiderwerkstatt, dann haben sich die beiden Frauen angefreundet. Emmi Kartuscheck ist Fürsorgerin in Würzburg. Ihre Frau, Herr Schwabe, war zwei Wochen an einer heftigen Nervenentzündung der Arme erkrankt. – Tagaus, tagein nähen, das war eben zu viel für die kleine Frau, Sie verstehen. Und die Großmutter allein hätte die ganze Arbeit nicht geschafft. Da haben wir Frau Kartuscheck für die Betreuung des Kindes geholt und dabei den Plan geboren, Erika zu Ihnen zu bringen. Das Kind wußte von nichts. Sie waren bis heute der gute Onkel Erich für es."

Schwabe stand leise auf und trat vom Bett zurück. Man sah, daß er sich schämte und daß er nach Worten suchte, um etwas zu erklären oder zu danken. Er reichte Lisa die Hand hin, und es war eine so hilflose Geste, daß die Ärztin sie ergriff und mit der anderen Hand behutsam streichelte.

„Ich . . . ich bin ein dummer Kerl, Frau Doktor", sagte Schwabe leise. „Ich verdiene dieses Glück gar nicht."

„Fangen Sie schon wieder an, Sie Vollidiot?" sagte Lisa in

altgewohnter grober Art. „Ihr Gesicht haben Sie wieder, so gut es eben geht. Eine Frau haben Sie und eine Mutter, die für Sie den Satan aus der Hölle zerrt. Und Sie haben das süßeste Kind, das sich ein Vater wünschen kann."

„Ein so schönes Kind von einem so häßlichen Vater."

„Schwabe – ich haue Ihnen eine 'runter, wenn Sie weiter solchen Unsinn reden", sagte Lisa. Schwabe wußte, daß sie es tun würde, und hob mit einem Lächeln den Kopf. Er streckte ihr sein neues, von roten Narben durchzogenes Gesicht entgegen und legte die Hände auf den Rücken.

„Schlagen Sie zu, Frau Doktor", sagte er heiser. „Bitte, schlagen Sie zu. Nehmen Sie die Faust dafür – ich habe es verdient."

„Ich werde doch mein eigenes Kunstwerk nicht zerstören." Lisa lachte und stieß Schwabe vor die Brust. „Das könnte Ihnen so passen: Nochmals drei Jahre hier herumlungern und das dritte Gesicht bekommen. Nein, mein Lieber –: Schloß Bernegg ist jetzt für Sie vorbei. Ihre Frau, Ihr Kind brauchen Sie. Oder soll sich Ihre Frau weiterhin die Finger blutig nähen, wo sie doch ein Mannsbild hat, das Bäume ausreißen kann?"

„Wir haben es schon besprochen", sagte Ursula. Sie deckte Erika zu, die sich im Schlaf bloßgestrampelt hatte. „Wir bleiben zunächst hier. In Köln haben wir alles verkauft. Und ich möchte auch nicht, daß . . . Nein, es soll wieder ganz von vorne beginnen. Wir sind ja noch jung."

Frau Hedwig Schwabe verscheuchte eine Fliege vom Kopf des Kindes und dachte, wie immer, am nüchternsten. „Wie sollen wir der Kleinen beibringen, daß der Onkel Erich plötzlich ihr Vater ist?"

Lisa Rusch sah ihren Mann hilfeflehend an. Sie wußte es auch nicht. „Du hast doch auch Psychologie studiert, Walter", sagte sie. „Es ist wirklich ein Problem."

Professor Rusch sah an den Wänden entlang und auf die vielen Glasbilder, die Schwabe gemalt hatte. „Sie müssen ein neues Märchen malen", sagte er langsam. „Die Geschichte von einem Vater, der auszog und dem der Krieg Gesicht und Namen genommen hat."

„Das ist kein Märchen. Das ist die schrecklichste Wahrheit, die es geben kann."

„Für das Kind muß es ein Märchen sein, es muß noch an Wunder glauben."

Frau Schwabe sah ihren Sohn an, wie nur eine Mutter ihren Sohn ansehen kann. „War es nicht ein Wunder?" sagte sie leise.

„Nein", sagte Professor Rusch plötzlich hart. „Wir haben vier Jahre lang um ein Gesicht gerungen, das in einer Sekunde zerstört worden war. Wir haben Hunderte dieser Gesichter unter den Händen gehabt, und überall wurden zerfetzte Leiber geflickt, wurden Arme und Beine amputiert, zwei Millionen Kriegsbeschädigte tragen die Andenken des Krieges unverlierbar mit sich herum. Und warum? Ist die Welt besser geworden? Hat man aus dem Leid gelernt? Hat man alle Waffen in den Meeren versenkt oder in den Vulkanen verbrannt? Im Gegenteil – jetzt spielt man mit Atomen, wie ein Jongleur mit seinen Bällen. Und der Jongleur aus dem Osten ist neidisch, wenn der aus dem Westen einen größeren Ball balanciert, und umgekehrt. Und einmal werden sie sich diese Bälle an den Kopf werfen wie kleine Jungs, die schreien: ‚Ich will aber den größten Ball haben.'" Rusch sah auf das kleine weiße Bett und auf das Kind, das sich in unruhigem Fieberschlaf hin und her wälzte. „Diese traurige Wahrheit erzählen Sie dem Kind, lieber Schwabe, wenn es denken gelernt hat. Jetzt müssen Sie noch ein Märchen malen, wie aus dem Onkel Erich der mit einem neuen Gesicht aus dem Krieg zurückgekommene Papi geworden ist." Er faßte seine Frau an der Hand und zog sie mit sich zur Tür. „So – und nun müssen wir weiter. Und lassen Sie sich nicht einfallen, vor zwei Wochen wieder auf dem Schloß zu erscheinen. Und dann auch nur, um Ihre Entlassungspapiere abzuholen und die Schlußuntersuchung über sich ergehen zu lassen."

„Herr Professor", sagte Schwabe stockend. „Die Blumen – und das Reh?"

„Verstanden?" schnauzte Lisa Rusch wie früher, als sie noch Lisa Mainetti hieß. Schwabe zuckte zusammen. Er legte die Hände an und warf den Kopf hoch.

„Jawoll, Frau Doktor", brüllte er zurück.

Im Bettchen fuhr Erika hoch und sah mit halbwachen Augen um sich. „Das Kind", rief Frau Hedwig Schwabe tadelnd. „Jetzt habt ihr es wach gemacht."

„Sehen Sie, Schwabe", sagte Lisa und nickte Schwabe lächelnd zu. „Wir zwei müssen noch allerhand lernen, um perfekt Vater oder – Mutter zu sein."

Unten am Wagen hielt Rusch seine Frau zurück, als sie einsteigen wollte. „Was war das eben für eine Bemerkung?" fragte er.

Lisa ließ sich auf die Polster fallen und zog den Rock über die Knie. Mit der anderen Hand strich sie ihre schwarzen Haare aus der Stirn.

„Du bist eben ein Gesichtschirurg", sagte sie lachend. „Unterhalb des Kinns hört für dich die Diagnose auf."

Mit heulendem Motor raste Professor Rusch nach Würzburg, und in das Heulen hinein sang er mit weit aufgerissenem Mund, laut wie ein verliebter Jüngling.

Im Spätherbst kamen zwei Briefe in Bernegg an.

Der eine hatte einen weiten Weg hinter sich. Er war in New Orleans geschrieben und in New York in den Briefkasten gesteckt worden. Als Absender trug er die Anschrift: James Braddock, Präsident der IAFC.

Der andere Brief trug den Absender einer amtlichen deutschen Dienststelle und war an Erich Schwabe adressiert.

Seit zwei Wochen beherbergte das alte Zimmer B 14 einen neuen Gast, der innerhalb von drei Tagen die anderen Patienten so weit mit Beschlag belegt hatte, daß sie bei seinem Erscheinen schon aufjaulten: Paul Zwerch, der Berliner und Kabarettist, ließ sich nachoperieren.

„Aba nur 'n Stück, Frau Doktor", sagte er bei der ersten Untersuchung zu Lisa. „Die linke Seite vom Unterkiefer springt mir imma aus' m Jelenk, wenn ick so mache." Der Berliner machte eine Fratze, es knackte leise, und der Unterkiefer stand schief. Er wies mit beiden Zeigefingern auf seinen Mund. „Det is es", kam es zischend über seine schrägen Lippen.

Die Ärztin renkte mit einem schnellen Griff den Unterkiefer wieder ein und betastete zunächst von außen die Gelenkpfanne.

„Det ham se mir zu kleen jemacht, Frau Doktor", sagte der Berliner und bewegte den Unterkiefer vorsichtig auf und ab und hin und her. „Det hoppt imma wieda 'raus."

„Wer hat denn auch gedacht, daß Sie eine so große Fresse

haben, Zwerch", lachte Lisa. „Ich hätte Ihnen sonst eine Kinnlade wie dem Wastl hingebaut. Na, mal sehen, was der Professor meint."

Paul Zwerch also brachte die Post in Lisas Zimmer. Er hatte sich innerhalb von drei Tagen zum Kalfaktor der Klinik aufgeschwungen. Er wedelte mit dem Brief Braddocks in der Luft, ehe er ihn Lisa gab.

„Der gute, alte Major", sagte der Berliner. „Wenn ick um die Briefmarken bitten dürfte, Frau Doktor. Ick sammle nämlich."

Unten in Bernegg riß Schwabe seinen amtlichen Brief auf. Er las ihn, schüttelte den Kopf, las ihn dann noch einmal und gab ihn an Ursula weiter.

„Nein, so was", sagte sie, als sie das Schreiben gelesen hatte. Es lautete:

> „Nach Durchsicht Ihrer Krankenpapiere, die uns vom Versorgungsamt zugeschickt wurden, haben wir festgestellt, daß Sie 2 Jahre und 4 Monate ungerechtfertigt in klinischer, stationärer Behandlung waren.
> Die Kau-, Schluck- und Sensibilitäts-Funktionen Ihres Gesichtes waren bereits längst wiederhergestellt. Trotzdem haben Sie sich in stationäre Behandlung des Versorgungskrankenhauses Schloß Bernegg begeben, um rein kosmetische Operationen an sich vornehmen zu lassen.
> Der Kostenträger des Versorgungskrankenhauses kommt nur für Funktionsherstellungen, nicht aber für kosmetische Operationen auf. Solche Operationen gehen zu Lasten des Patienten. Sie gelten als Privatbehandlung.
> Wir haben für Ihren Aufenthalt auf Schloß Bernegg für die Zeit von 28 Monaten, bei einem Tagessatz von DM 12.–, eine Summe von DM 10080,– errechnet.
> Wir bitten Sie, die Schuldsumme in den nächsten Tagen auf eines unserer unten bezeichneten Konten zu überweisen.
> gez. v. Ritter

Durchschrift an Herrn Prof. Dr. Rusch."

Ursula legte den Brief vorsichtig, als sei er aus zerbrechlichem Glas, auf den Tisch zurück. „Was nun?" fragte sie unsicher.

Schwabe starrte vor sich auf den Boden. „Das Leben ist wieder normal geworden", sagte er dumpf. „Nun kommt der Dank des Vaterlandes auf uns zu." Er wischte sich über die Augen. „Es ist jetzt ein Verbrechen geworden, ein neues Gesicht zu haben."

„Aber . . . aber das kann doch nicht sein, Erich."

„Hier steht es: Nur Funktionsherstellung. Den Ausdruck kenne ich von früher." Er zog den Brief an sich und faltete ihn zusammen. „Ich gehe zu Professor Rusch. Fangen wir also wieder von vorne an. Deutschland ist ein ordentliches Land, meine Liebe. Hier ändert sich nichts. Selbst nicht nach sechs Millionen Toten."

22

Als sich Erich Schwabe bei Professor Rusch melden ließ, wurde er sofort vorgelassen. Lisa saß an der Schmalseite des großen Schreibtisches und füllte Krankenpapiere aus.

„Ich weiß, weshalb Sie kommen", sagte Rusch, ehe Schwabe den Brief aus der Tasche ziehen konnte. „Das idiotische Schreiben an Sie. Ich habe ja eine Abschrift erhalten. Machen Sie sich keine Sorgen, es wird alles geregelt."

Schwabe nickte, aber es war ein zaghaftes, ungläubiges Nikken.

„Woher soll ich über 10 000 Mark nehmen, Herr Professor?"

„Reden wir nicht mehr darüber. Wenn Sie das Geld wirklich hätten, würde ich zu Ihnen sagen: Legen Sie es gut an."

„Sie ja, Herr Professor. Aber die Leute von . . ."

„Ich werde das klarstellen."

„Man wird bestimmt Paragraphen haben."

„Natürlich hat man die. Aber Sie sind eine Ausnahme."

„Es gibt keine Ausnahmen bei den Paragraphen. Sie werden es sehen, Herr Professor." Schwabe spielte unruhig mit den Fingern. „Wenn wir wenigstens eine Stundung herausschlagen könnten – eine langfristige Abzahlung."

Professor Rusch klopfte mit der flachen Hand auf seinen

Schreibtisch. „Nichts werden wir. Was kosmetische Operationen sind oder Funktionsherstellungen, das bestimme ich."

„Natürlich, Herr Professor." Erich Schwabe sah Rusch fast ein wenig mitleidig an. „Genauso haben Sie bei den Wehrmachtskommissionen gesagt, und Sie haben sich durchgesetzt. Da war aber Krieg. Jetzt ist das etwas anderes, Herr Professor. Jetzt bestimmen Verwaltungsbeamte, was richtig oder nicht richtig ist. Und es gibt nicht mehr den Druck im Nacken, und alle sind wieder satt. Da sieht alles ganz anders aus. Im Kaiserreich hatte man Angst vor den Amtsstuben, unter Hitler Angst vor den braunen Uniformen. Und jetzt sind es wieder die Amtsstuben. In Deutschland läuft doch seit jeher alles nur im Kreis."

„Da hat er recht, Walter", sagte Lisa.

Professor Rusch hob den Kopf. Er holte seinen Tageskalender unter den Papieren hervor und überblickte die Rubriken. Dann klappte er ihn zu und stand auf.

„Ich habe eine halbe Stunde Zeit bis zur Gutachteruntersuchung", sagte er. „Ich gehe zur Verwaltung. In einer halben Stunde haben wir alles geklärt, Schwabe. Bitte, warten Sie hier."

Mit forschen Schritten verließ Rusch das Chefzimmer. Schwabe wartete, bis er die Tür hinter sich zugeworfen hatte. Dann setzte er sich und legte die Hände zwischen seine Knie.

„Er ist noch immer Optimist", sagte er bewundernd. Lisa nickte.

„Er hat eine schreckliche, aber verzeihliche Philosophie aufgebaut", sagte sie. „‚Wir haben eine Diktatur überlebt', sagte er. ‚Den furchtbarsten Krieg aller Zeiten, die Jahre des Hungers. Nun haben wir eine echte Demokratie – und jetzt kann aus dem Deutschen endlich ein Europäer werden.' Und in seinem Glück, endlich ein freier Mensch zu sein, sieht er nicht das rapide Anschwellen des bürokratischen Wasserkopfes. Auch in diesem Augenblick glaubt er an die freie Persönlichkeit und an die Überzeugungskraft der Wahrheit."

„Ich hätte nicht kommen dürfen, Frau Doktor", sagte Schwabe stockend. „Aber ich wußte mir keinen Rat mehr. Woher soll ich denn 10000 Mark nehmen?" Er schluckte und fuhr sich mit beiden Händen über das Gesicht. „Habe ich denn wirklich den Staat betrogen, weil ich mir ein neues Gesicht schenken ließ?"

Die Ärztin biß die Zähne aufeinander. „Schwabe", sagte sie rauh. „Was auch kommt – wir werden einen Musterprozeß führen. Sie bezahlen keinen Pfennig für Ihr zerstörtes und wiederhergestelltes Gesicht."

Im Block A saß der Verwaltungsdirektor des Versorgungskrankenhauses Schloß Bernegg sichtlich betreten in einem Ledersessel und sah Professor Rusch ernst an. Er wedelte mit dem Brief durch die Luft, als sei es ihm zu heiß geworden in dem großen Zimmer.

„Diese Forderung ist berechtigt, Herr Professor", sagte er.

„Eine Infamie ist sie", rief Rusch. „Verlangen Sie, daß ein Mensch mit dem Gesicht eines Ungeheuers herumläuft? Was heißt Funktionsherstellung? Es ist nicht damit getan, daß man wieder kauen und schlucken kann, daß man eine Nase und zwei Ohren hat, Lippen und ein rundes Kinn. Für mich ist die Funktion eines zerstörten Gesichtes erst dann wiederhergestellt, wenn dieses Gesicht auch den ästhetischen Maßstäben genügt.

„Für Sie, Herr Professor. Sie haben eine großzügigere Auslegung der Bestimmungen als der Kostenträger unserer Klinik." Der Verwaltungsdirektor legte den Brief vorsichtig auf den Tisch zurück. „Natürlich soll der Mann nicht wie ein Untier herumlaufen. Aber man muß zuerst die Kostenfrage klären, ehe man daran geht, ihn wieder schön zu machen."

„Haben Sie ‚schön' gesagt?" fragte Rusch gefährlich leise. „Haben Sie wirklich ‚schön' gesagt?"

„Klammern wir uns nicht an Worte. Sie wissen, was ich meine. Also: Man muß klären, wer das bezahlt. Das Versorgungsamt? Es hat abgelehnt. Die Krankenkasse? Sie hat abgelehnt. Beide stehen auf dem Standpunkt, daß es kosmetische Regulierungen des Gesichtes sind." Er hob beide Arme und sah Rusch ehrlich hilflos an. „Ich kann nichts daran ändern. Ich habe nur die Pflicht, die Gelder hereinzubekommen."

„Man hat Erich Schwabe als Gärtner und Hausmeister für das Schloß angestellt. Er hatte freie Wohnung, freies Essen und bekam ein Gehalt von . . ."

„Das ist etwas anderes.“ Der Verwaltungsdirektor beugte sich zu Rusch vor. „Sehen Sie, da haben wir ein gutes Beispiel: *Wir* zahlen Herrn Schwabe für seine Dienstleistung ein Gehalt und so weiter. Mit gleichem Recht steht uns eine Zahlung zu, wenn wir an Herrn Schwabe eine Leistung vollbringen. Auf der einen Seite war er unser Gärtner und Hausmeister, auf der anderen Seite war er aber auch Patient. Man muß das streng voneinander trennen.“

„Sie bleiben also dabei: Schwabe muß 10 000,– DM zahlen.“

„Ich bleibe dabei, daß wir unsere Unkosten ersetzt bekommen. Da weder Krankenkasse noch andere Institutionen ... Oder wollen *Sie* das bezahlen, Herr Professor?“

Rusch erhob sich brüsk. „Ich habe Schwabe in die Klinik geholt, ich habe ihn die ganzen Jahre umsonst behandelt.“

„Ihr Edelmut ist allgemein bekannt, Herr Professor.“

„Und ich lasse mich durch keinerlei engstirnige Bestimmungen an der Ausübung meiner ärztlichen Pflicht hindern.“

„Das ist Ihre Sache, Herr Professor. Wenn Sie einen Privatpatienten unentgeltlich behandeln, so kann Ihnen niemand dreinreden. Aber das Haus, Herr Professor, hatte Unkosten. Benutzung des OPs, Verbände, Medikamente, die stationäre Pflege, Bettwäsche – wer soll das tragen? Sie bekommen Ihr Gehalt, Ihre Gattin, die Assistenzärzte, die freien Schwestern, die Krankenpfleger, der Klinikapotheker, ich bekomme mein Gehalt und meine Mitarbeiter –, wie sollen wir das bezahlen, wenn wir die Patienten umsonst behandeln? Der Staat buttert sowieso Millionen in die Krankenhäuser. Da ist es unmöglich, daß wir – auch wenn es sich um einen Mann handelt, der sein Gesicht dem Vaterland geopfert hat – auch noch die Schönheitsoperationen bezahlen.“

Professor Rusch hatte einen Augenblick den unwiderstehlichen Drang, das zu tun, was er bisher nie in seinem Leben getan hatte – selbst nicht bei Oberst Mayrat, als dieser sagte: „Zum Panzerfahren und MG-Abdrücken brauchen die keine Visagen wie die Filmschauspieler. Für uns ist eine Funktion hergestellt, wenn der Mann wieder schießen kann.“ Er hatte den Drang, sich vorzubeugen und mit beiden Händen in das Gesicht des Mannes vor sich zu schlagen.

„Das also ist aus uns geworden“, sagte er heiser. „Das ist die Lehre, die wir aus dem Krieg gezogen haben sollen.“

„Ich verstehe Sie nicht, Herr Professor“, sagte der Verwaltungsdirektor steif. „Was dem Staat gebührt . . .“

„Dem Staat gebührt Einsicht, Reue, Verzeihen, Hilfe, Achtung und Menschenehre“, schrie Rusch. „Aber das alles fehlt ihm. Zu satt ist er wieder geworden, und die Hirne bemühen sich verzweifelt, den Krieg zu vergessen, den Zusammenbruch, den Hunger, das jammernde Elend. Wie ein Mädchen ist dieses Deutschland, das nicht an einen Fehltritt erinnert werden möchte. Es ist zum Kotzen.“

Rusch holte einen anderen Brief aus der Tasche und warf ihn dem etwas blaß und noch steifer gewordenen Direktor auf den Tisch.

„Was soll das?“ fragte dieser konsterniert.

„Lesen Sie. Ein Brief von Major Braddock. Sie kennen ihn doch noch? Er ist heute Präsident der Internationalen Arznei-Forschungs-Gesellschaft in New York.“

„Eine erstaunliche Karriere für einen Offizier“, sagte der Direktor sarkastisch. Er entfaltete den Brief und strich ihn glatt, aber er begann nicht, ihn zu lesen. „Warum geben Sie mir den Brief?“

„Zur Information. Es ist ein neues Angebot, meine Forschungen und meine chirurgische Tätigkeit in den USA fortzusetzen. Man bietet mir dort so viel Dollar, wie ich hier D-Mark erhalte. Und Freiheit der Forschung. Und volle Unterstützung meiner Arbeit. Keine Paragraphen von Beamten mit gesunden Gesichtern, die den zerstörten Gesichtern nur die Funktionen wiedererlauben.“

Der Direktor schob das Schreiben weg, als ströme es einen schlechten Geruch aus. „Was soll das, Herr Professor?“

„Ich nehme den Ruf an und verlasse mein Vaterland, wenn die Idiotie, die ich jetzt hier sehe, weiter um sich greift. Ich habe immer eine verzweifelte Liebe zu Deutschland gehabt, und ich habe in all den Jahren gehofft: nach dem Krieg wird es besser. Diese fürchterlichen Jahre sind ein Fegefeuer, das ein für allemal die Hirne der Deutschen reinigt. Man wird Vernunft lernen, Einsicht und Gerechtigkeit, es wird ein Vaterland geben, das wirklich danken kann.“

Der Verwaltungsdirektor war aufgesprungen. Sein Gesicht war gerötet vor Erregung. „Herr Professor", rief er hell. „Auch ein Mann wie Sie kann sich eine Erpressung nicht leisten. Wenn Sie nach Amerika gehen wollen – bitte, gehen Sie. Es wird Nachwuchs geben. Oder glauben Sie, Sie könnten damit eine Streichung der Schuld dieses Schwabe erzwingen? Das ist ja lächerlich. So stellt sich der kleine Moritz die Gesetze vor. Ein Staat ohne festumrissene Bestimmungen ist wie ein Schiff ohne Ruder – es treibt hilflos auf den Wellen. Und ich wiederhole es: Auch bei den Gesichtsverletzten, so schrecklich ihre Verwundung ist, *muß* es eine Grenze geben, wo die Notwendigkeit aufhört und die Kosmetik beginnt. Und diese Grenze hat dieser Schwabe seit langem überschritten."

Professor Rusch nahm den Brief Braddocks, den der Direktor nicht lesen wollte, wieder an sich und steckte ihn ein. Ganz ruhig, als habe es sich in den vergangenen Minuten nicht um Grundsätzliches in seinem Leben gehandelt, sagte er:

„Ich übernehme die Schuld des Herrn Schwabe. Die zehntausend D-Mark bezahle ich."

„Bitte innerhalb von vierzehn Tagen. Wir müßten sonst die Summe einklagen."

Rusch blieb an der Tür stehen. Er sah den Verwaltungsdirektor mit dem geröteten Gesicht an wie einen dampfenden Misthaufen.

„Meine Erziehung verbietet es mir, Ihnen zu sagen, was Sie mich können", sagte er, jedes Wort deutlich betonend. „Aber wenn Sie es erraten, was ich meine – genau das können Sie mich."

„Das war nicht das letzte Wort", rief der Direktor bebend vor Wut. Rusch schüttelte den Kopf und riß die Tür auf.

„Das letzte Wort schon. Aber die Handlung steht Ihnen jederzeit frei."

Zufrieden ging Erich Schwabe zurück nach Bernegg.

„Es ist alles in Ordnung", hatte Professor Rusch gesagt, als er von Block A zurückkam. „Sie brauchen nichts zu bezahlen. Ich habe mit dem Direktor gesprochen. Die Kosten übernimmt ein anderer. Also, Schwabe – keine grauen Haare. Bleiben Sie blond."

Lisa wartete, bis Schwabe gegangen war. Dann kam sie zu Rusch und legte ihm die Arme um den Hals.

„Der andere – das bist doch du?" fragte sie.

„Wieso?" Rusch blätterte abwesend in einer dicken Krankengeschichte.

„Weil du mir nicht in die Augen sehen kannst und weil du gar keine Begabung hast, mich zu belügen, mein Lieber." Sie küßte seinen Nacken und legte ihren Kopf an seine Wange. „Wetten, es hat einen Mordskrach gegeben?"

„Wette gewonnen", sagte Rusch hart.

„Und nun bist du mit allem fertig, nicht wahr? Auswandern, Deutschland vergessen, in der Fremde vor Heimweh umkommen?"

„Ich nehme den Ruf Braddocks an. Ich werde ihm noch heute abend schreiben. Wenn zwei Weltkriege es nicht vermocht haben, die deutsche Bürokratie zu zerstören . . ."

„Und jetzt mit dem Kopf gegen die Wand. Aber die Wand ist stärker, Walter. Du rennst dir den Schädel ein."

„Ich kann hier nicht mehr bleiben", rief Rusch und trommelte mit den Fäusten auf den Schreibtisch. „Die Vertrauensärzte, die im Auftrag ihrer Behörden die Schadensprozentsätze drücken, die Höhe der Kriegsbeschädigtenrenten, die ohnehin eher ein Trinkgeld für die Komparsen des Kriegstheaters sind, als eine gerechte Unterstützung für verlorene Gesundheit im Dienst des Vaterlandes – diese fast höhnische Behandlung der Verletzten, als wolle man ihnen sagen: Ihr seid ja selbst schuld, warum habt ihr euch da hingestellt, wo es krachte? Nein, das mache ich nicht mehr mit, Lisa. Habe ich deshalb jeden einzelnen meiner Gesichtsverletzten wie ein eigenes Kind behandelt, damit man jetzt sagt: Sie sehen aber wieder gut aus, und arbeitsfähig sind Sie ja auch, wir streichen Ihnen die Rente bis auf einen Bruchteil? Einmal ist die Grenze erreicht – ich gehe nach Amerika."

„Aber wann!" fragte Lisa sanft.

„Sofort."

„Das wird nicht gehen."

„Warum?"

„In fünf Monaten kommt ein neuer oder eine neue Rusch auf die Welt."

Rusch ergriff Lisas Hände und drückte sie. „In New York, Lisa. Und dieser Junge oder dieses Mädchen wird einmal mit Staunen in einem Lesebuch lesen, daß es jenseits des großen Teiches ein altes Land gibt, das eine zweitausendjährige Kultur besitzt und es in einem Teufelsrhythmus von jeweils einer Generation immer wieder fertig bekommen hat, diese Kultur stückweise selbst zu zerstören."

„Vielleicht. Aber ich bin altmodisch, Liebster." Lisa hielt die streichelnden Hände Ruschs fest. „Ich will, daß mein Kind hier geboren wird. Nicht allein in Deutschland, nein, auf diesem alten Schloß Bernegg."

„Verrückt", knurrte Rusch. „Wie sentimental!"

„Mag sein. Aber hier war ich zum erstenmal in meinem Leben richtig glücklich. Und ich möchte das größte Glück hier erleben: ein Kind zu haben. Kannst du das nicht verstehen, du Brummbär?"

Rusch schwieg. Er schüttelte auch nicht den Kopf, noch nickte er.

„Gut", sagte er nach langem Schweigen. „Dann gehen wir in die USA, wenn das Kind da ist."

„Dann wird Theo Adam zu dir kommen als Assistent. Und auch Baumann wird dann so weit sein. Du hast es beiden fest versprochen. Und Kaspar Bloch kommt schon in vier Monaten zu uns. Er will sein Praktikum in der psychologischen Behandlung Gesichtsversehrter machen. Er hat heute geschrieben. Du hast den Brief vor lauter Ärger noch nicht gelesen."

Professor Rusch schwieg wieder. Er konnte nichts sagen, weil er fühlte, wie recht Lisa hatte. Schloß Bernegg und seine Gesichtsverletzten waren eine eigene, waren seine Welt geworden. Hier war er wie ein kleiner Herrgott, der durch die Kraft des großen Herrgotts mit seinen Händen neue Gesichter schuf und neues zukunfttragendes Leben schenkte. Hier war er die letzte Station, der letzte und einzige Retter, Vater und Mutter zugleich. Zu ihm kamen die Wesen ohne Gesicht, die einmal Menschen gewesen waren und denen er das Menschsein in mühseliger Kleinarbeit millimeterweise wiederschenkte.

„Nun trinken wir einen Cognac", sagte Lisa Rusch leise und trat zurück. „Und dann spreche ich mit dem Verwaltungsfritzen wegen der Abzahlung. Ober haben wir 10000 Mark übrig?"

„Nein."

„Auch darüber werden wir kommen." Sie goß die Cognacschwenker halb voll und trug sie zu Rusch. „Wir haben das Braune Reich, den Krieg und die Hungerjahre überlebt. Es wäre ja gelacht, wenn wir jetzt am Frieden zerbrechen sollten."

Zwei Besucher trafen in Abständen von zwei Tagen auf Schloß Bernegg ein. Ohne sich anzumelden, ohne Vorankündigung, sie waren plötzlich da, überraschend wie Schnee aus Sommerwolken.

Major James Braddock und der Wastl Feininger.

Zuerst kam der Wastl. Nicht freiwillig, sondern notgedrungen. Er kam auch nicht forsch oder zumindest mit Galgenhumor, nein, er stand mächtig, dick und breit im Chefzimmer, drehte seinen Hut mit dem gewaltigen Gamsbart in den Händen, und die Kläglichkeit einer zerstörten Kreatur lag über ihm wie eine glänzende Ölhaut.

Sein Gesicht war dick verbunden: wie in alten Zeiten trug er wieder den mächtigen Turban, der ihm damals den Namen „Wastl-Pascha" eingebracht hatte.

„Was ist denn das?" fragte Lisa, als sie sich von dem ersten Erstaunen erholt hatte. „Wastl, Mensch, was ist denn mit Ihnen los? Wie sehen Sie denn aus?"

Der Wastl ließ seinen Hut schneller zwischen den Fingern rotieren. „Dös is a Kreiz", kam es mühsam aus den Verbänden und Leukoplaststreifen. „Hab' i ahnen könna, daß 's Mariandl an festen Burschen hat? Und a Mordstrumm dazua. Himmisakra no amoi."

Die Ärztin kam auf den Wastl zu und betastete dessen Gesicht. Sie sah, wie sich sein Mund im Schmerz verzerrte.

„Dös Nosenboa is es", sagte er rauh. „Und der große Lappen, der überpflanzte, abg'rissen hot er 'n mir, der Bazi, der verfluachte. Und i hob d' Loater no net am Fensterl g'habt."

Lisa trat zurück und wusch sich die Hände. „Also ganz klar: Sie wollten irgendwo einsteigen, und da kam der Bräutigam und hat Ihnen das Nasenbein zerschlagen und unseren so mühsam transplantierten Rollappen abgerissen. Wissen Sie, was wir jetzt machen, Wastl? Wir nähen Ihnen den Hintern ins Gesicht. Dann hören die Weibergeschichten endlich auf."

„Ich wollt' doch nur, Frau Doktor . . ."

„Ruhe, Wastl. Sparen Sie sich alles auf, bis der Professor kommt. Der wird Ihnen was erzählen."

„Ich bezahle alles", schrie der Wastl.

Lisa sah den Wastl Feininger nachdenklich an. „Sie haben doch einen großen Hof, nicht wahr?" fragte sie.

„Ja."

„Wieviel Vieh?"

„Dreißig Kühe und neunundvierzig Schweinderln."

„Dann werden Sie zwei Kühe und vier Schweine verkaufen müssen. Bei solchen Dummheiten, Wastl, müssen Sie bluten. Das behandele ich Ihnen nicht auf Ihren Versorgungsschein."

„Dös is mir klor." Der Wastl schien zu schwitzen, aber es war nirgendwo mehr ein unverbundener Fleck in seinem Gesicht, wo er den Schweiß abwischen konnte. „Zwei Küh und vier Schweinderl, dös san a paar Tausender, Frau Doktor."

„Noch immer billiger als sechzehn Jahre Alimente", sagte Lisa grob. Der Wastl nickte wissend.

„Dös is a Argument", stellte er fest. „Einverstanden, Frau Doktor. Macht's mir nur wieder a guats G'sicht – und Zeit hob i a. Und wenn i wieder auf Zimmer B 14 dürft' . . ."

Lachend ließ Lisa den Wastl von einer Schwester auf das Zimmer bringen. Dann ging sie zu Rusch in den OP I.

„Alles klar", sagte sie ihm ins linke Ohr, während er das Ohr eines Patienten verband. Ihre Stimme war voll unterdrücktem Jubel. Verwundert schielte Rusch zur Seite.

„Welche Fröhlichkeit? Was ist klar?"

„Soeben ist der Wastl Feininger eingetroffen."

„Der Wastl? Was will denn der hier?"

„Er bezahlt die Hälfte von Schwabes Schulden."

Es war einer der seltenen Augenblicke, in denen Professor Rusch überhaupt nichts mehr verstand und seine Frau nur entgeistert anstarrte.

James Braddock traf ebenso naturgewaltig ein. Allerdings nicht mit einem von einem Nebenbuhler zerschlagenen Gesicht, sondern in einem hellen Flanellanzug, Schuhen in Form indianischer Mokassins und in jeder Hand eine Flasche Whisky.

So stand er unten in der Eingangshalle, bestaunt von den Schwestern, und brüllte durch das Treppenhaus.

„Hallo. Hallo. Miß Doktor. Goddam old James ist wieder da."

Lisa und Rusch hörten das Gebrüll im Vorbereitungszimmer. Sie wuschen sich gerade nach einer anstrengenden Operation. Rusch hatte wieder einen Unterkiefer „verlötet".

„Das ist doch nicht wahr", sagte Lisa und ließ die Seife fallen. „Der kann doch nicht einfach da sein und ‚Miß Doktor' brüllen."

Sie stieß mit dem Ellenbogen die Tür auf und rannte mit nassen, tropfenden Händen auf den Gang. Braddock streckte die Arme weit aus, kaum, daß er Lisa sah. Sein rundes Gesicht unter den noch immer stoppeligen Haaren leuchtete wie pomadisiert.

„Lisa, Darling", schrie er. „Come on – kiss me!"

„Braddock. Er ist es", schrie Lisa zu der offenen Tür zurück. Nun erschien auch Professor Rusch, er trocknete sich die Hände ab und warf das Handtuch einer Schwester zu, die wie die anderen mit halboffenem Mund im Flur stand.

„Major", rief Rusch. „Welche Freude!"

„Nicht Sie will ich ans Herz drücken, sondern Lisa. Come on, baby – darauf habe ich mich einige tausend Kilometer lang gefreut."

Er umarmte Lisa und küßte sie ungeniert auf die lachenden Lippen. Dann hob er eine der Whiskyflaschen, schrie „hopp" und warf sie Rusch entgegen. Dieser fing sie eben noch auf und schüttelte lachend den Kopf.

„Jetzt kann ich sie küssen", brüllte Braddock und küßte Lisa wieder. „Jetzt ist sie Ihre Frau, Professor. Und jetzt hat's auch keinen Sinn mehr, Sie zu erwürgen."

Im Chefzimmer trank James Braddock erst einmal zwei Gläser Whisky, ehe er zu erzählen begann. In Zivil wirkte er viel zierlicher und kleiner, und man mußte sogar etwas Phantasie aufwenden, sich daran zu erinnern, daß dieser Mann einmal mit einem Jeep und umgeben von MP-Riesen vor das Schloß gefahren war und gesagt hatte: „Ich habe den Befehl, das Lazarett zu besetzen." Und der ganze Bezirk Bernegg hatte Angst vor ihm.

„Meinen Brief haben Sie doch bekommen?“ sagte Braddock. Er holte wieder die lange, flache Schachtel mit den Brissagozigarren aus der Innentasche des Rockes, zog den Strohhalm heraus und brannte sich die starke Zigarre an. „Er war ein Vorläufer. Damals stand mein Europatrip schon fest. Ich muß hier sein, wissen Sie. Kontaktaufnahme mit den europäischen chemischen Fabriken. Kinder, wenn ich bedenke, wie völlig zertrümmert Germany war und wie es heute wieder dasteht – man könnte direkt wieder Angst bekommen!“

Braddock seufzte und trank einen neuen Whisky. „Ich habe überall in den Staaten erzählt, welch ein toller Kerl Sie sind, Professor. Boys, habe ich gesagt, der setzt euch neue Nasen ins Gesicht, daß ihr von der alten nicht mal mehr träumen wollt. Und euch, liebe mammies, nimmt er sechs Pfund Fett aus dem Hintern und modelliert euch eine Figur, deren Fotos man in der Brieftasche trägt.“

„Aber Braddock.“ Professor Rusch schüttelte den Kopf. „Ich bin Gesichtschirurg. Was Sie da schildern, sind rein kosmetische Operationen.“

„Eben, eben. Damit können Sie im Monat einige tausend Dollar machen. Was glauben Sie, welche Publicity ich Ihnen drüben gemacht habe. Wenn Sie 'rüber kommen, werden sich die Zwei-Zentner-Weiber in Ihrer Praxis drängeln.“

Lisa Rusch sah schnell hinüber zu ihrem Mann. Sie wußte, was er in diesem Augenblick dachte, und er tat ihr leid. Die Illusion, in die er sich hineingesteigert hatte, zerstob wie eine Seifenblase. Man sah es Professor Rusch an. Er saß still und in sich gekehrt am Tisch und hörte stumm den Begeisterungsausbrüchen James Braddocks zu.

„Sie werden in einem Jahr in Mode sein“, rief er unbeirrt und schwenkte seine Brissagozigarre wie eine brennende Fahne. „Man wird sich zuflüstern: ‚Na, Nelly, auch schon bei Rusch gewesen? Ein smarter Boy, was?‘ Lieber Professor – und dann später Ihre Memoiren: ‚Hunderttausend Kilo Fett in meinen Händen‘. Sie werden die USA erobern.“

„Bestimmt“, sagte Rusch etwas mühsam und lächelte dazu. Mein armer Bajazzo, dachte Lisa voll Mitleid. Du hältst dich tapfer. „Aber ich glaube nicht, daß ich nach Amerika passe.“

„Wenn Sie nicht – wer sonst? Professor, denken Sie sich bloß diese Publicity: Bilder Ihrer Gesichtsverletzten vor und nach der Operation. In jedem Kino, an den Anschlagsäulen, in den Hotelhallen, auf den Sportplätzen. Und dazu der Slogan: Ruschs Hände formen jedes Antlitz. Das gibt eine neue Welle, Professor. Die Million liegt auf der Straße. Und dann Hollywood, ein Film: ‚Die zwei Gesichter der Linda B.' Sie wären ein Dummkopf, wenn Sie in Deutschland blieben."

„Ich bin ein solcher Dummkopf", sagte Rusch ernst.

James Braddock starrte Rusch an. Dann ließ er seine Zigarre fallen und stieß fast sein Whiskyglas um. Verwirrt starrte er zu Lisa hinüber.

„Der meint es ja ernst", stotterte er.

„Ja, er meint es ernst", nickte Lisa.

„Er will nicht?"

„Nein – er kann nicht."

„Was heißt hier, er kann nicht? Verträge? Kleinigkeit. Als wenn wir keine Übung im Lösen von Verträgen hätten."

„Und er will nicht."

„Aber das gibt's doch gar nicht. Ein Mensch allein kann doch nicht so blöd sein."

„Auch das stimmt, Braddock." Lisa lächelte ihn freundlich an. „Es gibt zwei Blöde, ihn und mich. Ich will auch nicht."

„Sie auch nicht?" sagte Braddock entgeistert.

„Nein."

„Aber warum denn nicht, um Himmels willen?"

„Wenn Sie Rusch nicht als einen Operationsvirtuosen, sondern als Mensch und Arzt betrachten, werden Sie es verstehen, Braddock. Es ist nicht seine Welt."

„Damned." James Braddock sprang auf. Er war sichtlich wütend wie damals, als seine Truppe von einem Unbekannten zaubern lernte und seine Neger plötzlich auf Berneggs Straßen jodelten. „Was ist denn seine Welt? Das alte, verfaulte Germany? Das degenerierte Europa? Die Schlafmützigkeit der westlichen Welt? Spukt bei euch schon wieder dieser verdammte deutsche Nationalismus herum?"

„Nichts von alledem, James, aber für uns ist das menschliche Gesicht ein Kunstwerk, das die Seele widerspiegelt. Es ist eine Visitenkarte Gottes, auf der man lesen kann: Seht, so vollkommen arbeitet der Schöpfer."

Braddock wandte sich ab. Plötzlich schämte er sich. „Ich verstehe", sagte er leise.

„Für uns ist ein Gesicht kein dollarspuckender ‚Esel-streck-dich' – das ist der einzige, aber auch der unüberwindliche Unterschied zwischen James Braddock und Walter Rusch."

Professor Rusch nickte. Er griff über den Tisch nach Lisas Händen und drückte sie. „Ich danke dir, Lisa", sagte er. „Du hast eine wundervolle Gabe, Niederlagen in Siege hinaufzureden."

„Sonst wäre sie keine Deutsche", sagte Braddock giftig. Aber es war kein ätzendes Gift mehr, sondern kapitulierender Sarkasmus. „Also schweigen wir über USA. Was hat sich hier ereignet in den Jahren?"

James Braddock erinnerte sich noch an alles, sogar einen großen Teil der Namen hatte er behalten. „Es war merkwürdig", sagte er und umfaßte die Whiskyflasche. „Man rückt ein, um die Deutschen zu bestrafen. Und was tut man? Man liebt sie auf einmal. Wirklich, es war eine schöne Zeit in Bernegg."

Lisa erzählte von dem tragischen Ende Christian Osters, von Fritz Adam, der jetzt auch schon Arzt war, von Famulus Baumann, der in drei Monaten sein Staatsexamen beendet haben würde, von dem Berliner, der auf den Brettern eines Kabaretts seine Maschinengewehrschnauze verschoß, von Kaspar Bloch, der die wissenschaftliche Laufbahn eingeschlagen hatte, von Schwabes und Walter Hertz' Lebenshetze und von Wastl Feiningers Abenteuern. Braddock nickte bei jedem Namen und erinnerte sich.

„Hertz, der Junge mit dem Kriegsverbrechertöchterchen. Ist es gut gegangen?"

„Nach dreimaligem Anlauf."

„Und die schreckliche Villa unten in Bernegg?"

„Haben die Wolfachs verkauft und sich bei München im Isartal eine neue gebaut. Einen kleinen Palast. Der alte Wolfach steht wieder auf beiden Beinen und exportiert sogar in die Länder, die ihn einmal zum Kriegsverbrecher stempelten. Walter Hertz ist technischer Assistent eines der neuen Werke bei Donaueschingen. Sogar Frau Wolfach gewöhnt sich an seinen Anblick. Er wird im Winter zu Nachoperationen zu uns kommen."

„Und der Wastl? Dieses Urvieh?"

„Der ist hier.“

Braddock sprang auf. „Hier? Und das sagen Sie mir jetzt erst? Der Kerl, der meinen Negern das Jodeln beibrachte. Kann ich ihn sehen?“

Eine Stunde später kam Braddock in das Zimmer 14. Der Wastl Feininger saß allein am Tisch und starrte trübsinnig in ein altes Buch der Klinikbibliothek. Es war ein Roman von der Waterkant, und der Wastl verstand nicht einen einzigen Ausdruck von Fischfang und Seefahrt. „Auch dös is deutsch“, seufzte er und kam um vor Langeweile.

Seine Nase hatte Rusch wieder gerichtet. Jetzt trug der Wastl in den Nasenlöchern Kunststoffröhrchen, die ein Stück aus der Nase herausragten. Der abgerissene Rollappen war völlig entfernt worden. Rusch hatte angekündigt, daß er übermorgen mit dem „Transport“ eines neuen Lappens beginnen wollte, und der Wastl wußte, wie langwierig und lästig das war.

Als James Braddock ins Zimmer trat, sah der Wastl kurz auf und musterte den Eintretenden. Da das Gesicht des „Neueinganges“ normal war, brummte der Wastl: „Kannste Skat spielen, Kumpel?“

„Ohne dritten Mann?“ fragte Braddock zurück.

„Den kriag'n ma a.“

Braddock setzte sich an den Tisch und tippte dem trübsinnigen Wastl auf die Schulter. Lisa und Professor Rusch waren in der Tür stehengeblieben. Wastl sah sie nicht, er saß mit dem Rücken zum Eingang.

„Wir kennen uns doch“, sagte Braddock.

„Hä?“ machte der Wastl.

„Hast du nicht den Negern das Jodeln beigebracht? Und als damals der amerikanische Major ins Zimmer kam, hast du Rindvieh ‚Heil Hitler‘ gerufen.“

Den Wastl durchlief es wie eine elektrische Stromwelle. „Himmioarschsakrament“, brüllte er plötzlich und sprang auf. „Der Major.“ Er stand stramm und sah jetzt auch Lisa und Rusch in der Tür stehen. „Dös mit dem Zaubern, Herr Major, dös wor'n nur die 700 Kalorien. I hob an Hunger g'habt . . .“

Braddock nickte und zog Wastl Feininger auf den Stuhl zurück. „Ich war nicht schuld, mein Junge. Aber ich will versuchen, etwas nachzuholen.“ James Braddock sah sich zu Lisa und Rusch um. „Wer ist eigentlich noch erreichbar von den boys des Zimmers 14?“

Lisa lachte. „Alle. Bis auf Oster“, fügte sie leise hinzu.

„Very good.“ Braddock legte den Arm um den verblüfften Wastl. „Ich bleibe noch zwei Wochen hier. Sie sollen alle wieder hierher kommen – auf meine Kosten. Und dann wollen wir ein Wiedersehen feiern und meine schönste Zeit in Old Germany. Und . . .“, er sah Professor Rusch plötzlich ernst an, „und meinen Abschied von euch allen. Denn Sie kommen ja doch nicht in die Staaten, Professor.“

„Nein, bestimmt nicht, Braddock. Und ich weiß, daß Sie mich jetzt sogar verstehen können.“

„Vielleicht. Zugeben werde ich es nie.“ Er schüttelte den Wastl und hieb ihm auf die Schulter. „Und du bringst mir das Jodeln bei. Ich kann's noch immer nicht. Obwohl ich es damals heimlich in meinem Dienstzimmer geübt habe.“

Es war ein weiter Weg von diesen Tagen bis zu jenem Vormittag im Frühjahr 1962, an dem Erich Schwabe mit seiner Frau Ursula im Gang des neuen Behördenhauses wartete. Es lagen 13 Jahre dazwischen, und man glaubt, das sei eine schier endlose Zeitspanne. Und doch waren die Jahre weggeflogen wie früher die Monate. Nur an den Menschen der Umgebung erkannte man, daß Altern und Wachsen sich im ewig gleichen Rhythmus vollzogen, auch wenn man es nicht deutlich wahrnahm.

Erika Barbara war nun über fünfzehn Jahre alt und besuchte die Oberschule, ein schlankes, hübsches, hellblondes Mädchen, mit dem Schwabe stolz durch die Straßen ging. Und wenn die jungen Männer ihr nachblickten, dachte er fröhlich: Na wartet, der Weg zu Erika führt über mich.

Die Schwabes waren nach fünf Jahren aus Bernegg weggezogen, wieder zurück an den Rhein. Die alte Sehnsucht der Kölner, im Umkreis der Domtürme zu leben, war auch in Schwabe mächtig geworden. „Ich kann nun mal nichts dafür“, hatte er gesagt und sich in Köln eine schöne Wohnung genommen. Dort hatte er wieder als Glaser begonnen, fleißig und zäh. Inzwischen besaß er eine Glasgroßhandlung, ein Häuschen am Rande des Stadtwaldes und vier Glaserkolonnen, die Hochhäuser und Bürobauten verglasten. Frau Hedwig Schwabe lebte bei ihnen. Sie war jetzt sehr gebeugt und wurde vom Rheuma gepeinigt. „Die Jahre im Keller", sagte sie immer. „Jetzt kommt's 'raus. Wir haben alle unser Andenken an diese Zeit."

Nun warteten sie im Flur der Behörde, Erich Schwabe und Ursula. Das große Wartezimmer war überfüllt. Dicke Schwaden von Zigaretten- und Pfeifenrauch zogen durch die offene, breite Glastüre des Warteraumes auf den Flur. Gegenüber befanden sich zwei weitere Türen. ‚Vorzimmer – Vertrauensarzt', stand auf einer Tür, und ‚Untersuchungszimmer – Eintritt verboten – Anmeldung Zimmer 10' stand auf der anderen.

Schwabe blickte in den vollen Warteraum. Dort saßen sie herum und lasen Illustrierte oder unterhielten sich. Männer mit schiefen Schultern, Amputierte, Männer mit Narben im Gesicht, mit dicksohligen Schuhen, mit scharfen Brillengläsern. Elegante Herren und Männer in zerknitterten Hosen. Und immer wieder kamen neue durch die große Pendeltür und stellten sich an den Wänden des Flures auf.

„Die will der alle heute vormittag abfertigen?" sagte ein Armamputierter. „Na Prosit. Wie in alten Zeiten – erste Reihe vor, Zunge 'raus, Ahhh sagen, kv. Ab durch die Mitte." Er sah Schwabe an und nahm seinen Hut vom Kopf. „Gesichtsverletzt, nicht wahr?"

„Ja", sagte Schwabe etwas steif. Er sah auf die Masse Kriegserinnerung, die hier herumstand und hinter den Illustrierten saß, und ein plötzlicher Widerstand gegen das, was ihn hier erwartete, wuchs in ihm heran. Schon als er das amtliche Schreiben bekam „zur Nachuntersuchung wegen Neufestsetzung des Rentensatzes", hatte er zu Ursula gesagt: „Wann geben die endlich Ruhe? Die Behörden sollten innerhalb von 17 Jahren gemerkt haben, daß ich mein Gesicht verloren habe. Wozu immer diese Neufeststellungen?"

„Mir haben sie den Arm abgeschossen. Russisches Explosivgeschoß. Kennen Sie ja, nicht?" Der Mann neben Schwabe stopfte den lose herabhängenden Jackenärmel in die Seitentasche. „Das ist ja nun klar. Das sehen die Brüder von der Rente ja. Aber seit einigen Jahren hab' ich dazu Kreislaufstörungen bekommen. Und das wollen sie nicht als Kriegsschaden anerkennen. Vor allem der da drinnen", er nickte zu der Tür mit der Aufschrift Untersuchungszimmer, „der hat zu mir gesagt: ‚Wo gibt's denn das? Was hat das Herz mit dem Arm zu tun? Nachher kommen die Leute noch und wollen Rente, weil ihnen aufgrund einer gebrochenen Zehe die Haare ausfallen.' Ich habe nun geklagt, ich habe drei Fachgutachten mit, daß meine Kreislaufstörungen in ursächlichem Zusammenhang mit meiner Amputation stehen. Bin mal gespannt, was der da drinnen sagt. Kennen Sie ihn?"

„Nein. Ich bin zum erstenmal hier."

„Na, dann wappnen Sie sich mit Fassung. Der wird Ihnen erzählen, Sie sähen aus wie ein Filmstar."

Obwohl es bei jedem einzelnen bemerkenswert schnell ging, wobei keiner das Vorzimmer ohne wütende Miene wieder verließ, dauerte es doch über drei Stunden, bis Schwabe an der Reihe war. Er trat in das Vorzimmer, gab zwei hübschen jungen Damen seine Personalien an, man suchte seine Akte heraus und wartete dann auf ein akustisches Signal – ein vornehmes Summen –, um die Tür zum Untersuchungszimmer zu öffnen.

Schwabe trat langsam ein. Eines der Mädchen legte seine Akte auf einen kleinen Seitentisch und ging schnell wieder hinaus. Die Tür fiel lautlos zu. Es war ein großer, quadratischer Raum, modern und sachlich eingerichtet. Ein großer Schreibtisch, helle Anbaumöbel, ein Untersuchungsbett, einige Meßinstrumente, zwei Instrumentenschränke, eine blau gekachelte Waschecke und zwei große Fenster auf einen schönen Garten.

Der Vertrauensarzt stand am Waschbecken und wusch sich die Hände. Er war groß, schlank, hatte blonde, gelockte Haare und trug unter dem weißen Arztkittel enge hellbeige Hosen ohne Aufschläge. Seine spitzen italienischen Schuhe blitzten vor Sauberkeit.

Erich Schwabe war an der Tür stehengeblieben. Mit großen Augen starrte er auf den Rücken des sich waschenden Arztes. Dieser griff gerade nach dem Handtuch und trocknete sich ab, noch immer der Tür abgewandt.

„Na, was ist denn?" fragte er. „Ihren Namen bitte. Oder sind Sie stumm?"

Schwabe schluckte mehrmals. Dann sagte er laut und abgehackt:

„Nein, Herr Oberarzt Dr. Urban."

Dr. Urban fuhr herum. Jetzt sah Schwabe, daß Urban etwas fülliger um den Leib herum geworden war. Aber das Gesicht war das gleiche, schmal, hochmütig, etwas verkniffen. Nur unter den Augen hingen Tränensäcke und machten dieses nordische Gesicht alt.

„Sie kennen mich?" fragte Dr. Urban steif. Er ging hinter seinen Schreibtisch und setzte sich.

„Sie kennen mich nicht?" fragte Schwabe.

Urban betrachtete den Mann vor sich. Die Narben im Gesicht, die immer noch etwas deformierten Ohrmuscheln, der von einer Seitennarbe leicht nach links verzogene Mund. Urban faltete die Hände und schob die Unterlippe etwas vor.

„Sie waren einmal in Bernegg?" fragte er lauernd.

„Bis 1949." Schwabe sah Urban ernst an. „Auch als die Amis einrückten, war ich da, Herr Oberarzt."

Dr. Urban winkte ab. Man sah, daß er sich bemühte, die Peinlichkeit der Situation durch Großzügigkeit wegzuschieben.

„Lassen wir das. Wie heißen Sie eigentlich?"

„Schwabe. Erich Schwabe. Damals Zimmer B 14."

„Schwabe?" Urban griff nach dem seitlich von ihm liegenden Aktenstück und blätterte darin herum. „Schwabe?"

„Ich mußte damals mit zerfetztem Gesicht vor Ihnen strammstehen und ‚Heil Hitler' rufen."

Dr. Urban warf die Akte zur Seite, zurück auf den kleinen Beitisch. Sein schmales Gesicht war von Freundlichkeit überzogen.

„Ja, das waren Zeiten, nicht wahr?" sagte er breit. „Wenn wir damals nicht alle mitgemacht hätten, wäre es uns an den Kragen gegangen. Eine schreckliche Zeit war das. Ich erinnere mich ungern daran."

„Das kann ich mir denken."

„Ich finde Ihre Bemerkung unpassend, Herr Schwabe." Dr. Urban stützte sich auf und erhob sich hinter dem Schreibtisch. Er stand jetzt da wie vor 18 Jahren, hochmütig, seiner Macht bewußt. „Ich habe nichts zu vergessen. Nur, damit Sie heute nacht besser schlafen können: Ich bin in einem ordentlichen Verfahren als Nichtbetroffener entnazifiziert worden und seit sieben Jahren Amtsarzt. Daß ich Offizier war, ist ja kein Verbrechen. Einer Ihrer Kollegen aus Bernegg, ein Herr Kaspar Bloch, hatte eineKlage gegen mich laufen. Sie ist abgewiesen worden.“ Dr. Urban lächelte mokant auf Schwabe herab. „Als alter Bernegger sollten Sie das auch wissen, Herr Schwabe, darum erzähle ich es Ihnen.“

Schwabe schwieg. Er sah Dr. Urban lange an, und Urban wußte, was Schwabe jetzt dachte. Er ging um den Tisch herum und stellte sich vor Schwabe auf.

„Man hat Sie vorgeladen wegen einer Neufestsetzung der Rente, nicht wahr?“ sagte er mit dienstlicher Stimme. „Heben Sie das Gesicht mal gegen das Licht.“

Schwabe reagierte nicht auf den Befehl. Er blieb sitzen und starrte auf die unruhigen Hände Dr. Urbans.

„Na, dann nicht“, sagte der Arzt. „Ich sehe es auch so. Sie haben ja wieder ein fabelhaftes Gesicht bekommen. Professor Rusch ist ein Künstler.“

„Es hat mich bis heute 10 000 D-Mark gekostet“, sagte Schwabe dumpf. „Professor Rusch hatte das Geld ausgelegt, und ich habe es ihm zurückgezahlt. Der Staat, der mir das Gesicht genommen hat, hat 10 000 D-Mark verlangt, weil ich ein neues Gesicht habe.“

Dr. Urban trat zwei Schritte zurück und steckte die Hände in die Taschen des weißen Arztkittels. „Na und? Andere geben 10 000 D-Mark für Reisen, für Weiber, für Sauferei aus. Sie haben wenigstens für das Geld ein anständiges Gesicht bekommen.“

„Und jetzt will man die Rente niedriger setzen, weil mein Gesicht so gut aussieht.“

„Das wird sich nicht vermeiden lassen, Herr Schwabe. Die Kriegsschäden sind weitestgehend beseitigt. Wozu soll der Staat dann noch zahlen?“

„Ich habe diese Schäden mit meinem Geld, mit eigenen 10 000 D-Mark beseitigt“, schrie Schwabe plötzlich. „Soll ich jetzt dafür bestraft werden? Hätte ich meine Fratze behalten sollen?“

„Für die Rente wäre es von Vorteil gewesen.“

Schwabe schluckte ein paarmal. Es war ihm, als bliebe ihm die Luft einfach weg. „Ist . . . ist das der Dank des Vaterlandes?“ stieß er hervor.

„Reden Sie nicht solchen Quatsch", rief Dr. Urban grob. „Ich sehe aus Ihren Akten, daß Sie die Rente ja gar nicht brauchen. Es geht Ihnen prächtig, auch finanziell. Es ist überhaupt eine Frechheit, hierher zu kommen und sich eine Rente zu erschleichen, wo Sie wieder aussehen wie ein Engelchen von Botticelli."

Schwabe erhob sich langsam. Er nahm seinen Hut und drückte ihn gegen seine Brust.

„Sie waren immer ein Schwein, Urban", sagte er ruhig. „Ich werde klagen."

„Tun Sie das." Dr. Urban lächelte verzerrt. „Mit diesem neuen schönen Gesicht werden Sie nie einen Ersatzanspruch erhalten."

„Und meine 10 000 D-Mark?"

„Betrachten Sie sie als private Investition. Es hat Sie ja niemand amtlich aufgefordert, dieses Geld herzugeben. Wo kämen wir hin, wenn wir jede Schönheitsoperation bezahlen sollten?"

„Ich werde ein Gutachten von Professor Rusch vorlegen."

„Der gute Rusch." Dr. Urban lachte. „Er soll sich die Arbeit sparen."

„Es sind noch mehr da, Dr. Urban. Dr. Lisa Rusch, geborene Mainetti als Dozentin, Dr. Adam als I. Oberarzt, Dr. Baumann als II. Oberarzt. Alle an der Klinik von Professor Rusch. Lauter Bernegger."

Dr. Urban winkte ab, so wie man einen alten Witz abtut.

„Nehmen Sie sich einen Spiegel, Schwabe", sagte er hämisch grinsend, „und sehen Sie einmal länger hinein als nur beim Rasieren. Vielleicht eine Viertelstunde, das genügt schon. Sie werden dann erkennen, daß niemand Ihnen für dieses menschlich und ästhetisch wieder annehmbare Gesicht einen Ersatzanspruch zubilligt. Sie können eine vom Sitzen zerknitterte Hose auch nicht im Geschäft umtauschen oder Ihr Geld wiederverlangen. Man wird Ihnen sagen: Bügeln Sie sie doch selbst auf. Und glauben Sie, daß man Ihnen dann das Bügeleisen bezahlen wird? Na also, Schwabe. Seien Sie kein Don Quichote – nehmen Sie die Tatsachen gelassen hin. Wir leben schließlich in einem Rechtsstaat."

Erich Schwabe senkte den Kopf. Er sah auf das dicke Aktenstück, das auf dem kleinen Tisch lag und das alle seine Krankenpapiere enthielt – von der Einlieferung im Hauptverbandsplatz bis zum heutigen Tag. Ein Lebenslauf voller Grauen und Schmerzen, voller Hoffnungslosigkeit und Verzweiflung, und später, langsam wachsend, voll Glauben an die Zukunft und voll Freude über die Rückkehr zur Menschheit – mit einem neuen, geschenkten Gesicht.

„Na also, gehen wir, Schwabe“, sagte Dr. Urban fast gemütlich. „Es freut mich, daß Sie voll und ganz den Anschluß wieder gefunden haben.“

„Ja, gehen wir“, nickte Schwabe.

Er machte zwei rasche Schritte um den Schreibtisch herum und ergriff seine Krankenakte. Ehe Dr. Urban zugreifen konnte, hatte Schwabe sie weggerissen, rannte zum Fenster und warf das Aktenbündel hinaus in den Garten. Dort flatterten die einzelnen Blätter im Wind davon, in die Büsche, über den Rasen, in die Baumzweige, über ein Mäuerchen auf die Straße.

„Sind Sie verrückt geworden?“ schrie Dr. Urban und riß Schwabe vom Fenster zurück. „Das sind amtliche Dokumente.“

„Wozu noch Akten, Dr. Urban?“ sagte Erich Schwabe ruhig. Er strich sich über die Hände, als habe er sie sich voll Schmutz gemacht. „Es ist doch wertloses Papier. Sehen Sie, wie es davonflattert. Den Erich Schwabe, der dort fliegt, den gibt es doch nicht mehr. Oder?“

Dr. Urban wandte sich ab. „Gehen Sie“, sagte er heiser.

„Guten Tag, Herr Oberarzt“, sagte Schwabe.

Auf dem Flur wartete ungeduldig Ursula. Sie ging hin und her und starrte immer wieder die Tür an, aus der Schwabe kommen mußte.

Endlich öffnete sie sich. Schwabe kam heraus. Nicht mit wütendem Gesicht wie die anderen vor ihm, sondern ernst und doch irgendwie zufrieden.

Ursula stürzte auf ihn zu. „Was ist, Erich?“ fragte sie atemlos. „Ist alles klar?“

„Es ist jetzt alles klar“, sagte Schwabe deutlich.

„Man hat dir endlich recht gegeben?“

„Das Recht ist immer auf den Seiten der Stärkeren“, nickte Schwabe.

„Gott sei Dank.“ Ursula atmete hörbar auf. Sie faßte Schwabe unter und ging mit ihm zum Ausgang. „Und was machen wir jetzt, Erich?“

Schwabe sah noch einmal zurück zu der weißlackierten Tür. Untersuchungszimmer – Eintritt verboten – Anmeldung in Zimmer 10.

„Komm“, sagte er rauh. „Laß uns schnell gehen ... Laß uns hinaus in die Sonne gehen. Ich will die Sonne sehen – und keine Schatten mehr.“